I0761476

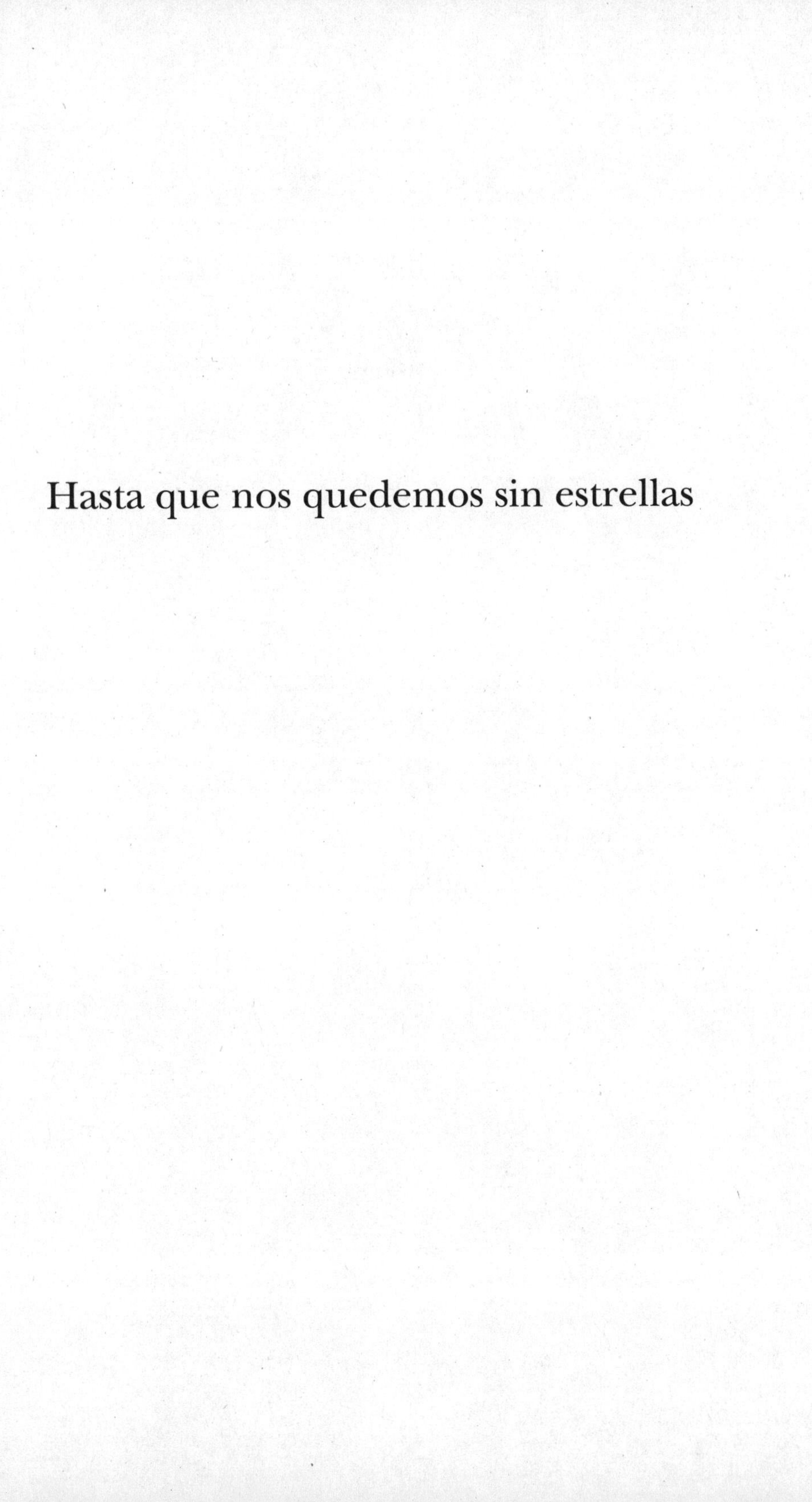

Hasta que nos quedemos sin estrellas

Inma Rubiales

Hasta que nos quedemos sin estrellas

Planeta

Obra editada en colaboración con Editorial Planeta – España

Bajo el sello editorial PLANETA M.R.
Avenida Presidente Masaryk núm. 111,
Piso 2, Polanco V Sección, Miguel Hidalgo
C.P. 11560, Ciudad de México
www.planetadelibros.com.mx

Diseño de la colección: © Compañía

Primera edición impresa en España: febrero de 2022
ISBN: 978-84-08-25296-2

Primera edición impresa en México: mayo de 2022
Décima séptima reimpresión en México: noviembre de 2025
ISBN: 978-607-07-8715-7

Impreso en los talleres de Operadora Quitresa, S.A. de C.V.
Calle Goma No. 167, Colonia Granjas México, C.P. 08400, Iztacalco, Ciudad de México.
Impreso en México –*Printed in Mexico*

A todos los que alguna vez han tenido miedo

PRÓLOGO

¿Alguna vez te has preguntado lo que ocurre cuando muere una estrella?

Las estrellas transforman el hidrógeno en helio para brillar. Tiempo después, cuando ese hidrógeno se acaba y el núcleo pasa a ser solo de helio, la estrella se vuelve más fría y brillante. Hay una explosión. Es un fenómeno conocido como «supernova»; la estrella muere y sus restos originan una reluciente estrella de neutrones.

De todas las estrellas que conocemos, la más lejana es Deneb. Se encuentra a unos tres mil años luz de nuestro planeta, así que, esta noche, cuando la veamos brillar sobre nuestras cabezas, estaremos contemplando una luz que comenzó su viaje en la época de los romanos. De la misma manera, la luz que emite ahora no será vista hasta dentro de tres mil años, si es que seguimos vivos para entonces.

Esto viene a decir que, si Deneb explotara ahora mismo, ni siquiera nos daríamos cuenta. Para nosotros seguiría brillando tanto como siempre.

Hace siete meses, en mi galaxia se apagó una estrella. Se llamaba Deneb y era mi hermana mayor.

Otro hecho científico es que a veces la muerte de una estrella no origina una estrella de neutrones, sino un agujero negro.

1

LA CONSTELACIÓN DE ANDRÓMEDA

Maia

En mi habitación todavía hay una cama vacía.

También conservo las estrellas pegadas en el techo. Mi constelación favorita, Andrómeda, está justo sobre mi cama. Recuerdo la leyenda porque mi hermana solía contármela todas las noches, pero ahora intento no pensar en ella.

Son exactamente las 9.58 h de la mañana y faltan dos minutos para que suene el despertador. Casi no he dormido esta noche. Me han despertado los primeros rayos de sol que se han colado entre las cortinas y llevo mirando el techo, en silencio y con la cabeza en otra parte, desde entonces. No dejo de preguntarme por qué no las he quitado. Han pasado siete meses desde el día 9 de agosto, cuando me prometí que lo haría.

Pero las estrellas siguen ahí.

No me enteré hasta que vi las noticias. Accidente múltiple, ocho muertos, una decena de heridos. Nunca he sido buena con las matemáticas, pero sabía que era probable que mamá y Deneb ya hubieran pasado ese tramo de carretera cuando ocurrió. O que, como mucho, ambas estuvieran entre los heridos. No concebía otra alternativa.

Seguí aferrándome a los porcentajes más favorables incluso cuando me llamaron del hospital.

Suspiro y estiro la mano para apagar el despertador. Después me levanto de la cama y arrastro los pies hasta el baño. Como anoche no me desmaquillé, tengo unas aureolas de rímel en torno a los ojos que me hacen parecer un mapache. Me lavo la cara y me recojo el pelo en una coleta. Tengo los músculos cansados y me faltan fuerzas para moverme con normalidad.

Las cortinas de la bañera están en el suelo porque mamá las tiró hace una semana y aún no he sido capaz de volverlas a colgar. Ya no queda pasta de dientes, así que tendré que pasarme por el supermercado antes de ir a trabajar. No recuerdo cuándo abrí el frigorífico por última vez, pero espero que tengamos algo para desayunar, al menos, porque no me apetece recorrerme toda la ciudad sin haber comido nada.

Vuelvo a mi habitación para cambiarme y hacer la cama. Ayer dejé mi cuaderno abierto sobre el escritorio, pero prefiero no saber lo que escribí. Estaba tan cansada que todos mis recuerdos están borrosos. Les echo un último vistazo a las estrellas del techo y a la cama en donde dormía Deneb, y cojo una profunda bocanada de aire antes de salir de mi cuarto. Quería retrasar este momento tanto como fuera posible, pero no puedo seguir encerrada eternamente.

Bienvenidos, un día más, a la maravillosa vida de Maia Allen.

Aunque son las diez de la mañana, la casa está completamente a oscuras porque alguien ha echado las cortinas. Cierro cuidadosamente la puerta detrás de mí y enciendo la luz del pasillo. Escucho el suave murmullo de la televisión y veo reflejos azules sobre la pared del salón. Parece el escenario de una película de terror, pero quien me espera en la sala de estar no es un enorme monstruo marino, como en la leyenda de Andrómeda, sino mi madre.

Lo primero que hago es abrir la ventana y descorrer las cortinas. Detrás de mí, mamá suelta un gemido. Cuando me vuelvo a mirarla, siento una presión en la garganta que casi no me deja respirar. Está tirada en el sofá, durmiendo a pierna suelta, con la ropa descolocada y el pelo enmarañado. Hay bolsas de frituras y latas de cerveza en el suelo. La escena me revuelve el estómago y un sentimiento de culpa se me cuela en las entrañas.

Ayer trabajé hasta tarde. Los viernes por la noche el bar se pone hasta arriba y no volví a casa hasta las tres de la madrugada. Mamá aún estaba sobria cuando entré por la puerta. Intenté que se fuera a la cama, pero me aseguró que lo tenía todo controlado. Sabía con certeza que estaba mintiendo, porque nunca tiene nada «bajo control», pero estaba demasiado cansada para discutir.

Debería haber insistido más.

—Mamá —le susurro sacudiéndola con suavidad. Emite un quejido y aprieta los párpados—. Vamos, voy a llevarte a la cama.

Asiente, sin abrir los ojos, y se deja hacer. Huele tanto a alcohol que me escuecen los ojos. Meto un brazo por debajo de su cuello y consigo a duras penas que se siente en el sofá. Después, hago uso de todas mis fuerzas para levantarla. Es un alivio que parezca dispuesta a colaborar. Me paso uno de sus brazos sobre los hombros y la arrastro lentamente hacia el pasillo.

Hacer esto me resulta más fácil ahora que hace unos meses. Me duele pensar que puede estar convirtiéndose en una costumbre.

—No deberías dormir en el sofá —la riño en voz baja al notar lo mucho que le cuesta andar. Seguro que tiene un dolor de espalda considerable.

—Se me hizo tarde —se limita a decir, y mastica su saliva, como si tuviera la boca pastosa. Pasamos junto a mi habitación y mira la puerta, que está cerrada—. ¿Está tu hermana ahí dentro? Necesito que vaya al... supermercado, sí. Ya no queda cerveza.

Noto una punzada en el pecho. Está peor de lo que pensaba. Por mucho que intento que no se me llenen los ojos de lágrimas, es inútil. Pestañeo para disimularlo y suspiro con alivio cuando por fin entramos en su dormitorio.

Mamá se deja caer sobre la cama rendida, me las apaño para quitarle los zapatos y luego la cubro con la manta para que no coja frío. Vuelvo un momento a la cocina para coger un vaso de agua y una pastilla, y dejo ambas cosas sobre la mesilla.

—Tómatela cuando te despiertes —le digo.

Voy a marcharme, pero me agarra del brazo para impedirlo. Cuando habla, tiene los ojos casi cerrados y su voz es un susurro.

—Gracias, Deneb.

Trago saliva.

—Descansa, mamá.

Salgo de la habitación y cierro la puerta. Aún siento una dolorosa presión en el pecho, pero ya no me quedan lágrimas.

Creo que una parte de mi madre murió el día del accidente. La otra sigue aquí, autocompadeciéndose. Antes trabajaba como cocinera en un restaurante de comida rápida, pero la despidieron y ahora quiere que me crea que está buscando trabajo cuando ambas sabemos que no es así. Se pasa todo el día en casa yendo del sofá a la cama. A veces, cuando nos sentamos juntas para cenar, me habla sobre el chico que provocó el accidente.

Solo tenía dieciséis años. Había salido de fiesta con sus amigos. A beber. Creyó que estaba lo suficientemente sobrio como para conducir y meterse en la carretera. Su imprudencia acabó metiéndolos a sus amigos y a él en un ataúd. Me gustaría decir que siento lástima, porque tenía toda la vida por delante, pero estoy vacía. Ese chico destruyó a mi familia.

Mi hermana solo tenía veintidós años cuando sucedió. También tenía una vida que vivir.

Me tiemblan las manos cuando me pongo a recoger el salón. Cojo una bolsa de basura y tiro todas las latas de cerveza y los restos de los snacks que mamá estuvo picoteando. También apago la televisión. Luego regreso a la cocina y me lavo las manos con ganas, como si pudiera borrar de mi piel los recuerdos de este momento y sacarlos así de mi mente, pero es imposible.

Cuenta la leyenda que Casiopea, la reina de Egipto, era tan bella y vanidosa que se consideraba superior a las ninfas marinas. El dios Neptuno, furioso, envió a una bestia a su país. La única forma de aplacar su ira era ofrecer a Andrómeda, la princesa, al monstruo. La ataron a una roca en la playa y la obligaron a cumplir con un castigo que no le pertenecía.

Cuando Andrómeda creía que se avecinaba el final, oyó el fuerte sonido del viento y Perseo, un semidiós montado sobre su caballo alado, llegó para rescatarla.

Supongo que mamá y yo nos parecemos a Andrómeda y a Casiopea; solo que es ella quien ha sucumbido ante el monstruo y yo soy la única que puede mantenerla a flote. En el mundo real no existen los semidioses. Tampoco hay nadie que vaya a venir a rescatarte.

Cojo mi móvil, mis llaves y un poco de dinero, y le echo un rápido vistazo al frigorífico antes de salir de casa. No me apetecía ir al supermercado, pero he cambiado de idea. Necesito salir de aquí lo antes posible. Bajo apresuradamente los escalones del porche y miro al cielo, que se ha llenado de nubes.

Cuando intento abrir el coche, me doy cuenta de que anoche no me acordé de cerrarlo y maldigo entre dientes. Vivimos en un pueblo pequeño y conocemos a todos los vecinos, pero no me gusta pecar de confiada. Me acomodo sobre el asiento del conductor y arranco el vehículo. Cuando miro por el espejo retrovisor para salir del aparcamiento, grito con tanta fuerza que mi voz resuena por todo el vecindario.

Hay un chico durmiendo en mi coche.

2

CONOCIENDO A LIAM HARPER

Liam

Suspiro y aprieto con fuerza el volante. Aparqué frente a mi casa hace veinte minutos y me sorprende que nadie haya venido a sacarme de aquí. La música suena con tanta fuerza ahí fuera que la oigo incluso desde dentro del coche. No tengo que preocuparme por si el ruido molesta a los vecinos; conociendo a mamá, seguro que ha invitado a toda la urbanización.

Mi móvil se ilumina sobre el asiento del copiloto. Adam lleva enviándome mensajes sin parar desde esta mañana. Sobra decir que ni siquiera los he leído. En realidad, no he usado mi teléfono en todo el día. Lo puse en silencio esta mañana, adelantándome al inminente aluvión de notificaciones que se venía encima. Estoy seguro de que tengo miles de menciones en Twitter e Instagram.

Liam Harper cumple años y sus seguidores le envían felicitaciones desde todas las partes del mundo.

Y no siento nada.

Cumplir diecinueve no tiene nada de especial. Cuando tenía dieciséis, soñaba con ser mayor de edad porque creía que me convertiría en un «adulto» y que mi vida daría un giro de ciento ochenta grados. Tendría más libertad, saldría con chicas, entraría en las discotecas y podría beber alcohol y fumar siempre que me apeteciera. El problema es que, ahora que hago todo eso, mi vida es tan miserable como antes. O incluso más.

Finalmente, decido desbloquear el móvil por primera vez en todo el día. Gracias a las capturas de Adam, compruebo que, en efecto, mi nombre arrasa en Twitter. Me han escrito cientos de *tweets* para desearme un feliz cumpleaños. No recuerdo cuántos recibí el año pasado, pero las cifras deben de haber caído en picado, porque Adam acompaña a la imagen con un reproche:

«Serían más si no llevaras desaparecido todo el día».

Odio que siempre tenga razón.

Adam entró en nuestras vidas cuando mamá contrató a un nuevo director de Comunicación para su empresa. Es diseñadora y su marca ya es conocida dentro y fuera de Inglaterra. Cuando estás en el punto de mira, es importante cuidar tu imagen. Se suponía que Adam venía solo a asesorarla, pero de alguna forma acabó casándose con ella.

Ahora es mi padrastro. También conserva su puesto como nuestro «agente» y, desde que me hice un nombre en YouTube, no hay forma de que me deje en paz. Si por mí hubiera sido, habría mantenido mi identidad en secreto; me hubiera gustado ser solo un chaval cualquiera que sube tonterías a internet, pero supongo que era mucho pedir. Mamá vio en mí una oportunidad para ampliar su público y, desde hace unos años, todos mis suscriptores saben que soy su hijo. Incluso ha aparecido en algunos de mis vídeos.

Cualquier mancha en mi imagen repercutiría negativamente en la suya; por eso Adam me recuerda constantemente cómo debo actuar y lo que jamás, en ninguna circunstancia, tengo que hacer. Está tan obsesionado que me extraña que haya tardado tanto en reprocharme que mis redes sociales lleven muertas desde hace horas.

Sinceramente, lo que menos me apetece ahora mismo es sonreírle a la cámara. No obstante, sé que no tengo otra alternativa, así que me echo un vistazo en el espejo retrovisor y me paso una mano por mi mata de rizos para despeinarme. Después, enciendo las luces interiores, saco el móvil y le doy a grabar.

Solo tardo treinta segundos. Estoy tan acostumbrado que me sale a la primera. Saludo, agradezco a mis seguidores todas sus felicitaciones y me despido con una sonrisa encantadora. Publico el vídeo en mis stories de Instagram y entro en Twitter para dar «me gusta» a algunos mensajes de mis suscriptores. Todos me parecen iguales y no me molesto en leer ninguno hasta el final. Cualquiera que supiera esto último pensaría que soy un capullo. Bien. Tendría razón. Lo soy, ¿y qué? La vida real es esta. Ninguna de esas personas me conoce de verdad. ¿De qué me sirve tener millones de seguidores en internet si a la hora de la verdad me encuentro completamente solo?

Me miro al espejo una vez más, me ajusto el cuello de la sudadera y fuerzo una de mis mejores sonrisas antes de salir del coche. Vivimos en una urbanización privada en Londres, y los muros que rodean la propiedad miden más de dos metros. No dejo de preguntarme para qué sirven, porque no han evitado que mi casa esté llena de extraños esta noche.

No me cuesta pasar desapercibido. Camino rápido entre la gente, sin mirar a nadie, y suspiro de alivio cuando distingo una cara conocida en medio de la multitud. Em es una mujer de complexión atlética que tiene unos brazos el triple de anchos que los míos. Se encarga de la seguridad en todos los eventos de mamá. Como va vestida con uniforme, dudo mucho que haya venido a disfrutar de la fiesta.

—Llegas tarde —me espeta con seriedad cuando me acerco.

Le dedico una sonrisa engreída.

—Lo mejor se hace esperar.

Dentro la música suena más fuerte. Si yo hubiera organizado esta fiesta, habría contratado un equipo de iluminación para darle más ambiente. Mamá ha preferido dejar encendidas las arañas que cuelgan del techo, dándole al evento un toque sofisticado que deja entrever cuáles son sus intenciones. Mi cumpleaños es solo una oportunidad más para reunir a socios e *influencers* con los que podría colaborar en un futuro.

Me pregunto si a nuestros invitados también les parecerá un muermo de fiesta. No me sorprende ver móviles en el aire; normalmente, juntarse con otras personalidades de internet es sinónimo de grabar hasta el más mínimo detalle para subirlo a las redes. Distingo las caras de algunos *youtubers* conocidos a los que Adam me recomendaría acercarme, pero no estoy de humor. Mi salón está a rebosar y no veo a ninguno de mis amigos.

Ninguna de estas personas ha venido a verme a mí.

Antes eso no me habría importado. El Liam de hace un año habría entrado aquí haciendo el payaso y se habría ganado a pulso a todos los asistentes. Después se habría largado a una discoteca con sus amigos y se habría despertado a la mañana siguiente borracho en la cama de cualquier chica que hubiera conocido la noche anterior. Se habría marchado a su casa para plantarse frente a la cámara y soltar tonterías, y luego el proceso se repetiría. Un día tras otro, tras otro, tras otro. Hasta que dejase de tener sentido.

Este año, mis diecinueve han coincidido con que he alcanzado los doce millones de suscriptores en YouTube. Adam me propuso que lo celebráramos por todo lo alto y me negué rotundamente. Solo quería que el mundo me dejara en paz durante unos días, y lo que he conseguido en su lugar ha sido esto.

Aunque se me acercan algunos conocidos, no me paro a saludar y voy directamente al patio trasero. Una ráfaga de aire frío me recibe bajo un cielo en el que no brillan estrellas. Tomo una profunda bocanada de aire, como si hubiera estado ahogándome ahí dentro.

—¿Y ahora te dignas aparecer? —Alguien resopla a mi espalda—. Capullo. Tienes a tanta gente besándote el culo que no te pienso felicitar.

Por primera vez en toda la noche, la sonrisa que se forma en mi rostro es de verdad.

Evan es mi mejor amigo desde que tengo memoria. Somos como hermanos. Estuvo conmigo cuando creé mi canal de YouTube y, tras haber aparecido en muchos de mis vídeos, se animó a hacerse uno también. Hace poco alcanzó los siete millones de suscriptores. Puede que no haya crecido tan rápido, pero crea contenido de calidad y se siente orgulloso de sus logros. También lidia con esto de la «popularidad» mucho mejor que yo. Cada día estoy más seguro de que ha nacido para esto.

Me vuelvo hacia él y dejo que me estreche entre sus brazos hasta que casi me crujen los huesos. Luego le doy un empujón riéndome e intercambiamos un par de puñetazos de broma.

—¿Qué, cómo se siente tener diecinueve? —pregunta. Acto seguido, me mira de arriba abajo—. Me he llevado una decepción, tío. Pareces igual de gilipollas que ayer.

—Me sentiría mejor si tuviéramos alcohol.

—Pues claro que tenemos alcohol. —Me agarra del brazo para que nos movamos. Cuando nota que no dejo de mirar alrededor, hace una mueca—. Sabes que respeto mucho a tu madre, pero sus amigos me dan mal rollo. He visto a una tía vestida como un periquito.

—Al menos ellos sí se duchan.

—Tío, deja de atacarme.

Vuelvo a sonreír. Hace unos meses, a Evan se le ocurrió pasarse una semana sin pisar la bañera y subirlo a internet. Sobra decir que a sus seguidores no les gustó tanto la idea.

—Hablando de mi madre, ¿sabes dónde está? —Es imposible localizarla entre la multitud.

Niega con la cabeza.

—No, pero antes he visto a Adam hablando con Michelle.

—Ya —respondo repentinamente tenso. Evan me conoce mejor que nadie, por lo que no tarda en notar el cambio en mi actitud.

—Intenta pensar en otra cosa, ¿vale? Solo por esta noche —me anima chocando su hombro contra el mío—. Disfruta, tío. No se cumplen diecinueve todos los días.

Asiento distraído y dejo que me guíe hasta la piscina. Evan no deja de sonreír a los invitados; se mueve con soltura porque *este* es su ambiente. También tiene bastante más libertad que yo. Desde que se mudó a Londres para estudiar en la universidad, es dueño de su vida y de sus decisiones. Compagina su carrera con YouTube porque es lo que le hace feliz. Y, sobre todo, no tiene a nadie cuestionando cada cosa, por absurda que sea, que decide publicar.

Somos diferentes en ese sentido. En primer lugar, porque Adam no me deja ni respirar. Y también porque creo que en el fondo esperaba que mamá se negara cuando le dije que quería dejar los estudios. Pero no lo hizo. Al contrario. Incluso me animó.

Avanzamos hasta los sofás de la piscina, que es donde suelen instalarse mis amigos. Normalmente somos cuatro, pero cuando llegamos solo vemos a Max. Se levanta de un salto y se acerca con una sonrisa. Me alegro de que haya venido, aunque en realidad no estemos tan unidos. Al menos sé que está aquí por mí.

—Te haces viejo, ¿eh? —me saluda al acercarse.

—Diecinueve años, tío —concuerda Evan palmeándome la espalda—. Y parece que fue ayer cuando estaba metiéndose lápices por la nariz.

Pongo los ojos en blanco y Max esboza una sonrisa burlona.

—Feliz cumpleaños, Liam —me dice—. Te abrazaría, pero estamos en público.

Evan asiente con solemnidad.

—Tenemos una reputación que mantener.

—Idos al infierno.

Ambos se echan a reír. Finjo estar molesto, pero en realidad me resulta imposible contener una sonrisa. Justo cuando empiezo a recuperar las esperanzas de cara a esta noche, me giro y la veo entre la multitud.

He aquí otra de las razones por las que no quería venir.

Michelle y yo nos conocimos el año pasado en un evento. La primera vez que nos vimos, ella estaba en directo en Instagram y a Evan y a mí se nos ocurrió la maravillosa idea de ponernos a hacer gilipolleces a su espalda. Sus seguidores enloquecieron cuando me desafió a unirme a ella y decir algo con sentido. Corrieron rumores de que estábamos tonteando y Adam lo vio como una oportunidad.

Michelle se ha hecho un nombre en las redes sociales con paciencia y esfuerzo; quiere ser diseñadora, como mamá, y de momento se dedica a dar consejos de moda en internet. Las cifras no mienten, es buena en lo suyo. Adam la invitó a casa una tarde y nos propuso un acuerdo que nunca tendría que haber aceptado.

Nada de sentimientos, nada de involucrarse. Seríamos amigos en privado, pero fingiríamos ser pareja de cara al público y ganaríamos visibilidad a costa del otro. Nuestro plan tenía todo lo necesario para ser un éxito. Íbamos a revolucionar las redes sociales.

Pero me enamoré de ella.

Y Michelle empezó a salir con uno de mis mejores amigos.

Cuando la veo caminar hacia mí, luciendo uno de los últimos diseños de mi madre, es como si el estómago se me pusiera del revés. Cualquiera se fijaría en cómo el vestido se ajusta a sus curvas de infarto, pero yo no aparto los ojos de los suyos. Se detiene frente a mí con una sonrisa.

—Me da igual cuántos años tengas, siempre serás un renacuajo. Lo sabes, ¿no? —me recuerda en broma.

Es irónico que me hable así, teniendo en cuenta que le saco unos veinte centímetros, pero no lo menciono.

—Solo eres un año mayor y ya te crees más madura.

—Hablaremos de madurez cuando dejes de pegarle puñetazos a la pared como un troglodita.

Contengo una sonrisa.

—Sabes que yo no hago eso.

—Todos lo hacéis.

Espera que proteste, pero, pese a que no tiene razón, decido dejarlo pasar.

—Perdona, ¿qué has dicho? —pregunto con ironía llevándome una mano a la oreja—. ¿Me deseas un feliz cumpleaños? Vaya, gracias, Michelle, eres muy amable.

Me empuja riéndose.

—No necesitas más felicitaciones.

Me encojo de hombros.

—Nunca están de más.

Nos miramos en silencio durante unos instantes, hasta que sonríe y saca el móvil del bolso. Desvío la mirada, repentinamente incómodo. Sé muy bien lo que está a punto de suceder.

—¿Instagram? —sugiere. Me obligo a seguir como si nada.

—Asegúrate de sacarme guapo.

Por supuesto. Es toda una experta. Se acerca, se pasa mi brazo sobre los hombros y me da un beso en la mejilla para sacar la fotografía. Me aseguro de sonreír sin mirar a la cámara para que quede más natural. Una vez que la tiene, se aleja sin apartar la vista del teléfono.

—Guapísimo —bromea. Escribe algo antes de mostrármela—. ¿Todo bien?

Intento que mi expresión no muestre el huracán de emociones que me aplasta el pecho. Asiento, sin más, y trato de no darle importancia a lo que ha escrito en la parte superior porque sé que no lo siente de verdad.

«Felices diecinueve, cariño. Te quiero.»

Entonces, Max aparece y la abraza por detrás. Michelle se sobresalta y mira alrededor alterada, por si alguien nos está mirando. Me pregunto cómo se sentirá él con todo esto. No debe de ser agradable que tu novia finja que sale con uno de tus amigos. Tienen que mantener su relación en secreto porque, si la gente se enterase, el escándalo sería brutal. «¡Exclusiva: Liam Harper, traicionado por su exnovia y por su ex mejor amigo!» Toma ya.

Entran juntos en la casa y yo voy a sentarme con Evan, que me conoce muy bien y no tarda en ofrecerme una copa. Me la bebo de un trago y hago una mueca cuando el alcohol pasa por mi garganta. Después miro lo que nos rodea y me doy cuenta de que me estoy engañando. No puedo más.

Todo esto, mi vida, es demasiado. La fiesta, mi madre, Adam, Michelle, Max, los doce millones de suscriptores que esperan que suba vídeos diariamente, la fotografía en la que Michelle miente diciendo que me quiere, que me dediquen miles de *tweets* y no sean suficientes, estar quedándome sin ideas y, sobre todo, ser consciente de que ya no me parezco en nada al chico que hace un año sonreía frente a la cámara.

He cumplido todos mis sueños.

Y soy un puto infeliz.

Lo que antes me apasionaba se ha convertido en una pesadilla.

Evan es el único del que me despido antes de salir del jardín. Me dirijo a la cocina y cojo una botella de vodka. Un rato después, la tengo en el asiento trasero del coche mientras conduzco sin rumbo por la carretera. Iré a un hotel. O a donde sea. Pero lejos del mundo. Evan tiene razón: debería olvidarme de todo y disfrutar, al menos durante esta noche.

La vida de Liam Harper puede esperar hasta mañana.

A fin de cuentas, no se cumplen diecinueve todos los días.

3

EL INTRUSO

Maia

Muy bien. Puede que esté muerto.

Pego la nariz a la ventanilla e intento ver a través del cristal. He salido del coche tan rápido que no me he fijado en el intruso. Ahora tengo el corazón desbocado y la respiración acelerada por culpa del susto. Procuro tranquilizarme, ya que, dentro de lo que cabe, tengo que actuar con racionalidad.

Humildad aparte, tengo buenos pulmones y mi grito ha debido de sonar por todo el vecindario. Por eso me sorprende que el sujeto en cuestión no se haya inmutado. Solo se me ocurren dos explicaciones: o está muerto o inconsciente, y sinceramente no sé cuál es peor. Encontrarme un cadáver en mi coche un sábado por la mañana parece una escena sacada de una película de terror, vale, pero ¿y si se despierta y resulta ser peligroso?

Los cristales son opacos y no consigo ver más que su figura. Se trata de un chico bastante normal, ni muy fornido ni extremadamente delgado, que seguramente sea bastante alto, porque está recostado contra la ventanilla opuesta y sus largas piernas ocupan los tres asientos. No se mueve ni un milímetro y puede que tampoco respire. Antes pensé en llamar a la policía, pero vivo en un pueblo minúsculo y no sé cuánto tardarían en llegar. Ojalá hubiera alguien cerca que pudiese ayudarme. No obstante, mi barrio está desierto. Imagino que mis vecinos seguirán durmiendo. A saber.

Trago saliva mientras me mentalizo de lo que estoy a punto de hacer.

Haciendo el mínimo ruido posible, abro la puerta del coche.

El chico se mueve en sueños. Contengo la respiración. Por suerte, enseguida se pone a roncar como si nada. Estoy tan acostumbrada al olor que solo tardo un instante en notarlo. No está inconsciente, mucho menos muerto. Después de haberme pasado noches enteras sirviendo copas, reconocería el aroma a vodka en cualquier parte.

Lo que está es borracho hasta las trancas.

Me agacho para examinarlo con detalle y trago saliva. Joder. Estoy convencida de que debemos de tener la misma edad. Cumplí dieciocho en agosto y este chico será, como mucho, uno o dos años mayor. Cualquiera se fijaría en lo guapo que es. Tiene la cabeza llena de rizos oscuros y salvajes que le caen sobre la frente, impidiéndome verle los ojos; la nariz recta y los rasgos afilados.

Un cúmulo de sensaciones se me instala en el estómago. Aparto la mirada a toda prisa. Bien. Debería centrarme en lo importante.

¿Cómo diablos ha acabado este individuo en mi coche?

Y, lo que es aún más urgente, ¿cómo lo saco de aquí?

Este inconveniente de metro ochenta que no para de roncar ha trastocado completamente mis planes. Ya tendría que estar en el supermercado. Lo miro, mordiéndome el labio, mientras pienso si debería despertarlo. Lleva unos vaqueros que se ajustan a la perfección a sus caderas y una sudadera con capucha, pero que me guste cómo viste —y que esté buenísimo— no significa que sea inofensivo.

Me acerco para examinarlo con más detalle. Entonces, veo la respuesta a todas mis preguntas, justo frente a mis ojos: su móvil.

Se durmió con él en la mano. Su brazo está colocado de forma que el teléfono queda sobre el cabecero del asiento. Lo más lógico sería cogerlo desde el maletero, pero el cierre empezó a fallar la semana pasada y no quiero arriesgarme. Aprieto los labios. Es una idea malísima, pero tampoco me queda otra opción. De todas formas, parece tener el sueño pesado. Con suerte no se despertará.

Puedo hacerlo.

No me lo pienso más y meto un pie dentro del coche. Cojo aire y me impulso hasta que estoy sobre los asientos. Coloco una rodilla entre sus piernas separadas y mando callar a mi corazón, que está a punto de estallar, mientras me estiro tanto como puedo para alcanzar el móvil. Me parece oír un coro de voces cantando *Hallelujah* cuando lo rozo con las yemas de los dedos.

De pronto, Míster Borracho se mueve en sueños y su mano cae por su propio peso y aterriza junto a mi rodilla. Me sobresalto con tanta fuerza que me golpeo la cabeza contra el techo del coche. Aunque me he hecho daño, apenas noto el dolor porque no pienso con claridad. Me veo atrapada entre sus extremidades y entro en pánico. Necesito salir de aquí. Ya. Retrocedo a trompicones apoyando las manos donde puedo, sin pensar. Cuando por fin tengo los pies en el suelo, cierro la puerta con un estruendo.

El corazón se me podría salir del pecho ahora mismo.

Joder, joder, joder.

Todo esto por un estúpido móvil.

Me concedo unos instantes para recuperar el aliento antes de encender el teléfono. Me tiemblan las manos. Salta una notificación porque tiene casi veinte llamadas perdidas, pero no podré ver a quiénes pertenecen hasta que introduzca la contraseña. Necesito encontrar un contacto agendado como «mamá» o «papá» para llamar y preguntar quién diablos es y por qué ha acabado durmiendo en mi coche.

Pruebo algunas combinaciones absurdas, como un cuádruple cero o «uno, dos, tres, cuatro». Son todas incorrectas y termino bloqueándolo. Suelto una maldición. Estoy esperando con impaciencia a que pasen veinticinco segundos cuando, de repente, la pantalla se queda en negro.

Intento encenderla y me salta otro aviso. Batería agotada. Genial.

Si no pareciese tan caro, estamparía este chisme contra la pared.

Aprieto los párpados e intento mantener la calma. Pulso de nuevo el botón de encendido mientras rezo por que vuelva a funcionar. Justo entonces, se oyen unos golpes en el cristal y del susto casi lanzo el teléfono por los aires. Me giro con el corazón en la garganta.

Está despierto.

El pánico me estruja los pulmones. Doy varios pasos hacia

atrás sin pestañear. No puedo apartar la mirada del vehículo. Vuelve a tocar el cristal, cada vez con más urgencia, pero no me muevo; solo me limito a tragar saliva. Mientras que él puede verme con todo lujo de detalles, yo apenas distingo su rostro. Intenta abrir la puerta y no lo consigue, y comienzo a maldecir toda mi existencia. No recuerdo haber echado el cierre.

He pasado de tener un chico durmiendo en mi coche a tenerlo *atrapado* en mi coche.

La situación va de mal en peor.

Él baja lentamente la ventanilla.

—¿Me dejas salir?

Doy un respingo al oírle hablar.

Tiene la voz grave y áspera. Siento que el estómago se me pone del revés, pero se lo atribuyo a lo surrealista del momento. Sus potentes ojos azules me observan con impaciencia. Aunque abro la boca, no se me ocurre nada que decir y solo sacudo la cabeza. Él resopla. Una milésima después, se impulsa con los brazos para salir por la ventana.

Oh. Dios. Mío.

Retrocedo tan rápido como mis piernas me lo permiten. Es un chico ágil, pero aún nota los efectos del alcohol. Cuando pone los pies en el suelo, se tambalea y se agarra a mi coche para no desplomarse. Se dobla sobre sí mismo y se lleva las manos a las sienes. Tiene dolor de cabeza. En otras palabras: resaca.

—¿Quién eres? —le suelto sin pensar.

No sé cómo me han salido las palabras. No quiero que sepa que me intimida, así que me cruzo de brazos y frunzo el ceño esperando una respuesta. Míster Borracho me mira con una mueca.

—¿Qué?

Cada vez me impaciento más.

—¿Has olvidado cómo te llamas?

—¿Nos conocemos? —inquiere incorporándose a duras penas.

En efecto, me saca unos diez centímetros. Mantengo la barbilla alta para demostrar seguridad. No dejo de golpear el suelo con un pie, pero con suerte no se dará cuenta.

—Estabas durmiendo en mi coche —le recuerdo señalando el vehículo con la cabeza—. Así que quien hace las preguntas aquí soy yo.

Frunce tanto el ceño que todo su rostro se contrae. Mira el coche y después a mí, y repite esa secuencia varias veces.

—¿Tu coche? —repite. Asiento, como si fuera evidente, y se lleva las manos a la cabeza—. Joder, ¿qué diablos hice anoche?

Decido bajar un poco la guardia. Parece tan desconcertado que me cuesta considerarlo una amenaza. Lo observo en silencio hasta que se destapa la cara y me pregunta:

—¿Tú estabas conmigo?

—No, ni siquiera sé quién eres.

Asiente, sin prestarme mucha atención.

—¿Puedes decirme dónde estamos?

¿Cómo no lo he pensado antes? No es de por aquí. Conozco a todos los habitantes de este pueblucho. Si hubiera alguien mínimamente parecido a él, me acordaría.

—Milnrow. —No reacciona, por lo que añado—: Inglaterra.

—Habría sido complicado salir del país.

Como eso haya sido sarcasmo, me voy a enfadar. Entorno los ojos y me fuerzo a cuidar las distancias. Mientras tanto, él rebusca en sus bolsillos. Suelta una maldición.

—He perdido mi móvil.

—Está aquí.

Ignoro su mirada, que es una mezcla de confusión y reproche, y se lo tiendo. Sus dedos rozan los míos por accidente, lo que provoca que me aparte de inmediato. Por suerte, está demasiado concentrado intentando encenderlo como para haberse dado cuenta. No tarda en descubrir que está sin batería y resopla exasperado.

Estaría bien decirle que tenía una veintena de llamadas perdidas, pero no quiero que sepa que he estado husmeando.

—Mierda. —Alza la mirada—. ¿No tendrás un cargador?

Rehúyo su mirada porque no me siento cómoda mirándolo a los ojos. No obstante, solo empeoro las cosas, porque de pronto me fijo en sus hombros anchos y, cuando mi mirada continúa bajando y se topa con la cinturilla de sus vaqueros, que se adhieren peligrosamente a sus caderas, noto la boca seca.

Me sobresalto y me apresuro a pensar en otra cosa. Mi voz se vuelve, si cabe, aún más cortante:

—Ni siquiera sé quién eres. Quiero que me expliques qué coño hacías en mi coche.

Se queda observándome durante unos largos segundos en silencio, y temo que se haya dado cuenta del repaso que acabo de darle. Sin embargo, termina sacudiendo la cabeza.

—No me acuerdo de nada. —Entonces, su rostro se inunda de desconcierto y frunce el ceño—. Espera un momento, ¿qué has dicho?

—Acabo de preguntarte qué hacías en mi coche.

—No, antes de eso.

—Quiero saber quién eres.

Ahora parece aún más sorprendido.

—¿No sabes quién soy? —asimila con cautela. Acto seguido, niega con la cabeza, como si no se plantease esa posibilidad—. Mira, si estás fingiendo que no me conoces para no asustarme, es mejor que sepas que...

Nota el cambio en mi expresión y no termina de hablar. Su rostro se tiñe de desconfianza. Lo miro con incredulidad. Pero ¿de qué va?

—¿Fingiendo? —repito. Me parece tan surrealista que me cuesta asimilarlo. Podríamos seguir discutiendo, pero ¿para qué? Ya está fuera de mi coche. No necesito nada más de él—. ¿Sabes qué? Olvídalo. Me estás haciendo perder el tiempo.

Solo hemos hablado unos minutos y ya estoy de mal humor. Desde luego, pierde el atractivo en cuanto abre la boca. Decido que este episodio absurdo tiene que acabarse aquí y lo rodeo para llegar hasta el asiento del conductor.

Cuando me agarra del brazo para detenerme, el corazón me salta con fuerza.

—Espera —me ruega mientras tira de mí para que me gire—. Necesito ayuda, ¿vale? No sé dónde estoy ni cómo he llegado hasta aquí. Mi móvil está muerto y...

—No es mi problema.

Sacudo el brazo para que me suelte. He tenido suficiente por hoy. Sin embargo, no está dispuesto a rendirse; abro la puerta del coche y él la empuja para cerrarla.

—Solo necesito un cargador. Haré una llamada y me largaré.

Esto me da muy mala espina. Debe de notar que estoy a punto de negarme de nuevo, porque levanta las manos y añade:

—Soy inofensivo. Puedes cachearme si quieres.

Como decía, es un capullo.

—Prueba a utilizar esa frasecita con mis vecinos. Seguro que con ellos tendrás más suerte.

Cuanto antes me vaya, antes llegaré al supermercado y antes podré encerrarme de vuelta en mi habitación. Abro la puerta, pero vuelve a cerrarla. Mi paciencia alcanza el límite y me giro hacia él, reteniendo las ganas de estamparle la cabeza contra el cristal.

Sin embargo, no se deja intimidar. Me tiende la mano.

—Soy Liam. —Hace una pausa—. Harper.

No sé si espera que reaccione de alguna forma en especial, pero me cruzo de brazos y me limito a mirarle la mano.

—Por favor —añade bajando la voz.

Siento una punzada de lástima. Es evidente que no piensa rendirse y, aunque me ponga de los nervios, acabaremos antes si dejamos de discutir. Asiento y acabo tomando una decisión de la que sé que voy a arrepentirme.

—Diez minutos —accedo—. Ni uno más.

Cuando lo miro, algo ha cambiado en su rostro. No sé quién diablos es, pero me pregunto si habrá constelaciones inspiradas en sonrisas como la suya.

4

NOMBRE DE ESTRELLA

Liam

Solo se me ocurren dos formas de explicar lo que está pasando: o esta chica es muy buena actuando o no tiene ni idea de quién soy.

Me niego rotundamente a pensar que pueda ser lo segundo.

Espero en silencio mientras forcejea con la cerradura de su casa y aprovecho que no me mira para darle un repaso. Es una chica menuda, castaña, con el pelo cortado a la altura de los hombros. Antes estaba demasiado adormilado como para darme cuenta, pero, cuando por fin consigue abrir, entra antes que yo y me indica que la siga, y entonces se me van los ojos y de pronto decido, quizá debido al alcohol, que no solo no está nada mal. Está mucho mejor que bien.

—Date prisa, ¿quieres? —me espeta sin mirarme.

Me obligo a reaccionar ante ese tono tan hostil.

Su casa es pequeña y huele a desinfectante, como si acabase de llevar a cabo una limpieza a fondo. Me duele demasiado la cabeza como para fijarme en los detalles, pero se nota a simple vista que este sitio no se parece en nada a nuestra mansión. ¿Dónde ha dicho que estamos? No recuerdo haber oído el nombre de este pueblucho en mi vida.

Joder, ¿qué cojones hice anoche?

Recuerdo que vi a Michelle y a Max juntos en la fiesta y que me subí al coche con una botella de vodka. Conduje hasta las afueras, aparqué en un descampado y me lie a beber hasta que todo se volvió borroso. Lo que pasó después es todo un misterio. De alguna forma, he acabado durmiendo en el coche de una desconocida con mal genio que ahora me conduce a lo que creo que es su habitación.

El cuarto es bastante grande teniendo en cuenta el tamaño del resto de la casa. Hay dos camas idénticas ubicadas en las paredes laterales, pero, mientras que una está deshecha, parece que nadie se haya acercado a la otra en años. Por lo demás, diría que está bastante ordenado, lo que por alguna razón no me sorprende en absoluto. Subo la vista al techo y me doy cuenta de que está lleno de estrellas de plástico.

Guau. Menuda friki.

—Qué acogedor —comento intentando ser amable.

Gruñe como respuesta. Me quedo junto a la puerta mientras rebusca en los cajones de la mesilla. No quiero desafiar a mi suerte, así que mantengo mis ojos lejos de ella. Para distraerme, le echo un vistazo al pasillo. Hay dos habitaciones más, pero están cerradas y no se oye ni un alma. Me pregunto si vivirá sola.

¿Cuántos años tiene? ¿Los suficientes como para haberse independizado? Acabo de darme cuenta de que tampoco sé su nombre. Mierda, ni siquiera estoy seguro de que sea mayor de edad. Por el bien de ambos, más me vale centrarme de una vez.

—Aquí está. —Su voz me trae de vuelta a la realidad.

Me tiende un cargador de color blanco. Al mirarla, veo sus ojos oscuros, sus mejillas hundidas y esos labios carnosos. Me observa con impaciencia, así que me apresuro a cogerlo.

—Gracias.

Señala un punto detrás de mí.

—Puedes enchufarlo ahí.

Enchufarlo. Sí, claro. Los cargadores se enchufan.

—¿Tienes una aspirina? —le pregunto casi agonizante—. Me va a estallar la cabeza.

Ha sido un paso arriesgado, pero ya no puedo más. Ella se cruza de brazos y me mira con desconfianza.

—Necesito algo que me ayude con la resaca —insisto.

—No beber ayuda con la resaca.

—Muy graciosa.

—Quedamos en que serían diez minutos y solo te quedan siete —me recuerda con sequedad.

Odio que me ganen en una discusión, pero mantengo la

boca cerrada. Necesito averiguar lo antes posible cómo he llegado aquí y, sobre todo, cómo voy a regresar. Adam estará volviéndose loco. ¿Desaparezco la noche de mi cumpleaños sin dar explicaciones? A sus ojos, será como si hubiera cometido un crimen.

Me giro en busca del famoso enchufe y resisto el impulso de mirarla cuando escucho movimiento a mi espalda. Una vez unido a la corriente, me saco el móvil del bolsillo e intento conectarlo al cargador. No obstante, parece que el destino está en mi contra esta mañana, porque no sirve.

Estoy muy jodido.

¿Qué voy a hacer ahora?

Escondo el enchufe con mi cuerpo y finjo que uso el móvil, solo para ganar tiempo, aunque ella no me está mirando. Tiene la vista clavada en las estrellas del techo. Necesito pensar en algo rápido si quiero que me ayude. Viendo como es, seguro que aprovechará cualquier oportunidad que se le presente para echarme. Me pone mala cara cada vez que abro la boca.

—¿Y bien? —demanda al cabo de unos segundos.

Me mentalizo antes de girarme y devolvérselo.

—No me sirve.

De primeras se muestra sorprendida, pero su expresión cambia cuando ve mi teléfono. Y, de pronto, en lugar de enfado, veo en su rostro cierta vergüenza, como si fuera culpa suya no tener un cargador especial para móviles de alta gama.

Sin embargo, su voz suena tan fría y sarcástica como antes:

—Lástima. Parece que no podré ayudarte.

—No tengo adónde ir. —Sueno tan desesperado que me doy pena a mí mismo. Por fin consigo que me mire y leo la duda en sus ojos. Mientras tanto, las sienes siguen mandándome punzadas de dolor—. Necesito una aspirina. Por favor.

Por suerte, accede y me indica que me siente antes de dejarme solo en la habitación. Cuando regresa poco después con una pastilla y un vaso de agua, se me escapa un suspiro de alivio. Me la trago sin pensármelo dos veces.

—¿Mejor?

Tardará en hacer efecto, pero aun así respondo:

—Gracias.

—Siento que mi cargador no te sirva. Es el único que tengo.

Deja el vaso que le he devuelto sobre la mesilla y se sienta en la cama guardando las distancias. Puede que esté más dispuesta a ayudarme de lo que quiere hacerme creer.

—¿Cómo decías que se llamaba este sitio? —pregunto.

—Milnrow.

—Ubícame —le suplico con los ojos cerrados. Me llevo las manos a las sienes y ruego que la aspirina me haga efecto lo antes posible.

—A unos treinta minutos de Mánchester y unos cuatrocientos kilómetros de la capital.

Levanto la cabeza con brusquedad.

—¿Que estoy a cuántos kilómetros de Londres?

¿Cómo diablos he acabado aquí?

La desconocida parece leerme la mente, porque su expresión se endurece.

—¿Has conducido casi cuatrocientos kilómetros por autopista estando borracho? —Su voz está cargada de reproche. Parece que esté a punto de darme un puñetazo.

—Si hubiera venido conduciendo mi coche, no habría acabado durmiendo en el tuyo.

Es una respuesta tan lógica que consigue tranquilizarla. Guarda las garras, aunque sigue mostrándose recelosa.

—Hay un autobús nocturno que pasa por aquí cada dos días. La estación está unas calles más abajo. Parece que hemos resuelto el misterio.

Siento que el mundo me da vueltas. No recuerdo haberme subido a un coche con nadie, pero tampoco haber comprado un billete de autobús. ¿En qué diablos estaba pensando? Bueno, vale, en realidad sí que lo sé: quería irme tan lejos de mamá, Adam y el resto de mi vida como fuera posible.

No esperaba que el Liam Borracho fuera a tomárselo tan al pie de la letra.

—Si vives en Londres y has acabado aquí, deberías llamar a tus padres. Estarán preocupados por ti —menciona entonces.

Casi me río con amargura. ¿Mamá, preocupándose por mí? Adam sí que estará desquiciado ahora mismo, pero no porque le importe yo, sino porque estando a tantos kilómetros de mí no puede vigilarme y es consciente de que cualquiera de mis acciones podría afectar a la imagen de mi madre. De todas formas, tiene razón. Debería llamarlos y que al menos se tomaran la molestia de ejercer de padres por una vez en sus vidas.

El problema es que no sé cómo voy a explicarles lo que ha pasado. No puedo decirles que anoche bebí tanto que acabé subiéndome a un autobús con rumbo a ninguna parte. Se volverían locos. Y, además, no los necesito. He aprendido a solucionar las cosas por mí mismo. Encontraré la forma de volver. Y de contactar con Evan para que me cubra las espaldas.

—¿Puedes llevarme a la estación? —pregunto—. Debería coger un autobús y volver cuanto antes.

Pestañea, como si creyera que le tomo el pelo.

—Te lo he dicho antes, el autobús pasa cada dos días. Estamos en el culo del mundo. Y es sábado. Nadie quiere venir a Milnrow un día normal, aún menos un fin de semana.

Su negatividad me sienta como un golpe en el estómago.

—¿Y qué esperas que haga? ¿Quedarme aquí hasta que pase el próximo autobús?

—Ni de coña. Dijimos que serían diez minutos y llevas quince. Estoy haciéndote un favor. —Ahí está, de nuevo, ese tono hostil. Parece notar que no estoy de humor para discutir, porque guarda silencio antes de suavizar la voz—: De todas formas, ¿por qué has venido? ¿Huías de algo? ¿Tienes problemas con tus padres?

La observo un segundo. Busco en su rostro pruebas de que miente, pero no encuentro nada. ¿Así que todo esto va en serio?

—¿De verdad no sabes quién soy?

Una vez más, mi pregunta la saca de sus casillas.

—Solo sé que te llamas Sean.

—Liam.

—Como sea.

—Harper. Me llamo Liam Harper. —Imagino que reaccionará al escuchar el apellido de mi madre, pero no se inmuta. Resoplo cansado—. Bueno, parece que al culo del mundo tampoco llega internet.

Mi ataque repentino la toma por sorpresa.

—Solo yo puedo meterme con mi pueblo —me advierte.

—Con tu aldea, más bien.

—Podría ser peor.

La miro y me lo pienso.

—Sí, tienes razón.

Silencio. No aparta la mirada, pero noto cuándo pongo nerviosa a una chica y, aunque lo intente disimular, es evidente que mi presencia le afecta. Aun así, insiste en no tener ni idea de quién soy. Puede que sea una ventaja, así que decido ahorrarme los detalles:

—No estoy huyendo. Ni siquiera sé cómo he llegado aquí. Pero necesito volver a casa antes de que mis padres se enteren de que me he ido. Dices que no hay autobuses hasta dentro de dos días y no puedo esperar tanto, así que eres la única que puede ayudarme.

Enarca las cejas. Vale, de momento no me ha mandado a la mierda, así que me permito felicitarme por mi corto pero eficiente discurso.

—¿Yo? —inquiere, sin saber adónde quiero llegar.

—Necesito que me lleves de vuelta a Londres.

Directo y sin anestesia. Su respuesta es automática.

—No.

—Vamos, no tengo otra forma de volver. —Me levanto cuando ella retrocede, pero guardo las distancias.

—No es mi problema. Tengo cosas que hacer y me estás haciendo perder el tiempo.

Mierda. Necesito convencerla antes de que me diga que me vaya. Echo un vistazo rápido a la habitación, en busca de inspiración, pero lo único que veo son cuadernos sobre el escritorio.

—Te compensaré —insisto, pese a que todavía no sé cómo.

—No me interesa.

—Puedo pagarte.

Me ofrezco casi de manera automática, ya que he aprendido que la gente hace cualquier cosa por dinero. Se vuelve a mirarme con desconfianza.

—No me sale a cuenta que me pagues solo la gasolina.

—Te daría más. El dinero no es un problema.

Siento un ápice de esperanza al ver la duda en sus ojos. Me pregunto para qué querrá utilizar el dinero. ¿Querrá comprarse algún capricho o lo necesitará de verdad?

—¿Cuánto? —exige saber.

—¿Cuánto quieres?

—Cuatrocientas.

—Trescientas cincuenta.

—Podrías llamar a un taxi y te sobraría dinero.

—¿Lo tomas o lo dejas?

—Cuatrocientas —insiste cruzándose de brazos—. O tendrás que pasarte los próximos dos días durmiendo en la estación.

Espera que proteste, pero me tiene atado de pies y manos. Así que renuncio a mi orgullo y asiento con la cabeza.

—Está bien. Pues cuatrocientas.

Sin embargo, no parece muy convencida. Le doy unos segundos para considerarlo. Cuando se muerde el labio, mi mirada recae en su boca y continúa bajando. No se parece a Michelle, pero me gusta. No sabría decir si es mi tipo porque no creo tener uno en particular, pero cualquiera se daría cuenta de lo guapa que es. Y de que está buenísima. Solo me obligo a apartar la vista porque sé que la situación lo requiere.

—Necesito volver antes de esta noche —dice tras mucho pensárselo.

—Iremos directos a Londres. Llegarás a tiempo.

—Vale. Pues está hecho.

Mierda, menos mal. Con suerte, también podré convencerla de que me preste su móvil para llamar a Evan. Mi plan va sobre ruedas, excepto por una cosa.

—¿Tienes el carnet? —inquiero con intención.

—¿Disculpa?

—Sé que muchas chicas de dieciséis conducen sin tenerlo.

—Tengo dieciocho, capullo —me espeta—. Y jamás conduciría sin documentación.

Escondo una sonrisa. Perfecto. Es mayor de edad.

Sus ojos conectan con los míos, aunque no tarda en girarse y ponerse a buscar su móvil y sus llaves. En efecto, creo que la pongo nerviosa. Me quedo en silencio hasta que se vuelve hacia mí.

—Deberíamos irnos —me indica sin mirarme directamente.

—Y tú deberías decirme tu nombre. Si me secuestran y te pillan, la policía me pedirá información.

Quiero hacerla sonreír, pero todavía se me resiste. Tras observarme con desconfianza, responde:

—Me llamo Maia.

Maia. Me gusta.

—Es nombre de estrella —menciono.

—¿Te gusta la astronomía? —pregunta sorprendida.

Michelle adoptó a una gata hace unos meses y estuve ayudándola a buscarle nombre. Recorrí todo internet en busca de los más bonitos y «Maia» estaba entre mis propuestas. No voy a contarle toda la historia, así que solo me encojo de hombros.

—Algo así —me limito a contestar.

No recuerdo qué nombre escogió al final, pero ojalá no fuera este. Dudo que pueda volver a escucharlo sin acordarme de esta chica.

5

UN VIAJE POR CARRETERA

Liam

—Ponte el cinturón.

—Oído, sargento.

Al escucharme, Maia pone los ojos en blanco. Termino haciéndole caso, aunque no me molesto en ocultar la sonrisa. Se me da bien sacar a la gente de sus casillas; diría que es una de mis virtudes. Ella tiene carácter y creo que voy a divertirme mucho pinchándola durante todo el camino.

Sin embargo, decido esperar hasta que entremos en la autovía y ya no pueda echarme a patadas del coche. Hemos tardado casi media hora en salir porque todavía no estaba convencida. He aguantado sin rechistar como todo un campeón, a pesar de que no entiendo qué es lo que le preocupa; estará de vuelta para esta noche como muy tarde. Son bastantes horas de viaje, vale, pero pienso pagarle bien. Me parece un trato justo.

Y, aun así, sigue comportándose como si esto fuera un suplicio para ella.

Antes he descubierto que no vive sola. Ha entrado en una habitación a despedirse de su madre, que todavía dormía. Creo que Maia no le ha dado muchos detalles y ella tampoco se ha molestado en preguntar, lo que ya nos hace tener algo en común. ¿Dejas que tu hija se suba a un coche con un desconocido y ni siquiera muestras interés en saber adónde va? Bueno, suena a algo que mi madre también haría.

Maia conduce hasta que salimos de Milnrow. Yo voy mirando por la ventana distraído. Ahora que la aspirina ha hecho efecto ya no me duele la cabeza, pero este trasto es tan incómodo que no sé cómo voy a aguantar casi cuatro horas aquí metido. Mis piernas son demasiado largas para el asiento. Me reacomodo, inquieto, y ella deja de prestarle atención a la carretera un segundo para mirarme.

—Así que el niño rico no está acostumbrado a los coches pequeños, ¿eh?

Pongo los ojos en blanco. Me ha estado llamando así desde que le dije que el dinero no era un problema.

—Te noto muy hostil, Maia. Cualquiera diría que me estás tirando los tejos.

—Siento ser yo quien te diga esto, pero no eres mi tipo.

—Ya, claro.

—Los tíos que se dan aires de malote me parecen ridículos.

Contengo la sonrisa.

—¿Intentas herir mi ego?

—La verdad duele.

—Piensas que voy de malote. Bueno, no está nada mal. —En realidad, me parece interesante. Me echo hacia atrás y esbozo una sonrisa burlona. Como no contesta, decido picarla un poco más—: Dime, ¿me has hecho fotos mientras dormía? Seguro que vas a usarlas para empapelar tu habitación.

—No, y si las hubiera hecho, habría sido para enseñárselas a la policía.

Ya empezamos otra vez.

—Vamos a pasar mucho tiempo juntos. Estaría bien que dejaras de tratarme como a un delincuente.

—No sé si lo eres o no.

Eso sí que me molesta. Al mirarla, descubro que está apretando el volante con mucha fuerza y que no deja de mirar nerviosamente los espejos retrovisores. Lleva tensa desde que salimos. ¿Así que es por mi culpa? Imagino que el olor a alcohol no debe de haberme ayudado a dar una buena impresión, pero llevo sin ducharme desde anoche. No había baños públicos en el dichoso autobús que debí de coger borracho y me dejó en medio de ninguna parte.

Ahora que lo pienso, tampoco me he mirado al espejo. Me dispongo a bajar el espejo retrovisor, pero Maia reacciona en ese preciso instante. Da un volantazo, se desvía bruscamente de la carretera y detiene el coche en un camino de tierra. El corazón me da un salto. ¿Qué diablos...?

Antes de que pueda preguntar, sale del vehículo y lo rodea para abrirme la puerta. Empiezo a pensar que va a dejarme aquí tirado, pero entonces se aferra a ella angustiada, y me suelta:

—Conduces tú.

—¿Qué? —mascullo aturdido.

—Que conduces tú. Vamos, muévete.

No reacciono, así que tira de mi brazo para sacarme del coche.

—Liam, por favor.

Reacciono al verla tan desesperada y bajo del vehículo. Maia ocupa mi asiento rápidamente. Después cierra la puerta y se queda esperando, de brazos cruzados, a que yo vuelva a subirme. Me tomo unos segundos para procesar lo que acaba de ocurrir. A esta chica le falta un tornillo.

Me monto en el coche de todas formas.

—Muy bien. —Suspiro, y me abrocho el cinturón. Mis piernas siguen siendo demasiado largas para este trasto, por lo que busco la palanca bajo el asiento para darme más espacio.

Maia no me mira. Está pálida y se clava las uñas en los brazos inquieta. Hace un segundo habría pensado que es por mi culpa, pero dudo que me hubiera dejado conducir si pensara que voy a hacerle daño. ¿Tanto miedo le da la carretera? A mí también me daba respeto cuando me saqué el carnet, pero nunca hasta este extremo.

—¿Estás bien? —pregunto.

Da un respingo al oír mi voz. Parece que esté a punto de entrar en pánico. Traga saliva y asiente, aunque sé que es solo para que deje de insistir.

—Conduce con cuidado —me suplica.

—Claro.

Como decía, es una chica muy rara.

No digo nada más y maniobro para volver a la autovía. Guardamos silencio durante los siguientes cinco minutos. Maia se limita a mirar por la ventana, tensa, sin descruzar los brazos, y yo le lanzo miradas de reojo mientras tamborileo nerviosamente sobre el volante. Me cuesta concentrarme teniéndola al lado. Antes de que saliéramos de su casa apenas confiaba en mí lo suficiente como para dejarme subir a su coche, y ahora quiere que conduzca yo. Sea lo que sea lo que le pase, debe de ser grave.

Y no creo que el silencio ayude.

—¿Has ido a Londres alguna vez?

Se tensa al oírme. La miro con el rabillo del ojo y vuelvo a prestarle atención a la carretera.

—No —se limita a responder.

—Pues deberías. Seguro que te encantaría. —Me mira con incredulidad—. Le gusta a todo el mundo —añado.

Chasquea la lengua escéptica, pero, cuando se reacomoda en el asiento, se acerca un poco más.

—He oído que es una ciudad muy triste.

—Bueno, sé por experiencia que no es bueno fiarse de los rumores.

Con esto me gano su atención. Por suerte, creo que ha dejado de pensar en lo que sea que le preocupaba.

—Adelante —la animo lanzándole una mirada rápida—. Pregunta lo que quieras. Estoy conduciendo tu coche y ni siquiera sabes cuántos años tengo.

—No me interesa. —Miente rápido y a la defensiva.

—No te hagas la dura conmigo, Maia. Te he calado.

Espero que vuelva a desafiarme, pero suspira resignada.

—¿Cuántos años tienes?

—Diecinueve.

—Suficientes para ir a la cárcel por secuestro —comenta amargamente.

Me trago una sonrisa.

—Tú eres la que ha insistido en dejarme conducir.

Capta enseguida la pregunta implícita en mis palabras. Se recoloca en su asiento, repentinamente incómoda.

—No estoy acostumbrada a salir a la carretera.

—Conduciendo —asumo. Imagino que habrá viajado varias veces con sus padres.

—En general. —Guardo silencio para que dirija la conversación, lo que parece relajarla—. Voy y vengo de Mánchester todos los días, pero no cuenta. Solo está a treinta minutos.

—¿Trabajas allí?

—No. Bueno, más o menos.

—Pero trabajas, ¿verdad?

—Soy camarera.

—Es curioso, ¿eh?

—Que trabaje en un bar no significa que me guste tratar con borrachos —me suelta de mal humor.

Me cuesta no reírme. Ha sido muy hábil a la hora de pillar la broma.

—¿Estudias? —sigo preguntando.

—No.

No quiero que parezca un interrogatorio, así que digo:

—Yo tampoco. No quise ir a la universidad para dedicarme únicamente a lo mío.

Busco despertar su curiosidad, pero se encoge de hombros con cierto desinterés. Menudo golpe para mi ego. En realidad, sé que es mejor que no sepa quién soy; a la larga, me traerá menos problemas. Pero está tratándome como a un gilipollas cualquiera y una parte de mí se muere por contarle la verdad solo para impresionarla.

—¿Te arrepientes de no haber ido a la universidad? —inquiere al cabo de un rato—. Si yo hubiera tenido la oportunidad, no la habría desaprovechado.

—Supongo que no. Renuncié para hacer lo que me hacía realmente feliz.

Me sorprende que mi mentira suene tan creíble.

—Eso está bien —contesta.

—¿Por qué no puedes ir a la universidad?

—Trabajo. No podría compaginarlo. Además, puede que en tu mundo la gente no se lo plantee, pero estudiar es caro.

Me lo pienso y asiento. Nunca se me había ocurrido.

—Tienes razón —coincido—. En mi mundo nadie se lo plantea.

Ahora que soy consciente, es bastante triste. E injusto. Maia se rodea con los brazos y mira hacia otra parte.

—Pues eso.

—¿Qué habrías estudiado? —me intereso. Quiero desviar el tema de conversación para que no se ponga a la defensiva. Además, no puedo negar que tengo curiosidad.

Para ser alguien que por culpa de «su mundo» nunca se ha planteado estudiar, Maia lo tiene muy claro.

—Periodismo.

—¿Por eso tienes tantos cuadernos? ¿Escribes?

No sé quién se muestra más sorprendido: si ella al notar que me he fijado o yo cuando me doy cuenta de que, en efecto, lo he hecho.

—¿Cómo sabes que tengo tantos cuadernos?

—Estaban sobre tu escritorio. Soy muy observador.

—Eso sí que te hace parecer un delincuente.

Me toma por sorpresa y no puedo evitar reírme. Maia se bloquea ante mi reacción, pero en sus labios acaba formándose una sonrisa tímida. Eso me da ánimos para no dejar que muera la conversación.

—En realidad, no sé nada sobre astronomía. Encontré tu nombre en una web de nombres para gatos.

Ahora es ella quien se ríe. No me resisto a mirarla de nuevo, aunque vuelvo a concentrarme en la carretera enseguida. Tiene una risa muy bonita.

—Sabía que era mentira. No pareces un friki de la astronomía.

—¿Lo dices porque soy guapo?

—Porque pareces imbécil.

Me llevo una mano al pecho, como si me hubiera dado directamente en el corazón.

—Me hieres.

—Seguro.

Se me escapa una sonrisa. No pienso admitirlo en voz alta, pero puede que no me caiga tan mal después de todo.

—¿Tus padres sabían que Maia era nombre de estrella cuando te lo pusieron?

—A mi padre le encantaba la astronomía. Siempre le decía a mi madre que solo se casaría con ella si le dejaba llamar a sus hijos como él quisiera. Tenían una broma entre ellos y acabó siendo algo serio. También fue quien escogió el nombre de mi hermana. —Hace una pausa y me mira—. Se llama Deneb. Es la estrella más alejada de la Tierra conocida por el ser humano.

Tras esto, un silencio incómodo se instaura entre nosotros. Maia se arrima a la puerta y parece que se cierra en banda. Me aclaro la garganta.

—Seguro que es un tío guay. Tu padre —comento.

—Está muerto.

Joder. El corazón me salta con tanta fuerza que casi hago que nos desviemos de la carretera.

—Lo siento —pronuncio sin aire.

Se apresura a negar, como si acabase de darse cuenta de lo brusca que ha sonado.

—No pasa nada. Murió cuando tenía diez años. No lo sabías.

De nuevo, es como si el silencio fuera a engullirnos.

—Yo tampoco tengo padre —confieso. No sé por qué me apetece tanto contárselo—. Se largó cuando cumplí los doce. Me ha criado mi madre.

He maquillado demasiado la situación, pero no necesito que sepa nada más sobre mi familia. Imagino que me dirá que lo siente, como hace todo el mundo; sin embargo, se limita a contestar:

—Qué putada.

Y yo me río porque tiene toda la razón.

—No le gustaba que mi madre tuviera más éxito que él.

Nunca soportó que le fuera tan bien con su marca. Cuando su nombre empezó a volverse conocido en el país, las discusiones en casa se volvieron tan frecuentes que yo no soportaba estar fuera de mi habitación. Después se divorciaron y mi padre se largó sin dar explicaciones. No hemos vuelto a verlo, y tampoco hace falta. Adam será un muermo, pero trata a mi madre mucho mejor que él.

Durante los siguientes cuarenta minutos nos invade un silencio que ya no es incómodo. Maia tararea las canciones que suenan en la radio mientras admira el paisaje. Tras mucho pensármelo, acabo tomando un desvío hacia un área de servicio. Aparcamos junto a una cafetería que no parece tener mucha clientela.

—Conque sí planeabas secuestrarme... —comenta en voz baja mirando lo que nos rodea.

—Te invito a un café. Necesito despejarme.

Salgo del coche sin dejarla responder. Tarda unos segundos en hacer lo mismo.

—Esto no estaba en el trato —me recuerda mirándome por encima del vehículo.

Sonrío al lanzarle las llaves.

—No hay nada de malo en invitar a una chica guapa a tomar algo.

Ella las atrapa al vuelo.

—No tontees conmigo —me advierte.

—No tonteaba, Maia. Deja las fantasías para cuando te vayas a dormir.

Sonrío y echo a andar hacia la cafetería. Ella me sigue a regañadientes. Cuando le abro la puerta para que entre primero, se cruza de brazos y espera a que pase yo. Supongo que intenta sacarme de mis casillas, pero la verdad es que su carácter me hace bastante gracia. Entra detrás de mí y me parece ver cómo sonríe cuando piensa que no la miro.

Compruebo con alivio que llevo dinero en los bolsillos. Habría sido de muy mala educación invitarla a tomar algo y que tuviese que pagar ella.

—¿Café? —sugiero mientras nos ponemos en la fila. Solo hay un par de clientes antes que nosotros. Los camareros sirven a toda velocidad.

—Chocolate. No me gusta el café.

—Creo que no vamos a llevarnos bien.

—No nos llevamos bien.

Vuelvo a sonreír. Sin embargo, cuando mi mirada se cruza por casualidad con la de una chica al fondo, me doy de bruces contra la realidad.

Mierda.

¿Cómo no lo he pensado antes?

Mierda, mierda, mierda.

A mi lado, Maia sigue perdida en sus pensamientos, porque una persona normal nunca se fijaría en si hay alguien observándola desde la otra punta de la cafetería. La chica codea a sus amigas y todas comienzan a mirarme. Finjo que no me doy cuenta. No tardan mucho en sacar sus teléfonos móviles. Comienzan a sacarme fotos a escondidas, como si necesitasen pruebas de que me han visto. De que existo y estoy aquí.

Tengo que ocuparme de ellas antes de que la situación empeore.

—Dame un momento —le digo a Maia, que asiente sin hacerme mucho caso.

Está pendiente de su teléfono. Me hago un recordatorio mental: después tendré que pedirle que me deje llamar a Evan para que me cubra las espaldas.

Rogando que no vea cómo me alejo, camino hacia las chicas. Sus ojos se abren aún más cuando notan que me dirijo hacia ellas, y comienzan a ponerse nerviosas. Compruebo con alivio que al menos han soltado los móviles. Bien. A ojo, calculo que tendrán unos quince años.

—Eres Liam Harper —pronuncia con voz aguda una de ellas. Apenas puede respirar—. ¿El de verdad?

Asiento y, después, estalla el caos.

Un caos silencioso, gracias al cielo.

Charlamos durante unos minutos y asiento cuando me piden una foto. Insisto en que borren las que me han sacado antes, con Maia, pero sé que no tengo forma de asegurarme de que lo harán. Una de ellas incluso me pide que le firme un autógrafo. Que esté «acostumbrado» a todo esto no significa que no me parezca surrealista. Tener millones de seguidores en internet es una cosa muy diferente a ponerles cara y ver que existen realmente.

Tras despedirme, vuelvo a la fila con Maia. Las chicas siguen cuchicheando y el escándalo ha llamado la atención de otros clientes. Seguramente ahora muchos se interesarán en saber quién soy y querrán sacarse una foto conmigo, aunque no me conozcan, solo porque las han visto a ellas.

Supongo que tendremos que volver pronto al coche.

—Esa chica te ha pedido un autógrafo —susurra Maia en cuanto me detengo a su lado.

No intento negarlo porque no podré ocultárselo durante mucho más tiempo.

—Sí —respondo, sin dar más explicaciones.

Esquivo su mirada a toda costa. Ella me observa con curiosidad. Justo cuando nos toca pedir, formula esa pregunta que llevo esperando desde que me desperté en su coche:

—¿Quién eres?

Y yo no respondo. No sé cómo explicarle que ya no lo sé.

6

SOY *YOUTUBER*

Liam

Nos vamos de la cafetería sin haber tomado nada. Después de verme sacándome fotos con esas chicas, el resto de los clientes no nos quitan el ojo de encima. Es evidente que Maia no está tan familiarizada con llamar la atención como yo, porque se cruza de brazos incómoda hasta que le sugiero que nos marchemos.

La dejo esperándome en el coche y me encierro con pestillo en el baño de la cafetería. Apoyo las manos sobre el lavabo y me miro al espejo. Espero que ninguna de esas fotos salga a la luz, porque tengo peor aspecto del que pensaba. Mi ropa está arrugada y tengo el pelo enredado y unas marcas moradas bajo los ojos que dejan entrever la noche de mierda que tuve ayer.

Me lavo la cara e intento peinarme los rizos con los dedos. No puedo esperar a llegar a casa y cambiarme de ropa. Apesto a alcohol. Me echo un último vistazo para comprobar que, dentro de lo que cabe, estoy decente, y después me pongo la capucha y salgo del baño. Mantengo la cabeza gacha hasta que estoy fuera del local.

Una parte de mí temía que Maia hubiera aprovechado esta oportunidad para marcharse y dejarme aquí tirado, pero el coche sigue justo donde lo dejamos.

No me molesto en preguntarle si quiere conducir; ya se ha acomodado en el asiento del copiloto. Arranco el motor, salimos del área de servicio y entramos en la autopista. Maia no deja de mirarme de reojo. Imagino que piensa que no me doy cuenta, pero es bastante descarada. Aún no le he dado explicaciones sobre lo que ha pasado antes. Y no entiendo por qué me gusta tanto saber que he despertado su interés.

Sin embargo, no insiste ni me acribilla a preguntas, como habría hecho cualquier otra persona en su lugar. De hecho, guardamos silencio hasta que enciende la radio y comienza a sonar una canción de una banda que no conozco. No suelo escuchar este tipo de música, pero no está mal.

Maia canturrea distraída mientras observa el paisaje y yo tengo que esforzarme por seguir pendiente de la carretera.

—Son buenos —comento para romper el silencio.

—Lo sé. Son mi banda musical de la semana. —Le hago una mueca que la anima a continuar—. Busco una nueva todas las semanas y escucho su música durante siete días. Así es como he descubierto a muchos de mis artistas favoritos. Suena tonto, pero me ayuda a inspirarme para escribir.

No creo que suene tonto. Más bien, me parece una técnica interesante que quizá pondré en práctica en un futuro, pero no lo menciono.

—¿Qué tipo de cosas escribes? —pregunto en su lugar.

—Textos de vez en cuando, pero no son nada del otro mundo. Solo lo hago cuando necesito desahogarme. Por ahí dicen que es malo guardarse las cosas para uno mismo.

Cuando termina, aprieta los labios y mira hacia otra parte, como si creyera que ha hablado demasiado. Espero que me dé más detalles; el tema me llama la atención y me gustaría seguir escuchándola, pero ha vuelto a cerrarse en banda.

—Guay —respondo. No se me ocurre nada más.

—Sí, supongo.

Estoy cansado de forzar temas de conversación, así que me resigno a conducir en silencio.

Llevamos más de dos horas de trayecto cuando llega la hora de almorzar. Llevo sin comer desde anoche, así que estoy famélico y, aunque ya no me duela la cabeza, sigo notando los músculos cansados. No creo que pueda aguantar en este estado los cien kilómetros que faltan hasta Londres. No le doy más vueltas y vuelvo a tomar un desvío hacia la próxima área de servicio. Debemos de estar pensando en lo mismo, ya que Maia suspira aliviada.

—Menos mal, estoy muerta de hambre —confiesa incorporándose para ver adónde vamos.

Aparco junto a la gasolinera. Cerca hay un restaurante de carretera que no parece muy transitado. Apago el motor y miro a Maia, que saca la cartera de su mochila. Me preparo para replicar porque antes quedamos en que invitaría yo, pero me acalla con un gesto.

—Mantén tu cara de famoso dentro del coche. Dime lo que quieres y pediré yo. Puedes esperarme aquí.

Vale, eso tiene sentido, sobre todo si queremos evitar que se repita el episodio de la cafetería.

De todas formas, no pienso dejar que pague ella. Me palpo rápidamente los bolsillos para sacar algo de dinero y dárselo, pero resopla y se marcha dejándome con la palabra en la boca. Joder. Ni siquiera me ha dado tiempo a decirle qué me apetece comer.

Arranco y conduzco hasta la parte trasera. Hay una zona verde junto a la carretera con mesas para comer al aire libre. Aunque haya varios vehículos cerca, están todas vacías. Salgo del coche, me guardo las llaves y me acomodo en la más apartada. El cielo está cubierto de nubes, pero hace mucho calor. Me quito la sudadera y me quedo solo en camiseta.

Espero que Maia pueda encontrarme. Cuando transcurren quince minutos y no aparece, pienso en ir a buscarla, pero entonces la veo llegar con una bolsa de comida. Conforme se acerca, no me pasa desapercibido que los ojos la traicionan y me da un repaso bastante descarado. Traga saliva cuando su mirada se clava en mis brazos.

Para no ser «su tipo», parece que me presta bastante atención.

Se sobresalta al ver que me he dado cuenta y mira hacia otra parte, pero ya es demasiado tarde. Me cuesta horrores no sonreír.

—Es lo único que tenían. —Me lanza un bocata envuelto en una servilleta—. La otra opción eran albóndigas, pero, sinceramente, no me fío.

Intenta a toda costa no parecer nerviosa. Asiento, aunque tengo la cabeza en otra parte; más concretamente, en lo que acaba de ocurrir. La sonrisa que crece en mi rostro es cada vez más evidente.

—Quedamos en que invitaría yo —menciono para hacerla hablar.

—Seguro que encuentras otra forma de compensarme.

Casi me atraganto con un trozo de sándwich.

Bueno, vale, esto se pone interesante.

—¿Qué tienes en mente?

—¿Por qué no dejas de hacerte el misterioso y me cuentas a qué ha venido lo de antes? Esas chicas te han pedido una foto. ¿Eres famoso o algo así?

Me encojo de hombros para restarle importancia. Parece que no pensábamos en lo mismo.

—Algo así —contesto.

—¿Qué eres exactamente? ¿Cantante, actor, futbolista...? —Me mira de arriba abajo—. ¿Trabajas en una agencia de modelos?

Mi sonrisa burlona está de vuelta.

—¿Así que crees que podría ser modelo? Veo que me tienes en alta estima, Maia.

No obstante, sabe devolvérmelas muy bien.

—Últimamente las marcas de ropa son muy inclusivas. No me sorprendería que también contratasen a gilipollas.

—Qué graciosa.

—Hablo en serio. ¿A qué te dedicas? ¿Eres deportista? ¿Cómico?

—No exactamente. —Hago una pausa para masticar—. Soy *youtuber.*

De pronto, comienza a reírse con tanta fuerza que casi se atraganta. Pestañeo. No sé qué reacción esperaba, pero definitivamente no era esa.

—No hablas en serio. —Sigue riéndose mientras niega con la cabeza. Cuando nota que la miro en silencio, abre los ojos de par en par—. Mierda, sí que hablas en serio. Lo siento mucho.

—¿Qué te hace tanta gracia? —cuestiono un tanto molesto.

—Nada —contesta a toda prisa—. Solo me ha... sorprendido. Nada más.

—Es un trabajo serio, ¿vale? No consiste solo en ponerse delante de la cámara y soltar tonterías. Hay mucho detrás.

—Claro —coincide, asintiendo varias veces.

Me he puesto de mal humor. Típico de mí, supongo. Me quejo constantemente de mi mundo, pero me pongo a la defensiva cuando otra persona lo critica. Soy un puto hipócrita.

Al ver que sigo sin mirarla, Maia suspira.

—Liam, no iba con mala intención. Lo siento si te ha sentado mal. —Acabo asintiendo, ya que suena sincera. Destensa los hombros y, tras unos segundos de silencio, añade—: ¿Qué clase de vídeos haces? No utilizo mucho internet.

Procuro no mostrarme demasiado sorprendido, aunque no conozco a mucha gente de nuestra edad que no esté constantemente enganchado a la red.

—De todo. A veces hablo de videojuegos, pero normalmente escribo guiones sobre diferentes temas y hago reír a la gente. Últimamente también hago muchos directos.

«Al menos, lo era antes. Creo que ahora solo lo hago porque es lo que todos esperan de mí.»

—¿Así que tus seguidores piensan que eres gracioso? —cuestiona divertida—. Vaya, felicidades. Finges muy bien frente a la cámara.

No puedo evitar sonreír. Esto de meterse conmigo se le da muy bien.

—También hay quienes piensan que no hago ni puta gracia —admito, y se ríe.

—Mi padre decía que uno siempre tendrá gente en contra, incluso aunque tome las decisiones correctas. No se le puede gustar a todo el mundo.

—Pero es difícil saber si es lo correcto, ¿no? Puedes pasarte la vida creyendo que vas en la dirección adecuada solo porque no conoces nada más. —De repente, atraigo toda su atención. Me aclaro la garganta incómodo—. Tu padre tiene razón. Todos mis amigos tienen *haters*. Al final uno se acostumbra.

—¿Y qué tipo de cosas os dicen? No se me ocurren muchas formas de criticar a alguien al que solo conoces de internet.

—Algunos se meten con mi físico, otros con mis monólogos y la calidad de mis vídeos, y hay incluso quienes crean cuentas anónimas para insultar a mis amigos y a mi familia. Y luego están los que piensan que hago todo esto por fama y dinero y no porque me apasione de verdad.

Ya hemos terminado de almorzar. Maia frunce el ceño pensativa, y se toma un momento para procesar mis palabras.

—Imagino que no lo haces por eso.

—No lo sé. Llevo en YouTube toda la vida.

—No conoces nada más —añade como para sí.

No sé nada de ella y, aun así, me muero de ganas de contárselo todo. Quizá sea eso lo que me anima; Maia no sabe quién soy ni la historia que llevo a cuestas. No es consciente de lo poco que me parezco al Liam que sonríe para la cámara. Guardarme mis problemas no me ha servido de nada, así que ¿para qué seguir haciéndolo? De todas formas, dudo que volvamos a vernos después de esto.

—Al principio sí me gustaba —confieso—. Me grababa haciendo estupideces con mi mejor amigo y nos reíamos viendo cómo reaccionaba la gente de internet. Cuando quise darme cuenta, había muchas personas ahí fuera pendientes de mi contenido. Una vez que el público tiene expectativas puestas en ti, empiezas a replantearte todo lo que haces porque no quieres decepcionar a nadie. —Trago saliva. Ahora que lo pienso, es egoísta que me queje de mi vida perfecta cuando no conozco su situación—. Perdona —añado incómodo—. No tengo derecho a quejarme. No tengo problemas de verdad.

Me repito a menudo que, en mis circunstancias, nadie tiene derecho a estar mal, lo que hace que me sienta todavía peor porque no entiendo por qué estoy tan disconforme con mi vida. Cualquiera querría estar en mi lugar. Espero que Maia esté de acuerdo conmigo, como todos, pero niega.

—No podemos juzgar los problemas de los demás. Lo que a mí me parece insignificante a otro puede suponerle un mundo, y está bien. —Me mira a los ojos—. Creo que deberías dedicarte a lo que te haga feliz, Liam.

Debería asegurarle que eso es YouTube, pero ya no me quedan más razones para mentir.

—Es fácil decirlo —me limito a responder.

—Apenas nos conocemos, pero es evidente que tienes acceso

a muchas oportunidades. No las desaproveches. Hay quienes solo pueden soñar con tener una vida como la tuya.

Y eso me lleva a pensar en ella. Me pregunto cómo será su vida. Dice que es camarera, pero ¿llegó a terminar el instituto? ¿Estará ahorrando para la universidad? ¿Qué hay de su familia? ¿No tiene a nadie que pueda ayudarla? Antes me he dado cuenta de que nunca me lo he planteado; lo de tener que trabajar. Mi vida ha ido sobre ruedas desde que nací. Nunca he atravesado momentos de necesidad.

Así que se equivoca. No tengo derecho a quejarme. No cuando tengo todo lo que hay que tener para ser feliz.

—Deberíamos irnos. —Su voz me trae de vuelta a la realidad—. Está empezando a llover.

Pestañeo cuando me caen unas gotas en la cara. Maia ya se ha levantado y está recogiendo nuestras cosas a toda prisa. La ayudo y después me enfundo la sudadera para no empaparme. Cada vez llueve con más fuerza. Echamos a correr hacia el coche. Maia solo lleva una camiseta fina de manga larga y, cuando entramos, está tiritando. El pelo húmedo se le pega a la frente y las gotas de agua le brillan en las pestañas. Debería haber aparcado más cerca de nuestra mesa.

—¿No tienes nada para cambiarte? —pregunto.

Aprieta los dientes y niega mientras se hace una coleta.

—Estoy bien.

No me lo pienso dos veces; me quito la sudadera. Por suerte, mi camiseta está seca.

—Póntela —le ordeno tendiéndosela.

Ella da un respingo y se vuelve hacia mí.

—Está empapada.

—Por dentro no. —Sin embargo, no parece muy convencida. Resoplo con impaciencia—. Nos queda una hora de viaje como mínimo y dudo que este trasto tenga calefacción. ¿Puedes dejar de ser tan testaruda y cambiarte en la parte de atrás?

Pese a lo poco que me conoce, debe de saber que no pienso rendirme, porque suspira y me arrebata la sudadera. Espero que me dé las gracias, al menos, pero se limita a gruñir por lo bajo.

—Como se te ocurra mirar, te corto los huevos.

—Tengo mejores cosas que hacer.

Dado que el coche es minúsculo, tiene que maniobrar para alcanzar los asientos traseros. Cuando pasa por mi lado, no hago nada por evitar que nuestros brazos se rocen. Trago saliva e intento concentrarme en el paisaje. Espero que se dé prisa, porque me cuesta resistir la tentación de echarle un vistazo. Decido darle unos minutos de ventaja y después miro por el espejo retrovisor. Acaba de terminar de ponérsela.

Sus ojos se cruzan con los míos a través del cristal.

—Capullo —sisea mientras vuelve a su asiento.

Parece aún más pequeña envuelta en mi sudadera. A mí me viene una talla grande, así que a ella le queda más que enorme. Las mangas le cubren las manos cuando se abraza a sí misma para entrar en calor. Se rodea las piernas con los brazos y se frota los tobillos, sin dejar de tiritar. Tengo que obligarme a aclararme la garganta y dejar de mirarla.

Pienso en Michelle y en que no he venido para esto. La lluvia golpea violentamente el parabrisas.

—¿Crees que podrás conducir así? —pregunta, y yo asiento.

—Claro. De todas formas, no creo que tarde mucho en pasar.

Quiero darle seguridad, así que decido comprobar primero si está todo en orden. Sin embargo, en cuanto intento arrancar el motor, el vehículo da un tumbo que nos hace saltar sobre nuestros asientos. Lo siguiente que vemos es cómo sale humo del capó.

Mierda.

—¡Mi coche! —chilla Maia volviéndose bruscamente hacia mí—. ¡¿Qué diablos has hecho?!

—Habrá fallado el motor. Voy a echar un vistazo.

Intento no perder la paciencia, ya que no quiero que volvamos a discutir. Maia resopla y se cruza de brazos. Me mira de reojo mientras yo me mentalizo de que voy a acabar empapado.

—¿Sabes algo sobre mecánica? —inquiere con escepticismo.

—No.

Vuelve a resoplar incrédula.

—Sabía que esto era una mala idea.

Salgo del coche para no pensar en lo mucho que me ha molestado el comentario.

La lluvia se me cuela entre la ropa y me hiela las venas. Corro hacia la parte delantera del vehículo y, cuando levanto el capó, una bomba de humo me explota en la cara. Toso mientras intento dispersarlo con la mano. No hace falta ser un experto en mecánica para darse cuenta de que estamos jodidos. Muy jodidos.

Es una suerte que Maia viva tan lejos de Londres, porque seguro que querrá venir a matarme después de esto.

—¿Y bien? —Baja la ventanilla para que la oiga.

Tomo aire y cierro el capó.

—Muerto. Lo siento.

—¡¿Estás de coña?!

Pues sí. Parece enfadada.

—Te compensaré, ¿vale?

Ambos sabemos que nada de esto ha sido culpa mía, pero supongo que es lo mínimo que puedo hacer. No obstante, Maia no me escucha. Sale del coche y echa a andar a toda prisa hacia el restaurante, aferrándose a la capucha de mi sudadera para no calarse. Maldigo entre dientes mientras corro tras ella.

—Eh, ¿adónde vas? —Camina sorprendentemente rápido para tener unas piernas tan cortas. Me apresuro a adelantarla y le corto el paso—. Vamos, sabes que no puedo entrar ahí.

Aunque se esfuerza en esquivarme, soy más rápido que ella. Su paciencia llega al límite y gruñe frustrada.

—Voy a llamar a un taxi para irme a casa.

Me da un vuelco el corazón.

—¿Y qué pasa conmigo?

Ahora sí, sus ojos se encuentran con los míos. Parece tan furiosa que seguro que está conteniéndose para no darme un puñetazo.

—¡Me importa una mierda lo que pase contigo! Nunca debería haber accedido a venir. ¡He desperdiciado tres horas de mi vida y ahora estoy atrapada en medio de ninguna parte y, para colmo, no tengo coche! —Se pasa las manos por la cara, irritada, y toma aire para tranquilizarse. No deja de temblar—. Tú... no lo entiendes. Necesito mi coche. Tengo que ir y volver de Mánchester todos los días y yo... Tú... Solo déjame en paz, ¿quieres?

Trago saliva y asiento, incapaz de hablar. Me lanza una última mirada antes de rodearme para entrar en el restaurante, y durante un momento estoy decidido a dejarla marchar. Pero cambio de opinión en el último segundo. La agarro por la muñeca para que se vuelva hacia mí y se sobresalta cuando la toco. Está helada.

—Me encargaré de tu coche —le prometo.

Se zafa de mi agarre.

—No necesito tu caridad.

—No es caridad. Estás aquí por mi culpa. Déjame arreglarlo. —Le sostengo la mirada para que sepa que voy en serio. Me analiza durante unos instantes y, finalmente, asiente. Suspiro de alivio. Bien—. Puedo llamar a un amigo para que venga a recogernos si me prestas tu móvil. No estamos lejos de Londres.

Aprieta los labios y mira atrás, hacia el restaurante.

—Tengo que ir al baño. Espérame en el coche.

Ya, claro. ¿Cree que nací ayer?

—Maia —le advierto.

—Toma. Puedes ir llamando a tu amigo. —Se saca el móvil del bolsillo y me lo tiende. Ninguno de los dos menciona nada al respecto, pero sé que lo hace para probarme que no irá a ninguna parte.

Suspiro y acabo dejándola marchar.

Después, vuelvo al coche, tal y como hemos acordado. Me siento frente al volante y desbloqueo su teléfono. No tiene contraseña. Curiosear es tentador, pero no soy tan capullo. Pese a eso, no puedo evitar prestarle especial atención a su fondo de pantalla. Maia le sonríe a la cámara subida en los hombros de una chica que se parece bastante a ella. Deben de ser hermanas. Seguramente sea una fotografía antigua, porque la sonrisa que tenía Maia por entonces no se parece en nada a la de ahora.

Decido ponerme manos a la obra y busco Instagram en sus aplicaciones. Aunque diga que no utiliza mucho internet, al menos la tiene instalada. Introduzco mi nombre de usuario y mi contraseña y, de pronto, el móvil se pone a vibrar con tanta fuerza que casi lo lanzo por los aires. Suelto una maldición.

Activo el modo avión y lo pongo en silencio. De esta forma, cuando vuelvo a conectarme a internet, puedo entrar en la aplicación sin que lleguen miles de notificaciones. Tengo un montón de comentarios y mensajes sin leer, pero no les hago mucho caso. Es raro volver a administrar mi cuenta después de lo de anoche. Tengo la sensación de haberme pasado las últimas horas viviendo en una especie de mundo paralelo, donde he dejado de ser Liam Harper para ser solo..., bueno, Liam Harper.

Pero ya es hora de volver.

Localizo el perfil de Evan y le mando un mensaje de voz contándole rápidamente la situación. No le doy muchos detalles porque prefiero que no me atosigue con sus reproches. Intento explicarle dónde nos encontramos y luego bloqueo la pantalla. Espero que no tarde mucho en leerlo. Con suerte, habrá estado pendiente del móvil por si recibía noticias mías. No me sorprendería que fuese el único que de verdad esté preocupado por mí.

¿Y Michelle? ¿Habrá notado que he desaparecido? ¿Estará esperando que la llame para asegurarle que estoy bien?

Podría hacerlo ahora mismo. Bastaría con pulsar un botón. Pero no lo hago. No entiendo muy bien por qué. Al igual que no entiendo por qué no he utilizado el dinero que tengo en los bolsillos para llamar a un taxi que me lleve a Londres y dejar que Maia vuelva a casa.

7

MÚSICA

Maia

Un desastre. Todo es un desastre.

Entro corriendo en el restaurante y no tardo en descubrir dónde se encuentran los baños. Por suerte, son individuales. Cierro la puerta, echo el pestillo y me apoyo contra la madera. Apenas puedo respirar y el corazón me late muy fuerte. Cierro los ojos para contener las ganas de llorar. Siento el suelo pegajoso contra mis pies y hace tanto frío que se me congelan los huesos.

Todo es un desastre.

Suelto un suspiro tembloroso y me seco las lágrimas que se me han escapado. «Deja de comportarte como una cría», me espeto, pero no funciona. Abro el grifo para lavarme la cara y después me seco con papel. Cuando subo la mirada hacia el espejo, compruebo que mi pelo está mojado y enredado y que se me pega a la frente. Me deshago la coleta para peinármelo con los dedos antes de volver a hacérmela. Trago saliva cuando mis ojos se posan sobre la sudadera de Liam.

Solo la he aceptado porque estaba congelándome y seguramente sea lo que evite que coja una pulmonía. Está seca por dentro, así que no ha tardado en hacerme entrar en calor, pero no consigo ignorar el hecho de que huele a él. A su colonia, más bien. Y eso no me gusta nada porque, desde que la llevo puesta, no he podido dejar de pensar en ello.

Muy bien. Me cubro las manos con las mangas y cojo una profunda bocanada de aire. Clavo la mirada en el espejo. Puedo hacerlo. Puedo afrontar esto.

Pero enseguida me doy cuenta de que no es verdad.

Soy la única que tiene ingresos en casa. Desde que despidieron a mamá de su trabajo, nos hemos mantenido a base de ahorros y del poco dinero que gano y que definitivamente no es suficiente para costear las facturas. Antes teníamos otro coche, pero quedó destrozado tras el accidente. Fue una suerte que se lo llevaran directamente al taller. No habría podido mirarlo sin recordar lo ocurrido.

Por eso me dolió tanto gastarme todos mis ahorros en un coche de segunda mano. Recuerdo lo difícil que fue subirme a él por primera vez. Agarrar el volante, pisar los pedales y circular por la carretera. El corazón me iba tan rápido que parecía que me fuera a estallar. Aún no he olvidado esa sensación de ansiedad, de no poder respirar, de tener que mantenerme alerta por si ocurría cualquier otra desgracia. Por si mi vida se hacía pedazos otra vez.

Lo he sentido de nuevo antes, con Liam. Por eso le pedí que condujese en mi lugar.

Nunca me he atrevido a salir del radio de veinticinco kilómetros que recorro a menudo. Me mareo solo de pensar que todavía nos quedan cien hasta Londres.

Y que tendré que volver sola.

Cuando sufrieron el accidente, venían justo de ahí. Deneb estudiaba Física en la Universidad de Londres. Mamá quiso ir a recogerla por sorpresa para que celebráramos juntas mi cumpleaños, pero ninguna de las dos volvió a casa ese día. Fue en el mismo tramo de carretera, de noche, casi a la misma hora. Y tendré que recorrerlo sola.

Eso, si Liam consigue arreglar el coche que se llevó todos mis ahorros.

No debería haber accedido a venir.

No obstante, estoy aquí. Y no puedo quedarme encerrada para siempre. Con esto en mente, me armo de valor y salgo del baño. Fuera cada vez llueve con más fuerza. Me abrazo a mí misma dentro de la sudadera y corro hacia el coche. Acabo de caer en que he dejado mi móvil, mis llaves y mi vehículo en manos de un completo desconocido y que podría haberse largado; por eso siento tanto alivio cuando abro la puerta y compruebo que Liam sigue ahí dentro.

—Evan llegará dentro de un par de horas —me informa

mientras me acomodo en el asiento del copiloto. Me muestra mi teléfono como prueba de que han hablado por Instagram.

No le presto mucha atención. Me cubro las rodillas con su sudadera y me abrazo las piernas para conservar el calor. La lluvia me ha calado hasta los huesos. Aunque no lo miro, siento que está pendiente de todos mis movimientos y eso me altera más de lo que me gustaría.

—¿Tienes frío? —pregunta al verme temblar.

—Estoy bien —miento.

—Puedes esperar dentro si quieres. Estarás mucho más cómoda que aquí.

Me vuelvo a mirarlo con desconfianza.

—Pero tú no puedes entrar.

Hace una mueca.

—A menos que queramos que se nos lancen encima, me temo que no.

—No pienso dejarte aquí. —Enarca las cejas, por lo que me apresuro a añadir—: Podrías intentar robarme el coche o algo así.

Sería bastante difícil, dado que está estropeado, pero por suerte Liam no parece darse cuenta. Desvío la mirada un tanto tensa.

—¿Has llamado a tus padres? —inquiero para cambiar de tema.

De pronto, él también parece incómodo. Se encoge en su asiento y lo miro de reojo.

—No. Dudo que hayan notado que no estoy.

¿Y han pasado, cuánto, doce horas?

—Te entiendo —respondo sin pensar.

Liam posa sus ojos sobre mí confundido.

—Normalmente soy quien se preocupa de que mi madre llegue bien a casa —le explico.

No sé por qué he dicho eso. Nos quedamos en silencio y, aunque quizá sea solo impresión mía, siento que me observa de forma diferente. ¿Con lástima quizá? No me gusta nada, así que me limito a fingir que no lo noto y a desear que acabe pronto.

—Cuando llegue Evan, llamaremos a la grúa para que lleven tu coche al mejor taller de Londres. Cubriré todos los gastos,

¿vale? Y después te pagaré lo que te debo por haberme traído hasta aquí.

Odio sentirme como su obra de caridad. De hecho, me falta poco para ceder ante el orgullo y negarme, pero estoy harta. De no ser por él, ahora no estaría atrapada en medio de ninguna parte mientras llueve a cántaros, con el coche echando humo y sin otra forma de volver a casa. Siempre procuro tomar decisiones inteligentes, y esta no lo ha sido en absoluto.

—Está bien —contesto mirando hacia otra parte.

Y, para mis adentros, me repito que no me importa lo que le ocurra. No es problema mío. Debería haberlo abandonado a su suerte y dejar que se buscara otra forma de volver. Si decidí ayudarlo, fue solo por el dinero. Porque necesitamos pagar las facturas.

Pero no influyó nada más.

—¿Que quieras estudiar Periodismo tiene algo que ver con que escuches a una banda nueva cada semana? —pregunta tras unos minutos en silencio.

Lo miro extrañada. No sé a qué viene eso, pero Liam no recula; me observa con sus potentes ojos azules mientras espera una respuesta.

—¿Qué te hace pensar eso?

—Es una suposición.

—¿Una suposición?

—Soy muy observador.

—Ya.

—Escribes, te gusta descubrir música y quieres ser periodista. Todo apunta a que te morirías por trabajar en la radio. ¿Me equivoco?

Que parezca tan seguro me produce sorpresa y, aunque odie admitirlo, también provoca que me entren ganas de sonreír. Fuera diluvia y no dejamos de escuchar el repiqueteo de la lluvia contra los cristales.

—¿Te mola eso de psicoanalizar a la gente? —cuestiono, sin darle una respuesta.

Liam se encoge de hombros.

—Se me da bien. Todo el mundo sigue un patrón.

—Me gustan los programas de radio. Creo que es uno de los

medios de comunicación más... honestos. Cuando escuchas a alguien, lo juzgas por su forma de pensar y de expresarse, no por su imagen. Es poco superficial. No sé, me gusta. —Termino encogiéndome en mi asiento inquieta. Puede que me haya ido por las ramas.

Sin embargo, él sigue mirándome con curiosidad.

—Serías buena como locutora.

—Ni siquiera me conoces.

—No, pero se nota que disfrutarías haciéndolo. Uno siempre disfruta viendo a alguien dedicarse a lo que le apasiona.

Preferiría que no volviésemos a quedarnos en silencio, por lo que me obligo a sacudir la cabeza y responder:

—Es un sueño tonto. Muy pocos consiguen llegar alto. Intentarlo sería una pérdida de tiempo.

Pero es completamente imposible esquivar su mirada cuando me observa así.

—Creo que tú también deberías dedicarte a lo que te haga feliz, Maia.

—Como sea.

Me cruzo de brazos. No soporto que use mis propios consejos conmigo. Venimos de mundos distintos. Su vida es totalmente opuesta a la mía. Tiene cientos de oportunidades justo ahí, en la palma de su mano. Puede cometer errores o tomar el camino equivocado porque siempre tendrá a alguien esperándolo para guiarlo por el correcto. Pero yo no. Yo no tengo nada de eso.

No espero a que me ofrezcan oportunidades. Me las construyo yo misma. Y por eso tengo que ser realista.

De nuevo, nos dejamos consumir por el silencio. Liam frunce los labios y se pasa una mano por los rizos inquieto. Parece que busque desesperadamente algo que decir.

—¿Por qué no me enseñas más canciones de tu banda musical de la semana? —sugiere de repente, y el corazón me da un vuelco, aunque no entiendo muy bien por qué.

—¿Va en serio? —No puedo evitar sorprenderme.

—Tenemos tiempo de sobra, ¿no?

Dudo un momento, pero al final decido que, si la alternativa es sumirnos en este silencio incómodo hasta que llegue su amigo, definitivamente prefiero poner música. Rebusco el móvil en mis bolsillos, hasta que recuerdo que se lo presté. Lo miro de manera inquisitiva y Liam se apresura a devolvérmelo. Sus dedos rozan los míos y resisto el impulso de apartar la mano a toda prisa.

Intentando no pensar en que está pendiente de mí, busco una de mis nuevas canciones favoritas y subo el volumen. *Sweater Weather*, de The Neighbourhood, lucha por hacerse oír sobre el repiqueteo de la lluvia en los cristales. Finjo que no me importa, pero me mantengo atenta a la reacción de Liam, que comienza a mover la cabeza distraídamente al ritmo de la canción.

—¿Has escuchado a 3 A. M.?

Su voz suena por encima de la música. Me vuelvo hacia él de inmediato.

—¿Bromeas? Es una de mis bandas favoritas.

Parece sorprenderse. Arquea una ceja.

—¿Canción preferida?

—¿De esa banda? —Se encoge de hombros, por lo que continúo—: *Insomnio,* sin duda.

—Esperaba que tuvieras buen gusto. *Sigue latiendo* es la mejor que tienen.

—¿Te puedes creer que nunca la he escuchado?

—Cualquier aspirante a locutora que se precie tiene que conocerla. Anda, trae.

Extiende la mano para que le dé mi teléfono. Unos segundos después, una canción con aire melancólico inunda el ambiente. De primeras pienso que no es para mí, que es demasiado lenta, pero la dejo sonar porque él ha escuchado antes la que he puesto yo.

Y menos mal. Porque no tardo mucho en enamorarme de ella.

Liam echa la cabeza hacia atrás y cierra los ojos para disfrutar de la música. Tiene un perfil extrañamente bonito; la mandíbula marcada y la nariz recta. Un puñado de rizos castaños le caen sobre la frente de forma descuidada, como si no le diera mucha importancia a su aspecto. Seguro que es pura fachada. Conozco a esta clase de tíos. Se preocupan más por cuidar su aspecto que por respirar.

Aunque imagino que eso está justificado cuando eres un personaje público de internet. Vale, no sé cuántos suscriptores tiene, pero he visto el brillo en las miradas de esas chicas antes, cuando se han sacado una foto. Actuaban como si estuviesen conociendo a uno de sus ídolos y, a juzgar por la tranquilidad con la que ha reaccionado Liam, es algo que le pasa a menudo.

Me pregunto qué pensarían sus fans si supieran que su *youtuber* favorito ha acabado durmiendo borracho en el coche de una desconocida.

Cuando mi mirada continúa bajando por su cuerpo es como si, de pronto, mi mente se quedara en blanco. Y lo único que pienso es: «Joder». Como me ha cedido su sudadera, ahora solo lleva una camiseta blanca que se ajusta a los músculos de su pecho y sus brazos de una forma casi dolorosa. Tiene las manos grandes y los hombros anchos. Noto un cosquilleo agradable en el estómago e intento pensar en otra cosa, pero no funciona.

De repente, la canción termina y Liam abre los ojos. Entonces, su mirada encuentra la mía, ya que aún sigo observándolo, y, aunque de primeras parece sorprendido, en sus labios pronto se forma una sonrisa. Doy un respingo y me apresuro a mirar hacia otra parte, incómoda, nerviosa y cabreada tanto con él como conmigo misma.

Tengo el corazón desbocado. No estoy aquí para esto.

«Maia, céntrate.»

Nos pasamos un rato intercambiando canciones. Me enseña sus bandas favoritas y después escuchamos a las mías, y, aunque no coincidamos en muchas, no puedo negar que tiene buen gusto. Pese a que yo preferiría que nos limitásemos a oír la música y ya está, Liam se empeña en conversar. Acabamos charlando sobre películas, series y libros. Esto último me sorprende especialmente porque daba por hecho que..., bueno, no sabía leer.

Casi una hora después, Evan nos manda un mensaje pidiéndonos mi número de teléfono para llamarnos. No me parece buena idea, pero Liam insiste en que no podrá explicarle dónde estamos de otra forma. Vuelvo a darle mi móvil y sale del coche, aprovechando que ha dejado de llover, para hablar con él.

Decido imitarlo y estirar las piernas. Sigue haciendo frío, por lo que agradezco tener su sudadera. Aún tengo el pelo mojado, así que seguramente acabaré pillando un resfriado. Liam no tarda en colgar y se acerca para avisarme de que su amigo está a punto de llegar.

No tardamos mucho en ver su coche entrando en el área de servicio. Liam se pone a hacer señas y yo pestañeo incrédula. No sé cuántos años tendrá ese tal Evan, pero ese trasto debe de costar más que mi casa. Lo aparca junto a mi coche destrozado y en sus últimas, y casi me avergüenzo de lo poco que tengo.

Cuando se baja del coche, me quedo boquiabierta. Se trata de un chico joven, de unos veinte, como mucho, con la piel oscura y el pelo lleno de rizos minúsculos y elásticos. Es de constitución atlética, aunque está más delgado que Liam y este le saca varios centímetros. Va vestido de forma estrambótica, con una camiseta de manga corta encima de una sudadera enorme y unos vaqueros llenos de agujeros.

Esboza una gran sonrisa al vernos y se recoloca sus gafas de sol. Pero ¿qué hace? Si está nublado.

—Es la cuarta vez que te salvo el culo este mes.

Cuando se detiene junto a nosotros, Liam sonríe y choca puños con él. Mientras tanto, yo no puedo apartar la mirada de Evan. Parece recién sacado de un panel de Pinterest.

—Gracias por venir, tío. Te debo una —responde Liam, y el otro niega, como si no fuera suficiente.

—Ni gracias ni hostias. ¿Es que no puedes pasarte una semana sin meterte en problemas? Me estresas y con el estrés me salen arrugas. Puto desgraciado.

Suena bastante agresivo, pero Liam no le da importancia.

—¿Que quieres saber cómo estoy, dices? —pregunta irónicamente—. Genial, gracias. Ninguna lesión física ni psicológica de la que preocuparse.

—¿Estás de coña? Das asco —rebate Evan señalándolo—. Y hueles a muerto. Prueba a ducharte de vez en cuando. Una vez al año no hace daño.

—Que te jodan.

—De nada por venir a por ti, capullo. —Mira a nuestro alrededor y frunce el ceño—. Por cierto, ¿cómo diablos has acabado aquí? ¿Has hecho *autostop*? Porque yo no te habría recogido.

—Acabé mucho más lejos —contesta Liam ignorando el comentario. Me señala con la cabeza—. Ella me ha traído hasta aquí.

Es entonces cuando Evan recae en mi presencia. Abre tanto los ojos que casi se le salen de sus órbitas. Se vuelve automáticamente hacia Liam.

—Dime que no has hecho lo que creo que has hecho.

—¿Qué? ¡No! —se apresura a decir él lanzándome una mirada nerviosa. Se aclara la garganta—. Maia, este es Evan, mi mejor amigo. Y Evan, ella es...

—... alguien que, por tu bien, espero que sea mayor de edad —carraspea Evan.

Liam da un respingo y se apresura a golpear a su amigo, mientras yo me planteo seriamente cuál de los dos me cae peor.

—Ignóralo —me aconseja Liam—. Evan es así. Pensar no es uno de sus fuertes.

Ante esto, su amigo se vuelve hacia mí.

—Mi más sincero pésame, Maia. Aguantar a este tío durante tantas horas seguro que te dejará secuelas de por vida.

—Se ha cargado mi coche —comento, y Evan se gira inmediatamente hacia él.

—¿Te has cargado su coche?

—¡Ha sido un accidente! —protesta Liam—. Además, he prometido arreglarlo. Evan, ¿me dejas llamar a la grúa?

El chico ya tiene su móvil en la mano.

—Le daré un toque a mi mecánico de confianza. Con suerte, dentro de un par de horas habrán solucionado el problema —nos informa, y después alza la vista—. En fin, Maia, ha sido un placer, pero debería llevar a este paleto de vuelta a su casa antes de que alguien note que no está. Que te vaya bien.

El corazón me da un vuelco. Evan arrastra a Liam hacia su coche y me entra el pánico al pensar que van a dejarme aquí sola. Sin coche ni dinero, ¿quién me asegura que podré volver a casa? Dicen que llamarán al mecánico, pero podría no ser verdad. Podría ser solo una forma de librarse de mí. A fin de cuentas, lo que me pase no es asunto de ninguno de los dos.

Pero, entonces, Liam dice:

—No vamos a dejarla aquí.

Hace esfuerzos para frenarse con los pies. El alivio me inunda los pulmones, pero aún tengo las pulsaciones aceleradas.

—¿Perdón? —articula Evan, como si creyese haber oído mal.

—Dentro de un rato será de noche. Estás loco si piensas que voy a irme sin ella. —Se gira hacia mí y señala el vehículo—. Maia, sube al coche.

Mientras tanto, su amigo lo mira como diciendo: «¿Me estás vacilando?».

—Creo que no nos estamos entendiendo —masculla entre dientes—. ¿Tengo que recordarte lo que pasaría si...?

—Me da igual —lo corta Liam—. Vamos, Maia.

Evan intenta replicar, pero Liam lo acalla con una mirada. Después, sus ojos se clavan en los míos. Intento ignorar lo fuerte que me late el corazón y sopeso rápidamente mis opciones. No conozco a estos chicos y montarme en un vehículo con ellos no me genera ninguna confianza, pero, si la alternativa es quedarme aquí sola, creo que la decisión está tomada.

—¿Qué pasará con mi coche? —pregunto de todas formas.

Liam parece estar a punto de perder la paciencia.

—Iré contigo al taller para recogerlo. Vamos, creo que va a ponerse a llover otra vez.

Dicho esto, abre la puerta trasera del vehículo instándome a entrar. Evan alterna la mirada entre nosotros. Al darse cuenta de que llevo puesta la sudadera de Liam, levanta las manos para desentenderse.

—Está bien. No tengo ni idea de qué va esto, pero tampoco quiero saberlo.

Acto seguido, entra en el coche.

Y, aunque mi cerebro no para de advertirme que es una mala idea, yo hago lo mismo.

8

INTENCIONES OCULTAS

Maia

¿Te acuerdas de la primera vez que viste una estrella fugaz?

Yo acababa de cumplir ocho años. Deneb tenía catorce. Estábamos en verano, a mediados de agosto. Nos habíamos ido de vacaciones. Fuimos a la playa esa noche. Mamá estiró una enorme toalla sobre la arena y nos tumbamos a contemplar las Perseidas. Esa fue la primera vez que vi desplomarse una estrella. Papá me pasó un brazo sobre los hombros y me dijo: «Corre, Maia, pide un deseo».

El astrónomo Ptolomeo creía que, cuando caía una estrella fugaz, el reino de los cielos se abría para los mortales. Por eso nuestros antepasados también murmuraban sus plegarias durante las noches. Cuenta la leyenda que solo había una regla: el deseo debía ser pronunciado antes de que la estrella desapareciera o, por el contrario, nunca llegaría a cumplirse.

Esa noche papá me hizo pensar que el cielo era mágico.

Ahora ya no creo en el poder de las estrellas fugaces.

Liam y su amigo se lanzan miradas durante todo el camino, pero ninguno rompe el silencio. Mientras tanto, yo voy en la parte trasera, sobre un asiento de cuero sintético que probablemente costará más que mi sofá. Intento distraerme mirando por la ventana, pero no dejo de preguntarme por qué he accedido a venir. De vez en cuando, Evan me mira a través del espejo retrovisor y pone mala cara, como si no soportara pensar que, bueno, sigo aquí.

Tardamos poco más de una hora en llegar a Londres. Apoyo la cabeza contra la ventanilla y observo el paisaje hasta que desaparecen los bloques de casas y entramos en lo que parece una urbanización privada; hay un portero vigilando la entrada que nos deja pasar en cuanto ve que Liam y Evan están en el coche.

Es como si nos adentrásemos en un mundo distinto. De pronto, solo veo grandes parcelas rodeadas por muros de hormigón. Las viviendas sobresalen debido a su altura; algunas tienen hasta cuatro pisos de alto. Hay árboles y flores y coches de alta gama aparcados en las aceras. Me incorporo en el asiento para verlo todo mejor y, cuando la mirada de Liam se cruza con la mía a través del espejo retrovisor, intento que no se dé cuenta de que estoy alucinando.

«Está acostumbrado a todo esto —me digo—. Su vida es así.»

Tiene mucho más de lo que la gente como yo podría soñar.

Llegado el momento, Liam se saca un mando minúsculo del bolsillo que utiliza para abrir las puertas automáticas. Los muros están recubiertos de hiedra y, en el interior, hay un amplio jardín que se extiende alrededor de la vivienda.

Evan aparca frente a la cochera y las compuertas se cierran detrás de nosotros. Trago saliva abrumada. La casa en sí es bastante minimalista. La planta baja es más extensa que la superior y todas las paredes están pintadas de blanco. Hay varios ventanales que hacen que parezca aún más inmensa. No veo ninguna piscina, pero no me sorprendería que tuvieran una en la parte de atrás.

De hecho, incluso me extrañaría que no tuviesen su propio jardinero.

Evan y Liam se bajan del coche y me apresuro a seguirlos, mientras no paro de preguntarme qué diablos hago aquí. Cierro la puerta del vehículo con cuidado, temiendo romperla, e intento no pensar en lo diferente que es del mío. Liam me lanza una mirada nerviosa, pero no dice nada; se limita a conducirnos hacia el interior.

La puerta principal está abierta, lo que sería impensable para mí, pero supongo que tiene sentido cuando tienes un muro de dos metros y medio rodeando tu casa. Me seco las suelas de las botas en la alfombra antes de entrar, ya que el suelo seguía húmedo, cosa que Liam y Evan no se molestan en hacer.

Dentro, las paredes son de colores claros, a juego con los

muebles, y el suelo está recubierto de parqué. Dejan sus cosas en el recibidor y, aunque ninguno se molesta en dirigirme la palabra, acabo siguiéndolos hasta el salón. No dejo de mirar lo que nos rodea, aunque intento no mostrarme excesivamente sorprendida.

—Voy a por la cámara —anuncia Evan.

Liam asiente distraído.

—Ya que subes, tráeme un cargador, ¿quieres?

—¿Qué me darás a cambio?

—¿Mi amistad?

—Hecho. Pero ofréceme algo útil la próxima vez.

Desaparece al fondo del pasillo y sube la escalera. Una vez a solas, Liam se vuelve hacia mí. Me mira de arriba abajo y me doy cuenta de que todavía llevo su sudadera, lo que me hace sentir bastante más incómoda. Ojalá pudiera devolvérsela ya, pero antes me he quitado la camiseta porque estaba empapada.

Seguimos en silencio hasta que, tenso, Liam señala el sofá.

—Puedes sentarte si quieres. Estás en tu casa.

Solo que no es así, porque no pinto nada en este lugar.

—No tienes por qué hacer esto —replico—. Puedo arreglármelas sola. No quiero causarte más problemas.

—Solo estoy devolviéndote el favor.

—Yo no estaba haciéndote ningún favor.

Quedamos en que me pagaría por traerlo hasta Londres. No he actuado de forma desinteresada y él parece acordarse de repente, porque traga saliva y me hace un gesto antes de alejarse.

—Llamaré al taller. No seas cabezota y siéntate.

Sube la misma escalera que su amigo, dejándome sola en el salón. Me rodeo con los brazos mientras giro lentamente sobre mis talones. Le echo un vistazo a la televisión, que ocupa media pared, a las videoconsolas de la mesita y a los sillones, que son de un color tan blanco que me daría miedo mancharlos si me siento.

Y, después, me miro a mí misma.

Me fijo en mis vaqueros rotos y en mis zapatillas desgastadas. Decido que no me gusta este lugar. Nunca me he avergonzado de mis orígenes, pero aquí, rodeada de todo aquello que nunca podré tener, me siento pequeña e insignificante. Mucho más que de costumbre.

Aun así, le hago caso a Liam y me siento en uno de los sofás. Rebusco el móvil en mis bolsillos y evito preguntarme si le habrá parecido un trasto viejo cuando lo ha usado antes. Me planteo llamar a mamá, pero ni siquiera se ha molestado en escribirme para asegurarse de que estoy bien. Prefiero no tentar a la suerte. Conociéndola, sería incluso capaz de ponerse a echarme cosas en cara. Y ya tengo bastantes problemas.

A quien sí debería llamar es a Charles. Tengo turno en el bar esta noche, pero es imposible que me dé tiempo a llegar. Necesito el dinero. Y el trabajo. Y tener el día libre mañana para ir al hospital. Sin embargo, a no ser que encuentre la forma de teletransportarme, lo único que tendré serán problemas.

Me muerdo el labio inquieta. Acabo guardando el teléfono sin hacer ninguna llamada. Me enfrentaré a ello más adelante. Ahora solo quiero recuperar mi coche.

Unos minutos más tarde, oigo ruido en la escalera. El corazón me da un vuelco, no entiendo muy bien por qué, y me enderezo mientras espero a que Liam aparezca para darme noticias sobre el mecánico, pero no se trata de él.

Evan entra en el salón y deja una cámara y unos cuadernos sobre la mesa. En cuanto me ve, su rostro se contrae en una mueca de disgusto. Me entran ganas de soltarle algún comentario, pero me contengo. El silencio se prolonga durante unos largos segundos, hasta que, de pronto, dice:

—Sabes que está pillado, ¿no? Liam. Tiene novia. Estás perdiendo el tiempo.

Me vuelvo bruscamente hacia él.

—¿Disculpa?

—No tienes ninguna oportunidad. No eres su tipo. De hecho, ni siquiera sé por qué sigues aquí.

—Por mi coche —contesto intentando no perder los estribos.

—No eres la primera persona que se acerca a nosotros por interés. Hazte un favor y lárgate antes de perder la dignidad.

Y, solo con eso, consigue llevarme al límite de mi paciencia.

He tolerado que bromease antes con Liam. Que insinuara que se había liado conmigo. Que quisiera dejarme abandonada en medio de ninguna parte. Lo he tolerado todo, pero ha cruzado el límite. ¿Quién diablos se cree que es? ¿Piensa que puede venir aquí e insinuar que mi único objetivo en la vida es meter la mano en los pantalones del gilipollas de su amigo?

Porque no, no puede. Y porque estoy harta.

De pronto, estoy tan cabreada que creo que no soportaré estar aquí ni un solo segundo más. Me levanto, y todo empeora cuando Liam entra en la habitación. Está sonriendo, pero su expresión cambia radicalmente cuando me ve.

—¿Qué pasa? —pregunta, más dirigiéndose a Evan que a mí.

—Dame el teléfono del taller. Me largo de aquí —le espeto yo.

De reojo, me parece ver a Evan asentir conforme. Liam pestañea confuso.

—¿Qué? Creía que habíamos quedado en que...

—No, Liam. Eso lo has decidido tú. Yo solo quiero irme a mi casa. Ahora. —Está tan perplejo que no reacciona, y eso me saca aún más de quicio—. ¿Sabes qué? No lo necesito. Puedo arreglármelas sola. Que os jodan.

Paso por su lado irritada, y salgo de la vivienda sin pensármelo dos veces. Vuelve a llover con fuerza, pero no le doy importancia. Me abrazo a mí misma y corro escaleras abajo. Buscaré una forma de volver a casa sola, como he hecho siempre. Quiero estar tan lejos de estos dos imbéciles como pueda.

No obstante, no tardo en escuchar pasos detrás de mí. Antes de que llegue a la puerta, alguien me agarra del brazo para que me gire. Noto que se me acelera el corazón, por mucho que lo intente ignorar.

—¿Qué diablos te pasa? —me espeta Liam.

Y, sin más, exploto:

—¿Que qué me pasa? ¿Me estás tomando el pelo? —chillo zafándome de su agarre—. ¡No dejas de darme problemas! Ahora ya estaría en casa, preparándome para irme al trabajo, de no ser por ti y tus estúpidos dramas. Si tanto querías volver a Londres, ¿por qué no llamaste a tu amigo desde el principio? ¡O a un puñetero taxi! Todo lo que ha pasado es culpa tuya, Liam. ¡Todo es culpa tuya!

Nunca lloro delante de nadie, pero siento tanta rabia, tanta frustración acumulada, que esta vez no lo puedo evitar. Se me llenan los ojos de lágrimas y me las seco con el brazo, harta de mí misma y de esta situación.

Mientras tanto, él me mira como si no supiera qué decir.

—Si quieres volver ahora mismo, puedo pagarte un taxi y...

—¡No quiero tu dichoso dinero! —exclamo fuera de mí, y se me escapa un sollozo—. Solo quiero mi coche, Liam. ¿No lo entiendes? Necesito mi coche.

—¿Y qué quieres que haga? Apenas te conozco y ya he perdido la cuenta de todo lo que he hecho por ti. Me ofrecí a pagarte por traerme hasta Londres, cosa que aún pienso hacer, también he mandado a un mecánico a recoger tu dichoso coche y, para colmo, te he traído a mi casa. Estoy siendo generoso contigo y lo único que haces es quejarte, quejarte y quejarte sin parar.

—¿Que me quejo? ¿Porque me hayas arrastrado hasta aquí? —pronuncio con rabia, y doy varios pasos hacia él—. ¿Esperas que te dé las gracias por no dejarme abandonada en la gasolinera?

—Teniendo en cuenta lo insufrible que eres, cualquier tío lo habría hecho en mi lugar.

—Muy bien. Pues dame el número del mecánico y me perderás de vista.

Extiendo la mano expectante. Liam duda.

—Ni siquiera sabes cómo llegar al taller.

—Ese no es tu problema.

—Maia...

—También quiero mi dinero —le interrumpo—. Quedamos en que serían cuatrocientas. Suéltalo para que pueda irme de una vez.

Liam resopla con incredulidad.

—Bajo a trescientas. Solo hemos hecho la mitad del camino.

—Sí, porque has jodido mi coche.

—Además, me has obligado a conducir. —Enarca las cejas con burla—. ¿Qué pasa, Maia? ¿Te da miedo la velocidad?

Los recuerdos me invaden contra reloj y, de repente, tengo un nudo en la garganta.

—Eres gilipollas.

No lo soporto más. Me giro y recorro el jardín a toda prisa. Liam maldice por lo bajo y se apresura a seguirme.

—Venga ya, ¿de verdad vas a enfadarte por eso?

—Déjame en paz.

—¿Y qué pasa con el dinero?

Me vuelvo a mirarlo con rabia.

—No quiero nada que provenga de ti —escupo.

Estoy muerta de frío. Entre eso y lo enfadada que me siento, no dejo de temblar. Intento marcharme de nuevo, pero Liam me agarra de la muñeca. Tiene la piel caliente, y de pronto siento un cosquilleo intenso en el estómago que me lo pone del revés.

Me preparo para volver a insultarlo, pero cierro la boca en cuanto veo sus ojos. Tiene una mirada tan intensa que es como si pudiera atravesarme con ella.

—Hay una razón de peso por la que no quieres conducir —pronuncia muy despacio, como si temiese asustarme—, ¿verdad?

—No es asunto tuyo.

En lugar de insistir, se limita a soltarme y suspirar. Me sujeto la muñeca instintivamente.

—No he conseguido contactar con el mecánico. Lo llamaré el lunes a primera hora. Hace frío y llueve que te cagas, así que hazme el favor de entrar antes de que cojas una pulmonía. No quiero más problemas.

¿Así que no tendré mi coche hasta el lunes? El pánico me invade y me entran ganas de volver a gritarle, pero me contengo al recordar lo que ha dicho. No puede hacer nada más. Nos guste o no, esto es lo que hay.

Pero eso no significa que vaya a hacerle caso.

—No pienso entrar ahí.

Liam se aprieta el puente de la nariz impaciente.

—Vamos, no empieces otra vez.

—No empiezo *nada*, solo te aviso de que no voy a...

—¿Puedes dejar de ser tan testaruda? ¡Está lloviendo!

Lo miro de arriba abajo.

—Mejor. Te hacía falta una buena ducha.

—Tenemos una habitación de invitados en la planta de arriba. Con baño propio. Tendrás intimidad. Puedes quedarte hasta que recuperes tu coche. Y es la última vez que voy a ofrecértelo.

Mierda. Toma ultimátum.

No me da la oportunidad de replicar. Se gira antes de que pueda abrir la boca y sube la escalera del porche. Por mucho que mi orgullo me inste a mandarlo a la mierda, sé que no seguirlo implicaría pasar la noche a la intemperie. Cada vez llueve con más fuerza y la ropa mojada se me pega al cuerpo. Suelto una maldición.

—Liam —pronuncio tragándome mi dignidad, pero finge que no me oye.

Armándome de paciencia, me apresuro a ir detrás de él. Subo los escalones de dos en dos y me entrometo en su camino antes de que llegue a la puerta.

Enseguida me doy cuenta de que ha sido un movimiento arriesgado. Liam abre mucho los ojos sorprendido ante mi cercanía, porque de pronto solo nos separan unos centímetros. El corazón me salta dentro del pecho. Aún tengo la respiración agitada. Las gotas de lluvia le resbalan por la piel recorriendo su mandíbula y su cuello, hasta que se pierden en el interior de su camiseta.

Me aclaro la garganta, repentinamente nerviosa.

—Tu... tu amigo cree que quiero liarme contigo.

Seguramente no sea un buen momento para que tengamos esta conversación, pero no puedo callármelo. Él traga saliva. No paso por alto que su mirada se ha posado sobre mi boca.

—¿Y no quieres?

—No.

Mi respuesta lo hace volver a la realidad.

Se aparta ligeramente confundido.

—Dile que no vuelva a insinuarlo —le advierto.

Dicho esto, le planto las manos en el pecho para alejarlo y Liam retrocede pasmado. Quiero volver a entrar, pero, cuando empujo la puerta, descubro que está cerrada. Mierda. Soy patética. Él ya está rebuscando en sus bolsillos. Debe de haberse dejado las llaves dentro, porque suspira y llama al timbre. Transcurren unos largos segundos en silencio hasta que Evan se digna abrirnos. Está masticando su sándwich con una amplia sonrisa, que decae en cuanto me ve.

—Vaya, ¿todavía sigues aquí?

—Vamos, te enseño tu habitación —suspira Liam detrás de mí.

Estoy segura de que el imbécil tiene una opinión que dar al respecto, pero Liam pasa por su lado sin darle la oportunidad de replicar. Aunque no quiero quedarme a solas con él, me apetece mucho menos aguantar los comentarios de Evan, así que lo sigo sin pensármelo dos veces. Recorremos juntos un pasillo lleno de ventanales y subimos al segundo piso.

Arriba todo es tan espectacular como en el piso inferior. Paredes blancas, suelo de parqué negro, muebles minimalistas y luz natural en cada rincón. La escalera conduce a una sala amplia con plantas, sillones e incluso un futbolín. Hay cuadros decorando la estancia, pero no veo ninguna foto familiar. A la izquierda, se extiende un pasillo con varias puertas que supongo que conducirán a las habitaciones.

En efecto, tomamos esa dirección y Liam abre la más cercana a mano izquierda. Después, se aparta para dejarme pasar.

Es un cuarto amplio, con ventanales gigantescos, como en el resto de la casa, y una enorme cama de matrimonio situada en una esquina. A sus pies, hay una alfombra de pelo oscura en la que tampoco me importaría dormir. Las puertas correderas del armario, que son de madera, se encuentran al fondo, junto a una de color blanco que, según lo que me ha contado, imagino que irá a parar al baño.

Liam se aclara la garganta un tanto incómodo.

—Sé que no es gran cosa, pero...

¿Que no es gran cosa? ¡Pero si es casi más grande que mi salón!

—Está bien —respondo en su lugar. Prefiero que no se dé cuenta de lo alucinada que estoy. Se vuelve a mirarme con desconfianza y me fuerzo a añadir—: Mmm..., gracias.

Esboza una media sonrisa y se encoge de hombros, restándole importancia.

—No las des. Es lo mínimo que puedo hacer. —Pero ambos sabemos que no es verdad. Aparta rápidamente sus ojos de los míos—. Puedes usar el baño para darte una ducha, asearte o lo que quieras. Y puedo buscarte algo para cenar si tienes hambre.

—No hace falta —respondo.

—¿Seguro? El bocadillo de esta mañana no era muy... comestible.

Me aprieto las manos tras la espalda, nerviosa.

—Solo quiero irme a dormir.

—Está bien. Estaré abajo si necesitas algo. —Asiento forzando una sonrisa. Liam abre la puerta para marcharse, pero, antes de cruzar el umbral, se vuelve hacia mí, como si hubiera recordado algo—. Una cosa más.

¿Y ahora qué?

—¿Sí?

—Sinceramente, Maia, espero que antes estuvieras siendo sincera. Que quisieras liarte conmigo nos complicaría mucho las cosas y, como te he dicho antes, no quiero más problemas.

Pestañeo. Su rostro permanece serio.

—No quiero liarme contigo —repito por décima vez.

Liam asiente, como diciendo: «Eso es justo lo que quería escuchar».

—Mejor. No te ofendas, pero no eres mi tipo.

Pero sí que me ofendo.

—¿Perdón?

—Lo siento, pero es la verdad. No me van las chicas como tú.

Una persona decente se habría quedado callada, y justo por eso le espeto:

—Es curioso que me vengas con estas justo después de que te haya rechazado, ¿eh?

Liam abre la boca, la cierra y, después, sonríe como si creyera que le tomo el pelo.

—Tú no me has rechazado.

—Claro que sí. Y estoy a punto de hacerlo otra vez. Es de noche, estás en mi habitación y lo único que me sale decirte es: adiós, Liam.

Enarca las cejas, pero no se mueve, así que le pongo las manos en la espalda para empujarlo fuera del dormitorio. Intento centrarme en sacarlo de aquí y no en la firmeza de sus músculos bajo mis dedos. Seguramente él también tenga ganas de irse, porque no habría conseguido sacarlo al pasillo si se hubiera opuesto.

—¿Sabes? En realidad, no es *tu* habitación. Es mía y solo te la he prestado, así que técnicamente no puedes echarme.

—He dicho que adiós, Liam.

—Intenta no soñar conmigo esta noche, ¿quieres? Sería de muy mal gusto.

—Que te jodan.

Él sigue sonriendo.

—Buenas noches, Maia.

Ahí está de nuevo. La sonrisa. Estoy harta de verla, así que agarro la puerta y se la cierro en las narices. La habitación se queda en silencio y yo me apoyo contra la madera, con los ojos cerrados, mientras le ordeno a mi corazón que vuelva a latir con normalidad. Esta situación me ha afectado más de lo que debería.

Aguardo expectante hasta que, pasados unos segundos, escucho pasos alejándose.

Si no fuera porque no quiero ir a la cárcel, lo empujaría por la escalera.

¿Que no soy su tipo, dice?

Parece que Míster Borracho también tiene complejo de Brad Pitt.

Espero hasta que se me pasa el cabreo y, a continuación, me tomo unos minutos para inspeccionar a fondo la habitación. Hay sábanas, toallas y útiles de aseo en el baño, pero no encuentro nada de ropa para cambiarme, así que tendré que improvisar. Me desvisto, me enfundo mi camiseta, que ya está seca, y dejo la sudadera de Liam doblada sobre la cómoda. No pienso arriesgarme a quedarme solo en ropa interior cuando ni siquiera hay pestillo en la puerta.

Después entro en el baño, que es tan espectacular como el resto de la casa, y me estremezco de gusto al lavarme la cara con agua caliente. Me deshago la coleta y me miro al espejo. Una chica pálida con ojeras y las mejillas hundidas me devuelve la mirada. Trago saliva. No pego nada en este lugar.

Creo que empiezo a entender por qué Liam dice que no soy su tipo.

Aparto esos pensamientos de mi mente, vuelvo al cuarto y me meto directamente en la cama. Mañana me daré una buena ducha. Y después buscaré la forma de volver a casa. Ahora estoy agotada. No obstante, me paso los siguientes treinta minutos dando vueltas entre las sábanas, intentando, sin éxito, conciliar el sueño. Al final, me rindo y alargo la mano para coger mi móvil.

No tengo ni un solo mensaje. Ni siquiera de mamá.

A nadie le importa que haya desaparecido sin dar explicaciones. Porque *yo* no le importo a nadie.

Estoy cansada de fustigarme. Dejándome llevar por la curiosidad, entro en la aplicación de YouTube y busco: «Liam Harper».

Y me aparece su perfil.

Doce millones de suscriptores.

Vaya, parece que Míster Borracho sí que tiene razones para darse aires de famoso.

Ha publicado un montón de vídeos. Las miniaturas son llamativas y coloridas, y en todas aparece Liam poniendo caras extrañas. Desde luego, sí que se le da bien fingir que es divertido. No me apetece volver a escuchar su voz en lo que me queda de vida, pero la curiosidad me está matando, así que hago *click* en uno de ellos. Pero no en los que ha publicado recientemente.

Bajo hasta los que subió hace meses. En concreto, a uno cuyo título me llama la atención:

25 COSAS SOBRE MÍ — LIAM.

De inmediato, la característica sonrisa de Liam ilumina la pantalla. Se nota que es un vídeo antiguo; tiene el pelo más corto y los rizos no le caen descuidadamente sobre la frente como ahora. Graba en una habitación con estanterías repletas de cosas frikis. La cámara le apunta directamente al rostro y él saluda y explica con soltura en qué consistirá el vídeo.

Sobre el minuto tres, hay una interrupción. Una voz femenina grita algo fuera del plano y Liam se ríe mientras mira a la chica, que debe de estar detrás de la cámara. Escucho un nombre. Michelle. Y lo veo en sus ojos. Veo cómo le brillan.

La intervención no dura mucho más. De hecho, la chica ni siquiera se muestra a la cámara, solo hace acto de presencia de forma sutil, como si quisiera demostrar a los espectadores que está ahí. Y, volviendo a centrarse en el objetivo del vídeo, Liam se pone a enumerar.

Esa noche, descubro que:

1. Liam Harper tiene diecinueve años.
2. Su color favorito es el negro.
3. No es capaz de escoger su canción favorita porque, cada vez que escucha una nueva, cambia de opinión.
4. Evan es su mejor amigo desde que tiene memoria.

5. En el instituto se metían tanto con él que tuvo que cambiarse de clase más de tres veces.
6. Ahora todos esos chicos que lo criticaban intentan ser sus amigos.
7. No tiene mascotas (aunque no sabe si Evan cuenta como una).
8. Prefiere los perros a los gatos.
9. Pero también prefiere a los gatos antes que a Evan.
10. Uno de sus sueños es recorrer Europa con sus amigos y una mochila a la espalda.
11. De pequeño era tan revoltoso que se pasó muchas horas en la sala de castigo.
12. Una vez mató el cactus de su clase echándole limpiacristales.
13. Aunque la profesora le echó la culpa, en realidad la idea había sido de Evan.
14. Cuando piensa en su futuro, se ve grabando vídeos para YouTube.
15. A veces no piensa antes de hablar, y eso le trae muchos problemas.
16. También tiende a reírse en momentos de tensión.
17. E incordiar es uno de sus mayores talentos.
18. El 19 de marzo (es decir, ayer) es su cumpleaños.
19. Le gustaría tener un perro. Y dar a Evan en adopción.
20. Guarda todas las cartas que le envían sus fans.
21. Normalmente tarda horas en grabar cada vídeo porque es demasiado perfeccionista.
22. No entiende por qué lo sigue tanta gente y, aun así, se siente muy agradecido con todos y cada uno de sus suscriptores.
23. Está seguro de que YouTube le ha cambiado la vida.
24. Liam y Liam Harper definitivamente no son la misma persona.
25. Y todo esto, toda su vida, tal y como está, le hace feliz.

Dicho esto, sonríe a la cámara y se despide de sus seguidores hasta el próximo vídeo. Yo dejo el móvil sobre la mesilla, me tumbo mirando al techo y me pregunto cuántas de las cosas que ha dicho serán verdad.

9

SECRETOS

Liam

—Buenos días, trozo de mierda.

La voz de Evan se cuela en mis oídos cuando entra en la cocina. Ayer hicimos un directo que se alargó hasta las tantas y, como mi madre y Adam no estaban, le dije que podía quedarse a dormir en el salón. En otra ocasión le habría ofrecido el cuarto de invitados, pero no pensaba echar a Maia solo porque él no quepa en el sofá.

Le saludo con la cabeza y me rodea para sacar la caja de cereales del armario.

—¿Has visto las estadísticas del *stream* de anoche? Fueron la hostia. La gente se vuelve loca con los juegos de miedo. No lo digo yo, lo dicen las cifras.

Deben de ser muy buenas porque está de buen humor. Cojo el móvil para echarles un vistazo, pero después me lo pienso mejor. Decido que no es solo que no me preocupen, es que prefiero no verlas. No importa cuántas sean. Me conozco y sé que no me parecerán suficientes.

Nunca son suficientes.

Si hay algo que caracteriza las redes sociales es que basta con desaparecer unas semanas para que nadie se acuerde de tu existencia. Desconectar unos días supone sufrir una caída en las visualizaciones de la que cuesta mucho recuperarse. Cuando empecé a tomarme en serio todo esto de YouTube, no había día en el que no publicase un vídeo. Me daba tanto miedo quedar en el olvido que me pasé años pegado a una pantalla sin descanso.

Y es un miedo que aún conservo.

Llegó un momento en el que todo se volvió mecánico. Mi vida pasó a consistir en sentarme frente a la cámara, encender el ordenador, grabar y editar mis vídeos. Después los programaba para que mis suscriptores tuvieran uno cada veinticuatro horas. No me molestaba en anunciarlos en mis redes sociales. De hecho, llevan muertas desde hace días. No recuerdo cuándo fue la última vez que subí algo a internet por gusto y no porque me sintiera en la obligación de publicar.

Mi cumpleaños fue hace dos días y esta ha sido la primera vez en años que me he pasado más de cuarenta y ocho horas sin subir nada a YouTube.

Como consecuencia, ayer me entró tanta ansiedad que prácticamente obligué a Evan a hacer un *stream* que se alargó hasta las cuatro de la madrugada y me dejó aún más agotado de lo que ya estaba. Teniendo en cuenta que pasé la noche anterior en el coche de Maia, calculo que estos últimos días habré dormido, a lo sumo, unas seis horas en total.

No quiero revisar las cifras del directo. Tampoco me apetece leer las felicitaciones de cumpleaños de mis seguidores, mucho menos contestarlas, ni fijarme en cuántas me han llegado. Porque me aterra que sean menos que el año pasado. Que eso signifique que me están olvidando.

—¿Qué me dices? ¿Repetimos esta noche? —Evan se sienta frente a mí con un enorme tazón de cereales—. ¿O sigues acojonado por los sustos de ayer?

Me sonríe antes de meterse un cucharón en la boca. No quiero agobiarlo con mis problemas, de forma que, una vez más, actúo como si no pasara nada.

—Anoche no me acojoné. Solo estaba..., ya sabes, sobreactuando.

—Pero si te faltó poco para echarte a llorar.

—Era para generar espectáculo, Evan. No es problema mío que no tengas mente de emprendedor.

—Y, pese a todo, no gritaste ni una sola vez —continúa, ignorando mi comentario. Me mira fijamente y enseguida sé por dónde irá esta conversación. Y no me gusta nada.

—No quería despertar a los vecinos —me limito a contestar.

—Ni a la chica que dejaste durmiendo en *mi* habitación de invitados.

—Eso no es asunto tuyo —gruño, y sonríe a sabiendas de que ha dado en el clavo.

Pero ¿y qué? ¿Qué tiene de malo que no quisiera despertarla? Parecía cansada cuando le enseñé su cuarto ayer. No quiso cenar nada, y eso que insistí. Me dijo que no cuando se lo ofrecí las primeras dos veces y, cuando volví a subir para darle una última oportunidad, no llegué a abrir la puerta. Me pidió que me fuera. Creo que estaba llorando. Y que lo hizo durante mucho rato.

Supongo que después se quedó dormida. No iba a molestarla solo para hacerme el gracioso.

Evan no sabe nada porque no me parecía adecuado contárselo —de hecho, dudo que Maia quisiera que yo me enterara— y por eso me mira fijamente, en silencio y con los ojos entornados, como si quisiera averiguar qué secretos escondo.

—¿Qué? —demando claramente a la defensiva.

—Te has liado con ella, ¿no?

—¿Con quién?

—¿Con quién va a ser? ¡Con Malena!

—Se llama Maia.

—Joder. —Se pasa las manos por la cara frustrado, como si el mero hecho de recordar su nombre significase que quiero tener dos putos hijos con ella—. Dime que al menos es mayor de edad.

—Es mayor de edad. Y no me he acostado con ella. ¿A qué coño viene todo esto?

En cuanto me oye, su actitud cambia de forma radical. Pestañea incrédulo, y comienza a reírse con ganas.

—No me jodas —masculla sin dejar de carcajearse, como si fuera lo más gracioso que ha oído en mucho tiempo—. ¿Así que no le gustas?

—¿Qué?

—Si le gustases os habríais liado, por lo que es evidente que no le gustas.

—¿Puedes dejar de hablar así?

Finge secarse una lágrima, aunque aún se le escapa la risa.

—¿Sabes? He cambiado de opinión. Ahora me arrepiento de haberla tratado mal ayer. Me sentí fatal, ¿sabes? Pero fingí que me daba igual. Aprendo del mejor, claro. La chica tiene carácter, pero me cae bien.

—¿Te cae bien porque no le gusto? —Pero entonces me doy cuenta de lo que acabo de decir—. Espera un momento, ¿quién dice que no le gusto? ¿La trataste mal ayer? Y ¿por qué te caía mal?

Evan se mete una cucharada de cereales enorme en la boca y se la traga con una sonrisa. Lo miro con el ceño fruncido.

—No es que tenga ningún problema con ella, solo no la quiero cerca de ti. Lo siento, tío. Entiendo que te mole, pero tienes que pensar en Michelle.

Escuchar ese nombre me genera sentimientos contradictorios, sobre todo después de haberme pasado horas esperando un mensaje suyo que nunca llegó.

—A Michelle no le importa lo que haga. Por si se te ha olvidado, no estamos juntos de verdad.

—Pero la gente cree que sí.

—Sí, y la noche de mi cumpleaños se encerró con Max en una habitación. Es evidente que soy el único que tiene cuidado.

Ni siquiera se dio cuenta de que me fui de la fiesta.

Detesto este tema de conversación. Evan es la única persona que sabe la verdad y a veces me pregunto si contárselo no fue un error. Hablar sobre esto hace que todo se vuelva más real. Me recuerda que esos sentimientos existen. Que siguen ahí. Y que yo cada vez estoy más jodido.

Como si supiera perfectamente lo que pienso, suspira.

—Sé que todo es una mierda, ¿vale? Pero no me parece bien que te líes con otra chica. Al menos, no mientras estés atado públicamente a Michelle. —Antes de que pueda replicar, añade—: Y sabes que no lo digo por ella, sino por ti. En lo que a mí respecta, tu noviecita falsa puede irse a la mierda.

—No es culpa suya —le recuerdo con sequedad.

Por mucho que Evan insista en criticarla, Michelle no tiene la culpa de haberse enamorado de Max. Si uno pudiese controlar lo que siente, seguramente yo solo la vería como a una amiga.

—Vale, ya lo sé, pero...

—De todas formas, ¿por qué yo no puedo salir con otras personas y ella sí?

Es una pregunta tonta porque no creo que pueda fijarme en nadie más, lo que hace que la situación me parezca aún más absurda.

—Porque sabemos que Max es de fiar. Si alguien se enterase de todo esto, él también saldría perjudicado. Podemos estar seguros de que guardará el secreto, cosa que *no* ocurre con Malena.

—Maia —lo corrijo por inercia.

—Como sea.

—Vale, Evan. Ya te he dicho que no me he acostado con ella.

—Aún.

—No va a pasar. No es mi tipo.

—¿Eso significa que tengo vía libre?

Hago una mueca. Venga ya, ¿en serio?

—Pero si no te soporta.

—Bueno, a ti tampoco.

—Yo voy a arreglarle el coche.

—Sí, después de habértelo cargado, Romeo.

—¡No fue culpa mía! —exclamo, pero me basta con ver su sonrisa para darme cuenta de que me toma el pelo. Resoplo. Gilipollas—. Debería ir a ver si está despierta. Tiene que irse antes de que vuelvan mi madre y Adam.

Me termino el café de un trago y meto la taza sucia en el lavavajillas. A mi espalda, Evan engulle felizmente sus cereales.

—Genial. Hace mucho que no veo a mamá Harper.

Lo miro con mala cara.

—Tú también te largas.

—¿Qué? ¿Por qué?

—Porque sí. Y ponte unos pantalones.

Frunce tanto el ceño que todo su rostro se contrae. Levanta una pierna para enseñarme sus calzoncillos con estampado.

—¿Qué problema tienes con las piñas? Son graciosas.

—Das mal rollo, Evan.

Lo escucho imitarme por lo bajo y termino de recoger mi desayuno con una sonrisa. Sin embargo, justo entonces me acuerdo de una cosa. Mierda. Me vuelvo lentamente hacia él, a sabiendas de que está a punto de maldecir mi existencia.

—Tengo un problema —comienzo.

—¿Otro más?

Cojo aire. Allá vamos.

—Mi coche.

Se le borra la sonrisa.

—¿Qué le has hecho a tu coche?

—Puede que... —me aclaro la garganta— lo dejara en medio de un descampado la otra noche.

—¿Estás de coña? Liam, ¿tienes idea de lo que...? —Cierra los ojos y coge aire para calmarse—. Dame una buena razón para que no hayas ido *ya* a por él.

Aprieto los labios.

—No sé dónde está.

Me lanza una mirada asesina que casi me manda bajo tierra.

—Voy a darte una paliza.

—Hecho, pero ayúdame a encontrarlo. Por favor.

Aún está cabreado conmigo, pero asiente de todas formas. Los pulmones se me llenan de alivio. Por eso es mi mejor amigo desde que tengo memoria. Pase lo que pase, siempre está ahí.

—Sabes que es probable que alguna parejita lo haya usado como nido de procreación, ¿verdad? —comenta mientras recoge su desayuno.

—Me aseguraré de llevarlo a limpiar.

—Reza porque no te hayan dejado los condones usados sobre los asientos.

Hago una mueca. Joder, qué asco. «Liam borracho, te has lucido.»

—¿Me ayudarás o no? —insisto, para que me prometa que lo hará.

—Todo con tal de no oírte lloriquear.

Resoplo y él me sonríe. No podremos ir a buscarlo hasta que me haya encargado de Maia, de forma que me dirijo hacia la puerta de la cocina. Sin embargo, Evan vuelve a hablar antes de que pueda salir.

—Sobre lo de Michelle..., siento ser un aguafiestas, pero sabías en dónde te metías cuando aceptaste empezar con esto de la relación falsa. Si la gente se enterase de que la has engañado con otra, se te echarían encima. Has trabajado mucho para llegar hasta aquí y no pienso dejar que lo arruines por una chica. Mantén las manos quietecitas, ¿entendido?

Lo miro a la cara y veo que es honesto. Debe de ser la única persona de mi entorno que de verdad se preocupa por mí.

—Entendido —contesto, solo por esa razón.

—Bien. —Me suelta y señala la escalera—. Ahora ve a sacarla de aquí antes de que Adam nos corte los huevos a los dos.

Suspiro y salgo de la cocina. Los nervios me asaltan cuando subo al primer piso, pero lo atribuyo a que no sé cómo reaccionará al verme. Ayer parecía cómoda cuando escuchamos música en su coche. Incluso me habló sobre sus bandas favoritas. Y unas horas más tarde empezó a gritarme en el porche porque quería irse a casa.

Evan tiene razón. Lo mejor será que Maia desaparezca cuanto antes para que podamos olvidarnos de todo esto.

Como de costumbre, no se oye ruido en la planta superior. Mi madre y Adam cogieron un vuelo a Newcastle ayer por la mañana para cerrar unos acuerdos y aún no han regresado. Me enteré anoche, cuando leí la nota que habían dejado en el frigorífico. Por eso no se dieron cuenta de que acabé durmiendo en la otra punta del país el día de mi cumpleaños. Es entendible, supongo. O no. No lo sé. El caso es que no están aquí y que es un alivio, porque no estoy de humor para lidiar con ellos ahora mismo.

Cuando llego a la habitación de invitados, tomo aire y llamo un par de veces. Nadie contesta, pero no quiero ser maleducado, así que insisto un poco más, hasta que llego al límite de mi paciencia. Abro la puerta sin pensármelo y descubro que el dormitorio está vacío.

¿Qué...?

—¿Maia? —la llamo, pero, de nuevo, no hay respuesta.

La cama está deshecha y sus zapatillas se encuentran tiradas en un rincón, pero no hay ni rastro de ella. Me adentro en la habitación. Se oye un ruido similar al del agua cayendo, y un hilo de vapor emerge de la puerta entreabierta del baño. De fondo, escucho cómo Maia tararea distraída una de las canciones que le enseñé ayer mientras esperábamos en su coche.

Trago saliva. Está duchándose.

O, al menos, lo estaba hace un minuto.

De pronto, el agua deja de correr y ella sale envuelta solo en una toalla.

Oh, mierda.

Mierda, mierda, mierda.

—Escucha, no es lo que parece, ¿vale? No...

Se pone a chillar antes de que pueda pensar en una excusa.

Doy un respingo y le hago gestos como loco para que se calle. A este paso, atraeremos la atención de todo el vecindario. Le echo un vistazo rápido al pasillo para asegurarme de que Evan no ha subido a comprobar qué ocurre y, después, la miro a ella.

Mala idea.

Por suerte, ha dejado de gritar. Se tapa la boca con una mano y se sujeta la toalla con firmeza, aunque solo le llega hasta la mitad de los muslos y definitivamente no cubre lo suficiente. Trago saliva sin darme cuenta. Tiene la piel mojada y las gotas de agua le resbalan por el cuello hasta perderse en las líneas de su escote. Sé que no debería fijarme tanto, pero no lo puedo evitar.

De hecho, no reacciono hasta que me lanza un peine.

—¡No me mires! —chilla con la voz ahogada.

Tiene los brazos llenos de cicatrices.

Mierda, no debería haber visto esto.

Maldigo entre dientes antes de girarme y mirar la pared. Maia jadea a mi espalda, todavía intentando recuperarse del susto. En cualquier otra ocasión, esta escena me habría parecido erótica hasta decir basta, pero ahora tengo el estómago revuelto. No dejo de pensar en las cicatrices.

¿Se las ha hecho ella?

—Fuera —me ordena con la voz temblorosa.

Dará por hecho que me he fijado, ya que es imposible no verlas. Seguramente eran su secreto y ahora un imbécil al que apenas conoce lo ha descubierto por accidente. La situación va a volverse muy violenta.

A no ser que haga lo que mejor se me da.

Me aclaro la garganta y me comporto como el capullo que seguro que piensa que soy.

—Para no estar interesada en mí, te noto muy alterada.

Sueno incluso divertido, aunque ahora me siento justo al contrario. Silencio. Maia respira entrecortadamente. «Vamos, créete que estaba tan concentrado dándote un repaso que ni siquiera me he fijado.»

«Créetelo, vamos, por favor.»

—¿Qué estás haciendo aquí? —me espeta con su característico mal genio y, para mis adentros, canto victoria—. ¿Espías a todas las tías que se quedan a dormir en tu casa?

Fuerzo una sonrisa burlona, aunque siga mirando la pared.

—Normalmente, cuando una chica duerme aquí, suele quedarse en mi cama.

—Pobres. —Se aclara la garganta, aún luchando contra el nudo que le impide respirar—. Traumatizadas de por vida.

—Dime, ¿te costó mucho no venir a buscarme a mi habitación anoche?

—Puse una silla en la puerta para evitar que tú entraras en la mía.

Sé que es mentira y que se pasó horas llorando, pero también lo dejo pasar.

—Siento decirte que no era necesario. Debes de ser la única tía que ha dormido aquí que no me interesa. Tienes demasiado carácter.

Ha sido un ataque muy gratuito, pero necesito enfadarla para que olvide lo que acaba de pasar. Y, tal y como esperaba, lo consigo.

—¿Carácter? ¡Yo no tengo carácter!

Intento no sonreír.

—Pero si me has lanzado un peine.

—¡Porque te has colado en mi habitación! —chilla acordándose de pronto—. ¡¿Por qué diablos sigues aquí?! ¡Fuera!

—A ver, técnicamente eres mi invitada, así que esta es mi...

—¡Que te largues!

Camina malhumorada hacia mí y busca el peine con la mirada, y yo doy un respingo y corro hacia la puerta antes de que vuelva a lanzármelo. Antes no me ha dado por los pelos. Tiene buena puntería la muy desgraciada. Ser un capullo es divertido, pero prefiero conservar la nariz en su sitio.

—Tengo noticias sobre tu coche. Vístete y baja a la cocina cuando estés decente, ¿quieres? —le espeto con desinterés mientras salgo—. Seguramente acabaré teniendo pesadillas por esto.

Maia me saca el dedo de en medio y me cierra la puerta en la cara.

En cuanto me quedo solo en el pasillo, la sonrisa se me borra de forma inconsciente. Trago saliva notando, de pronto, cierta presión en el pecho. Misión cumplida, supongo.

Cuando vuelvo a la cocina, Evan aún está cambiándose. Me siento sobre una encimera y me saco el móvil del bolsillo, buscando desesperadamente una distracción. Necesito dejar de verlas. Entro en las estadísticas del directo de anoche. En efecto, las cifras son peores de lo que esperaba. Por mucho que me esfuerce, aunque eche horas y horas, no es suficiente. Nunca es suficiente.

Pero no puedo pensar en otra cosa.

¿Por qué se ha hecho eso a sí misma? ¿Ha sido una buena idea dejarlo pasar o debería haber sacado el tema? Es verdad que no nos conocemos de nada y que no parecían recientes, pero, aun así...

¿Por qué me preocupo, de todas formas?

No volveremos a vernos después de esto.

Maia no es mi problema. Debería concentrarme en Michelle, en Adam y en las cifras del directo. Ya tengo bastantes cosas con las que lidiar.

Evan baja la escalera unos minutos después, cuando todavía sigo intentando olvidarme del tema. Por fin se ha puesto unos pantalones. Entra en la cocina mirando distraído su móvil y frunce el ceño al verme.

—¿Por qué sigues en pijama? —se extraña.

—¿Para qué iba a cambiarme?

—Porque Michelle viene de camino, ¿quizá?

Me falta poco para caerme de la encimera. ¿Que qué?

Evan nota mi cara de confusión y cierra los ojos temiéndose lo peor.

—No has leído sus mensajes —da por hecho.

Como si la hubiéramos invocado, justo en ese momento llaman a la puerta.

Esto no puede estar pasando. No ahora. Evan da un respingo y yo me pongo de pie rápidamente. El corazón me va muy deprisa. Nuestras miradas se cruzan, lo señalo con un dedo y susurro:

—Tú la distraes y yo me encargo de Maia.

Antes de que pueda responder, ya estoy corriendo escaleras arriba.

Mierda, mierda, mierda. Si hubiera sabido que Michelle se

presentaría aquí, habría echado a Maia mucho antes. No puedo dejar que la vea. Conociéndola, no tardaría mucho en contárselo a Adam y estoy harto de reproches. Solo he estado con una tía desde que empezamos con esto de la relación falsa; solo fue cosa de una noche, pero mi padrastro se puso furioso. Y Michelle también. Esa ha sido la única vez que he discutido con ella y no me gustaría que volviese a pasar.

Enfadarla no me hará ganar puntos para gustarle.

Sin embargo, me paro en seco antes de llamar a la puerta del cuarto de invitados.

Acabo de darme cuenta de lo absurdo que es todo esto.

Nunca voy a gustarle a Michelle. Lo que tenemos no es real. Está enamorada de Max y ninguno de los dos sabe lo que siento por ella. Quedamos en que seríamos profesionales y no involucraríamos sentimientos, y por eso me he callado durante meses. Lo he aguantado todo: que diga que me quiere aunque sea mentira, tener que besarla sabiendo que se imagina que soy otra persona e incluso que salga con otro chico. Con uno de mis mejores amigos.

¿Por qué ella tiene derecho a hacer todo eso y yo no?

No tenía razones para echarme en cara que me acostase con aquella chica. Puede que públicamente esté atado a ella, pero la realidad es que sigo soltero. Y que ni ella ni Adam deberían poder decidir a quién coño meto en mi cama.

Estoy cansado de que me controlen. De obedecer sin rechistar. De no desafiarlos.

De pronto, la puerta se abre.

Maia da un respingo al verme, pero se recompone enseguida. Es raro volver a verla después del incidente de antes. Aún tiene el pelo húmedo y se ha puesto los mismos vaqueros oscuros y la camiseta que llevaba ayer. Es de manga larga y ahora entiendo por qué. De nuevo, me parece notar que mi presencia la pone nerviosa, pero lo disimula muy bien.

Se cruza de brazos.

—¿Intentabas colarte de nuevo en mi habitación?

—Necesito tu ayuda —digo, sin pensar en las consecuencias.

No me creo que esas palabras hayan salido de mi boca. Maia también parece sorprendida. Se aclara la garganta y destensa los hombros.

—No tenemos por qué tener esta conversación. Sé que quieres que me vaya. Solo necesito mi coche.

Mierda, lo había olvidado.

—He llamado al taller. No trabajan los domingos, pero se pasarán a recogerlo mañana. Probablemente haya sido un fallo del motor. —Esto es justo lo que quería y, aun así, empalidece al escucharme. Me apresuro a seguir hablando—: No sé cuánto tardarán en arreglarlo. Sé que necesitas volver a casa lo antes posible, así que he pensado que..., bueno, podrías coger un taxi y dejar que yo me encargue de que te lleven el coche hasta allí.

Así no tendría que conducir sola por la autovía. Maia se recompone incómoda.

—No tengo dinero para un taxi —admite con cierta vergüenza.

—Puedo encargarme de eso también.

Algo me dice que necesita el dinero más que yo. Además, se lo debo después de haberle causado tantos problemas.

Me mira en silencio, todavía con los brazos cruzados. Trato de ocultar mis nervios, pero se me revuelve el estómago cada vez que pienso que Michelle está abajo con Evan.

—¿Qué quieres a cambio? —pregunta entonces—. Dudo que vayas a hacerlo solo porque sí, así que suéltalo de una vez y acabemos con esto.

—Tómatelo como un favor —respondo.

Niega con la cabeza.

—No acepto favores. Si no puedo hacer nada por ti, no hay trato. Quédate tu dinero.

Y, de pronto, lo tengo claro.

—Está bien. —Frena en seco y me mira—. Sí que hay algo que puedes hacer.

—¿Y bien? —me insta cruzándose de brazos.

Y, aunque sé que es una mala idea, no me lo pienso dos veces antes de decir:

—Quiero que finjas que te has acostado conmigo.

10

DECISIONES DESESPERADAS

Liam

—¿Es una broma? —articula con incredulidad.

No sé cuándo he cerrado los ojos, pero vuelvo a abrirlos cuando oigo su voz. Supongo que una parte de mí —la más racional— esperaba que me diera un puñetazo nada más escuchar la propuesta. Sin embargo, ella se limita a mirarme de brazos cruzados, sorprendida, como si creyera que se me ha ido la olla, y con razón.

—Va en serio —respondo tras aclararme la garganta—. Has dicho que querías hacer algo por mí, ¿no? Pues ahí lo tienes.

—No lo entiendo. ¿Qué ganas con todo esto?

Abro la boca, pero la cierro al darme cuenta de que no tengo una razón de peso para habérselo pedido. Puede que me haya dejado guiar por el orgullo. O por mi ego. Solo quiero demostrarles a todos que tomo mis propias decisiones. Que puedo hacer lo que me apetezca cuando me apetezca y que no son nadie para prohibírmelo.

Pero no creo que Maia pudiera comprenderlo, así que digo:

—Hay una... chica. Está abajo, con Evan. Digamos que tenemos una relación un poco complicada y...

—¿Complicada en qué sentido? —me interrumpe y, al ver mi expresión de desconfianza, añade—: Si quieres que te ayude, necesito que me pongas en contexto.

Vale, puede que tenga razón. Adam me diría que no se lo contara, así que es una suerte que no esté aquí.

—Es mi novia. —Maia arquea las cejas—. Falsa —aclaro.

Resopla incrédula. Se cubre la cara con las manos.

—Odio a los famosos —refunfuña para sí misma, y después me mira—: Déjame adivinar, ¿empezaste a salir con ella para ganar seguidores y ahora estás jodido porque se ha enamorado de ti?

—No exactamente —respondo, pero no me escucha.

—... porque, si piensas usarme para librarte de ella, quiero que sepas que eres un...

—No está enamorada de mí —la interrumpo antes de que me insulte de nuevo—, sino de mi mejor amigo.

Decirlo en voz alta me quema la garganta. Maia cierra la boca y me observa con cautela.

—¿De Evan? —pregunta con confusión.

—No, de mi *otro* mejor amigo.

—Si no está colada por ti, ¿por qué quieres...? —Pero mi expresión debe de exteriorizarlo muy bien, ya que no llega a terminar la frase—. Joder —masculla al darse cuenta.

Sus ojos oscuros se posan sobre mí, y me da la sensación de que me miran con lástima. Acabo de caer en que es la única persona que lo sabe, además de Evan, y que no sé por qué diablos se lo he contado. No solo es que no debería haber confiado en ella, sino que, además, sabiendo cómo es, no me extrañaría que pensase que soy patético.

Me he pasado meses detrás de una tía que solo tiene ojos para otro. Si buscase «humillación» en el diccionario, aparecería mi nombre subrayado con rojo.

—Es una larga historia —respondo para salir del paso y que, con suerte, no insista—. ¿Y bien? ¿Vas a ayudarme o no?

Espero que se eche atrás o me pregunte por qué quiero hacer pensar a Michelle que estoy saliendo con otra chica, si se supone que solo me interesa ella, pero asiente.

—Muy bien. ¿Qué se supone que soy? ¿Una fan loca que se moría por acostarse contigo? Porque no pienso fingir que me derrito por tu cara de gilipollas.

¿Así que de verdad está dispuesta a ayudarme? Mierda, vale. Supongo que en el fondo no esperaba que esto llegara tan lejos, porque no tengo nada preparado. Me obligo a pensar en algo que suene creíble mientras ella me observa expectante.

—Nos conocimos anoche, me gustaste y te invité a casa. Con

eso basta. No creo que haga preguntas. —Asiento, conforme con mi propio plan, y la miro de arriba abajo—. Voy a prestarte una camiseta. Así será más llamativo.

No espero a que conteste, sino que me dirijo directamente a mi habitación. Es más grande que el cuarto de invitados y, cuando Maia entra detrás de mí, se queda alucinada, aunque intenta que no me dé cuenta. Abro el armario y saco una camiseta que me pongo a menudo. Es imposible que Michelle no me haya visto con ella. La reconocerá enseguida.

Además, es de manga larga. Se la lanzo sin pensármelo.

—Póntela y arrúgala para que parezca que has dormido con ella.

Maia no rechista. Solo se la pasa por la cabeza y la estira hasta que le cubre los muslos. Al igual que mi sudadera, le queda enorme y parece aún más pequeña con ella puesta. Hace puños con las mangas, que le caían sobre las manos, y me mira. La analizo con determinación. Siento que me falta algo. Camino hacia ella.

—¿Puedo despeinarte?

—Depende. ¿Quieres que te dé una patada en los huevos?

Hago una mueca y me giro automáticamente.

—Muy bien. Irás peinada.

Salgo del dormitorio sin darle más vueltas y Maia se apresura a seguirme. El corazón me bombea muy deprisa. Desde la escalera se oyen voces que provienen de la cocina. Le lanzo una mirada inquieta mientras bajamos, solo para asegurarme de que sigue aquí. También parece alterada.

—Tendrás que pagarme cincuenta más por esto —susurra.

—Lo negociaremos cuando llegue el momento.

Llegamos a la cocina.

Entro primero. Evan está sentado en la mesa, en el mismo sitio que antes, con Michelle a su lado. Trago saliva al verla. Se ha recogido el pelo rubio ceniza en una cola de caballo y lleva una camiseta ancha que seguramente sea de Max. Se quedan callados al oírnos entrar y Michelle esboza una sonrisa que decae en cuanto nota que no vengo solo.

—Liam —me saluda con falso entusiasmo, y su mirada recae en un punto detrás de mí—. Vaya, no sabía que teníais... invitadas.

Tras ella, Evan abre los ojos como platos y me mira como si se me hubiese ido la olla. Probablemente tenga razón, pero lo ignoro y tiro de Maia para que dé un paso hacia delante y se ponga a mi lado. Michelle camina hacia nosotros.

—Encantada de conocerte —le dice a Maia sonriente antes de dedicarle una mirada burlona a mi amigo—. Evan, no me habías dicho nada —le reprocha divertida.

Él da un respingo y, queriendo evitar el desastre, se apresura a responder:

—Pues sí. Sabes que soy un alma libre, pero Malena me ha...

—Está conmigo —lo interrumpo, y los dos se vuelven bruscamente hacia mí.

Ahora ya no hay vuelta atrás.

Michelle pestañea sorprendida, y esta vez sí la analiza con detenimiento. El truco de la camiseta debe de haber funcionado, ya que su expresión cambia radicalmente y arquea las cejas con cierto desdén. Maia se tensa, pero no retrocede.

—Ya veo —comenta, juzgándola con dureza. Esboza una sonrisa que sé que es falsa y le tiende una mano—. Supongo que te habrán hablado de mí. Soy Michelle, la novia de Liam —añade haciendo hincapié en la palabra.

Espero que ella recule, pero se la estrecha y dice:

—Maia, la chica que le gusta de verdad.

Joder.

Nota mental: nunca volveré a subestimarla.

Aún no me he recuperado de la impresión cuando, para reafirmar lo que acaba de decir, se acerca y agarra disimuladamente mi brazo para pasárselo por la cintura. Obedezco y tiro de ella para pegarla a mi cuerpo. Enredo los dedos en la cinturilla de sus vaqueros. Maia no se inmuta, solo mira al frente, mientras yo intento no fijarme en lo bien que le huele el pelo.

El corazón se me desboca, pero se lo atribuyo a que temo la reacción de Michelle, cuya sonrisa decae bruscamente. Sus ojos se llenan de reproche.

—¿Se lo has contado? —me espeta con brusquedad.

Al otro lado de la cocina, Evan se levanta de un salto.

—¡Muy bien! Os noto un poco tensos, así que propongo que inspiremos, espiremos y...

—¿Y qué si lo he hecho? —le respondo a Michelle.

—¿Estás de coña? ¿Es que no puedes dejar de pensar en ti mismo durante un segundo? Sabes lo que nos dijo Adam. Si alguien se enterase de esto, estaríamos jodidos. Y ahora vas y se lo cuentas a una cualquiera. Mierda, Liam, ¿cuándo coño vas a madurar?

—No es *una cualquiera* —contesto antes de que Maia le suelte alguno de sus comentarios—. Y no tienes que preocuparte. No dirá nada.

Espero.

—No pareces muy convencido —observa leyendo mis dudas.

—La conozco, Michelle. Nos guardará el secreto.

—¿Que la conoces? —repite, y niega con incredulidad—. ¿Desde cuándo?

—No lo sé. Semanas.

—¿Te has vuelto loco? ¿Pones toda tu reputación en manos de alguien a quien conoces desde hace semanas?

Si supiera que nos conocimos ayer, le daría un infarto.

—¿Qué más te da? Es mi vida —replico. Estoy harto de ese tono de superioridad.

—Ahí está el problema. No es tu vida, también es la mía. No pienso dejar que lo estropees todo solo porque quieras meter a una tía en tu...

—No soy yo quien mantiene una relación con otra persona, Michelle.

Es la primera vez que me atrevo a reprochárselo, pero ya no lo soporto más. Se queda callada y clava sus ojos en los míos furiosa.

—Max no tiene nada que ver con esto. Te recuerdo que dijiste que no te importaba que saliera con él.

Claro que sí, porque ¿qué otra cosa iba a decir?

—Dejó de parecerme bien cuando empezasteis a comportaros como unos inconscientes. Sé que os encerrasteis en una habitación la noche de mi cumpleaños. Me importa una mierda lo que hagáis, pero, si yo os vi, cualquiera podría haberlo hecho también. Eres tú quien no deja de correr riesgos absurdos, pero, como siempre, yo soy el malo de la historia. No puedo traer a una chica a casa sin que me montes un drama. Por si se te ha olvidado, no eres mi novia de verdad. Deja de meterte en mi vida de una puta vez. Eres peor que Adam.

Es la primera vez que le hablo así. Que digo lo que pienso sin rodeos y sin tener en cuenta las consecuencias. El corazón me martillea con violencia en el pecho. Aprieto la cintura de Maia de forma inconsciente, pero ella no se aparta. Michelle se da cuenta de lo juntos que estamos y sacude la cabeza incrédula.

—No eres el centro del mundo —me espeta—. Me pregunto cuándo dejarás de pensar solo en ti mismo.

Ya no solo parece enfadada, también dolida y decepcionada. Sus palabras me sientan como un puñetazo en el estómago. La cocina se sume en un silencio tenso y ni siquiera Evan, que nos mira desde la mesa, se atreve a romperlo. Trago saliva. Cuando pienso que ya no lo aguantaré más, noto una mano rozando la mía. Maia entrelaza sus dedos con los míos y hace que me vuelva a mirarla.

—¿Puedes llevarme a casa? —susurra con sus ojos clavados en los míos, y asiento de forma inconsciente. Es tan buena fingiendo que casi me creo que le preocupo de verdad.

Es ella quien tira de mí para que nos marchemos. No obstante, en cuanto pisamos el pasillo, escuchamos la voz de Michelle a nuestras espaldas:

—¿Sabes qué es lo peor? Que, cuando ella intente venderle esta historia a cualquiera para ganar dinero a nuestra costa, tendré que ayudarte a solucionarlo. Porque así es como funcionan las cosas contigo. Ahora me largo. Si tus suscriptores te preguntan por qué tu novia ya no aparece en tus vídeos, diles que es porque eres gilipollas.

Nos rodea para salir y choca su hombro contra el de Maia al pasar junto a ella. Michelle le saca varios centímetros y casi la desestabiliza. Lo siguiente que oímos es el fuerte portazo que da al marcharse. De nuevo, toda la casa se queda en silencio, hasta que Evan, que se ha mantenido al margen de la discusión, se vuelve hacia nosotros y nos señala alternativamente.

—Solo para que quede claro, ¿ahora tienes dos novias falsas?

Es inmediato. Maia y yo damos un respingo y nos separamos a toda prisa. Me doy cuenta de que, aunque Michelle se haya ido, sigo nervioso. Se cruza de brazos incómoda y lanza una mirada rápida a Evan antes de girarse hacia mí:

—He cumplido con mi parte del trato —dice tras aclararse la garganta—. Ahora llama a un taxi para que pueda irme a casa.

—Claro —me obligo a responder como si nada.

Después de diez minutos incómodos, un coche estaciona frente a la casa. Evan no parece querer acompañarnos; se limita a lanzarle una sonrisa burlona a Maia, a la que ella responde sacándole el dedo del medio. La conduzco al exterior, bajamos la escalera del porche y nos detenemos frente al vehículo. El cielo está nublado, pero, a diferencia de ayer, no cae ni una sola gota.

Maia vuelve a rodearse con los brazos para aislarse del frío y me percato de que todavía lleva mi camiseta, pero no lo menciono. Se vuelve hacia mí y nos sumimos en un silencio tenso.

Parece que ha llegado el momento de decir adiós.

—Gracias. —Hablo primero, y alza la mirada hacia mí—. Por lo de antes. Has sido muy ingeniosa.

Niega para restarle importancia.

—Solo he dicho una frase.

—Pero menuda frase.

—No ha servido de mucho, porque solo la hemos enfadado. Lo siento.

—Ha sido cosa mía. Además, Michelle es así. Se le pasará. —Vacilo. No estoy del todo seguro—. Quería demostrarle que yo también tengo derecho a tomar mis propias decisiones.

Espero que me llame egoísta, como ha hecho Michelle, o que piense que es absurdo, pero asiente con comprensión.

—Sé que no tengo derecho a decirte esto, pero, si todo esto de la relación falsa te hace daño..., puede que debas replanteártelo.

—No es tan sencillo —respondo para que deje el tema.

Recula con incomodidad. De nuevo, silencio. Recuerdo algo de pronto y me saco la cartera del bolsillo. Guardo bastante dinero en efectivo en mi cuarto para emergencias. En esta ocasión, cojo cuatrocientas en efectivo, que es justo lo que acordamos.

—Es tuyo. —Se lo tiendo y, como imaginaba, Maia sacude la cabeza.

—No es necesario.

—Me trajiste hasta Londres y esto es lo que te debo. Un favor por otro favor. Cógelo.

No me canso de insistir porque me da la sensación de que este dinero le será de mucha ayuda. Por suerte, Maia acaba tomándolo con timidez y guardándoselo en el bolsillo trasero de los vaqueros. Se frota los brazos para luchar contra el frío y vuelvo a recordar las cicatrices. No sé qué será de ella porque dudo que volvamos a vernos, pero espero de corazón que no se haga más daño. Y que aquello que la ha llevado al límite se solucione pronto.

Quiero decírselo, que espero que todo le vaya bien, que su vida mejore, pero no lo hago. No me conoce de nada y eso debía de ser su secreto. Además, le he dado tantos problemas que seguro que está deseando librarse de mí. No sé por qué me esfuerzo tanto en retenerla un poco más.

Es eso mismo lo que me impulsa a alargar la mano y decirle:

—¿Me prestas tu móvil? —Se sorprende al principio, pero acaba dándomelo. Se lo devuelvo tras unos segundos—. Te he grabado mi número personal. Puedes llamarme o escribirme si...

—Si tengo algún problema con el coche —me interrumpe.

—Sí, claro. Por el coche. Tú... avísame si ocurre cualquier cosa.

—Gracias.

—No es nada, Maia.

—Debería... —Señala el taxi.

—Sí —contesto rápidamente.

Se muerde el labio.

—Suerte con tus vídeos.

—Suerte con tu... —Frunzo el ceño— trabajo como... camarera.

Definitivamente, soy idiota. Maia pone los ojos en blanco, pero se le escapa una sonrisa.

—Adiós, Liam —dice antes de alejarse.

—Adiós —contesto yo. No puedo apartar los ojos de ella.

Entra en el taxi y cierra la puerta con firmeza. El conductor se despide de mí con un asentimiento antes de arrancar y conducir hasta el final de la calle. Me quedo en medio del jardín viendo cómo se aleja. Acabo de darme cuenta de que, me guste o no, ha llegado el momento de volver a ser Liam Harper y plantarme frente a la cámara.

Maia

He venido tantas veces que podría recorrer este pasillo con los ojos cerrados.

Tercera planta, Unidad de Neurología. Séptima puerta a la izquierda. He venido en autobús porque no soportaba pensar que lleva sola desde ayer, encerrada aquí. Si pudiéramos permitírnoslo, la habría sacado de este lugar hace mucho y ahora residiría en un centro privado donde la atenderían aún mejor. Pero estas son nuestras circunstancias. La muerte de papá hizo que ambas odiáramos los hospitales y ahora pasamos la mayor parte del día en uno.

El destino es un poco hijo de puta.

Juego con mi pase inquieta. Lo llevo siempre conmigo porque solo lo uso yo. Han pasado siete meses y mamá todavía no se ha atrevido a venir. La puerta de su habitación está cerrada y dentro solo se oye silencio. Trago saliva antes de abrirla con lentitud. Supongo que una parte de mí esperaba que, después de un día entero sin verla, algo hubiera cambiado.

Pero todo sigue igual.

Las cortinas están descorridas y los rayos de sol inundan la estancia. En el techo brillan las estrellas que pegué en su día. Contrastan con la blancura del resto del cuarto: paredes, suelo, muebles. Incluso su cama. A veces pienso que este sitio la está apagando, porque ahora su rostro es tan pálido como todo lo demás.

—Hola, Deneb.

Me quito el abrigo y lo dejo sobre la silla antes de sentarme. Frente a mí, una máquina emite pitidos constantes que marcan el ritmo de su corazón. En la cama, con decenas de cables conectados a su cuerpo y los ojos cerrados desde hace exactamente siete meses y doce días, está mi hermana mayor.

—¿Cómo estás? —pregunto, aunque sé que no responderá.

Me obligo a sonreír—. Siento no haber venido ayer. Tuve un día de locos, ¿sabes? Siempre me decías que debía correr riesgos y vivir aventuras, y..., bueno, ¡lo he hecho! He tenido que soportar a un gilipollas durante dos días, pero al menos le he sacado pasta. No está nada mal, ¿eh?

Espero. Creo que una parte de mí todavía espera verla sonreír. Sin embargo, Deneb continúa profundamente dormida, tal y como ha estado desde el accidente. El pelo le cae en ondas sobre los hombros, rozando un rostro pálido y demacrado. Incluso en este estado, con ese aparato puesto en la nariz para ayudarla a respirar, es guapísima.

—Este mes tendremos problemas con las facturas. Charles se niega a subirme el sueldo. Trabajo más horas de las que cobro, pero me despedirá si dejo de hacerlo y necesitamos el dinero. Tú lo entiendes, ¿verdad? Eres la única con la que hablo de esto. —Porque es la única que se preocupa por mí. Se me forma un nudo en la garganta e intento ignorarlo, pero no funciona demasiado bien—. Mamá apenas está sobria últimamente. Al menos ya no desaparece. Creo que ha roto con su novio. El que tomaba drogas. Steve, ¿te acuerdas? Y es un alivio porque... estaba preocupada por ella. Me daba mucho miedo que le hiciera daño. Le he oído gritarle varias veces y... Sé que debería hablar con ella, ¿vale? —continúo, con la voz ahogada—. Pero a mí nunca me escucha. Espero que, cuando despiertes, la convenzas de que vuelva al trabajo. A fin de cuentas, tú siempre has sido su favorita.

Yo era la favorita de papá.

Y está muerto.

Todas las personas a las que quiero se esfuman de mi vida de una forma u otra.

El nudo de mi garganta se hace más fuerte. Mi padre está muerto. Mi hermana no abre los ojos. Y mi madre se ha convertido en una desconocida. No quiero llorar, pero no lo puedo evitar. Le agarro la mano a Deneb con fuerza e intento no pensar en que tiene los dedos fríos y débiles, en que parece que también están muertos. Como todo lo demás.

Mierda. Hoy no. La mayoría de las veces me siento aquí y actúo como si todo fuera bien. Como si mi vida no fuera un desastre. Finjo que nada de esto puede conmigo y que no la necesito. Pero hoy no. Hoy la necesito.

—Me he pasado antes por casa para darle el dinero a mamá. —Me aclaro la voz. Me cuesta respirar—. No cobraré hasta dentro de diez días. La casera vino la semana pasada. Quiere echarnos por no pagar el alquiler. Creo que con el dinero de Liam..., de ese chico —me corrijo—, nos bastará. Le he dicho a mamá que se lo dé a Nancy cuando se presente en casa. Volvemos a quedarnos con la cuenta casi a cero. Tengo algunos ahorros, pero no sé si bastará para que lleguemos a fin de mes, aunque podremos con ello, ¿no? Siempre podemos. —De nuevo, silencio—. A veces pienso que viviríamos mejor en otro sitio. En uno más pequeño, más céntrico y más barato. Lejos de Milnrow. Sabes que siempre he odiado este lugar. Así podríamos mantenernos con mi sueldo y vivir medianamente bien..., pero no puedo hacerlo. Es tu... es tu casa también. Y la de papá. No puedo tomar esta decisión sin vosotros. —Me seco las lágrimas con el brazo y sorbo por la nariz—. Esperaré hasta que despiertes, ¿vale?

~~«Necesito que despiertes.»~~

Me quedo en silencio luchando contra las ganas que tengo de llorar, y, de nuevo, solo se oyen esos pitidos que siguen a su corazón. Es entonces cuando me doy cuenta de lo sola que estoy. Incluso cuando vengo aquí, cuando me siento frente a ella, no tengo a nadie. No le importo a nadie. Y lo odio. Lo odio porque ahora necesito que me abracen y no hay nadie en mi vida que pueda hacerlo.

Normalmente no hago estas cosas, pero ya no me quedan ánimos para fingir que soy fuerte. Me quito los zapatos y me subo a la cama. Deneb está muy delgada, al igual que yo; apenas tengo apetito. Aun así, me tumbo de lado para no aplastarla. Apoyo la cabeza en la almohada y la miro dormir. Tengo tantas ganas de deshacerme en lágrimas que no puedo respirar.

—Ojalá pudieras decirme lo que tengo que hacer. —Tomo aire. Me ahogo—. Todo es un desastre y yo... no sé cómo..., no sé... Mamá te necesita y... te echo de menos. Deberías estar aquí. ¿Por qué tuviste que irte? ¿Por qué no pudo pasarme a mí?

Debería haberme pasado a mí.

Han pasado siete meses y todavía lo pienso. Cada día. Cada mañana al abrir los ojos.

Ojalá me hubiera pasado a mí.

—¿Mamá?

Cuando entro, la casa está a oscuras porque las cortinas están corridas. Hace tanto frío que parece que nadie haya pisado este lugar en años, y eso que he venido esta mañana. Abro las ventanas para que entre luz. Después voy al dormitorio en busca de mi madre, pero no está por ninguna parte.

En otra ocasión me habría preocupado, pero estoy demasiado cansada. Menos mal que no curro esta noche. Me duele la cabeza. Además, seguro que mi jefe está de mal humor porque no fui a trabajar ayer. No tengo fuerzas para enfrentarme a él ahora mismo. No quise avisarlo por teléfono porque habría sido mucho más estricto que en persona. Odio llorar en público, pero he descubierto que funciona con él. Intentaré darle pena para que no me despida. Puede que mi dignidad quede por los suelos, pero cobraré a finales de mes y es lo único que me importa a estas alturas.

Entro en mi dormitorio, me deshago de los zapatos y me dejo caer en la cama. Miro el techo cubierto de estrellas. Papá las pegó cuando éramos pequeñas. Al principio nos encantaban, pero entonces Deneb empezó a traer chicos a casa y me pidió que las quitáramos. Lloré tanto cuando arrancó la primera que la hice cambiar de opinión. Años después, ahí siguen, brillando a duras penas. Como ella. O como yo.

Quité unas cuantas para decorar su habitación en el hospital. Sin embargo, dejé intactas las constelaciones de Andrómeda y de la Osa Mayor. Esa leyenda era de sus preferidas. Dejé que me la contara cientos de veces, aunque no me gustara especialmente, solo porque adoraba escucharla hablar. Recuerdo su voz, tranquila y suave. Recuerdo cómo sonaba. A casa.

Ahora la estoy olvidando.

No duermo mucho últimamente. Me persiguen las pesadillas

desde el accidente, y eso que yo no iba en el coche. Pero me imagino que sí. Que noto el impacto y veo a mamá sangrando y a Deneb inconsciente. Que, aunque la sacudo y grito, no se despierta. Que tiran de mí para apartarme de ella. Que chillo que me suelten, que es mi hermana. Que la necesito. Mientras tanto, las voces solo me repiten que es tarde porque ya está muerta. Ya está muerta.

Así que no cierro los ojos. No soportaría tener esa imagen en mi mente otra vez. Necesito distraerme. Podría escribir, pero eso supondría sumergirme en lo que siento y ahora solo quiero huir de todo eso. Cojo el móvil y entro en mis contactos. Hay uno que ha sido añadido recientemente:

«El chico más guapo que conocerás jamás (alias Liam)».

Sonrío sin darme cuenta. Evidentemente, se agendó él mismo. Le cambio el nombre al contacto y, tras pensármelo, escribo:

«Míster Borracho (alias capullo)».

Eso está mejor.

La curiosidad me puede. Entro en WhatsApp y miro su perfil. En la fotografía solo aparece Liam sonriendo abiertamente, con los rizos oscuros cayéndole sobre los ojos azules. Lleva puesta la camiseta, lo que es toda una sorpresa, porque daba por hecho que sería de ese tipo de persona que busca cualquier ocasión para presumir de lo buenas que están. No sé si me siento aliviada o un tanto decepcionada.

Una vocecita chista dentro de mi cabeza y la mando callar. ¿Qué? No habría estado mal comprobar si tiene o no razones para ser un engreído.

¿Cuánta gente tendrá su número personal? Acabo de pensarlo. Imagino que no se lo dará a cualquiera, por temas de privacidad y todo eso, y, sin embargo, yo lo tengo. «Por el coche», pienso. Que no tendré como mínimo hasta mañana. No recuerdo haberle dado mi número, lo que viene a significar que, si quiero mantener el contacto, tendré que escribirle yo.

Apago el móvil.

Hasta nunca, Liam Harper.

Pero vuelvo a cogerlo y, justo entonces, llaman a la puerta.

Me levanto de un salto. No sé de quién puede tratarse, de forma que me arreglo un poco antes de salir. Espero que sea mamá o que, al menos, regrese a una hora decente, porque no podré ir a buscarla si anochece y no tengo coche. Cuando abro la puerta, me encuentro con la última persona a la que quería ver.

Mierda.

—Nancy —la saludo nerviosa—. ¿Qué te trae por aquí?

Nancy es una mujer cincuentona y esnob. Es nuestra casera desde que tengo memoria. Mis padres no quisieron comprar la casa porque planeaban viajar por el mundo cuando Deneb y yo fuéramos mayores, así que la alquilaron. Como consecuencia, ahora tengo que verle la cara a esta mujer una vez al mes.

—Ya sabes a qué he venido —sentencia cruzándose de brazos—. He sido paciente con vosotras, pero o sueltas el dinero o vais fuera.

Trago saliva con fuerza. Mierda, mierda, mierda.

—Pensé que mi madre te había pagado esta mañana.

—Vine a cobrar, pero nadie me abrió la puerta. Da gracias por que no haya cambiado la cerradura. Lleváis semanas de retraso.

—Se lo di todo a mi madre —mascullo—. Estaba segura de que ella..., pensaba que...

—Estoy cansada de las excusas, chica —me interrumpe con desdén—. Se acabó el plazo. Tenéis que pagar.

Intento tranquilizarme y pensar con la cabeza fría, porque está muy cabreada y necesito tiempo para encontrar una solución. Me aclaro la garganta.

—Pásate mañana por aquí. Lo tendremos para entonces. Mi madre está... trabajando, sí, eso, y no volverá hasta esta noche. Solo ha sido un despiste, pero vuelve mañana a primera hora y te lo daré yo misma. —Me fuerzo a sonreír para no parecer una mentirosa—. Te aseguro que tenemos el dinero. Solo que no está aquí.

Nancy entorna los ojos. Me aferro a la puerta con tanta fuerza que los nudillos se me ponen blancos. Tras unos dolorosos segundos, da un corto asentimiento con la cabeza y vuelvo a respirar.

—Me pasaré a las ocho y media. —Me señala con un dedo—. Si no me pagáis entonces, llamaré a la policía.

—Te pagaremos —le aseguro con mi mejor sonrisa.

Cierro la puerta antes de que pueda responder.

Con el corazón desbocado, vuelvo a toda prisa a mi habitación y cojo mi móvil. Marco el número de mi madre. Comunica varias veces, pero nadie contesta. La llamo de nuevo. «Vamos, mamá, responde, por favor.» Ando de un lado a otro alterada hasta que, después de oír tres tonos, por fin escucho su voz:

—¡Pero mira quién es! ¡Maia, cariño!

Se me forma un nudo en la garganta. Ha bebido.

—Hola, mamá. —Lucho por mantener la calma—. ¿Dónde estás? ¿Te encuentras bien?

—¡Perfectamente! ¡Steve y yo estamos juntos otra vez! Vino a recogerme antes, cuando te fuiste. Steve, cielo, ¿quieres saludar a Maia? ¡Está al teléfono!

Steve. Antes le he dicho a Deneb que su relación con él había pasado a la historia, pero me equivocaba. Sé cómo es ese hombre porque ha gritado a mamá delante de mí varias veces. De una forma bastante violenta. No puedo evitar preocuparme por ella.

—¿Cuándo vas a volver? —le pregunto en un susurro. No quiero que Steve nos escuche, aunque dudo que nos preste atención.

—Aún no lo sé, cariño. No te preocupes, sabes que lo tengo todo bajo control.

—Ya. —Trago con fuerza. Tengo que centrarme en lo importante—: Ha venido la casera.

Mamá resopla.

—Odio a esa mujer. ¿Qué quiere esta vez?

—Que le paguemos. Llevamos semanas de retraso. —Mi voz está cargada de recelo—: ¿Dónde está el dinero que te di? Me ha dicho que volverá mañana.

La línea se queda en silencio.

—¿Mamá? —insisto. El corazón me va a estallar.

—¿Qué dinero? —pregunta tras unos minutos en silencio.

—El que te di esta mañana para que le pagases a Nancy. Cuatrocientas libras. Mamá, ¿qué diablos has hecho con él?

—Yo... pensaba que era un regalo para... ¡para mí! Y...

—¡¿Un regalo?! —No controlo mi tono de voz.

—Se lo he dado a Steve para que compre unas... cosas y...

—¿Le has dado mi dinero a Steve? —le espeto con tanto odio que se me rompe la voz—. ¡¿En qué estabas pensando?!

—¡No me hables así! —grita ella. Aunque quiera parecer enfadada, se le nota muy nerviosa—. ¡No me tienes ningún respeto! ¿Cómo te atreves a...?

Cuelgo antes de que termine la frase.

Siento que me asfixio.

No puede ser.

La ansiedad me aprieta los pulmones. Parece que el mundo se me caiga encima. Me seco las lágrimas con el brazo y me dejo caer al suelo. Reviso la caja que guardo bajo el armario. En ella reúno todos mis ahorros. No tengo mucho porque mi sueldo apenas nos da para vivir. Encuentro doscientas libras en billetes, pero nada más. Joder. ¿Cómo puede haberme hecho esto?

Van a echarnos de casa y será culpa suya.

Paso las siguientes dos horas poniéndolo todo patas arriba. Rebusco dinero en todos los rincones: en los abrigos, entre los cojines del sofá e incluso bajo los colchones. Pero solo hay monedas y apenas me daría para comprar una barra de pan. Estoy jodida. Muy jodida. No debería haber ido en bus al hospital. Tendría que haber guardado ese dinero.

Mierda. ¿Cómo voy a solucionar esto?

Ojalá Deneb estuviese aquí. Lo único que se me ocurre es llamar a mi jefe y pedirle que me adelante el sueldo, pero fracasé cuando lo intenté la semana pasada. Ese dinero era mi salvación. Con él nos habríamos puesto al día con el alquiler. Ahora que lo he perdido, no sé cómo me las arreglaré solo con mi sueldo. No gasto mucho, pero tengo que ducharme. Y comer.

No me queda otra opción. Cojo el móvil con las manos temblorosas para marcar el número de mi jefe. Sin embargo, cuando enciendo la pantalla, un nombre se ilumina en ella. Liam.

«Cuando intente venderle esta historia a cualquiera para ganar dinero a nuestra costa, tendré que ayudarte a solucionarlo. Así es como funcionan las cosas contigo.»

Estoy tan desesperada que no me lo pienso dos veces. Entro en internet, lo escribo en el buscador y de inmediato tengo cientos de resultados. Voy a parar a una revista digital donde publican cotilleos sobre personajes famosos. Busco un teléfono de contacto. Contestan al segundo tono.

—Buenos días. ¿Puedo ayudarle en algo? —La voz pertenece a una mujer.

—¿Me pagarían por contarles una exclusiva sobre un famoso? —pregunto sin rodeos.

Silencio. El corazón me va a estallar. Pasados unos segundos, inquiere:

—¿De qué famoso hablamos?

Me retuerzo las manos con nerviosismo.

—Liam Harper.

—Perfecto. Te escucho.

—Primero quiero saber cuánto me pagará.

—¿Cuántos años tienes, niña? Las cosas no funcionan así. —Habla con tanta superioridad que, si no estuviera tan nerviosa, me pondría de mal humor—. ¿Eres periodista?

—No —contesto, muy a mi pesar.

—En ese caso, parece que me estás haciendo perder el tiempo.

—Ningún periodista le daría la información que yo le ofrezco —me apresuro a decir antes de que me cuelgue el teléfono. De nuevo, la línea se queda en silencio.

—¿Qué tipo de información? —insiste.

No cederá si no doy más detalles, así que asiento y me armo de valor.

—¿Qué pasaría si le dijera que está engañando a todos sus seguidores? —Trago saliva—. ¿Que lleva haciéndolo desde hace tiempo?

Mi pulso está desbocado. Me clavo las uñas en las palmas de las manos ansiosa. Liam confió en mí al contarme esto y, aunque no seamos amigos, no se merece que lo traicione. Pero necesito el dinero. Si nos echan de casa, ¿qué pasará con Deneb? ¿Y con mamá? No me quedan más opciones. Soy una egoísta.

—¿Cómo te llamas? —pregunta la mujer pasados unos segundos.

—Malena —miento de forma automática.

—No aceptamos soplos anónimos, Malena. Ya te lo he dicho.

—Pero este le interesa especialmente —presiono, y rezo porque sea cierto.

Ella duda, pero finalmente dice:

—Estaría dispuesta a negociar si me dieras más detalles.

Entonces, sé que he ganado y que ya no hay vuelta atrás. Me paro un segundo para tomar aire antes de volver a hablar.

—Usted págueme —contesto— y yo le contaré todo lo que sé sobre Liam Harper y su relación falsa.

CARTAS PARA DENEB (1)

Todas las civilizaciones han intentado explicar el origen de la Vía Láctea. El pueblo khoisan del desierto de Kalahari en el sur de África cuenta que hace mucho tiempo no había estrellas y la noche estaba siempre sumida en la oscuridad. Una niña, sintiéndose sola y ansiando encontrar a otros como ella, arrojó un puñado de brasas ardiendo al cielo para iluminar el camino. Así fue como nacieron las estrellas.

Conozco la leyenda porque era una de tus favoritas. Todavía recuerdo la noche que me la contaste por primera vez. Fue unos meses después de que muriera papá, cuando ya empezaba a tener pesadillas. Mamá pasaba las noches fuera trabajando y tú eras la que cuidaba de mí. Solía pedirte que durmieras conmigo para no sentirme sola. No podías decirme que no, así que te metías en mi cama hasta que me quedaba dormida y después volvías silenciosamente a la tuya.

En una de esas noches, estábamos las dos tumbadas sobre el colchón, mirando las estrellas que relucían en el techo de nuestro dormitorio. Estaba acurrucada junto a ti, en silencio, mientras tú me acariciabas distraídamente el pelo, que llevaba mucho más largo por entonces.

Terminaste de contarme la historia y dijiste:

—Algún día tú también formarás tu propia galaxia.

Desde esa noche, siempre que me preguntaban qué quería ser de mayor, respondía que la niña de las brasas del pueblo khoisan, en África, para tener una galaxia propia.

11

MALA REPUTACIÓN

Liam

Aporrean la puerta, gimo y entierro la cabeza en la almohada. Los rayos de sol se cuelan entre las cortinas dándome de lleno en el rostro. Me doy la vuelta sobre el colchón. Me pesan los músculos. No sé qué hora es, pero no pienso levantarme ya. Menos mal que cerré con pestillo. Anoche hice otro *stream* que se alargó hasta las tantas y necesito recuperar las horas de sueño.

Sin embargo, no se cansa de insistir. Me entran ganas de salir y estamparle la cabeza contra la pared.

—¡Adam, déjame en paz! ¡Es mi día libre! —En realidad nunca tengo días libres, pero no estoy de humor para soportar sus sermones a estas horas.

—Soy yo, pedazo de gilipollas —dice Evan al otro lado—. Ábreme antes de que tu padrastro venga a echarte de casa.

¿Qué diablos hace aquí tan temprano? Estoy dispuesto a ignorarlo, pero golpea la puerta una vez más y llego al límite de mi paciencia. Maldigo entre dientes, aparto las sábanas con brusquedad y cruzo la habitación con un par de zancadas. Cuando abro, Evan y su cara de imbécil están plantados en medio del pasillo.

—¿Qué coño quieres? —le espeto de mal humor.

Silba y me rodea para pasar.

—Menudo carácter, Bella Durmiente. —Su sonrisa decae cuando mira mi cama deshecha. Se vuelve hacia mí de forma automática—. No me jodas, ¿acabas de despertarte?

—¿Tú qué crees?

—Entonces, ¿no lo has visto?

—¿Ver el qué? —pregunto bostezando.

—Mierda. Vale, es mejor que te sientes. —Me mira con intranquilidad—. Lo siento, tío, pero esto no va a gustarte nada.

Aprieto las cejas con confusión. Evan saca su móvil y, tras hacerme esperar unos segundos, me muestra el panel de tendencias de Twitter. De primeras no veo nada raro, pero entonces encuentro mi nombre en segunda posición. «Liam Harper» es tendencia en todo el país. «Michelle» está justo un puesto por debajo.

—Lleva así desde esta mañana. La última vez que lo revisé solo había unos dos mil *tweets*, pero ahora son casi treinta mil. No te recomiendo que mires tus fotos de Instagram. Han dejado muchos comentarios. Y en YouTube también. Están por todas partes, Liam. Es una puta locura. —Al verme tan perplejo, traga saliva y dice—: Se han enterado. De lo de tu relación falsa. Lo sabe todo el mundo.

¿Qué?

Puede que sea porque sigo adormilado o porque me ha pillado desprevenido, pero me cuesta procesarlo. Evan me enseña los *tweets*. Tal y como dice, hay cientos. Miles. A cada cual peor que el anterior. Deslizo el dedo por la pantalla y los leo todos, todavía sin asimilar que son para mí.

La mayoría son insultos. Me llaman buscafamas y mentiroso. Creen que Michelle y yo no podríamos ser más hipócritas. Que hemos utilizado a nuestros fans como una herramienta de *marketing*. Quieren hacer una campaña para desprestigiarnos y que lo perdamos todo, y ya se han puesto manos a la obra. Le quito el móvil a Evan y entro en mi perfil de Twitter.

Tengo treinta mil seguidores menos que ayer por la noche.

Esto está pasando de verdad.

—¿Cómo diablos...? —comienzo a preguntar, pero entonces se abre la puerta y entran Adam y mi madre.

Evan y yo retrocedemos por instinto, anticipándonos a lo que está a punto de ocurrir. La mirada de Adam echa chispas cuando se cruza con la mía. Es un hombre cuarentón, con la barba recortada cuidadosamente y la frente marcada por las arrugas que le produce el estrés. Parece mayor que mi madre, aunque sea unos años más joven.

Yo no podría parecerme menos a ella. Cuando era pequeño,

solía repetirme que soy igual que mi padre, como si necesitara más razones para pensar que soy un capullo por naturaleza. Es alta y delgada y tiene el pelo teñido de un tono rubio ceniza similar al de Michelle. Sus ojos azules, que son lo único que heredé de ella, también se posan sobre mí con dureza. Trago saliva. Mierda.

—Enhorabuena, Liam. La has cagado pero bien —me espeta Adam—. ¿En qué coño estabas pensando?

Se enfada conmigo con frecuencia, pero se nota que es un tema serio porque mi madre se ha dignado a salir de su estudio para presenciar la conversación. Se abanica la cara, atacada.

—No puede estar pasándonos esto —masculla con la voz ahogada—. Adam, cariño, ayúdame a sentarme.

Él corre a socorrerla como si temiese que pierda el equilibrio. Evan me lanza una mirada escéptica, pero le advierto en silencio que no se entrometa. Es mejor que se mantenga al margen o Adam cargará contra él también.

—No he tenido nada que ver —declaro antes de que puedan acusarme—. De hecho, me he enterado hace un momento. Evan me ha despertado.

—Muy bien, pues deberías saber que estás jodido, Liam. *Muy* jodido. Has perdido miles de seguidores en Twitter y el doble en Instagram. Igual que Michelle. Estáis cayendo en picado y, como no lo solucionemos pronto, estaréis acabados. —Su franqueza me roba el aire. Asiento a duras penas y él entorna los ojos—. ¿Cómo se han enterado? ¿Has hablado con alguien del tema?

—No —contesto con decisión.

—Han filtrado vuestra farsa a una revista. La gente lo ha compartido sin parar y se ha hecho viral. Está claro que tratan de arruinar tu imagen. He intentado ponerme en contacto con Michelle, pero su agente aún está «evaluando la situación». No sé a qué están esperando, deberíamos haber actuado ya. Los convenceré de que vengan para que grabéis un vídeo desmintiéndolo. Diremos que ha sido una invención de una fan. Será su palabra contra la vuestra. ¿Seguro que no se lo has contado a nadie?

Me da un vuelco el corazón. ¿Así que es eso? ¿Alguien ha vendido la historia a una revista? ¿Qué clase de periodista paga por publicar esas cosas?

Pero sé que muchos lo hacen, y también que hay quienes estarían dispuestos a lo que fuera con tal de ganar algo de dinero. Solo hay una persona, aparte de Evan, Max, Michelle, Adam y mi madre, que conocía mi secreto. Solo una. Un sabor amargo se me adueña del paladar. Desde el otro lado del cuarto, mi mejor amigo me lanza una mirada que grita «te lo dije». Entonces sé que estamos pensando en lo mismo.

Maia. Joder, ha sido Maia.

Me invade una irritante decepción. Se marchó hace dos días y no hemos hablado desde entonces. Ni siquiera sé si recibió el coche, aunque imagino que sí porque no me ha llamado quejándose a gritos. Y odio pensar que, en el fondo, una parte de mí quería que lo hiciera. Que volviera a escribirme. Pero esto es mucho peor. No es que no haya tenido interés en contactar conmigo, es que me ha traicionado. Ha vendido mi historia a una asquerosa revista de cotilleos.

—No se lo he contado a nadie —repito con firmeza. Ignoro la mirada de reproche de Evan y pregunto—: ¿De verdad piensas que se creerán que ha sido cosa de una fan?

—Por supuesto, sobre todo después de que la encontremos y la denunciemos. No podemos ir contra la revista. Quien manda información acepta ciertos... términos que se mencionan en la letra pequeña. Debería tener una autorización por escrito de las personas implicadas, cosa que *no* tiene. Ganaremos. En cuanto sepamos quién ha sido, iremos a juicio y la hundiremos. Y te aseguro que no tardaremos en averiguarlo.

Trago saliva al oírlo hablar así. Joder, está cabreado de verdad.

—¿Quiénes se creen? —dramatiza mi madre, como de costumbre—. ¿Piensan que pueden arruinar la imagen de mi hijo y que no haya consecuencias?

Mi hijo. No recuerdo cuándo me llamó así por última vez. En privado, al menos, porque lo hace a menudo cuando estamos en público. De hecho, puede que sea la primera vez que entra en mi habitación en meses. Cuestiones de imagen, supongo. No tiene razones para fingir que le importo cuando no hay cámaras delante.

Sin embargo, no es lo que más me duele; suena triste, pero me he acostumbrado. Mi vida es así. Lo que me molesta es que me siento como un imbécil. Sé que Maia no me adora, precisamente, pero pensaba que habíamos terminado... bien. Que éramos incluso amigos. Confié en ella cuando le conté que YouTube ya no es mi pasión y todo lo que ocurre con Michelle. Y también cuando le pedí que me ayudara a demostrarle que puedo tomar mis propias decisiones.

Pero me equivoqué. Me ha clavado un puñal por la espalda y ahora Adam me ofrece, en vivo y en directo, la oportunidad de hacerle pagar las consecuencias. De hundirla.

Ojalá fuera capaz de hacerlo, pero no puedo.

Por mucho que quiera actuar como la mala persona que todos creen que soy, esta vez no lo consigo.

—No he hablado con nadie del tema, Adam. He sido muy cuidadoso.

Pese a que no se me da nada mal mentir, mi padrastro no parece satisfecho. Se gira hacia Evan:

—¿Tú sabes algo?

Nuestras miradas se cruzan y nos entendemos sin palabras. Sé que Maia no es santo de su devoción, sobre todo después de que me ayudara a enfadar a Michelle, pero no podemos hacerle esto.

—Ni idea, jefe. Estuve con Liam la noche de su cumpleaños. No dejé que se acercara a ninguna tía, y mira que lo intentó, el desgraciado.

—Capullo —le espeto para que suene más creíble.

Adam resopla, cansado de nuestra actitud. Con eso compruebo que se ha creído nuestra mentira.

—Tengo que hacer unas llamadas. Vístete. Quiero que estés listo cuando llegue Michelle —me ordena. Acto seguido, se dirige a Evan—: Y tú, búscate una casa, ¿quieres? Parece que vivas aquí.

Agarra a mi madre del brazo y ambos salen del dormitorio. Me quedo a solas con Evan, y es en ese momento cuando reparo en lo alterado que me encuentro. Toda mi vida se ha puesto patas arriba en solo unos minutos y todavía no termino de asimilarlo.

—Sabe que esta tampoco es su casa, ¿no? —comenta Evan.

—Gracias por cubrirme —digo, y me giro hacia él.

—Más te vale tener un plan.

—Lo tengo, pero necesito que me ayudes. ¿Puedes decirle a

Adam que nos hemos escapado a tu casa para grabar o algo así? Invéntate algo. Cualquier cosa. Tiene que dejarme en paz hasta esta noche.

—¿Y Michelle? —pregunta—. No sé si te acuerdas, pero el otro día montaste un numerito con tu *otra* novia falsa y ahora está muy cabreada. No te lo dije entonces, así que te lo digo ahora: gilipollas.

Bien, me lo merezco. Nada de esto habría pasado si hubiera sido consciente de las consecuencias que tendrían mis actos, pero ya es tarde para lamentarse. Ahora solo me queda buscar una forma de que esto no acabe conmigo.

—No me preocupa. Solo sabe el nombre de Maia y no harán nada sin su apellido. No sé si la sigues en Instagram, pero, si es así, quiero que la bloquees. Que no la encuentren por nuestra culpa.

Evan chasquea la lengua, aunque saca el móvil.

—Lástima, sube buenas fotos.

Me vuelvo rápidamente hacia él.

—Venga ya, ¿así que la sigues?

—¿Tú qué crees? ¡Pero si me odia! ¿Me ves cara de que me guste que me amenacen?

Genial, ahora me toma el pelo. Aparto la mirada molesto, e intento centrarme en lo importante. Me quito el pijama, abro el armario y me enfundo una camiseta y unos vaqueros ajustados. Cojo mi cazadora y me calzo las zapatillas. Mientras tanto, Evan ultima los detalles del plan.

—¿Puedo decirle a Adam que tienes problemas gastrointestinales? —pregunta, y lo miro con mala cara—. ¿Qué? Así será más creíble.

—¿Quieres decirle que tengo diarrea?

—Seguro que así no hace preguntas.

Suspiro y me pongo de pie. No tiene sentido discutir.

—Dile lo que quieras, pero asegúrate de que no me busque. Volveré esta noche o mañana como muy tarde.

Me aseguro de que mi teléfono tiene batería antes de guardármelo en el bolsillo. Después, cojo las llaves y dinero de la mesilla.

—Estaría bien que me contases qué piensas hacer —comenta. Sé que no me quedan alternativas, de forma que voy directo al grano:

—Voy a hablar con ella.

—¿Con Maia? ¿Me estás tomando el pelo? —articula, como si se me hubiera ido la olla—. Liam, entiendo que no quieras arruinarle la vida con la denuncia, pero, venga ya, ¿qué vas a solucionar con eso?

Así es. No dejaré que Adam cargue contra ella. No le costaría nada arrebatárselo todo y, pese a que puede que se lo merezca después de lo que ha hecho, no soportaría saber que colaboré en hacerle algo así. Además, seguro que puedo encontrar otra forma de que me recompense.

Ha hundido mi reputación, pero ¿quién dice que yo quiera arreglarla?

—Nos vemos esta noche —le digo a Evan, y después salgo del cuarto.

Maia

Empecé a buscar trabajo después del accidente, cuando me percaté de que a mamá no le iba tan bien en el suyo como quería hacerme creer. Todavía estaba en mi último año de instituto, pero busqué una forma de compaginarlo. No me quedó otra opción. Nos hacía falta el dinero. Un día llegué al bar, Charles me ofreció un puesto a media jornada sin contrato y acepté sin pensármelo dos veces. Estaba desesperada.

Y aún lo estoy.

Las campanillas resuenan cuando empujo la puerta del local. Son las 16.45 h de un martes de marzo y no hay muchos clientes. La mayoría vienen los fines de semana o pasadas las nueve de la noche. A partir de las doce, el tema se descontrola. Siempre doblo turnos los viernes y sábados porque mi jefe cree que tengo algo que los anima a acercarse a la barra y consumir. Sospecho que ese «algo» son un culo y dos tetas, pero finjo que no me doy cuenta.

Sé lidiar con ellos. No hay nada de lo que preocuparse. De momento me basta con que no me despida.

«Vamos, Maia, puedes hacerlo. Sabes cómo manejarlo.»

Echo un vistazo al bar, pero no está por ninguna parte. Tras la barra solo veo a Lisa, otra de las camareras. Me gustaría poder decir que somos amigas, pero no creo que tengamos una relación muy estrecha. Solo habla conmigo porque pasamos mucho tiempo juntas encerradas en este cuchitril. Aun así, sonríe al verme. Me acerco para saludarla y alguien sale de pronto de la cocina.

¿Así que él también tiene turno hoy? Genial, lo que me faltaba.

—Pero mira quién está aquí... —comenta con una sonrisa burlona.

Rubio, ojos oscuros y cara de imbécil. Derek es algo así como mi exnovio. Solíamos acostarnos antes del accidente, pero nada más; a ninguno nos van las relaciones serias. Entonces me comunicaron que mi hermana había tenido un accidente, lo llamé llorando porque no tenía a nadie más y me dijo que no podía ir a verme porque estaba ocupado. Se esfumó durante días. Unas semanas después, volvió a escribirme para preguntarme si me apetecía pasar la noche en su casa.

Como es evidente, lo mandé a la mierda.

Desde entonces soy algo así como su enemiga acérrima. No entiendo por qué se esfuerza tanto en odiarme, si yo ni siquiera me acordaría de su nombre si no trabajase aquí.

—Dime, ¿qué harás para que no te despida esta vez? —cuestiona de brazos cruzados—. Está muy cabreado. Dudo que te sirva el truquito de ponerte a llorar como una cría.

—Métete en tus asuntos, Derek.

—¿O es que ya has decidido que se la vas a chupar?

—¿Y quitarte el puesto? Por favor, no sería capaz. —Me llevo una mano al pecho, dramática, y luego añado—: Felicidades por el aumento, por cierto. Espero que te hayas lavado los dientes.

Le doy la espalda y me ato el delantal. A mi lado, Lisa suelta una risita. Me felicito mentalmente porque, al parecer, le he parecido ingeniosa. Voy a agacharme para coger mi bandeja y ponerme a trabajar, cuando, al girarme, me encuentro con Derek.

—Apártate —ordeno con firmeza.

—Estoy deseando que te eche a patadas de aquí.

—A este paso, tú te irás primero.

Saco la bandeja y rodeo la barra para ponerme a servir a los clientes. Sin embargo, como si lo hubiésemos invocado, en ese momento se oyen pasos que provienen de la escalera. Trago saliva. En la segunda planta solo está el despacho de Charles y los clientes tienen prohibido el acceso, de forma que solo puede tratarse de él.

En efecto, unos segundos más tarde, mi jefe pasea la mirada por el local. Sus ojos se posan sobre mí y hace un gesto con la cabeza al decirme:

—Maia, a mi despacho. Ahora.

He aquí mi sentencia de muerte.

No espera una respuesta, solo vuelve a subir. Ignoro la mirada de apoyo que me lanza Lisa y la sonrisa de autosuficiencia de Derek, y me apresuro a ir tras mi jefe.

Charles es un hombre de unos cincuenta años, con barba y el pelo cano, que se pasa el día bebiendo en su despacho. Cuando entro, me golpea un insoportable olor a alcohol mucho más fuerte que el que hay fuera, en el bar. Hay una copa vacía sobre el escritorio y varias botellas en la estantería. El ambiente está muy cargado y apenas hay luz porque ha echado las cortinas. El escenario me recuerda a cómo encontré mi salón hace unos días, cuando mamá se quedó dormida en el sofá.

Mi jefe se apoya sobre la mesa y se cruza de brazos. Me clavo las uñas en las palmas nerviosa.

—Entra y cierra la puerta —indica al verme vacilar.

Obedezco a toda prisa. Charles rodea el escritorio para sentarse y me ordena con un gesto que me acomode sobre una de las sillas astilladas de madera. No me atrevo a llevarle la contraria. El silencio se alarga durante unos dolorosos segundos.

—Maia, Maia... —comienza suspirando—, ¿qué voy a hacer contigo?

El corazón me da un vuelco. No puedo mantener la boca cerrada:

—Sé que no vine a trabajar el sábado, pero...

—¿Crees que puedes saltarte tus turnos cuando te dé la gana? —me interrumpe, y doy un respingo.

—No —respondo deprisa. Trago saliva—. Tuve... tuve un problema y...

—¿Era más importante que venir a trabajar? ¿Eso es lo que valoras tu puesto? Porque te recuerdo que tengo muchos currículums por revisar...

Ahí está otra vez. Esa amenaza. Como no tengo contrato, sabe que podría despedirme cuando quisiera, sin dar explicaciones y sin que hubiera represalias. Y lo usa a su favor.

—No volverá a pasar —le aseguro. Intento parecer tranquila y confiada, pero me cuesta no sentirme pequeña cuando me escudriña con sus ojos severos.

—El sábado *tú* te encargabas de abrir el bar. Sabes que es mi día libre y que estabas al cargo. El local estuvo cerrado hasta que llegó Derek y perdí horas de caja. ¿Cómo voy a recuperar ese dinero, Maia? ¿Crees que debería descontártelo del sueldo?

Oír eso hace que se me encoja el estómago. Necesito hasta el último centavo, pero me trago mis sentimientos y respondo:

—Sí.

—¿Es lo único que harás para compensarme? —insiste.

—No. —Me tiembla la voz—. Puedo... puedo hacer horas extra. Vendré temprano a preparar el bar para cuando abramos, si hace falta.

—¿Durante cuánto tiempo?

—¿Una semana? —pruebo, pero no parece convencido. Mierda—. Dos semanas.

—Eso me gusta más.

Me entran ganas de llorar de la rabia, pero las contengo, como hago siempre. No es justo. Soy buena en mi trabajo, nunca tengo días libres, cobro una miseria... y, pese a eso, siempre que puede intenta putearme para obtener más beneficios. Debería hacer caso a mi orgullo, coger mis cosas y largarme de aquí. Pero no puedo. Solo tengo dieciocho años, no tengo más que los estudios básicos y tampoco cuento con experiencia. Tardaría meses en encontrar otro empleo.

Es un tiempo del que no dispongo. Han estado a punto de echarnos de casa este mes. No me puedo arriesgar.

—Harás turno de mañana la próxima semana. Sábados completos. Limpiarás el bar antes de abrir. Tu único día libre será el domingo. Y te descontaré del sueldo las pérdidas de este fin de semana. No vuelvas a escaquearte, ¿entendido? No me obligues a tomar peores represalias, Maia.

—¿Turno de mañana? —pregunto sin contenerme—. Pero ese lo cubre...

—Derek. Trabajaréis juntos durante un tiempo. ¿Vas a quejarte de eso también?

En realidad, nunca cuestiono ninguna de sus decisiones, pero no discuto. Solo asiento con firmeza y me pongo de pie.

—No, me parece perfecto. Esto..., gracias —mascullo, aunque hacerlo me deje la garganta en carne viva—. Gracias por dejarme conservar mi trabajo.

—De nada. Ya sabes que tienes algo único. Sácale partido.

Se me revuelve el estómago cuando me da un repaso descarado. Asiento con nerviosismo antes de girarme. No espero a que diga nada más, sino que salgo directamente del despacho. Estoy bastante segura de que me mira el culo mientras me alejo. Joder, qué asco.

Odio a ese hombre. Y este lugar. Hace que me den ganas de vomitar.

No obstante, es la única forma que tengo de mantener a mi familia y ahora mismo es lo único que me importa. Me paso el resto de la tarde sirviendo mesas lo más rápido que puedo. Ignoro los comentarios de Derek, que no son pocos, e intento no pensar en que tendré que soportarlo todos los días a partir de ahora. Normalmente no coincidimos porque procuro cogerme otros turnos, pero se ve que Charles está decidido a fastidiarme de todas las formas posibles.

Cuando quedan unos cuarenta minutos para que mi turno termine, Lisa y yo nos situamos tras la barra para secar y colocar los vasos limpios. Suele ser quien habla cuando estamos juntas; en esta ocasión, me está contando algo sobre sus clases de baile mientras yo asiento sin prestarle mucha atención. De fondo, oímos las campanillas de la puerta.

—Dios santo —farfulla agarrándome del brazo—. Tío bueno a las nueve en punto. No te lo pierdas.

Se me escapa una sonrisa. No tiene remedio. Sigo la dirección de su mirada y, de repente, dejo de respirar.

No puede ser.

—Me da igual que esté en tu zona, es mío. Termina tú con esto.

Antes de que yo pueda decir nada, me guiña un ojo y rodea la barra para caminar hacia él. Se ha sentado en una mesa del fondo, que es, en efecto, de las que yo suelo atender. Algunos rizos salvajes se le escapan del gorro de lana gris que lleva puesto y que ha decidido combinar con unas gafas de sol muy oscuras. La combinación me parece absurda hasta que me doy cuenta de que, si no fuera porque viste la sudadera que me prestó cuando se me estropeó el coche, no lo habría reconocido.

Supongo que eso es lo que busca: que nadie sepa quién es.

El corazón me va a estallar. Miro en ambas direcciones atacada en busca de una escapatoria, pero ya no puedo esconderme. A unos metros de distancia, Lisa acaba de detenerse frente a Liam con una sonrisa coqueta y el bloc de notas en las manos. Tienen una conversación rápida que termina con la chica caminando de vuelta hacia mí.

—¿Qué se siente al ser la favorita de Dios? —pregunta cuando llega a mi lado.

Pestañeo, todavía un tanto abrumada.

—¿Qué?

—Me ha dicho que quiere que lo atiendas tú.

Mierda. Mierda, mierda, mierda.

—Está claro que no sabe lo que le conviene —respondo al borde de un ataque de nervios—. Deberías ir tú. Eres más guapa, más inteligente y...

Pero Lisa ya me está empujando en su dirección.

—Y sería una amiga horrible si dejo que desaproveches esta oportunidad. —Pega la boca a mi oreja, sin dejar de sonreír—. A por él, tigresa.

Desde que Lisa volvió, Liam no ha dejado de mirar en nuestra dirección. ¿Qué hace aquí? ¿Ha venido a reprocharme lo que hice? ¿Planea gritarme delante de todo el mundo? El pánico se adueña de mis entrañas y me pone el estómago del revés. Como no me quedan alternativas, tomo aire para tranquilizarme y cruzo el local.

Y así es como, después de días sin vernos, volvemos a estar cara a cara. Liam se quita las gafas cuando me detengo a su lado y por fin veo su rostro y sus potentes ojos azules. Su mirada me recorre de arriba abajo mientras yo saco el bloc de notas con las manos temblorosas.

—Buenas noches. —Me aclaro la garganta—. ¿Qué... qué le apetece tomar?

—Depende. ¿A qué revista vas a venderle esa información?

Directo y sin anestesia. Habla con tanto desdén que se me encoge el corazón.

—¿Necesita que le traiga la carta? —continúo. Presiono el bolígrafo contra la hoja, inquieta.

—Has puesto a todo el mundo en mi contra. Al menos ten el valor de dar la cara y asumir la culpa.

Pone una mano sobre mi cuaderno para obligarme a bajarlo. No me queda más remedio que mirarle a los ojos, que transmiten una mezcla de enfado y decepción. Echo un vistazo rápido a mi espalda para asegurarme de que nadie nos mira.

—Entiendo que estés cabreado, ¿vale? Pero no me obligues a tener esta conversación ahora. Por favor —le suplico—. Mi jefe me tiene en el punto de mira y, si montamos un espectáculo, me despedirá. No puedo arriesgarme. Necesito el trabajo. Sé que no tengo derecho a pedirte nada, pero si pudieras esperar o...

—No vamos a montar ningún espectáculo. —Habrá notado la desesperación en mi voz, porque su tono es más suave—. Solo quiero hablar contigo. ¿Puedes sentarte?

Niego con un nudo en la garganta. Odio esta situación.

—No. Todavía me queda trabajo.

—¿Cuándo acaba tu turno?

—Dentro de media hora.

—¿Y tu coche? ¿Has venido con él? —Al oírlo, recuerdo que no ha vuelto a tener noticias mías desde que me fui de su casa. No le he escrito ni una sola vez, ni siquiera para darle las gracias. Soy una persona horrible.

—Lo recibí en perfecto estado. Me arreglaron el motor. Pero no lo he traído. —Me atasco con las palabras—. Prefiero... no usarlo si no es estrictamente necesario, ya sabes. La gasolina es cara.

«Y conducir me provoca tanta ansiedad que siento que el mundo me da vueltas», completo para mis adentros. Liam me mira a los ojos y, aunque suene absurdo, casi siento que ve a través de mí. Aprieto más fuerte el cuaderno, tensa.

—¿Así que vuelves andando a casa? ¿Sola y de noche?

—Sí —respondo sin darle mucha importancia.

Él suspira y se echa hacia atrás en el asiento.

—Vuelve al trabajo. No quiero causarte problemas con tu jefe. Esperaré hasta que salgas y después te llevaré a casa.

Estudio su rostro con urgencia, pero no encuentro señales de que me tome el pelo. ¿Así que va en serio?

—No tienes por qué hacerlo. —Odio que me hagan favores que no podré devolver. Me las arreglo bien sola. A fin de cuentas, es lo que he hecho siempre.

Liam se encoge de hombros.

—He dicho que tenemos que hablar, ¿no? Lo haremos de camino.

—Si vas a gritarme, prefiero que no sea mientras conduces.

—No voy a gritarte. ¿Crees que quiero que me des un puñetazo?

¿Hace un momento me echaba cosas en cara y ahora no solo quiere llevarme a casa, sino que además hace bromas? Cada día entiendo menos cómo funciona este chico. No sonrío, sino que me mantengo cautelosa. Le miro con recelo.

—¿Eso significa que no estás enfadado?

—No. Lo estaba cuando me enteré, pero supongo que las tres horas que me he pasado conduciendo me han hecho ver las cosas con perspectiva.

No sé si me gusta cómo suena eso.

—¿A qué te refieres? —sigo preguntando, pero ya no me escucha.

Toda su atención recae sobre un punto detrás de mí. Estoy tentada de girarme, pero, por algún motivo, no dejo de observarlo. He mirado sus fotos de Instagram estos días por mera curiosidad y me molesta que sea todavía más atractivo en persona. ¿A qué clase de chico le sientan bien esos gorros? A ninguno. No es justo. Los rizos le caen sobre la frente y me entran ganas de tocarlos, y de inmediato aparto esa idea absurda de mi mente.

Me obligo a mirar hacia otra parte, pero Liam no se ha dado cuenta del repaso que acabo de darle. Frunce el ceño, todavía pendiente de algo detrás de mí.

—¿Por qué tu amiguito me mira como si me quisiera matar?

El corazón se me desboca. Mierda. ¿Charles nos ha visto?

—¿Cuántos años le echas? —pregunto. No me giro porque cantaría demasiado.

—Veintipocos. Rubio y con cara de querer usarme como saco de boxeo.

Al oírlo, todos mis músculos se relajan. Pero después pongo los ojos en blanco.

—Ignóralo, solo es Derek.

Quería que dejáramos el tema, pero ahora me observa con mucha curiosidad.

—Ya veo —comenta, y entorna los ojos—. Déjame adivinar, ¿típico novio superceloso? ¿O es tu ex?

—¿A ti qué coño te importa?

—No te pega salir con un gilipollas del estilo, así que imagino que será tu ex. La pregunta es: ¿de los buenos o de los imbéciles? —No me lo pregunta a mí, sino que habla consigo mismo. Echa otro vistazo a Derek antes de sacar una conclusión—: De los imbéciles, definitivamente.

Probablemente tendría que reclamarle que deje de meterse en mi vida, pero ahora soy yo la que siente curiosidad.

—¿Qué te hace pensar eso?

—Que te ha dejado escapar.

Liam no le da mucha importancia a su comentario, pero a mí se me revoluciona el estómago y tengo que convencerme a mí misma de que solo son náuseas y que es culpa de Derek. Me aclaro la garganta nerviosa y me obligo a romper el silencio. Aunque no me mire, la verdad es que me siento bastante intimidada.

—Es mi ex. Y no solo es imbécil, también está obsesionado con hacerme la vida imposible.

A Liam parece hacerle gracia.

—Sabes que solo quiere llamar tu atención, ¿no?

—¿Y qué? Yo quiero que me deje en paz.

—Más razones para que te lleve a casa, entonces —concluye con una sonrisa burlona. Señala al chico con la cabeza—. Si pregunta, dile que soy tu novio. Y acércate más cuando me traigas mi bebida.

—Conociéndolo, saber que salgo con alguien solo hará que se interese más en mí.

—Quizá, pero te aseguro que le sentará como una patada en las pelotas.

Mierda. Suena tan tentador... Derek me ha molestado desde que rompimos y no puedo esperar a darle a probar de su propia medicina. No obstante, mi parte racional me mantiene con los pies en la tierra. Esto es demasiado bueno para ser verdad.

—¿Qué quieres a cambio? —le pregunto a Liam, porque ya me huelo sus intenciones.

Vuelve a encogerse de hombros.

—De momento, estoy acumulando buenas acciones. Un favor por otro favor, ¿no? —Hace un gesto hacia la barra—. Ahora tráeme algo de beber. Ponme lo que mejor te deje delante de tu jefe. No le haré ascos a nada.

Aunque me da mala espina, decido volver al trabajo cuanto antes. Cuando regreso a la barra, Lisa me mira con los ojos como platos. Seguro que tiene muchas preguntas, pero me limito a rodearla para coger una copa. De primeras planeo servirle alguna bebida alcohólica de la que pueda sonsacarle propina, pero después recuerdo que lo encontré borracho en mi coche y cambio de opinión.

—¿Ha pedido un zumito de melocotón? —A mi lado, Lisa frunce el ceño.

Escondo una sonrisa.

—Es un chico muy sano.

—¡Más razones para que me guste! Desde luego, Cupido tiene favoritos.

—¿Uno más en tu lista? —interviene Derek a mi espalda—. ¿Qué es esta vez? ¿Un borracho sin futuro, un adicto a las drogas o las dos a la vez?

Me sienta como una patada en el estómago porque sé que se refiere a mi madre y a Steve. Aprieto los puños. Estoy a punto de contestar cuando Lisa lo hace en mi lugar:

—Vamos, Derek, sabemos que el chico está muy bueno, pero tampoco te pongas así. Sabes lo mala que es la envidia.

—Cierra la boca.

—No le hables así —le advierto yo.

Se vuelve a mirarme con las cejas arqueadas.

—¿De verdad crees que le tengo envidia a un tío al que dejarás tirado dentro de una semana? Dudo que sea más que un rollo.

Odio pensar en lo que estoy a punto de decir, pero las situaciones desesperadas requieren medidas que estén a la altura.

—Pues te equivocas. Porque es mi novio. —Lisa abre tanto los ojos que casi se le salen de las órbitas. Termino de servir el zumo y le planto a Derek el envase de cristal contra el pecho—. Y ¿sabes qué? No solo es guapo y mejor tío de lo que tú llegarás a ser jamás. También besa bastante mejor.

Escuchando de fondo la risa de Lisa, salgo de la barra para seguir con mi trabajo.

12

DE MAL EN PEOR

Maia

Cuando dan las diez y mi turno está a punto de terminar, Liam sale del local. Lo sigo con la mirada, trago saliva y después me centro en limpiar la barra. Esta noche le toca cerrar a Lisa, que tendrá que aguantar aquí unas horas más, y quiero facilitarle el trabajo. Cuando acabo, me quito el delantal y lo guardo en el bolso. La chica se acerca para despedirse. Es más alta que yo y el pelo castaño le cae sobre los hombros.

—Nos vemos mañana —me despido.

—Por supuesto. Tienes mucho que contarme. —Me señala con un dedo. Luego, se vuelve hacia Derek, que acaba de llegar junto a nosotras—. Adiós a ti también, fracasado.

Él gruñe y a mí se me escapa una sonrisa. Lisa se ha pasado los últimos treinta minutos intentando sonsacarme información sobre mi supuesta relación con Liam y seguirá insistiendo hasta que lo consiga. Además, es tan ingeniosa como yo a la hora de meterse con Derek. Ojalá no me viera solo como una compañera de trabajo más. Me gustaría que fuéramos amigas.

Creo que necesito una.

Una vez que recojo mis cosas, salgo del local. Ha anochecido y la temperatura ha descendido varios grados. Me abrazo para conservar el calor y miro alrededor. Supongo que una parte de mí esperaba que se hubiera marchado, pero la otra siente cierto alivio al comprobar que Liam sigue aquí. Ha estacionado frente al bar y me mira apoyado en su coche de alta gama. Los nervios se me cuelan en el estómago, pero no puedo echarme atrás: me guste o no, tengo que asumir las consecuencias de mis actos. Estoy a punto de caminar hacia él cuando escucho una voz detrás de mí:

—¿Necesitas que te lleve a casa?

Me giro y pongo cara de disgusto al ver a Derek.

—¿Perdón? —articulo. Espero que sea una broma.

—No tienes por qué subirte al coche con él. Si no quieres volver sola, puedo acercarte yo.

—¿Va todo bien? —Es Liam.

De pronto, noto su presencia a mi espalda, mucho más cerca de lo que esperaba. Me pone una mano en la cintura y el corazón me salta, pero lo disimulo tan bien como puedo. Se supone que es mi novio, así que no me aparto.

No me resisto a lanzarle una mirada rápida por encima del hombro, aun así. Frente a nosotros, Derek pone los ojos en blanco.

—He dicho que te llevo a casa. Muévete de una vez.

Pongo mala cara.

Sin embargo, es Liam quien responde en mi lugar:

—¿Está de coña? —me pregunta, como si no se lo creyera.

—¿Tienes algún problema? —le gruñe Derek.

—Calma, tío. No soy yo quien debería preocuparte, sino ella. Asegúrate de hablarle con respeto la próxima vez. No te conviene tenerla en tu contra. —Mientras habla, Liam usa la mano que tiene en mi cintura para tirar ligeramente de mí hacia atrás—. Vamos, Maia —me indica con voz suave.

Intentando ignorar la presión que ejercen sus dedos sobre mi piel, asiento y lo sigo hasta el coche, dejando a Derek con la palabra en la boca. «Que te jodan, payaso.»

Entonces reparo en que estoy a solas con Liam y los nervios se multiplican en mi estómago. Las luces del vehículo parpadean cuando lo desbloquea y se aparta de mí para sentarse frente al volante. Espera que haga lo mismo, pero no me muevo. Al verme vacilar, se estira sobre el asiento del copiloto y me abre la puerta. No me queda otra que subirme.

El interior está impecable y huele a ambientador de pino. Cierro con extremo cuidado, temiendo romper algo. Liam no deja de mirarme de reojo, lo que me hace sentir incómoda.

—¿Recuerdas dónde está mi casa? —inquiero, tras aclararme la garganta.

Para mi sorpresa, asiente.

—He venido de allí. Ponte el cinturón.

—¿Cómo que...? —Frunzo el ceño y sacudo la cabeza—. Espera, ¿cómo sabías que trabajo aquí?

—Fui a tu casa para preguntar por ti y me dieron esta dirección. —Arranca el motor—. El cinturón, Maia —insiste.

Obedezco. No me gustan los coches porque me recuerdan al accidente. Me da tanto respeto conducir como ir en el asiento del pasajero. Sin embargo, prefiero lo segundo porque así, al menos, no corro el riesgo de bloquearme al volante por culpa de la ansiedad. El corazón me salta cuando nos movemos, pero mi parte racional me asegura que no pasará nada. Liam condujo casi trescientos kilómetros por la autopista sin cometer ninguna imprudencia. Estaremos bien.

—¿Con quién hablaste? —le pregunto para distraerme.

—Con tu padrastro.

—Steve no es mi padrastro —contesto con sequedad. Me mira de reojo, pero no tarda en volver a centrarse en la carretera. Trago saliva—. ¿Sabes si aún están en mi casa o...?

—Iban a montarse en el coche, así que imagino que no.

No hablamos más durante el trayecto.

Apenas veo a mi madre últimamente. Volvió a casa la mañana que pagué a Nancy con una resaca que le impedía pensar con claridad. No recordaba nada de la noche anterior: ni la discusión ni el hecho de que le había dado todo nuestro dinero a un capullo que no la trata bien. Se tumbó en la cama y durmió durante horas. Cuando despertó, parecía tan demacrada que no quise decir nada.

Decidí guardármelo, como hago siempre.

Está volviendo a desaparecer, como hacía antes de «romper» con Steve. Ayer salió a mediodía y ha vuelto esta madrugada. Supongo que hoy planea hacer lo mismo. No sé adónde van, ni con quién, y no podría estar más preocupada. No me gusta ese hombre. Ni su forma de ser, ni la de actuar, ni tampoco el ambiente en el que se mueve. Me da miedo. No quiero que le haga daño a mamá.

No puedo perderla a ella también. Ojalá pudiera evitar que se fuera, pero nunca me escucha.

No tardamos mucho en llegar a mi barrio. Liam estaciona frente a la casa y apaga el motor. El coche de Steve no está por ninguna parte, por lo que deduzco que se habrán marchado. Ninguno de los dos nos movemos; nos quedamos a oscuras y en silencio, y ni siquiera me atrevo a mirarle a la cara. Nada justifica la decisión que tomé. Fui egoísta y una mala persona, y merezco que pague su enfado conmigo, pero no es fácil.

Me aclaro la garganta con nerviosismo.

—Puedes entrar si quieres. Estaremos más tranquilos.

Clava sus ojos sobre mí. Aunque me ponen nerviosa, no me dejo intimidar. Tras unos segundos de contacto visual, asiente y sale del coche. Parece que vuelvo a respirar.

Abandono el vehículo, le guío hasta la entrada y noto su mirada en la nuca mientras forcejeo con la cerradura. Pronto comprobamos que, en efecto, no hay nadie en casa. Últimamente es como si solo yo viviera aquí, y eso que antes solíamos ser cuatro personas. Enciendo la luz del pasillo y Liam cierra la puerta a nuestras espaldas. Me asusta que mamá haya dejado el salón hecho un desastre, de forma que lo conduzco directamente a mi habitación.

Como siempre, mi cuarto es la única parte de la casa que está en orden. Es adonde acudo cuando necesito escapar del caos que caracteriza mi vida. Dejo la bolsa sobre el escritorio, pero no me quito la chaqueta porque hace frío y no podemos permitirnos poner la calefacción. Cuando me vuelvo hacia Liam, observa las estrellas del techo. Trago saliva y me siento en la cama.

Su mirada recae entonces sobre mí.

—¿Y bien? —dice, y, aunque no debería, mi primer impulso es ponerme a la defensiva:

—Y bien, ¿qué?

—¿No piensas decir nada?

—Eres tú el que ha insistido en traerme para que hablemos.

—¿Te doy la oportunidad de explicarte y te comportas así? Creía que al menos estarías arrepentida.

—¿Quién dice que no lo esté?

—Tu actitud.

Su voz está cargada de decepción. Se me forma un nudo en la garganta, pero finjo que no está ahí.

—¿Qué voy a explicarte, Liam? —contesto, a sabiendas de lo cruel que sueno—. Lo hice y ya está. No es el fin del mundo.

—Confié en ti y has arruinado mi reputación. Te has cargado todo en lo que he trabajado durante años. ¿Tienes idea de la de comentarios que me han llegado? ¿Todos los mensajes de odio, las críticas, los insultos...?

Sí, lo sé. He revisado sus redes sociales esta mañana, después de que se publicara el artículo, porque aún tenía la esperanza de que las consecuencias no fueran tan terribles. Lo que he encontrado me ha revuelto el estómago y ha hecho que me odie todavía más. Sin embargo, no le digo eso a Liam.

—Sabías a lo que te arriesgabas al contármelo —respondo en su lugar.

No puedo mirarlo a la cara, así que camino hacia el escritorio y me pongo a organizar papeles, buscando desesperadamente una distracción. Sin embargo, solo empeoro las cosas porque, de pronto, se acerca y me agarra del brazo para que me gire. Está tan cerca que me cuesta respirar.

—Dime por qué lo has hecho —exige.

Trago saliva y me sacudo para que me suelte.

—Eso da igual.

—¿Tanto me odias? —insiste. Parece dolido y confundido de verdad—. Sé que no soy el mejor tío del mundo, pero, joder, creo que me porté bien contigo y que...

—Deja el tema, ¿vale?

—¿Cómo...? —Sacude la cabeza—. ¿Cómo coño voy a dejar el tema? ¿Eres consciente de lo que significa esto? Adam está hecho una furia y, si ya me controlaba antes, ahora no me dejará en paz. Además, quiere tomar represalias. Deberías haber sido más cuidadosa, Maia, joder. En cuanto averigüe tu nombre, hará todo lo posible por hundirte con una denuncia.

Al oírlo, el pánico se adueña de mis entrañas. Mierda, ¿puede hacer eso? ¿Cómo no lo he pensado antes? ¿Es que nunca voy a dejar de cometer errores?

—Bien —me limito a responder.

Liam se desespera.

—¿Puedes dejar de fingir que no te importa? Ambos sabemos que no puedes enfrentarte a algo así. Menos aún contra mi familia.

—Ese no es tu problema.

—No, no lo es, pero voy a impedir que te encuentren.

El corazón me brinca con fuerza dentro del pecho. Me vuelvo hacia él y veo la sinceridad y la exasperación en sus ojos. Tengo que hacer esfuerzos por no derrumbarme.

—¿Por qué harías eso? —cuestiono con un nudo en la garganta.

—Porque soy una buena persona, no como tú.

—No tienes ni idea de cómo soy. —Lucho por contener las lágrimas. Mierda, ahora no.

—Tus acciones hablan por ti. Has puesto a todo el mundo en mi contra y te da igual.

—No me da igual —admito con rabia—. ¿Cómo diablos iba a darme igual?

—Entonces dime de una vez por qué lo has hecho, porque no dejas de...

—¡Iba a perder la casa, ¿vale?! —estallo. No puedo más—. Iban a echarnos a la calle y necesitaba el dinero. Por eso lo hice.

He llegado al límite. Ya no puedo contener las lágrimas. Odio que me vean llorar, así que me las seco con el brazo, enfadada conmigo misma. Mientras tanto, Liam me observa sin saber qué decir.

—Yo no... no sabía que...

—Me paso el día trabajando y cobro una miseria. Apenas me da para el alquiler. Confié en mi madre y le entregué el dinero que me diste para que pagara a la casera y ¿sabes qué hizo con él? Se lo dio al gilipollas de su novio para comprar alcohol. O a saber. Nos quedamos sin nada. La casera me amenazó con llamar a la policía si no pagaba ya porque llevábamos semanas de retraso. Mi vida es una mierda, Liam. ¿Eso es lo que querías que te dijera? ¿Que todo es un desastre?

No tendría que descargar mi frustración contra él, pero me he callado tantas cosas durante los últimos días que ya no lo aguanto más. De hecho, no puedo dejar de llorar. Soy patética. Me estoy portando como una niña. Espero que Liam me mire con lástima, como hacen todos, lo que solo me enfadaría aún más; pero traga saliva y dice:

—Eso no lo justifica. Podrías haberme pedido dinero.

Me entran ganas de reírme en su cara.

—Ya, claro. Y tú me lo habrías dado, ¿no? ¿Por qué? ¿Te gusta donar a la caridad?

—No —responde serio—. Pero seguro que tenías otras opciones. Solo decidiste tomar la salida fácil.

No tomé la mejor decisión del mundo, pero no pienso darle la razón si me habla con tanta superioridad.

—Curioso que lo digas tú, teniendo en cuenta que he hecho lo que no te atrevías a hacer.

—No sabes lo que dices.

—Llevas meses involucrado en una relación falsa que te hace daño. Ahora eres libre, Liam. Deberías darme las gracias.

—¿Ah, sí? ¿Por qué? ¿Por cargártelo todo?

—Por darte una excusa para acabar con eso.

Silencio. Resopla incrédulo y niega con la cabeza.

—Estás colado por una chica que se ha enamorado de tu mejor amigo —continúo—. Lo que tenéis no es real, pero sigues aferrándote a ello y por eso no puedes pasar página. Ahora tienes la oportunidad de terminar con esta situación, pero te da tanto miedo lo que piensen de ti que seguro que estás deseando volver a Londres para desmentir la noticia y decirles a tus seguidores lo mucho que la quieres. No soy yo quien toma la salida fácil.

Sus ojos azules se clavan sobre mí, pero, aunque me intimidan, no me achanto. Le sostengo la mirada respirando fuerte debido a la discusión. Estamos frente a frente, solo a unos centímetros de distancia.

—¿Cuánto te pagaron? —demanda tras un silencio.

—¿Qué más te da?

—¿Lo suficiente como para cubrir el alquiler?

—Sí.

—Bien. —Por fin se aparta y el aire regresa a mis pulmones—. Parece que, al menos, traicionarme te sirvió de algo. Que te jodan.

Abandona la habitación sin decir nada más. No sé qué es lo que me impulsa a seguirlo e interceptarlo en medio del pasillo.

—Liam —lo llamo, pero no me escucha.

En su lugar, sigue alejándose. Renuncio a mi orgullo una vez más, corro hasta él y me interpongo en su camino. Apoyo la espalda en la puerta, de forma que no pueda abrirla. Me estoy equivocando. Por mucha rabia que sienta al pensar en su vida, en todas las oportunidades que tiene y no aprovecha, él no tiene la culpa. Intenta rodearme y, como no se lo permito, se enfada aún más.

—Aparta —me ordena.

—No.

—¿Qué más quieres? ¿No es esto lo que buscabas? ¿Que me fuera sin hacer preguntas? Bien, lo has conseguido. No quiero volver a saber nada de ti. Ahora muévete.

Avanza hacia mí y le pongo las manos en el pecho para impedírselo.

—Lo siento.

—No basta.

—Lo siento mucho —insisto—. Sé que no hay nada que lo justifique, pero estaba desesperada. Fue lo único que se me ocurrió. Tienes razón. No tenía ningún derecho a contarlo en tu lugar. Lo siento, Liam, de veras.

No recuerdo cuándo fue la última vez que ofrecí una disculpa sincera. Tampoco es que tenga amigos con los que discutir. Le sostengo la mirada, con una presión muy molesta en el pecho. Debe de ver la sinceridad en mis ojos, porque para de empujarme para marcharse. Ahora que no se mueve, aparto las manos de su pecho y dejo que caigan a mis costados.

Nos miramos en silencio hasta que traga saliva y dice:

—No sé qué hacer.

Suena tan desesperado que me rompe el corazón. Mierda, todo es culpa mía. Tengo que buscar una forma de ayudarlo, así que me alejo para pensar con claridad.

—Ya tenías un plan cuando llegaste al bar, ¿no? ¿Para qué querías acumular favores?

—No sé si es una buena idea.

—¿Y qué? Ya no lo puedes empeorar.

—No quiero desmentir el artículo —confiesa—. Pero, si no lo hago, Michelle también saldrá perjudicada. Estoy harto de YouTube, pero no puedo dejar que ella sufra las consecuencias, y por eso...

—¿Qué? —insisto cuando se queda callado.

Liam me mira y traga saliva.

—Quiero que me ayudes a terminar de arruinar mi reputación.

Pestañeo sorprendida. Tardo un segundo en procesarlo, y él se agobia y decide seguir hablando:

—Cuando nos conocimos me dijiste que, si mi vida no me gustaba, debería cambiarla, y tenías razón. Estoy cansado de internet, de las cifras, de estar constantemente expuesto..., de todo. Lo habría dejado hace mucho, pero Adam y mi madre son un grano en el culo. Jamás dejarían que me fuera, a no ser que tuviera una buena razón para hacerlo. —Me observa para ver mi reacción—. Como, por ejemplo, que todos me odiasen tanto que la única solución fuera desaparecer por un tiempo.

—Creo que ya has conseguido esa parte —apunto haciendo una mueca, pero Liam niega con firmeza. Parece que le dé vueltas a algo.

Echa a andar de nuevo hacia mi habitación y lo sigo sin dudar.

—Necesitamos algo más fuerte. Que no implique a Michelle. O, mejor, que la haga quedar como la buena de la historia. Eso es. —Se vuelve hacia mí, como si acabara de dar en el clavo, y, sin más, dice—: Adam y su agente la obligarán a subir un vídeo hablando sobre lo enamorada que está de mí. Unas horas después, filtraremos a la prensa que la he engañado y que estoy saliendo con otra chica.

No sé si me gusta cómo suena eso, sobre todo porque es una historia que ya conozco.

—Liam, eso ha sucedido al revés —le recuerdo cautelosa.

—Pero eso solo lo sabemos ellos, tú y yo. —Entorna los ojos con desconfianza—. ¿O es que también se lo contaste a la prensa?

—No —respondo deprisa.

Pero ya no confía en mí.

—¿Seguro? —insiste.

—Si lo supieran, lo habrían hecho público. No di muchos detalles. Solo les dije que tenías una relación falsa y que lo descubrí porque te encontré borracho la mañana después de tu cumpleaños.

—Podrías haber omitido esa última parte, ¿sabes?

—Querían algo jugoso. Al menos no les conté que te colaste en mi coche.

—Qué considerada.

—Gracias.

—Esta vez necesitarás pruebas y un consentimiento escrito de mi parte que te permita difundir la información —continúa, centrándose de nuevo en lo importante—. No tendrás que enseñárselo a la revista, pero lo tendrás a mano si Adam intenta emprender acciones legales. Es en lo que fallaste la última vez. Asegúrate de leer siempre la letra pequeña.

Me clavo las uñas en las palmas. Me entra el pánico solo de pensar en lo que conllevaría tener que enfrentarme a una denuncia. Apenas puedo lidiar con las facturas y el alquiler.

—¿Me va a denunciar? —Al notar la preocupación en mi voz, Liam se apresura a negar.

—Me aseguraré de que no lo haga. Pero, si ocurriera, tendrás todas las de ganar teniéndome de tu parte.

—¿Y cómo sé que estarás de mi parte?

Ojalá no tuviera que ser tan desconfiada, pero necesito asegurarme. Él parece molesto, pero responde de todas formas:

—Firmaré el consentimiento antes de que filtres la noticia. Y también añadiré la información que has dado ya. Pensaba hacerlo incluso antes de que accedieras a ayudarme. No te he dado razones para dudar de mí.

Detesto admitirlo, pero tiene razón.

—Está bien —accedo.

Al oírme, y ahora que el tema está zanjado, asiente, como para sí, y se sube la cremallera de la chaqueta. Lo siguiente que veo es como sale del dormitorio. Corro tras él por instinto.

—¿Adónde vas? —No entiendo nada.

—A Londres. Necesitamos pruebas de que salgo con otra chica. Tengo algunas... amigas. Llamaré a una de ellas y nos haremos algunas fotos. Con eso debería bastar.

No tarda en alcanzar la puerta, pero soy mucho más rápida. La empujo con la mano para cerrarla y me interpongo en su camino. Liam deja caer su mirada sobre mí cargada de confusión. Pero ni yo sé por qué estoy tan segura de que quiero hacer esto.

—Cuanta más gente involucremos, más posibilidades habrá de que salga mal —apunto. Lo último que necesitamos es que se filtre que está buscando otra novia falsa para librarse de Michelle.

Liam sacude la cabeza, como si no terminara de entenderlo.

—Pero es necesario. No nos creerán sin pruebas. Si queremos que funcione, tengo que...

—Yo lo haré.

Se calla de pronto y clava sus ojos sobre los míos.

—¿Qué?

Los nervios me revolucionan el estómago.

—Seré tu novia falsa. Como Michelle ya me conoce, será más creíble. Y no hará falta que involucremos a nadie más. Además, así tendrás una forma de asegurarte de que no vuelvo a traicionarte, porque yo también saldría perjudicada. Sabes que no hay nadie mejor que yo para hacerlo.

Abre y cierra la boca atónito, y termina negando, como si creyera que le tomo el pelo.

—¿Hablas en serio?

—Un favor por otro favor, ¿no? Tú me has hecho muchos.

—Maia, no hace falta que...

—Me has ayudado con Derek y seguramente me pagarán cuando llame a la revista. Además, te lo debo por haber vendido lo de tu relación falsa. No quiero estar en deuda contigo.

—No estás en deuda conmigo. —Pero ambos sabemos que no es verdad.

—¿Vamos a hacerlo o no?

Le sostengo la mirada desafiante. En momentos como este, odio ser tan orgullosa, porque no me habría metido en este lío si simplemente pudiera aceptar que, en efecto, le debo una después de lo que ha hecho por mí. Pero necesito coger el dinero de la revista y me sentiré aún peor si no le doy nada a cambio. Liam vacila y, durante un instante, me pregunto si no le dará vergüenza que los demás crean que sale conmigo. Cualquiera se daría cuenta, solo con vernos, de que venimos de mundos muy diferentes.

Pero entonces suspira y dice:

—Está bien, pero no sabes en dónde te estás metiendo.

A continuación, mira lo que nos rodea nervioso mientras se pasa una mano por los rizos oscuros. Parece que no sabe cómo proceder.

—Vale, lo primero que necesitamos son pruebas —dice.

Al escucharlo, los nervios se multiplican en mi estómago, pero intento actuar con normalidad y pensar con la cabeza fría.

—Si quieres que Michelle y tus amigos nos vean, vamos a tener un problema, porque no puedo ir a Londres.

—Bastará con una foto. —Me mira y traga saliva—. Una en la que parezca que..., ya sabes.

Pongo los ojos en blanco, aunque también soy un manojo de nervios.

—Puedes decirlo. Te aseguro que no me voy a desmayar.

—Parece que conseguirás liarte conmigo, después de tanto tiempo deseándolo. —Pese a que suena intranquilo, se esfuerza por recuperar la actitud bromista de siempre y eso, de cierta forma, me relaja—. ¿Qué se siente al saber que serás una de las afortunadas?

—¿Sinceramente? Ganas de vomitar.

—Por suerte para los dos, solo tendremos que jugar con la perspectiva. Necesito una... —Pasea la mirada por mi cuarto— pared blanca, perfecto. ¿Podemos mover la cómoda? Nos hará falta un sitio en donde colocar el móvil.

—¿Vamos a sacarla aquí? —La inquietud se me cuela en el estómago. No me importa fingir que salimos delante de otras personas, es teatro y ya está. Pero la cosa cambia si estamos a solas. Me da miedo lo que pueda salir de esto.

Liam ya está despejando la zona frente a la pared.

—Sí, e intentaremos que no se te vea mucho la cara. Es preferible que te mantengas en el anonimato. Cuando salga la noticia, no solo irán a por mí.

—Pero si yo no he hecho nada.

—A la gente le da igual. —Se sitúa frente a la cómoda—. Vamos, ayúdame con esto.

Nos pasamos los siguientes diez minutos reorganizando mi dormitorio. Movemos mi cama y la dejamos junto a la de Deneb. Pegamos la cómoda a la pared y cojo unos cuadernos del escritorio para usarlos como soporte para el teléfono. Liam coloca la cámara apuntando hacia un rincón, de forma que lo único que se ve en el plano son dos muros vacíos.

—Sacaremos la foto aquí y después la editaré para que parezca que nos la hicieron la noche de mi cumpleaños sin que nos diéramos cuenta —me explica mientras termina de ajustar el móvil.

Guau.

—¿Puedes hacer eso?

—Se me dan bien estas cosas. De pequeño me llevaba la cámara a todas partes. ¿Por qué crees que empecé en YouTube? —Me lanza una mirada por encima del hombro—. Yo diseño mis miniaturas y edito todos mis vídeos.

—Creía que teníais a gente que lo hace por vosotros.

—Y la tienen, pero a mí me gusta trabajar en lo mío. Es parte del proceso. —Me pregunto si habrá notado la forma en la que habla sobre ello. Ajeno a lo que pienso, Liam se vuelve para mirarme de arriba abajo—. Tienes que cambiarte de ropa. Nadie se creería que has ido así a una fiesta.

Pero será gilipollas. Antes de que pueda decírselo, me rodea y camina directamente hacia el armario. Corro en su dirección cuando lo abre de par en par y empieza a rebuscar entre mi ropa.

—Pero ¿qué te crees que estás...?

—Soy tu novio falso. Sé más que tú de estos temas. Déjame trabajar.

Acabo resignándome porque, por más que me moleste, se lo debo. Me echo un vistazo frente al espejo. Llevo unos vaqueros ajustados negros y una camiseta básica debajo de una chaqueta. No es un conjunto espectacular, vale, pero tampoco sé qué espera encontrar. Voy a volver a quejarme cuando, de pronto, Liam da con la prenda indicada. Saca del fondo de un cajón un top negro de manga larga con transparencias que no podría ser más atrevido.

Se me forma un nudo en la garganta. Fue un regalo de mi hermana.

—Guau —masculla. Lo levanta a mi lado, como si intentara imaginarme con él puesto. Se apresura a volver a meterlo en el armario—. Siguiente. Es... demasiado para ti.

—¿Perdón?

—Podemos probar con algo más sencillo.

—Fuera de mi habitación. Ahora.

Se gira hacia mí confuso.

—¿Qué? ¿Por qué?

—Porque me lo voy a poner.

No soporto que me subestimen. Liam abre la boca, pero termina cerrándola sin decir nada y saliendo del dormitorio. Echo un vistazo al cuarto, que ya está preparado para que saquemos la foto. No me creo que haya insistido tanto en meterme en este lío.

Sin perder de vista la puerta, pues temo que se abra de improviso, me quito la camiseta y la lanzo sobre la cama. Llevo un sujetador negro de encaje que se vislumbra a través del top cuando me lo pongo. Me abrocho el botón de detrás del cuello y me suelto el pelo. Al mirarme de nuevo al espejo, me invade una sensación extraña. Creo que es la primera vez que me lo pongo desde el accidente. Verme así vestida me recuerda cómo era antes mi vida, cuando salía con chicos y tenía amigos, familia y gente a la que llamar cuando sentía que el mundo se me caía encima. No me gusta pensar en todo lo que he perdido.

Me peino con los dedos y, tras echarme un último vistazo, cierro el armario. Podría haberme maquillado, pero no pienso esforzarme tanto para esto. Miro una vez más la habitación y, a sabiendas de que ahora que he empezado con esto tengo que llegar hasta el final, abro la puerta del dormitorio.

Al verme, Liam se queda paralizado.

Sus ojos se clavan como imanes en mi cuerpo. El corazón se me desboca y siento que sube la temperatura de la habitación porque no recuerdo cuándo fue la última vez que me miraron así. Agarro con fuerza la puerta sin darme cuenta. Liam reacciona, traga saliva y sube su mirada hasta la mía, como si necesitara desesperadamente contenerse para no mirar más abajo.

Temo que no me funcione la voz, así que me aclaro la garganta y pregunto:

—¿Servirá?

—Sí. —Al darse cuenta de lo lanzado que ha sonado, se apresura a añadir—: Quiero decir..., yo..., sí.

Alterado, me rodea para entrar en la habitación y no tener

que mirarme. Cierro la puerta con un cosquilleo recorriéndome las extremidades. Tengo ojos en la cara. Me doy cuenta de cuándo le gusto a un tío. Y no tengo muy claro cómo me siento respecto a lo que creo que provoco en él. Mierda, ¿por qué estoy tan nerviosa?

—Saquemos la foto y acabemos con esto —dice. Sitúa el móvil contra los cuadernos, sobre la cómoda, y después se gira hacia mí—. Para que salga bien, vas a tener que ponerte...

—¿Sí? —insisto.

Él traga saliva.

—Contra la pared.

Se me baja la presión.

—Claro —respondo con la voz temblorosa.

Asiente y se centra de nuevo en el móvil. Mientras tanto, a mí me cuesta horrores moverme. Entro en el plano y, como no sé qué espera exactamente, me coloco con la espalda contra el hormigón frío. Y espero. Liam tarda unos segundos en venir hacia mí. Conforme reduce la distancia, las alarmas se activan en mi cerebro, pero me obligo a quedarme quieta.

Analiza mi rostro y traga saliva. Mis ojos estudian el suyo. Es la primera vez que lo veo tan de cerca y me cuesta no fijarme en su mandíbula marcada y en su boca. Tiene los labios finos y ligeramente separados. Joder. ¿No podía haberme encontrado a un tío del montón durmiendo en mi coche? Si no sintiera un mínimo de atracción física por él, hacer esto no me supondría un problema.

Pero estoy metida en un buen lío. Porque ni siquiera ha terminado de acercarse y ya siento que me sobra toda la ropa.

La tensión aumenta cuando, de repente, noto sus dedos sobre mi rostro. El calor de sus manos me embriaga y hace que se me acelere el corazón. Intento decir algo, pero no me salen las palabras. Me mueve el pelo, que estaba recogido detrás de mi oreja, para que me caiga sobre la mejilla.

—Así nos aseguraremos de que no te reconocen —susurra.

¿Así que quiere jugar a esto? Bien. Sin pensarlo, estiro los brazos y le quito el gorro. Hundo los dedos en sus rizos aplastados para darles forma. Acabo de notar cuánto me apetecía hacer esto. Son suaves y elásticos, y seguro que podría pasarme horas tocándolos, pero me obligo a apartar las manos.

Cuando mi mirada recae sobre la suya, me obligo a buscar una excusa:

—A ti sí que tienen que reconocerte. —Miro hacia el móvil nerviosa—. ¿Cómo sacarás la foto?

—Está grabando. Cogeremos la toma que más nos guste y después tú misma lo borrarás. No quiero que te sientas incómoda.

No obstante, me cuesta hacerme a la idea de que este momento vaya a quedar guardado en un vídeo. No me gusta pensar que tendré que verlo después. Que Liam lo hará. De todas formas, me fuerzo a asentir, como si nada. Sería difícil sacarnos una foto sin una tercera persona. Además, ni siquiera se me ve la cara. Tampoco es como si pudiera usarlo en mi contra o algo así.

—Está bien —contesto.

Liam también asiente y, entonces, aprieta los labios.

—Maia —susurra.

—¿Sí?

—Voy a tener que acercarme más.

Asiento y, de pronto, reduce tanto la distancia entre nosotros que sus labios casi rozan los míos. Casi. Contengo la respiración. Lo único que se oye en medio del silencio son los fuertes latidos de mi corazón. Ha colocado una mano junto a mi cabeza, de forma que me oculta de la cámara y mantiene mi cuerpo apresado contra la pared. Sufro la tentación de cerrar los ojos, pero me obligo a seguir mirándole.

Nos quedamos así durante lo que parecen horas. En un momento dado, Liam usa su mano libre para alzarme el mentón y hacer que me aproxime todavía más, y durante un segundo creo que va a besarme. Y todas las partes irracionales de mí se mueren por que lo haga. La tensión del ambiente es casi dolorosa. Mi mirada recae sobre su boca. Ignoro si se ha dado cuenta, pero se aparta justo en ese instante.

Parece que vuelvo a respirar.

—Con esto debería bastar —dice, y retrocede varios pasos.

Se esfuerza por parecer tranquilo, pero tiene la voz ronca y evita mirarme a toda costa. Aprovechando que está de espaldas, no me resisto a darle un repaso. Tiene los hombros anchos y fuertes, y no puedo evitar preguntarme cómo será tocarlos. Dios. Vale, la situación está alterándome más de lo que debería.

—Podría servir —comenta al revisar su teléfono, aunque no suena muy convencido.

Supongo que estará viendo el vídeo, así que me obligo a mover las piernas y acercarme. Se tensa al notar mi presencia, pero me muestra la pantalla. Ha detenido la grabación en uno de los últimos fotogramas, donde aparecemos tan juntos que casi parecemos la misma persona. Un cosquilleo muy peligroso me recorre el cuerpo entero.

Sin embargo, no puedo dejar pasar un detalle.

La tensión está latente en la imagen, cualquiera se daría cuenta. Pero es muy evidente que Liam ha tapado nuestros rostros con el brazo, en un intento bastante patético de esconder que no nos besamos de verdad. Después de que se haya extendido el rumor de que su relación con Michelle es una farsa, nadie se creerá algo como esto. No va a funcionar.

Él también debe de haberse dado cuenta, porque me mira y dice:

—Puedo intentar editar la foto para que...

—Dale a grabar otra vez.

Para mi sorpresa, obedece sin rechistar. Después, se coloca de nuevo frente a mí, tan cerca como antes, y de ahí en adelante todo pasa muy rápido.

Le pongo las manos en las mejillas y estampo mi boca contra la suya.

Lo primero que siento es una corriente eléctrica que me recorre todo el cuerpo, seguida de una incipiente sensación de urgencia. Supongo que sentirá lo mismo, porque me hace retroceder hasta que mi espalda choca bruscamente contra la pared. Presiona su cuerpo contra el mío y el estómago se me encoge con violencia. Pone las manos en mis caderas y hunde los dedos en mi piel. Aunque sé que esto no está bien, no me aparto cuando se inclina para profundizar el beso.

Y lo que empezó siendo teatro de pronto ya no lo es.

Cuando enredo las manos en su pelo y tiro de sus rizos con fuerza, Liam gime en mi boca, y parece que el mundo me da vueltas. Se me nubla la mente. Me olvido del vídeo y de las advertencias que no deja de enviarme mi cerebro. Solo puedo pensar en lo bien que besa. En lo que me provoca sentir el calor de su cuerpo contra el mío. En la presión de sus dedos, y en cómo los míos descienden por su nuca y le acarician los hombros. Sus músculos fuertes se tensan bajo mi toque.

Nos besamos hasta que nos quedamos sin aire. Se aparta, pero se queda cerca, casi rozándome la boca, con los labios entreabiertos. Nuestros pechos suben y bajan a toda velocidad y solo se oyen nuestras respiraciones desacompasadas. Nos miramos a los ojos, y lo que veo en ellos me sube aún más la temperatura. Entonces me doy cuenta de lo mucho que necesito besarlo otra vez.

Reacciono ante ese pensamiento y el cerebro se me llena de advertencias. Mierda. Liam debe de leer mi expresión, porque la suya cambia radicalmente y se aparta a trompicones, como si me ardiese la piel, que así es, por su culpa.

—Debería... —se aclara la garganta— mirar cómo han quedado las... fotos.

—Sí —contesto a toda prisa.

No intercambiamos ni una palabra más. Tampoco volvemos a mirarnos. Liam coge su móvil y yo echo prácticamente a correr fuera, al pasillo, dejándolo solo en la habitación.

13

BEATO, SANTO, APÓSTOL

Liam

Muy bien. Tengo un problema.

Uno bastante incómodo.

«Amigo, no es el momento. Abajo. ¡Abajo!»

Me meto las manos en los bolsillos e intento recolocarme los vaqueros ajustados para disimularlo, pero, mierda, duele mucho. Menos mal que Maia me ha dejado solo en la habitación, porque voy a necesitar unos minutos para lidiar con las consecuencias de lo que acaba de hacerme. ¿A qué diablos ha venido eso, de todas formas? ¿Tres días antes me odiaba y ahora me besa así?

Porque no me creo que haya sido solo teatro. Al menos, no por mi parte. Que se me haya dado bien disimularlo es otra cosa. Pero, a este paso, la situación va a acabar conmigo.

Si salgo vivo de esta, tendrán que darme el título de beato, de santo y de apóstol, por lo menos.

No puedo dejar de pensar en ella. En su boca. En cómo ha enredado las manos en mis rizos para atraerme hacia sí. En cómo me he sentido al besarla. En todo lo que le habría hecho si no se hubiera apartado. Y en lo que, en definitiva, habría ocurrido si me hubiera besado de verdad y no solo para sacar una buena foto. La presión aumenta dentro de mis pantalones. Vale. Liam, concéntrate.

Maia podría volver en cualquier momento y, aunque estoy seguro de que lo ha notado por sí misma, no quiero que me vea así. Cierro los ojos, tomo una profunda bocanada de aire y me obligo a pensar en lo menos erótico que se me ocurra. En otra ocasión me habría echado una mano —literalmente—, pero sería raro hacerlo en su habitación. Cuando quiero, soy un tío decente. Más o menos.

Tras unos dolorosos minutos, me tranquilizo y parece que la erección comienza a desaparecer. Me paso las manos por los rizos, que están desordenados y enredados por culpa de Maia, e, intentando no pensar más en ella, cojo el móvil y me lo guardo en el bolsillo trasero antes de salir del dormitorio.

Cuando llego a la cocina, Maia está con las manos apoyadas en la encimera y los ojos cerrados. Ha dejado un vaso medio vacío junto al fregadero. Mierda, qué guapa es. No sé cómo fui capaz de decirle que no era mi tipo. Nadie se lo creería. Intento mantener la mirada lejos de su cuerpo, sobre todo cuando noto que desde aquí podría tener una visión espectacular de su zona trasera.

No le habré tocado el culo, ¿no? Sería un desperdicio haberlo hecho y no acordarme.

—Maia.

Pega un respingo y se gira rápidamente hacia mí. Me obligo a mirarla a la cara, pero es aún peor: acabo de darme cuenta de que tiene los labios ligeramente hinchados y seguramente sea por mi culpa. Me parece que ella me da un repaso, pero es difícil determinarlo, porque no tarda en volverse de nuevo hacia la encimera.

Coge aire y, cuando vuelve a mirarme, tiene la expresión fría y distante de siempre. Arquea las cejas y me obligo a continuar:

—Antes de borrar los vídeos, deberíamos verlos y elegir una buena toma.

He firmado mi sentencia de muerte; verlos con ella va a ser mi perdición, pero necesito librarme de esas grabaciones cuanto antes.

Maia debe de pensar lo mismo, porque noto algo en su mirada que no consigo descifrar. Sin embargo, solo dura un instante; niega con la cabeza, como si nada.

—No tenemos que elegirla ahora. Puedes quedarte los vídeos y escoger las que más te gusten cuando te pongas a editar. Y después los borrarás. Así nos aseguraremos de que queda lo mejor posible.

—¿Segura? —cuestiono inquieto. Tampoco me gusta mucho

la idea de tener que verlos por mi cuenta—. No quiero que te sientas incómoda.

—Sé que los eliminarás. No me has dado razones para desconfiar de ti, ¿no? —Aunque se esfuerza en parecer calmada, noto lo nerviosa que está—. Dejemos el tema. Tienes lo que querías. Cuando edites la foto, la mandaré a la revista y asunto zanjado.

¿Así que no piensa sacar el tema del beso? Bien. No seré yo quien lo haga en su lugar.

—Sí, tienes razón. Asunto zanjado.

Asiente nerviosa antes de rodearme para regresar a su habitación. Sin embargo, se detiene en medio del pasillo cuando un violento trueno acaba con el silencio. Empezó a chispear cuando salimos del bar, pero no imaginé que se avecinara una tormenta. De todos modos, no le doy importancia. Cuanto antes salga de aquí, mejor. Necesito estar tan lejos de ella como sea posible.

Me subo la cremallera de la chaqueta.

—¿Necesitas que te ayude a ordenar tu cuarto antes de irme?

—¿Te vas? —Lanza una mirada nerviosa a la ventana.

—Evan me está cubriendo, pero debería volver cuando antes. Todo está muy tenso desde que se publicó el artículo.

—¿Y vas a conducir así? —insiste—. Podría ser peligroso.

—Bueno, estoy seguro de que sobreviviré.

—¿Por qué no te quedas?

La miro incrédulo.

—¿Quieres que me quede?

Se sobresalta y niega rápidamente.

—No. Yo... no. No me importa lo que hagas. Solo... me parecía mal no ofrecértelo. Viajar por la noche es peligroso. Y más si llueve así. Si te pasa algo, ¿quién me ayudará si tu padrastro me denuncia? —Cierra la boca y traga saliva, inquieta, antes de añadir—: Podrías quedarte en el sofá.

La observo con cautela. Debió de ocurrirle algo mientras viajaba por carretera. ¿Un accidente, quizá? ¿Fue así como murió su padre? ¿Ella también iba en el coche? Eso explicaría por qué entró en pánico cuando salimos a la autovía y me suplicó que condujera en su lugar. ¿Por eso no coge el coche para ir a trabajar? Antes le he echado un vistazo al barrio en donde trabaja. Y no me da buena espina. Me sorprende que prefiera volver andando sola y de noche.

Sea lo que sea lo que ocurrió, debe de haber sido reciente. ¿A eso vienen las cicatrices?

—Está bien —contesto para que se quede tranquila. Siento una pizca de orgullo porque, aunque no lo exprese verbalmente, parece que sí se preocupa por mí después de todo.

Ya buscaré una forma de lidiar con Adam. Los problemas pueden esperar hasta mañana.

—Voy a darte mantas y una almohada. No es el sofá más cómodo del mundo, pero, teniendo en cuenta que te encontré roncando en mi coche, no parece que tengas problemas para dormir.

—Qué graciosa —ironizo, y ella esconde una sonrisa.

—De nada, Liam.

—Si quieres que me quede, será con una condición. —Arquea las cejas al escucharme, animándome a continuar—. Vas a dejar que te invite a cenar.

He notado que está muy delgada y, hasta donde sé, no ha comido nada desde que entró a trabajar. Me mira con incredulidad y, justo como esperaba, contesta:

—No.

—Un favor por otro. Tú dejas que me quede y yo me encargo de la cena. —Me saco el móvil del bolsillo—. ¿Qué te apetece? ¿Pizza, hamburguesas o algo más... refinado?

Intento hacerla reír para suavizar el ambiente, pero me lo pone difícil. Me sostiene la mirada de brazos cruzados, y, cuando se da cuenta de que esta vez no aceptaré un «no» por respuesta, suspira.

—No dejaré que pidas nada. No quiero que ningún repartidor tenga que salir a la calle por nuestra culpa. Está lloviendo mucho.

—Está bien. Cocinaré yo.

Mi respuesta la toma por sorpresa.

—¿Sabes cocinar?

—Pues claro. ¿Por quién me tomas? ¿Por un inútil?

—Pues sí, pero...

—Voy a hacer que te tragues tus palabras. Aparta.

Alza las manos con cierto escepticismo y se mueve para dejarme vía libre a la cocina. Camino hacia el interior con seguridad. Soy tan orgulloso que jamás lo admitiría en voz alta, pero tengo otro problema.

En realidad no sé cocinar.

Me paso los siguientes diez minutos fingiendo que sé perfectamente lo que hago. Primero abro el frigorífico para averiguar de qué ingredientes dispongo, y noto un sabor amargo en el paladar cuando reparo en que está mucho más vacío de lo que el mío ha estado nunca. Tenía pensado hacer pizza, pero no tenemos lo necesario, así que me decanto por algo más sencillo. Y menos mal. Habría sido humillante tener que buscar la receta en internet.

Maia se marcha a su cuarto y vuelve poco después en pijama, con un cuaderno. Se sienta en la mesa de la cocina y decide poner música. Sintoniza uno de los últimos éxitos de 3 A. M. y tararea distraída mientras escribe. Intento concentrarme en lo que estoy haciendo, pero me cuesta mantener los ojos lejos de ella. Mirando el lado bueno, al menos la frustración de cocinar ha hecho que deje de pensar en el beso.

Cuando por fin está listo, cojo dos platos y llevo la comida a la mesa. Maia cierra su diario con una mueca, aunque se nota que trata de no sonreír.

—¿Sándwiches? Vaya, siento haberte subestimado.

Comentamos cosas triviales durante la cena. Me intereso por su trabajo en el bar, pero no se muestra abierta a dar muchos detalles, de forma que cambio de tema y volvemos a hablar sobre música. No soy ningún experto cocinando, pero he descubierto que los sándwiches se me dan bien. Maia se termina los dos que le he servido enseguida y me doy a mí mismo una palmadita mental en la espalda. No está nada mal, ¿eh?

Cuando acabamos, recogemos la mesa y ella insiste en fregar los platos, así que me apoyo en la encimera, de brazos cruzados, y me limito a observarla mientras lo hace. Después se seca las manos y un silencio tenso se adueña del ambiente. Aprieta los labios y, como si llevara tiempo dándole vueltas, pregunta:

—¿Qué harás cuando publiquen la foto y la gente empiece a odiarte?

Me invade una sensación extraña porque, sinceramente, no me había parado a analizarlo con profundidad.

—Dejaré las redes sociales durante unas semanas. Me vendrá bien desintoxicarme.

—¿Y cuando quieras volver? —prosigue—. Entiendo que estés cansado, pero creo que deberías tener claras las consecuencias de...

—Mi vida no me hace feliz —la interrumpo tajante—. Estoy cansado de compararme con los demás, de obsesionarme con las cifras, de que me insulten y me presionen solo por exponerme en internet. En este último año no he subido ni un solo vídeo en el que sienta que soy yo de verdad. Si eso cambia en un futuro, buscaré la forma de volver. Ahora solo necesito desconectar.

Creo que nunca había pronunciado estas palabras en voz alta. Soltarlas me sienta bien. Me preocupa lo fácil que me resulta hablar con Maia. Es algo que no me pasa con ninguno de mis amigos, ni siquiera con Evan, y eso que nos conocemos desde hace años. Puede que sea porque, en el fondo, sé que él no lo entendería. Pero Maia sí. Maia lo entiende.

—Será duro —dice, pero no me contradice.

—Seguro que sí. A la gente le encantan las polémicas.

Se muerde el labio.

—¿Y Michelle?

—Ganará muchos seguidores. Todos se pondrán de su parte —contesto creyendo que es eso lo que le preocupa, pero niega.

—¿Vas a hablar con ella? Sobre lo de vuestra relación falsa.

Ahora que lo pienso, tampoco había reparado en que tarde o temprano tendremos que enfrentarnos a esa conversación.

—La gente dará por hecho que hemos roto cuando se publique la foto. Intentaré que quedemos como amigos, pero seguramente estará muy enfadada, sobre todo después del numerito que montamos el otro día.

Al oírme, Maia alza la mirada hacia mí.

—¿Como amigos? —cuestiona sorprendida, y sacude la cabeza—. Los amigos no se portan así.

Es lo último que me esperaba y quizá por eso me molesta tanto.

—No la conoces —respondo con sequedad.

—El otro día no te trató bien. No sé cómo es vuestra relación, pero no deberías dejar que te hable así. Tampoco entiendo por qué le molestó tanto vernos juntos. Incluso me empujó al salir, y eso que yo no tuve la culpa de nada. No quiero pensar que es una mala persona, así que puede que estuviera celosa.

El corazón se me desboca solo de imaginármelo. Que fuera verdad implicaría que Michelle siente algo por mí. Que no me ve solo como un amigo. Sacudo la cabeza. Es absurdo.

—Eso no tiene sentido.

—Es lo único que me cuadra. ¿Sale con tu mejor amigo pero no deja que tú estés con ninguna otra chica? Está siendo injusta. Y egoísta. Hace que te aferres a una relación de mentira que no te traerá nada bueno y que, además, te hace daño. No entiendo esa dinámica de no querer estar contigo pero tampoco sin ti. No te confundas, Liam. Los amigos de verdad no hacen cosas como esas.

—Michelle es mi amiga. Y no está celosa —respondo. Me sorprende lo cortante que sueno—. No quería que saliera con nadie porque sabía a lo que nos arriesgábamos. Vender la historia de otro a la prensa para ganar dinero es tentador. Y acabó teniendo razón. No hables mal sobre ella. No tienes ni idea de cómo es.

Sueno más enfadado de lo que me gustaría, pero su sinceridad me ha molestado bastante. Sin embargo, puede que haya sido demasiado duro con ella. Enseguida me arrepiento de haberle hablado así, pero ya es demasiado tarde. Maia se clava las uñas en los brazos, pero mantiene su rostro tan inexpresivo como siempre.

—Está bien. Es tu vida. Haz lo que quieras.

No vuelve a mirarme. Se marcha a su habitación para traer mantas y una almohada, que coloca sobre el sofá. El ambiente se ha vuelto tenso, pero no de la misma forma que antes en su dormitorio; ahora parece incómoda en mi presencia. Incluso huidiza. Me quedo apoyado contra la encimera observándola mientras lo prepara todo.

Cuando por fin termina, se dirige al pasillo y, al pasar por mi lado, dice:

—Buenas noches.

—Buenas noches —respondo yo.

Lo siguiente que oigo es cómo se encierra en su cuarto. Suspiro, apago las luces y camino hacia el sofá. Me desvisto y me deshago de las zapatillas y del cinturón, pero no me quito los pantalones, por si acaso su madre y ese hombre aparecen por la mañana. Después, me acuesto y me quedo mirando el techo a oscuras, con la mente en otra parte.

Creo que ya sé cuál es el problema que tengo con Maia.

Estoy acostumbrado a que todo el mundo me mienta y me diga lo que quiero escuchar, y ella es la única que no lo hace.

—¿Sabes? Cuando empezaste con esto de YouTube, nunca pensé que acabarías grabando un vídeo porno.

Resoplo y Evan estalla en carcajadas. He vuelto de Milnrow esta mañana y, nada más llegar, he tenido que soportar una de las broncas de Adam, en la que básicamente se ha dedicado a tacharme de irresponsable por desaparecer en un momento tan «crítico» como este. He hecho oídos sordos, como siempre; después de tantos sermones, me he vuelto inmune a ellos.

De hecho, no he comenzado a prestarle atención hasta que ha mencionado que Michelle y su agente vendrán esta tarde para que desmintamos la noticia en directo. Tenía la esperanza de que me dieran, como mínimo, hasta mañana, pero se ve que tienen prisa y eso implica que he debido trabajar contra reloj. Nada más oírlo, he subido a mi habitación para ponerme manos a la obra.

Y entonces me he dado cuenta de la gravedad de la situación.

Objetivo: ver y editar el vídeo.

Obstáculo: el vídeo.

Al menos he acabado antes de que Evan y su cara de imbécil vinieran a molestar. Ahora estamos los dos en mi habitación mirando la pantalla de mi ordenador. He editado la fotografía, añadiéndole luces y desenfocándola, para que dé la impresión de que nos la sacaron en la fiesta. Ha sido difícil escoger la mejor toma, pero al final me he decantado por esta porque es en la que menos se le ve la cara a Maia.

También nos estamos besando. Y puede que le esté tocando el culo. Meros detalles sin importancia.

—Sinceramente, ¿qué tal? —pregunto.

Evan asiente con aprobación.

—Bueno, parece bastante... real.

—Ya.

Me aclaro la garganta y me empujo con los pies para retroceder en la silla. Es difícil analizarla con la cabeza fría; cada vez que la veo, recuerdo el vídeo, lo que pasó, y lo mucho que necesito presentarme en su casa para que eso se repita. Pero me obligo a mí mismo a pensar en otra cosa.

Para ella fue solo teatro. No hay más.

—Eres bueno, ¿eh? Parece que os estéis liando de verdad —comenta Evan a mi espalda. No respondo y, cuando lo miro, su rostro cambia radicalmente—. Tienes que estar de coña.

—Tenía que parecer realista —me excuso a toda prisa.

—Menos mal que no era tu tipo.

—Y no es mi tipo, pero...

—Pero te han bastado tres días para enrollarte con ella e involucrarla en una relación falsa. —Se vuelve de nuevo hacia la pantalla—. ¿Le estás tocando el culo? Cabrón. Dime que al menos te pegó un puñetazo después de que la besaras.

—Ella me besó a mí, y no. De momento, eres el único al que quiere cortarle los huevos.

Evan se recoloca el cuello de la camisa y sonríe orgulloso.

—¿Qué te voy a decir? Tengo ese efecto en las tías.

—Curiosa forma de decir que eres gilipollas.

—También soy el único que te soporta. —Se levanta y se acerca para palmearme la espalda—. ¿A qué viene esa cara? Todo el mundo se creerá la foto. Pronto tendrás lo que querías.

—No confío en ella.

Esa es la realidad. No puedo fiarme de Maia después de lo que me hizo. Una parte de mí siente que debe mantenerse alerta porque estoy seguro de que, si se le presentase la oportunidad, volvería a traicionarme sin pensárselo dos veces.

—Yo tampoco —coincide Evan—, pero, haga lo que haga, no podrá hundirte más. No creo que debas preocuparte.

—Vaya, gracias por los ánimos.

—Tío, eres tú el que insiste en mandarlo todo a la mierda. —Se hace el silencio y clava sus ojos en los míos vacilante—. Soy tu mejor amigo. Sabes que te apoyaré en esto, pero al menos esperaba que me contaras por qué quieres hacerlo.

Si no he hablado del tema con él antes es porque, por alguna razón, daba por hecho que no lo entendería. Pero se merece una explicación. No solo me ha cubierto con Adam desde ayer, sino que además sé que podré contar con él cuando todo se arruine. También es el único amigo en el que confío plenamente, así que lo miro y digo:

—No lo soporto más.

Espero que me lleve la contraria o intente hacerme entrar en razón, pero solo asiente.

—En ese caso, vamos a cargárnoslo todo.

Nos ponemos a trabajar.

Antes de que me fuera esta mañana, las cosas con Maia seguían tensas debido a la «discusión» de anoche. Podría haberme disculpado, pero ella no lo hizo y yo no pensaba dar el primer paso. Puede que fuera por la incomodidad del momento, pero aceptó sin rechistar cuando le pedí que me mandara un mensaje para tener su número y poder enviarle la foto.

Ahora la tengo agregada en WhatsApp. No tiene estado ni foto de perfil, lo que, por alguna razón, no me sorprende. Tecleo un mensaje rápido y adjunto la imagen. El corazón me va deprisa, pero se lo atribuyo a la fotografía en sí y no a estar hablando con ella en particular. Maia no tarda en contestar. La dejo en leído y bloqueo la pantalla. Está hecho. Ya no hay vuelta atrás.

Como aún queda una hora para que llegue Michelle, Evan y yo nos pasamos la tarde en mi habitación. Los nervios me revolucionan el estómago, por lo que agradezco que intente distraerme con sus estupideces. No menciona el tema de YouTube, de los vídeos ni de los *streams*, y una parte de mí no deja de preguntarse si no lo echaré de menos cuando todo estalle.

A las siete en punto, Adam aporrea la puerta del cuarto. Evan enciende el ordenador para preparar el directo y decido que yo me encargaré de ellos. Pretenden que lo hagamos desde mi perfil de YouTube porque así tendrá más repercusión. A sabiendas de lo que se avecina, cojo aire y abro la puerta.

Pero no es Adam quien está al otro lado. Al menos, no solo él. Michelle también.

Es raro verla después de la discusión del otro día. Va perfectamente peinada y maquillada, como siempre, pero la conozco y detecto en su rostro señales de cansancio. Esto la ha afectado más de lo que creía. Y es culpa mía. Tenía razón; he sido un egoísta y ella ha sufrido las consecuencias de mis actos.

Cuando nuestras miradas se encuentran, intento decir algo, pero Adam se adelanta y me estampa unas tarjetas en el pecho.

—Esto es lo que tienes que decir. Solo te lo repetiré una vez: Cíñete. Al. Guion.

Acto seguido, entra en el dormitorio con mamá. Me quedo a solas con Michelle que, en cuanto me ve abrir la boca, me suelta:

—Te lo dije, ¿verdad? Y no me hiciste caso.

Siento una oleada de culpabilidad. Joder.

—Lo siento mucho.

Sin embargo, mis disculpas no son suficientes.

—Le he dado el nombre de la chica —dice entonces—. A Adam.

—¿Que has hecho qué? —demando alterado.

El corazón me late a toda prisa. Mierda, ¿cómo ha sido capaz?

—He hecho lo mejor para ambos. Mientras antes la encuentren y la denuncien por haber mentido a la prensa, mejor.

—No es una mentirosa —replico—. Sabíamos a lo que nos arriesgábamos cuando empezamos con esto. La gente tiene razón. Los hemos engañado.

Al escucharme, Michelle resopla con incredulidad.

—No me creo que seas capaz de defenderla después de lo que nos ha hecho.

Yo tampoco. Pero no lo puedo evitar.

—Michelle...

—Malena no es buena para ti. Cuando te des cuenta, me lo agradecerás.

Me cuesta un instante procesar lo que acabo de oír.

—¿Malena? —repito medio atontado.

Frunce el ceño.

—¿No dijo Evan que se llamaba así?

—Sí —respondo a toda prisa, y trago saliva. Tengo que parecer disconforme para que sea creíble—, pero no... no deberías haberle dicho nada a Adam.

—Tarde. Ya está hecho.

Me dedica una sonrisa irónica, y eso me saca de mis casillas. No saben su nombre real y, por tanto, no la encontrarán por mucho que la busquen. Adam no podrá denunciarla. Pero no entiendo por qué Michelle se esfuerza tanto en arruinarle la vida a alguien que no conoce. Sabe tan bien como yo que pocos podrían lidiar con las consecuencias de tener a mi familia en su contra.

Maia no tiene nada. No puedo permitir que le arrebaten algo más.

Como no respondo, da la conversación por terminada y me rodea para entrar en la habitación, pero la detengo agarrándola del brazo.

—Tenemos que hablar —digo. Arquea las cejas y continúo—: No quiero seguir con esto. Se acabó.

Al oírme, ella se pone pálida.

—Me estás tomando el pelo, ¿no?

—Estoy harto de fingir. Ya hemos conseguido lo que queríamos. Podemos aprovechar esta oportunidad para acabar con todo de una vez.

Da varios pasos hacia atrás y sacude la cabeza, como si no se creyera lo que acabo de decirle.

—¿Y te da igual que eso tenga consecuencias para mí?

—Michelle, no...

—¿Tienes idea de la cantidad de mensajes de odio que he recibido? —continúa, dolida—. He perdido un tercio de mis seguidores. He trabajado día tras día para mantenerlos conmigo. Vivo de esto. Ninguna marca querrá trabajar conmigo si tengo mala reputación. Lo has arruinado todo. Por un capricho. Y lo peor es que te avisé.

Me duele horrores verla así, pero no puedo ceder esta vez.

—Ya está decidido. No voy a seguir con esto. Siento que mi trabajo no me llena y que... —trago saliva— que no me hace feliz.

Creo que es la primera vez que lo digo en voz alta frente a ella. Pero no reacciona como esperaba. Solo se pasa las manos por la cara con exasperación.

—No digas gilipolleces. —Me empuja la mano con la que sujeto las tarjetas para estampármelas contra el pecho—. Hazle caso a Adam y cíñete al guion. No necesitamos más problemas.

Después, entra en el dormitorio chocando su hombro contra el mío. Recuerdo lo que Maia me dijo anoche. Y cómo respondí. «Gilipolleces.» Se supone que es mi amiga, pero Michelle piensa que mis problemas son «gilipolleces».

Lo que hago a continuación es mecánico. Leo las tarjetas, asimilo los conceptos clave y le hago caso a Adam cuando nos pide que avisemos en nuestras redes sociales de que dentro de unos minutos entraremos en directo. Acto seguido, me siento con Michelle sobre la cama, pero no dejo que se pase mi brazo por la cintura como en otras ocasiones.

Y, de pronto, estamos en el aire. Miles de personas se suman enseguida a la retransmisión porque no hay nada que guste más que una buena polémica.

Michelle es quien se encarga de saludar. Se acerca más a mí mientras habla a la cámara. Apenas la escucho. No aparto la mirada de Adam y de mi madre, que, desde fuera del plano, supervisan que todo transcurra con normalidad. A ninguno de los dos les importa realmente cómo me siento. ¿Quieren al Liam de verdad o solo al que se planta diariamente frente a la cámara?

No lo sé. No lo sé.

—... han sido unos días caóticos para todos. Por eso, creemos que lo mejor era aclararlo cuanto antes. Cuando te expones en internet, siempre aparece gente que intenta hundirte. Sabíamos a lo que nos arriesgábamos cuando hicimos pública nuestra relación, así que esperamos contar con vuestro apoyo para lidiar con los que no soportan vernos siendo felices. —Michelle me mira y esboza una sonrisa—. Estamos saliendo. Nos queremos. Y no debéis confiar en quien diga lo contrario.

Silencio. Michelle intenta que no le tiemble la sonrisa mientras me aprieta el brazo con disimulo porque me toca hablar a mí. Adam me lanza una mirada de advertencia. Y, a su lado, Evan, que está pendiente de su móvil, de pronto alza la vista con los ojos muy abiertos. Nos entendemos sin necesidad de palabras.

La fotografía se ha publicado justo en el momento oportuno.

—Tengo una noticia que daros —salto saliéndome del guion. Me vuelvo hacia Michelle—. Siento muchísimo todo esto. De verdad.

Intuyo la cara de asombro que tendrán los demás, pero no aparto los ojos de ella. Michelle traga saliva y lanza una mirada nerviosa a la cámara.

—Liam, ¿de qué estás hablando? —susurra, y noto el temor en su voz.

Tengo el corazón desbocado. Me giro hacia la cámara y veo a Adam y a mi madre, que insisten en hacerme formar parte de un mundo que ya no me llena. Tengo que empezar a tomar mis propias decisiones. Ahora mismo. Tengo que hacerlo por mí.

Así que no me lo pienso dos veces.

—He decidido que voy a dejar YouTube. —Y después me levanto y salgo de la habitación.

14

SUPERNOVA

Maia

Cuando entro en casa, está tan silenciosa como la dejé.

Suspiro cansada, dejo las llaves sobre la mesa del recibidor y me quito la chaqueta. Normalmente vuelvo del hospital antes de que se haga de noche, pero hoy se me ha hecho tarde. Menos mal que decidí ir en autobús; no habría sido capaz de conducir de noche por la autopista después del día horrible que he tenido.

Estoy acostumbrada a los constantes abusos de Derek, pero esta mañana se ha portado como un auténtico capullo, y algo me dice que el hecho de que Liam se presentara como mi novio anoche en el bar ha tenido algo que ver. Por si fuera poco, no he sabido nada de mamá desde que se fue ayer con Steve. No contesta a mis llamadas ni a mis mensajes, lo que resulta preocupante, porque en general no tarda más de veinticuatro horas en regresar.

Siempre que vuelvo a casa después de visitar a Deneb me siento cansada, frustrada y estresada. Me he dado cuenta de que ya me he acostumbrado a esto: a recorrer los kilómetros que me separan de Mánchester, a subir a la tercera planta del hospital, a entrar en su habitación y verla en la cama inmóvil y pálida, con los ojos cerrados. Ha pasado tanto tiempo desde el accidente que ya no me acuerdo de cómo eran las cosas antes.

Las últimas horas han sido tan caóticas que casi no he pensado en que ahora una fotografía mía besando a Liam circula por todo internet.

Intento mantenerla lejos de mi mente, porque bastante me costó ya verla antes de enviarla a la revista para asegurarme de que no se me veía la cara. En efecto, es imposible que alguien me reconozca, lo que no significa que no me afecte. Porque, por desgracia, Liam está muy bueno. Y besa tremendamente bien. Como resultado, no puedo mirar la estúpida foto sin acordarme del momento que pasamos en mi habitación.

Se me nubló la mente por completo. Si no se hubiera apartado, estoy bastante segura de que yo tampoco lo habría hecho. En ese momento no estaba siendo racional. Y eso me preocupa. He aprendido por las malas a pensar muy bien las cosas antes de hacerlas, pero estar con Liam supone tomar una mala decisión tras otra. Y eso se tiene que acabar.

Además, ayer se portó como un gilipollas conmigo.

Nunca tendría que haber accedido a llevarlo a Londres, en primer lugar.

Queriendo pensar en otra cosa, voy al baño para darme una ducha. Después llamaré a mamá e intentaré convencerla de que vuelva a casa. Mientras el agua se calienta, me desnudo y me miro al espejo. Se me forma un nudo en la garganta. Nunca pensé que diría esto, porque antes solía tener muy buena autoestima, pero doy asco. Estoy pálida y apagada. Demacrada. No soporto verme durante más tiempo, así que me meto en la bañera.

Me lavo el pelo y el cuerpo contra reloj. También la cara, para quitarme así los restos de maquillaje. El agua caliente cae sobre mis hombros de forma violenta, pero no bajo la temperatura. Aunque duele, no me muevo. Solo me quedo mirando al frente y dejo que me queme. ¿Qué más da lo que haga a estas alturas? La única persona a la que le importo soy yo misma, y no pienso reclamarme nada.

Lo único que me hace salir es que sé que, como tarde mucho más, se dispararán las facturas.

Tras envolverme en una toalla, me desenredo el pelo y me lo dejo secar al aire; lo llevo corto a la altura de los hombros y no tardará mucho. Cuando abro la cómoda de mi cuarto para coger un pijama, veo de refilón la camiseta de Liam y se me forma un nudo en el estómago. Me la llevé de su casa sin querer y la tengo ahí desde entonces. Sé que huele a él y que es mucho más cómoda y caliente que la mía, pero cierro el cajón sin tocarla.

Se la devolveré cuando volvamos a vernos, si es que eso sucede algún día.

Mientras tanto, debo mantenerlo tan alejado de mi mente como pueda.

Una vez vestida, me siento en la cama con las piernas cruzadas y cojo el móvil. Tomo aire y marco el número de mamá. Estoy a punto de darle a llamar cuando suena el timbre. Siento tanto alivio que casi me echo a llorar. Me levanto a toda prisa y cruzo el pasillo rogando que Steve ya se haya marchado. No obstante, no son ellos quienes se encuentran al otro lado.

—Buenas noches, vecina.

Me quedo bloqueada al ver a Liam. De pronto, el corazón me late tan rápido que parece que se me vaya a salir del pecho.

—¿Qué haces aquí? —Es lo único que me sale. Además de estar sorprendida y nerviosa, también estoy enfadada. ¿Por qué tiene que ponerme las cosas difíciles? ¿Por qué no puede simplemente dejar que me olvide de él?

¿Cree que puede presentarse aquí como si nada después de cómo me habló anoche?

—¿Has revisado las redes sociales en las últimas horas? —inquiere, evitando mi pregunta. Intuye la respuesta y añade—: No lo hagas. Somos tendencia desde que se publicó la foto.

—¿Somos? —Me sorprendo y Liam asiente.

—La gente se pregunta quién es la «chica misteriosa» con la que he engañado a Michelle. Es mejor que no veas lo que dicen.

A juzgar por su tono, imagino que «zorra» será lo más suave que me llamarán. Nadie sabe quién soy, así que me trae sin cuidado. Quien sí debería estar preocupado es él, teniendo en cuenta que su reputación se ha ido a pique. Podría preguntarle si está bien, pero no se lo merece. De hecho, me muero de ganas de cerrarle la puerta en la cara.

Decido ser educada, sin embargo.

—¿Y no tenías nada mejor que hacer que venir hasta aquí para decírmelo?

En mi defensa diré que me saca de mis casillas.

Liam abre y cierra la boca sin saber cómo contestar. Cuando quiero darme cuenta, le estoy mirando los labios. Un calor abrumador se me instala en el vientre y tengo que obligarme a apartar la vista. Entonces, veo las maletas que escondía detrás de su cuerpo y se me baja la presión.

Me pongo pálida. Al notarlo, se apresura a sonreír.

—¿He dicho vecina? Quería decir nueva compañera de piso.

—No, ni de coña. No. —Y cierro la puerta sin contemplaciones.

Al menos, lo intento. Liam la empuja con una mano y, como tiene más fuerza, no le cuesta abrirla de nuevo. Mierda, ojalá no fuera tan pequeña. Debería comer más. Si midiera dos metros, le daría una patada en la cara sin pensármelo dos veces.

—Venga, va. Ni siquiera has dejado que te dé explicaciones.

He cambiado de opinión. Me basta con una patada en los huevos.

—¿Explicaciones? —escupo—. Te portas como un gilipollas conmigo, después te largas y me escribes para exigirme que le mande a la revista la dichosa foto. Y ahora te presentas en mi casa con tus maletas. ¿Qué diablos pasa contigo?

Cree que el mundo está a sus pies. Pero se confunde conmigo. Después de cómo me habló anoche cuando intenté ayudarlo, me prometí que no volvería a hacerlo nunca. Es su vida, ¿no? Bien. Que haga lo que quiera y me deje en paz.

No debía de esperarse esta reacción por mi parte, porque junta las cejas.

—Es curioso que seas tú la que está enfadada, teniendo en cuenta que vendiste mi historia a una revista sin mi consentimiento.

—Y no solo me disculpé, sino que además te ayudé a sacar esa estúpida foto para que consiguieras lo que querías. Si aun así vas a seguir reclamándomelo, puedes irte a la mierda.

Seguro que me he puesto roja de la rabia. Hago ademanes de volver a cerrar la puerta, pero Liam me lo impide de nuevo. Abro la boca para insultarlo, y entonces me doy cuenta de cómo me mira. Algo ha cambiado en sus ojos. Y casi veo arrepentimiento en ellos.

—Está bien —dice suavizando la voz—. Lo siento. Tenías razón con lo de Michelle.

Me cruzo de brazos. Mi lado orgulloso quiere soltarle un comentario irónico, pero no me pasa desapercibido lo dolido que suena.

—¿Qué te ha hecho cambiar de opinión?

—Esta mañana le he contado cómo me sentía y le ha dado igual. Un amigo de verdad no resta importancia a tus problemas.

—El corazón se me encoge el escucharlo. Aunque no permito que lo note, me relajo un poco. Liam hace una pequeña pausa y clava sus ojos en los míos—. Maia, he anunciado en directo que me voy de YouTube.

Aguarda un segundo, como si esperase alguna reacción en especial de mi parte, pero no me sorprende porque una parte de mí ya intuía que lo haría tarde o temprano. Así que solo pregunto:

—¿Cómo se lo han tomado Adam y tu madre?

Y, pese a que es una pregunta difícil, Liam parece aliviado cuando no le echo nada en cara.

—Me han acorralado mientras recogía mis cosas para exigirme que me echara atrás. No he cedido y hemos discutido. Adam cree que soy un egoísta por hacer esto y que voy a cargarme la imagen de mi madre. Y, por supuesto, ella solo piensa en sí misma. Han acabado diciéndome que, mientras viva bajo su techo, tendré que hacer lo que ellos me digan. Así que he decidido irme de casa.

No tardo mucho en atar cabos. Por eso está aquí. Una sensación amarga se me adueña del paladar. Su madre no deja de controlarlo y a la mía le doy tan igual que no recuerdo cuándo fue la última vez que me prohibió hacer algo. Son diferentes, pero iguales al mismo tiempo. Ninguna de las dos se preocupó cuando desaparecimos una noche sin dejar rastro.

—Liam... —comienzo a decir, pero me interrumpe.

—¿Puedes dejarme entrar? Hace frío aquí fuera.

Mi cerebro me advierte que es una mala idea, pero asiento y me aparto. Arrastra su maleta hasta el interior y se quita el chaquetón. Me sorprende que siempre vaya vestido de forma sencilla. Esta noche lleva unos vaqueros y una camiseta blanca que se adhiere a los músculos de su espalda. Mi mirada vuela por sí sola a sus brazos.

Más concretamente, a sus manos. Y noto la garganta seca cuando me fijo en que son enormes.

Es una suerte que esté de espaldas, porque necesito un segundo para recomponerme.

—Siento mucho todo lo que ha pasado, pero no puedes quedarte aquí. —Es un alivio que no me tiemble la voz.

Liam se vuelve hacia mí y me clavo las uñas en las palmas de las manos, escondiéndolas tras mi espalda, cuando nuestras miradas se cruzan. Me pongo nerviosa en su presencia desde el beso.

—Solo serían unos días —insiste—. Quiero alquilar un apartamento, pero aún no sé dónde, ni cuál, ni nada. Necesito tiempo para pensar. Podría irme a un hotel, pero mi madre y Adam están buscándome y podrían rastrear mi tarjeta. Por eso tengo el móvil apagado. No puedo dejar que me encuentren hasta que haya decidido lo que voy a hacer.

—¿Y la única opción es que te quedes aquí?

—Es uno de los pocos sitios en donde sé que jamás buscarían. —Al ver que no respondo, comienza a rebuscar en sus bolsillos—. Tengo... dinero en efectivo. Puedo ayudarte con el alquiler y...

—No necesito tu dinero —le interrumpo, porque no pienso aceptar más tratos de este tipo.

—Buscaré otra forma de compensarte. Sé que no me debes nada, pero haz esto por mí. Por favor.

Suena tan desesperado que casi me hace ceder. No obstante, es simplemente inviable. No puede quedarse aquí. En primer lugar, porque no sé cómo reaccionaría mamá, y, para continuar, porque ya tengo suficientes problemas. No me gusta lo que siento cuando está cerca. Es peligroso y, cuanto más alejado lo mantenga de mí, mejor para ambos.

—¿Y Evan? ¿No puedes quedarte en su casa? —Rechazarlo me dolerá menos si lo ayudo a encontrar otra solución.

Liam sacude la cabeza.

—Adam sabe que es el primer sitio al que acudiría. No quiero darle problemas.

—¿Y tus otros amigos? Seguro que alguno de ellos...

—Maia —me corta mirándome a los ojos—, sin contar a Evan, eres lo más parecido que tengo a una amiga de verdad. No puedo contar con nadie más.

Mierda. Esto es justo lo que quería evitar. Odio que me haya dicho eso, porque sé que es cierto y que fue lo que me llevó a decirle todo eso sobre Michelle anoche. También es la razón por la que lo he dejado entrar y por la que me ofrecí a ayudarlo con la foto. Liam puede ser un imbécil y un prepotente y no soporto que crea que tiene el mundo en sus manos, pero, detrás de esa fachada, según lo que me ha dejado ver, hay una buena persona. Por mucho que se esfuerce en esconderlo.

Creo que me preocupo por él, lo que supone un inconveniente. Siempre que dejas a alguien entrar en tu vida, corres el riesgo de que se marche y te haga daño.

De forma que me dispongo a decirle que no. A la larga, será lo mejor para ambos. Sin embargo, justo entonces oímos que un coche aparca fuera frente a la casa. Al oír la voz de Steve, se me cae el mundo a los pies. Esto no puede estar pasando. No ahora.

Me vuelvo rápidamente hacia Liam.

—Esconde la maleta en mi habitación. Ya.

Antes de que diga nada, lo agarro del brazo y lo arrastro hasta allí. Liam trae consigo su maleta a duras penas. El corazón me late desbocado. ¿Mamá tenía que volver justo ahora? ¿Y con Steve?

Doy un respingo al oírlos forcejear con la cerradura.

—¿Quieres que me esconda yo también? —susurra Liam al ver que meto su maleta detrás de la puerta a toda velocidad.

—¿Qué? ¡No!

Cuando se da cuenta de lo alterada que estoy, su voz se torna más suave y sincera:

—Tranquila. Prometo no decir nada inapropiado.

Me apresuro a asentir.

—Solo necesito que me sigas el rollo.

Y después salimos al pasillo.

Al menos, mientras él esté presente, Steve no se atreverá a sobrepasarse.

Solo con verlos, se me revuelve el estómago. Oigo la risa deshilada de mamá, que se tambalea e intenta cerrar la puerta. A su lado, hay un hombre desaliñado y extremadamente delgado que ha pisado mi casa más veces de las que me gustaría. Tiene una bolsa de plástico en la mano. A juzgar por cómo suena, debe de estar llena de botellines de cerveza.

Cojo aire para tranquilizarme. No es la primera vez que esto ocurre. Puedo con ello. Siempre puedo.

—Mamá —articulo.

Alza la cabeza y esboza una sonrisa de oreja a oreja.

—¡Maia! ¡Qué bien que estés en casa!

Recorre el pasillo encendiendo todas las luces a su paso. Está despeinada y tiene la ropa hecha un desastre, pero al menos sigue de una pieza. Me duele sentir tanto alivio. Retrocedo ante el olor a alcohol y me choco con Liam. Entonces recuerdo que sigue aquí y que está siendo testigo de todo esto. De mi vida. De lo miserable que es.

Me abruma la vergüenza, pero intento no darle importancia.

—Mamá, ¿cómo estás? ¿Dónde habéis...?

—¡No esperaba que tuvieras compañía! —exclama al fijarse en él. Me pone una mano en el hombro y me lanza una mirada burlona—. Es guapo —susurra señalándolo sin disimulo.

Se apoya sobre mí porque le cuesta sostenerse en pie. Verla en este estado me impacta tanto que no me salen las palabras. Él se adelanta y le ofrece una de sus sonrisas encantadoras.

—Encantado de conocerla. Soy Liam, un...

—Mi novio —lo interrumpo. Seguro que se sorprende, pero lo disimula muy bien.

—Conque Sean, ¿eh? —Me tenso al escuchar la voz de Steve. Se acerca y observa a Liam con burla. Su mirada recae sobre mí—. ¿A esto te dedicas cuando me llevo a tu madre? ¿Te traes a este tío para follar?

—¡Steve! —chilla mamá riéndose y dándole un golpe en el brazo—. No la avergüences.

Me siento tan humillada que no me atrevo a mirar a Liam. Solo quiero esconderme en mi cuarto y no volver a salir. Odio a este hombre. Con todas mis fuerzas. No soporto que mi madre no sepa ponerle límites. Creo que estoy a punto de echarme a llorar cuando, de pronto, una mano se posa delicadamente en mi cintura.

—En primer lugar, me llamo Liam. Y debería controlar la forma en la que habla a Maia.

El corazón se me desboca. Liam mira al hombre como si quisiera meterlo bajo tierra, pero él solo bufa riéndose, como si encontrase divertido que se haya atrevido a defenderme.

—Es como un perro con correa —comenta mirándome—. Seguro que es porque la chupas muy bien.

Entonces, lo noto. Lo mismo que veo en Charles y en ciertos clientes que frecuentan el bar; esa mirada que me provoca náuseas. Es como si estuviera imaginándome desnuda ahora mismo. O peor. Me tenso tanto que me duelen los músculos y el agarre de Liam se afianza sobre mi cintura. No obstante, no me muevo ni un milímetro. Quiere asustarme y no pienso permitírselo.

—Maia, ¿me ayudas con las cervezas? —interviene mamá.

Parpadeo para ocultar las lágrimas antes de mirarla. Sabe que el comentario de Steve ha estado fuera de lugar, pero no se lo recrimina. Como siempre, no hace nada al respecto.

El hombre lo considera durante un instante y, finalmente, asiente.

—Sé buena y ponlas a enfriar —me ordena antes de dirigirse a ella—. Te espero en la cama, nena. No olvides traerme cerveza.

—Claro —responde con una sonrisa.

Al pasar por nuestro lado, Steve choca a propósito su hombro contra el de Liam. Por fin se esfuma, pero no me muevo. No puedo pensar en otra cosa. Que haya vuelto a nuestras vidas solo significa que ni mamá ni yo estamos seguras en esta casa, y ella parece no darse cuenta.

Unos dedos se hunden ligeramente en mi cintura. Doy un salto al recordar que Liam sigue cerca de mí. Me aparto tan rápido como puedo, sobresaltada, y veo la confusión en sus ojos, pero no dice nada. Me obligo a tomar aire para no perder la compostura.

—Puedes esperarme en la habitación —le indico rogando por que no me tiemble la voz.

—No. Ve. Yo me encargo de esto. Solo son unas cuantas botellas —dice mamá a mi espalda, pero, cuando levanta la bolsa, veo que pesa, y entonces sé que trae muchísimas. Asiento no muy convencida, y ella sonríe a Liam—. Ha sido un placer conocerte. ¡Bienvenido a la familia!

No puedo más. Los rodeo y corro hasta mi cuarto. Liam le dice algo antes de seguirme. Entra detrás de mí y cierra la puerta. Se me llenan los ojos de lágrimas. No quiero que me vea llorar, de modo que me doy la vuelta y lucho por retenerlas, pero no soy capaz. Mierda, mierda, mierda.

Me aborda en el instante en que nos quedamos a solas:

—¿Estás bien? ¿Qué diablos ha sido eso?

—Nada —miento sorbiendo por la nariz—. Y sí, estoy bien.

Sin embargo, es evidente por mi aspecto que no es verdad. Intento esquivarlo para meterme en la cama, pero me agarra del brazo. Sus potentes ojos azules chocan con los míos.

—¿Quién es ese hombre, Maia? —pregunta serio.

Trago saliva.

—El novio de mi madre.

—¿Y por qué diablos deja ella que te hable así?

—No lo sé —contesto con la voz ahogada. No quiero romperme, así que intento restarle importancia—. Pero no pasa nada. No es para tanto.

No obstante, Liam no me escucha. Me suelta para acercarse a la puerta. Revisa el cierre y se vuelve a mirarme.

—No tienes pestillo —observa, y asiento muy a mi pesar—. Mierda, ¿no puedes cerrar la puerta con llave?

Suena tan preocupado que se me encoge el corazón.

—No.

—Mañana mismo compraremos uno. Yo instalé el de mi cuarto. Puedo apañármelas.

—No exageres —replico con la voz temblorosa—. No me pasará nada.

—Esta noche no, porque yo estoy aquí. Pero ¿y cuando no esté? —De pronto, se da cuenta de algo. Empalidece y continúa con cautela—. Maia..., ¿te ha hecho algo alguna vez?

La forma en que lo dice, como si no soportara imaginárselo, hace que se me agüen los ojos.

—No —respondo.

—No me mientas —me suplica—. Sé que no nos conocemos mucho y que no tienes por qué contármelo, pero déjame ayudarte. Por favor. Si acaso...

—No me ha hecho nada —insisto—. Nos ha levantado la mano un par de veces, pero nunca llega a nada. Solo grita y nos amenaza. Ya está.

—No le restes importancia. Sigue siendo peligroso.

Así es. Por eso analizo el rostro de mamá cada vez que vuelve de estar con él, solo para asegurarme de que está bien. Nunca he pensado en qué haría si algún día descubriese que la ha golpeado. ¿Llamar a la policía, quizá? ¿Ella se pondría de mi parte o de la de Steve?

—Puedo sobrellevarlo. No pasa nada —repito.

Liam niega con contundencia.

—¿No has visto cómo te miraba? Esto no me da buena espina.

—Estoy acostumbrada.

Mis palabras tienen un efecto en él. Es como si de pronto se diera cuenta de cómo es mi mundo. De lo miserable que es.

—Odio tener que decirte esto porque sé que no es justo, pero, mientras ese hombre duerma aquí, vas a tener que cuidar de ti misma. —Clava sus ojos en los míos—. Déjame instalar un pestillo en tu puerta. Solo para que puedas dormir tranquila.

Suena como una súplica, así que asiento. Y, después, un silencio sepulcral se instaura entre nosotros. Siento la intensidad de su mirada sobre mí. Incómoda, giro sobre los talones y echo un vistazo a la cama de Deneb. Como hay dos en la habitación, lo más lógico sería que Liam usara una de ellas, pero no soportaría ver a otra persona durmiendo en la de mi hermana. Y menos aún usarla yo.

—¿Te importa dormir en el suelo? Te daré mantas, una almohada y...

—Claro —responde sin hacer preguntas.

Intuirá que es una situación difícil para mí, porque cualquiera en su lugar se habría quejado. Saco mantas del armario y cojo un par de almohadones. Coloco todo en el suelo junto a mi cama. Liam me ayuda y, cuando acabamos, se sienta para quitarse los zapatos y dormir cómodo.

Camino hacia la otra punta del dormitorio para poner a cargar el móvil. Establezco una alarma para mañana a las ocho. No suelo levantarme hasta las nueve porque me basta con tener una hora de margen antes de ir al trabajo, pero con Steve y Liam aquí puede que me retrase y no quiero arriesgarme a llegar tarde. Mi jefe me mataría. Suspiro, me paso los dedos por el pelo y vuelvo a girarme.

El corazón me da un vuelco.

¿Era completamente necesario que se quitase la camiseta?

Noto la garganta seca. Liam se ha cambiado los vaqueros por unos pantalones del pijama de cuadros y está arrodillado frente a su maleta abierta mientras busca algo en ella. Por mi bien, espero que sea una parte de arriba. Mis ojos se clavan automáticamente en su cuerpo. Los músculos de su espalda se contraen al estar inclinado, y veo cómo ocurre lo mismo con los de sus brazos cuando tira de la parte superior de la maleta para cerrarla. Entonces se pone de pie y se da la vuelta.

Un solo vistazo a sus abdominales, a la uve que se forma en sus caderas, ya me hace tragar saliva.

Cuando sus ojos conectan con los míos, veo en ellos una mezcla de burla con algo más denso, más oscuro, que me cuesta identificar. El silencio se vuelve insoportable. Me sudan las manos. No sé qué diablos ocurre conmigo, pero, sea lo que sea, Liam lo ha notado.

Se pasa la camiseta por la cabeza y por fin vuelvo a respirar.

—¿Va todo bien? —Al menos, tiene la decencia de no burlarse de mí. La conversación que hemos tenido hace un momento sigue muy reciente.

Me apresuro a asentir.

—Apaga la luz cuando termines.

Me meto deprisa en la cama, me cubro con las sábanas y le doy la espalda. Intento sacarme su imagen de la cabeza, pero me resulta especialmente complicado teniéndolo en la misma habitación. Ojalá la situación fuera distinta. Si nos hubiéramos encontrado en una fiesta, por ejemplo, no habría dudado en acercarme. Nos habríamos enrollado y me habría olvidado de él, así de fácil. El problema es que no me parece un tío cualquiera. Un acercamiento más supondría entrar en terreno peligroso, así que, cuanto más lejos esté, mejor.

Al cabo de un rato, la habitación se queda a oscuras. Se mete en la cama que hemos improvisado en el suelo. Escucho su respiración, tan cerca y lejos al mismo tiempo. Justo cuando voy a cerrar los ojos, se enciende la luz del pasillo. Por la rendija inferior de la puerta veo que alguien se detiene frente a ella. Se oyen tres golpes suaves.

—¿Maia? —Es mamá.

El corazón me da un salto.

—¡Un momento! —exclamo. Casi me abalanzo hasta la otra punta del colchón, junto al que Liam también se incorpora aturdido—. Métete en la cama conmigo. Vamos.

Abre los ojos como platos.

—¿Q-qué?

—Se supone que eres mi novio. Muévete.

Vuelvo a girarme. Justo antes de que se abra la puerta, el colchón se hunde y su cuerpo se desliza junto al mío. Dejo de respirar. Liam me rodea con un brazo, se acerca y de pronto me veo envuelta en su calor. Pega el pecho a mi espalda y coloca una mano delicadamente sobre mi estómago, que se contrae de forma automática. Su respiración me roza la oreja. El corazón me va a estallar, pero al mismo tiempo siento una calma inmensa.

No llega a ser un abrazo, pero se asemeja, y no recuerdo cuándo fue la última vez que recibí uno.

—¿Maia? —Mamá asoma la cabeza y me incorporo un poco para mostrarle que estoy despierta. Enciende la luz y parece sorprendida al vernos tan juntos, pero finalmente sonríe. A mi lado, Liam se hace el dormido—. Solo quería asegurarme de que estabais bien. ¿A qué hora entras a trabajar mañana?

La mano de Liam se mueve sobre mi estómago, lo que hace que me tense por completo.

—A las diez —respondo con la voz ronca.

—¿Necesitas que Steve te acerque al bar?

Me tenso por completo.

—No. Iré dando un paseo.

—Entonces, será mejor que os deje dormir. Que descanses, cariño.

—Hasta mañana, mamá.

Se marcha y cierra la puerta. La habitación se queda a oscuras. Volvemos a estar a solas, pero Liam no se aparta.

Yo tampoco me muevo.

En su lugar, solo vuelvo a cerrar los ojos. Liam huele muy bien, igual que anoche; a una mezcla de vainilla. El calor de sus brazos me envuelve y me reconforta, y hace que olvide lo que ha pasado antes con Steve. Ojalá tuviera a alguien que hiciera esto conmigo todas las noches. Pero es mucho pedir. Eso implicaría abrir las puertas de mi vida y es algo que no puede pasar.

Me deslizo en la cama para alejarme. Liam aparta el brazo. Ahora parece que las venas se me congelan, pero me fuerzo a pensar en otra cosa.

—Gracias por seguirme el rollo antes —rompo el silencio.

Liam tarda un poco en contestar.

—No las des. Se nos da bien trabajar en equipo.

—Un favor por otro favor, ¿no?

Me parece oírle sonreír. Me tumbo bocarriba, como él, y miro las estrellas del techo.

—¿Por qué las pusiste? —pregunta tras unos segundos.

—Fue cosa de mi padre. Decía que cada estrella representaba una experiencia y lo que hacíamos con ella. Cada vez que una se caía, mi hermana y yo debíamos elegir si volver a pegarla o tirarla a la basura.

Se forma un silencio corto. Creo que nunca le he hablado sobre Deneb. Espero que pregunte, como hacen todos, pero simplemente dice:

—Cuando una se despega, es como si muriera, ¿verdad?

A veces me sorprende que se le dé tan bien pillar estas cosas. Lo miro de reojo.

—¿Alguna vez te has preguntado lo que ocurre cuando muere una estrella?

Liam duda y finalmente sacude la cabeza.

—La verdad es que no.

—Las estrellas transforman el hidrógeno en helio para brillar. Cuando ese hidrógeno se acaba y el núcleo solo es de helio, la estrella se vuelve más fría y más brillante. Hay una explosión. Se muere y sus restos originan una estrella de neutrones. A eso se le conoce como «supernova». Es una de las posibilidades. La otra es que aparezca un agujero negro. —Ni siquiera pestañeo—. A eso se refería mi padre. Nuestros malos momentos están representados por estrellas. Podemos elegir entre aprender algo de ellos, convertirnos en supernovas y volvernos mejores, o simplemente dejar que nos arrastren.

Creo que he presenciado demasiadas muertes de estrellas a lo largo de mi vida. La primera fue cuando falleció papá. La segunda, cuando Deneb sufrió el accidente. Y me da la sensación de que vivo una nueva cada día cuando la veo inconsciente en el hospital. A estas alturas, después de todo lo que ha pasado, no creo que las estrellas sean solo momentos. Creo que a veces son personas.

Y también creo que cada vez me parezco más a un agujero negro.

Me vuelvo hacia Liam.

—Puedes quedarte.

Él también gira la cabeza hacia mí.

—¿De verdad?

—Durante unas semanas, hasta que encuentres un apartamento. Pero dormirás en el sofá cuando Steve y mi madre no estén. Sobre lo del alquiler...

—Iremos a medias este mes. Sabes que no me supone ningún inconveniente.

Odio que hable así; me recuerda lo fácil que es conseguir ese dinero para él, pero no puedo culparlo. Además, ya no tiene sentido refugiarme en mi orgullo. Ha visto cómo son las cosas en mi casa.

—Está bien —cedo, y propone:

—También puedo cocinar.

—¿Y alimentarme a base de sándwiches durante dos semanas? No, gracias.

Aunque no lo veo, estoy segura de que sonríe.

—Aprenderé nuevas recetas. A fin de cuentas, voy a tener mucho tiempo libre. Has pasado de tenerme durmiendo en tu coche a que cocine para ti. No está nada mal, ¿eh?

Resoplo fuerte para que me oiga. Liam se echa a reír. Una sensación reconfortante me invade el pecho, pero me obligo a ignorarla. Entonces me doy cuenta de que planea volver a tumbarse en el suelo.

—No me importa que duermas en la cama —aclaro—. Es lo suficientemente grande como para que durmamos los dos y haya espacio entre nosotros.

Aunque sé que es una mala idea, también creo que es lo más considerado por mi parte. Tarda un segundo en procesarlo, pero después asiente y se acuesta con las manos tras la cabeza. Yo me arrastro disimuladamente hacia la otra punta del colchón.

—Sus deseos son órdenes —canturrea encantado.

Gruño y me cubro con las sábanas.

—Acércate un milímetro y te corto los huevos.

—¿Nunca te han dicho que eres un poco violenta?

Lucho por retener una sonrisa.
—Buenas noches, Liam.
Él mira las estrellas del techo antes de responder.
—Buenas noches, supernova.

15

SOLO TEATRO

Liam

La primera semana que paso en casa de Maia me encuentro en una especie de estado de *shock.*

He estado sumido en una rutina asfixiante durante los últimos años debido a YouTube, las redes sociales y las constantes presiones de Adam. Ahora que ha desaparecido, no me queda nada, y tardo una noche entera en darme cuenta. Maia se va a trabajar temprano por las mañanas. Cuando vuelve al anochecer, suele estar tan cansada que se acuesta sin cenar. El Liam de siempre habría insistido en hacerla comer algo, pero ahora estoy tan ocupado lidiando con mi propia mierda que no pienso en nada más.

Apenas soy consciente de que me paso todo el día en el sofá. Hago *zapping* y miro programas que no me suenan porque nunca he tenido tiempo para ver la televisión. Y menos mal, porque menudo coñazo. Tengo el móvil apagado para no ver los insultos que seguramente seguirán llegando a mis redes sociales. Tampoco he recibido noticias de Adam, Evan o Michelle. Todo ahí fuera se cae a pedazos y ni siquiera me preocupo de prestarle atención. Puede que Michelle no estuviera tan equivocada cuando me llamó egoísta, después de todo.

No me doy cuenta de que estoy sumiéndome en un agujero negro hasta que, al quinto día, cuando Maia llega de trabajar y ve el salón hecho un desastre, coge una de las camisetas que hay tiradas por el suelo y me la lanza a la cara.

—Tus mierdas las recoges tú —me espeta antes de irse a su habitación.

Entonces, decido que esto tiene que parar. No puedo seguir autocompadeciéndome eternamente. Me guste o no, la vida sigue, con o sin YouTube.

A la mañana siguiente, se levanta temprano y sale de casa sin despedirse. Seguro que está cabreada conmigo, y con razón. Ahora duermo en el sofá porque su madre se marchó hace unos días con el gilipollas de su novio y todavía no ha vuelto por aquí. Imagino que Maia estará preocupada, pero no lo menciona. De hecho, no habla de nada conmigo. Supongo que en parte es culpa mía. Me he portado como un imbécil desde que llegué.

Me levanto del sofá con los músculos pesados y abro las cortinas. El salón está hecho un desastre. Me dirijo a la cocina para desayunar, pero el frigorífico está casi vacío. No sé si es porque Maia no ha tenido tiempo de ir al supermercado o porque no puede permitirse hacer la compra, pero ojalá sea lo primero. La cabeza me da vueltas. Necesito despejarme, así que ignoro lo mucho que me ruge el estómago y voy al baño a darme una ducha. Entonces me fijo en que las cortinas están en el suelo. Desde hace días. Y que no me he molestado en volver a colgarlas.

Mierda, ¿en qué mundo he vivido esta última semana?

Además, no queda pasta de dientes. Suspiro y reviso la encimera bajo el lavabo por si hace falta comprar algo más. Hago una lista mental: gel, champú, acondicionador... La curiosidad me puede y termino explorando a fondo los cajones. No sé qué espero encontrar, pero, cuando salgo sin haber visto ninguna cuchilla, no siento ni una pizca de alivio. Puede que ya no tenga porque haya dejado de usarlas o que simplemente las esconda en otro sitio.

Me cambio de ropa, me pongo un gorro y unas gafas de sol, y cojo la cartera. Por suerte, tengo bastante en efectivo. No puedo usar la tarjeta sin arriesgarme a que Adam me rastree. A las muy malas, siempre puedo conducir unos cuantos kilómetros y sacar dinero en un cajero. Me guardo en el bolsillo las llaves de Maia, que últimamente deja en la mesita del recibidor, y salgo a la calle por primera vez en casi una semana.

Decido ir dando un paseo. No pienso encender el móvil, así que pido indicaciones para llegar al supermercado. La mayoría de los vecinos son personas muy mayores, por lo que no tengo que preocuparme por que me reconozcan. Veinte minutos después, encuentro una humilde tienda de comestibles que no tiene nada que ver con las grandes superficies que están por todo Londres, pero que me sirve igual. Compro lo suficiente para llenar el frigorífico durante unos cuantos días y emprendo el camino de vuelta a la casa.

Cuando entro, soy aún más consciente del desastre. Guardo la comida y cojo una fregona por primera vez en mi vida. Pero entonces me doy cuenta de que primero tendría que ordenar, así que vuelvo a dejarla en su sitio. Recojo la sala de estar y quito las sábanas del sofá. También tiro los botes vacíos del baño y cuelgo las cortinas. Cuando paso junto a la habitación de Maia, veo de refilón que varias estrellas se han despegado del techo.

No debería, pero, de pronto, estoy dentro. Su cuarto es el único lugar de la casa que siempre está ordenado. Incluso los cuadernos abiertos sobre el escritorio están perfectamente colocados. Recojo las estrellas del suelo y encuentro una inscripción en la parte de atrás de una de ellas. El estómago se me encoge al leerla. Con la que imagino que será la letra de Maia, pone:

Agujero negro: persona que arrastra al abismo a todos los que la rodean.

No me lo pienso. Cojo un bolígrafo del escritorio, lo coloco sobre otra estrella y escribo:

Supernova: experiencia, persona u oportunidad gracias a la que sabes que acabarás siendo una mejor versión de ti mismo.

Después la meto en uno de sus cuadernos y salgo del cuarto.

He tenido a gente limpiando en mi casa desde los cinco años, así que nunca he tenido que hacerlo por mí mismo. Abro las ventanas del salón para ventilar y me las arreglo para fregar toda la casa. Tardo unos minutos en encontrar el producto adecuado para echárselo al cubo de agua. Cuando termino, meto las sábanas y la ropa sucia en la lavadora, y me agacho frente a ella. Vale, esto va a ser más complicado de lo que pensaba.

¿A qué vienen tantos botones? ¿Tan difícil era poner uno que dijera «encendido fácil»?

Me resigno a encender el móvil después de una semana. Lo primero que hago es desinstalar Instagram, Twitter y WhatsApp. Después cierro sesión en YouTube para no ver nada relacionado con el canal y, a continuación, escribo el modelo de la lavadora en el buscador. Me aparecen cientos de tutoriales. Escojo uno narrado por un hombre con una voz insoportablemente lenta. Adelanto el vídeo y sigo sus instrucciones sin entender muy bien lo que estoy haciendo. Cuando, unos minutos después, consigo que la lavadora se ponga a funcionar, el orgullo no me cabe en el pecho.

Puede que sí que esté preparado para ser un adulto independiente y funcional, después de todo.

Me preparo un sándwich para comer y me paso el resto del día haciendo tareas. Cuando anochece, decido salir a correr. Estos últimos meses me he descuidado mucho debido a lo agobiado que estaba, así que he perdido resistencia. Me basta con correr unos kilómetros para que me falte el aire en los pulmones. Aun así, logro aguantar unos treinta minutos y termino sintiéndome orgulloso de mí mismo. Son las ocho pasadas y Maia suele volver a casa a esta hora.

No tengo nada mejor que hacer, así que decido pasarme a recogerla del trabajo.

Es camarera en un bar situado a las afueras que no me inspira confianza. Las farolas parpadean sobre las calles cuando entro en el barrio. Aunque hay varios coches en el aparcamiento, no veo el suyo por ninguna parte. Puede que se haya ido ya o que haya venido andando. No me gusta la idea de que vuelva sola a casa a estas horas, así que no me lo pienso. Entro a echar un vistazo. En cuanto empujo la puerta del bar, mis oídos se llenan de ruido.

Es lunes por la noche, hay decenas de clientes y la mayoría me duplica la edad.

No me gustan las multitudes. Me ajusto el gorro y ruego que nadie me reconozca. El ambiente está muy cargado y apesta a alcohol. Comienzo a caminar hacia la barra, pero entonces alguien se choca contra mí. Reacciono a tiempo de agarrar la bandeja de la camarera. Se trata de una chica castaña y menuda, que da un respingo al verme. No es Maia, pero debo de conocerla de algo, porque su rostro me resulta familiar.

—¡Liam! —exclama, y recoloca a toda prisa los vasos sobre la bandeja—. Dame un segundo. Voy a llevar esto.

Se marcha sin dar más explicaciones. Echo un vistazo rápido al bar, pero Maia no está por ninguna parte. Imagino que ella tampoco me ha visto, porque, de ser así, ya habría venido a soltarme uno de sus comentarios. O a intentar echarme a patadas. La idea casi me hace sonreír y me obligo a pensar rápidamente en otra cosa.

—¿Qué te trae por aquí? —pregunta la chica volviendo a mi lado. Me rodea para ir hacia la barra y la sigo. Me hace un gesto para que me siente en uno de los taburetes.

—Buscaba a Maia, esto...

—Lisa —me corta con una sonrisa. Se agacha para coger un par de vasos y secarlos con un trapo—. El turno de Maia acababa a las seis. Se fue hace mucho. Por eso me ha sorprendido verte. Yo no pisaría este lugar por voluntad propia.

Miro alrededor. Desde luego, yo tampoco.

Pero no puedo evitar sentir curiosidad por lo otro. Si eso es verdad, ¿por qué tarda tanto en llegar a casa? ¿Tendrá otro trabajo? No me extrañaría nada, teniendo en cuenta cómo es. Mierda. Ojalá su situación no fuera tan jodida. Ojalá me dejara ayudarla. Si no fuera tan testaruda, seguramente ya habría hecho muchas cosas por ella.

No quiero dejarla mal delante de Lisa, por lo que sacudo la cabeza trastocado.

—Claro —respondo, como si fuera idiota—. Se me ha ido la cabeza. Últimamente tengo mucho en lo que pensar.

—El amor nos vuelve idiotas, ¿no?

—Supongo.

Fuerzo una sonrisa y miro hacia atrás, buscando una excusa para irme, pero entonces la oigo de nuevo:

—Me gusta que estés con ella, ¿sabes? Maia siempre ha sido muy solitaria. Y reservada. Cuando charlamos, termino contándole mis problemas porque nunca habla de los suyos. Es un alivio saber que tiene a alguien en quien confiar.

Por fuera no me inmuto, pero oírlo me revuelve el estómago.

Me duele que sea todo mentira. Maia no confía en mí ni en nadie. Se traga sus problemas porque piensa que puede solventarlos sola, cuando ambos sabemos que no es así. Puede que, de aquí a unos meses, cuando todo esto termine, nos separemos y acabemos olvidando la existencia del otro. Pero eso no pasará con Lisa. Ella seguirá aquí. Y se nota que se preocupa por Maia.

—También te tiene a ti —digo. Lisa alza la mirada un tanto sorprendida, y me obligo a continuar—. Estoy seguro de que Maia valora la relación que tiene contigo. Es un poco reservada, pero se soltará con el tiempo. Te lo digo por experiencia.

Una mentira más no hará daño a nadie. Al contrario. Lisa sonríe con timidez.

—¿De verdad? —Se muerde el labio, vacilante—. Unos amigos organizan una fiesta este sábado. Tenía pensado invitarla, pero nunca he conseguido que me diga que sí. ¿Crees que podrás convencerla?

Lo considero un momento. Lo único que hace es trabajar. No la he visto llamar a ningún amigo en la semana que llevo aquí. Si yo he podido levantarme del sofá esta mañana, ella puede salir a pasárselo bien una noche.

—¿A qué hora dices que sale del trabajo? —pregunto.

—A las seis. ¿Por qué?

—Vendré a recogerla mañana. Díselo entonces. Haré todo lo que pueda.

Lisa me mira en silencio y finalmente asiente satisfecha.

—Me caes bien, Liam Harper. Eres mucho mejor tío de lo que dicen en internet.

El corazón me salta dentro del pecho.

—Tengo un hermano pequeño que se pasa el día viendo tus vídeos. No te preocupes, Liam, te prometo que no me pondré a chillar —añade al verme tan sorprendido.

Me aclaro la garganta y asiento un tanto inquieto.

—Gracias. —No sé qué otra cosa responder.

—Tú solo asegúrate de tratar bien a Maia y me tendrás de tu lado. —Coge de nuevo la bandeja y coloca un par de vasos encima—. Tengo que volver al trabajo. Como consejo, no te quedes mucho más. Nos espera una noche movidita.

Me dedica una sonrisa antes de marcharse. Decido hacerle caso porque ya no tengo nada que hacer aquí. Cuando me dispongo a irme, veo con el rabillo del ojo al gilipollas que se me encaró el otro día. ¿Cómo se llamaba? ¿Mark? ¿Stephen? Según me contó Maia, es algo así como su ex, aunque a mí me cuesta creer que haya sido capaz de salir con un tío así. Ella es un diez y él se aproxima al cuatro, y siendo generosos. Además, ¿a qué viene eso de putear a una chica solo porque te haya rechazado?

Tardo demasiado en moverme. El rubio alza la cabeza y, en cuanto me ve, se sobresalta y exclama:

—¡Eh, tú!

Genial. Me giro para marcharme. No estoy de humor para esta clase de juegos. Sin embargo, parece que está empeñado en meterse en problemas, porque me sigue hasta la salida. No vuelvo a oírlo hasta que estamos los dos en la calle.

—Eres ese tío, ¿no? El nuevo rollo de Maia.

Dejo de andar y tomo aire antes de girarme. Paciencia, Liam.

—Soy su novio —aclaro.

Analizo su atuendo con desagrado. Venga ya, Maia, ¿de verdad no había nada mejor?

Estoy seguro de que le ha sentado como una patada en las pelotas, pero se limita a negar con la cabeza, sonriendo.

—Tío, créeme, no tienes ni idea de lo que haces.

—Métete en tus asuntos, ¿quieres?

Levanta las manos ante mi tono agresivo.

—Eh, tranquilo. Vengo en son de paz. Solo quería advertirte, ya sabes. Sé que está muy buena, pero, sinceramente, no merece la pena. Demasiada mierda con la que lidiar. Está trastornada desde que pasó lo de su hermana.

Escucharlo hablar así me pone de mal humor. No obstante, la curiosidad me puede.

—¿Su hermana? —indago para que el gilipollas siga hablando.

—Me llamó después de que pasara. Llorando en plena noche. Y eran como las tres de la mañana. Le falta un puto tornillo. Si hubiera sido mi novia la habría ayudado, pero no era más que una tía a la que me follaba de vez en cuando. Nada serio, tú ya me entiendes. Se cabreó cuando la mandé a la mierda. No sé qué esperaba que hiciera, la verdad.

Retiro lo dicho. Este crío no es un cuatro. Es un menos diez. No está a la altura de Maia ni de ninguna otra chica en la faz de la Tierra.

—¿Dices que tú la mandaste a la mierda? —cuestiono, porque, vamos, eso no se lo cree nadie.

—Estaba harto de sus dramas.

—¿Por eso la persigues como un niño necesitado de atención?

Al escucharme, se tensa por completo.

—Cuidado con lo que dices.

—¿O qué?

Sus ojos se clavan en los míos. Espera que me achante, pero no me muevo porque sé que solo se marca un farol. En efecto, termina relajando los hombros e intentando restarle importancia al asunto.

—No busco malos rollos, Liam. Solo quería que supieras lo que pasará si sigues con ella.

Estoy empezando a enfadarme de verdad. No debería, pero, vamos, un problema más no puede empeorar las cosas.

—No tienes ni idea de quién soy, ¿no?

Hablo con un claro tono de advertencia. Derek intenta no inmutarse, pero se pone nervioso.

—Maia nos contó que tienes dinero. ¿Qué vas a hacer? ¿Amenazarme?

—Maia se equivocó. No tengo dinero, tengo *mucho* dinero. ¿Y sabes lo que significa eso? —Doy unos pasos hacia él—. Me bastaría con hacer *una* llamada para comprar el local en el que trabajas. O para convencer a tu jefe de ponerte de patitas en la calle. Podría entrar ahí y que te despidiera ahora mismo. Estoy bastante seguro de que Maia y Lisa se las arreglarían bien solas para atender a los clientes. Imagino que no querrás que lo comprobemos.

Derek traga saliva. Puede hacerse el duro delante de Maia, pero a mí no me engaña. Detrás de esa fachada no hay más que un crío inmaduro que, para su desgracia, me ha tocado mucho las narices.

—¿Es lo mejor que tienes? —cuestiona con burla—. ¿Amenazarme con que me despidan?

—Hay más. —Hago una pausa—. Maia me ha enseñado las capturas de todos tus mensajes.

Es mentira. Ni siquiera sé si tiene o no su número. Pero Derek empalidece y entonces sé con certeza que esas conversaciones existen y que seguramente sean peores de lo que me imagino.

—¿Y qué harás? No me llevarán a la cárcel por haberla llamado zorra un par de veces.

—¿Sabes lo que tardarían en hacerse virales en internet? —digo hablando despacio para que le quede bien claro—. Cuestión de horas. De un día para otro, todos sabrían tu nombre, cómo es tu cara y las cosas que te dedicas a decirles a las chicas que te mandan a la mierda. Suerte intentando conseguir que otra vuelva a hablarte después de eso. Porque te aseguro que, si las publico, me encargaré personalmente de que todas y cada una de las chicas que viven en tu pueblucho sepan quién eres.

—Eso es ilegal —farfulla nervioso—. No... no puedes..., yo... ¡contrataré abogados!

—Yo también. Y los míos serán mejores. No juegues conmigo, Derek, porque no tienes ninguna posibilidad de ganar. —Le doy unas palmadas en la espalda solo para cabrearlo aún más—. Hazte un favor a ti mismo y déjala en paz. Ni un comentario, insulto o mensaje más. No te conviene tenerme en tu contra.

No necesito pronunciar ni una palabra más. Simplemente me giro y comienzo a alejarme. Pasados unos segundos, oigo que Derek entra de nuevo en el local. Puede que haya sido un movimiento arriesgado, pero Maia ha hecho muchas cosas por mí y qué menos que devolverle el favor. Además, no puedo negar que ha tenido su gracia.

También ha hecho que me dé cuenta de una cosa. Me he pasado toda la vida quejándome de mi mundo, pero, a la hora de la verdad, siempre será mi mejor arma.

Quiero alargar la sensación de agotamiento, así que troto de vuelta a casa de Maia. Aumento el ritmo en el último kilómetro hasta que noto que me falta el aire. El sudor frío hace que la camiseta se me pegue a la espalda. Me quito los auriculares cuando llego a la vivienda y, en medio de la oscuridad, entreveo la figura de una chica menuda que espera sentada en el porche.

Maldigo para mis adentros. Debería haberlo pensado antes. Maia no suele llevarse las llaves porque normalmente siempre estoy en casa cuando llega de trabajar, por lo que estoy bastante seguro de que va a matarme.

—Hola —la saludo al acercarme.

Da un respingo al oír mi voz. Se levanta y se sacude el polvo de los vaqueros.

—¿Dónde estabas? —pregunta con un suspiro. No suena como un reproche.

—He salido a correr. Lo siento. ¿Llevas aquí mucho rato?

Rebusco las llaves torpemente en mis bolsillos. Evito mencionar que he ido a buscarla al trabajo porque sería como exigirle explicaciones y no parece estar de humor.

—Acabo de llegar. —Se cruza de brazos incómoda—. ¿Puedes abrir la puerta? Estoy muy cansada.

Siempre lo está, y no me extraña en absoluto. Cuando por fin entramos, Maia se quita los zapatos y suelta un doloroso suspiro de alivio. Cierro cuidadosamente la puerta sin dejar de mirarla. Las preguntas me pican en la lengua, pero las contengo. Seguimos a oscuras hasta que ella enciende la luz. Frena en seco al ver el salón. Se vuelve automáticamente hacia mí.

—¿Qué le has hecho a mi casa?

Su tono me hace tener un mal presentimiento. Voy a su lado para comprobar si ha ocurrido algo mientras no estaba, pero todo parece en orden. El suelo está limpio, los cojines están ordenados sobre el sofá e incluso he limpiado las marcas de huellas del televisor. También he sintonizado los canales, aunque ella no lo sepa. La miro confundido.

—¿Ocurre algo? —No entiendo a qué viene esa expresión.

Abre y cierra la boca, trastocada.

—¿Así que has sido tú?

—¿Por qué pareces tan sorprendida? Aunque no te lo creas, sé usar una fregona.

—¿Porque te has pasado la última semana sin levantarte del sofá, quizá?

—Eso se acabó. —La miro para que vea que hablo en serio y, como se lo debo, añado—: Lo siento.

Algo cambia en sus ojos oscuros. Esperaba que siguiera reprochándomelo, pero niega para restarle importancia.

—No pasa nada. Debe de ser difícil renunciar a lo que antes movía tu vida. Me alegro de que haya vuelto el Liam de siempre.

Es una de las cosas que me gustan de ella. Tiene muchos más problemas que el resto, pero nunca menosprecia los de los demás. Supongo que por eso no me echó de su casa cuando vio que empezaba a sumirme en un agujero, y menos mal. He podido salir por mí mismo. Y no solo vuelvo a ser quien era antes, sino que además pienso esforzarme para ir a mejor.

Mañana mismo empezaré a pensar en planes de futuro. Miraré grados universitarios por si alguno me interesa. Y buscaré piso. Aún no sé dónde ni con quién, pero va siendo hora de que coja las riendas de mi vida. Ya no me quedan excusas.

Solo que no le cuento eso a Maia. Me limito a sonreír con fanfarronería.

—Por suerte para ti, el Liam del que estás perdidamente enamorada ha regresado.

—Eres agotador.

Resopla al oírme reír. Después se adelanta para dejar sus cosas en el sofá y, aprovechando que está de espaldas, mis ojos se clavan como imanes en su cuerpo. Joder. No me mudé aquí con ninguna intención oculta, lo juro. Fue solo porque no me quedaban más opciones. Pero eso no quita que Maia esté buenísima y que sea casi doloroso lo bien que le sientan esos pantalones. Me aclaro la garganta y me saco el móvil del bolsillo mientras intento desesperadamente pensar en otra cosa.

—Voy a pedir pizza. ¿Qué te apetece?

—No tengo hambre.

Esta vez no pienso dejarla escapar. Me interpongo en su camino y deslizo el dedo por la pantalla para ver las ofertas.

—¿Barbacoa? ¿Carbonara? ¿Hawaiana? —La analizo con el

ceño fruncido—. Tienes pinta de ser de esa detestable parte de la población que adora la pizza con piña.

He descubierto que suelo conseguir lo que quiero cuando la desafío. Arquea las cejas.

—Me gusta llevar la contraria, así que evidentemente sí.

Escondo una sonrisa. Perfecto. Pizza hawaiana, entonces.

—No me extraña no ser tu tipo si tienes tan mal gusto —comento con desinterés mientras hago el pedido a través de la web.

—No recuerdo haber dicho que no seas mi tipo.

Es vergonzoso lo fuerte que me salta el corazón. Subo la mirada hacia ella e, ignorando las consecuencias de lo que acaba de decir, Maia camina hacia el frigorífico como si nada.

—¿Has hecho la compra? —pregunta mirándome de reojo.

Sin embargo, yo todavía proceso lo que acaba de decir. ¿Eso significa que *sí* soy su tipo?

—Necesitaba ingredientes para aprender a cocinar —respondo porque, si ella no se altera, yo menos.

—Gracias.

Casi me duele que suene tan aliviada. Niego.

—No es nada. También he aprendido a poner la lavadora.

—Guau. Felicidades.

—Soy un adulto independiente y funcional.

—Que vive en mi casa porque sus padres lo han echado de la suya.

—Primero, no me han echado de casa, *yo* decidí irme. Y segundo, atacándome no vas a conseguir conquistarme, Maia.

Se le escapa una sonrisa y la imito sin darme cuenta. Acabo de descubrir que me gusta hacer sonreír a Maia, a esa chica enfadada con el mundo que no deja pasar ni la más mínima oportunidad de meterse conmigo.

No obstante, justo entonces se fija en la lavadora y su expresión cambia bruscamente.

—¿Has mezclado la ropa blanca con la de color? —pregunta horrorizada.

Abro y cierro la boca confundido.

—Define «mezclar».

—Dios santo, Liam.

Se arrodilla para abrir la lavadora. Saca una de mis preciadas camisetas blancas y comienza a reírse al ver que ahora está totalmente teñida de color rosa. Abro los ojos de par en par sorprendido y me apresuro a arrebatársela. Maia se desternilla con tanta fuerza que le falta el aire.

—¿Qué coño le ha hecho tu lavadora a mi ropa? —demando indignadísimo agachándome junto a ella para evaluar los daños.

Maia saca una prenda más y la estira para que la veamos.

—Calvin Klein te denunciaría si viera esto —bromea mostrándome unos de mis queridos calzoncillos, que ahora son de ese color rosado tan horroroso. Se los quito para que pare de burlarse de mí.

—Deja de toquetear mi ropa interior, perturbada.

—Voy a lavarme las manos con lejía. Aparta.

Ahora es mi turno de resoplar. Suelta una risita y se incorpora. Mientras tanto, yo le echo un vistazo a mi ropa. Desde luego, me he lucido. La mayoría de mis camisetas blancas se han echado a perder. No pienso tirar ninguna, claro, porque aún se pueden usar, pero eso no quita que esto me haya minado la moral.

—La ropa blanca se lava por separado. De nada por enseñarte a ser un adulto independiente y funcional —añade Maia, que no podría estar disfrutando más de la situación.

¿No piensa dejar de reírse de mí?

También me pongo de pie. Ella deja de reírse cuando cierro la lavadora, pero todavía quedan restos de una sonrisa burlona en sus labios. Y, de pronto, los estoy mirando. Son finos y están llenos de heridas porque se los muerde a menudo cuando se estresa o se pone nerviosa. Es lo que debí haber hecho yo el otro día cuando me besó. Fue muy poco inteligente por mi parte no aprovechar la oportunidad.

Como si pudiera leerme la mente, Maia traga saliva. No puede salir de la cocina porque estoy cortándole el paso. Se cruza de brazos para no parecer nerviosa.

—¿Me dejas pasar? —demanda con cierta impaciencia.

—Antes has dicho que soy tu tipo. ¿Es verdad?

Directo y sin rodeos. Estoy cansado de callarme lo que pienso. No me saco el beso de la cabeza. Quiero volver a hacerlo. Ahora. Sin cámaras ni nada que nos interrumpa.

—No he dicho que seas mi tipo —contesta—. En realidad, no creo tener un tipo en particular.

—Pero te gusto.

—Eres más engreído de lo que pensaba.

—Te gusto —repito—. Lo noté en la forma en la que me besaste el otro día.

Aprovecho que ha retrocedido para ganar terreno. Apoyo las manos sobre la encimera, a ambos lados de su cuerpo, acorralándola contra ella. Sin acercarme demasiado. Antes quiero que confirme lo que ambos sabemos. Sus ojos se clavan en mi pecho, en mi cuello, en mi boca. Y lo veo en su mirada. También se muere por que la bese ahora mismo. Puede negarlo todo lo que quiera, pero a mí no me engaña.

—¿Y bien? —insisto cuando transcurren unos segundos y no contesta.

—¿Qué te crees que estás haciendo? —susurra con un tono de advertencia.

—Estoy esperando a que me des la razón. —Dejo a su imaginación lo que ocurrirá cuando eso pase, porque la verdad es que tengo muchas ideas.

Pero, haciendo gala de lo testaruda que es, sube sus ojos hasta los míos y dice:

—Te besé porque te debía un favor. La fotografía tenía que parecer realista. Que tú lo hayas malinterpretado no es mi problema.

Guau. Golpe duro. A cualquier otro le habría dolido, pero yo no dejo de sonreír.

—¿Así que fue solo teatro? —cuestiono, y mi tono burlón la enfada aún más.

—¿Crees que tu ego podrá superarlo?

—¿Por qué? —sigo preguntando—. ¿Por qué no te gusto?

—¿No es un poco masoquista de tu parte preguntar eso?

Amplío la sonrisa. Su mirada cae momentáneamente sobre mi boca y tengo que intentar no reírme. «Vamos, Maia, si quieres que me lo crea, vas a tener que disimular mejor.»

—Quiero ver qué argumentos se te ocurren. ¿Físico? ¿Personalidad?

—Dejas mucho que desear en todos los sentidos.

—Cuidado, vas a destruir mi autoestima.

—¿Siempre tienes tanta confianza en ti mismo? —pregunta al ver que no me he inmutado con sus comentarios.

La realidad es que no, pero no tiene por qué saberlo, así que solo me encojo de hombros.

—Te dije hace mucho que se me da bien leer a las personas. No eres la excepción.

Me encanta ver cómo reacciona cuando la desafío. Maia, molesta, se endereza, de forma que estamos todavía más cerca.

—No necesito razones para que alguien no me guste. Simplemente no hay química.

—¿Química? —indago para que continúe.

—Los nervios. Los revoltijos en el estómago. No es nada personal. Solo que no está ahí.

Clava sus ojos en los míos retándome en silencio a demostrarle lo contrario. Y eso hago. Me inclino hasta que mis labios casi rozan los suyos. Noto el momento exacto en el que deja de respirar. Necesito que esté más cerca. Por instinto, llevo una mano a su cintura, hundo los dedos en su piel y tiro de ella para pegar su cuerpo al mío. Maia entreabre la boca y mi mirada recae sobre ella.

Podría besarla. Ahora mismo. Solo de pensarlo, siento que el corazón se me acelera. Vale, puede que este puto experimento me esté alterando a mí también. Ojalá no fuera tan orgullosa. Porque yo lo soy más. Y no pienso hacer nada hasta que me lo pida.

Sin embargo, puedo torturarla un poco más. Me alejo de su rostro y le aparto delicadamente el pelo del hombro. Maia se tensa por completo cuando mis dedos le rozan el cuello y siente después mi respiración sobre él. Agarra mis brazos por instinto, como anticipándose a lo que cree que pienso hacer.

—Liam —masculla con tono de advertencia. Suena tan desesperada que me hace sonreír.

Recorro su cuello sin tocarla, solo para que note mi presencia, y, cuando llego hasta su oído, le susurro:

—Avísame cuando estés dispuesta a admitir que no fue solo teatro.

Y así es como canto victoria.

Me aparto con una sonrisa burlona. Una parte de mí esperaba que me diera un puñetazo, porque, vamos, me lo merezco, pero tarda unos segundos en recomponerse. Intenta volver a respirar con normalidad. Yo tengo el corazón desbocado. Me consuelo pensando que merecerá la pena. Cuando ocurra, que ocurrirá, estoy seguro de que será memorable.

Me saco el móvil del bolsillo y, como si nada, pregunto:

—¿Pizza con piña, entonces?

Es una asquerosidad, pero haré un esfuerzo si de ese modo consigo que no se acueste sin cenar.

Sin embargo, ella no toma en cuenta lo considerado que soy. Cuando por fin reacciona, me lanza una mirada fulminante que casi me manda bajo tierra. La sonrisa que crece en mis labios la saca de sus casillas. De nuevo, espero que me insulte, pero es demasiado orgullosa como para mostrarse afectada.

En su lugar, guarda la compostura, como si hace un segundo no la hubiera acorralado contra la encimera.

—Con extra de queso —contesta, como si nada.

No dejo de sonreír.

—Oído, cocina.

Pero este juego se le da mucho mejor que a mí.

—Espérame para cenar, ¿vale? Voy a darme una ducha caliente.

Oh, cabrona.

Intento borrar de mi mente todas las imágenes que aparecen en cuanto escucho esas palabras.

—¿Quieres que te acompañe? —propongo con el tono bromista de siempre.

Aunque no sería una broma si dijera que sí, claro.

—¿Para poder asfixiarte con el cinturón del albornoz? Por favor.

—Si lo haces, jamás podrías enrollarte conmigo.

—Esa es la idea.

—Avísame si necesitas ayuda para enjabonarte.

—Que te jodan.

Me parece verla sonreír cuando me rodea para dirigirse al baño. La sigo con la mirada y entonces me doy cuenta de que estoy jodido. Por mucho que me esfuerce, voy a acabar perdiendo este juego.

Treinta y cinco minutos después, llaman al timbre y pago al

repartidor justo cuando Maia sale de su cuarto con el pijama puesto. Yo también me he cambiado y ahora llevo unos pantalones de cuadros y una camiseta de manga corta gris. Dejo la pizza sobre la encimera y cojo unas tijeras. Cuando levanto la tapa, un delicioso aroma se me cuela en las fosas nasales. Maia se coloca junto a mí con el pelo mojado cayéndole sobre las orejas.

—Tiene una pinta horrible —grazno. Hay piña por todas partes.

—No tienes ni idea del mundo.

Sonríe abiertamente, coge una porción y le da un mordisco. Menos mal que el ambiente se ha enfriado. Intento no mirarla mucho, de todas formas.

—¿Te apetece ver una película? —propongo mientras saca un par de platos del armario.

—Ya me conozco ese truco.

—No hay ningún truco. Pensaba que te habías dado cuenta de que no me gusta dar rodeos.

La miro de reojo. Parece agotada. No me extraña, teniendo en cuenta que salió de casa esta mañana temprano para ir a trabajar y no ha vuelto hasta hace una hora. Me pregunto adónde irá cuando termina su turno en el bar.

—Está bien —accede—, pero nada de dramas. Quiero algo que me haga reír.

Cojo mi portátil, lo conecto al televisor y, mientras leo en diagonal las sinopsis de las comedias que ofrece la plataforma, Maia mira distraída su móvil. Se ha sentado en una punta del sofá y ha dejado mi plato en la esquina contraria, por lo que parece que se acabaron los acercamientos por esta noche. Aun así, he conseguido que no se acueste sin cenar, así que me lo tomo como una victoria.

Cuando me dejo caer en el sofá, ella sigue pendiente del teléfono. No me resisto a mirarla. Me pregunto si será consciente de lo guapa que es. Frunce el ceño sin apartar la mirada de la pantalla.

—¿Va todo bien? —pregunto, por si acaso.

—¿Te acuerdas de Derek? Acaba de bloquearme.

Me trago una sonrisa. Parece que es obediente, después de todo.

—¿Tu ex? —me intereso—. ¿Solíais hablar a menudo?

Lo pregunto a conciencia, por si resulta que he metido la pata y tengo que ir a retractarme. Por suerte, Maia niega con la cabeza.

—Me escribía mucho cuando rompimos. Siempre lo dejaba en visto, se enfadaba y acababa insultándome, pero tampoco respondía. Hace mucho que no me manda ningún mensaje, pero me alegro de que vaya a dejarme en paz. Parece que lo de hacerte pasar por mi novio sí que ha dado resultado, después de todo.

No tiene ni idea.

—Es un gilipollas —respondo—. Avísame si te vuelve a molestar.

—¿Qué harás? ¿Liarte a puñetazos con él como un hombre de la prehistoria?

La miro y esbozo una media sonrisa. Ha dejado el móvil de lado sin darle más importancia.

—Digamos que mis tácticas son mucho más elegantes.

Entonces, algo hace clic en su cerebro. Se pone seria de repente.

—¿Qué has hecho? —pregunta de inmediato.

—Nada. Solo me lo crucé cuando salí a correr.

—Liam —me advierte, y dudo a la hora de continuar:

—Puede que lo amenazara con comprar el bar y despedirlo. Pequeños detalles sin importancia.

—¿Me estás tomando el pelo?

—¿Estás enfadada? —pregunto, temiendo haber metido la pata—. Sé que no te dejaba en paz.

—¿Me estás diciendo que podrías comprar el bar de Charles si quisieras?

¿Así que es eso lo que la sorprende tanto? Una sonrisa se extiende por mi rostro sin previo aviso.

—Claro que sí. También podría contratarte. Y entonces no podrías amenazarme ni insultarme porque yo sería tu jefe y te estarías jugando tu trabajo.

—¿Te pone la idea de liarte con una de tus empleadas? ¿Es eso?

Capto su tonteo enseguida y, como no podría ser de otra forma, se lo devuelvo.

—Me pone la idea de liarme contigo.

No podré sacármela de la cabeza hasta que eso suceda. Maia junta las cejas y entonces comienza a acercarse. El corazón me salta dentro del pecho. Lleva una camiseta holgada y unos pantalones cortos que dejan sus piernas al descubierto. Pierdo la mirada en ellas y la veo sonreír. Se arrastra hasta mi lado del sofá y se inclina por encima de mí. No muevo ni un músculo porque, mierda, de pronto estoy muy tenso. Esta chica va a volverme loco.

Sobre todo cuando se aleja y veo que tiene en las manos el mando de la televisión, que acaba de coger del reposabrazos.

—Yo escojo la película —dice con una sonrisa antes de volver a sentarse.

Cuando le da a «reproducir», aún estoy tan alterado que ni siquiera me fijo en cuál estamos viendo.

Muy bien. Dos, cero. Digamos que de momento va ganando ella.

Me paso los primeros veinte minutos sin prestar mucha atención. Una vez que estoy completamente recuperado, la imagen de ese tío se me viene a la mente. Derek es un capullo, pero también me ha dado información que no tenía. Ya sabía que Maia tenía una hermana. Doy por hecho que a ella pertenece la cama que sobra en su habitación. Pero no tenía ni idea de que le había ocurrido algo.

Se me revuelve el estómago al pensarlo. Debió de ser fuerte si llevó a Maia al extremo de llamar llorando a ese desgraciado en plena noche.

Terminamos de cenar y, mientras ella ve la película, yo me dedico a mirarla de reojo. De vez en cuando se ríe y sus hombros se sacuden con ligereza. Hace algunos comentarios sobre los personajes y comparto mis opiniones aunque no le esté prestando mucha atención a la historia. Creo que es la primera vez que la veo así de relajada. Antes se ha acercado para pedirme un trozo de pizza y se ha quedado sentada a mi lado con las piernas cruzadas, aunque guardando cierta distancia.

Cuando ya llevábamos una hora de película, noto que empieza a cabecear. Me trago una sonrisa. Tiene tanto sueño que seguro que no llegará a ver el final. Sin embargo, todo se tuerce demasiado rápido, porque justo entonces escuchamos un estruendo fuera, en la calle, cuando un coche aparca frente a la casa y alguien se baja haciendo mucho ruido.

—¡No tardes! —chilla la voz de una mujer, a la que enseguida reconozco como la madre de Maia.

Mierda.

Es ese cabrón otra vez.

Maia da un respingo y se levanta a toda prisa. Entre las cortinas, vemos que un hombre desaliñado camina hacia la puerta de la vivienda. Escuchamos cómo forcejea con la cerradura e incluso yo me altero. Maia corre hasta su bolso, saca su cartera y la esconde entre los cojines del sofá. No duda ni un segundo, como si ya se hubiera acostumbrado a esto. Se tira de los pantalones cortos para cubrirse un poco más.

Solo de pensar en la mirada que le lanzó ese hombre la otra noche, ya me entran náuseas.

Instalé un pestillo en su puerta a la mañana siguiente. Si no llamé a la policía fue porque no sabía si su madre se pondría de nuestra parte. No me gusta la idea de que permita que su «novio» trate así a Maia, pero tampoco creo que tenga la culpa. Puede que solo sea una víctima más. De todas formas, es su hija quien paga las consecuencias, y no es justo.

—No tardará mucho en irse —me asegura nerviosa, como si necesitara desesperadamente disculparse.

Niego y extiendo el brazo.

—Túmbate y hazte la dormida. No te molestará si te ve conmigo.

Por triste que suene, es como funciona. Verla con otro hombre hará que se controle. Maia parece saberlo, porque traga saliva y se acomoda junto a mí justo cuando Steve abre la puerta por fin. Esperaba que se limitara a sentarse a mi lado, pero se acuesta y apoya la cabeza en mi pecho. El corazón me late en los oídos y me siento idiota, porque estoy seguro de que ella lo ha notado.

Sin embargo, no dice nada hasta que la agarro de la cintura. Noto el calor de su piel incluso a través de la camiseta.

—Cuidado con esas manos —sisea, y escondo una sonrisa.

—Una no habla cuando está dormida.

Suspira molesta, pero termina guardando silencio. Se queda inmóvil y yo hago lo mismo. Intento actuar con normalidad, concentrarme en la película y no pensar en lo bien que le huele el pelo. Oímos el portazo que da Steve al entrar y se encienden las luces del pasillo.

—Maia, nena, ¿estás despierta?

Solo necesito oírlo para saber que está borracho.

Ella se tensa, pero no mueve ni un músculo. Al ver que no respondemos, Steve camina hacia el sofá. Nos echa un vistazo y se ríe entre dientes. Apesta a alcohol y tiene el pelo sucio y grasoso. Me limito a mirarlo de reojo, con desdén, como si su presencia me importunara, que así es.

—Parece un ángel cuando duerme, ¿eh? —comenta mirándola de arriba abajo—. Aprovecha que no puede quejarse para sacar fotos, chico. No te cortes.

Aprieto la cintura de Maia de forma inconsciente y resisto el impulso de tirarle del borde del pantalón para taparla. No quiero que este hombre vea ni una mísera franja de piel.

No habría soportado ni un solo comentario más, así que es una suerte que tenga prisa. Abre el frigorífico y arrasa con la mayor parte de las cosas que he comprado esta mañana. Aprieto los dientes por inercia; ahora entiendo por qué Maia no suele ir al supermercado. Si no digo nada es porque sé que, cuanto más rechiste, más tardará en irse. También mete todas las cervezas que encuentra en una bolsa para llevárselas al agujero en el que se esconden.

Sin embargo, no formula ni una palabra más, y, aparte del ruido, es bastante fácil fingir que simplemente no está aquí. Noto cómo Maia se relaja entre mis brazos, sin atreverse a abrir los ojos, mientras repaso con el pulgar la curva de su cintura. Después de lo que parecen horas, Steve termina de saquear la cocina, sale sin despedirse, se sube al coche y conduce hasta perderse al final de la calle.

Menudo cabrón.

—Despejado —digo en voz alta. Esperaba que Maia se apartase de un respingo y se arrastrara hasta la otra punta del sofá, pero no lo hace.

De hecho, no se mueve ni un milímetro.

No la he oído hablar desde que Steve puso un pie en la casa. Me fijo en que se le ha ralentizado la respiración y en que parece completamente relajada. Cuando me doy cuenta de lo que ocurre, me da un vuelco el corazón. Venga ya, tiene que ser una broma. ¿De verdad se ha quedado dormida?

—¿Maia? —insisto, pero sigue sin haber respuesta.

Mierda, ¿y ahora qué hago?

Se supone que duermo en este dichoso sofá. ¿Debería despertarla? ¿Llevarla en brazos hasta su cama? Conociéndola, abriría los ojos a mitad de camino y me daría un puñetazo en la nariz. Otra opción sería moverla hasta la otra punta y apañármelas para dormir en un espacio reducido. Y la última es no movernos en absoluto. Ninguno de los dos.

Me sorprende tener tan clara la decisión.

—No te cansas de ponerme las cosas difíciles, ¿verdad? —susurro ahora que no me escucha.

Dejo que mis dedos asciendan por su espalda, sin tocarla, y le aparto el flequillo de la frente. Después vuelvo a ponerle la mano en la cintura y sigo viendo la película.

16

MIEDO

Maia

Cuando me despierto a la mañana siguiente, reina el silencio.

Los rayos de sol que se cuelan entre las cortinas me dan de lleno en el rostro. Abro los ojos adormilada y tardo un segundo en darme cuenta de que no estoy en mi habitación. Bostezo e intento incorporarme, pero me detengo cuando noto el brazo que me rodea la cintura. Su aroma, su calor y su presencia me envuelven como un huracán y el corazón me salta dentro del pecho.

Liam.

Su mano descansa sobre mi estómago rozando la franja de piel que deja al descubierto mi camiseta, mientras que la mía se encuentra sobre su pecho. Tengo la cabeza apoyada en su hombro. Flexiono el cuello para mirarle y descubro que sigue con los ojos cerrados. Tiene la boca ligeramente entreabierta y los rizos le caen sobre la frente. Su respiración es suave y acompasada. Parece un niño cuando duerme, con esa expresión angelical.

Trato de pensar en lo que ocurrió anoche, pero lo último que recuerdo es que Steve saqueó nuestra cocina. Imagino que me quedé dormida y que, en lugar de despertarme, Liam decidió quedarse conmigo. No recuerdo hace cuánto que no duermo con un chico. Normalmente rehúyo cualquier tipo de contacto físico y, sin embargo, aquí estoy; prácticamente tumbada encima de él. Así he pasado la noche. Y no me he despertado ni una sola vez.

Sé lo que significa la calidez que siento en el pecho y no me gusta nada. Esto está llegando demasiado lejos. No puedo volver a arriesgarme.

Sea lo que sea lo que tengamos, se tiene que acabar.

Consigo levantarme sin despertarlo y desactivo la alarma del móvil antes de que suene. Tras mirar a Liam una última vez, trago saliva y me dirijo a mi habitación para arreglarme antes de ir a trabajar. Una vez vestida, me paso por la cocina porque, aunque no me apetezca, sé que debería desayunar. Steve solo se alimenta a base de comida basura, así que nunca se lleva las frutas ni las verduras. Mejor para mí. Su salud no me importa una mierda. Cojo una manzana y me la guardo en el bolso.

—¿Te vas? —pregunta Liam a mi espalda.

Su voz ronca me provoca un escalofrío. Me giro y lo veo sentado en el sofá, despeinado y con cara de dormido. Me obligo a mirar hacia otra parte.

—No quiero llegar tarde al trabajo —respondo con sequedad.

—Puedo ir a recogerte cuando salgas.

—No.

—¿Por qué?

—Porque no eres mi novio de verdad.

Cuanto más claro quede, mejor para ambos.

No espero a que conteste. Solo cojo mis cosas y salgo de la vivienda.

La jornada transcurre con tranquilidad. Es más fácil trabajar con este horario. Salgo a las seis de la tarde, que es la hora a la que el bar empieza a llenarse, de forma que servir mesas hasta entonces es un paseo. Sobre todo los martes como hoy, cuando no tenemos clientes suficientes como para que Charles, nuestro jefe, se moleste en pasarse por aquí. Lo único que suele importunarme es la presencia de Derek, pero no se ha acercado a mí en toda la mañana.

Termino de colocar los vasos bajo el mostrador y aprovecho que los clientes ya están atendidos para sacar mi cuaderno. A veces escribo. No es algo serio. No quiero dedicarme a ello en un futuro ni nada, solo me ayuda a desahogarme cuando ya no puedo más. Empecé a hacerlo tras la muerte de papá y recurro a ello como escape desde entonces.

Abro el cuaderno distraída, y veo que algo sobresale de una de las páginas. Me he pasado todo el día intentando sacármelo de la cabeza y, aun así, cuando menos me lo espero vuelve a aparecer.

Es una estrella. Y tiene una inscripción.

Supernova: persona, experiencia u oportunidad de la que sabes que saldrás siendo una mejor persona.
No eres un agujero negro.

L.

—¿Va todo bien? —Lisa camina hacia mí con una sonrisa tímida y el pelo castaño cayéndole sobre los hombros. Cierro el cuaderno sin pensármelo dos veces. No es que me preocupe que ella lo vea, sino que prefiero no verlo yo.

—Sí —respondo, y me giro para buscar algo que hacer. Lo que sea.

Necesito sacarme a Liam de la cabeza. Cuanto antes.

Ha sido fácil lidiar con su presencia durante estos últimos días, ya que parecía que simplemente no estaba ahí. Se ha pasado la mayor parte del tiempo en el sofá durmiendo o haciendo *zapping* en la televisión. Sé lo que se siente al perder lo que antes movía tu vida. Lo he sufrido muchas veces. Por eso lo entendí y decidí darle tiempo. Una parte de mí se alegra de que el Liam de siempre esté de vuelta, pero la otra, que es más egoísta, sabe que en el fondo habría preferido que eso no hubiera ocurrido.

Porque ahora no dejo de pensar en él. Sobre todo después de lo que hizo anoche.

A Liam le gusto. Él mismo me lo ha dicho, y estoy convencida de que, por mucho que intente disimularlo, sabe que él también me gusta a mí.

Así que estoy muy jodida.

—¿Seguro que te encuentras bien? —insiste Lisa.

Suena preocupada. La miro de reojo mientras recoloco las bandejas y fuerzo una sonrisa.

—Claro.

—Sabes que puedes contar conmigo para lo que sea, ¿verdad? —Se muerde el labio, vacilante—. Sé que siempre hablo mucho y te aburro con mis problemas, pero...

—No me aburres con tus problemas —la interrumpo. Puede

que a veces sea un poco intensa, pero trabajar aquí sería una tortura si ella no estuviera.

Lisa asiente con lentitud, un tanto aliviada, y no aparta sus ojos de los míos.

—Solo quería que supieras que puedes hablar conmigo si lo necesitas. Quizá no doy los mejores consejos del mundo, pero se me da bien escuchar.

Me toma por sorpresa y no sé cómo reaccionar. Una dolorosa sensación de gratitud se me instala en el pecho mientras mi lado más racional me pide que simplemente lo deje pasar. Me va bien sola. Pero hacía mucho que nadie me dedicaba unas palabras así. Lisa quiere que sepa que me escucha. Que está ahí para mí. Y no he podido contar con nadie desde el accidente.

—Gracias —contesto. Lo aprecio de verdad, aunque aún no me atreva a añadir nada más.

Ella sonríe y se encoge de hombros para restarle importancia.

—No las des. Es lo que hacen las amigas, ¿no?

Amigas.

¿Lisa piensa que somos amigas?

Se marcha a tomar nota a unos clientes que esperan en la barra y yo me obligo a reaccionar y a volver al trabajo. Cuando por fin termina mi turno, oímos las campanillas de la puerta. Alzo la mirada y el corazón se me detiene, aunque en el fondo ya sabía —o esperaba— que Liam vendría.

Echa un vistazo al local con las manos en los bolsillos y comienza a caminar hacia nosotras en el momento en el que sus ojos conectan con los míos. Lleva unos vaqueros negros, una camiseta gris y una sobrecamisa de cuadros que se ajusta a los músculos de sus brazos. Los mismos que usó anoche para acorralarme contra la encimera. O para abrazarme mientras dormíamos en el sofá.

Como si supiera lo que pasa por mi cabeza, sonríe de medio lado. Junto a mí, Lisa carraspea.

—Como os sigáis mirando así, vais a dejar embarazado a todo el local.

Aparto la vista justo cuando Liam se detiene frente a la barra. Me giro y finjo que rebusco en los armarios para no tener que mirarlo. Así es como dejo que mi nueva amiga lidie con el único tío que es capaz de ponerme nerviosa a estas alturas.

—Si te pregunto qué vas a tomar, ¿me preguntarás si Maia está en el menú? —le está diciendo ella—. Porque me parecería un chiste ridículo que seguramente haría que me replanteara si darte o no mi aprobación.

—¿Así que necesito tu aprobación? —cuestiona Liam. Por su voz sé que sonríe.

—¿En serio crees que voy a dejar que mi chica salga con cualquiera?

—No soy «cualquiera».

—De momento me caes bien, pero es provisional. Ándate con ojo, ricitos.

Me vuelvo a tiempo de ver cómo Liam la mira con una sonrisa burlona. Siento una punzada en el pecho. Si no se han visto más que una vez, ¿cómo es que de pronto parecen tan amigos?

Espera, ¿en qué diablos estoy pensando? ¿Qué me importa a mí que sean amigos? De hecho, como si quieren enrollarse. Mejor para mí. Me simplificaría las cosas. No más preocupaciones, no más acercamientos, no más Liam. Todo sería mucho más fácil.

El problema está en que ni siquiera yo me lo creo.

—Liam —pronuncio, y posa sus ojos sobre mí.

—Hola —responde él con esa media sonrisa.

Se toma un segundo para mirarme y por primera vez me pregunto cómo le habrá sentado lo que le he dicho esta mañana. No creo que haya sido nada traumático porque, vamos, ambos sabemos que esto es solo una farsa, pero puede que me haya pasado de borde con él. De todas formas, debería darme igual. Necesito distancia.

—Lisa —añade entonces Liam—, ¿no tenías algo que decirnos?

Frunzo el ceño. Ella parece acordarse de pronto y se gira hacia mí.

—Es verdad. Quería invitarte a una fiesta. Este sábado —me explica con una sonrisa—. Será en casa de unos amigos. Nos lo pasaremos bien. Habrá música, alcohol..., lo típico. Me encantaría que vinieras conmigo. Liam también está invitado, claro.

De pronto, ambas miradas se posan sobre mí expectantes.

Maldigo para mis adentros. ¿Así que por eso ha venido? ¿Se han unido para tenderme una emboscada? Venga ya, no tengo tiempo para ir a fiestas. Ni para pensar en nada que no sea el trabajo, Deneb o...

—Iremos —confirma Liam.

Me vuelvo automáticamente hacia él.

—¿De verdad? —se sorprende Lisa mirándome a mí.

Liam sonríe satisfecho, como si supiera lo que pasa por mi cabeza. Lisa parece tan emocionada que me rompería el corazón decirle que no. De forma que acabo resignándome:

—Claro. Me encantaría.

—¡Genial! —exclama—. No sabes la ilusión que me hace. También puedes venir el viernes a mi casa. Organizaremos una noche de chicas. Cenaremos pizza, veremos películas, hablaremos y...

—Es muy buen plan, ¿verdad, Maia? —la corta Liam y, una vez más, me fuerzo a sonreír.

—Lo es —coincido.

Nota mental: voy a estrangularlo con mis propias manos cuando salgamos de aquí.

Seguramente mi cara lo refleje bastante bien, pero Lisa no se da cuenta porque justo entonces tira de mí para abrazarme. Me estrecha entre sus brazos con entusiasmo. No me pasa desapercibido lo bien que le huele el pelo. A lavanda, algo que combina bastante bien con ella. Cuando se aleja dando saltitos, tiene una sonrisa de oreja a oreja.

—Te prometo que nos lo pasaremos genial. Gracias por decir que sí —dice, y el corazón se me encoge. Me da un empujón suave—. Ahora lárgate de aquí. Y tú —añade dirigiéndose a Liam—, ándate con ojo, soldado.

—Oído, sargento —contesta él antes de que Lisa se marche a la cocina.

Lo miro ahora que estamos a solas. De nuevo, tiene esa sonrisa burlona en los labios que me genera sentimientos contradictorios. Me entran ganas de borrársela con un golpe de realidad, así que le suelto:

—Te dije que no hacía falta que vinieras a recogerme.

Se encoge de hombros, sin dejar de mirarme.

—También me dijiste que no te gusto y ambos sabemos que es mentira.

Resoplo y escucho su risa a mi espalda cuando entro en la parte trasera para recoger mis cosas y largarnos de una vez. Me despido de Lisa y ni siquiera miro a Derek —que no se ha acercado en toda la jornada— antes de seguir a Liam hasta el exterior. Ha aparcado su coche de alta gama en la entrada. Menos mal que aún no ha oscurecido, porque, sabiendo cómo es el barrio, seguro que habrían intentado robárselo si fuera de noche.

Se me cae el alma a los pies al mirar el reloj.

—Mierda —mascullo sin darme cuenta.

Liam deja de andar.

—¿Va todo bien?

—He perdido el autobús.

No le doy más explicaciones. Entro en internet y reviso los horarios. El próximo no sale hasta dentro de una hora. No me merece la pena cogerlo porque llegaría muy tarde a Mánchester.

—Si necesitas ir a algún sitio, puedo llevarte —se ofrece.

Es tan mala idea que no me hace falta ni considerarlo.

—No te preocupes. Déjame en casa y cogeré mi coche para ir.

—¿Eres consciente de que dentro de un rato será de noche? —apunta Liam.

—Sí —contesto, e intento no inmutarme.

—¿Y vas a conducir así? ¿Por el pueblo o por la carretera?

—¿Y a ti qué más te da?

—¿Por qué siempre te pones a la defensiva? Solo estoy intentando ayudarte.

—Porque no necesito tu ayuda. Te lo he dicho miles de veces.

—Maia —insiste serio, y clava sus ojos en los míos—, dime adónde necesitas ir. Puedo esperar fuera si quieres, o volver a casa y después ir a recogerte. No tengo nada mejor que hacer. ¿Qué es lo que pasa? ¿Tienes otro trabajo?

En su mirada veo una mezcla de curiosidad y preocupación, y lo odio. ¿Por qué no puede ponerme las cosas fáciles y simplemente dejarme en paz? No hace más que intentar meterse en mi vida y es frustrante porque, a este paso, no conseguiré luchar contra las ganas que tengo de dejarle entrar.

No me gusta la idea de tener que ir con él, pero las alternativas son mucho peores. ¿Volver conduciendo desde Mánchester sola y de noche? Ni de coña.

—No tengo otro trabajo. —Aprieto los labios vacilante. Liam espera pacientemente hasta que decido continuar—. Está bien. Gracias por ofrecerte.

Noto esa pizca de orgullo en su mirada, pero se limita a asentir y a abrir el coche para que podamos entrar. Fuera hace bastante frío, así que pone la calefacción al máximo en cuanto arranca el motor. Se me ha formado un nudo en el estómago. No me creo que esté a punto de hacer esto.

—¿Adónde? —pregunta mirándome de reojo.

Trago saliva.

—Al hospital.

Se tensa, pero no hace ningún comentario.

—¿Mánchester? —añade para asegurarse.

Digo que sí y conduce en silencio todo el camino.

Me hundo en el asiento y miro por la ventanilla hasta que anochece. Finjo que no me doy cuenta, pero Liam no para de observarme de reojo. Aunque lo normal sería que tenga muchas preguntas, no las formula, y eso hace que en cierta medida me sienta cómoda con él. Solo tardamos treinta minutos en adentrarnos en la ciudad. Mientras los edificios y las farolas quedan atrás a toda velocidad, me tomo la libertad de mirarlo.

Es atractivo verlo conducir. Coge el volante con una mano, estirando los músculos del brazo, y no aparta la mirada del frente. Tiene un perfil muy bonito. Creo que nunca antes me había fijado. Y esos ojos azules... Conectan con los míos en un momento dado y aparto la vista de inmediato.

Son las siete en punto cuando aparca frente al hospital. Miro por la ventanilla. He pasado tantas horas aquí que podría llegar a la habitación de Deneb con los ojos cerrados. La diferencia es que siempre he venido sola, y ahora Liam está aquí metiéndose poco a poco entre las ranuras de las murallas que tanto me he esforzado por construir.

Apaga el motor y nos quedamos en silencio.

Me aclaro la garganta.

—¿Te importa esperar aquí? —pregunto cautelosa.

No me gusta la idea de que nadie más vea así a mi hermana.

Esta no es ella. La verdadera Deneb es la que sonríe en las fotos, con el rostro iluminado y los ojos brillantes. Ahora solo queda una sombra.

—No hay problema —responde.

Me siento culpable, así que añado:

—No tardaré mucho. Puedes ir a tomar un café o...

—No te preocupes por mí. Avísame cuando salgas, ¿vale?

—Vale.

Después, salgo del coche y, como todos los días cuando acabo de trabajar, subo a visitar a mi hermana mayor.

—Chocolate para ti y un delicioso café que no sabes apreciar para mí.

Fuerzo una sonrisa. Solo he estado cuarenta minutos con Deneb porque el hospital no permite que las visitas se alarguen pasadas las 20.00 h. Además, me parecía mal hacer esperar tanto a Liam. Ha venido a recogerme y me ha ofrecido ir a una cafetería. No he sido capaz de negarme después de que me haya traído hasta Mánchester, de modo que aquí estamos.

Toma asiento frente a mí y deja nuestras bebidas sobre la mesa. Rodeo mi taza de chocolate con las manos. Quema, pero es una sensación agradable porque fuera hace tanto frío que las tenía congeladas. Doy un sorbo y el dulce me arde en la garganta. Nos quedamos en silencio durante unos segundos.

—Gracias —digo, y él alza la mirada— por ofrecerte a traerme. Y por esperarme.

«Y por no presionarme, ni interrogarme ni hacerme sentir incómoda, como habría hecho cualquier otra persona», añado para mis adentros. Liam niega para restarle importancia.

—No te preocupes. —Me muerdo el labio. Quiero hablar, pero continúa—: Me gustaría alquilar un apartamento en la ciudad. Tendré que pasar mucho tiempo aquí mientras busco uno, así que puedo traerte siempre que quieras.

—¿Vas a mudarte a un apartamento?

No pienso antes de preguntárselo. Liam sonríe.

—No puedo seguir robándote el sofá eternamente.

Tiene sentido y por eso intento ocultar que me siento un poco decepcionada. No me entiendo. Se supone que debería estar deseando que recogiera sus cosas y saliera de mi vida cuanto antes. Sin embargo, conforme se acerca ese momento, empiezo a darme cuenta de que la idea de que se marche no me entusiasma tanto como debería.

—¿Por qué Mánchester? —me intereso. Necesito huir de mis pensamientos y romper el silencio.

—En Londres viven mi madre y Adam, y, aunque suene mal, quiero estar tan lejos de ellos como pueda. Por ahora. Creo que es la única forma de dejar atrás mi «antigua vida» —me explica haciendo comillas—. Le preguntaré a Evan si quiere mudarse conmigo. Me gustaría empezar a estudiar en la universidad. He mirado algunos grados y me llama la atención el de Comunicación Audiovisual.

Me da mucha envidia. No solo por lo seguro que parece al respecto, sino porque realmente puede hacer todo lo que dice. ¿Estudiar en la universidad? ¿Dejarlo todo atrás y mudarse a la otra punta del país? Yo no puedo ni planteármelo. Pero Liam sí. Y, aunque me duela, me alegro mucho por él.

—Nunca pensé que preferirías estar detrás de las cámaras —comento, y sonríe.

—¿Lo dices por mi innegable atractivo físico?

—Por tu carisma —respondo—. Le caes bien a todo el mundo. Y eres atento y divertido. No he visto ninguno de tus vídeos, pero sé cómo tratas a los demás y creo que vales para eso. Para YouTube, me refiero. Puede que solo lo hayas enfocado de la manera incorrecta.

Sus ojos se clavan en los míos, repletos de curiosidad, y de pronto me siento incómoda. Ha sido la primera vez que he admitido abiertamente lo que pienso sobre él.

—Quizá —coincide sin apartar la mirada—. Todavía no tengo del todo claro si he dejado YouTube de forma definitiva o solo durante un tiempo. Tal vez vuelva algún día, cuando esté preparado para enfrentarme a todo el odio que me sigue cayendo.

—Puedo insultarte más a menudo si eso hace que te vayas acostumbrando.

—Después de vivir contigo, creo que estoy preparado para todo.

Sonrío y Liam hace lo mismo. Me concentro en mi chocolate caliente, hasta que pasan unos segundos y vuelve a hablar:

—¿Por qué piensas que soy carismático?

Lo miro con desconfianza. Creía que solo buscaba alimentar su ego, pero, por la forma en que me observa, la pregunta va en serio.

—Eres espontáneo y seguro de ti mismo. Siempre sabes qué decir. Además, no te ha costado nada hacerte amigo de Lisa, por ejemplo, y eso que solo habéis hablado una vez.

—Dos —me corrige—. Fui a recogerte ayer al trabajo. Fue entonces cuando hablé con Derek. Lisa me pidió que la ayudara a convencerte de ir a su fiesta.

—Vaya, gracias por uniros en mi contra. Qué considerados.

—No ha sido en tu contra. ¿Te acuerdas de cuando te dije que, aparte de Evan, eras la única amiga que tenía? Creo que a ti te pasa algo parecido, solo que tú no tienes a nadie más.

Tan directo como siempre. Me sienta como una patada en el estómago porque, por desgracia, tiene razón.

—¿Así que ahora somos amigos? —inquiero, solo para desviar el tema.

—Hasta que no admitas lo que ambos ya sabemos, me temo que sí.

—¿Y qué si eres el único que tengo?

Mi tono deja claro lo mucho que me molesta que lo haya mencionado. Liam me observa en silencio. Finalmente, suspira y se echa hacia atrás en su asiento.

—No lo ves, ¿verdad? —pregunta, lo que me confunde aún más.

—¿Ver el qué?

—Eres una buena persona, Maia. Graciosa, sincera, inteligente... y muchas cosas más. Si te abrieras a los demás, tendrías muchos amigos. A todo el mundo le gusta rodearse de personas como tú.

Ahí está de nuevo esa sensación de calidez. ¿Hace cuánto que no escucho a alguien hablar así sobre mí? ¿Acaso ha pasado alguna vez? Antes era esa clase de persona. La que describe. Y por eso nunca me sentía sola. Después del accidente, me hundí y me convertí en ese agujero negro que arrastra a un hoyo sin fondo a los que lo rodean.

—¿Por eso estás tan empeñado en hacerme ir a esa fiesta?

—¿Cuándo fue la última vez que fuiste a una?

«Cuando mi hermana todavía estaba despierta.»

—No lo sé. No tengo tiempo para ese tipo de cosas.

—Sí que lo tienes. Necesitas salir a divertirte y desconectar. Y pensar en ti. Así que vas a ir a esa fiesta y yo voy a ir contigo para que te sientas cómoda y porque, bueno, soy tu novio falso y todo eso.

No sé si seré capaz de «desconectar» y pasármelo bien, ese es el problema. De todas formas, he aprendido que no merece la pena discutir con Liam porque es muy cabezota cuando se lo propone. Me resigno sin poner condiciones, pero después me lo pienso mejor y le apunto con un dedo.

—Nada de alcohol. Prohibido el vodka.

Capta la referencia enseguida y vuelve a sonreír.

—¿Te da miedo que acabe durmiendo en el coche de otra desconocida que me robe el corazón?

—Seguro que le caerías bastante mejor que a mí.

—Dudo que a mí me gustase tanto como me gustas tú.

Suspiro y aparto la mirada, fingiendo que sus insinuaciones me sacan de mis casillas, cuando la realidad es que me está poniendo nerviosa. Vale, puede que me guste que sea tan directo. Que sepa perfectamente lo que quiere y no dude en decírmelo. Esa seguridad que tiene en sí mismo lo hace aún más atractivo, hasta el punto de que me costó no besarlo anoche. Sobre todo después de ver en sus ojos lo mucho que quería que lo hiciera.

Y también porque empiezo a descubrir cosas de él que no veía antes. Todo lo que he dicho antes es verdad. Es bueno con las palabras, carismático, divertido. Y también es buena persona, aunque se empeñe en que todo el mundo crea lo contrario.

—Maia —pronuncia, tras unos largos segundos, suavizando la voz—. ¿Vienes a Mánchester todos los días?

Entonces sé que viene esa conversación a la que temía enfrentarme. No he hablado de Deneb con nadie desde el accidente. Al principio porque me encontraba completamente sola y después porque aprendí a sobrellevarlo por mi cuenta. Pensar en abrirme, en decirlo en voz alta, me da vértigo. Pero es Liam. Y ha confiado muchas veces en mí.

Así que lo hago.

—Vengo a visitar a mi hermana mayor.

—¿Está...? —comienza, y le interrumpo.

—En el hospital, sí. Desde hace casi ocho meses.

—No tienes que contármelo si no quieres —se apresura a decir, pero yo niego con la cabeza.

Porque creo que sí quiero.

—Deneb tiene cuatro años más que yo. Estudiaba Física en Londres para introducirse en el mundo de la astronomía. Mi madre no conocía a Steve aún, así que éramos solo nosotras tres. Una semana antes de mi cumpleaños, fue a recogerla para traerla a casa y darme una sorpresa. Tuvieron un accidente en la carretera. Yo no me enteré hasta que vi las noticias. Me llamaron un par de horas después para contarme lo que había pasado.

Lo que no le cuento a Liam es lo que hice cuando vi esas imágenes en la televisión. Cómo se vino todo abajo. Yo incluida.

—Me dijeron que mi madre estaba herida, pero fue mi hermana la que se llevó la peor parte del impacto. Estaba inconsciente cuando la llevaron al hospital. Tenía un traumatismo craneoencefálico. Yo ni siquiera sabía lo que significaba eso antes... antes de que le pasara. —Trago saliva. Me tiemblan las manos—. Después del accidente, mi madre perdió el trabajo, empezó a beber y me dejó con toda la responsabilidad. Empecé a ocuparme de ella y de Deneb. Voy a verla todos los días porque no soportaría no estar presente cuando abra los ojos.

«Porque lo hará. Va a despertarse», añado para mis adentros. No lo comparto con Liam.

—Por eso sigo trabajando en el bar de Charles aunque sea un cabrón conmigo —continúo—. Necesito el dinero. Mamá está siempre fuera con Steve y soy la única que tiene ingresos. Sé que lo más sensato sería mudarnos a un apartamento mucho más asequible, pero mi casa es donde mi hermana se crio. Donde vivió mi padre. No puedo tomar una decisión así sin ellos. Así que sigo adelante como puedo. También... —me aclaro la garganta— también es la razón por la que me da tanto respeto conducir.

Por eso lo obligué a hacerlo en mi lugar cuando me suplicó que lo llevase a Londres. Solo de pensar en recorrer ese tramo de la carretera ya me entraban náuseas. Sé que es un miedo irracional y ridículo, porque yo ni siquiera iba en el coche cuando tuvieron el accidente, pero no puedo evitar tenerlo. Y acabo de darme cuenta de que nunca antes había hablado de ello en voz alta. Hasta hoy.

Liam me mira en silencio. Hay algo en su expresión que no consigo descifrar y, presa de los nervios, le espeto:

—¿Qué? —Estoy a la defensiva.

Niega con la cabeza.

—Lo siento. Estaba pensando en que fui un capullo contigo. Hice bromas respecto al miedo que tenías a conducir.

Escucharlo hace que me relaje. Intento restarle importancia.

—No lo sabías. Yo también habría alucinado si una desconocida me hubiera obligado a conducir su coche.

—Siento mucho que hayas tenido que pasar por todo eso, Maia —dice mirándome fijamente.

No hay rastro de su sonrisa ni de ese tono divertido que usa para tontear conmigo. Ahora en su voz solo encuentro sinceridad.

Se me forma un nudo en la garganta.

—Yo también.

Nos quedamos en silencio y me doy cuenta de que estoy temblando. No suelo hacer estas cosas. No hablo con nadie sobre nada. Lidio sola con mis problemas, y hasta ahora me ha ido bien. La ansiedad me ha revuelto tanto el estómago que ya no me apetece terminarme mi taza de chocolate caliente. Tampoco podría cogerla con todo lo que me tiemblan las manos. Las escondo bajo la mesa y las entrelazo inquieta.

Liam me observa con sus ojos azules. Espero que haga una broma para desviar el tema, porque la gente tiende a sentirse incómoda hablando sobre estas cosas, o que me pregunte por lo que da más morbo: si creo que Deneb se despertará, cómo la encontraron tras el accidente o cuáles serán las consecuencias con las que tendrá que vivir cuando despierte, que son muchas. Pero no hace nada de eso.

En su lugar, solo pregunta:

—¿Cómo es? Tu hermana.

El corazón me da un vuelco. Lo miro con desconfianza.

—¿Quieres que te hable sobre Deneb?

—Te refieres a ella como si fuera la mejor persona que has

conocido —dice, y esboza una sonrisa leve—. ¿Es tan borde como tú? Porque dudo seriamente que alguien te supere.

Siento de nuevo esa calidez en el pecho. Es por la forma en la que habla. Ha dicho que mi hermana *es*. No que *era*. Habla en presente porque Deneb sigue aquí.

—Deneb no es borde. Es la persona más sentimental y amorosa que existe.

—Es decir, que no odia al mundo como tú.

—Yo no odio al mundo. Solo estoy un poco enfadada con él —rebato, y, cuando Liam sonríe, me doy cuenta de que los nervios comienzan a desaparecer. Me reacomodo en la silla para estar más cerca de él—. Es inteligente. Y divertida. Y también un poco friki, la verdad. Cuando era pequeña, no dejaba de contarme leyendas para dormir. Aún no sé si lo hacía porque a ella le encantaba oírse hablar o porque yo adoraba escucharla. Puede que ambas.

Me voy relajando y, como si quisiera ayudarme, Liam vuelve a sacar su tono bromista de siempre:

—¿También le gusta la pizza con piña?

—Es mi hermana. Pues claro que sí.

Hace una mueca.

—Sois lo peor.

Le doy un golpe por debajo de la mesa.

—No es culpa nuestra que tengas tan mal gusto.

—Lo siento, pero no merecéis mi respeto.

—Que te jodan.

Sonríe. De pronto, han pasado casi dos horas y sigo hablándole mientras conduce de vuelta a mi casa. Le explico cuáles son mis películas favoritas y las de Deneb, qué tradiciones teníamos de pequeñas y que me superaba con creces en el colegio. Cuando quiero darme cuenta, he compartido con él recuerdos de ella que siempre me han parecido importantes y que, aun así, nadie me había pedido nunca que pronunciara en voz alta.

Al día siguiente, salgo temprano del trabajo y cojo el autobús para volver al hospital. Subo al tercer piso y recorro unos pasillos que ya me conozco de memoria. Entro en su habitación y la veo con el pelo oscuro cayéndole en ondas sobre los hombros y los ojos cerrados. Tomo asiento frente a ella y trago saliva.

—Hola, Deneb. Creo que tengo que contarte una cosa.

Espero, como siempre, a recibir una respuesta, una sonrisa, un pestañeo; cualquier cosa. Pero no ocurre. Se me forma un nudo en la garganta. Es la única que siempre ha estado ahí para mí. He compartido con ella todas y cada una de mis historias. De mis problemas. Y por eso será la primera en saber esto también.

Así que le aprieto la mano y dejo ir aquello que me tortura desde hace días:

—Creo que estoy empezando a sentir algo por una persona. Y me da mucho miedo.

17

PROVOCARTE

Liam

Lo primero que hace Evan cuando responde a mi llamada es soltarme un educado:

—Pero serás cabrón.

—Veo que me has echado de menos —comento con una sonrisa burlona.

Él resopla. Estoy convencido de que, si me tuviera enfrente, ya me habría dado un puñetazo.

—¿Se puede saber dónde coño estás? Adam y Michelle no paran de llamarme para preguntar por ti. Les he dicho miles de veces que no tengo ni idea de dónde te has metido, pero piensan que te estoy cubriendo. Y seguramente lo haría si lo supiera. Pero no lo sé. Eres un desgraciado.

Aprieto los labios. No puedo evitar sentirme culpable por no haberme puesto en contacto con él durante las últimas semanas. Evan es mi mejor amigo. Sé que me apoyará en todas mis decisiones, tal y como ha hecho siempre. Creía que manteniéndolo al margen conseguiría que Adam lo dejara en paz, pero se ve que no ha sido de mucha ayuda.

—Lo siento —contesto—. Necesitaba alejarme de todo durante unos días.

Soy completamente sincero con él, y parece que eso hace que disminuya su enfado. Suspira.

—Es mejor que no estés por aquí, créeme. ¿Has entrado en internet últimamente?

—No desde que me fui. He tenido el móvil apagado.

—Sé que piensas que todo es un desastre, Liam, pero ahí

fuera todavía hay gente que te apoya. Muchos de tus suscriptores han llegado a la conclusión de que ha tenido que pasar algo fuerte para que te hayas ido de YouTube y ahora te defienden con uñas y dientes cuando alguien te critica. Ponen *tweets* muy originales. Les he dado «me gusta» a los más graciosos.

Eso me toma por sorpresa. Noto una sensación reconfortante en el estómago, como de alivio, y enseguida me lo echo en cara porque todo eso ya no debería importarme.

—No deberías posicionarte —le recuerdo, y odio darme cuenta de que sueno igual que Adam.

—Venga ya. Somos amigos desde el instituto. Cualquiera que me conozca sabrá que estoy de tu parte. Si eso no les gusta, pueden dejar de seguirme.

Debería haber llamado antes a Evan. Me habría venido bien escucharlo hablar así hace unos días, cuando no tenía ánimos para levantarme del sofá. Leí algunos comentarios antes de venir a casa de Maia. Nunca me han importado los *haters*, pero de pronto pasaron de ser cien a ser miles y a desearme, entre otras cosas, la muerte. A decirme que solo me importa la fama y el dinero, que no los aprecio, que soy un niñato desagradecido. Y lo peor es que muchos tenían razón.

Sin embargo, también está ese otro lado de la balanza, que hasta ahora parece que no veía. Sigue habiendo gente de mi lado. Puedo contar con Evan, con muchos de mis suscriptores y con Maia.

—Puede que vuelva a YouTube —digo. No he dejado de pensarlo desde que lo hablé con ella en la cafetería—. No todavía, pero me lo plantearé cuando haya pasado un tiempo y esté preparado. Sin presiones y con mis reglas. Espero que todavía sigas queriendo grabar conmigo.

Evan finge pensárselo un momento y, cuando responde, estoy seguro de que sonríe.

—¿Y tener a toda una horda de *haters* llenando mis vídeos de comentarios y duplicando las visitas? Hecho. Voy a hacerme de oro.

—¿Problemas con la monetización? —me burlo.

Evan suspira dramáticamente.

—Algunos necesitamos ser adultos responsables y comer todos los días.

—He aprendido a poner la lavadora —menciono como punto a mi favor.

—¿En qué clase de hotel te obligan a hacer tu propia colada? —pregunta él. Me quedo en silencio, con los labios apretados, hasta que saca sus propias conclusiones—. Liam, no me jodas.

—Me debía un favor —argumento a toda prisa.

—De todas las personas que hay en el mundo, ¿has decidido irte con ella?

No suena enfadado, solo confundido. Y es entendible. Para Evan, Maia es la chica que vendió mi historia a la prensa y no dudó en traicionarme. No la conoce como la conozco yo.

—Llevo en su casa unas semanas. Es provisional. Dejará que me quede hasta que encuentre un apartamento. Vine porque sabía que aquí no me buscarían.

—Venga ya. Te conozco mejor que nadie. Si quieres engañarme, tendrás que buscarte una excusa mejor. ¿Duermes con ella?

—En el sofá —contesto, muy a mi pesar.

—Guau. Enhorabuena, Romeo, veo que todo va sobre ruedas.

—Podría ser peor.

—Desde luego. Conociéndola, me sorprende que no te haya hecho dormir en el suelo.

—No es tan mala como crees —replico. Por alguna razón, siento la necesidad de defenderla—. No tiene una vida fácil. Pero es una buena persona, Evan. Deja de ser tan arisca cuando empiezas a conocerla.

Y cuando se abre en banda, como hizo el otro día en la cafetería, cuando decidió hablarme sobre su hermana. La escuché divagar durante horas y eso me hizo entenderla mejor. Ahora sé por qué se sacrifica tanto, por qué tarda tantas horas en volver a casa y por qué siempre sigue adelante, aunque sienta que no puede más.

Es muy fuerte, aunque ella no sea consciente.

—Supongo que te has dado cuenta —dice Evan, y enseguida sé a qué se refiere.

—Sí. Me gusta. Ya lo sé.

—¿Se lo has dicho?

—Varias veces.

—Bien. No quiero volver a verte sufrir por una chica. —Vacila, y finalmente pregunta—: ¿Y Michelle?

—No hemos vuelto a hablar desde que me fui.

Al contrario de como ocurre con Evan, no me siento culpable al respecto. Si eso me convierte o no en una mala persona ya me da igual a estas alturas.

—Imagino que tampoco has tenido noticias de Max. —Se toma mi silencio como una respuesta negativa—. No me habla desde que rompiste con su novia en directo. Parece que sabe de qué lado estoy.

—Lo siento —respondo, y lo pienso de verdad.

Aunque los tres seamos buenos amigos desde el instituto, Evan siempre ha sido el «pegamento» que nos unía a Max y a mí. Él y yo no tenemos casi nada en común. Apenas hablábamos antes y nunca hacíamos planes juntos si Evan no estaba implicado. Cuando Max empezó a salir con Michelle, acabé alejándome todavía más de él. Evan siempre ha estado muy unido a ambos y odio que ahora tenga que posicionarse.

Sin embargo, debo admitir que, en el fondo, mi lado más egoísta se alegra de que me haya elegido a mí. Está bien saber que sigo contando con él, a pesar de todo.

—Eres mi mejor amigo, Liam. Creía que Max también lo era, pero se ve que tiene otras prioridades. Sabes que pienso que deberías haber roto con Michelle hace mucho. Quizá hacerlo en directo no fue lo más inteligente, pero fue lo que te salió en ese momento y está bien.

—Antes intenté hablar con ella. Le dije que no quería seguir con la farsa e insinuó que mis problemas eran estupideces. —Trago saliva. Odio darme cuenta de lo ciego que he estado—. Maia me dijo que los amigos de verdad no hacen eso, y creo que tiene razón.

—¿Maia dijo eso? ¿Sin meter ninguna amenaza de muerte de por medio? Guau.

Se me escapa una sonrisa. Ahora que lo pienso, sí que fue toda una sorpresa.

—Es buena persona, Evan —repito.

—Y se nota que se preocupa por ti, así que tiene mi completa aprobación.

—Nadie te ha pedido tu aprobación.

—Pero soy tu mejor amigo, así que darla es mi obligación. Aunque estaría bien que dejara de odiarme, por si quieres comentárselo. Así, como detalle.

—No prometo nada. Odiar a la gente es su especialidad.

—Y, sin embargo, le gustas tú. El mundo no deja de sorprenderme.

—Que te jodan.

—¿Entonces estás buscando un apartamento? —pregunta cambiando de tema.

Me inclino y vuelvo a encender la pantalla del portátil. Maia se ha ido a trabajar esta mañana temprano, como todos los días, y llevo desde entonces mirando ofertas por internet. He encontrado varias que me llaman la atención y, después de hacer varias llamadas, ya he concretado cita con los dueños para que nos veamos esta semana. Supongo que eso significa que podré llevarla al hospital para que visite a Deneb.

—Sí. Por eso te he llamado.

Antes de que pueda continuar, Evan se adelanta:

—Vaya, y yo que pensaba que era porque éramos amigos. No dejas de decepcionarme.

No cambiará nunca.

—Quería ofrecerte venir a vivir conmigo. A Mánchester.

Silencio.

—¿A Mánchester? —repite, como si aún no hubiera terminado de procesarlo.

—Sí.

—Pero no lo entiendo. Toda nuestra vida está aquí y...

—Por eso necesito irme. Esa vida me angustia y me frustra. Quiero cambiar de aires y hacer cosas que me hagan feliz. De pequeños siempre decíamos que nos iríamos a vivir juntos. ¿Por qué no hacerlo ahora?

—Liam —comienza muy despacio—, esto no tendrá nada que ver con Maia, ¿verdad? Porque, por muy bien que me caiga, me parece bastante apresurado que...

—No es por ella —lo interrumpo—. Quiero estudiar Comunicación Audiovisual en la universidad. Mis opciones son Mánchester o Newcastle. Echaré la solicitud para la matrícula para el año que viene. Mientras tanto, me mudaré a un apartamento para dejar de molestar a Maia y me apuntaré a algún curso de idiomas o algo así. Lo que sea con tal de estar ocupado. No hace falta que lo decidas ahora. Solo quiero que vayas pensando en ello.

De nuevo, la línea se queda en silencio. Aguardo inquieto. No tendría problemas en irme a vivir solo, pero me gustaría compartir la experiencia con Evan. No solo sería más fácil, también más divertido. Transcurren unos segundos hasta que lo escucho suspirar.

—Tendré que pedir el traslado en la facultad —dice, y sonrío.

—Merecerá la pena. He oído que en Mánchester hay muchas chicas guapas.

—Te lo acabas de inventar.

—En efecto.

—¿Maia no tiene alguna amiga que me puedas presentar? Tal vez así me convenzas.

En mis labios comienza a aparecer una sonrisa. No sé si Lisa estará soltera, pero podría preguntárselo a Maia. Seguramente se negará rotundamente cuando se entere de que quiero emparejarla con Evan, pero por probar no perdemos nada, así que le aseguro que lo pensaré y hablamos un rato más antes de colgar.

Cuando miro el reloj, son las seis pasadas. Maia ya debe de haber salido del trabajo, así que apunto la dirección de los apartamentos que visitaré, apago el portátil y salgo de la casa para empezar a poner mi vida en orden de una vez por todas.

Maia

Los días transcurren con tranquilidad. Cuando quiero darme cuenta, me he acostumbrado a que Liam me recoja del trabajo y vayamos juntos a Mánchester. Me deja en el hospital y se dedica a recorrer la ciudad para mirar apartamentos hasta que lo aviso de que he terminado. Me ha contado que tiene varias opciones, pero aún no se ha decantado por ninguna y una parte de mí espera que tarde un poco más porque no quiero que se vaya todavía.

Las cosas son más fáciles desde que está aquí, y lo odio porque no soporto que nadie me haga sentir de esa forma. Siempre me he valido por mí misma. Pero, ahora que Liam vive conmigo, Steve nunca se sobrepasa; nos suelta algunos comentarios, pero nada más. Después se encierra con mi madre en la habitación y yo entro con Liam en la mía. Le dejo mi cama y duermo en la de Deneb. Cuando nos despertamos a la mañana siguiente, ya se han largado. No sin antes arrasar con el frigorífico, claro.

De todas formas, ahora Liam también me acompaña a hacer la compra, y solemos asegurarnos de colocar mucha comida basura en las zonas más visibles para que Steve se la lleve y nos deje todo lo demás. Ahora que va a irse a vivir solo, necesita aprender a cocinar, así que me dedico a enseñarle durante toda la semana. Una noche hacemos pasta, otra le explico cómo hacer una tortilla y, cuando me propone que preparemos hamburguesas, casi hace que la cocina salga ardiendo y a mí no me faltan ganas de darle un sartenazo en la cabeza. Pero progresamos. Más o menos.

Lisa está muy emocionada con nuestra «noche de chicas» del viernes, así que no puedo negarme a ir cuando llega el día. Salimos juntas del trabajo y nos pasamos por el supermercado para comprar pizzas, bolsas de frituras y refrescos. Después vamos en su coche hasta su apartamento. Es pequeño, pero está cuidado y bien decorado. Dejamos las bolsas en la cocina y se quita los zapatos antes de tirarse en el sofá.

Yo estoy un poco tensa al principio. He renunciado a ir a ver a Deneb para venir y, además, hace casi dos días que no sé nada de mi madre. Tengo demasiadas cosas en la cabeza. Sin embargo, Lisa es muy convincente cuando se lo propone. Me lanza una bolsa de patatas fritas a la cara y me amenaza con poner una película porno a todo volumen si no empiezo a actuar con normalidad, y entonces no me queda más remedio que desconectar e intentar divertirme.

Nos pasamos la tarde viendo películas románticas de esas que son cursis y absurdas. Lisa se enfurruña cuando me burlo de la declaración de amor del protagonista y después se queja porque cree que jamás vivirá una historia como esa. Cuando llega la hora de cenar, hacemos las pizzas y esta vez deja que yo elija lo que vamos a ver. Por un momento pienso en escoger una de terror para torturarla, pero acabo poniendo otra de esas comedias románticas que tanto le gustan.

Para eso están las amigas, supongo.

No obstante, nos aburrimos antes de llegar al final y apagamos la televisión. Mientras Lisa va a encender la luz, yo aprovecho para revisar mis mensajes porque no he mirado el móvil en todo el día. Cuando veo que Liam me ha escrito, tengo que obligarme a no sonreír.

MÍSTER BORRACHO (ALIAS CAPULLO)
¿Sigues viva? ¿Cómo va la tarde de chicas?

MAIA
Bastante bien. Hemos visto *Crepúsculo*.

MÍSTER BORRACHO (ALIAS CAPULLO)
Mi más sincero pésame.

MAIA
Por tu bien, espero que nunca digas eso delante de Lisa.

MÍSTER BORRACHO (ALIAS CAPULLO)
Avísame cuando quieras que te recoja. Y, por favor, intenta no hablar mucho sobre mis abdominales. Sería perturbador.

Ahora sí que sonrío. Menudo imbécil. Por mucho que me hubiera gustado quedarme a dormir, no quiero dejar solo a Liam en mi casa por si acaso vuelven Steve y mamá, por lo que agradezco que se haya ofrecido porque así no tendré que volver sola. Pero ¿el comentario sobre los abdominales? Venga ya.

Podría dejarle en leído, pero después me lo pienso mejor.

MAIA
No puedo hablar sobre algo que no he visto.

—¿Cómo voy a encontrar al amor de mi vida si los personajes ficticios no son reales? —Lisa suspira dramáticamente y se deja caer en el sofá.

Bloqueo el móvil a toda prisa y lo dejo sobre la mesa. Que me tiemblen las manos es la prueba definitiva: soy patética. Puede que haga mucho desde la última vez que tonteé con un chico, pero no recuerdo que antes me pusiera tan nerviosa. Quizá es cosa de Liam o simplemente se debe a que estoy perdiendo práctica. Ojalá sea lo segundo, porque la otra opción me sacaría totalmente de quicio.

No me gusta que nadie me haga sentir de esta forma y, sin embargo, ahora no dejo de mirar el móvil. Espero que vibre con la llegada de un mensaje nuevo, pero no ocurre, y eso que Liam estaba en línea cuando he respondido. Mala señal.

—¿Maia?

Junto a mí, Lisa frunce el ceño. Suena preocupada.

Vacilo. Se supone que somos amigas, ¿no? Y las amigas hablan de estas cosas.

—¿Qué hago si creo que me gusta una persona que no debería gustarme?

Me siento de lado para mirarla. Lisa necesita un momento para procesarlo. Abre y cierra la boca un tanto sorprendida, y veo la confusión en sus ojos marrones.

—¿Quieres engañar a Liam?

—¿Qué?

—... Porque quiero que sepas que no voy a juzgarte —continúa sin escucharme—. Sé que te cuesta hablar de tus problemas y agradezco mucho que hayas decidido confiar en mí y creo que, si no te va bien con él, antes deberías...

—Liam es la persona que no puede gustarme —le explico, lo que la confunde aún más.

—Pero ¿no es tu novio?

Vale. Se me había olvidado ese detalle.

—Si te cuento una cosa, ¿me prometes que no se lo dirás a nadie? Y que no te vas a enfadar.

—Prometido. Me lo llevaré a la tumba —me asegura llevándose una mano al corazón.

Mi lado más racional me advierte que es una mala idea, pero el otro ansía desesperadamente un consejo. Creo que necesito hablar del tema y, si tengo que confiar en alguien, quiero que sea en Lisa.

—Liam no es mi novio. Se lo dije a Derek porque estaba harta de él y quería que me dejara en paz, y hemos seguido con la farsa desde entonces, pero no estamos juntos de verdad.

Al pronunciarlo en voz alta, me doy cuenta de lo absurdo que es. Echo un vistazo rápido a mi móvil, que aún no ha sonado. Joder. Me vuelvo hacia Lisa, que todavía asimila lo que acabo de decirle. Se deja caer sobre el respaldo del sofá trastocada.

—Guau —masculla, y me temo lo peor.

—¿Estás enfadada conmigo por haberte mentido?

Me sorprende lo preocupada que sueno. Ahora que por fin tengo una amiga, no me gustaría perderla por algo así. Por suerte, niega con la cabeza.

—No. Solo estaba pensando en cómo te mira Liam. —Oír eso me hace tragar saliva. Lisa clava sus ojos en los míos cautelosa—. Sabes que le gustas, ¿verdad?

—Creo que simplemente le gusta la idea de liarse conmigo.

No concibo otra alternativa. Mi vida es un desastre. No tengo ningún futuro, mi familia se ha roto en pedazos y no dejo de encontrar nuevos problemas que sumar a la lista. A nadie le gustan las personas que están rodeadas de caos. También me he descuidado mucho físicamente, pero supongo que sigo siendo relativamente guapa y que eso es lo que tanto lo atrae.

—¿Y qué tiene de malo? —repone encogiéndose de hombros—. Es simpático y está bueno. A por todas.

—No es tan sencillo.

—Sí que lo es. Cualquiera que tenga ojos en la cara vería la tensión que hay entre vosotros. A ti te gusta y tú le gustas a él, así que no veo el problema. ¿Qué es lo que te da tanto miedo?

—Todas las personas que han formado parte de mi vida han acabado yéndose de una forma u otra. No quiero que me vuelva a pasar —confieso. Me cuesta tanto hablar que ni siquiera puedo mirarla—. Supongo que me da miedo encariñarme y que después... se vaya y me haga daño.

~~«Pero creo que ya me he encariñado y sé que no tardará mucho en irse.»~~

No me atrevo a decirlo en voz alta. Ni siquiera sé cómo he

sido capaz de contárselo a Lisa. Normalmente no hablo sobre mí ni sobre lo que me preocupa porque me avergüenza mi forma de ser. Ojalá no tuviera tantos miedos, pero no lo puedo evitar. Perdí a papá. A Deneb. Perdí a todas las amigas que tenía antes del accidente. Y también perdí a mamá. Durante estos últimos siete meses solo he estado yo.

Y entonces llegó Liam.

—Si tienes miedo a salir herida, siento decirte que es algo que una no puede controlar. No conozco a Liam tan bien como tú, pero sé que se preocupa por ti y dudo que tenga intenciones de hacerte daño. Si el destino quiere que salga de tu vida, ocurrirá de todas formas. ¿Por qué no aprovechar el tiempo hasta entonces?

—¿Así que tu consejo es que me líe con él? —concluyo intentando bromear.

—Mi consejo es que dejes de preocuparte tanto por el futuro y empieces a pensar en el ahora. Nadie dice que tengas que empezar una relación seria con él. Déjate llevar. Lidiaremos juntas con lo que ocurra después.

Ese plural en la última frase. Ese «lidiaremos» en lugar de un «lidiarás». Eso que implica que estará conmigo si las cosas se tuercen, o que al menos lo intentará si yo la dejo. Es lo que hace que me dé cuenta de que puede que no haya estado tan sola como creía. Puede que Liam tenga razón. Quizá sí que hay gente que se preocupa por mí y solo no he sabido verlo hasta ahora.

—Gracias —le digo con sinceridad. No solo por el consejo, sino porque me ha escuchado; porque ha cumplido lo que dijo y ha estado aquí para mí.

Ella niega y esboza una de sus bonitas sonrisas.

—No las des. Sabes que puedes contar conmigo. —He notado que lo repite mucho, como si quisiera asegurarse de que lo sé. Asiento y arquea las cejas de forma sugerente—. ¿Y bien? ¿Vas a darme detalles? No puedes dejarme con la historia a medias.

Me da un empujón suave para hacerme entrar en confianza. El ambiente se vuelve más informal y relajado, y de pronto me siento mucho más cómoda.

—¿Detalles? —pregunto, porque no sé muy bien a qué se refiere.

—¿Besa bien? ¿Os habéis acostado? ¿Tiene algún fetiche perturbador? Por favor, dime que no. Arruinaría totalmente la concepción que tengo de él y... no quiero saberlo. Bueno, sí que quiero saberlo. Por cierto, ¿no tendrá a ningún amigo cachas que me puedas presentar? También me vale si no está cachas. Pero al menos que sea rico. O majo. Preferiblemente las dos cosas.

Al parecer, la Lisa intensa que no para de hablar está de vuelta, y en el fondo lo agradezco porque me gusta mucho más escuchar. Le sonrío, esta vez de verdad. Estoy a punto de responder cuando mi móvil suena sobre la mesa. El corazón me da un vuelco y mi amiga se queda callada de repente. Trago saliva antes de cogerlo para ver la notificación.

Míster Borracho (alias capullo) ha enviado una imagen

No puede ser.

—¿Es Liam? —pregunta Lisa emocionada.

—Es mi madre —miento.

No recuerdo cuándo me envió ella un mensaje por última vez, pero Lisa no conoce ese detalle, así que no me cuestiona. Solo suspira y se levanta del sofá para ir a la cocina. Sé que ha estado mal mentirle, pero seguramente habría insistido en ver la fotografía y no sabré si habría sido adecuado enseñársela hasta que la vea. Aprovechando que estoy sola, entro en nuestra conversación y pulso sobre la imagen.

Cargando.

No sé exactamente qué es lo que esperaba. Supongo que una foto de sus abdominales, cosa que, sinceramente, me habría hecho sentir bastante incómoda. Pero no es eso lo que acaba de enviarme y, cuando veo de qué se trata, me resulta imposible contener una sonrisa.

Es una fotografía de Taylor Lautner, el actor que interpreta a Jacob en la saga de *Crepúsculo*. Sin camiseta.

Míster Borracho (alias capullo)

Para que te hagas una idea, los míos son como esos. ;)

Unas horas después, le mando un mensaje a Liam para que venga a recogerme y me despido de Lisa con un abrazo antes de salir de su apartamento. Hemos seguido viendo la película y he tenido tiempo de pensar en lo que hemos hablado. Puede que tenga razón y deba tomarme las cosas con otra filosofía. Eso no implica que vaya a hacerlo ya o que sepa por dónde empezar. Iremos poco a poco. De momento, estaría bien que dejara de ponerme nerviosa cuando él está cerca.

Cuando salgo del edificio, el coche de Liam está aparcado en la puerta. Es blanco metálico y seguramente sea un modelo de alta gama, pero no reconozco la marca porque no entiendo mucho sobre estas cosas. Abro la puerta del copiloto y lo encuentro sentado frente al volante, con los rizos oscuros y elásticos enredándose por encima de sus ojos. Lleva unos vaqueros y una sudadera de color gris. Parece cansado, pero sonríe al verme.

Tomo asiento, intentando no mirarlo, y me concentro en ponerme el cinturón.

—Hola a ti también —comenta cuando no digo nada.

No es porque no quiera, sino porque, de nuevo, tengo los nervios a flor de piel. Me aclaro la garganta e intento actuar con normalidad.

—Hola —contesto.

Enciende el motor y maniobra para salir del aparcamiento. Necesito tranquilizarme, así que me distraigo mirando por la ventana. Sin embargo, no hay mucho que ver y me resulta muy difícil obviar el hecho de que Liam no deja de mirarme de reojo.

—¿Qué tal la tarde de chicas? —pregunta para romper el silencio—. ¿Preparada para la fiesta de mañana?

—¿Sinceramente?

Se ríe entre dientes, como si intuyera mi respuesta.

—Siento decirte que, te guste o no, voy a obligarte a ir.

—No, en realidad iba a decir que sí me apetece —confieso—. Me lo he pasado bien con Lisa. Puede que todo este tema de socializar no esté tan mal, después de todo.

Incluso a mí me sorprende lo sincera que sueno. Liam sigue observándome de reojo, así que giro la cabeza hacia él. Sus ojos azules chocan contra los míos y noto que se le achinan ligeramente cuando sonríe. No me había fijado antes y odio darme cuenta de lo mucho que me gusta.

Vuelve a mirar al frente satisfecho.

—Bueno, parece que mi plan va sobre ruedas.

—¿Tu plan?

—Pronto dejarás de ser una señora borde y amargada y te convertirás en una chica encantadora, dulce y simpática. De nada.

—¿Quieres que te estampe la cabeza contra el volante?

—¿Volvemos con las amenazas? Vamos, Maia, así no vamos a progresar.

—Que te jodan.

—Si tantas ganas tienes, hazlo tú.

Cuando nota que lo miro, sonríe ampliamente, muy atento a mi reacción. Por un lado, me gustaría seguirle el juego y sorprenderlo, porque esto se me da mucho mejor que a él, pero por otro estoy absurdamente cabreada por el mero hecho de que Liam respire, exista y vaya en este coche conmigo. Al final termino cruzándome de brazos.

—Para el coche. Me voy andando —le ordeno, y, como es evidente, no me hace caso.

—Vaya, veo que hoy estás especialmente dramática.

—Y tú especialmente gilipollas.

—No te enfades. Solo quería relajar el ambiente. —Destenso los hombros y niego para que sepa que no tiene que disculparse. Nuestra dinámica es así: él me toma el pelo y yo me enfado, pero nunca va en serio—. Quería hablar contigo sobre una cosa. Creo que te hará ilusión.

—¿Has encontrado un apartamento al que largarte por fin? —sugiero con tono irónico, sin mirarlo.

—Sí. He firmado el contrato esta mañana.

La realidad me cae encima como un cubo de agua fría.

Sé que tenía varias opciones y supuse que tardaría unos días más en decidirse. O quizá incluso algunas semanas. No esperaba que fuera a ocurrir ya. Trago saliva y, cuando me vuelvo a mirarlo, siento una presión muy incómoda y dolorosa en el pecho.

—¿Así que te vas? —Intento no mostrarme afectada, pero me cuesta horrores.

—He pagado un adelanto del alquiler. Podré mudarme la semana que viene. Sé que no te entusiasma la idea de que viva contigo, así que he hecho todo lo posible por agilizar el proceso.

Asiento, como si nada, aunque me duele. ¿De verdad es eso lo que piensa? ¿Cree que no soporto que viva conmigo, que no quiero que se quede o que estaré mejor sin él? ¿Cómo no iba a pensarlo si es lo único que le dejo ver? Todo es culpa mía. Las personas a las que aprecio se marchan y se alejan, y es siempre culpa mía. Ocurrió con mis antiguas amigas, con mamá y ahora también con Liam.

—Me alegro por ti —digo, porque, aunque duela, es la realidad—. Estoy segura de que este es el primer paso para que tengas la vida que realmente te hará feliz.

Sigo con los brazos cruzados y evito su mirada a toda costa. Liam se toma unos segundos para responder.

—Yo también —concuerda finalmente.

Silencio. Dentro de unos minutos llegaremos a mi casa. Quizá sea una de las últimas noches que duerma allí. Y entonces no tendrá más razones para seguir en contacto conmigo. Ni para llamarme o escribirme. He intentado con todas mis fuerzas mantenerlo fuera de mi vida por miedo a esto, y acabaré sufriendo las consecuencias de todas formas.

—Liam.

Él me mira de reojo.

Dudo antes de añadir:

—¿Seguiremos siendo amigos cuando te vayas?

Quizá no tendría que haberlo preguntado. Acabo de demostrarle que voy a echarlo de menos, vale, ¿y qué?

—Yo tenía unas expectativas un poco diferentes, pero, si es lo que quieres, está bien.

—¿Qué clase de expectativas? —pregunto.

Deja de atender a la carretera durante un segundo para mirarme. Se sorprende al ver que voy en serio.

—Vamos, Maia, estoy seguro de que ya lo sabes.

—Sí, pero necesito que lo digas.

—¿Por qué?

—Porque puede que yo me sienta de la misma manera.

Directa y sin rodeos. Lisa tiene razón. Debería dejar de preocuparme por el futuro y centrarme en el ahora, justo en este momento, en el que vamos los dos en su coche y Liam sigue aquí. No tengo por qué atarme ni pensar en algo a largo plazo. Puedo dejarme llevar.

—¿Cómo te sientes, exactamente? —pregunta con cautela.

Aunque seguro que lo he sorprendido, lo disimula bien. Habla como si temiera asustarme y que vuelva a cerrarme en banda, y no quiero que me vea de esa forma. Yo también tengo confianza en mí misma. También puedo actuar con seguridad. Así que decido empezar a demostrárselo.

—Si lo digo ahora, ¿pararás el coche para besarme?

Al escucharlo, Liam sonríe.

—Es una de mis opciones.

—¿Cuál es la otra?

—Esperar y hacerlo cuando estemos a solas en tu casa.

Sus ojos conectan con los míos y me provocan un hormigueo. El ambiente comienza a caldearse.

—Eres muy optimista si crees que podrás aguantar tanto —comento reacomodándome en el asiento.

—Sería mucho más interesante esperar a que te lances tú.

—Eso no va a pasar.

—Vamos, Maia, sabes lo bien que se me da provocarte.

—Acorralarme contra una encimera no es provocarme.

—Pero no puedes sacártelo de la cabeza —atisba con esa media sonrisa.

No, no puedo. Aunque no se lo digo. Recrear ese momento en mi cabeza, en el que se acercó tanto que casi me robaba el aire, hace que me suden las manos. Me aclaro la garganta e intento llevarme la conversación a mi terreno.

—No es necesario tocar para provocar de verdad —contesto.

Liam amplía su sonrisa.

—Yo no te toqué.

—Tampoco hay que moverse.

—¿Y tú sabes hacerlo? —Me mira de reojo, repentinamente intrigado—. Lo de «provocar de verdad».

—Claro que sé. Mucho mejor que tú.

—Demuéstralo, entonces.

Escondo una sonrisa y cruzo las piernas sobre el asiento.

Liam toma un rodeo para que tardemos más en llegar a mi casa. Quiere darme unos minutos de ventaja, que es justo lo que necesito.

—Hoy Lisa y yo hemos hablado sobre nuestros exnovios —comienzo, y él hace una mueca.

—Siento decepcionarte, pero hablar sobre Derek no va a ponerme cachondo.

—He tenido más aparte de Derek. Y no va por ahí. —Me anima a continuar—. Me ha contado que su último novio tenía unos fetiches un poco... perturbadores. Y después hemos hablado de ti.

—Prométeme que no te has inventado que me gusta chupar pies o algo así.

Parece tan horrorizado que se me escapa la risa. Es una pena que no se me haya ocurrido a tiempo, la verdad.

—No —respondo—, pero me he dado cuenta de que no sé nada sobre ti en ese sentido.

Silencio. Liam me mira de soslayo, como si quisiera averiguar lo que pasa por mi cabeza.

—Ya sé por dónde vas.

—Pues habla —respondo yo.

—¿Quieres saber lo que me gusta hacer en la cama?

—Sí. Y quiero contarte lo que me gusta hacer a mí.

Cuando noto que me observa, junto las cejas desafiándole. Liam aprieta el volante con las dos manos. A juzgar por lo blancos que tiene los nudillos, está más alterado de lo que quiere hacerme creer.

Quiera o no, voy a ganar por goleada.

—Bien. Yo empiezo —dice, y hace una pausa antes de añadir—: Me ponen los besos.

No sé qué esperaba, pero definitivamente no era eso. Consigue despertar mi curiosidad.

—¿Los besos? —indago.

—Me pone el hecho de besar a la otra persona. De hacerlo bien y de que ella sepa cómo me gusta. No me imagino el sexo sin besos. —Al notar que no respondo, pregunta—. ¿Tú sí?

—¿Yo?

—¿Te gusta besar? —insiste muy atento a mi reacción.

—Depende de a quién.

—Vale, estoy de acuerdo.

Nueva inseguridad desbloqueada. Genial.

Pero ya nos hemos besado una vez. Y estoy convencida de que le gustó, porque no tendría tantas ganas de repetir si no hubiera sido así. De pronto, me invaden los recuerdos de esa noche, cuando me acorraló contra la pared y presionó su boca contra la mía. El calor se me extiende por el vientre. Bien. Mi turno.

—A mí me pone que me agarren del cuello.

Liam está a punto de dar un volantazo que casi nos manda al otro barrio.

Por un lado, estoy consiguiendo lo que me proponía, pero por otro siento que el corazón me va a toda velocidad. Aguardo en silencio hasta que es él quien habla.

—¿Lo has probado alguna vez?

«Podría probarlo ahora mismo. Contigo.»

—Solo una —contesto—. Fue bastante decepcionante, pero no pierdo la esperanza.

—¿Qué te hace pensar que la siguiente será mejor?

—Que tienes las manos grandes.

Echo un vistazo a cómo sus dedos se aferran al volante. Cuando nota que lo observo, Liam se aclara la garganta tenso, y se tira del cuello de la sudadera. De nuevo, hago esfuerzos por no sonreír. Parece que alguien empieza a tener calor.

—Tu turno —canturreo alegremente.

Se toma un momento para pensar en cómo devolvérmela, y entonces dice:

—No me gusta la rutina, así que me pone la idea de cambiar de lugar. Y hacerlo en la ducha, por ejemplo. No sé. Hay muchas posibilidades.

En cuanto lo escucho, se me pasan muchas imágenes por la cabeza, y ninguna de ellas es de ayuda cuando intento no parecer afectada. Me recoloco en el asiento inquieta.

—¿Lo has hecho en la ducha alguna vez? —le pregunto.

—No, pero me gustaría. ¿Tú?

—Tampoco. Aunque me gustaría más hacerlo en un jacuzzi o algo así.

—Apuntas alto, ¿eh?

—¿Vas a decirme que no tienes un jacuzzi?

Lo pregunto a conciencia y, en efecto, se le borra la sonrisa.

—No, sí que tengo uno.

Ahora soy yo la que no para de sonreír.

—¿Qué más? —insisto, porque quiero seguir escuchándolo.

Creo que es mi turno, pero Liam responde de todas formas.

—Me gustan los besos en el cuello.

—Interesante. —Tomo nota mentalmente.

—No tanto. Son el punto débil de todo el mundo.

—A mí me interesa lo que te gusta a ti.

La tensión que reina en el ambiente hace que me cueste respirar. En sus ojos, que ahora parecen más oscuros, veo algo que me reactiva por dentro.

—Cualquiera diría que estás deseando abalanzarte sobre mí, Maia.

—Aparca el coche y lo comprobamos, Liam.

Justo en ese momento, entramos en mi barrio. Él no se hace esperar. Estaciona a unos metros de mi casa, en una zona cubierta por árboles adonde no llega la luz de la farola más cercana. Me desabrocho el cinturón, Liam echa su asiento hacia atrás y me agarra de la muñeca para atraerme hacia sí. Cuando quiero darme cuenta, estoy sentada a horcajadas en su regazo con el corazón latiéndome en los oídos.

No puedo respirar. Siento la firmeza y el calor de su cuerpo bajo el mío. Me levanto ligeramente sobre mis rodillas para acercarme a su rostro, hasta que mi boca casi roza la suya. Es aún más atractivo de cerca, sobre todo ahora, cuando me mira así. Llevo una mano a su mejilla para atraerlo hacia mí, hasta que casi me besa, mientras las suyas se trasladan a la parte trasera de mis muslos. Continúan subiendo hasta que me agarra el culo.

—Capullo —siseo, aunque me cuesta no sonreír.

—He aprendido a no desperdiciar ninguna buena oportunidad. —Se queda en silencio esperando, y sube la mirada cuando me ve juguetear con uno de sus rizos—. ¿Y bien? —pregunta con la voz un tanto ronca.

Bajo la vista hacia su boca.

—Eras tú el que decía que iba a besarme.

—He decidido esperar hasta que te lances tú.

Me trago una sonrisa. Esto me gusta.

—Sabes que eso no va a pasar.

—Pareces muy segura.

—Lo estoy. Tú caerás antes.

—¿Crees que soy el que tiene menos fuerza de voluntad?

No voy a echarme atrás, así que no rompo el contacto visual. Sus manos suben lentamente hasta colarse en el interior de mi camiseta. Cuando su piel toca directamente la mía, siento un hormigueo por todo el cuerpo. Me recorre la espalda con movimientos ascendentes, rozándome solo con las yemas de los dedos, sin dejar de mirarme. En cuanto alcanza el broche de mi sujetador, el estómago se me encoge por la anticipación.

Pero no hace nada más. Solo sonríe y deja la mano justo ahí, porque es consciente de que es lo único que necesita para cortarme la respiración.

—¿Has cambiado de opinión? —susurra con esa sonrisa burlona.

—No.

—Puedo probar más cosas.

A este paso, no voy a salir cuerda de aquí.

—Adelante —respondo de todas formas.

Solo con ver su expresión, ya sé que esto va a resultarme muy difícil. Me pone las manos en las rodillas y, de nuevo, notar su calor, aunque sea por encima de la ropa, me provoca un escalofrío. Deja que recorran mis piernas con lentitud, mientras sus pulgares me presionan la cara interna de los muslos. Mi estómago se me contrae y noto lo mucho que mi cuerpo ansía más contacto. Que lo haga mirándome a los ojos provoca que mis sensaciones se multipliquen.

Vale, puede que esto también se le dé bastante bien.

—¿Segura? —insiste, y decido que ese tono ronco va a acabar conmigo.

—¿Es lo mejor que tienes?

—El resto lo reservo para cuando hayas caído.

—En ese caso, me toca a mí.

Puede que haya estado a punto de ceder, pero se me ha ocurrido algo mucho mejor.

Me inclino para pegarme a su cuerpo y Liam me pone las

manos en la cintura. Yo también quiero tocarlo, así que dejo que las mías se cuelen por debajo de su sudadera. Acaricio sus abdominales sin romper el contacto visual y siento cómo sus músculos se contraen bajo mis dedos. Cuando acerco mi rostro al suyo, Liam entreabre los labios creyendo que estoy a punto de besarlo. Lo torturo esperando un poco más, dejo que me vea sonreír y después presiono la boca contra su mandíbula.

—Cabrona —masculla al imaginarse mis intenciones.

—He aprendido a no desperdiciar una buena oportunidad —susurro sin dejar de sonreír.

Le doy otro beso, esta vez un poco más hacia la derecha. Liam se tensa por completo. Me clava los dedos en la cintura, buscando algo de control sobre la situación. Mientras tanto, yo continúo recorriendo las líneas que perfilan su mandíbula, y finalmente bajo hasta su cuello. Reparto besos húmedos y lentos, y me doy cuenta de lo mucho que me gusta ver cómo reacciona. No tardo en notar que aumenta la dureza dentro de sus pantalones.

Quiero un poco más, así que presiono los labios contra su piel y succiono lo justo. Mañana tendrá una bonita marca en el cuello que le recordará este momento y cómo lo dejé con un terrible dolor de huevos.

Cuando me alejo, Liam abre los ojos confundido.

—Tendrías que haberme besado tú —hablo mientras maniobro para levantarme.

No espero a que conteste. Solo abro la puerta y salgo del coche.

18

CUESTIÓN DE PRIORIDADES

Liam

Ser un adulto independiente y funcional es más difícil de lo que creía.

Nunca pensé que me perdería en una tienda de muebles y, sin embargo, he empujado el carrito durante los últimos treinta minutos por pasillos diferentes y me da la sensación de que estoy girando en círculos. Mire adonde mire, solo veo estanterías repletas de jarrones, cestos y otros elementos de decoración para el hogar. Este sitio me da dolor de cabeza.

Necesito orientación profesional, así que saco el móvil y llamo a Evan.

—¿Qué cosas son completamente esenciales para vivir solo? —le pregunto cuando descuelga.

—Alcohol, sin duda. Hola, por cierto.

—Hablo en serio.

—Yo también. El alcohol solucionará el noventa por ciento de tus problemas. El diez por ciento restante se resolverían fácilmente contratando a un sicario.

Una señora cruza el pasillo cargando con una alfombra del tamaño de un frigorífico. Por mi bien, espero no tener que comprar una de esas.

—Necesito comprar lo básico para el apartamento. Me mudo el lunes —contesto ignorando sus bromas, para que vea que preciso ayuda de verdad.

—Está bien. Déjame pensar. —Hace una pausa y finalmente añade—: Cuando juego a *Los Sims* siempre procuro llenar toda mi casa de espejos.

—¿Espejos?

—Sí, claro. Para mentalizarse y practicar discursos.

—¿Para qué?

—Para verte el careto, Liam. Con la personalidad de mierda que tienes, no le gustarás a nadie a menos que cuides un poco tu aspecto.

Es un imbécil, pero decido hacerle caso. Me paso diez minutos buscando el pasillo en el que se encuentran y acabo escogiendo un espejo de cuerpo entero. Lleno el resto del carrito siguiendo las indicaciones de Evan. Aunque vaya a alquilar un apartamento ya amueblado, necesito añadirle ciertos detalles para sentirlo mío. Compro pósteres de bandas y películas que me gustan y, a petición de Evan, también dos pegatinas con ojos para pegar en el retrete.

Cuando llego al final del pasillo y veo que el siguiente está lleno de alfombras, doy media vuelta. Ni de coña pienso pasar por esto.

—¿Así que tendrás piso a partir del lunes? —pregunta mientras yo camino hacia el cajero automático—. La semana que viene voy a un evento en Mánchester. ¿Tienes sitio para mí? Solo serán un par de días.

—Claro. Sin problema.

En realidad, me gusta la idea de que venga de visita. Evan es un grano en el culo, pero también es mi mejor amigo, y echo de menos meterme con él en persona.

Me habla sobre el evento mientras yo termino de pagar. Descubro que siento un poco de envidia, quizá debido a que esta era una de las partes que más me gustaban del mundillo. Conocer a fans y probar videojuegos en primicia, además de pasar unos cuantos días viajando con mis amigos. Seguramente tenga una invitación esperando en mi correo electrónico, pero no estoy preparado para volver a mostrarme en público todavía.

Una vez que lo he metido todo en el carrito, lo empujo fuera de la tienda. Abro el maletero del coche y pongo a Evan en manos libres para escucharlo mientras guardo las bolsas.

—¿Pagaste un adelanto por el piso?

Enseguida sé por dónde van los tiros.

—Sí, usando la tarjeta. Estoy seguro de que Adam ya la ha rastreado, pero no me preocupa.

—Que no te sorprenda si se presenta allí cualquier día de estos.

—¿Y qué hará? ¿Venir hasta aquí y arrastrarme de nuevo hasta Londres? Tendré que enfrentarme a ellos tarde o temprano, de todas formas.

He decidido que voy a hacer lo que quiera con mi vida. Si mi madre y Adam quieren formar parte de ella, tendrán que aceptar mis condiciones. Si no, me temo que se quedarán fuera.

—Me gusta como piensas. El nuevo Liam —dice, y me doy cuenta de que es verdad.

Creo que estas últimas semanas me han cambiado para bien. O al menos me han hecho darme cuenta de que no tiene sentido forzarme a hacer cosas que me vuelven infeliz.

Estoy bastante seguro de que Maia ha tenido mucho que ver.

Cierro el maletero y le pregunto:

—¿Sabes si Adam sigue buscando a quien vendió mi relación falsa a la prensa?

—Lo conoces, Liam. No se rendirá tan fácilmente. Sabes que yo no pienso decir nada, pero deberías andarte con cuidado. Por si acaso.

—Me tendrá en su contra si intenta denunciar a Maia —le aseguro.

—En ese caso, no creo que tu chica tenga que preocuparse. —Se queda callado y escucho el tecleo en el ordenador—. Ahora tengo que colgar. Nos vemos la semana que viene.

—Más te vale traerte un saco de dormir. Solo cabes en el suelo.

—Siempre puedo meterme en la cama contigo, guapetón.

Resoplo y Evan estalla en carcajadas. Cuando se corta la llamada, sigo sonriendo.

Llevo el carrito de vuelta a la tienda y me subo al coche. Me abrocho el cinturón antes de encender el motor. Son las ocho y media pasadas, por lo que Maia ya debe de haber vuelto del trabajo. Normalmente la recojo a esta hora del hospital, pero ha ido esta mañana temprano. Ahora se encontrará en casa arrepintiéndose por haber accedido a ir a la fiesta de esta noche. Salgo del aparcamiento con una sonrisa. Debería volver antes de que se eche atrás.

Solo tardo treinta minutos en salir de Mánchester y adentrarme en su localidad. Esto será una ventaja en un futuro, si es que consigo llegar a algo con ella, claro. Anoche me di cuenta de que la idea de que me vaya no le entusiasma tanto como creía. Sinceramente, fue todo un subidón para mi ego. Después me dejó a medias en el coche con el peor dolor de huevos de la historia, y sus jueguecitos dejaron de parecerme divertidos.

Lo peor es que sé que yo no tengo fuerza de voluntad suficiente para devolvérsela. Así que tengo que lograr que me bese primero. Como sea. Ni de coña voy a dejarme ganar.

Con esto en la mente, aparco frente a la casa y me bajo del vehículo. Las luces del salón están encendidas y no hay ni rastro del coche de Steve. Menos mal. Quiero que todo vaya sobre ruedas esta noche. Maia se merece salir a pasárselo bien y olvidarse de sus problemas, aunque sea solo durante unas horas. Y, si yo estoy ahí para verlo, mejor.

Echo el seguro y mi móvil vibra en mi chaqueta. Sonrío. Parece que alguien comienza a impacientarse. Descuelgo sin leer el nombre que brilla en la pantalla.

—¿Conque ya me echas de menos? Vaya, es todo un récord.

Silencio. La persona al otro lado se aclara la garganta.

—¿Liam? —pregunta finalmente.

Se me borra la sonrisa. La voz no pertenece a Maia, sino a Michelle.

—¿Qué quieres?

Agarro con fuerza el teléfono. De pronto, estoy completamente tenso.

—¿Podemos hablar? —inquiere vacilante.

—No tengo nada que hablar contigo.

—No entiendo por qué estás tan enfadado. Me dejaste en directo frente a miles de personas. Creo que lo mínimo que me merezco es una explicación.

Ahí está de nuevo ese tono de superioridad. Me entran ganas de contestar de malas maneras, pero me obligo a guardar la calma porque una parte de mí sabe que tiene razón.

—No necesitas más explicaciones. Estaba harto de la situación. Por eso lo hice.

—Podrías habérmelo dicho —responde con voz suave pero tono acusatorio, y me sienta como una patada en el estómago. ¿Es que acaso nunca me escuchó?

No tiene sentido seguir perdiendo el tiempo con ella.

—Está bien. Lo que tú digas. Buenas noches.

—Espera —se apresura a decir antes de que pueda colgar. Me armo de paciencia y la dejo hablar—. Estoy en Mánchester. Adam me contó que ahora vives aquí. ¿Podemos vernos? He venido a hablar contigo.

—¿Estás en la ciudad?

Se me revuelve el estómago. Debería habérmelo imaginado. Adam sabía que venir hasta aquí habría sido inútil. Por eso ha enviado a Michelle. Sabe lo mucho que me costará decirle que no a ella.

—Solo quiero arreglar las cosas, Liam —insiste con delicadeza—. No me gusta que estemos peleados. Por favor.

—No será en público —me adelanto. Ya no me fío de sus intenciones.

—Dame la dirección de tu apartamento e iré.

—Está bien. Nos vemos dentro de treinta minutos.

—Seré puntual —responde, y entonces cuelga la llamada.

La pantalla del teléfono se queda en negro y me paso una mano por el pelo, frustrado. Joder.

Dudo, pero termino enviándole un mensaje con la dirección. Iré allí y escucharé lo que sea que tenga que decirme. Nada más. Le di explicaciones en su día, pero las repetiré si es necesario. Hemos sido amigos durante mucho tiempo y tiene razón cuando dice que la he perjudicado profesionalmente. Esto es lo mínimo que puedo hacer.

Camino hacia la casa como un autómata. Justo cuando llamo al timbre, mi móvil vibra porque Michelle ha contestado. No me da tiempo a leerlo. La puerta se abre y veo a Maia.

—Menos mal que estás aquí. Lisa nos matará como lleguemos tarde.

Se me cae el alma a los pies. Mierda.

La fiesta.

Antes de que pueda decir nada, Maia se gira y entra en el recibidor. Se detiene frente al espejo. Cuando mis ojos se clavan en su silueta, me doy cuenta de que está diferente. Parece más ella. Lleva un vestido negro corto y ajustado que deja entrever las curvas que se esconden debajo. Es de manga larga, pero deja los hombros al descubierto. Aunque estoy seguro de que Maia estaría increíble llevando cualquier cosa, no puedo negar que me gusta verla así. No es por la ropa ni por el maquillaje, sino porque, por primera vez en mucho tiempo, por fin se ha tomado un tiempo para ella.

—¿Quieres una foto? —se burla al notar que la observo—. Te duraría más.

—Depende. ¿Saldrías con o sin el vestido?

Me mira de reojo y sonríe. Decido que tengo vía libre para darle un repaso. Joder, sí que le sienta bien. Sus piernas parecen infinitas. Continúo bajando y esbozo una sonrisa burlona. Nunca pensé que la vería con tacones.

—Vas a matarte con eso —comento para hacerla enfadar.

—Es un arma eficaz. Las patadas en los huevos duelen mucho más, ¿sabes?

Solo con imaginarme esas agujas clavándose en mi posesión más preciada, de pronto se me baja toda la calentura.

—Si querías cortarme el rollo, que sepas que lo has conseguido.

—Ayúdame con esto. Sin juegos. No quiero hacer esperar a Lisa.

Se pone de espaldas a mí y trago saliva. Tengo que hacer esfuerzos sobrehumanos para que no se me vayan los ojos. Su vestido tiene una cremallera en la parte trasera y, al parecer, espera que yo se la suba.

Cuando me acerco, todo su cuerpo entra en tensión. Intenta no inmutarse, pero sé que está nerviosa. Me gusta provocar este efecto en ella, sobre todo porque todavía no la he tocado. Le aparto el pelo con cuidado y deslizo lentamente los dedos por su espalda hasta alcanzar el broche. A Maia se le pone la piel de gallina. Por el espejo veo que ha cerrado los ojos. No puedo evitar fijarme en lo bien que huele y en que tiene dos lunares en la parte inferior del cuello.

Me gustaría aprovechar la ocasión para provocarla y ver hasta dónde puedo hacerla llegar esta vez, pero tengo presente lo que ha dicho antes, así que le subo la cremallera y aparto las manos. Parece que vuelve a respirar. Se aparta y se mira de nuevo al espejo.

—Gracias —masculla tras aclararse la garganta.

No puedo dejar de mirarla.

—Estás preciosa.

Normalmente uso un tono burlón cuando tonteamos. Ahora parece que me cuesta hablar. Maia me mira de reojo y esboza una de las sonrisas más bonitas que he visto en mucho tiempo.

—Gracias, Liam.

—De nada, supernova.

Me gusta llamarla así. Sobre todo porque sé que leyó la estrella en donde escribí el significado. Nuestras miradas se cruzan mientras la tensión y el silencio se adueñan del ambiente.

Se aclara la garganta y se vuelve hacia el espejo.

—He quedado con Lisa dentro de media hora. ¿Crees que tardarás mucho en cambiarte? No quiero que lleguemos tarde.

Abre el neceser para aplicarse otra capa de rímel despreocupada. Mierda, esto no va a salir bien. Supongo que espera que vaya a arreglarme para la fiesta, pero no muevo ni un músculo. Al notarlo, frunce el ceño.

—¿Va todo bien? —inquiere extrañada.

—¿Crees que a Lisa le importará venir a recogerte?

Suelta una risita, como si le pareciese absurdo.

—¿Qué pasa? ¿Ahora tú tampoco quieres conducir? —Sin embargo, su sonrisa decae cuando me mira y ve que yo continúo serio. Traga saliva—. No vas a venir —susurra como para sí.

Suena tan decepcionada que me rompe el corazón. Joder, ni siquiera hemos empezado la conversación y ya me siento como un capullo.

—Sí lo haré —me apresuro a aclarar—, solo será un poco después. Antes tengo que...

—¿Ha pasado algo? ¿Está bien tu familia?

—Sí. Sí, claro. No te preocupes. Es solo que tengo que... reunirme con una... persona antes de la fiesta. Nada importante. Hemos quedado dentro de treinta minutos.

Los nervios hacen que el estómago me dé vueltas. Maia me analiza y sus ojos pasan de expresar sorpresa a volverse sombríos.

—¿Con quién? —pregunta, y, a juzgar por su tono, ya conoce la respuesta.

—Eso da igual.

—Si tan poco te importa, dímelo.

No se rendirá fácilmente, de forma que decido ser sincero.

—Michelle me ha llamado. Quiere verme para arreglar las cosas. Ha venido a Mánchester por mí, no puedo dejarla tirada y...

—Pero sí que puedes dejarme tirada a mí.

No me deja contestar. Cierra el neceser y sale del recibidor sin pensárselo dos veces. Maldigo entre dientes antes de seguirla.

—No estoy dejándote plantada —replico cuando me entrometo en su camino—. Puedes ir a esa fiesta sin mí. Ambos sabemos que no me necesitas allí.

—Claro que no, porque estoy muy acostumbrada a ir a fiestas después de haberme pasado meses sin ir a ninguna. Y porque no me costará nada conocer a los amigos de Lisa sin sentirme como un estorbo. Vete a la mierda, Liam.

Me rodea para continuar andando hacia su habitación. La miro incrédulo. Entiendo que esté enfadada, pero tampoco es para tanto.

—Cualquiera diría que estás celosa —comento, y se vuelve hacia mí de inmediato. Veo la rabia en sus ojos.

—¿Celosa? —escupe apretando los dientes.

—Sí. De Michelle.

—¿Es lo que esperas? ¿Que llore y patalee porque la prefieras a ella antes que a mí?

—No he dicho eso —aclaro despacio, pero no me escucha.

—Porque ni siquiera me gustas más que para un polvo, de todas formas.

Imagino que no lo dice en serio, pero eso no quita que haya sido un golpe duro para mi ego.

—Si eso fuera verdad, no estarías tan enfadada —observo.

—Me trae sin cuidado lo que hagas con Michelle. No tengo ningún problema con ella. Lo tengo contigo. Me prometiste que vendrías conmigo y ahora te da igual.

—Vamos, sabes que te lo pasarás bien de todos modos. Tienes a Lisa.

—Pero no accedí a ir a la fiesta por ella, pedazo de gilipollas. ¡Lo hice por ti!

Estalla. Los ojos se le llenan de lágrimas y pestañea para ocultarlas. Al verla así, la culpabilidad me estruja los pulmones.

—Maia... —comienzo a decir, pero no me deja hablar:

—No me gustan los sitios en los que hay mucha gente. Siempre me han agobiado. Incluso antes del accidente. Pero iba a hacer el esfuerzo. Por ti. Porque sabía lo mucho que querías hacerme salir de casa y creía que podríamos pasárnoslo bien. Dije que sí por ti, joder.

Escucharla hablar así, con la voz temblorosa, hace que se me encoja el corazón. Sé que espera que me retracte, pero sería inútil hacerlo a estas alturas.

—Iré a la fiesta cuando vuelva. No tardaré mucho. Lo siento. De verdad.

Si no la conociera, casi diría que la situación no le duele. Porque hace lo mismo que siempre. Al escucharme, saca a la luz esa barrera tras la que siempre se esconde y simplemente dice:

—En ese caso, será mejor que te vayas. No quiero que la hagas esperar.

No añade nada más. Solo se da media vuelta y se encierra en su dormitorio.

☆

Puede que venir haya sido un error.

Tamborileo con los dedos sobre el volante mientras espero. Michelle debe de estar a punto de llegar. Llevo más de diez minutos aparcado frente al edificio. Después de discutir con Maia, me he ido tan rápido como he podido. Cada vez que pienso en ella, mi mente me insinúa de una forma muy poco adecuada que soy un capullo.

Estoy nervioso. Me miro en el espejo retrovisor y me recoloco los rizos, pero después reparo en lo que estoy haciendo y me obligo a parar. ¿Qué me pasa? Se supone que la opinión que Michelle tenga de mí me trae sin cuidado. Lo que sentía por ella, fuera lo que fuera, se apagó.

Sin embargo, el corazón me salta cuando me envía un mensaje para preguntar por mi ubicación. Echo un vistazo al exterior. Mi nuevo apartamento se encuentra en una calle céntrica de Mánchester, pero no es de las más concurridas. No tardo en localizar su figura junto a la puerta del edificio. Me armo de fuerzas y salgo del coche.

Cuando me ve, ella se endereza. Casi parece nerviosa. Se ha recogido el pelo rubio en una coleta y lleva unos vaqueros y un abrigo de lana abrochado hasta el cuello. No me extraña. Hace frío esta noche.

Espero que Maia haya cogido una chaqueta.

—Hola —dice cuando me detengo a su lado.

Saco las llaves y abro la puerta.

—Será mejor que hablemos dentro —me limito a responder.

Me sigue al ascensor y subimos hasta la tercera planta envueltos en un silencio muy tenso. La miro de reojo. Está igual que siempre. Bien vestida, peinada y maquillada. No me sorprendería que acabe de grabar unas stories para su cuenta de Instagram. Por el bien de los restos de nuestra amistad, espero que no me mencione en ninguna.

La conduzco al apartamento 306. Dejo que entre primero y cierro la puerta a nuestras espaldas. No es lo más lujoso del mercado, pero es justo lo que buscaba. Se trata de un alojamiento de unos ochenta metros cuadrados con vistas a la ciudad. Está amueblado de forma minimalista y lo tendré listo en cuanto le añada unos detalles. Cuenta con dos habitaciones, la mía y la de invitados, un baño, el salón y la cocina. No necesito nada más.

Evito pensar en que tengo las llaves desde ayer y que ya podría haberme mudado. Y que sé perfectamente por qué no lo he hecho.

—Es bonito —menciona con una sonrisa forzada.

—Ya.

Me sigue hasta la sala de estar, donde le indico que tome asiento. En cambio, yo prefiero quedarme de pie. Me recuesto en la pared y me cruzo de brazos, tenso, mientras espero a que rompa el silencio.

—¿Cómo... cómo has estado? —pregunta tras aclararse la voz—. Hace días que no sé nada de ti.

—Bastante mejor desde que rompimos públicamente, la verdad.

Quizá me paso de sincero, pero ya estoy cansado de esto, y eso que solo acabo de llegar. No me creo que haya discutido con Maia para venir aquí.

—Veo que no tienes intenciones de ser amable.

—¿Debería?

—No te he hecho nada para que me trates así.

—El día del directo te dije que estaba harto de la relación y que no quería que desmintiéramos la noticia. Quise ir por las buenas, pero respondiste que mis problemas no eran más que estupideces. Así que me tomé la justicia por mi mano. Si esperas una disculpa, siento decirte que te voy a decepcionar.

¿No quería explicaciones? Ahí están. Ya no tengo nada más que decir. Mi tono de superioridad la saca de sus casillas.

—La chica con la que te acostaste, y sobre la que por cierto te advertí, acababa de arruinar mi reputación y mi carrera. Perdóname si no estaba dispuesta a escucharte en ese momento.

—No la metas en esto —le advierto tenso.

—Todo fue culpa suya. Pues claro que voy a meterla en esto.

—Tampoco me escuchabas antes. Si me hubieras prestado un mínimo de atención, te habrías dado cuenta de lo que ocurría.

—Por supuesto. Tengo que ser adivina, ¿verdad? —escupe sarcástica, y sus ojos fríos se clavan sobre mí—. El mundo no gira en torno a tus problemas y a ti. Date cuenta de una puta vez.

Odio que haga esto. Que insinúe que soy superficial y que solo pienso en mí mismo. Que soy un egoísta. Creo que nunca he sido ese tipo de persona y me duele que me vea con esos ojos.

—Dices eso porque crees que soy igual que tú, pero no es verdad —respondo—. Lo único que te importan son las cifras. Por eso no me escuchaste cuando te dije que quería acabar con esto. Sabías que ya no podrías aprovecharte de mí para ganar seguidores. Ni de mi madre para las colaboraciones con su marca. Creía que éramos amigos, pero sinceramente comienzo a dudar de que eso no fuera una farsa también.

Espero que mi comentario le duela, porque iba con esa intención, pero Michelle solo niega y resopla.

—¿Eso es lo que te ha dicho tu amiguita? ¿Que soy una mala persona y una amiga horrible? No esperaba que fueras tan fácil de manipular.

—Ella no necesita que te odie —contesto, y evito pronunciar su nombre.

—Pero seguro que lo intenta. Constantemente. Dime, ¿cómo le ha sentado que vengas a verme esta noche?

—¿Qué más te da?

—No es buena para ti. Te traicionó. Hundió tu reputación y te arrebató todo por lo que tanto has trabajado. Y tú has dejado que te coma la cabeza. ¿Y todo para qué? ¿Para echar un polvo? Liam, por el amor de Dios.

Aprieto los puños por inercia. Esto está llegando demasiado lejos.

—No hables así de ella. No la conoces.

—No necesito conocerla para saber que no es lo que te mereces.

—¿Y qué es lo que me merezco, exactamente?

—A alguien que entienda lo feliz que te hacía tu canal de YouTube. Y que no se esfuerce por destruirlo.

Niego con la cabeza sarcástico.

—No tienes ni idea de lo que dices.

—¿Tú crees? Porque yo estoy segura de que sé más cosas de ti que cualquier otra persona en el mundo.

—Eso no es verdad.

—Te conozco mejor que nadie.

—No más que Evan. Ni que ella.

—¿En qué te basas para decir eso?

—En que los dos se dieron cuenta de lo que sentía por ti sin que yo tuviera que decírselo.

No pienso antes de hablar. Solo lo suelto sin que me importen las consecuencias. El corazón me late a toda velocidad. He estado callándomelo durante meses, desde que esto empezó, porque me daba miedo destrozar nuestra amistad. Pero ya no queda nada que rescatar. Se ha perdido. Todo.

Michelle se queda bloqueada. Un silencio asfixiante se adueña de la habitación y me obligo a sostenerle la mirada. No voy a empezar a ser un cobarde a estas alturas.

—¿Sentías algo por mí? —pregunta con la voz queda.

—Sí —respondo.

Ella parece no saber qué decir. Abre y cierra la boca consternada.

—¿Desde cuándo?

—Desde que nos conocimos. Luego Adam propuso que empezáramos a salir y todo empeoró.

—Eso fue hace tiempo, Liam —replica con tono acusatorio, en un susurro—. Fue hace *mucho* tiempo.

Trago saliva.

—Ya lo sé.

—¿Y nunca me dijiste nada?

—Estabas con Max —le recuerdo.

—Sí, pero tenía derecho a saberlo. Si me lo hubieras contado, yo... quizá nunca habría...

El corazón se me desboca. Sé perfectamente lo que esto significa. No hay miradas incómodas. No hay frases del estilo de «lo siento, pero solo podemos ser amigos». Está dudando. La estoy haciendo dudar.

¿Y si mis sentimientos sí eran correspondidos, después de todo?

—Si lo hubieras sabido, ¿habrías roto con él para estar conmigo?

Su mirada recae sobre la mía y veo lo devastada que está.

—A lo mejor —responde con voz temblorosa—. No lo sé, ¿vale? No lo sé.

Un aluvión de esperanza se me cuela en el pecho, seguido de una incipiente sensación de culpabilidad. ¿Qué cojones hago? Se supone que Max es mi amigo. Puede que no estemos tan unidos, pero no soy tan capullo. No puedo hacerle esto.

Y Maia. Mierda, ¿qué pasa con Maia?

—Esto no está bien —lo corto de raíz—. Creo que deberías irte. Ahora.

—No puedes soltarme esto y esperar que actúe como si nada. Quiero a Max, pero...

—Pero nada. Es tu novio. Y uno de mis mejores amigos.

—No tonteaba con él cuando te conocí a ti. Quizá, si eso hubiera ocurrido de forma diferente, ahora...

—He dicho que se acabó, Michelle.

—¿No te importa lo que tenga que decir? —demanda con la voz ahogada.

Me vuelvo hacia ella porque, joder, sí que me importa.

—¿Qué habría pasado si las cosas hubieran sucedido de forma diferente?

—Que ahora estaría saliendo contigo.

—Eso no es verdad.

Necesito desmentirlo porque no quiero creérmelo. No puede ser.

—Creo que también sentía algo por ti, pero no me he dado cuenta hasta que... hasta que tú lo has dicho —admite—. Puede que por eso me molestara tanto verte con otras chicas. Y quizá también haya intentado retrasar nuestra ruptura por la misma razón. Ojalá me hubiera dado cuenta antes. Yo... yo no...

—Ahora sales con Max —me fuerzo a contestar, aunque me he quedado sin aire al escucharlo—. Y eso tiene que seguir así.

Michelle clava sus ojos en los míos. Están enrojecidos.

—Has dicho que sentías cosas por mí. La pregunta es: ¿todavía las sientes?

Se me forma un nudo en la garganta.

—No lo sé.

Ella se acerca unos pasos más.

—Y, si te dijera que estoy dispuesta a intentarlo, ¿qué harías?

Entonces, me doy cuenta de que soy un imbécil. Y no es porque me haya pasado los últimos meses esperando a que llegara este momento, sino porque, a diferencia de lo que creía, lo tengo muy claro.

Maia

Menudo capullo.

Salgo de casa cuando un claxon suena en la calle. He estado a punto de rajarme porque, sinceramente, ir a la fiesta es lo que menos me apetece después de haber discutido con Liam. Y, sin embargo, aquí estoy. He llamado a Lisa para que venga a recogerme y ahora me espera en su coche, que ha aparcado delante de mi casa. Una victoria más para mi orgullo, supongo.

Me niego a dejar que un imbécil me arruine la noche. Voy a pasármelo bien. Aunque solo sea para sacármelo de la cabeza.

Corro hacia el vehículo frotándome los brazos. Hace frío esta noche. Debería haber cogido una chaqueta.

—¿Preparada para la mejor noche de tu vida? —canturrea Lisa cuando me subo al vehículo. Me abrocho el cinturón. Su entusiasmo no suele molestarme, pero estoy especialmente irascible después de lo ocurrido.

¿A quién quiero engañar? No hay forma de que esta sea una buena noche.

—Gracias por venir a recogerme —me limito a contestar.

Ella sonríe y arranca el motor.

Está preciosa. Lleva el pelo suelto, unos pantalones de cuero ajustados y un top sin mangas de color negro. Me resulta raro verla así de arreglada, ya que estoy acostumbrada al uniforme del trabajo. Pero me gusta. Además, se nota que es buena con el maquillaje. Espero que me eche una mano la próxima vez. Las amigas hacen esa clase de cosas.

Mierda. Amigas. Lisa y yo somos amigas. Y, aunque no me ha acribillado a preguntas cuando la he llamado, sé que está ahí para escucharme. Y ahora mismo me hace mucha falta.

—Liam me ha dejado tirada para irse con su ex —le suelto de sopetón.

El estómago se me retuerce al decirlo en voz alta. Lisa abre mucho los ojos.

—¡¿Que Liam ha hecho qué?!

Me hundo en el asiento incómoda.

—Supongo que tiene sus prioridades.

—Menudo cabrón.

—No te metas con él —le ruego.

Al contrario de lo que pensaba, que lo insulte no me hace sentir mejor.

Dios santo, estoy peor de lo que pensaba.

—No está bien lo que ha hecho, Maia.

—Ya lo sé.

—La próxima vez que lo vea, tendremos una conversación amistosa. Deja que yo me encargue.

Aprecio que intente animarme, pero no funciona.

—No hace falta —respondo—. De todas formas, tampoco me gustaba tanto.

Me siento terriblemente humillada.

Ayer mismo estábamos hablando sobre que a Liam le gustaba y sobre que debía «dejarme llevar» y hoy me ha hecho esto. Me prometió que vendría conmigo a esa fiesta, pero se le ha olvidado en cuanto ha aparecido Michelle. Soy patética. No quiero ni recordar lo que ocurrió anoche entre nosotros. Nunca debería haber admitido que sentía algo por él.

¿Y lo que hice después? ¿En qué diablos estaba pensando? Ahora mismo solo quiero borrar de mi memoria todo lo que pasó en ese coche.

Lisa alarga la mano para darme un apretón. Sé que no soy una persona fácil y que cuesta entenderme, pero por algún motivo a ella se le da muy bien.

—De ahora en adelante, queda prohibido pensar en Liam. Vamos a divertirnos esta noche, ¿entendido?

Fuerzo una sonrisa que no me llega a los ojos. No seré capaz, pero al menos me ayudará a intentarlo.

—Entendido.

No tardamos mucho en llegar. La fiesta se organiza en un barrio en las afueras al que nunca había venido. Aparcamos una calle más abajo y salimos del coche. Comenzamos a oír el murmullo de la música conforme nos acercamos a la casa, que tiene porche y un jardín delantero enorme, ambos abarrotados de gente.

La chica que nos recibe tiene el pelo negro y rizado y la piel oscura. Saluda a Lisa con un abrazo y se presenta como Hazel. Intento sonreír con amabilidad, pero no me sale demasiado bien. Nos adentramos en la casa y el olor a alcohol me inunda las fosas nasales. Hay mucha gente y la música suena a todo volumen. Se me encoge el corazón al reconocer la canción.

Es una de las que Liam me recomendó.

No puedo evitar imaginármelo con esa chica, Michelle, a solas en su apartamento. Las imágenes que se forman en mi mente me revuelven el estómago. Mierda, tenía razón. Estoy celosa. El problema está en que creo que me había hecho ilusiones, y ahora se han ido al traste y necesito desesperadamente sacármelo de la cabeza.

—¿Quieres una copa? —Lisa me grita al oído para que la oiga por encima de la música. Niego. Solo llevamos un rato aquí y ya me estoy agobiando.

—Paso.

—Como quieras. Yo necesito cerveza. No te separes de mí.

Al menos, parece dispuesta a no dejarme sola, lo que es todo un alivio.

Me agarra del brazo y la sigo entre la multitud. El ambiente es asfixiante. Además, me siento un tanto insegura con este vestido. La última vez que me lo puse fue hace meses, cuando tenía mejor cuerpo y era mucho más guapa. Ahora solo queda una sombra de la Maia de entonces.

Entramos en una cocina espaciosa que debe de costar más que toda mi casa. Por el amor de Dios, ¿cuánto dinero tiene esta gente? Lisa abre el frigorífico, saca una cerveza para ella y me ofrece un refresco. Después, coge impulso para sentarse en la encimera. Intento disimular que me alivia que quiera quedarse aquí un rato más. Hay mucha menos gente y es más fácil hablar.

—¿Ves a ese chico de rojo? —pregunta señalando con disimulo al que está junto a la puerta—. Nos enrollamos hace cosa de dos semanas.

Me ofrece una distracción que acepto sin pensármelo dos veces. Me fijo mejor en él. Desde luego, tiene buen gusto.

—Es guapo —opino, y ella resopla.

—También es gilipollas. Por eso me lie con su amigo al día siguiente. Es el que está a su lado.

No puedo evitar reírme.

—Menudo pleno.

—A lo que me refiero es a que la vida son dos días. Diviértete. Necesitamos anécdotas que contar a nuestros nietos. Imagínate la de enseñanzas útiles que sacarán de mí.

Sonrío. Lisa me imita, conforme, y echa un vistazo a lo que nos rodea. Vivimos en una localidad pequeña, pero la mayoría son caras desconocidas. Supongo que vendrán de pueblos vecinos.

—¿Qué te ha parecido Hazel? —pregunta tras unos minutos.

—Parece simpática.

—Lo es. Me encantaría presentarte a mis amigos, si algún día te apetece. —Me guiña un ojo juguetona—. O a un chico guapo. Conozco a unos pocos.

Es mentira que un clavo saca a otro, así que niego.

—Creo que voy a pasar de los tíos durante una temporada.

—Haces bien.

—Pero no me importaría conocer a..., bueno, a tus amigos —añado nerviosa—. Cuando no estén ocupados y no tengan nada mejor que hacer, claro. Soy un poco tímida al principio. Y un poco borde. Pero es sin querer. Prometo esforzarme para caerles bien, de veras.

Espero que Lisa se ría de mí o que me dé largas, pero lo que hace en su lugar es esbozar una gran sonrisa. Y abrazarme. Dejo que me estreche contra ella con entusiasmo. No para de dar saltitos.

—¡No sabes lo que me alegro de oír eso! Estaba deseando que los conocieras, pero no quería que te sintieras incómoda. Te van a encantar. Vamos.

Me saca a rastras de la cocina.

Acabamos bajando una escalera que conduce a un sótano. Está distribuido como una sala de estar y hay sofás y una mesa de billar. Hay menos gente que en la planta superior, lo que supone todo un alivio. En total, habrá unas ocho personas, y todas se vuelven hacia nosotras al vernos entrar. Me invade la vergüenza. Dios santo, esto no ha sido una buena idea.

Lisa me conduce hasta ellos y presume de mí frente a sus amigos como si fuera el nuevo juguete que se ha comprado.

—Chicos, esta es Maia. Maia, las del fondo son las gemelas, Marion y Jessica. Chloe es la que está hablando por teléfono. Su novio está en una banda y, aquí entre nosotras, es un poco raro —añade bajando la voz, pero la chica nos escucha y le saca el dedo del medio—. A Hazel ya la conoces. Y, por desgracia para ti, a Derek también. Juro que no lo he invitado yo.

Genial. Parece que ni siquiera esta noche voy a librarme de él.

—Fracasada —me saluda con un gesto.

Decido ignorarlo y volverme hacia los demás. Sonrío, pero nadie me presta atención, excepto Hazel, que me hace una seña para que me acomode a su lado. Lisa me anima con un empujón y las tres nos apretujamos en el sofá.

—¿Así que te llamas Maia? —comenta Hazel con voz dulce—. Me gusta. Es un nombre bonito. Y eres muy guapa.

Sonrío con timidez. A su lado, Derek finge tener una arcada.

—Creo que voy a vomitar.

—Gracias —respondo haciendo oídos sordos. Hazel tiene unos ojos marrones grandes y profundos. Busco rápidamente algo que decir—. A mí me gusta tu... pelo. Es genial.

Joder, soy pésima en esto de socializar. De nuevo, Derek se hace notar. Suelta una risotada sarcástica.

—Patética —carraspea con una sonrisa burlona.

Me vuelvo hacia él con cara de pocos amigos.

—¿No tienes nada mejor que hacer?

—En realidad, me preguntaba dónde habías dejado a tu noviecito. Dime, ¿ya se ha cansado de ti?

—¿Sigues afectado porque te mandé a la mierda? Vamos, supéralo, ha pasado mucho tiempo.

—Seguro que se largó en cuanto logró que te acostaras con él —continúa, con sus ojos sobre los míos—. Eres rara de cojones, pero estás buena. Supongo que merece la pena soportarte durante un par de días y largarse después.

En cualquier otra ocasión lo habría mandado a la mierda, pero ahora, después de lo que ha pasado, sus palabras hacen que se me forme un nudo en el estómago.

—Que te jodan, Derek —respondo con la voz temblorosa.

Él no para de sonreír.

—En el fondo sabes que tengo razón.

—Ve a cascártela y déjanos en paz —le espeta Lisa, y la miro agradecida por que me haya defendido.

Sorprendentemente, Derek le hace caso. Se levanta, se sacude el polvo de los pantalones y me guiña un ojo, burlón, antes de marcharse. A mí se me ha revuelto el estómago.

—Ignóralo —dice Lisa cuando desaparece de nuestro campo de visión—. Sabes que solo quiere hacerte daño.

A su lado, Hazel asiente para darle la razón. Sonrío y finjo que todo me da igual, tal y como he hecho durante los últimos siete meses. Solo que esta vez me cuesta mucho más.

Aunque me esfuerzo por participar en la conversación, no lo habría conseguido de no ser por Lisa y Hazel. Esta última no deja de hacerme preguntas y contesta a las mías con ilusión. Descubro que es bastante diferente a Lisa, pero aun así parecen ser muy amigas. Al parecer, se conocieron en un club de ballet. Me cuentan anécdotas y yo sonrío e intento escucharlas, aunque tenga la cabeza en otra parte.

Todavía estamos sentadas en el sofá cuando dan las once y media. Se han incorporado un par de chicos más cuyos nombres no me he molestado en preguntar. Lisa ya va un poco borracha, y Hazel y yo nos reímos de sus incoherencias. Estoy a punto de proponer que nos movamos cuando mi móvil vibra en mi bolso.

Lo saco y se me para el corazón al leer el mensaje.

Míster borracho (alias capullo)
¿Sigues en la fiesta?

Siento una presión molesta en el pecho. A sabiendas de que será lo mejor, lo dejo en visto y bloqueo la pantalla. Sin embargo, sigue vibrando. Una y otra vez. Lo ignoro hasta que comienzan a llegar tantos mensajes que es imposible que los demás no se den cuenta.

—Parece importante —comenta Hazel señalándolo.

Fuerzo una sonrisa y, muy a mi pesar, lo desbloqueo.

Míster borracho (alias capullo)
¿Maia?
¿Dónde estás?
Vamos, responde, por favor.
Entiendo que estés cabreada, pero no me ignores. Vamos.

Está en línea, así que sabe que he leído sus mensajes. Podría responder, pero no me sale nada. No estoy de humor para hablar con él ahora mismo. De hecho, estoy dispuesta a apagar el móvil para que me deje en paz, pero justo en ese momento un audio de casi tres minutos de duración aparece en la pantalla.

Me muerdo el interior de la mejilla. Mi yo racional sabe que lo mejor sería no escucharlo, pero no tengo tanta fuerza de voluntad.

—¿Dónde está el baño? —le pregunto a Lisa, que responde sin hacer preguntas.

Me levanto con aparente tranquilidad, pero después subo la escalera a toda prisa y sigo sus indicaciones con el corazón a mil. Ahora hay todavía más gente y es casi imposible abrirse paso entre la multitud. Cuando por fin llego al segundo piso, giro a la izquierda y lo encuentro. Entro, enciendo la luz y cierro la puerta. Con pestillo.

Vale. Puedo con esto.

Dejo el móvil en la encimera del lavabo, apoyo las manos sobre ella y me miro al espejo. Me llega un nuevo mensaje.

> MÍSTER BORRACHO (ALIAS CAPULLO)
> Escúchalo entero. Por favor.

Estoy completamente segura de que es una mala idea, pero tendré que enfrentarme a él tarde o temprano. Cojo aire y le doy a «reproducir». De inmediato, la voz de Liam se hace oír, áspera y profunda, entre las paredes del baño.

> Vale, sé que estás cabreada y que probablemente tendrás ganas de mandarme a la mierda, cosa que, sinceramente, estarías en todo tu derecho de hacer. Pero tengo que contarte una cosa. Ahora mismo. Creo que tienes que saberlo. Le he dicho a Michelle lo que sentía por ella. He descubierto que es correspondido, Maia. Y me he dado cuenta de que...

Detengo el audio. Ni de coña.

No, no, no. Es que ni de coña.

¿Me paso toda la noche dándole vueltas al tema y pensando en él y ahora pretende que escuche cómo se siente respecto a otra chica? Puede que finja que no, pero Liam me gusta. Mucho.

Me duele horrores solo imaginármelo con ella, así que no voy a ser tan masoquista.

Apago el móvil y me miro al espejo. Bien. Hora de centrarme en la fiesta. En Lisa y en mi nueva amiga. Y, sobre todo, de sacármelo de la cabeza.

Me peino con los dedos, en un intento penoso de ganar tiempo porque todavía no estoy preparada para salir ahí fuera. Trago saliva y observo mi reflejo. No voy a dejar que esto me afecte, ¿verdad? Liam ni siquiera me importaba tanto. Dentro de unos días recogerá sus cosas, se largará y no tendré que volver a verlo. Problema solucionado.

Lo nuestro no iba a llegar a ninguna parte, de todos modos.

Estoy decidida a quedarme aquí dentro un poco más, mentalizándome, pero entonces comienzan a llamar a la puerta. Tan fuerte que casi la tiran abajo. Doy un respingo y mi mal humor sale a la superficie.

Cambio de planes. Se acabó lo de lamentarse, ahora solo quiero estrangular al gilipollas que hay al otro lado.

—¿Se puede saber qué coño...? —comienzo a preguntar mientras abro la puerta, pero me quedo sin habla cuando veo quién se encuentra allí.

Está despeinado y respira muy rápido, como si hubiera venido corriendo. Me quedo sin fuerzas y sin aire en los pulmones. Liam.

—No puedo dejar de pensar en ti —dice nada más verme.

Ni siquiera puedo contestar. Cruza la estancia, me pone las manos en las mejillas y estampa su boca contra la mía.

19

LIBERTAD DE EXPRESIÓN

Maia

Me está besando.

Liam me está besando.

En cuanto sus labios rozan los míos, ya no queda ni rastro del enfado y la adrenalina que sentía hace un momento. Es como si me quedara sin fuerzas. El mundo se detiene a nuestro alrededor. Incluso dejo de oír la música. Presiona su boca contra la mía con ímpetu, pero no se atreve a hacer nada más. Es un beso insistente pero delicado. Mi cuerpo y mi mente ansían más contacto y casi agradezco que se aparte a tiempo, ya que yo no podría haberlo hecho en su lugar.

Se queda a unos centímetros de mi rostro, con la respiración entrecortada. Cuando abro los ojos, me encuentro con los suyos, azules y brillantes. Intento romper el silencio, pero no puedo hablar.

—Bueno, esperaba que me dieras un puñetazo —dice en voz baja—. Como no lo has hecho, voy a ser optimista y a dar por hecho que estás dispuesta a escucharme.

—Apártate, Liam.

Ni siquiera sé cómo he conseguido que me funcione la voz.

Traga saliva y deja caer las manos, pero no se mueve. Reúno toda mi fuerza de voluntad para ser yo quien retroceda. No es justo. Llevaba queriendo esto desde que lo besé en mi habitación, pero no así. No después de haberme pasado toda la noche comiéndome la cabeza por su culpa.

—Déjame hablar —me ruega, pero estoy demasiado enfadada.

—No puedes venir y besarme después de portarte como un cabrón conmigo. Que te jodan.

Antes de que alcance la puerta, me agarra del brazo.

—Maia. —Tira de mí para que me gire. Baja ligeramente la cabeza y me mira a los ojos—. Ya he dicho que lo siento. Varias veces. En un audio de más de tres minutos que, conociéndote, seguro que no habrás escuchado.

—Graba un *podcast* la próxima vez.

—¿Siempre tienes que ser tan desagradable?

—Suéltame.

En su lugar, hace que me acerque más, hasta que estamos de nuevo solo a unos centímetros. Se me desboca el corazón, pero le sostengo la mirada, firme. Intento con todas mis fuerzas no pensar en lo calientes que tiene las manos y en que me muero por acabar con toda la distancia que nos separa.

—¿Por qué siempre me pones las cosas difíciles? —pregunta en un susurro, y yo trago saliva.

—¿Qué haces aquí?

—¿Tú qué crees? ¿De verdad no has escuchado el audio?

—No estaba de humor para oírte hablar de ella durante tres minutos.

Lo que me delata es el tono amargo de mi voz. Cuando se da cuenta de lo que ocurre, esboza una sonrisa burlona que me saca de mis casillas.

—Así que es eso —comenta encantado mirándome a los ojos—. Estás celosa.

—¿Quieres que te pegue un puñetazo?

—Parece que no te gusto solo para un polvo, ¿eh?

—Cambio de planes. Voy a darte una patada en los huevos.

Se ríe, lo que me enfada aún más. Me hace retroceder hasta que me choco contra la encimera del lavabo. Coloca las manos sobre ella, a ambos lados de mi cuerpo, reduciendo aún más la distancia entre nosotros. Llevo tacones, por lo que mi boca queda a la altura de la suya. Y puedo mirar directamente a sus ojos azules. Lo que veo en ellos me provoca un cosquilleo que se me extiende por todo el cuerpo.

Odio que tenga este efecto en mí incluso cuando estoy cabreada con él. Hormonas, podríais colaborar.

—No me he pasado tres minutos hablando sobre Michelle, Maia. De hecho, solo he hablado sobre ti.

El corazón me salta con tanta fuerza que creo que se me va a salir del pecho.

—No es verdad —mascullo. Sería más fácil si estuviese mintiendo.

—Lo es y, si me hubieras escuchado, ahora estarías besándome y no mandándome a la mierda.

Alargo la mano sin pensar para coger el teléfono. Necesito comprobar si es verdad. No obstante, Liam reacciona enseguida y me agarra la muñeca para impedirlo. De pronto, parece nervioso. Es como si esa confianza que siempre tiene en sí mismo se hubiera esfumado.

—No vas a escucharlo ahora —me advierte.

—¿Tan malo es? —Soy tan insegura que no puedo evitar ponerme en lo peor.

—No. —Esboza una sonrisa leve—. Pero que lo escuches después de haberme rechazado sería un golpe demasiado duro para mi ego.

—No te he rechazado.

Respondo tan rápido que me da hasta vergüenza.

—Has dicho que querías darme una patada en los huevos.

—Sí, pero eso no es rechazarte. ¿Qué... qué decías en el audio?

No conseguiré acallar mis inseguridades hasta que lo diga. Por suerte, me conoce muy bien.

—Hay muchas cosas que me gustan de ti. Y las he mencionado todas.

Quiero suplicarle que me jure que es verdad, pero no lo hago. No soportaría que descubriera la poca confianza que tengo en mí misma, sobre todo después de que Derek haya insinuado que nadie me querría para nada más que acostarse conmigo. Mi vida es un completo desastre. Las circunstancias me han hundido y no sé cómo volveré a salir a flote. Me cuesta creer que alguien pudiera sentirse atraído por tanto caos, pero Liam habla como si de verdad le gustase la persona que soy.

—No esperaba que fueras tan sentimental —contesto con un nudo en la garganta que espero que no note.

Esboza una de esas sonrisas tan asquerosamente perfectas.

—No lo soy, pero hay excepciones.

—¿De verdad te has declarado en un audio de WhatsApp?

—¿De qué te quejas? Así podrás escucharlo siempre que quieras. —Se acerca más, hasta que su boca roza mi oreja, y añade—: O ponértelo en bucle para dormir. Seguro que tendrías sueños muy interesantes.

—O pesadillas muy traumáticas.

Se ríe entre dientes y me mira a los ojos. Cuando me aparta el pelo de la frente, todo mi cuerpo reacciona ante el contacto, pero no muevo ni un músculo.

—Me gustas mucho, Maia. No sé qué hay exactamente entre nosotros, pero creo que tú lo sientes también y, sea lo que sea, me muero por explorarlo. Quiero conocerte mejor.

—¿Solo conocerme? —bromeo con la voz temblorosa, porque todo esto de hablar de sentimientos me pone muy tensa.

—También quiero liarme contigo, pero eso ya lo sabes.

—Está bien.

Creo que ninguno esperaba que accediese tan pronto, pero ¿qué sentido tiene seguir luchando contra mí misma? ¿No será más fácil simplemente dejarme llevar?

—¿Lo dices en serio? —Al no obtener respuesta, se aclara la garganta nervioso—. Siento no haber venido contigo a la fiesta. Lo de Michelle me tomó por sorpresa. Cuando me dijo que sentía algo por mí, me di cuenta de que me estaba manipulando. Creo que lleva haciéndolo mucho tiempo. Ir a hablar con ella no ha sido un error, ¿vale? Porque ha hecho que me plantee si de verdad estaba enamorado o si solo me atraía la idea de ella que se había formado en mi cabeza. Para mí era una persona que me escuchaba, me entendía mejor que nadie y se preocupaba por mí. Era alguien con quien sabía que podría contar para todo. Pero ahora, cuando pienso en todas esas cualidades, no es ella quien se me viene a la cabeza. Eres tú.

Lo atraigo hacia mí y pego mi boca a la suya.

Esta vez no hay tiempo para delicadezas ni para andarse con contemplaciones. Liam se inclina sobre mí y comienza a mover sus labios contra los míos como si llevara mucho esperando este momento. La tensión explota y nos sumimos en un beso cargado de urgencia y necesidad. Me pone las manos en las caderas, hunde los dedos en mi piel y me levanta en volandas para sentarme sobre la encimera. Lo rodeo inconscientemente con las piernas para que se acerque más.

Cuando presiona su cuerpo contra el mío, lo noto por completo y me recorre una oleada de placer. Besa tan bien que podría hacer esto durante horas. Su lengua explora mi boca con avidez, mientras su dedo índice asciende lentamente por mi rodilla. Cuando llega al muslo, lo sustituye por la mano completa y aprieta.

Le gusta provocarme y a mí eso me va a volver loca.

—Eres una diosa. —Es un susurro ronco que parte de lo más profundo de su garganta. Con la otra mano me echa la cabeza hacia atrás y, cuando siento su boca en mi cuello, todo mi cuerpo entra en tensión.

Estoy tan concentrada en él que se me olvida por completo dónde estamos. De fondo oímos que llaman a la puerta.

—Deberíamos... —Pero mi voz se apaga cuando su mano se cuela bajo mi vestido.

—Ignorarlos. Se cansarán de llamar.

Le acaricio la nuca mientras sus besos ascienden por el lateral de mi cuello. Cuando roza el borde de mi ropa interior con el pulgar, el estómago se me encoge por la anticipación. Joder. Vuelven a llamar, con más fuerza esta vez.

—También podemos ir a otro sitio —propongo con un jadeo.

—¿Quieres meterte en una habitación? Venga ya, más parejas se habrán enrollado allí antes. No me parece muy higiénico.

—¿Y el baño sí?

—Bueno, no, pero...

—Podemos ir a mi casa.

No me puedo concentrar, así que, muy a mi pesar, le agarro la mano para que se esté quieto. Liam se ríe y pega la boca a mi oído.

—O podemos quedarnos aquí —insiste en un susurro sugerente.

—En mi casa estaremos a solas. Durante mucho tiempo. Y podemos hacer ruido.

Menciono esto último para lograr una reacción por su parte. Liam se separa bruscamente y me mira. Tengo que recurrir a toda mi fuerza de voluntad para no volver a besarlo. Dios santo, no sé cómo he sido capaz de aguantar tanto tiempo.

Para darnos más argumentos, vuelven a aporrear la puerta. Resopla resignado y se aleja para dejarme bajar. Estoy ardiendo y me cuesta respirar, pero no soy la que se ha llevado la peor parte. Mi mirada baja automáticamente por sus hombros anchos y su abdomen marcado, cubiertos por una camisa blanca, hasta la erección que se entrevé en sus pantalones. Sé que no debería porque es probable que lo esté pasando mal, pero se me escapa la risa.

—¿Nos besamos un rato y ya estás así? —me burlo, pero a él la broma no le hace tanta gracia.

—Es la segunda vez en dos días, Maia. La puta segunda vez en dos días.

—Lo del coche fue culpa tuya.

—Muévete antes de que cambie de opinión y no te deje salir de aquí.

Me río y me bajo de un salto. No me resisto a darle un beso rápido en los labios. Después voy hacia la salida y Liam aprovecha que está detrás de mí para mirarme el culo, para variar. Será capullo. Voy a soltarle un comentario al respecto, pero entonces abro la puerta y me quedo sin habla al ver quién hay al otro lado. Tengo que hacer esfuerzos sobrehumanos para no reírme.

Liam no es tan considerado. Me pone una mano en la cintura. La cara de Derek es un poema cuando ve que salimos juntos del baño.

—Perdona por hacerte esperar, tío —le dice con total tranquilidad—. Tenía que disculparme con Maia por haber llegado tarde.

Jamás lo admitiré en voz alta, pero adoro a este chico.

Derek se encierra en el baño con un portazo. Liam mueve los dedos sobre mi cintura, conforme. Al verlo sonreír, siento de nuevo esa calidez en el pecho. No sabe lo mal que Derek me ha hecho sentir antes y, aun así, acaba de hacer que se trague sus palabras.

Lo que siento me asusta cada vez más, pero me prohíbo pensar en ello, al menos por esta noche.

Justo cuando voy a ir hacia la escalera, utiliza la mano que tiene en mi cintura para detenerme.

—No creo que sea una buena idea que bajemos juntos —declara—. Antes he buscado a Lisa para preguntar por ti y me han reconocido varias personas. No quieres que nadie te saque una foto conmigo y la suba a internet, créeme.

Ya hay una circulando por la red, pero no se me reconoce. No me gusta la idea de tener que ir con cuidado, pero ha sufrido mucho por el acoso que ha recibido y sé que solo procura que no me pase lo mismo a mí.

—Sal tú primero —respondo—. Tengo que despedirme de Lisa y Hazel. Podemos vernos fuera.

Liam relaja los hombros y asiente.

—Te espero en el coche.

—Genial.

Nos miramos. Pienso que va a besarme, pero termina sonriendo y yéndose escaleras abajo. Me quedo sola en el pasillo y cojo aire con profundidad. No tengo ni idea de qué es lo que acaba de pasar, pero me gusta. Mucho.

No quiero hacerlo esperar, por lo que voy directamente al sótano. No hay ni rastro de Hazel, pero Lisa sigue en el sofá con sus amigos y parece enfrascada en una discusión muy acalorada con uno de los chicos del grupo. Al menos hasta hace un momento, porque se levanta de un salto en cuanto me ve. Camina hacia mí tambaleándose sobre tus tacones. Puede que se haya pasado un poco con la cerveza.

—¡Maia! —exclama. Me apresuro a sujetarla para que no se desestabilice—. ¡Pero será cabrón! ¡Cree que puede presentarse aquí después... después de lo que te ha hecho y...! ¡Hijo de puta! ¡No me importa lo guapo y famoso que sea, va a vérselas conmigo!

El corazón se me estruja. Parece que se preocupa por mí de verdad.

—Está arreglado —contesto con calma—. Hemos hablado y solucionado las cosas. No hace falta que lo amenacemos de muerte.

—Bueno, esa es tu opinión.

—Vamos, Lisa.

Una chica pelinegra, a la que reconozco como la novia del músico friki, se acerca a nosotras.

—No te metas en esto, Chloe. ¡Tengo asuntos que resolver!

—¿Dónde está Hazel? —le pregunto a Chloe, pero es Lisa quien contesta:

—Montándoselo con su novia, para variar. ¡Como siempre, soy la única soltera!

Comienza a desvariar a gritos. Chloe pone los ojos en blanco e intenta arrastrarla de nuevo hacia el sofá. No me siento bien dejándola sola en este estado, pero la pelinegra me hace un gesto para que no me preocupe. Les dedico una sonrisa tímida y no me molesto en despedirme de los demás, pues me han ignorado durante toda la noche. Sí que me gustaría decirle a Hazel que me ha encantado conocerla, pero parece que tendrá que ser en otro momento.

Vuelvo a la planta principal y me abro paso entre la multitud. Cuando salgo al exterior, el frío se me cuela en los pulmones. Me froto los brazos mientras miro alrededor. Localizo el coche de alta gama de Liam aparcado junto a la casa. Conforme camino hacia él, tengo que contenerme para no sonreír como una idiota. Tengo un revoltijo de nervios en el estómago, como una adolescente ilusionada porque el chico que le gusta se le ha declarado por primera vez.

—No sabes lo bien que te queda ese vestido —es lo primero que dice cuando abro la puerta del copiloto.

Me he sentido insegura al respecto toda la noche, pero todos esos pensamientos desaparecen al darme cuenta de cómo me mira. Me siento y me abrocho el cinturón. Procuro no mirarlo demasiado. El ambiente está muy cargado y hemos quedado en que nos enrollaríamos en mi casa, no en su coche.

—Te gustaré mucho más cuando no lo lleve puesto.

Aunque tampoco me importaría hacerlo aquí, todo sea dicho.

Lo que veo en sus ojos me reaviva por dentro.

—Muy bien. Mantén esa boca tuya cerrada o vamos a acabar estrellándonos contra un árbol.

Me trago una sonrisa y asiento. Me encanta que sea tan fácil provocarlo. Cuando arranca el motor, no puedo evitar mirarlo de reojo. Lleva una camisa blanca que se ajusta a sus hombros y a sus brazos musculados. Ojalá se la pusiera más a menudo. Echo un vistazo a su perfil, a esa nariz recta y a la mandíbula ligeramente marcada. Los rizos azabaches le caen revueltos sobre la frente.

Por último, me fijo en sus manos, que agarran con fuerza el volante.

—Nueva regla —masculla—. Por nuestro bien, más te vale dejar de mirarme así.

—¿O qué?

—O no voy a poder esperar a que lleguemos a tu casa.

Se me escapa una sonrisa.

—No parece que tengas mucha fuerza de voluntad.

—No cuando se trata de ti. —Me lanza una mirada rápida—. Ahora mira hacia otra parte. Y, por lo que más quieras, déjame conducir.

Obedezco y me obligo a admirar el paisaje durante todo el trayecto. Sin embargo, él no para de mirarme de reojo y me resulta terriblemente difícil ignorarlo. Se me encoge el estómago solo de pensar en lo que pasará cuando estemos a solas en mi habitación. Tiene la mano sobre la palanca de cambios y siento la tentación de cogérsela, pero acabo echándome atrás.

Yo no soy así. No me van ese tipo de cosas.

Entonces él la mueve para colocarla en mi rodilla y cambio radicalmente de opinión.

—Conduce —le advierto. Intento no mostrarme alterada porque su piel esté, de nuevo, en contacto con la mía.

—Conduzco, pero no desaprovecho oportunidades.

—Capullo.

—Y con orgullo —responde con una sonrisa.

Traza círculos con el pulgar en la parte interna de mi muslo y soy incapaz de pensar en otra cosa. Tras mucho dudarlo, pongo mi mano sobre la suya. Acaricio sus nudillos y perfilo el contorno de su muñeca usando solo las yemas de los dedos. Es casi un acto inconsciente. Liam no me pierde de vista, pero no menciona nada al respecto. El ambiente sigue dominado por la tensión acumulada, pero me siento extrañamente cómoda y feliz.

Por desgracia, la tranquilidad no dura mucho. Cuando aparcamos frente a mi casa y vemos que el coche de Steve se encuentra en nuestro jardín, se me forma un nudo en el estómago. En el interior distingo la silueta de mi madre, pero no hay ni rastro de él. De pronto, me quedo fría. Por completo.

Liam se da cuenta y me da un ligero apretón en la rodilla.

—Podemos esperar a que se vayan o ir a mi apartamento —propone con voz suave.

Estoy a punto de decirle que sí. Necesito escapar de mi vida durante unas horas. No obstante, justo en ese momento la puerta se abre y Steve sale de la vivienda. Empalidezco al reconocer lo que lleva en las manos.

Es una caja. La que guardo en mi habitación y contiene todos mis ahorros.

Salgo tan rápido del vehículo que a Liam no le da tiempo a reaccionar.

—¡¿Se puede saber qué haces?! —exclamo corriendo hacia él.

Me cuesta mantener el equilibrio sobre los tacones, pero no me detengo. Steve alza la mirada al oírme, aunque no se pone nervioso ni intenta ocultar que me está robando. En su lugar, se detiene con la caja cerrada bajo el brazo y me lanza una de sus repugnantes sonrisas. Cuando me da un repaso con la mirada, comienzo a sentir que mi vestido es demasiado corto.

—Pero mírate —canturrea. Por su tono sé que ha bebido—. Parece que estés pidiendo a gritos que alguien te dé lo que buscas.

La bilis se me sube a la garganta. Trago saliva y, tan firme como puedo, le espeto:

—Eso es mío —señalo la caja, y Steve se encoge de hombros.

—Me parece que ya no.

Aprieto los puños por instinto.

—No es tuya. Devuélvemela ahora mismo.

—¿Y qué me darías a cambio? —Vuelve a mirarme de arriba abajo—. Ponte de rodillas y me lo pensaré.

—No.

—Vamos, Maia, sé una buena chica. ¿O es que no te importa que me la lleve?

Odio a este hombre. Le deseo lo peor. Incluso aquello que no querría que le ocurriera ni a mi peor enemigo espero que le pase a él.

—¿Maia? —Es Liam.

El alivio me invade los pulmones, pero sigo tensa. Steve sonríe al ver que se coloca junto a mí de forma protectora.

—Tu noviecita estaba a punto de suplicarme de rodillas, ¿verdad, nena?

No soporto la humillación. Se me llenan los ojos de lágrimas.

—Dame la caja —ordeno, pero tiembla la voz.

—¿Vas a hacer un puchero? Vamos, inténtalo. A lo mejor así me convences.

Este hombre ha dormido en mi casa, ha toqueteado y robado nuestra comida y ahora también ha entrado en mi habitación y rebuscado entre mis cosas. Solo de pensarlo me entran ganas de vomitar.

Liam está a punto de decir algo, pero yo ya no puedo más.

—Fuera —le espeto.

Steve frunce el ceño.

—¿Qué?

—He dicho que te vayas. No pienso permitir que vuelvas. Nunca más. No vas a volver a poner un pie en mi casa —escupo con lágrimas en los ojos—. Me das asco.

Se le borra la sonrisa. Avanza hacia mí serio y con una postura intimidante. No retrocedo.

—¿Qué has dicho? —pregunta muy despacio.

—Y, como vuelvas a soltarme otra bromita más, iré a la policía. Conseguiré que te pudras en la cárcel, que es donde la escoria como tú debe estar. ¿Me has entendido o necesitas que lo repita?

El sonido afilado viene primero. El dolor llega después.

Me da una bofetada.

Mi cuello gira bruscamente por el impacto. Su mano choca contra mi mejilla y parte de mi sien, y hace que se me salten las lágrimas. Sus uñas roñosas me han raspado y no tardo en notar que brota sangre del corte. Me duelen incluso las muelas. Todo pasa tan rápido que no me da tiempo a procesarlo.

En cuanto ve que Steve me pone una mano encima, Liam se lanza a por él.

Lo siguiente que escucho son los gritos de mamá, que se baja atropelladamente del coche. Tardo unos segundos en reaccionar. Cuando el mundo vuelve a moverse, la escena me revuelve el estómago. De un movimiento seco, Steve le pega un cabezazo a

Liam que provoca que se me detenga el corazón. Quiero moverme, pero mis piernas no funcionan. Y mi voz tampoco.

Liam lanza un puñetazo. Desde aquí escucho cómo cruje la nariz de Steve. Este intenta devolvérselo a duras penas, pero está borracho y tiene todas las de perder. Presencio la pelea en *shock* hasta que mi madre llega corriendo a mi lado.

—¡Haz algo! —exclama fuera de sí—. ¡Vais a empeorarlo todo!

Si alguna de las partes de mi corazón todavía seguía en pie, se derrumba después de oír eso.

—Liam —me obligo a reaccionar, y corro hasta él. Me meto en medio sin pensármelo dos veces, lo que supone un movimiento arriesgado, pero él frena en seco al verme—. Para. Por favor. Ya está.

Traga saliva y retrocede a trompicones. Un solo vistazo a la cara ensangrentada de Steve basta para que me entren náuseas. Liam tira de mí para que me acerque a él.

—¿Estás bien? —pregunta respirando entrecortadamente. Roza mi mejilla y yo me estremezco. Mira a Steve con fuego en los ojos—. ¿Cómo coño te atreves a ponerle una mano encima?

—Ya está —repito con la voz aguda. Nunca antes lo había visto tan fuera de sí.

Steve tose y se incorpora. Mi madre ya está a su lado limpiándole las heridas.

—Nenaza —le escupe a Liam, que se tensa—. El día que me la folle, me aseguraré de dedicártelo.

Liam reacciona y tengo que volver a ponerme en medio para que no vuelva a lanzarse sobre él. Me siento patética porque no puedo parar de llorar. Le pongo las manos en el pecho para detenerlo. Liam aprovecha que es más alto para hablar por encima de mi hombro, pero no se dirige a Steve.

—¿Cómo es capaz de dejar que le hable así? —le espeta a mi madre—. Ese hombre falta al respeto a su hija, la hace sentir incómoda, la intimida, la acosa constantemente y ahora se atreve a golpearla, ¿y usted no hace nada al respecto? ¿Es que va a decirme que sus «bromas» no le revuelven el estómago? ¿Qué clase de madre es?

Me quedo helada. Me sorprende tanto que incluso dejo de llorar.

—Me da igual lo rota que se sienta después de lo que le pasó a Deneb —continúa—. Maia no tiene la culpa. Es su hija y debería cuidar de ella. Reaccione de una vez.

El corazón me va a toda velocidad. Cuando miro a mamá, distingo algo en sus ojos que hace tiempo que no veía. Traga saliva y se pone de pie, dejando que Steve se levante por sí mismo. Cuando habla, su voz es más fría que nunca.

—Sácalo de aquí antes de que le prohíba entrar en *mi* casa —me advierte señalando a Liam.

Parece que este último vaya a añadir algo más, pero lo agarro del brazo para impedírselo.

—Vamos dentro —le ruego—. Por favor.

Habrá notado lo mucho que necesito irme de aquí, porque asiente. Echo prácticamente a correr hacia la casa mientras Steve continúa gritando a nuestras espaldas. Se me ha olvidado la caja, pero Liam se agacha a recoger algo y de pronto veo que la tiene en las manos. Entramos y cierra la puerta. Yo no puedo respirar. Parece que el mundo esté dando vueltas. Me quito los tacones y avanzo a toda prisa hacia mi habitación.

Odio a ese hombre. Odio a mi madre. Odio mi vida.

No puedo más.

Se acabó. No puedo más.

—Maia. —Liam me pisa los talones.

Cuando llegamos a mi habitación, no ha cambiado nada. Todo sigue tal y como lo dejé. Pero ese hombre ha entrado aquí, ha rebuscado entre mis cosas y ahora nunca sabré qué es lo que ha tocado, lo que ha manipulado con sus sucias manos de...

No lo soporto más.

Me derrumbo justo cuando Liam me estrecha entre sus brazos.

Escondo la cara en su pecho y suelto un sollozo. Me tiembla todo el cuerpo. Él me resguarda entre sus brazos y me acaricia el pelo con calma mientras chista en voz baja. Quiere que me relaje, pero que esté aquí conmigo solo me hace llorar con más fuerza. Estoy muy cansada. Llevo meses intentando creerme que puedo con esto. Que no voy a dejar que me ganen las circunstancias. He retenido las lágrimas y he seguido adelante superando todos los obstáculos que me he encontrado en el camino. Pero ya no puedo más. No puedo seguir fingiendo que soy fuerte.

No lo soy.

Mis lágrimas caen a toda velocidad y creo que no me quedaré vacía nunca, pero Liam no se aparta. Me consuela hasta que los sollozos cesan y mi corazón se ralentiza. Sus brazos son como encontrar un refugio en el que pasar la noche después de haber estado días perdido en una tormenta. No quiero alejarme todavía, pero se merece que me disculpe por lo que acaba de pasar, de forma que me obligo a mover los músculos engarrotados para mirarle.

Se me cae el alma a los pies.

—Mierda, Liam —es lo primero que me sale, y casi me pongo a llorar otra vez.

Él también ha sufrido las consecuencias de la pelea. Tiene un corte en la ceja que no deja de sangrar. Cuando le cojo la mano, veo que también tiene los nudillos maltratados e hinchados. Es todo culpa mía.

Aun así, el muy maldito tiene el valor de esbozar una sonrisa, aunque no le llega a los ojos.

—Tranquila, creo que voy a sobrevivir.

—Voy a por el botiquín.

—No es para tanto, Maia.

—Siéntate. —No suena como una orden, sino como una súplica.

Suspira y me hace caso.

Voy al baño en busca del botiquín de emergencia. Lo encuentro en el armario bajo el lavabo. Cuando me incorporo, me miro al espejo sin querer y trago saliva. Ya no queda rastro de la Maia que salió hace unas horas de aquí sintiéndose guapa. Tengo el rímel corrido y el pelo hecho un desastre. Con cuidado, me toco el corte de la mejilla y los dedos se me manchan de sangre. Hago una mueca. Arde.

Empiezo a llorar otra vez.

Parezco una cría.

Me lavo la cara para quitarme el maquillaje y me recojo el pelo en un moño descuidado. Cuando vuelvo a mi habitación, Liam está sentado en la cama mirándose los nudillos. Odio que la noche haya acabado así. Camino hacia él, abro el botiquín y saco alcohol y varios algodones. Empapo uno de ellos y, de pie frente a él, le cojo la mano.

—Te va a escocer —le advierto antes de presionarlo contra sus nudillos. Que sus dedos estén en contacto con los míos me provoca una sensación dolorosamente agradable. Liam me mira en silencio y se me vuelven a llenar los ojos de lágrimas—. Siento que hayas tenido que hacer esto por mi culpa —sollozo, sin poder evitarlo.

—¿Qué? —No quiero que me vea llorar, por lo que me apresuro a cambiar de algodón y mantengo la cabeza gacha mientras lo preparo. Me agarra de la muñeca para que me vuelva hacia él—. Maia, no me has obligado a hacer nada. Yo he decidido intervenir. No soporto pensar en lo que te ha hecho.

Pestañeo, con un nudo en la garganta.

—¿Así que no estás enfadado conmigo?

—¿Por qué iba a enfadarme?

—Porque todo es culpa mía. Si no..., si hubiera... si hubiera escondido mejor el dinero, no...

—Para —me interrumpe serio—. No lo justifiques.

—¿No crees que haya sido culpa mía?

—Claro que no. ¿Cómo iba a pensar eso?

«Porque *ella* lo piensa. Porque se ha preocupado más por él que por mí.»

—Lo que le has dicho a mi madre... —comienzo a decir.

—Sé que ha sido brusco, pero necesitaba escucharlo de una vez y tú eres demasiado buena para decirlo.

Sacudo la cabeza. No quiero que se disculpe. Al contrario.

—Gracias por defenderme.

No sé qué habría pasado si él no hubiera estado aquí. No solo esta noche, sino todas las que ha dormido en mi casa.

Liam sonríe, como si nada, para suavizar el ambiente.

—Espero que te pongan los tipos duros como yo.

E, incluso en esta situación, consigue hacerme reír.

—Lo has dejado hecho un cuadro.

—Venga ya, si solo le he dado un golpecito en la nariz.

—Más bien, yo diría que se la has reconstruido.

—Rinoplastia gratis. ¿De qué se queja?

—Eres imposible.

—No he hecho nada que no se mereciera.

Abandona cualquier tono de broma. Sé que nada justifica la violencia, pero estoy de acuerdo con él. No siento ni una sola pizca de compasión por Steve. Lo odio con todas mis fuerzas. Me da igual si eso me convierte en una mala persona.

Sigo curándole los nudillos. Liam me observa en silencio y, debido a la intensidad de su mirada, el ambiente se vuelve denso, aunque de manera agradable. Llevamos semanas fingiendo ser pareja y, aun así, creo que no nos habíamos tocado las manos hasta esta noche. Me parece un gesto muy íntimo, incluso más que un beso. Acaricio la parte inferior de su muñeca con las yemas de los dedos hasta que termino de limpiar la herida.

Voy a pasar a la que tiene en la ceja, pero entrelaza su mano con la mía, sin romper el contacto visual.

—¿Sería una mala idea pedirte que te acerques un poco más? —pregunta en voz baja.

El corazón se me desboca. Asiento con lentitud.

Me atrae hacia sí y hundo las rodillas en la cama, a ambos lados de su cuerpo, para sentarme en su regazo. Sus manos bajan hasta mis piernas y siento el calor de su piel directamente sobre la mía. Liam no deja de mirarme. Alargo la mano para coger un nuevo algodón y echarle alcohol. Me resulta difícil concentrarme cuando el corazón me bombea a tanta velocidad. Lo presiono contra el corte y hace una mueca de dolor.

—No seas quejica —me burlo en un susurro.

—No te muevas de ahí y no me oirás quejarme ni una sola vez.

—Casi he terminado.

Ahora que ya no hay tanta sangre, la herida no tiene tan mal aspecto. No parece muy profunda, lo que es todo un alivio. Estoy segura de que se curará por sí sola y no necesitará puntos.

Estoy a punto de cerrar el botiquín, pero él coge otro algodón.

—Te toca —anuncia, como si fuera evidente, y me quita el botecito de alcohol.

El corazón se me encoge al verlo concentrado, pero, como siempre, me obligo a fingir desinterés.

—Solo es un corte.

—Estamos en las mismas, entonces.

Me tenso, sensación que empeora cuando comienza a desinfectar la herida. Escuece más de lo que pensaba. No es un dolor agradable, pero es tan cuidadoso y me trata con tanto cariño que no me apetece apartarme. No para de tocarme la mejilla con los dedos durante el proceso y, después, cuando termina y deja de lado el algodón, me pone un mechón de pelo tras la oreja.

Sus ojos no abandonan los míos en ningún momento.

—No tienes ni idea de lo fuerte que eres, Maia.

—¿Por dejar que me cures sin ponerme a lloriquear? —intento bromear.

Sacude la cabeza.

—No. Por todo lo demás. Me lo demuestras cada día que pasa.

Se me forma un nudo en la garganta.

—No es verdad —contesto—. No sabes la de veces que me he derrumbado.

—Ser fuerte no significa que seas de piedra. Todos pasamos malos momentos porque, nos guste o no, la vida es así. La diferencia está en lo que hagas después. Puede que te derrumbes, pero sigues adelante a pesar de todo. Por eso eres fuerte. Más de lo que te imaginas.

Su mirada es tan intensa que consigue sobrecogerme. Suena dolorosamente sincero y eso es lo peor. Liam de verdad cree que soy fuerte. No piensa que sea un agujero negro. Al contrario. Me ha dicho indirectamente que soy una oportunidad de la que cree que saldrá siendo una mejor persona. Me ha llamado «supernova».

Nunca imaginé que alguien pensaría algo así de mí. Y ahora está ocurriendo y estoy muerta de miedo.

—¿Dices todas estas cosas para conseguir liarte conmigo? —inquiero burlona.

Soy incapaz de aceptar un cumplido sin bromear al respecto. Normalmente, la gente se siente incómoda, pero Liam siempre me entiende. Sonríe y se encoge de hombros.

—Lo digo porque lo pienso de verdad, pero, si como premio quieres besarme, tómate toda la libertad.

—Creo que prefiero esperar a que te lances tú.

—No, ni de coña vamos a empezar con esto otra vez.

Comienzo a reírme. Él me acaricia la mejilla y me atrae delicadamente hacia sí para unir sus labios con los míos. El primer contacto es dulce, suave. Sus dedos se hunden en mis caderas y, cuando su lengua se desliza entre mis labios, suelto un gemido involuntario. Yo enredo las manos en su pelo y dejo que me bese con tanta intensidad que se me nubla la mente.

Todo mi cuerpo me suplica que se acerque más. Aprieto las piernas a su alrededor para presionarme contra él, pero enseguida nos hace cambiar de posición. Caigo de espaldas sobre la cama y Liam se coloca sobre mí. Utiliza sus fuertes brazos para sostenerse mientras su boca devora la mía con avidez. Si quiere tomar el control, está bien. Por mí, que haga lo que quiera. Lo único que necesito es que no se aparte. Y que lleve mucha menos ropa. El pensamiento me hace reaccionar y tiro de su camisa para desabotonársela.

Mientras tanto, su mano asciende por la cara interna de mi muslo, de nuevo, con lentitud, buscando torturarme. Cuando presiona la palma contra mi ropa interior, se me detiene el corazón. Apenas hemos empezado y ya tengo que morderme el labio para no hacer ruido.

—Voy a necesitar que aclaremos un par de cosas. —El tono ronco de su voz hace que me estremezca. Tiene su rostro a un palmo del mío y me mira con la respiración acelerada y la mirada oscurecida. Aparta la mano, lo que no es precisamente de mi agrado.

—No soy virgen. Haz lo que quieras.

No me doy cuenta de lo desesperada que sueno hasta que lo escucho reír.

—Iba a preguntarte si tenías condones, pero gracias por el dato. Lo tendré en cuenta.

—¿Tú no tienes?

Al verlo negar, echo la cabeza hacia atrás con un gemido de frustración. Vuelve a reírse entre dientes y deja que sus dedos se paseen por mis piernas desnudas.

—Se me ocurren otras cosas que podemos hacer. —Mira hacia abajo, con un brillo malicioso en los ojos—. Todas implican quitarte ese vestido, así que empezaremos por ahí.

Cada fibra de mi cuerpo reacciona ante esa declaración. Por

fin termino de desabotonarle la camisa y dejo que mis manos exploren sus pectorales y su abdomen marcado. Su piel arde y sus músculos se tensan bajo mi toque. Se aleja para quitársela por completo y, al verle así, con los labios hinchados y los rizos revueltos, siento una contracción en el estómago. Me gusta tanto que no puedo ni pensar.

Ahora es mi turno de enderezarme para que pueda bajarme la cremallera que él mismo ha subido antes de la fiesta. Me recorre la columna vertebral con las yemas de los dedos, provocándome escalofríos y, cuando llega abajo, utiliza la otra mano para tirar del dobladillo del vestido y quitármelo por la cabeza. Me quedo en ropa interior, pero una inminente inseguridad se apropia de mí y de pronto me siento completamente desnuda. No es que tenga una talla enorme de sujetador. Y tampoco llevo un conjunto de lencería perfecto para la ocasión como pasa en las películas. En realidad, no suelo preocuparme mucho por esas cosas. Ni tampoco por cómo lucirá mi cuerpo.

No estoy acostumbrada a que me vean y por eso estoy tan nerviosa. Necesito desesperadamente asegurarme de que le gusto siendo justo como soy.

Sin embargo, no me da tiempo ni a pensar en ello. Antes de que pueda preocuparme, Liam me está besando de nuevo, con más fuerza esta vez, y cualquier ápice de inseguridad se borra de mi memoria. Me tumba de nuevo sobre el colchón y presiona su cuerpo contra el mío. Se me contrae el estómago y lo rodeo con las piernas por instinto. Sus vaqueros me parecen un estorbo, pero no se para a quitárselos. En su lugar, baja hasta mi cuello y me busca el pulso con la boca.

—No sabes lo que he esperado para hacer esto —susurra, como si supiera que es justo lo que necesito oír.

Sus besos continúan hasta mi escote. Sufro la tentación de rogarle que se dé prisa, pero me contengo, y asciende de nuevo hasta mi clavícula. Cuando roza el tirante de mi sujetador con los dedos, siento un espasmo por la anticipación. Lo baja con lentitud.

Estoy tan concentrada que ni siquiera noto que titubea al pasarlo sobre mis brazos.

Hace lo mismo con el otro y me incorporo para que pueda

desabrochármelo. Cuando por fin me lo quita, el frío se cuela por cada fibra de mi cuerpo. Necesito besarlo, así que tiro de él para que regrese hasta mí, y arqueo la espalda involuntariamente cuando agarra mis pechos con las manos. Cuando los presiona, tengo que contenerme para no soltar un jadeo. Lo siguiente que sé es que su boca abandona la mía para posarse sobre ellos y una corriente eléctrica me recorre todo el cuerpo.

Sin perderme de vista, perfila mis caderas con las yemas de los dedos mientras su boca se desliza por mi estómago. Todos mis músculos se tensan a su paso. Me besa bajo el ombligo, justo por encima de la ropa interior, y levanto las caderas ansiando más contacto. Utiliza las manos para inmovilizarme y poder marcar el ritmo. Parece que disfruta torturándome, por lo que no me sorprende que, en lugar de bajar y darme lo que busco, vuelva a subir.

—Capullo —siseo, sin aire.

Se ríe entre dientes y noto esa calidez tan agradable en el pecho. Es uno de los sonidos más bonitos que he escuchado nunca.

—Eres una impaciente.

—A ti te gusta provocarme.

—Es verdad. Mucho. —Se acerca de nuevo a mi rostro—. Me gusta ver cómo reaccionas.

—¿Y si esa reacción fuera darte una patada en los huevos?

Vuelve a reírse. Activa todas las terminaciones nerviosas de mi cuerpo solo con eso.

—Es imposible que me gustes tanto. —Mi corazón revolotea. Y lo hace aún más cuando se incorpora y, tras repasarme con la mirada, añade—: Eres jodidamente guapa, ¿lo sabías?

Trago saliva. Me cuesta horrores reaccionar cuando dice cosas tan bonitas.

—Creo que deberías volver al trabajo —declaro, y él sonríe.

—Cualquiera diría que estás loca por mí.

—Todavía no. Primero quiero ver de qué eres capaz.

Su mirada se posa sobre la mía, ansiosa. Enarco las cejas para desafiarlo y vuelve a besarme tan rápido que me roba el aire. Desliza la mano hasta mi ropa interior y cierro las piernas por un impulso. Me hace mantenerlas abiertas. Ya no hay tiempo para provocaciones. Presiona sobre la tela y se me escapa un jadeo. Cuando sus dedos se cuelan por debajo, todo mi cuerpo entra en tensión.

—Bésame otra vez —le suplico, y enredo las manos en sus rizos suaves cuando vuelve a inclinarse sobre mí.

Liam se mueve despacio, como si quisiera averiguar primero qué es lo que me gusta, y no tarda en descubrirlo.

Su boca se entierra de nuevo en mi cuello y noto un cosquilleo intenso en el estómago. No para de mover la mano. Utiliza la otra mano para separarme las piernas aún más y, entonces, se detiene. No puedo respirar. Voy a quejarme cuando planta un beso en la cara interior de mi muslo. Se deshace de la ropa interior para tener más acceso y, cuando su lengua se posa en donde estaban antes sus dedos, el final es inminente.

Exploto tan rápido que me da hasta vergüenza.

Una corriente eléctrica me recorre de la cabeza a los pies. Liam sigue torturándome un poco más, ahora que estoy especialmente sensible, y cada parte de mí ansía más contacto. Tengo las piernas incluso un poco entumecidas. Sé que suena deprimente, pero no recuerdo cuándo fue la última vez que sentí esto con un chico.

Se incorpora y regresa junto a mí con una sonrisa que no le cabe en la cara. Está tan guapo que me revolotea el corazón.

—Mucha tensión acumulada —declara con una sonrisa burlona.

No puedo evitar reírme completamente agotada.

Vuelve a besarme y gimo por instinto cuando muerde ligeramente mi labio inferior. Estoy ardiendo. Tiro de la cinturilla de sus pantalones y no me sorprende que esté tan tenso. Me apetece mucho, así que lo empujo para que se tumbe y me siento a horcajadas en su regazo. No separo la boca de la suya en ningún momento. Recordando la conversación del coche, intento que el beso sea lento y profundo. Quiero provocarlo y me doy por satisfecha cuando suspira contra mis labios.

—Me toca —susurro recorriendo su torso desnudo con el dedo índice.

Sus ojos resplandecen pícaros.

—¿Estás preparada para conocer a tu nuevo mejor amigo?

—No me creo que haya acabado liándome con un tío que habla así sobre su pene. —Me clava los nudillos en el estómago, de broma, y yo contengo una sonrisa—. Dime que al menos no le has puesto nombre.

—¿Y qué si lo he hecho?

—Es lo más antierótico del mundo. ¿Sabes qué? Voy a dejarte con las ganas otra vez.

Me agarra inmediatamente de las caderas para que no me mueva. Teniendo en cuenta la dureza que siento debajo de mí, no creo que la broma le parezca divertida.

—No juegues con eso —me advierte apuntándome con un dedo—. Los dolores de huevos son un tema muy serio.

No puedo evitarlo. Tengo demasiada curiosidad.

—¿Qué nombre le has puesto? ¿Liam-conda? ¿Pequeño Liam?

—¿Pequeño? —dice burlón.

—¿Mini-Liam? Es un poco cursi.

—¿Esperas que oírte hablar sobre mi pene me ponga cachondo?

—Tengo la teoría de que todo te pone cachondo.

—Vale, sí, pero este no es el caso. —Me aguanto la risa y se da por vencido—: Bueno, sí que lo es. No te voy a engañar.

Ahora sí, no puedo evitar reírme. Le golpeo el estómago y Liam emite un quejido entre risas. Intentando no mostrarme afectada, me acerco más a su rostro, hasta que nuestros labios casi se rozan.

—¿Vas a dejarme trabajar? —inquiero con una sonrisa burlona.

—Adelante. Hazme lo que quieras. Creo firmemente en la libertad de expresión.

—Eres agotador.

—Sé más cariñosa o no volverás a tenerme en tu cama, Maia.

Lo beso para que se calle de una vez. Aprovecha que estoy casi tumbada encima de él, con las rodillas sobre la cama, para agarrarme el culo. Sonrío en su boca. Sí que es verdad que no desaprovecha ninguna oportunidad.

Como no hay tiempo que perder, le echo la cabeza hacia atrás y presiono la boca contra su mandíbula. Huele realmente bien. Liam se tensa y me hunde los dedos en la piel. Me encanta ser capaz de hacer que reaccione así. Reparto besos húmedos por su garganta, prestándole especial atención al chupetón de la otra noche, y disfruto de todos y cada uno de sus suspiros.

Tiene un cuerpo atlético, trabajado pero no en exceso. Dibujo a conciencia las líneas de sus abdominales y después mis labios siguen el mismo camino. No paramos de mirarnos, lo que hace que todo me parezca mejor. Más intenso. Continúo bajando más y más hasta que encuentro la uve que se forma en sus caderas. Entonces, sonrío y me detengo. ¿Le gusta torturarme? Bien. Que le jodan. A esto sabemos jugar los dos.

Me incorporo y vuelvo a besarle en la boca. Parece impaciente, así que, ahora sí, permito que mis dedos jugueteen con su cinturón. Lo desabrocho y noto la dureza contra mi muñeca. Trago saliva. Vale. Puedo con esto.

—Creo que el pantalón estorba —comento en voz baja.

—No me lo digas dos veces.

Se lo quita a toda prisa y vuelve a tumbarse alegremente sobre el colchón. Está tan entusiasmado que parece que haya ganado la lotería.

—Avísame si algo de lo que hago no te gusta —le advierto.

—¿Cómo no iba a...? —Meto la mano directamente debajo de los bóxeres y la agarro. Traga con fuerza—. Sigue. Por favor. Exprésate con total libertad.

Sonrío y me inclino para volver a besarlo. Que hayamos hablado sobre esto antes hace que sepa perfectamente lo que tengo que hacer para llevarlo al límite. Muevo la mano despacio, porque imagino que, si tanto disfruta haciéndomelo a mí, le gustará que lo provoquen. Está ardiendo. No me lo pienso y bajo para quedar a su altura. Cuando deposito un beso en la punta, se le escapa un quejido involuntario que me manda escalofríos.

He hecho esto varias veces y ninguna me ha resultado agradable, pero me encanta ver reaccionar a Liam. Gimotea mi nombre en voz baja seguido de una maldición. Cuando quiero darme cuenta, me ha agarrado del pelo y me ayuda a marcar el ritmo. No pienso dejarlo tomar el control, así que soy quien aumenta la intensidad y él se limita a seguirme. Cuando noto que está a punto, me detengo y me aparto.

—No me hagas esto otra vez —me suplica jadeante.

Vuelvo hacia él y envuelvo su boca con la mía.

La agarro de nuevo con más fuerza y aumento el ritmo, y Liam me atrae hacia sí y me muerde ligeramente el labio inferior cuando estalla. Sonrío contra sus labios. Me lo tomo como una pequeña victoria que se siente terriblemente bien.

—Mucha tensión acumulada, ¿eh? —bromeo repitiendo lo que ha dicho antes.

—Esa boca va a convertirse en mi nueva mejor amiga.

Me río y vuelvo a besarlo. Una y otra vez.

Un rato después, estamos tumbados en la cama en silencio. Me ha prestado una camiseta y tengo la cabeza sobre su pecho. La calma que reina en la habitación hace que pueda incluso escuchar los latidos de su corazón. Me acaricia el pelo con una mano mientras yo recorro las líneas de sus abdominales con las yemas de los dedos. Me he dado cuenta de que es muy cariñoso. Más de lo que esperaba. No puede mantener las manos lejos de mí. Pasados unos largos minutos, sus movimientos cesan y sé que se ha quedado dormido.

Trago saliva. Ha sido una noche fantástica, pero tengo una sensación de malestar que me aprieta los pulmones. Debería haberme dado cuenta antes, cuando me ha quitado el vestido y me ha mirado los brazos.

Ha visto las cicatrices.

Y no estoy nada preparada para la conversación que seguramente espera que tengamos.

Duermo con él esa noche. Y vuelvo a tener pesadillas, como siempre. Sueño que voy en el coche, transitando por la carretera de Londres a Mánchester, justo por ese tramo por el que nunca he sido capaz de volver a pasar. El conductor toma un desvío brusco y me pitan los oídos. Mi hermana iba en el coche. Mamá también. Grito al verlas tiradas sobre el asfalto cubiertas de sangre. Deneb no se despierta. Lloro y chillo y los médicos me apartan de ella. Cuando me doy la vuelta, con las lágrimas cayéndome por las mejillas, la pesadilla empeora.

Porque de pronto Liam también está allí.

Inconsciente y lejos de mí, como mi hermana.

Me despierto y me incorporo de golpe, sudorosa y con unas ganas asfixiantes de ponerme a llorar. El corazón me late tan rápido que parece que me vaya a explotar. Miro alrededor, completamente fuera de mí, pero todo está a oscuras. Al menos, hasta que alguien se mueve a mi lado y enciende la luz.

—¿Maia?

Es Liam. Siento tanto alivio al oírlo que tengo que contenerme para que no se me escape un sollozo. Se echa hacia delante y ve que estoy llorando. Su rostro se tiñe de preocupación. De pronto, me siento patética.

—Siento si te he despertado —murmuro secándome las lágrimas con un brazo.

—¿Has tenido una pesadilla?

Está usando esa mirada de nuevo, la que me lanza siempre que parece que intenta ver a través de mí. Mi primer impulso es mentir, pero no me creería.

—Sí —contesto finalmente.

—¿Crees que podrás volver a dormirte?

—No lo sé.

—Ven aquí.

No hace nada más. No pregunta, ni me incomoda, ni insiste en que hable sobre cosas que aún no estoy preparada para contar. Solo se tumba bocarriba y extiende el brazo para invitarme a acurrucarme contra él. Vuelvo a secarme los ojos y le hago caso. El abrazo me transmite tanta calma que, cuando quiero darme cuenta, mi corazón vuelve a latir con normalidad.

Antes de quedarme dormida, pienso en lo que sé que siente por mí, en lo que creo que yo siento por él y en lo fácil que sería todo si no tuviera tanto miedo.

20

INEVITABLEMENTE

Maia

Cuando abro los ojos, Liam sigue aquí.

Los primeros rayos de sol se cuelan entre las cortinas anaranjadas, fundiendo la habitación en un sinfín de sombras cálidas. No sé qué hora es, pero lo que menos me apetece ahora mismo es levantarme. Tumbada aquí, con las sábanas calientes y escuchando únicamente su respiración, me siento en calma. Como en paz. No sé cómo describir exactamente esta sensación, pero espero que no se vaya nunca.

Liam todavía tiene los ojos cerrados. Los rizos oscuros le caen sobre la frente ocultándole los ojos, y no lleva camiseta. Porque la tengo yo, claro. Se durmió rodeándome la cintura con un brazo, de forma que ahora su mano descansa sobre mi estómago. Yo tengo la cabeza sobre su pecho y, si estuviera al otro lado, creo que incluso podría escuchar los latidos de su corazón. Puede que la situación se me fuera un poco de las manos anoche. Empecé llamándolo capullo en la fiesta y acabé montándomelo con él en mi habitación.

Bueno, y en la fiesta también.

Lisa estaría orgullosa si supiera lo mucho que me estoy «dejando llevar».

La última vez que dormimos juntos me asusté tanto que prácticamente salí corriendo. Esta vez puedo darme un poco de tregua. O al menos lo puedo intentar. Recorro su abdomen con los dedos distraída, y sonrío cuando Liam se mueve en sueños. Memorizo los detalles de su rostro y después le miro el cuello. Ayer descubrí que tiene un lunar bajo la oreja izquierda. Y no puedo negar que me da cierta satisfacción ver el chupetón que le hice en el coche.

—¿Hay alguna razón por la que estés mirándome dormir como una perturbada?

A veces se me olvida que, además de guapo, es gilipollas.

Gruño molesta, y él suelta una carcajada ronca que me provoca escalofríos. Me pasa la mano por la cintura y me aparta con suavidad para incorporarse. La decepción se me instala en el estómago. Bosteza, sin mirarme, se frota los ojos y se pone de pie.

—¿Adónde vas? —No puedo evitar mostrarme un tanto desconfiada.

—A lavarme los dientes. Me muero de ganas de besarte y no quiero que pienses que doy asco. No voy a tardar.

Sale de la habitación y deja la puerta abierta. Me quedo sentada en la cama mirando al techo y me suelto una reprimenda mental cuando me doy cuenta de que estoy sonriendo. Noto ese cosquilleo agradable en el estómago. He estado tan centrada en el trabajo y en cuidar de Deneb y de mi madre que se me habían olvidado algunas sensaciones, como la de que te guste alguien.

O la de enrollarte con ese alguien, todo sea dicho.

No me lo pienso. Me levanto, todavía con la sonrisa, y me dirijo al baño. Liam tiene su cepillo de dientes en la boca y se mira al espejo mientras se reacomoda los rizos húmedos. Al verme, él también sonríe.

—¿No puedes dejarme solo ni cinco segundos? Un hombre necesita su espacio, Maia.

—Vete al infierno.

—No seas tan cariñosa conmigo. Me voy a hacer ilusiones.

Choco mi hombro contra su brazo juguetona, aunque es tan grande en comparación conmigo que no consigo moverlo ni un milímetro. Me pongo frente al lavabo y me inclino para coger mi cepillo de dientes, siendo muy consciente de que me está mirando y solo llevo puesta su camiseta y la ropa interior. Que disfrute del espectáculo.

Hay roces aparentemente accidentales pero insistentes mientras nos aseamos. Liam se reclina para escupir tras enjuagarse la boca, yo hago lo mismo y todo nuestro cuerpo entra en contacto. Cuando terminamos, giro sobre mis talones y me veo atrapada entre su cuerpo y el lavabo. Alzo la mirada hacia él, que también me observa.

—¿Y bien? —cuestiono, en busca de lo que me ha prometido.

No me hace esperar. Me pone una mano en la nuca y me atrae hacia sí para presionar su boca contra la mía. Sus labios están fríos por el sabor de la menta. Es un beso lento y profundo, como los que le gustan, que hace que me envuelvan los recuerdos de anoche. Cuando se aparta, sonríe como si él también se hubiera acordado.

—Ahora sí, buenos días —pronuncia con esa voz ronca.

Yo ya tengo el estómago del revés.

—Buenos días —respondo en un susurro.

Apoya las manos sobre la encimera, a ambos lados de mi cuerpo, manteniendo una distancia excesivamente corta entre nosotros. El corazón me late en los oídos, pero intento no parecer alterada.

—¿Tienes planes para hoy? ¿Te recojo después del trabajo?

—Es mi día libre. Lisa y Derek hacen turno los domingos.

—En ese caso, creo que vamos a volver a la cama.

¿Pasarme la mañana en mi habitación sin hacer nada más que estar con él? No sé cuándo esa idea se ha vuelto tan atractiva.

—También podríamos ir a comer fuera —propongo.

—Genial, pero nada de pizza con piña.

—... y me gustaría ir al hospital —añado tras tragar saliva—. Sé que quieres hacer planes conmigo, pero...

—Puedo llevarte.

Al escucharlo, el alivio me inunda los pulmones. Me siento mal conmigo misma si no veo a Deneb todos los días. Me da miedo pensar que podría despertarse, verse sola en esa habitación incolora y cerrada, y pensar que la hemos abandonado.

Yo nunca lo haría.

—Gracias.

Niega para restarle importancia.

—Tengo que empezar a llevar las cajas al apartamento. Se supone que me mudo mañana. —Mi sonrisa amenaza con decaer, pero lo disimulo bien. Me mira a los ojos—. ¿Quieres venir a verlo?

Vacilo desconfiada.

—¿Tú quieres que vaya?

—Bueno, pasarás mucho tiempo allí de ahora en adelante, ¿no? —En lugar de darle la respuesta que espera, trago saliva. Suspira antes de añadir—: Sabes que puedes quedarte a dormir siempre que quieras. Además, Evan vendrá la semana que viene. Seguro que te hace ilusión volver a verlo.

—Claro. Tanta como que me quemen viva en una hoguera.

Me hunde los nudillos en el estómago riéndose y yo esbozo una sonrisa tensa. No quiero criticar a Evan; es su mejor amigo y tienen un vínculo muy fuerte, pero todavía no se ha disculpado por lo mal que me trató cuando nos conocimos. Eso de que insinuara que mi único objetivo en la vida era meter la mano en los pantalones de su amigo famoso, sin conocerme, fue una estupidez.

—Os llevaríais genial si le dieras una oportunidad. Le caes bien, ¿sabes?

Junto las cejas. Caerle bien a una persona así no es precisamente un cumplido.

—Solo hemos hablado una vez y ninguno de los dos fue agradable con el otro. No me conoce. —Pero Liam guarda silencio y saco mis propias conclusiones—. Venga ya, ¿le has hablado de mí?

—Llevo dos semanas viviendo contigo. ¿Qué esperabas?

—¿Así que le has contado que tú y yo...?

—¿Que nos enrollamos anoche? Aún no.

—¿Y todo lo demás?

—¿Se lo has contado tú a Lisa? —contraataca.

—Pues claro. Somos amigas.

Decirlo en voz alta me llena de orgullo y, a juzgar por cómo sonríe, él lo sabe.

—Genial. Así tendrán un tema del que hablar cuando los emparejemos.

—¿Cuando qué? —Me río con ironía y sacudo la cabeza—. No, ni de coña.

—Vamos, son tal para cual.

—¿En qué mundo? Lisa es genial y Evan es...

—Un buen tío —me interrumpe con una mirada de advertencia, pero yo tengo suficientes argumentos para que no me caiga bien.

—Insinuó que quería liarme contigo la primera vez que me vio.

Liam enarca las cejas.

—¿Y no querías?

—Pues claro que no.

—Cualquiera lo diría, teniendo en cuenta lo de anoche.

Y, entonces, sucede lo inesperado; yo, que no me pongo nerviosa por nada ni por nadie, de pronto creo que me sonrojo.

—Es diferente —argumento muy digna—. Por entonces me parecías un capullo egocéntrico.

—¿Eso significa que ya no te lo parezco? —Esboza una sonrisa complacido—. Vaya, creo que es lo más bonito que me has dicho desde que nos conocemos.

Le doy un empujón en el pecho, pero Liam no se mueve ni un milímetro, y menos mal. Me gusta que esté tan cerca, aunque eso impida que pueda enfadarme con él. Se ríe entre dientes, con su rostro solo a unos centímetros del mío.

—Me sigues pareciendo un capullo egocéntrico, pero besas bien.

—Hay cosas que se me dan mejor.

—¿Como grabar *podcasts* de tres minutos?

No voy a dejar que se dé cuenta de lo mucho que me afectan sus comentarios. Sin embargo, no le pasa desapercibido que me tiembla un poco la voz.

—¿Te pongo nerviosa, Maia? —pregunta con esa sonrisa.

—No.

—¿Segura? —Cuando se acerca y noto su aliento en el cuello, se me detiene el corazón, pero no hace nada; solo lleva la boca a mi oreja y susurra—: ¿Ni cuando hago esto?

—No —insisto, y me concentro en no parecer alterada.

Mete la mano bajo mi camiseta para agarrarme la cintura. Tiene la piel caliente y, de pronto, la mía también está ardiendo.

—¿Y esto? —sigue preguntando.

Apenas puedo hablar, pero no voy a dejar que tome el control de la situación.

—¿Tengo que recordarte quién cayó primero, Liam?

Justo como pretendía, se lo toma como un desafío. Se inclina hasta que sus labios casi rozan los míos. Los músculos de sus brazos se tensan a mi alrededor. Durante un instante, creo que va a besarme, y todas las partes irracionales de mí ansían ese contacto, pero lo que hace en su lugar es mirarme en silencio. Esperando.

No voy a dejarle ganar, así que hago lo mismo.

La tensión aumenta hasta que siento que me asfixia. Está sin camiseta y noto el calor de su cuerpo contra el mío, y tengo que controlarme para no romper el contacto visual y mirar más abajo. Sus ojos azules me observan con una intensidad que me reaviva por dentro. No hace falta que nos toquemos. Una mirada basta para que esa oleada de calor se me extienda por el estómago.

Pasados unos segundos, baja la vista hasta mi boca y traga con fuerza. Me lo tomo como una victoria y sonrío. Él hace lo mismo.

—Te gusta jugar conmigo —advierte con la voz ronca.

—Mucho.

—Bien.

Estoy deseando que se rinda de una vez, pero se aleja un poco; lo suficiente para darme un repaso. Su mirada desciende por mi camiseta, que es lo único que llevo además de la ropa interior, hasta que se pierde en mis piernas. No desaprovecho la oportunidad de hacer lo mismo. Me fijo en sus hombros anchos, en su abdomen marcado y en la uve que se forma en sus caderas.

No importa lo que pasara anoche. La tensión entre nosotros no solo no ha desaparecido, sino que está más presente que nunca.

—Creo que deberíamos comprar condones —concluye cerrando los ojos con fuerza, y me pilla tan por sorpresa que se me escapa la risa.

—Sí, deberíamos.

—Y también tendrías que ponerte unos pantalones. Por el bien de mi ego, mi dignidad y mi capacidad de autocontrol.

No puedo dejar de sonreír.

—¿Qué más te da? Te recuerdo que ya has perdido.

Como suponía, se lo toma como un ataque personal.

—Por si se te ha olvidado, fuiste tú la que me besó primero. En tu habitación. Para la foto.

—Exacto. Fue *solo* para la foto.

—¿Mentirte a ti misma te ayuda a dormir por las noches? Debe de ser muy duro.

—Que te jodan.

—Vamos, admítelo. Me tienes ganas desde que nos conocimos.

—¿Sabes? Tienes razón. Encontrarte borracho en mi coche roncando como un cortacésped me puso a cien.

No puedo evitar reírme al verlo poner los ojos en blanco. Sueno tranquila y despreocupada, y me siento realmente bien, como si todos mis problemas hubieran dejado de tener importancia.

—Seguro que fue el mejor día de tu vida —atisba para picarme.

—Claro. Sobre todo cuando llegamos a tu mansión y estuviste a punto de dejarme durmiendo en la calle.

—Mentirosa. En primer lugar, no tengo una mansión. Y te ofrecí la habitación de invitados.

—Justo después de decirme que no era tu tipo.

—Llevaba mirándote el culo todo el viaje, Maia. Por supuesto que eras mi tipo. Solo me estaba haciendo el interesante.

—Capullo —le insulto, pero no dejo de sonreír.

—De todas formas, fuiste tú la que me rechazó primero. Varias veces, además. Mi ego estaba herido. Soy un chico muy sensible.

Ahora es mi turno de resoplar. Liam se inclina sobre mí riéndose, y de pronto tiene su boca contra la mía. El corazón me da un brinco y le pongo las manos en la nuca por instinto. Él coloca las suyas en mis caderas. Noto la textura suave de sus rizos contra mis yemas. Besa tan bien que, cuando se aparta, siento que me falta el aire.

—Perdedor —carraspeo, y él sonríe y me besa otra vez.

—De vez en cuando. Pero no pasa nada.

Vuelvo a reírme. Seguimos besándonos durante un rato. Los bordes del lavabo se me clavan en los riñones, pero no es lo suficientemente estable como para sentarme sobre él, como hice en el baño de la fiesta. Acaricio distraídamente su abdomen y disfruto notando cómo se le tensan los músculos. Sigo bajando y Liam chista en mi boca.

—Quieta —me advierte—. Las manos donde pueda verlas. Ni mi amigo ni yo somos unos facilones.

No me creo que este tío me guste tanto.

—¿Así que mini-Liam no está por la labor? —me burlo.

—No lo llames así. Es ofensivo. Maxi-Liam me gusta más.

—Ni de coña.

—Deja de intentar aplastar mi ego, Maia, o seré yo el que te deje con las ganas.

Le empujo el pecho con las manos y sonríe antes de volver a besarme. Quiero seguir haciendo esto durante todo el día, pero rompe el contacto y susurra:

—¿Desayunamos? Necesito un café.

—¿No querías volver a la cama?

—Y quiero, pero después de desayunar. Sé que no te gusta el café, así que puedes venir a la cocina y quejarte mientras lo preparo.

Sonríe y me da un beso rápido antes de salir del baño. Me quedo apoyada contra el lavabo, con el corazón a mil y la respiración acelerada. Cuando me giro para mirarme al espejo, una sensación extraña se me cuela en el pecho. Se me borra lentamente la sonrisa.

Esto acabará doliendo mucho.

Sin embargo, en cuanto lo oigo tarareando en la cocina, mis miedos pasan a un segundo plano. Voy al dormitorio a por mi móvil para poner música mientras cocina. Me muero de ganas de enseñarle mi banda musical de la semana. Abro las cortinas y siento una oleada de vergüenza al ver que, después de lo de anoche, toda mi ropa está tirada por el suelo.

Como decía, Lisa estaría muy orgullosa.

No me molesto en hacer la cama porque dudo que tardemos mucho en volver. En su lugar, solo cojo el móvil de la mesilla. Y entonces, como siempre que me ocurre algo bueno, la realidad me cae encima como un cubo de agua fría.

Diez mensajes.

Cinco llamadas perdidas.

Todas de mi madre.

Los nervios se me cuelan en el estómago. Cierro la puerta antes de marcar su número. No responde hasta el cuarto tono.

—¿Mamá? —hablo enseguida.

—¡Maia! ¿Qué pasa? ¿Por qué me llamas?

Suena tan perdida que se me forma un nudo en la garganta. Es evidente que ha vuelto a beber. Como siempre. Creía que tendría que disculparme la próxima vez que habláramos, pero seguro que ni siquiera se acuerda de lo que pasó anoche. Defendió a Steve después de que él se atreviera a ponerme una mano encima. Y después me echó la culpa.

La rabia se concentra en mi interior, pero la contengo. No puedo cargar contra mamá. No cuando Deneb y ella son la única familia que me queda.

—Me has llamado tú —respondo con tono suave.

—¡Es verdad! Pero seguro que no era tan importante. Podemos hablar en persona. Estoy a punto de llegar.

Me doy cuenta de que se oye ruido de fondo, como si estuviera en un vehículo, y el estómago se me pone del revés.

—¿Qué? ¿Vienes de camino? ¿Ya?

—Pues claro. Y Steve está conmigo, como siempre. —Hace una pequeña pausa—. ¡Exacto! De eso quería hablarte. ¿Cómo se llamaba el chico? ¿Sean?

—Liam —la corrijo tragando saliva—. Sobre lo de ayer...

—No te preocupes, cariño. Sé que todo fue un accidente. Steve se pone muy nervioso cuando se enfada y... te aseguro que fue todo sin querer. De hecho, está muy arrepentido. Si no hubiera sido por ese chico, Liam, todo se habría quedado en un susto.

El corazón me da un vuelco. ¿Qué?

—Mamá... —intento decir, pero no me deja hablar.

—No me gustan esos comportamientos violentos, Maia. Sabes tan bien como yo que son peligrosos. Todo se habría solucionado enseguida si él no se hubiera entrometido.

Es imposible que se haya creído la versión de los hechos de Steve. Mamá estuvo allí, vio lo que me hizo y tiene que saber que Liam solo me estaba defendiendo. De no ser por él, habría perdido la caja con todos mis ahorros. Fue el único que se puso de mi parte cuando ella decidió no hacerlo.

No tiene sentido que ahora me diga todo esto, pero no tardo en sacar mis propias conclusiones. La bilis se me sube a la garganta. No va sola en ese coche.

—¿Nos está escuchando Steve? —pregunto muy despacio.

—No, claro que no. —Pero no me pasa desapercibido lo tensa que está. Dios mío.

—¿Te ha pedido él que me digas todo esto?

—No quiero más violencia, Maia. Y ese chico... sabes que anoche no actuó bien con Steve. No me gustaría que eso se repitiera. Me alegro de que estemos de acuerdo en que debería marcharse cuanto antes.

Leo la advertencia entre líneas. Seguramente Steve está con ella escuchando lo que me dice, y por eso no puede expresar con libertad lo que ambas sabemos: él es el único peligro, no Liam. Y, si además ha consumido alcohol o cualquier otro tipo de droga, aún peor.

No me creo que haya metido a Liam en esto.

—Me encargaré —le prometo tragando saliva.

Apuesto a que mamá tiene que forzar una sonrisa.

—Perfecto, cariño. Ahora nos vemos.

Cuelga la llamada.

No puedo respirar. Siento una presión en el pecho que hace que me cueste no echarme a llorar, pero contengo las lágrimas, como siempre, y abro el armario para ponerme unos pantalones. No me importa lo que dijera Liam anoche. Todo es culpa mía. Sabía a lo que me arriesgaba dejando que se involucrara tanto en mi vida.

No tiene ni idea de dónde se está metiendo. No sabe cómo es mi mundo realmente y lo rota que me ha dejado. Nunca he permitido que Steve me asuste, pero desde ayer lo veo con otros ojos. Se atrevió a pegarme. Y yo fui tan cobarde que no reaccioné a tiempo. Liam lo hizo en mi lugar y pagó las consecuencias. Me da igual que no se llevara heridas graves; yo las causé. Y si eso volviera a repetirse, o si llegara aún más lejos, no podría perdonármelo.

¿Cómo he podido ser tan egoísta? Tiene un futuro brillante, cientos de oportunidades y miles de personas ahí fuera que lo recibirán con los brazos abiertos cuando decida volver a las redes sociales. Va a ir a la universidad. Ha alquilado su propio apartamento. Está rehaciendo su vida y yo estaré atascada para siempre.

No puedo arrastrarlo a mi mundo. No soy tan injusta.

Necesito que se vaya antes de que lleguen.

Me armo de valentía y, consciente de lo difícil que va a ser, abro la puerta del dormitorio. Lo encuentro en la cocina rebuscando en el frigorífico. Se ha puesto un delantal rojo de lunares que compramos hace una semana y que utiliza desde entonces. Me mira y sonríe, con los rizos revueltos cayéndole sobre la frente.

—¿Quién iba a decir que acabarías teniéndome trabajando para ti? —bromea cerrando el frigorífico con la cadera.

Deja la leche en la encimera y me doy cuenta de que ha sacado todos los ingredientes necesarios para hacer tortitas. El gesto hace que se me estruje el corazón.

Mierda, esto va a doler mucho.

—Tienes que irte —le suelto sin rodeos.

Me clavo las uñas en las palmas con tanta fuerza que me hago daño.

Se le borra la sonrisa.

—¿Qué? ¿Por qué? —No respondo y comienza a preocuparse—: Maia, ¿qué pasa?

—Mi madre me ha llamado. Viene... viene de camino. Con Steve. Cree que las cosas se pondrán feas si llegan y te encuentran aquí. No puedes quedarte.

La confusión de su rostro rápidamente se transforma en molestia. Niega sin dejar de mirarme.

—Ese hombre no me da miedo.

—Pero a mí sí. Por eso necesito que te vayas. —Trago saliva. Odio que me tiemble la voz—. Por favor —insisto.

—¿Y qué vas a hacer tú? ¿Quedarte aquí?

—Sí.

—No, ni de coña.

—Liam...

—Si piensas que voy a dejarte aquí después de lo que ese cabrón hizo ayer, estás muy equivocada. —Se seca las manos con un trapo y se quita el delantal—. Prepara una bolsa con tus cosas. Te quedarás en mi apartamento mientras pensamos qué hacer.

Me duele lo mucho que me gusta esa idea. Ojalá pudiera dejarlo todo atrás y marcharme con él lejos de esta casa. Sería tan fácil como decir que sí. Pero no puedo abandonar a mamá.

Ni siquiera aunque ella ya me haya abandonado a mí.

—No —respondo completamente tensa.

—Maia, no voy a discutir contigo. Coge todo lo que necesites.

Date prisa, ¿vale? Cuanto antes nos vayamos, mejor. Puedo traerte al trabajo todas las mañanas. No te preocupes por eso.

Se me llenan los ojos de lágrimas. No lo puedo evitar. ¿Por qué no pude conocer a Liam hace meses, antes del accidente? ¿Por qué no pudo aparecer cuando todavía tenía una vida normal y no sabía lo afortunada que era?

Porque ahora me resulta imposible ignorar la cruda realidad.

—Sabes que no va a funcionar —mascullo con la voz rota, porque no me lo puedo sacar de la cabeza.

Él frena en seco y me mira.

—¿El qué no va a funcionar?

—Tú y yo.

—No empieces con esto ahora —me suplica negando despacio.

—Pero es la verdad —insisto—. Tienes oportunidades, la vida resuelta, un futuro, y yo...

—Tú también tienes un futuro.

—¿Ah, sí? ¿Cuál? ¿Pasarme la vida trabajando en un cuchitril en el que me pagan una miseria? ¿Ser la única que cuidará de Deneb cuando se despierte mientras mi madre se pasa el día desaparecida? ¿Soportar que ese hombre asqueroso duerma en mi casa y rebusque entre mis cosas? Por si todavía no te has dado cuenta, toda mi vida es una mierda.

Normalmente no lloro delante de nadie, pero me cuesta ocultar lo que siento con Liam. Me seco las lágrimas con el brazo. Mientras tanto, parece que él lucha contra las ganas de acercarse.

—Siento muchísimo que tengas que pasar por todo eso, pero no puedes cargar contra mí como si fuera culpa mía.

—Sé que no es culpa tuya. Por eso necesito que te vayas —repito, y rezo en silencio por que por fin lo entienda—. Lo de anoche fue... genial, de verdad. Eres una buena persona. Y no te mereces todo esto. No puedo darte lo que buscas. Ahora tengo muchas cosas en las que pensar, todo es un desastre, y tengo que lidiar con ello sola.

—No, no tienes que hacerlo sola. Y tampoco puedes. —Trago saliva y él camina hacia mí con cautela—. Necesitas ayuda. No solo mía, también la de un profesional. Creo que lo mejor sería que...

Es inmediato. En cuanto lo escucho, me saltan todas las alarmas y retrocedo como si me acabase de disparar.

—¿Qué dices?

—Déjame hablar.

—¿Un día me dices que soy fuerte y al otro me sueltas que crees que debería ir al psicólogo? ¿De qué coño vas?

Niega sin apartar sus ojos de los míos.

—Una cosa no quita la otra. Eres muy fuerte, lo sabes, y ojalá las circunstancias no te hubieran obligado a serlo. Pero no estás bien. Y no pasa nada. Uno va al psicólogo cuando necesita...

—Yo no necesito nada. Ni la ayuda de un psicólogo, ni la tuya, ni la de nadie.

—¿Por qué siempre te pones a la defensiva? Joder.

—Porque no dejas de atacarme, ¿quizá?

—¿Atacarte? Solo estoy...

—Deja de intentar hacerme cambiar de opinión. He dicho que se acabó. Asúmelo y lárgate de una vez.

Me mira y veo el dolor en sus ojos.

—No seas cruel —me advierte en voz baja.

—¿Y qué más te da si lo soy? ¿Por qué te importa tanto? —le espeto. Sé que me estoy pasando, pero ya no puedo parar—. Vamos, ¿qué vas a decirme? ¿Que te gusto? Los dos sabemos que solo querías acostarte conmigo, igual que los demás. Me lo has dicho un montón de veces. Ahora que lo has hecho, puedes desaparecer y dejarme en paz.

—¿Cómo que «los demás»? ¿Quién diablos te ha hecho eso?

—No estoy hablando de ellos, sino de ti.

—Pero no me dejas hablar.

—¡Porque quiero que te vayas y no lo haces!

Estoy tan frustrada que estallo y me pongo a llorar otra vez. Él se da cuenta y decide suavizar el tono:

—Nunca he dicho que solo quiera acostarme contigo —replica muy serio—. De hecho, ayer te confesé que me gustabas y...

—Sé cómo funciona esto —le interrumpo con un nudo en la garganta—. Piensas eso porque no sabes cómo soy. Dices que quieres conocerme, pero, créeme, Liam, no quieres. Estoy... estoy rota, ¿vale? Si supieras las cosas que pienso, lo que he llegado a hacer..., cambiarías de opinión. Es imposible que te guste con todo eso. No soy una buena persona. No soy una supernova ni ninguna de esas tonterías. Soy una persona tóxica que se mueve en un ambiente de mierda y tiene una familia que se cae a trozos. Te irás en cuanto lo descubras, así que prefiero que te marches ya.

Me conozco y sé que, si no lo hace, acabaré arrastrándolo conmigo. Soy un agujero negro que absorbe a los que lo rodean hasta que ya no queda nadie en pie. Suelo repetírmelo a menudo, pero nunca lo había dicho delante de nadie. Con los demás siempre finjo que soy fuerte. Que confío mucho en mí misma y que nada me afecta.

Y Liam acaba de darse cuenta de que todo era mentira.

—¿Por qué hablas así sobre ti misma? —me pregunta con voz suave.

Comienzo a derrumbarme.

—Porque es la verdad.

—Claro que no. Eres una buena persona.

—No tienes ni idea. No sabes las cosas que... que me he hecho a mí misma y lo que...

—Sí, sí que lo sé.

—No.

—Maia, he visto las cicatrices. Sí que lo sé.

Y, aunque ya lo sospechaba, escucharlo en voz alta es como si me cayera encima un balde de agua. Mi cuerpo entero se congela. Se me engarrotan todos los músculos. Y de pronto siento una presión en el pecho que me impide respirar.

Fue un error que pudo haber tenido consecuencias terribles. Salí de ahí a tiempo, pero quizá fue pura suerte. Pensar que las ha visto hace que comience a llorar con más fuerza porque no puedo con la vergüenza.

—Fuera —le espeto con más brusquedad esta vez.

—No quería sacar así el tema, ¿vale? Pero...

—He dicho que te vayas. —Y, como ninguna otra alternativa funciona, saco toda la rabia que llevo dentro—: Estoy cansada de ti y de que me utilices como tu obra de caridad para sentirte mejor contigo mismo.

—Para —me ordena con seriedad.

—¿Qué pasa? ¿No te gusta que te digan lo que no quieres escuchar? No dejas de repetir que te gusto, pero ¿alguna vez me has oído decir que tú me gustas a mí? Eres un buen tío y lo de anoche estuvo bien, pero nada más. Te lo dije en su día y creíste que era una broma. Solo me gustas para un polvo.

—¿No se te ocurre nada mejor que decir? ¿Vas a venirme con estas ahora?

—Vives en un drama constante, Liam. Me he tragado tus problemas durante todas estas semanas y ya estoy harta. Hazme un favor y lárgate de una vez. Esto no va a funcionar y, cuanto antes asumas que no significas nada para mí, mejor.

Acabo con la respiración agitada, fruto de la intensidad de la discusión. No tardo en darme cuenta de que he cruzado un límite y de que en realidad no pienso nada de lo que acabo de decir, pero ya es tarde. Clava sus ojos en los míos impasible y, sin decir nada, se gira para ir a mi habitación. Y sé que lo he conseguido.

Se va.

Aunque me muero de ganas de seguirlo y decirle que lo siento, me quedo en la cocina esperando a que haga sus maletas. Esto será lo mejor a la larga. No soportaría que Steve volviera a hacerle daño. Ya no solo físicamente, sino también a su imagen. ¿Qué pensarían sus seguidores si supieran que se mete en peleas? ¿Y que está con alguien como yo? ¿Con una persona sin dinero ni futuro ni ninguna posibilidad de salir adelante?

Esto no llevaba a ningún sitio. Alargarlo solo habría hecho que, cuando finalmente acabase, doliera más.

Pero aun así ahora duele mucho.

Cuando cruza el pasillo unos minutos más tarde arrastrando sus maletas, ni siquiera me mira. Al menos no hasta que alcanza la puerta y sus ojos por fin buscan los míos. Hago esfuerzos sobrehumanos por no echarme a llorar.

—Sabes que tarde o temprano te arrepentirás de esto —dice—. Y entonces me llamarás y yo me plantearé si merece la pena volver o no.

Tiene razón. Claro que sé que me arrepentiré y acabaré muriéndome de ganas de llamarlo. Pero también sé que soy lo suficientemente orgullosa como para no hacerlo.

—No la merece —respondo, y después entro en mi habitación.

Liam ha enviado un audio
Duración: 00:02:57

Vale, sé que estás cabreada y que probablemente tendrás ganas de mandarme a la mierda, cosa que, sinceramente, estarías en todo tu derecho de hacer. Pero tengo que contarte una cosa. Ahora mismo. Creo que tienes que saberlo. Le he dicho a Michelle lo que sentía por ella y he descubierto que es correspondido, Maia. Y me he dado cuenta de que he estado engañándome a mí mismo todo este tiempo.

Siento haberte dejado plantada esta noche. He sido un cabrón y entendería que no quisieras hablar conmigo, e incluso que no escucharas este audio, pero no pierdo nada por intentarlo. He rechazado a Michelle. Y tú eres una de las razones. No puedo sacarte de mi cabeza y es una mierda porque no tengo ni idea de cómo ha pasado. Hace unas semanas estaba diciéndole a Evan que ni de coña me liaría contigo y ahora quiero hacer mucho más. Quiero conocerte. Porque creo que me gustas. Mucho. Aunque seas una borde y demasiado sincera la mayoría de las veces. De hecho, creo que es una de las cosas que más me gustan de ti. Me he pasado la vida rodeado de gente que me miente y me dice lo que quiero escuchar, y tú no lo haces.

También eres divertida, aunque el noventa y nueve por ciento de tus comentarios sean insultos hacia mí, pero, vamos, ni tú crees que vayan en serio. Me gusta que sea tan fácil hablar de cualquier cosa contigo. Y que te abras, como cuando me hablaste de tu hermana. Creo que nunca me había sentido tan bien al saber que alguien confía en mí. Y también me gusta el tema de las estrellas. Que las tengas en tu cuarto, en tu nombre, y la historia que me contaste.

Mira, esto es un jodido asco, y te juro que nunca lo voy a repetir porque me doy vergüenza a mí mismo, pero hablo en serio cuando te llamo supernova. Creo que uno se vuelve mejor persona al conocerte. No hay mucha gente en el mundo que sea así. Supongo que simplemente debes tener la suerte de encontrarla.

Bueno, y me has enseñado a cocinar y a poner la lavadora. Puntos extra. Aunque ahora la mitad de mi ropa interior es rosa y te descojonaste durante una hora. Te quito los puntos.

Sé que no vas a escuchar esto y puede que por eso sea tan fácil hablar. Me estoy enrollando. Casi tres minutos. Joder, vale. En persona no voy a decírtelo todo. Soy directo, pero no tanto, y hablar sobre sentimientos apesta. Sobre todo porque estás cabreada y probablemente me darás una patada en los huevos cuando me veas.

Cadena de oraciones para que no se muera nadie ahí abajo.

Estoy a punto de entrar en la fiesta. Dime dónde estás. Necesito verte ahora.

21

LA EXPLOSIÓN DE UNA ESTRELLA

Maia

—¿Se puede saber qué te pasa? La mesa ocho lleva quince minutos esperando su pedido.

Doy un respingo al escuchar la voz de mi jefe. Está al otro lado de la barra mirándome con esa expresión que siempre me provoca escalofríos. Intento pensar en una excusa, pero me he quedado completamente en blanco.

—Está solucionado, Charles. Acabo de servirles —interviene Lisa acercándose a nosotros.

El corazón me late a toda velocidad. Alterna la mirada entre nosotras con desconfianza, pero termina asintiendo con la cabeza. Me señala con un dedo.

—Espabílate. No te pago para que espantes a mis clientes.

Se marcha a su despacho y, en cuanto desaparece, el alivio me inunda los pulmones. Parece que vuelvo a respirar. Me apoyo contra la encimera y me doy una reprimenda mental. Los sábados por la tarde siempre tenemos un aluvión de clientes, pero normalmente me las ingenio para acordarme de las comandas y servir todas las mesas a tiempo. Nada justifica que esté tan distraída.

—Gracias —le digo a Lisa, que me mira con preocupación.

—No es nada. ¿Seguro que estás bien?

—Sí —miento.

Vuelvo al trabajo para evitar que haga más preguntas.

Me he pasado toda la noche sin dormir. Ayer Steve me soltó uno de sus comentarios durante la cena y no fui capaz de pegar ojo sabiendo que él estaba en la habitación contigua. Incluso cerré la puerta con pestillo, pero no sirvió de nada. Le tengo mucho más miedo desde que se atrevió a pegarme. Ahora sé de lo que es capaz cuando pierde los estribos.

Ha pasado una semana desde entonces, lo que se traduce en que llevo siete días sin ver a Liam. La sonrisa victoriosa que esbozó Steve al comprobar que se había marchado me puso tan enferma que estuve a punto de llamarlo para suplicarle que volviera. Por suerte para los dos, no lo hice.

Ahora paso mucho tiempo sola. Steve y mamá nunca están en casa y la única persona con la que hablo a diario, sin contar a Deneb, es Lisa. Sabe que Liam y yo nos hemos distanciado, pero no le he contado por qué. No necesito a nadie más que me diga que he cometido un error. Yo misma me lo repito a menudo. Y entonces necesito toda mi fuerza de voluntad para no coger el móvil y escribirle.

Una parte de mí, la más ingenua, supongo, tenía la esperanza de que quisiera a Liam solo por interés. Estaba convencida de que solo lo echaría de menos cuando necesitara a alguien que me hiciera sentir segura en presencia de Steve. Sin embargo, no he tardado en darme cuenta de que, en realidad, esas situaciones son las más fáciles de sobrellevar. Hacen que recuerde por qué lo obligué a irse y no me cuesta mantenerme firme en mi decisión.

El problema es lo que viene después, cuando solo quedan el silencio y los pequeños detalles. Echo de menos enseñarle mi banda musical de la semana, cocinar juntos, verlo conducir cuando me recogía del trabajo para llevarme a visitar a Deneb. Las noches de películas y todas las veces que supervisé sus lavadoras para asegurarme de que no metía la pata. Llegar a casa agotada del trabajo y que sus bromas me hagan olvidar el día tan horrible que he tenido.

En momentos como esos, ni siquiera mi orgullo intenta impedirme que lo llame. Y aun así no lo he hecho.

—Tío bueno a las doce en punto —anuncia Lisa alegremente cuando estamos recogiendo los vasos sucios de la barra—. Está en tu zona, pero el código solemne de la amistad exige que me dejes atenderlo.

Se me escapa una sonrisa.

—Todo tuyo.

Sin embargo, cuando alzo la vista y lo veo, el pulso se me descontrola. Maldigo entre dientes y me giro a toda prisa para que no me reconozca.

—¿Qué pasa? —Lisa no tarda en darse cuenta de que algo va mal—. Por lo que más quieras, dime que no es tu exnovio o algo así.

—No. Es el mejor amigo de Liam.

Evan. Claro. Liam me dijo que vendría de visita esta semana, pero eso no explica qué diablos hace aquí. Nadie vendría a este lugar por voluntad propia, menos aún teniendo más dinero en la cartera que cualquiera de nosotros en la cuenta bancaria. Además, Mánchester está a media hora de aquí. Es imposible que sea una casualidad.

A mi lado, Lisa suelta un suspiro.

—Es guapo —comenta torciendo el gesto—. Lástima que vayas a atenderlo tú.

—¿Qué? —reacciono inmediatamente—. No. Ni de coña. No.

—¿Y si viene a pedirte que hables con Liam? Puede que no se atreva a escribirte y lo haya mandado a él.

Como no le he contado lo ocurrido, lleva una semana aconsejándome a ciegas. Siento una punzada de culpa, pero no es momento de entrar en detalles.

—Liam y yo no tenemos nada de lo que hablar. Mucho menos a través de sus amigos. —O de Evan. No pienso acercarme a Evan.

Se reajusta el delantal muy digna.

—En ese caso, tendré que ir yo a preguntarle a qué ha venido.

Abro mucho los ojos.

—Ni se te ocurra.

Pero la muy desgraciada ya se está alejando.

Los odio. A todos.

Podría esconderme en la cocina hasta que se marche, pero no quiero tentar a la suerte cuando Charles me tiene en el punto de mira. Me armo de valentía y me doy la vuelta. Evan se encuentra en una mesa al fondo del local. Frente a él, Lisa se expresa moviendo las manos en exceso, como hace siempre que está nerviosa. No parece haber nada fuera de lo normal hasta que ella me señala y de pronto los dos me están mirando.

La voy a matar.

Me entran ganas de salir corriendo. Aun así, me limito a seguir recogiendo los vasos sucios, como si nada, mientras intento disimular mis nervios. Unos minutos después, Lisa viene de vuelta con una sonrisa.

—Evan me ha dicho que quiere hablar contigo.

Pero si les ha dado tiempo incluso a presentarse, joder.

—Estoy ocupada.

—No empieces. No viene a echarte nada en cara. Además, parece majo.

—No entiendo por qué siempre tienes que entrometerte si nadie te ha pedido ayuda.

Me doy cuenta de que la he cagado nada más terminar de hablar. Elevo la mirada y se me rompe el corazón al ver cómo intenta no parecer afectada ante mi comentario. Como siempre, digo cosas sin pensar y hago daño a quienes me rodean. Trago saliva y comienzo a negar con la cabeza.

—Lisa, yo no..., yo...

—No —me interrumpe—. No sé qué habrá pasado entre Liam y tú, pero esta no es la primera vez que me hablas así, y no es justo.

¿He hecho eso? ¿Le he faltado al respeto en otras ocasiones? ¿Es que no voy a cambiar nunca? ¿Por qué no puedo dejar de meter la pata y simplemente ser buena para los que me rodean? Siento tanta angustia que me entran incluso ganas de llorar. Nunca me había hablado con tanta dureza. Y me odio porque yo la he obligado a hacerlo.

—Lo siento mucho. He tenido una semana horrible y...

—Eso no justifica que trates mal a los demás. Solo estaba intentando ayudarte. —Esta vez utiliza un tono mucho más suave. Clava sus ojos en los míos—. Quiero ser tu amiga, Maia. Me estoy esforzando mucho.

¿Se está esforzando? ¿Por mí?

—Eres mi amiga —me apresuro a aclarar.

—En ese caso, empieza a tratarme como tal y deja de pensar que estoy en tu contra. Solo quiero lo mejor para ti. Sé lo mucho que te gusta ese chico y no voy a dejar que pierdas la oportunidad de estar con él solo porque estés asustada.

Estoy acostumbrada a convivir con el miedo. Llevo haciéndolo toda la vida. Cuando veo al diablo viniendo de frente, lo miro a los ojos y finjo que soy más fuerte que él. Nunca pienso en lo mucho que me aterra perder la casa, no tener futuro, que Deneb nunca se despierte y que yo me quede atrapada para siempre en esta ciudad. En su lugar, solo sigo adelante porque sé que no tengo otra alternativa.

Pero no puedo hacer eso con Liam.

Si el otro día hubiera sido valiente, me habría ido con él a su apartamento. Lo habría dejado todo atrás, al menos durante un tiempo, y después habría vuelto para intentar convencer a mamá de que Steve no es bueno para nosotras. También le habría dicho a Liam lo que siento y lo que sé que él siente por mí, aunque mis inseguridades intenten convencerme de lo contrario. Y no me habría cerrado en banda cuando mencionó las cicatrices. Habría sido sincera y le habría dejado ayudarme.

Una tiene que ser muy valiente para admitir que tiene miedo. Como no lo soy, lo que hice en su lugar fue minimizar sus problemas y tratarlo tan mal que no le quedó otra que marcharse. No me extrañaría que creyera que soy una mala persona. Seguramente no querrá saber nada de mí. Y a la larga será lo mejor para él. No puedo arrastrarlo a mi agujero.

Sin embargo, no voy a explicárselo a Lisa. Tampoco quiero menospreciar sus ganas de ayudarme, por lo que me limito a responder:

—No quiero hablar con Evan. No me cae bien.

Me empuja para sacarme de la barra.

—A ti nadie te cae bien. Vamos, ve.

Vuelve al trabajo y me deja sola en medio del local. Entre la multitud descubro que Evan me observa desde su mesa. Es como una atracción de feria andante. La camisa de flamencos rosa fucsia y azul, combinada con esos pantalones anchos plateados, está haciendo que llame la atención de todo el local. Y también que se gane miradas escépticas de otros clientes.

Camino hacia él. He lidiado con muchos imbéciles a lo largo de mi vida. Puedo superar a uno más.

—¿Qué quieres? —le suelto nada más llegar. Mantengo el cuaderno en alto para simular que le tomo el pedido.

Evan se sorprende ante mi tono arisco y después sonríe, como si le pareciera divertido.

—Vaya, hola, Malena. Yo también me alegro de verte.

Ya empezamos.

—Me llamo Maia —gruño.

—¿No vas a preguntarme lo que me gustaría tomar?

Lo miro con mala cara y él amplía su sonrisa encantado. Ojalá pudiera borrársela de un puñetazo. Ambos sabemos que no me queda más remedio que decir:

—Claro, ¿qué desea tomar?

—Nada. Gracias.

—Que te jodan.

—¿Siempre eres tan hostil? Vas a herir mis sentimientos. —Se lleva una mano al pecho—. Liam me dijo que tenías una faceta amable, pero no te veo con muchas intenciones de enseñármela.

El corazón se me estruja al escuchar su nombre y que, en efecto, han hablado sobre mí. Trago saliva e intento no parecer afectada.

—¿A qué has venido, Evan?

Suspira y se echa hacia atrás en la silla.

—No me ha enviado él, pero me ha contado lo que ha pasado.

—No es asunto tuyo.

—Es mi mejor amigo. Claro que lo es.

—¿No querías que lo dejara en paz? Bien. Pues está hecho. Ahora lárgate.

—Venga ya, ¿sigues cabreada por eso? —Se toma mi silencio como una respuesta y niega con lentitud—. Mira, no tienes ni idea de cómo es nuestro mundo. He visto a Liam sufrir por personas que solo se han acercado a nosotros por interés. No sabía cuáles eran tus intenciones. Me porté como un gilipollas contigo, pero solo intentaba evitar que volviera a pasar. Además, sabía que le traerías problemas con Michelle.

—Yo no le he traído problemas con nadie. Sus decisiones las toma él.

—Bueno, cuando vendiste su historia a una revista de cotilleos no le dejaste muchas opciones.

—También me saqué esa dichosa foto para que la subiera a internet y consiguiera lo que buscaba. Y después lo acogí en mi casa. Me da igual lo que pienses sobre mí. No soy la mala de la historia.

—Y, aun así, no lo has llamado.

Aprieto el cuaderno. Necesito toda mi fuerza de voluntad para no ceder ante la presión que siento en la garganta.

—Nos liamos una vez, Evan. Y se acabó. No hay nada más de lo que hablar.

—¿Así que no piensas volver a hablarle?

Aunque todas mis partes irracionales quieren hacerlo, niego con la cabeza.

—Dile que se busque a otra. Seguro que tiene a miles de chicas detrás.

—Escucha, no debería meterme en donde no me llaman, pero a Liam le gustas. Mucho. Nunca lo había oído hablar así de una tía, ni siquiera de Michelle, y eso que se pasó más de un año detrás de ella. Lleva una semana rayado porque le dijiste que no significaba nada para ti, pero sabes muy bien que eso no es verdad.

Siento una punzada de culpabilidad. Y, para disimularlo, arqueo las cejas.

—¿Cuántos códigos de la amistad rompe lo que acabas de decirme?

—Sinceramente, Malena, creo que todos.

—Por décima vez, me llamo Maia.

—Lo sé, pero tu *alter ego* te salvó el culo, así que voy a tomarme la libertad de seguir usándolo. —Al verme tan perdida frunce el ceño—. Vamos, ¿no lo sabes? Michelle le dio tu nombre a Adam para la denuncia y ahora los dos creen que te llamas Malena. De nada, por cierto. Entre eso y que estoy intentando salvar tu relación con Liam, creo que estarás en deuda conmigo para siempre.

¿Así que Michelle se alió con Adam para intentar ponerme una denuncia? Se me revuelve el estómago solo de pensarlo. He intentado con todas mis fuerzas no odiarla, a pesar del daño que le ha hecho a Liam, pero no deja de sumar puntos para ganarse un puesto en mi lista negra. Sobre todo porque ahora tengo razones para darle las gracias a Evan. Y es culpa suya.

—Que no se te suba a la cabeza —me limito a responder.

—Entonces, ¿lo vas a llamar?

—No.

—¿Nunca te han dicho que eres muy cabezota?

—Lo siento, pero Liam no es mi tipo. Se acabó.

—¿Sabes? Me lo creería si no acabase de hablar con tu amiga.

Trago saliva, pero me mantengo en mis trece.

—Dile que se olvide de mí y todos contentos.

—Ya se lo dije una vez, cuando te conoció, y no me hizo caso. Si crees que va a escucharme ahora es que no lo conoces.

Una parte de mí siente alivio y me lo recrimino enseguida porque soy una egoísta. No quiero estar con él, pero tampoco soy capaz de imaginármelo con otra chica o completamente fuera de mi vida. Mierda, ¿por qué esto tiene que ser tan difícil? Me cuesta mucho hacer lo correcto cuando solo me apetece volver con él.

Me muerdo el labio y, por primera vez en días, doy un poco mi brazo a torcer:

—He borrado su número —admito. Lo hice a conciencia para no caer en la tentación de llamarlo.

Evan ya debía de contar con eso, porque no se inmuta. Solo se encoge de hombros.

—Vale. Pásame el tuyo y te lo envío.

—No voy a darte mi número.

Suelta un resoplido exasperado.

—¿Por qué me lo tienes que poner todo tan difícil?

—Porque no me caes bien.

—¿Y tú le gustas a Liam? Joder, es un puto masoquista.

Pongo los ojos en blanco. Estoy a punto de volver al trabajo, pero Evan se saca un bolígrafo del bolsillo y, fijándose en la pantalla del móvil, apunta un número de teléfono en una servilleta. Lo miro mientras escribe el nombre de Liam en la parte superior.

—Siempre llevo un boli encima —me explica—. Gajes de la fama. Tengo que estar preparado por si alguien me pide un autógrafo.

—¿Todos los *youtubers* sois así de engreídos?

—Para nada. Solo los mejores.

Me tiende el papel con una sonrisa. Cuando lo cojo para

guardármelo en el bolsillo, me prometo que lo tiraré en cuanto me haya perdido de vista.

—De nada, Malena. Cuando consigas el mío, podrás agendarme como «Cupido».

Fuerzo una sonrisa exagerada.

—Ni muerta.

—Estoy seguro de que vamos a acabar llevándonos bien.

—Hasta nunca, Evan.

De nuevo, hago ademanes de girarme y él me detiene justo a tiempo. Solo que esta vez me molesta mucho más que antes. Me vuelvo a mirarlo de brazos cruzados.

—¿Qué? —le espeto con impaciencia.

Evan traga saliva. Ahora parece incluso nervioso.

—Digamos que no he venido solo por ti. Liam me habló sobre tu amiga Lisa. Y tenía mucha curiosidad por conocerla.

—No —me adelanto, porque sé por dónde van los tiros y no me gusta nada.

—¿Por qué? Parece simpática. Me gusta. —Le lanzo una mirada escéptica y suelta un suspiro—. Bueno, vale, también está muy buena, pero seguro que vas a insultarme por haberlo dicho.

En realidad, es justo lo que me muero de ganas de hacer. Sin embargo, esto no trata sobre mí, sino sobre Lisa. Y, aunque a mí no me entre en la cabeza, a ella le ha gustado este tío.

—Deberías hablar con ella. —Cuando me oye, Evan eleva bruscamente la cabeza—. Me ha dicho que le pareces atractivo, así que ve y pídele su número antes de irte.

Me mira de arriba abajo gratamente sorprendido y esboza una sonrisa.

—¿Esta es la faceta amable de la que me habló Liam?

—Vete al infierno.

—En el fondo eres un pastelito de azúcar, Maia. Solo necesitas tiempo.

—Voy a escupir en tu refresco.

—¿Gratis? Joder, genial. Gracias.

El muy imbécil consigue hacerme reír. Le saco disimuladamente el dedo del medio y, mientras él todavía sonríe, me giro para volver a la barra.

Aunque conozco los riesgos, cojo la servilleta y grabo en mi móvil el número de Liam.

Voy al hospital después del trabajo. Suelo coger el autobús desde que Liam se fue. No es solo porque me dé respeto conducir; estuve a punto de quedarme parada con el coche hace unos días y no me quiero arriesgar. Como si no tuviera ya suficientes problemas. No tengo ánimos ni recursos suficientes para arreglarlo, así que he decidido retrasar el momento de llevarlo al taller. Lo haré más adelante. Supongo. O simplemente lo dejaré estar. No me apetece pensar en nada últimamente.

Como todos los días, entro en la habitación de mi hermana mayor, me quito el abrigo y lo dejo sobre la silla. No me gusta estar sola y tampoco con mamá y Steve, así que he pasado mucho tiempo aquí esta semana. Hoy se cumplen ocho meses desde el accidente, pero es como si fuera un día cualquiera. Me duele mucho haberme acostumbrado a venir y que no haya cambiado nada.

—Hola, Deneb.

Me siento frente a la cama y le toco la mano. No parece ella con todos esos cables conectados al cuerpo. Las máquinas la ayudan a seguir adelante. Sin ellas ni siquiera podría respirar. Un pitido rítmico marca los latidos de su corazón y esa es la única prueba que tengo de que sigue viva. Por lo demás, es como si ya no estuviera aquí.

Me he informado mucho sobre lo que ocurrirá cuando abra los ojos. Despertarse de un coma no es tan fácil como lo pintan en las películas. Cuanto más tiempo dure, más se deteriora el cerebro y pueden aparecer secuelas motoras, como una parálisis en alguna parte del cuerpo, o cognitivas, relacionadas con la pérdida de memoria, de atención, del lenguaje o del control de los impulsos, entre otras muchas cosas. Leí el testimonio de un chico que pasó tres meses en coma y perdió el sentido de la vista, del gusto y del olfato, y la capacidad de caminar. El proceso de recuperación dura toda la vida.

Hay pacientes que consiguen volver a llevar una vida casi normal con mucha paciencia, esfuerzo y apoyo de sus seres queridos.

Sé que mi hermana es lo suficientemente fuerte como para superar todo eso y más, pero no me quito de la cabeza el tiempo que ha pasado. Lleva en coma ocho meses. No tres. Ocho.

Cada vez que lo pienso, me cuesta aún más mantener la esperanza.

—Voy a ser sincera contigo. No he tenido la mejor semana del mundo —pronuncio en voz alta. Deneb es la única persona en la que confío plenamente—. Steve intentó robarme mis ahorros la otra noche, le hice frente y me dio una bofetada. Se habría ido de rositas si Liam no hubiera estado ahí. Es el chico del coche, ¿te acuerdas? Digamos que las cosas con él se me fueron un poco de las manos. Me pagó por llevarlo hasta Londres y acabó quedándose en casa durante dos semanas y rompiéndole la nariz al novio de mamá. Es un poco imbécil, pero te caería bien. Se enfadó mucho cuando Steve me hizo eso y me recordó a ti. Tú también te habrías enfadado. Y seguramente también habrías intentado romperle la nariz.

Acordarme de esa noche me provoca una punzada en el pecho. Estoy completamente segura de lo que acabo de decir. Si Deneb conociese a Liam, se llevarían bastante bien. Los dos se preocupan mucho por mí. De pronto, las palabras de Evan se me vienen a la mente y me cuesta horrores continuar:

—Le pedí que se fuera a la mañana siguiente. Le dije que lo quería fuera de mi vida. No podía dejarlo entrar en nuestro mundo. Mi vida, las conductas violentas de Steve, las adicciones de mamá... son demasiado para él. Le habría perjudicado tanto emocional como profesionalmente. Tú lo entiendes, ¿verdad? ¿Crees que he hecho lo correcto? Y, si es así, ¿por qué tiene que doler tanto? ¿Por qué no puede ser solo... más fácil? —continúo, con un nudo en la garganta—. ¿Por qué mamá no deja a Steve de una vez y comienza a cuidar de mí? ¿Por qué no paro de pensar que tengo a todo el mundo en contra? Deneb, ya no puedo más. Solo quiero que esto se termine. Estoy cansada de seguir adelante pase lo que pase.

Se me llenan los ojos de lágrimas. Me inclino para apoyar los brazos en el lateral de su cama y entrelazo mi mano con la suya. Lucho tanto por no soltar un sollozo que la presión que siento en el pecho se vuelve cada vez más insoportable.

—Quiero ser como tú e ir a la universidad. Me gustaría estudiar Periodismo y trabajar en una cadena de radio. Sabes lo mucho que me apasiona la música. Y quiero... quiero hacer amigos. Muchos más de los que tengo. Quiero ser capaz de salir de fiesta y pasármelo bien. Quiero atreverme a salir con un chico y que no me importe arriesgarme a que me rompa el corazón. Quiero volver del trabajo y encontrarme a mamá sobria, sonriendo, preparando la cena o arreglada para ir a comer fuera. Quiero volver a celebrar mis cumpleaños. Recorrer las calles de noche y tumbarme en la playa a mirar las estrellas. Quiero reírme hasta que me duela el estómago. Quiero ser la niña de la leyenda del pueblo khoisan en África, la que creaba galaxias. Quiero viajar por el mundo, descubrir nuevas culturas, conocer gente. Estoy desesperada por empezar a vivir, Deneb. Necesito empezar a vivir.

Me gustaría que abriera los ojos. Que me consolara y me dijera lo que necesito escuchar. Siempre ha sido mucho mejor que yo. En todo. Era la favorita de mamá, le caía bien a todo el mundo y sabía gestionar este tipo de situaciones de la manera correcta. Si las cosas hubieran sido al revés, todo sería diferente. Deneb no se habría hundido. Pero yo sí. Porque no soy ni la mitad de fuerte que ella.

—Ojalá pudieras darme un abrazo —añado con la voz rota—. ¿Voy a quedarme aquí atrapada para siempre? ¿O crees que algún día tendré una oportunidad?

Tal y como esperaba, no hay respuesta.

Observo las estrellas del techo y la fotografía del mueble junto a la cama. La sacamos el día de su cumpleaños. Aparecemos riéndonos juntas mientras miramos a la cámara. A veces siento envidia de la Maia de entonces, la que era ingenua y confiaba en que tendría todo el tiempo del mundo para disfrutar de sus seres queridos. La que estaba segura de que nunca la olvidarían. La que tenía una vida perfecta. Ojalá hubiera sabido aprovechar al máximo cada minuto que viví antes del accidente.

Sé que llorar no solucionará mis problemas, pero aun así me permito hacerlo mientras nos invade el silencio y solo estamos Deneb y yo, como siempre desde hace mucho tiempo. No le suelto la mano hasta que la presión que tengo en el pecho desaparece. Cuando quiero darme cuenta, fuera ha anochecido y tengo los músculos engarrotados por llevar tanto tiempo en la misma postura. Me incorporo a duras penas. Me duele mucho la cabeza.

Me seco los restos de lágrimas y echo un vistazo al móvil. Tengo una llamada perdida. Justo en ese momento vuelve a sonar.

—Hola, mamá —respondo tan tranquila como puedo. No quiero hablar con ella delante de Deneb, así que me levanto con cuidado para salir de la habitación.

El pasillo está casi vacío, a excepción de algunas enfermeras que van de un lado a otro. Miro la hora en el móvil. Son casi las ocho y el horario de visitas está a punto de terminar, por lo que ahora entraré a ponerme el abrigo y me iré a casa.

—Maia, ¿has hablado con Nancy este mes? —es lo primero que pregunta.

—¿Con la casera? Sí, pagué hace unos días. ¿Por qué? ¿Va todo bien?

Tengo un mal presentimiento. Mi madre rara vez me llama por teléfono, de manera que nadie puede culparme por mostrarme desconfiada. Ella suspira.

—No, tranquila. Supongo que tendremos que retrasarlo.

—¿Retrasar el qué?

—¿No te lo he contado? Dios santo, juraría que había hablado contigo anoche. ¡Steve y yo vamos a mudarnos juntos! Y tú vienes con nosotros, claro. —Creo que se me detiene el corazón. Mamá sigue hablando, ajena al hecho de que todavía no he conseguido procesar sus palabras—: Hemos estado pensándolo mucho y creemos que nuestra casa es demasiado grande para los tres, así que nos iremos a la suya. Puede que te caiga un poco lejos del trabajo, pero no pasa nada, ¿verdad? Creo que a las dos nos vendría muy bien un cambio de aires.

—¿Quieres que dejemos la casa? ¿Y qué pasa con Deneb y papá?

El corazón me late muy deprisa. Esto no puede estar pasando. Me he peleado contra el mundo para seguir viviendo ahí y ahora mamá quiere tirar todos mis esfuerzos por la borda. Y sin consultarme.

—No entiendo a qué te refieres, cariño —contesta confundida.

Cuando la escucho, todo lo que siento es dolor y rabia.

—A que es su casa también. ¿Qué pasa? ¿Te has olvidado de papá ahora que está muerto?

Un silencio sepulcral se adueña de la línea. Creo que es la primera vez que menciono a mi padre en voz alta desde el día del accidente.

—Maia, yo jamás...

—¿Y Deneb? —añado—. ¿Sabes dónde estoy ahora mismo, mamá? En el hospital, como todas las noches. Con tu hija. Porque, por si ya no te acuerdas, ella todavía sigue aquí. ¿Sabes cuántos meses lleva en coma?

—No sé a qué viene esto, yo no...

—Responde —le exijo.

—No lo sé.

—Ocho. Lleva ocho putos meses en esta habitación y tú no te has molestado en venir a verla ni una jodida vez. ¿Cómo puedes ser tan egoísta?

Vuelvo a tener los ojos inundados en lágrimas. Toda la ira que he contenido durante este tiempo amenaza con salir a la luz. Y ahora no solo no la retengo, sino que le abro las puertas.

—Sabes que no me gustan esas cosas y... —titubea, pero no la dejo continuar.

—¿Qué no te gusta? ¿Cuidar de tus hijas? ¿Por eso te has pasado ocho meses dándome de lado? No sé qué hacer para que abras los ojos. Vuelvo a casa agotada del trabajo y pago las facturas mientras tú estás por ahí con Steve. Te pones de su parte cuando discute conmigo, aunque yo tenga la razón, y no le levantas la voz cuando me suelta esos comentarios asquerosos. ¿Cómo puedes dejar que me hable así? ¿Crees que no me afecta? ¿Que me gusta escuchar las cosas que se muere por hacerme, lo mucho que le gusto y... y...? ¿Crees que no me repulsa? ¿Que no me da miedo? —No lo aguanto más. Se me rompe la voz—. Te necesito, mamá. Y Deneb también. Te hemos necesitado durante mucho tiempo, y tú nos has dejado tiradas. ¿Por qué no te das cuenta? No puedo seguir adelante yo sola. ¡Te necesito, joder!

Y exploto, como cuando muere una estrella. Se me escapa un sollozo que se pierde bajo el pitido ensordecedor que comienza a sonar por todo el hospital. Entonces, todo ocurre muy rápido. Una enfermera corre hacia la habitación de mi hermana, sale diciendo algo a gritos y lo siguiente que sé es que decenas de médicos vienen en nuestra dirección. Ni siquiera sé si llego o no a colgar el teléfono.

Lo peor es que cuando corro hacia la cama de Deneb llorando y suplicando que me dejen verla es porque estoy convencida de que se ha despertado.

CARTAS PARA DENEB (II)

Una puede mirar al cielo de noche en diciembre y ver la constelación de Andrómeda. Como sabías que era mi favorita, me contabas la leyenda a menudo. Yo no me cansaba de escucharla, aunque ya me la supiera de memoria, porque me encantaba oírte hablar. Faltaban tres semanas para el comienzo del último mes del año y habías reorganizado las estrellas pegadas en el techo para formar a Andrómeda sobre mi cama.

Esa noche diluviaba. Mamá había salido a trabajar y, como siempre, te metiste en mi cama a hacerme compañía hasta que me quedara dormida. Siempre me habían dado miedo las tormentas. Cada vez que sonaba un trueno, daba un respingo y me acurrucaba contra ti mientras tú contenías la sonrisa para que no me enfadase.

Ibas a pasarte todas las Navidades en un campamento de Física y yo deseaba en secreto que el día de tu regreso llegara pronto. Iba a echarte mucho de menos. De hecho, te lo dije varias veces. Antes no se me daba tan bien callarme lo que sentía.

Pasados unos minutos, cuando los truenos cesaron, mi voz sonó en medio de la oscuridad de la habitación:

—¿Deneb?

Me apartaste delicadamente el pelo de la frente.

—¿Sí?

—¿Qué nombre le pongo a mi galaxia?

Juraría que te oí sonreír. Solía hacer muchas preguntas así, y tú eras la única que se las tomaba en serio.

—¿Por qué no el tuyo? A mí me gusta.

—A mí no. Es aburrido.

—Es nombre de estrella.

—Ya, pero eso no lo sabe nadie.

—Mejor para ti. Así podrás decírselo a cada persona que conozcas y dejarlos a todos sorprendidos.

Solté una risita. No podía negar que me gustaba la idea.

—Y, si alguien se burla de mí por eso, le pegaré un puñetazo.

Ahora fue tu turno de reírte. Me acerqué más a ti sonriendo. Me gustaba oírte reír. Y también que hablaras sobre tu vida, sobre las estrellas, sobre lo que harías cuando fueras mayor y terminaras la universidad. Ansiaba desesperadamente ser como tú. Si cada persona tenía una galaxia, tú eras la constelación que buscaba cuando perdía el rumbo.

—Maia es la cuarta estrella más luminosa de las Pléyades. ¿Sabes lo que significa eso?

Cerré los ojos y negué con la cabeza.

—No. ¿Qué significa?

—Que brillas seiscientas veces más que el sol.

Volví a reírme, encantada con mi nuevo descubrimiento.

—Guau. Eso es brillar mucho.

—Eso es brillar muchísimo.

—Si yo brillo seiscientas veces más que el sol, tú brillas muchísimas más.

—Vaya, gracias.

Moví la cabeza para mirarte. Mamá siempre decía que no nos parecíamos en nada. Yo era castaña y menuda, y tú tenías el pelo más oscuro y eras mucho más alta. Aunque yo no tenía muchos amigos por entonces, tú siempre le habías caído bien a todo el mundo. Eras simpática e inteligente. Todo lo contrario a mí. Sin embargo, me gustaba que la gente se diera cuenta enseguida de que éramos hermanas. Eso significaba que en el fondo no éramos tan diferentes.

Estaba segura de que, con el tiempo, me convertiría en una supernova, como tú.

Eras la única persona que me entendía. Por eso no soportaba pensar que tendríamos que separarnos.

—No quiero que te vayas —admití con la voz aguda.

Usaste el brazo que tenías sobre mis hombros para atraerme hacia ti.

—Solo será una semana, ¿vale? Volveré antes de que te des cuenta de que me he ido.

—¿Y después?

—¿Después?

—¿Me prometes que vas a quedarte conmigo?

Por entonces no era más que una niña con miedo a perder a su hermana mayor. Creo que en el fondo eso no ha cambiado. Recuerdo cada detalle de esa noche. Que me dijiste que brillo seiscientas veces más que el sol y que Maia era el nombre ideal para mi galaxia. Y también tu mirada llena de cariño cuando te hice esa pregunta que me había costado tanto pronunciar.

Y lo que pasó después, cuando una de las estrellas se despegó y me cayó sobre la nariz. La apartaste con una sonrisa. Después, volviste a tumbarte bocarriba en la cama, conmigo a tu lado y la estrella sobre la mesilla de noche.

—Claro que sí. Hasta que se caigan todas —dijiste señalando al techo—. Hasta que nos quedemos sin oportunidades, Maia. O hasta que nos quedemos sin estrellas.

22

DERRUIDA

Liam

No soy un tío inseguro. Lo juro.

Sería difícil después de haberme pasado los últimos años rodeado de gente que me adora. La mayoría de los comentarios que recibía en YouTube eran de fans enamoradas de mi espléndido físico y de mi personalidad arrolladora. También tenía *haters,* claro, pero con el tiempo aprendí a centrarme solo en las personas que creen que soy jodidamente genial porque, seamos sinceros, lo soy.

De forma que sí, confío mucho en mí mismo. Esa seguridad es realmente útil sobre todo a la hora de ligar con chicas. La experiencia me ha enseñado que les encanta que sea directo y hable sin rodeos. Siempre voy a por lo que quiero cuando lo quiero. Pero eso no significa que no sepa pillar las indirectas, joder.

Y que una chica no te llame en siete días después de haberte echado a patadas de su casa no es precisamente una señal de que le gustas.

—¿Preparado para volver al mundo de las redes?

La voz de Evan me trae de vuelta a la realidad. Es sábado por la noche y estamos en el sofá de mi nuevo apartamento. Lleva aquí desde hace unos días por un evento que se celebra en la ciudad. Se supone que solo vendría para un fin de semana, pero ojalá se quede un poco más. Ahora mismo es el único amigo que tengo en cuatrocientos kilómetros a la redonda.

Mierda, ¿por qué Maia no me ha llamado?

—No tienes por qué hacerlo ahora. Si todavía no estás listo, puedes esperar —me recuerda al notar que no contesto—. Obligarte a volver solo servirá para convertirte en un infeliz otra vez.

Me obligo a negar con la cabeza. Tengo que dejar de pensar en ella.

—No, quiero hacerlo. De verdad. Con mis reglas.

Señala el teléfono.

—Todo tuyo, hermano.

Echo de menos YouTube. He tenido mucho tiempo para pensar esta semana, pero ha sido el evento de Evan lo que ha hecho que me dé cuenta. Verlo llegar con cientos de anécdotas que contar me ha recordado por qué empecé con el canal. No fue por fama ni por dinero, sino por lo mucho que me divertía compartiendo contenido y grabando con mis amigos. Antes de todos los millones de seguidores, solo estábamos Evan y yo haciendo el tonto frente a la cámara. Necesito recuperar eso. No me importa tener que enfrentarme a unos cuantos *haters* por el camino.

Introduzco mi usuario y mi contraseña, y, después de casi un mes incomunicado, entro en mi cuenta de Instagram.

Lo primero que me aparece es una puta publicación de Michelle.

—Creo que te ha hackeado —se burla Evan.

Ignorándolo, voy directamente a mi perfil. Muchas de las fotografías que tenemos juntos siguen publicadas, ya que no me molesté en borrarlas en su día. Me tenso al leer los números que brillan en la parte superior de la pantalla.

—He perdido casi trescientos mil seguidores —digo en voz alta.

—Lo sé, pero todavía hay cuatro millones de personas que te apoyan.

Y eso solo en Instagram. Tengo otros cinco millones en Twitter y más de doce millones en YouTube. Son cifras abismales. Antes me preocupaba tanto por ser el mejor, por conseguir más, que no me daba cuenta de lo que ya tenía. Joder, hay muchísima gente ahí fuera que disfruta con lo que hago. Es lo único que debería importarme.

A pesar de que no he participado en muchas polémicas, me conozco el procedimiento de memoria por lo mucho que Adam me lo ha repetido. Suspiro.

—Debería pedir disculpas por haber estado tanto tiempo fuera.

—Es lo que Adam te aconsejaría, pero ellos no quieren escucharlo a él, sino a ti —dice Evan—. ¿Qué es lo que Liam Harper quiere hacer?

Lo tengo muy claro: dejar de presionarme, de sentirme insuficiente y de obsesionarme con las cifras. Quiero mostrarme a mis seguidores tal y como soy. Se acabaron las mentiras y todas esas estrategias de *marketing* que han convertido mi contenido en un negocio rentable para mamá.

Decido publicar una fotografía de mi cara en primer plano con la palabra «HOLA» escrita en grande y en mayúsculas. No me importa no salir favorecido. Mi única intención es convertirme en un meme. Las reacciones no se hacen esperar. Unos segundos después, ya tengo cientos de respuestas.

@camilalvsliam

¡¡Liam!! No sabes la felicidad que me ha dado que vuelvas, siempre veo tus directos, no me pierdo ningún vídeo tuyo. Te amo, ojalá estés mejor.

@belalvsharper

TE EXTRAÑÉ, ESTUVE TODOS LOS DÍAS VIENDO TUS VÍDEOS ANTIGUOS, ESPERANDO QUE VOLVIERAS Y POR FIN LO HICISTE. GRACIAS POR VOLVER.

@3amharper

¿ESTOY SOÑANDO? ¡¡VOLVIÓ EL REY DE YOUTUBE!! Te queremos, no te vuelvas a ir o te denunciamos todos los vídeos.

@LudmiiHarper

¡AHHH, has vuelto! Me hace muy feliz que estés aquí de nuevo. Ánimo, Liam. Te esperan grandes cosas. Aquí estaremos tus fans para apoyarte <3

@Liamsgf

Estoy feliz de que vuelvas, espero que sepas que aquí te amamos solo por ser quien eres. Iluminas a las personas. Gracias, Liam<3 —Javi.

@amer28

Aunque desaparezcas más que mis ganas de estudiar, siempre serás mi *youtuber* favorito!!

@martha_the_chicken

AHHHHHHHH, LIAM, GRACIAS. No sabía qué hacer sin tus vídeos peleándote con Evan <3

—Han echado de menos tu cara de gilipollas —comenta Evan chocando su hombro contra el mío.

Sonrío. Subo unas cuantas stories más; una fotografía con Evan y una imagen que encuentro y me parece graciosa. También leo y contesto varios mensajes. Que todo el mundo parezca entusiasmado con mi regreso casi hace que me olvide de la otra cara de la moneda.

—¿Michelle ha vuelto a mencionar algo sobre lo nuestro? —pregunto.

A Evan se le borra la sonrisa.

—¿Quieres que te mienta o te apetece ponerte de mal humor?

Entro en su perfil. Para empezar, ha dejado de seguirme. Hago lo mismo. Nada se compara con la rabia que siento cuando descubro que ha creado una sección exclusiva en sus historias destacadas sobre nosotros titulada «toda la verdad (L. H.)».

—No me jodas —resoplo incrédulo.

—No es lo peor. Como vio que no podía librarse de la polémica, decidió utilizarla para lucrarse a tu costa. Ha publicado varios vídeos en YouTube hablando sobre ti. No me extrañaría que Adam intentara demandarla por difamación.

No debería sorprenderme, pero me sienta como una patada en el estómago. Se suponía que éramos amigos, joder. Yo nunca le habría hecho algo así.

—¿Los has visto? —demando.

Él niega.

—Lo siento, tío, pero su voz me pone de los nervios.

—¿Cuándo subió el último?

—El domingo pasado.

Justo después de que la rechazase. ¿Cómo se puede ser tan rastrera?

—¿Y Max? ¿Sigue de su parte?

—No lo sé. Ya no responde a mis mensajes. Seguro que Michelle le ha comido la cabeza y ahora piensa que es todo culpa nuestra.

Recordar la discusión de la otra noche provoca que, además de enfadado, me sienta mal conmigo mismo. Es una experta en la manipulación.

—Debería hablar con él —menciono—. Si mi novia le pidiera salir a otro tío mientras está conmigo, yo querría que me lo dijeran.

Evan asiente mirándome con tristeza.

—Esperemos que le sirva para darse cuenta del tipo de persona con el que está.

Max y yo nunca hemos estado muy unidos, pero esto es una putada. Si Michelle de verdad está «enamorada» de mí, lo más justo habría sido romper con él aunque yo no la correspondiera. Nadie se merece que lo engañen de esta forma.

Vuelvo a estar saturado de las redes, y eso que ni siquiera ha pasado una hora. Sin embargo, me recuerdo que es culpa de Michelle, no de los miles de seguidores que me han escrito emocionados por mi regreso. Por si acaso, decido dejar el móvil de lado hasta que se me pase. Evan pone la televisión y nos ponemos a ver un documental en francés que ninguno de los dos entiende pero no quiere quitar porque se ha enganchado.

Cuando nos entra hambre, se nos ocurre pedir una pizza. Mientras él mira ofertas en su teléfono, uso el mío para leer algunos mensajes más. Siempre me sorprende el «poder» que tienen mis vídeos. Mis seguidores dicen que les ayudan a desconectar y a reírse en los malos momentos. Solo por eso ya merece la pena seguir.

—Soy el rey de las promociones —parlotea Evan a mi lado, atento a la pantalla de su móvil—. Nada de pizza con piña, ¿verdad?

Intento que no me tiemble la sonrisa. Nunca lo admití delante de Maia, pero la verdad es que no es tan horrible.

—Pide lo que quieras —me limito a responder.

—Genial. Pagas tú.

Sale para llamar a la pizzería sin darme la oportunidad de replicar.

Me quedo en el sofá a solas con mis pensamientos, y no puedo contenerme. Entro en Instagram y escribo «Maia Allen» en el buscador. No tiene publicaciones recientes. La última es del agosto pasado: una fotografía de cuerpo entero en el espejo. Lleva un vestido corto negro que se ajusta a sus curvas. Está guapísima. Tanto que aluciné la primera vez que la vi. Esa noche estaba sentado a su lado; la llamé anticuada y me enseñó su perfil para demostrarme que sí sabe utilizar Instagram. Me entraron ganas de decirle que estaba alucinante, pero no tonteábamos por ese entonces, por lo que mantuve la boca cerrada.

Y menos mal. Habría tenido aún más razones para pensar que soy un capullo superficial que solo está interesado en su físico.

Bloqueo el móvil de mal humor.

No solo me molesta que me mandase a la mierda, sino también que todavía no tengo claro por qué lo hizo. Teniendo en cuenta el aluvión de excusas que me soltó, creo que ni siquiera ella lo sabe. Primero soy un cabrón que solo la quiere para un polvo, después ella es la que no me ve como nada más... y por último me suelta toda esa mierda sobre mis «dramas». Que haya tenido una vida relativamente fácil no significa que mis problemas no sean importantes. De hecho, ella misma me lo dijo cuando nos conocimos.

Pero la otra noche sonó exactamente igual que Michelle.

No soporto que insinúen que soy egoísta. No es verdad. Siempre antepongo a los demás a mis propios intereses y eso me ha traído muchos problemas. He intentado analizar fríamente la discusión que tuvimos para no tomármela tan a pecho. Maia estaba tan desesperada por que me fuera que me soltó toda la artillería. Seguramente dijo cosas que no piensa en realidad, pero aun así dolió. Y ahora no me lo quito de la cabeza.

Cuando vuelvo a encender la pantalla, la voz de Evan suena a mi espalda.

—¿Sabes? Acosar a tu ex no va a ayudarte a superar un corazón roto.

—Maia no es mi ex. Y no me ha roto el corazón.

Se deja caer a mi lado en el sofá. Suelto el móvil de todas formas. Me guste o no, tiene razón con que ver sus fotos no me traerá nada bueno.

—Cierto —coincide, con una mueca—. Menuda mierda, ¿no? Las rupturas son peores cuando no había nada «definido». Uno nunca sabe cómo sentirse.

Por eso sigo dándole vueltas a lo que me dijo esa noche. Soy el único que ha admitido abiertamente que el otro le gusta. ¿Y si es verdad que solo me ve como un rollo casual? El sexo sin compromiso nunca me ha parecido problemático, pero, vamos, estaba convencido de que nosotros no íbamos por ese camino.

Sacudo la cabeza. ¿Qué coño hago? Tengo que dejar de torturarme.

—¿Cómo te ha ido con Lisa? —pregunto en busca de una distracción.

Consiguió que le diera la dirección del bar esta mañana después de mucho insistir. Sonríe orgulloso y me muestra su móvil.

—¿Tu qué crees?

—¿Te ha dado su número? No me jodas. —Me acerco a la pantalla para comprobar que, en efecto, así es—. ¿Estáis hablando?

—Todavía no. Le escribiré mañana.

—¿Y estás haciéndola esperar por algo en especial o...?

—Pues claro, tío. Se le llama «hacerse el interesante» y vuelve locas a las chicas.

—¿Cuántas veces te ha funcionado?

Evan deja de sonreír.

—Ninguna. —Eleva un dedo y se apresura a añadir—: Pero estoy seguro de que con Lisa será diferente. Soy optimista.

—Buena suerte.

—Gracias. Por cierto, también vi a tu chica.

—No me interesa —lo interrumpo. Mientras menos sepa de su vida, mejor.

Pero mi teléfono comienza a sonar y, como cada vez que ha ocurrido en los últimos siete días, el corazón se me detiene durante un microsegundo. Estoy cansado de falsas alarmas, así que lo cojo sin mucho interés. Solo que esta vez, a diferencia de las demás, me quedo helado al leer el nombre en la pantalla.

Maia.

Maia me está llamando.

—Sabía que la estrategia del bar funcionaría —canturrea Evan con orgullo. Pone la mano sobre el móvil—. Deja que suene un poco más, Romeo. Tenemos que hacernos los difíciles.

¿Desde cuándo me pongo tan nervioso por culpa de una chica? Si le hago caso es porque necesito un momento para convencer a mi corazón de que se tome un puto relajante. Me reacomodo en el sofá, tenso, antes de responder a la llamada.

—Eh —saludo tras aclararme la garganta—. Hola, ¿qué...?

—¿Liam?

Me pongo alerta al oírla sollozar. Algo no va bien. Evan da un respingo cuando me levanto de un salto.

—Estoy aquí —respondo a toda prisa—. ¿Estás bien? ¿Qué ha pasado?

—¿Puedes venir a recogerme? No sé dónde estoy y yo... yo... te prometo que no iba a llamarte, ¿vale? Lo siento mucho, pero no puedo..., no...

Llora con tanta fuerza que no le salen las palabras. Lo primero que se me viene a la mente es la repugnante cara de Steve. Si ese cabrón se ha atrevido a ponerle la mano encima otra vez, no responderé de mis actos.

—Mándame tu ubicación por WhatsApp. ¿Tienes batería?

—Muy poca —contesta con la voz ahogada.

Me está rompiendo el corazón, pero me obligo a pensar con la cabeza fría. Voy a mi habitación para enfundarme un abrigo y calzarme las zapatillas. Evan viene detrás de mí.

—Está bien —continúo, e intento guardar la calma—. ¿Cómo has llegado hasta ahí?

—Conduciendo. Creo que estoy a las afueras. Mi coche está muerto y...

¿A las afueras? Mierda, son casi las doce de la noche. Y llueve sin parar desde hace unas horas. Se me revuelve el estómago al pensar en lo que habrá tenido que ocurrir para que se vea en esta situación.

—Voy de camino. Envíame la ubicación y quédate dentro del coche, ¿vale? —Decir esto no me gusta nada, pero es nuestra única alternativa—: Voy a colgar para que no te quedes sin batería. No tardaré en llegar.

No espero una respuesta. Cuelgo, aunque me quedaría más

tranquilo si pudiéramos seguir hablando por el camino para asegurarme de que está bien. Me meto el móvil en el bolsillo y cojo las llaves del coche. Estoy completamente acelerado.

—¿Qué ha pasado? —pregunta Evan.

—Maia. No pinta bien. Puede que sea culpa del novio de su madre.

Me pongo enfermo solo de pensarlo. Mierda, no debería haberla dejado sola.

—¿Necesitas que vaya contigo?

—No, pero no pierdas el móvil de vista.

Asiente, como si supiera lo grave que podría ser todo esto.

—Entendido. Estaré pendiente.

Intercambio una última mirada con él antes de salir del apartamento.

La lluvia golpea con fuerza el parabrisas mientras el navegador me indica la dirección que debo tomar. Estoy tan tenso que me duelen los músculos. Sin embargo, intento mantener los nervios a raya para concentrarme en la carretera. Pese a que no hay mucho tráfico, tardo unos quince minutos en salir de la ciudad. Se me revuelve el estómago cada vez que pienso que Maia está sola ahí fuera.

Cuando me adentro en el área de servicio, su coche es el único que hay en los aparcamientos. Dejo el motor y las luces frontales encendidas, y me bajo del mío a toda velocidad. No me importa que la lluvia me cale hasta los huesos. Maia debe de haberme oído llegar, porque también sale del vehículo. Me acerco rápidamente y ella hace lo mismo. Entonces, se detiene, me mira con los ojos llenos de lágrimas y sus hombros se contraen cuando vuelve a sollozar.

—Está muerta, Liam. Mi hermana está muerta.

Es como si el mundo se derrumbara.

Corre hacia mí para refugiarse entre mis brazos y esconde la cara en mi pecho. Aunque hace un momento estaba enfadado con ella, eso ya no tiene importancia. Mi primer impulso es atraerla hacia mí y abrazarla con fuerza.

—Lo siento —respondo—. Mierda, lo siento mucho.

No llegué a conocer a Deneb, pero sé que Maia confiaba ciegamente en que abriría los ojos. Era una persona muy importante para ella, y no es justo. No se merece nada de esto. Verla llorar no solo me rompe el corazón, también me genera impotencia. Ojalá tuviera la habilidad de borrar todo el dolor que siente ahora mismo.

La lluvia continúa cayendo, pero no muevo ni un músculo. Intento cubrirla con los brazos para hacerla entrar en calor. No deja de temblar, y no creo que sea culpa solo de sus sollozos. Hace frío esta noche y ella solo lleva un jersey fino que está empapado. No quiero apartarme, pero lo hago, muy a mi pesar, y me quito el abrigo.

—Te vas a congelar —murmuro mientras la ayudo a ponérselo.

No tiene fuerzas para rechistar. Siento un aluvión de alivio al no encontrar heridas ni marcas de golpes en su rostro. Al menos Steve no ha vuelto a ponerle la mano encima. Le subo la cremallera hasta el cuello. Maia se abraza a sí misma y pestañea con los ojos llorosos.

—Soy una mala persona —musita con la voz rota.

Niego con lentitud. Odio verla así.

—Deja de decir eso.

—Liam, mi hermana está muerta.

—Eso no es culpa tuya.

—Pero creo que yo quería que se muriera.

Oh, joder.

En cuanto lo dice, comienza a llorar con más fuerza, como si no soportara pensar en ello. La envuelvo de nuevo entre mis brazos. No comento nada al respecto. Es demasiado crítica con sus sentimientos, pero yo la entiendo. Se ha pasado los últimos ocho meses sacrificándose por su madre y su hermana. Se siente atrapada en una vida que no le genera más que estrés y sufrimiento. ¿Quién no querría escapar?

Eso no significa que se alegre por su muerte. Maia la quería y habría estado más que dispuesta a apoyarla en la rehabilitación si se hubiera despertado. Sin embargo, habría sido un proceso lento que les habría provocado mucho dolor. Hay una parte egoísta en ella que siente alivio de que no haya pasado, y no la culpo. Ahora las dos podrán descansar.

Espero hasta que se calma para alejarme de ella. Aunque lleve mi abrigo, es evidente que sigue teniendo frío. Se le están poniendo los labios morados. Ahora que mi ropa se ha empapado, yo también siento que el hielo me recorre las venas.

—Debería llevarte a casa —pronuncio con voz suave.

Maia retrocede y niega con lágrimas en los ojos.

—He discutido con mi madre antes de venir. No puedo volver allí.

—Está bien —la tranquilizo—. Sube al coche. Iremos a mi apartamento.

Me hace caso. Cuando yo me siento frente al volante, lo primero que hago es poner la calefacción a máxima potencia. Maia se agazapa contra la puerta e intenta refugiarse en el calor del abrigo. Me seco las manos en el asiento antes de apuntar nuestra ubicación en el móvil. La necesitaré mañana para llamar al mecánico y que recojan su coche. Por último, le envío un mensaje a Evan para avisarle de que ya vamos de camino y de que puede irse a dormir. Sé por experiencia que los fines de semana con eventos son agotadores.

Siento la mirada de Maia sobre mí. Me vuelvo hacia ella y descubro que todavía tiene los ojos enrojecidos.

—Siento que hayas tenido que venir a recogerme a estas horas —dice—. No debería haberte llamado.

Se me tensa todo el cuerpo. Pongo las manos en el volante.

—Deja de decir eso.

Guardamos silencio durante el trayecto. Maia se distrae mirando por la ventanilla y, aunque intento concentrarme en conducir, no puedo dejar de observarla. De vez en cuando se seca las lágrimas con disimulo. Creo que no puede dejar de llorar. Parece dolorosamente indefensa ahí sentada. La última vez que fuimos juntos en mi coche fue después de la fiesta de Lisa. Esa noche me parece tan lejana ahora mismo que me cuesta creer que solo haya pasado una semana.

Según mi móvil, es casi la una de la madrugada cuando aparco frente al edificio. Al menos ya no llueve tanto como antes. Bajo del vehículo y Maia me imita. No intercambiamos ni una palabra mientras la conduzco hasta el ascensor. Se frota los brazos para conservar el calor. La guío hasta mi apartamento y forcejeo con la cerradura. Es duro que la primera vez que viene sea en estas circunstancias.

Estamos completamente empapados, así que nos quitamos los zapatos antes de entrar. Le cuesta maniobrar dentro de mi abrigo sin perder el equilibrio. Como reina el silencio, deduzco que Evan ya estará durmiendo en la habitación de invitados. Supongo que habrá llamado a la pizzería para cancelar el pedido. La situación se vuelve todavía más incómoda cuando entramos en mi dormitorio. Que haya ido a recogerla no significa que todo vuelva a estar bien entre nosotros. He pasado una semana horrible, joder, y ahora me siento como si tuviera que desconectar mis sentimientos para no hacerle daño.

No obstante, no es un buen momento para sacar el tema. Camino hacia la cómoda y saco varias toallas limpias de uno de los cajones. Maia no me pierde de vista.

—¿Qué haces? —pregunta tensa.

—Si quieres dormir esta noche, vas a tener que darte una ducha para entrar en calor. Puedes usar mi baño.

Nuestros brazos se rozan por accidente cuando le entrego las toallas. Me aparto enseguida, lo que no tiene ningún sentido, ya que hace un momento estaba abrazándola ahí fuera. Las deja sobre la cama y comienza a quitarse el abrigo. Sus movimientos son lentos, seguramente porque tiene los músculos congelados. Me muero por acercarme a ella, pero lo que hago en su lugar es ir a encender al agua caliente de la ducha.

—Gracias —musita cuando vuelvo a la habitación.

—No es nada —contesto sin mirarla.

Se encierra en el baño con las toallas sin decir nada más. Trago saliva, aparto la mirada de la puerta e intento mantener la cabeza ocupada. Necesitará algo de ropa para dormir, así que saco una camiseta de manga larga y unos pantalones cómodos del armario y los coloco sobre la cama. Después, reúno todo lo que necesito para acostarme en el sofá y voy a dejarlo en el salón. No voy a dormir con ella; al menos, no tomando la iniciativa. Prefiero partirme la espalda en el sofá antes que volver a arrastrarme. Me tomo unos largos minutos para colocar los cojines a mi gusto y convencerme de que esto no es tan mala idea.

Cuando vuelvo a mi cuarto, Maia está mirando con reparo el

pijama improvisado que hay sobre la cama. Se sobresalta al oírme llegar y se gira hacia mí. Va envuelta solo en una toalla. En cualquier otra ocasión no habría podido evitar ser un poco capullo y darle un repaso, pero sé escoger los momentos adecuados para esas cosas. Y este no lo es.

Además, no puedo evitar sentir, de nuevo, un torrente de alivio al comprobar que no tiene heridas recientes en los brazos.

—Puedes usarlo para dormir. Va a quedarte grande, pero es lo único que tengo —le explico—. Yo voy a darme una ducha y después me iré a dormir al sofá.

Asiente y traga saliva, como si estuviera costándole mucho escoger las palabras adecuadas.

—Liam...

Me encierro en el baño antes de que termine de hablar.

La situación me tiene muy alterado. Suspiro y me paso una mano por los rizos mojados. Enciendo la ducha y, mientras me desnudo, me doy cuenta de que Maia ha dejado su ropa cuidadosamente doblada sobre el lavabo. Teniendo en cuenta lo ordenada que es, no me sorprende en absoluto. La meteré en la lavadora antes de irme a dormir y mañana pondré la secadora para que esté lista cuando se despierte.

A mí también me castañean los dientes cuando entro en la ducha. Suelto el aire aliviado y me recreo lavándome el cuerpo y el pelo mientras mis músculos agradecen la toma de contacto con el calor. Cuando termino, maldigo al darme cuenta de que no he traído ropa para cambiarme. Menos mal que tengo un par de toallas. Uso una para secarme los rizos y me anudo la otra a la cintura. Después, me peino el flequillo con los dedos y cojo aire antes de salir del baño.

En cuanto recae en mi presencia, Maia alza la mirada. Creía que ya estaría dormida, por lo que me sorprende encontrármela sentada en la cama. Con mi ropa. Nunca voy a acostumbrarme a lo mucho que me gusta verla llevando mis camisetas. Se queda cortada al verme, de forma que me apresuro a cruzar la habitación para sacar unos calzoncillos y unos pantalones del armario. Me los pongo antes de quitarme la toalla para que la situación no se vuelva aún más incómoda.

Cuando me doy la vuelta, está de pie frente a mí. El pelo húmedo le cubre las orejas, y su rostro refleja puro agotamiento. Aun así, no creo que nadie pudiera gustarme más que ella en este momento.

—¿Podemos hablar? —pregunta con un nudo en la garganta.

Necesito hacer uso de toda mi fuerza de voluntad para negar con la cabeza.

—No es un buen momento.

—Ya lo sé, pero no quiero que te vayas.

Mi corazón salta con tanta fuerza que me da incluso vergüenza.

Clava sus ojos llorosos en los míos. No se ha mostrado vulnerable delante de mí en muchas ocasiones, pero esta vez parece sincera. ¿Así que prefiere que me quede a dormir con ella? Joder. Hay una docena de mini-Liams montando una fiesta en mi cabeza ahora mismo.

—Está bien —contesto tan tranquilo como puedo—. Pero dejaremos la conversación para mañana.

Se mete en la cama sin decir nada más. Recojo su ropa del baño para llevarla a la lavadora, que está en la cocina. Después, regreso al dormitorio y finjo que tengo mucha seguridad en mí mismo. Normalmente es así, pero esta noche no. He dormido con bastantes chicas a lo largo de mi vida. La mayoría fueron rollos de uno o varios días. Con ninguna me he puesto tan nervioso como ahora.

Cuando el colchón se hunde a su espalda, Maia se da la vuelta, lo que empeora las cosas. Es más difícil hacer esto mientras me mira. No sé si espera que la abrace o si prefiere que guarde las distancias. Por suerte, toma la iniciativa. Sin romper el silencio, se acurruca contra mí y juraría que mi corazón se detiene cuando apoya la cabeza en mi pecho. Tardo unos instantes en reaccionar, durante los que creo que deja de respirar.

Pero entonces la rodeo con los brazos para atraerla hacia mí y todo su cuerpo tiembla cuando suelta un sollozo. De pronto, está llorando. Lo hace durante toda la noche. Y yo guardo silencio y le acaricio el pelo hasta que se queda dormida.

23

SOLO AMIGOS

Maia

Me va a estallar la cabeza.

Cuando me doy la vuelta sobre la cama, siento los músculos extremadamente pesados. Miro al techo esperando encontrármelo lleno de estrellas. Cuando me doy cuenta de que no estoy en mi habitación, mis sentidos se ponen alerta y me incorporo a toda velocidad.

Se trata de un dormitorio amplio con las paredes grises y el suelo recubierto de parquet. La puerta cerrada está frente a la cama. Sobre el escritorio, un ordenador de última generación rompe con la estética minimalista del resto del cuarto. Tiene luces y colores, y está conectado a dos pantallas de plasma. También hay un micrófono, una cámara de vídeo y una estantería repleta de figuritas. En las baldas superiores veo no una, sino tres placas metálicas con el logo de YouTube.

Los recuerdos de anoche me llegan todos de golpe. De pronto, siento una presión en la garganta que no me deja respirar. Los ojos se me llenan de lágrimas y me cubro la boca con una mano para reprimir un sollozo.

Deneb está muerta.

He perdido a mi hermana mayor.

Pasó hace unas horas, pero solo conservo recuerdos borrosos de ese momento; los médicos sacándome de su habitación cuando entré gritando su nombre, la voz de una enfermera intentando tranquilizarme, ese pitido que se volvió constante cuando su corazón se detuvo. Me llevaron a la sala de espera y un médico me explicó lo que había ocurrido. Estaba tan conmocionada que no solté ni una lágrima. Solo escuché palabras sueltas. Coágulo. Derrame cerebral. Hicieron todo lo posible por salvarla, pero no tenía ninguna posibilidad. Muerta. Estaba muerta.

Me dijeron que avisarían a mi madre por teléfono. Accedí como una autómata y después simplemente fui a la estación para volver a casa en autobús. No lloré ni siquiera cuando entré y vi a mamá chillando y lamentándose con Steve. Discutí con ella antes de coger las llaves del coche y largarme. Conduje hasta un área de servicio en medio de ninguna parte.

Y, entonces, la realidad me cayó encima.

Apenas recuerdo nada de las horas que pasé ahí dentro. Sé que lloré y golpeé el volante hasta que me ardieron las manos. Grité, sollocé y hubo momentos en los que sentí que me moría. Ahora lo pienso y vuelvo a tener esa dolorosa presión en el pecho. Me cubro la boca con más fuerza y me dejo caer bocarriba en la cama. Y, como llevo haciendo desde anoche, comienzo a llorar.

«Hasta que nos quedemos sin oportunidades, Maia. O hasta que nos quedemos sin estrellas.»

~~«Creo que yo quería que se muriera.»~~

Me entran incluso ganas de vomitar. Cierro los ojos con fuerza e intento controlar mi respiración. Con el paso de los minutos, mi ansiedad me da un respiro y los latidos de mi corazón se ralentizan. Me quedo en la cama durante lo que parecen horas. Me duele todo el cuerpo. Una vez que consigo levantarme, me seco los rastros de lágrimas, me rodeo con los brazos y trago saliva antes de salir del dormitorio.

Voy a parar a lo que parece una sala de estar. Los muebles son de colores claros, lo que contrasta con la madera oscura del suelo. Hay un sofá de tres plazas enfrente de la televisión de plasma, junto a un ventanal desde el que se ve toda la ciudad. Veo varias puertas cerradas, pero se oye ruido que proviene de la cocina. No sé de dónde saco las fuerzas para ir hasta allí.

Liam está cocinando algo sobre la encimera, con el pecho al descubierto y llevando solo unos pantalones flojos del pijama. El corazón se me contrae cuando recuerdo que vino a recogerme anoche y me dejó dormir aquí. Juro que hice todo lo posible por no caer en la tentación de llamarlo, pero la situación pudo conmigo. Es la primera persona en la que pienso cuando siento que el mundo se me cae encima.

Aún no me ha visto, así que me aclaro la garganta para llamar su atención y él se vuelve hacia mí.

—Buenos días —saluda tenso.

—Hola —respondo yo.

Su mirada me intimida tanto que me clavo las uñas en los brazos para calmar mi ansiedad. No dice nada más, solo suspira y se gira para seguir preparando el café.

—Mañana tengo turno en el bar —continúo. No soporto el silencio—. Mi coche no funciona y...

—Lisa me ha llamado esta mañana. Estaba preocupada porque no contestabas a sus mensajes. Le he contado lo que ha pasado. Va a cubrirte en el bar estos días. —Me mira por encima del hombro—. Deberías llamarla y decirle que estás bien.

Siento un aluvión de alivio. No me encuentro con fuerzas para ir a trabajar, por lo que agradezco inmensamente que haga esto por mí.

—Pero tendré que ir durante esta semana —insisto—. Y sigo sin tener coche.

—Llamaré al mecánico mañana.

—Tardarán en arreglarlo.

—¿Y qué quieres que haga?

—No lo sé. ¿Qué quieres que haga yo? ¿De verdad crees que voy a quedarme aquí hasta entonces?

—Si no te gusta la idea, siempre puedes largarte.

Me sienta como un puñetazo en el estómago.

—Vete al infierno.

No me creo que le haya pedido a este tío que durmiera conmigo. Me doy la vuelta para recoger mis cosas y marcharme, pero me detiene agarrándome del brazo. El mero contacto con su piel ya hace que se me acelere el pulso.

—Suéltame —le espeto.

—Has entrado por esa puerta decidida a discutir conmigo.

—Eres tú el que me ha dicho que me largue.

—Sí, después de que insinuaras que quedarte aquí es lo peor que podía pasarte. Anoche fui a recogerte a pesar de lo mal que te habías portado conmigo. Lo mínimo que me merezco es que me hables con respeto.

Me suelta, pero no muevo ni un músculo. Tiene razón; ayer no dudó en venir a consolarme cuando vio que lo necesitaba, pero ahora me trata con tanta frialdad que me siento como si me apuñalaran. Ojalá fuera lo suficientemente valiente para decirle lo que necesita escuchar.

Lo que hago en su lugar es dejarme guiar por el orgullo.

—Quiero irme a casa.

Liam no se molesta en mirarme.

—Tu ropa está en la sala de estar. Cámbiate y vuelve en autobús.

Entra en la cocina sin decir nada más. Estoy tan sensible que casi me echo a llorar. Me hago la fuerte, sin embargo, y vuelvo al salón, donde encuentro mi ropa doblada cuidadosamente sobre el sofá. Está seca y huele a suavizante. Cuando me dirijo al baño para cambiarme y me miro al espejo, se me revuelve el estómago. El tono pálido de mi piel me hace parecer enferma.

Me enfundo los vaqueros y el jersey, y siento un torrente de alivio al comprobar que tengo la tarjeta del bus en la funda del móvil. Me pongo las zapatillas, me recojo el pelo en un moño descuidado y salgo al pasillo. Lo que menos me apetece ahora mismo es ver a mamá y a Steve, pero mi otra alternativa es quedarme aquí, y Liam no se merece que le traiga más problemas.

Estoy decidida a irme sin decir adiós, y es entonces, al llegar al recibidor, cuando me doy cuenta.

Pero será hijo de...

Vuelvo a la cocina hecha una furia.

—¿Has cerrado la puerta con llave?

Él se sirve una taza de café con total tranquilidad.

—No sé de qué me hablas. ¿Te apetece desayunar?

—¿Puedes dejar de ser tan infantil?

—No soy yo el que está intentando esquivar la conversación.

—Solo quiero hacer lo mejor para ti. ¡Deja de ponérmelo tan difícil!

Elevo el tono de voz porque ya no puedo más. Enarca las cejas, pero se sienta junto a la mesa sin alterarse.

—¿Irte sin darme explicaciones es hacer lo mejor para mí?

—Intento mantenerte fuera de todo esto y tú no dejas de insistir. Ponte en mi lugar. ¿Crees que me resulta fácil?

Estoy cansada, frustrada y harta de luchar contra mí misma y autosabotearme. Se me llenan los ojos de lágrimas y él me lanza una mirada cargada de frialdad.

—No lo sé, Maia. Ponte tú en mi lugar. Me echas de tu casa diciendo que no significo nada para ti, te pasas días sin hablarme y después me llamas llorando porque me necesitas y me pides que me quede a dormir contigo. Y, cuando creo que vamos a hablar para solucionarlo, vuelves a ponerte a la defensiva. ¿A qué coño viene todo esto?

—Lo de anoche fue un error —contesto intentando que no me tiemble la voz—. No deberías haber respondido al teléfono. Y tampoco haber venido a recogerme.

—¿Y qué esperabas que hiciera? ¿Que te dejara tirada en medio de la autopista?

Las lágrimas no me dejan ver con claridad.

—Habría sido lo más inteligente.

—Porque entonces habrías tenido la excusa perfecta para olvidarme, ¿no? Prefieres pensar que solo te veo como alguien a quien tirarme de vez en cuando porque así te resulta mucho más fácil mandarme a la mierda.

Suena tan dolido y molesto que me rompe el corazón. Pero no es por eso. Ojalá se diera cuenta de cómo soy en realidad, porque entonces sería él mismo el que no querría saber nada mí. No me merezco que me trate bien o que me abrace y me consuele. No soy una buena persona. Soy tóxica y destructiva. Estoy tan rota que incluso mamá prefiere a Steve antes que a mí.

No estoy hecha para que me quieran.

—¿Te molesta saber lo mucho que me importas? ¿Es eso?

—No —contesto con un nudo en la garganta, pero no me escucha.

—Me he pasado una puta semana pensando en lo que dijiste. Y, aun así, cuando me llamaste anoche me olvidé de todo porque solo me importaba saber si estabas bien. Me tumbé contigo y me quedé despierto hasta que me aseguré de que te habías dormido. Y esta mañana me he levantado temprano para poner la lavadora y que tuvieras tu jodida ropa seca lo antes posible. Pero tienes razón. No me preocupo por ti, solo te veo como a un polvo y estás en todo tu derecho de seguir odiándome y pensando que soy un capullo superficial.

Deja la taza bruscamente sobre la mesa, se levanta y yo me aparto de la puerta para dejarlo salir. Se encierra en su dormitorio hecho una furia. Cierro los ojos con fuerza y siento el frío de las lágrimas rozándome las mejillas. Da igual cuántas veces Liam me haya demostrado que le importo, mi mente me odia tanto que no se lo creía. Hasta ahora. Escucharlo en voz alta ha hecho que me dé cuenta de lo injusta que he sido.

Estaba tan convencida de que alejarme era lo correcto que no me planteé que esto pudiera dolerle tanto como a mí. Cuando entro en la habitación, Liam está haciendo la cama, como si necesitara mantener la cabeza ocupada a toda costa. Ni siquiera me deja hablar.

—Déjalo. No es un buen momento. Tú no estás bien y yo estoy demasiado enfadado para pensar.

Me rodeo con los brazos y niego con la cabeza.

—¿No querías que te diera explicaciones? Bien. Siéntate.

—No vamos a tener esta conversación ahora, Maia.

—Por favor —insisto.

Sus ojos azules conectan con los míos y necesito toda mi fuerza de voluntad para sostenerle la mirada. Finalmente, cede y toma asiento sobre la cama. Me seco las lágrimas con el brazo. Cuando me detengo frente a él, me siento dolorosamente pequeña.

—¿Y bien? —demanda con tono insolente.

Esto no va a ser nada fácil.

—Cuando discutimos, me prometí que me olvidaría de ti —comienzo a decir—. Se supone que no tendría que haber vuelto a llamarte, pero ayer la situación me superó y...

Me callo cuando se levanta sin miramientos para salir del dormitorio. Por mucho que le duela mi sinceridad, no puedo dejar que se vaya todavía. Le corto el paso y le pongo las manos en el pecho para detenerlo. Tiene la piel caliente y me parece notar lo fuerte que le late el corazón.

—Déjame terminar —le suplico.

—¿Para qué? Voy a ahorrarte el mal trago. Lo pillo. No quieres saber nada de mí. Si me lo hubieras dicho antes, te habría dejado en paz.

—No es que no quiera saber nada de ti. —Aunque intento conservar la calma, ahora es él quien está fuera de sí.

—¿Entonces? Aclárate de una puta vez. —Se echa hacia atrás para alejarse de mí, como si no soportara que lo esté tocando—. ¿Sabes lo jodido que fue lo que me dijiste? Ahora no dejo de darle vueltas a todo. No sé si es culpa mía que pienses que solo me importas por tu físico. ¿Mis comentarios te hacían sentir incómoda? ¿Es eso?

—No —respondo a toda velocidad—. Nunca me has hecho sentir incómoda, Liam. Te lo prometo.

—¿Y lo de esa noche? ¿De verdad querías que pasara?

—Sí. —Aunque sueno firme, sé que no consigo disipar las inseguridades que se han formado en su cabeza. Trago saliva—. Pero no sé si debería repetirse.

Dudo que suene convincente; lo único en lo que he pensado estos días es en lo mucho que lo echaba de menos. Liam suspira incrédulo y vuelve a sentarse en la cama. Me acerco con pasos titubeantes. Parece molesto, pero al menos ya no quiere marcharse.

—¿Por qué me echaste de tu casa? —pregunta alzando la mirada.

—Ya te lo dije. Por Steve.

—¿Ahora quieres que me crea que te preocupas por mí?

Y eso me lleva al límite de mi paciencia.

—Pues claro que me preocupo por ti. ¿Por qué crees que he hecho todo esto?

—¿Así que lo que haces cuando te preocupas por alguien es hacerle creer que no te importa? Felicidades, Maia, eres la puta reina de las relaciones.

—Nada de lo que dije esa noche iba en serio —confieso por fin. Se me ha formado un nudo insoportable en la garganta—. Estaba desesperada por que te fueras y no... no se me ocurrió otra forma. Sé que estuvo mal y que te hice daño. Lo siento muchísimo, Liam.

Debe de notar la sinceridad en mi voz, porque sus hombros se relajan. El ambiente sigue muy tenso, pero, cuando habla, utiliza un tono mucho más suave:

—¿Por qué no querías llamarme?

—Me daba mucho miedo lo que podía pasarte si entrabas en mi mundo. Vi lo emocionado que estabas por la mudanza y por empezar la universidad y no... no quise estropearlo. Si Steve te hubiera hecho daño, no me lo habría perdonado jamás. Podría haberte perjudicado tanto física como profesionalmente y...

—No eres tú la que decide si asumo esos riesgos o no —me interrumpe—. Y yo estaba más que dispuesto a asumirlos desde el principio.

Asiento con efusividad. Ya no puedo contener las lágrimas.

—No es verdad que no signifiques nada para mí. Me importas. De verdad. Y también te he echado de menos.

—Habríamos tardado menos si hubieras empezado por ahí.

Suspira y se acerca para estrecharme entre sus brazos.

Como un cristal agrietado, me rompo en cuanto me toca. De pronto, no puedo contener las lágrimas que llevan ahogándome desde que empezamos a discutir. Escondo la cabeza en su pecho mientras me abraza con fuerza. Cuando quiero darme cuenta, no solo lloro por él, sino también por mamá, por lo mucho que odio a Steve y, sobre todo, por mi hermana, que era quien me mantenía a flote y ahora se ha ido.

Una vez, cuando éramos pequeñas, me contó la leyenda sobre la niña del pueblo khoisan de África y me dijo que algún día sería como ella. Ahora que los he perdido a papá y a ella y que mi madre no soporta mirarme a la cara, creo que ya no me quedan estrellas para mi galaxia.

Liam guarda silencio mientras me desahogo entre sus brazos, tal y como hizo anoche, hasta que ya no me quedan más lágrimas por soltar. Es un experto en sacarme de mis casillas y, aun así, me transmite paz en los momentos difíciles. Es como una luz al final del túnel. Prefiero no volver a pensar en lo mal que lo traté para no sentirme aún peor.

Cuando me aparto para secarme las lágrimas, soy incapaz de mirarlo a los ojos.

—Gracias por venir a por mí anoche —le digo, justo como debería haber hecho desde un principio—. Y también por tener tanta paciencia conmigo. Sé que no soy una persona fácil.

Alarga la mano para apartarme el pelo de la frente. Después, me acaricia la sien con las yemas de los dedos y su toque me provoca escalofríos. Nuestras miradas por fin se encuentran.

—No seas tan dura contigo misma. Solo te cuesta un poco abrirte a los demás. —Me mira con tristeza—. Siento mucho lo de tu hermana, Maia. Y lo que dijiste ayer...

—Olvídalo —le suplico. No soporto pensar en ello—. No sé en qué estaba pensando. Es evidente que yo no quería que Deneb...

—Querías a tu hermana. Luchaste por ella hasta el final. Y habrías estado ahí para ella durante años si hubiera sido necesario. Pero ante todo eres humana y es normal que quisieras que ese sufrimiento terminara. Eso no te convierte en una mala persona. Mucho menos en una egoísta. Joder, no he conocido a nadie que se entregue tanto a los demás como te entregas tú.

Escucharlo hablar así es raro y dolorosamente gratificante. Liam siempre ve las mejores partes de mí, incluso las que ni siquiera yo sé que existen.

—Ayer, antes de que... pasara, fui a hablar con ella. Le dije que me sentía atrapada y estaba desesperada por empezar a vivir —confieso. Si me lo guardo para mí, explotaré—. ¿Y si lo hizo por mí? ¿Y si me escuchó?

La medicina negaría todo lo que acabo de decir, pero ahora mismo no puedo pensar con claridad. Él me seca las lágrimas con los pulgares mientras me mira a los ojos.

—En ese caso, supernova, estoy seguro de que tu hermana está deseando ver cómo empiezas a brillar.

Suelto un suspiro tembloroso, asiento con los ojos inundados en lágrimas y él vuelve a abrazarme. Espero ser capaz de hacerlo algún día, lo de empezar a vivir. Ahora no concibo disfrutar de la vida si mi hermana mayor no está ahí para verme, aconsejarme y guiarme cuando sienta que me estoy desviando del camino.

—¿Seguro que quieres irte a casa? —pregunta al alejarse.

Niego sin apartar los ojos de los suyos. Acabo de darme cuenta de lo cansado que parece.

—Discutí con mi madre ayer. No quiero volver allí.

—Está bien. Puedes quedarte todo el tiempo que quieras. Lo sabes.

—¿De verdad? —cuestiono desconfiada—. No quiero causarte más problemas.

—Me he pasado semanas durmiendo en tu casa, Maia. Y estuve a punto de quemar tu cocina sin querer. Es lo mínimo que puedo hacer. —Fuerza una sonrisa—. Un favor por otro favor, ¿no?

Asiento y me seco las lágrimas esta vez de manera definitiva. Estoy cansada de llorar. La gratitud que siento no me cabe en el pecho. Es un alivio tener un lugar en donde refugiarme hasta que esté lista para volver a enfrentarme a mamá y a Steve. Seguro que ya se la ha llevado a su agujero para convencerla de ahogar sus penas en alcohol.

—También debería llamar a la funeraria para organizar el entierro —añado—. No creo que mi madre esté en condiciones de hacerlo en mi lugar.

—Iré contigo. Y después nos pasaremos por tu casa para coger tus cosas.

—Gracias —respondo con sinceridad.

Él sonríe y niega para restarle importancia. Será duro seguir adelante sin mi hermana, pero saber que puedo contar con él, que estará ahí para mí cuando lo necesite, hace que todo parezca mucho más fácil. Se acabó lo de ir sola contra el mundo. Puedo intentar dejarme ayudar.

—¿Por qué no vuelves a la cama? —sugiere entonces mirándome a los ojos—. Es temprano y sé que no has dormido mucho esta noche.

—¿Vienes conmigo?

—¿Quieres que vaya?

—¿Tú quieres venir?

—¿En qué punto estamos ahora mismo? ¿Sigues pensando que lo de la otra noche no debería repetirse?

Me clavo las uñas en las palmas de las manos.

—Creo que nos iría mucho mejor si intentáramos ser amigos.

—Amigos —repite, como si creyera que ha oído mal.

—¿No estás de acuerdo?

—Claro que no. Tú y yo no podemos ser amigos.

—Podríamos si lo intentáramos. Y si tú dejaras de insinuarte cada dos minutos.

Entiendo que esté confundido porque, joder, ni siquiera yo sé a qué viene todo esto. Lo nuestro no tiene futuro. Es cuestión de tiempo que nos demos cuenta. Ahora mismo mi cerebro se debate entre lo que realmente quiero hacer y lo que creo que es más sensato.

—Quieres que seamos amigos, pero acabas de pedirme que duerma contigo —dice con lentitud, y es evidente que hace esfuerzos por no sonreír.

—¿No eres capaz de hacer eso con una amiga sin llegar a nada más?

—Generalmente no duermo con mis amigas.

—¿Se puede saber qué coño te hace tanta gracia?

Es increíble cómo puede pasar de consolarme a hacer que me entren ganas de estrangularlo, todo en menos de tres minutos. Liam eleva las manos con inocencia, aunque sigue sonriendo con ganas.

—Nada. Solo creo que esto va a ser divertido. —Me hace un gesto hacia la cama—. Detrás de ti, *amiga.*

Su mirada burlona me saca de mis casillas. Le doy la espalda y me tumbo en el colchón sin decir nada más. Mientras tanto, él va a cerrar las cortinas. Cuando la habitación se queda a oscuras, el corazón me late a toda velocidad dentro del pecho. Me aclaro la garganta nerviosa e intento convencerme de que hago lo correcto.

Amigos. Vale. Es el mejor plan que se me ocurre.

Pero entonces se tumba conmigo y me rodea con los brazos, y es lo único que necesito para darme cuenta de que no va a funcionar.

24

UN TÍO DECENTE

Liam

Nunca antes había asistido a un funeral.

Antes de que mi madre lanzara su primera colección al mercado, vivíamos en un pueblo pequeño al norte de Inglaterra, sin lujos, coches caros, eventos, fama ni dinero. Mudarnos a Londres supuso dejar atrás esa vida. Perdí todo el contacto con mi familia a los cinco años. Cuando cumplí los doce, mi padre se largó y solo nos quedamos mi madre y yo. Apenas he tenido relación con mis abuelos, así que no creo haber sufrido la muerte de ningún ser querido.

A pesar de que no pude contar con mi familia, tuve una infancia feliz. Encontré a todos esos «seres queridos» en mis amigos, en lazos que no eran de sangre, pero me parecían incluso más importantes. En Evan. Y nunca me faltó de nada. Además, siempre he sido muy independiente. Me pasé diecinueve años sabiendo que a mi madre no le importo una mierda y no comencé a darle importancia hasta que perdí la pasión por YouTube.

He tenido una vida relativamente sencilla. Por eso no sé cómo apoyar a Maia cuando parece que la suya se cae a pedazos.

Son las nueve y media de la mañana, y el cielo lleno de nubes se alza sobre los árboles frondosos del cementerio. Aunque faltan quince minutos para que empiece el entierro, ya hay unas treinta personas reunidas en torno al ataúd que Maia escogió ayer por la tarde. Han traído ramos y coronas de flores con inscripciones. Tampoco había vivido nunca el proceso de organizar un funeral. Ojalá no tenga que volver a hacerlo nunca. Hubo momentos en los que Maia parecía tan afectada que tuve que hablar en su lugar.

Reviso disimuladamente mis mensajes. Lisa debería estar a punto de llegar.

—Hay bastante gente —comenta Evan inclinándose hacia mí. Insistió en venir al funeral después de darle el pésame a Maia anoche. Por suerte, sabe cómo comportarse y ha dejado las bromas de lado, por lo que llevan sin discutir desde entonces.

—No sé por qué han venido —responde ella seca.

Pese a la crudeza de la situación, no ha soltado ni una lágrima desde que llegamos. Se limita a mirar lo que nos rodea con el rostro inexpresivo, como si no fuera realmente consciente de lo que ocurre. Me tenso cuando veo a las dos personas que caminan hacia el grupo.

—Steve y tu madre acaban de llegar —le digo, y Maia se pone aún más rígida.

—Supongo que vieron la nota.

Como no estuvieron presentes en la organización del funeral, les dejamos la hora y el día escritos en un *post-it* que pegamos en el frigorífico. Tampoco los vimos cuando fuimos a su casa a recoger sus cosas. El lado bueno es que Maia empaquetó la mayoría de su ropa. Todavía no hemos hablado sobre cuánto tiempo va a quedarse, pero ojalá sea de forma indefinida. Me tranquiliza mucho saber que duerme en mi apartamento, lejos de ese hombre y de sus malas intenciones.

—Me sorprende que Steve también haya venido —añade—. Seguro que está deseando que esto termine para arrastrar a mi madre de vuelta a su agujero.

Su tono amargo me parte el corazón. A unos metros de distancia, la mujer abraza entre lágrimas a varios asistentes.

—Al menos parece sobria —observo, por si la hace sentir mejor.

—Solo son las nueve de la mañana. No cantemos victoria todavía.

Finge desinterés, pero no paso por alto que se golpea nerviosamente la pierna con los nudillos. Al mirarle los dedos, descubro que se ha arrancado un padrastro y ahora tiene sangre en el pulgar. No para de rascarse con las uñas, ansiando provocarse más dolor. No me lo pienso y entrelazo mi mano con la suya para que deje de hacerse daño. Es pequeña en comparación con la mía. Y está helada. Y aun así tocarla hace que una oleada de calidez se me instale en el pecho.

Maia baja la mirada hacia nuestras manos y después la sube hasta mis ojos. En ellos veo el miedo, el dolor y la desesperación que siente ahora mismo, y también el alivio que sé que le transmite saber que estoy aquí para ella.

—¿Ves a esas chicas? —me dice al cabo de un rato. Señala con disimulo a un grupo de unas siete jóvenes—. Eran amigas de mi hermana. Estaban muy unidas antes del accidente, pero no fueron a verla al hospital ni una sola vez. Y tampoco han llamado para preguntar por ella.

—Y, aun así, están aquí —me adelanto, ya que entiendo adónde quiere llegar.

—Esto está lleno de gente que solo busca sentirse mejor consigo misma.

No se preocuparon por su hermana en su momento y, ahora que está muerta, la culpa las carcome. No se me ocurre nada que decir, así que solo le agarro la mano con más fuerza. Evan me avisa en un susurro de que va un momento al baño y, entonces, vemos que una chica se acerca corriendo entre la multitud. Maia me suelta la mano para ir a abrazarla.

—Dios santo, estaba muy preocupada por ti. Lo siento muchísimo. —Lisa la estrecha entre sus brazos y después se aleja para mirarla—. ¿Cómo estás?

Maia no responde. Solo niega mientras los ojos se le inundan en lágrimas. Lisa suspira y vuelve a abrazarla con fuerza, y yo retengo el impulso de ir a hacer lo mismo porque me rompe el puto corazón ver a Maia así.

—Tengo que estar en el bar dentro de diez minutos. Charles me matará si llego tarde. —Vuelve a apartarse y le seca las lágrimas con los pulgares—. Quería venir para que supieras que estoy contigo. Llámame si me necesitas, ¿vale? Me da igual la hora. Puedes contar conmigo. Siempre.

Maia asiente, se limpia los ojos con la manga del jersey y, contra todo pronóstico, vuelve a mi lado. Su mano roza la mía y soy quien toma la iniciativa y vuelvo a entrelazarlas. Acaricio suavemente sus nudillos con el pulgar. Mientras tanto, Lisa me dedica una mirada cargada de tristeza. Maia necesitaba a una amiga que se preocupara por ella, así que es un alivio que la tenga en su vida.

—No tardará mucho en empezar —le susurro para tranquilizarla.

Sin embargo, ella niega con la cabeza.

—¿Podemos irnos ya?

—¿Estás segura?

—Este funeral no es para mi hermana, sino para ellos —responde señalando a los asistentes—. No puedo seguir aquí, Liam. Por favor.

—Está bien. Voy a buscar a Evan. Puedes esperarme en el coche.

Suelta un suspiro tembloroso, se rodea a sí misma con los brazos y se aleja a toda prisa. Ahora yo también siento una presión en el pecho que hace que me duela respirar. Ojalá supiera cómo hacerla sentir mejor. No se merece nada de esto.

—Será mejor que no la deje sola —murmura Lisa, y yo asiento sin apartar la mirada de Maia, que ya ha salido del cementerio.

—Sí, ve. Te llevaré al bar después.

—Eres un buen tío, Liam. Gracias por todo lo que haces por ella.

Nuestras miradas conectan y me dedica una sonrisa forzada antes de marcharse. Suspiro, saco el móvil y le envío un mensaje a Evan para que vuelva cuanto antes y podamos irnos a casa.

Maia se pasa una semana sin hablar conmigo. Ni con nadie. Evan vuelve a Londres el miércoles y me quedo a solas con ella en mi apartamento. Sin embargo, es como si no estuviera aquí de verdad. Como si solo fuera un fantasma. Sale de casa muy temprano y se encierra en el cuarto de invitados al volver del trabajo. Nunca dormimos juntos. Y, aunque insisto, tampoco suele tener ganas de comer. Está tan ausente que no parece ella. Ni siquiera reacciona ante mis bromas.

Nunca pensé que echaría tanto de menos que alguien me insultara.

No volvemos a tener noticias de su madre y Steve y, aunque no mencionamos el tema, sé que Maia no se ha atrevido a volver al cementerio. Lisa me escribe de vez en cuando porque está preocupada por ella y lo único que hago yo es rogarle que tenga paciencia. Sé cómo es que el mundo se te caiga encima. No es comparable con la pérdida de una hermana, pero, cuando dejé YouTube, me pasé una semana dormitando en su sofá sin saber qué coño iba a hacer con mi vida. Y ella me dio tiempo.

Estoy seguro de que la Maia de siempre volverá tarde o temprano.

Y, cuando eso ocurra, tendré que hablar seriamente con ella para convencerla de buscar ayuda profesional.

Una semana y media después, estoy en la cocina apuntando ideas para futuros vídeos en el portátil. Maia es la única que tiene las llaves del apartamento aparte de mí, de manera que, cuando oigo a alguien forcejear con la cerradura, sé perfectamente que se trata de ella. Echo un vistazo rápido al pasillo y vuelvo a centrarme en mi ordenador. Me encantaría salir ahí, preguntarle cómo le ha ido el día y obligarla a hablar conmigo. Bromear y reírme con ella como antes. Pero lo único que consigo sonsacarle últimamente son evasivas y sonrisas que no parecen de verdad.

Estoy cansado de insistir. Si quiere espacio, voy a dárselo.

Por eso me sorprende tanto que, en lugar de encerrarse en el cuarto de invitados como todos los días, se detenga en la puerta de la cocina.

—Hola. —En su voz se nota que está nerviosa—. ¿Tienes un momento para hablar?

Dado que no ha estado muy comunicativa estos días, me cuesta no mostrar preocupación. Desvía la mirada y se rodea con los brazos para sentirse más segura. Es frustrante que ahora solo tengamos conversaciones serias o incómodas, pero asiento y cierro el portátil de todas maneras.

—Claro. ¿Qué pasa?

Sus ojos se clavan en los míos, titubeantes.

—Hoy Lisa me ha preguntado cómo te va con YouTube y no he sabido qué decirle. Me he dado cuenta de que llevo más de una semana viviendo contigo y aun así... no tenía ni idea de que habías decidido volver.

No suena como un reproche; más bien, es como si se sintiera culpable, aunque a mí no me molesta que no haya estado muy pendiente del tema.

—Has estado un poco desaparecida estos días —respondo con voz suave. Lo último que quiero es hacerla sentir mal.

Maia asiente, aunque rehúye mi mirada a toda costa.

—Creo que mi forma de afrontar los problemas es alejarme de la gente que me rodea. Lo hago sin darme cuenta. No me parece justo para las personas que me aprecian y se preocupan por mí y... y tampoco pienso que sea bueno para mi salud mental.

—No lo es —coincido con cautela; no sé adónde quiere llegar.

—Quiero cambiar esa faceta de mí, Liam. No puedo seguir apartándome de todos. Estar contigo me resulta muy... fácil y quería saber si tú... —Traga saliva nerviosa—. Quería saber si estarías dispuesto a ayudarme.

Por fin se atreve a mirarme a los ojos. Sé lo mucho que le cuesta quitarse la coraza y mostrar lo verdaderamente asustada que se siente. Lo vulnerable que es. Y aun así lo está haciendo ahora mismo. Conmigo.

—Estoy aquí para lo que necesites —le recuerdo—. Lo sabes.

Se le relajan los músculos, pero sigue de brazos cruzados.

—Me gustaría que todo volviese a la normalidad: las bromas, las discusiones... Sé que te preocupas por mí, pero no me mires con lástima. Ya tengo suficiente con tener que soportar esas miradas ahí fuera. No puedo seguir adelante si todo el mundo me trata como si fuera una muñeca de cristal. —Se clava las uñas en los brazos ansiosa—. ¿Podemos volver a ser los de antes? Prometo hacer un esfuerzo. Por favor.

Sonrío. No puedo negar que me atrae la idea.

—Está bien. Como quieras.

—Genial. Que te jodan.

Me pilla tan desprevenido que una risa ronca brota de mi garganta. Sí que había echado de menos escucharla decir eso. Maia se muerde el labio y una sonrisa tímida comienza a formarse en sus labios. Es una de verdad. La primera que veo desde el funeral.

—¿Te apetece pasar el día conmigo? —sugiere—. Podemos salir a dar un paseo, ver una película o...

—¿Enrollarnos?

Es lo único que necesito decir para que deje de estar tan nerviosa. No puedo esconder la sonrisa. Por fin, joder. Por fin.

—¿Cuánto has tardado en volver a tirarme la caña? ¿Diez segundos?

—¿Sorprendida? Quería batir un récord.

—¿No te basta con ser el tío más egocéntrico del universo?

—Para nada. Todavía necesito volver a besar a la chica más borde que ha pisado la faz de la Tierra.

Ojalá mis insinuaciones fueran solo una broma, pero convivir con ella teniendo que mantener las distancias es una jodida tortura. Tengo que recurrir a toda mi fuerza de voluntad para no cruzar la cocina y besarla ahora mismo, sobre todo cuando noto lo mucho que le cuesta no sonreír.

Decido ser un tío decente, sin embargo, y lo que hago en su lugar es sacarme el móvil del bolsillo.

—¿Pizza y película? —propongo.

—Depende. ¿Con o sin piña?

—Con. Tengo que hacerte la pelota para que te líes conmigo.

—Eres agotador.

—Pediré mitad y mitad. Tú puedes ir eligiendo la película.

Busco el número de mi nueva pizzería de confianza y me llevo el teléfono a la oreja. Mientras tanto, Maia me mira desde la puerta. Tiene cara de cansada, como siempre que vuelve de trabajar, pero también parece mucho más animada y relajada que estos últimos días.

—Gracias, Liam —dice entonces—. De verdad.

—Gracias a ti por dejarte ayudar.

Nos miramos en silencio y sonríe con timidez. Podría haber alargado la broma y haberle dicho que solo lo hago para liarme con ella, pero, vamos, cualquiera vería que esto va mucho más allá. Me encantaría decírselo. Ahora mismo. Pero se cierra en banda cada vez que escucha la palabra «sentimientos».

El ambiente comienza a volverse denso. Y Maia acaba con él cuando esboza una sonrisa burlona y me suelta:

—¿Sabes? Eres el mejor amigo que una chica podría tener.

Oh, cabrona.

Me pongo serio de repente y sale riéndose de la cocina. Bien, pillo la indirecta. Vamos a jugar.

Ordeno la pizza y, como no encuentro a Maia en el salón, decido ir a mi dormitorio. Cierro la puerta, me deshago de la camiseta y la lanzo sobre la cama. Después entro en mi baño personal y me miro al espejo. Me mojo las manos para peinarme los rizos con los dedos. Voy a necesitar un buen subidón de ego si quiero hacer esto. Estoy a punto de coger otra camiseta, pero entonces me lo pienso mejor. Salir así sería toda una declaración de intenciones, pero nunca me he andado con rodeos. Y no voy a empezar a estas alturas.

Cuando vuelvo al salón, Maia está en el sofá mirando su móvil distraída. Alza la mirada hacia mí, pero yo no le presto atención. Camino hacia el televisor y me agacho para sacar el mando de uno de los cajones inferiores del mueble. Le doy la espalda para que pueda darme un repaso. Que disfrute del espectáculo. Quiero que vea por sí misma qué es lo que su «amigo» tiene que ofrecer.

Pero entonces me doy la vuelta y veo que los dos hemos tenido la misma idea.

Ella también se ha cambiado de ropa.

Ha sustituido el uniforme del trabajo por una camiseta ancha de manga larga y los pantalones más cortos que he visto en mi vida. Mis ojos se clavan como imanes en sus piernas desnudas. La conozco, sé lo mucho que le gusta provocarme y lo ha conseguido con creces. Y ahora necesito repetir lo que pasó esa noche en su casa.

A juzgar por lo que veo en sus ojos cuando me da un repaso, tenemos la misma idea en la cabeza.

Me dejo caer en el sofá a una distancia prudente.

—¿Qué película te apetece ver?

Es ella la que decide acercarse.

—¿No podemos hacer otra cosa?

Mis cejas se disparan.

Ninguna de las ideas que se me ocurren es apta para menores.

—Cuéntame cómo te va con YouTube —dice, y sufro un cortocircuito al darme cuenta de que no estábamos pensando en lo mismo.

Hablar. Claro. Quiere hablar.

Mierda, ¿quiere hablar?

Como si supiera perfectamente lo que me pasa, Maia esboza una sonrisa burlona y mi mirada se clava de manera automática en esos labios mordidos. Se ha sentado tan cerca que nuestros brazos se rozan y su rostro está solo a un palmo del mío. Desde aquí tengo una visión privilegiada de sus espectaculares piernas. Y también de todo lo demás. Maia en sí es espectacular. Me pregunto si ella será consciente. Tiene que serlo, ¿no?

Es imposible que no sepa el efecto que está teniendo en mí.

Tras soltarme una reprimenda mental, me obligo a pensar con la cabeza fría. Necesito tomar el control de la situación. Muy bien, hablemos de YouTube.

—¿Qué quieres saber? —Se me ha olvidado absolutamente todo lo que tenía que contar.

—¿Cómo se lo ha tomado la gente? ¿Y has decidido ya cómo lo vas a hacer?

Sigo mirándola. Estoy seguro de que no estoy malinterpretando las señales; está jugando conmigo, pero también parece interesada en lo que tengo que decir. No puedo negar que me gusta saber que tiene tantas ganas de escucharme.

—Aún lo estoy pensando. No creo que mi contenido cambie mucho, solo quiero subir lo que me apetezca cuando me apetezca. Sin presiones. Antes me obsesionaban tanto los números que acabé odiando la plataforma y no quiero que me vuelva a pasar. —Es fácil decirlo, pero no sé si lo conseguiré. Ya intenté dejar de prestar atención a las cifras en el pasado, pero no funcionó. Siempre que hacía directos o publicaba un vídeo, solo veía los comentarios que no recibía. Las visitas que no tenía.

Es una tortura vivir siendo tan exigente contigo mismo.

—Si vuelves a sentirte así, piensa en desconectar —me aconseja, leyendo mis dudas—. No definitivamente, solo durante unos días. Recuérdate a ti mismo que hay más cosas fuera de YouTube y que lo importante no está ahí dentro, sino aquí.

Aunque llevo mucho tiempo con el mismo problema, nunca me habían ofrecido una solución parecida. Maia sube los pies descalzos al sofá y flexiona las piernas, y, de alguna forma —sobre la que evidentemente no poseo ningún control—, mi mano acaba sobre su rodilla. Aguardo para darle la oportunidad de apartarse, pero lo que hace es acercarse aún más.

—Antes vivía por y para YouTube —reflexiono—. Puede que el problema fuera que permití que me absorbiera.

Dejo que mis dedos exploren distraídamente el lateral de su pierna. No es un movimiento descarado; solo rozo su piel con las yemas de los dedos, como una primera toma de contacto.

—¿Y estás seguro de que no volverá a pasar?

—Completamente. Si todo va bien, empezaré la universidad en septiembre. Y ahora vivo solo. Tengo muchas cosas en las que pensar.

Tú entre ellas.

De nuevo, me callo lo que pienso para no asustarla. Nuestros ojos se cruzan y noto lo mucho que le cuesta sostenerme la mirada y no fijarse únicamente en los movimientos de mi mano.

—¿Y tus fans? ¿Cómo se lo tomaron? —pregunta tras aclararse la garganta.

Me trago una sonrisa. Parece que alguien empieza a ponerse nerviosa.

—Son suscriptores, no fans. Y bastante bien.

—¿Así que ya no te mandan mensajes de odio?

—Más o menos. Todavía me llegan algunos, sobre todo después de que Michelle haya convertido la historia en un espectáculo.

Por mucho que intento que no me afecte, me quedo frío solo con pronunciar su nombre. Hace unos meses estaba loco por ella y ahora la veo como la arpía despiadada que es. No solo no me apreciaba como amigo, sino que además ha seguido jugando con Max y haciéndose la víctima públicamente.

Maia frunce el ceño y se reacomoda en el sofá para mirarme directamente, pero mi mano no se mueve de su sitio.

—¿De verdad ha hecho eso?

—Lleva semanas subiendo vídeos sobre mí. Ahora todos sus seguidores piensan que soy el cabrón sin sentimientos que le rompió el corazón. —Suena tan mal que necesito restarle importancia—: Pero no pasa nada. Cuando publicamos la foto ya sabía que esto ocurriría.

—Pero no es justo. Tú no eres el malo de la historia.

—Eso a la gente le da igual.

—¿Y no puedes hacer nada? ¿Y si le dices a todo el mundo que es mentira?

—Se ha victimizado tanto que cualquier cosa que haga podría jugar en mi contra. Además, eso sería darle la atención que busca. Solo quiere ganar seguidores a mi costa. Pronto verá que no entro en el juego, se quedará sin cosas que contar y a todo el mundo se le olvidará. Así funcionan las polémicas en internet. —Debería callarme, pero no puedo. Porque Maia quiere escucharme y me acabo de dar cuenta de que necesito hablar sobre esto—. Lo que más me molesta no es mi reputación, ¿sabes?, sino que éramos amigos, y aun así...

—No le ha importado traicionarte —se adelanta.

La miro a los ojos.

—¿Crees que soy un mal tío? Por romper con ella en directo.

—Claro que no. ¿A qué viene eso?

—No lo sé. ¿Y si tiene razón y soy un egoísta?

—Para —me ordena con seriedad—. No eres egoísta, ni un mal tío, ni un cabrón sin sentimientos. Al contrario. Cuando planeamos lo de la foto, intentaste en todo momento que ella no saliera perjudicada. Eres una buena persona, Liam.

—Entonces, ¿por qué me siento justo como lo contrario?

Ya no puedo deshacerme de todos los pensamientos negativos que se han adueñado de mi cabeza. Maia estira la mano y siento la calidez de sus dedos acariciando los míos, que siguen sobre su rodilla.

—Porque eres muy duro contigo mismo. Y porque eres humano y es completamente normal que esos comentarios te afecten. ¿Confías en mí?

Me toma por sorpresa, pero aun así no dudo a la hora de contestar:

—Pues claro.

—¿Tanto como para dejarme tu móvil? —Al verme fruncir el ceño, procede a explicarse—: Sé que solo entras en las redes para responder mensajes de tus suscriptores. Puedes dármelo antes de hacerlo para que borre todos los mensajes de odio que te hayan enviado. Lo haré hasta que empieces a sentirte mejor.

No aparta sus ojos de los míos, como si quisiera hacerme ver que habla en serio. Casi me hace sonreír. No conoce el mundo de las redes. No sabe lo que es tener cuatro millones de seguidores en Instagram. Por mucho tiempo que esté dispuesta a invertir, nunca conseguiría eliminar todos los mensajes que me llegan al día.

—No van a parar —contesto en voz baja—. Mientras antes me acostumbre, antes podré seguir creando contenido con normalidad.

—Pero no es justo. No deberías tener que acostumbrarte. Me da mucha rabia que tengan una opinión tan equivocada sobre ti. —Me mira titubeante—. Si al final decidieras grabar un vídeo sobre el tema, ¿valdría de algo que yo apareciese contigo?

El corazón se me acelera solo al pensar en esa posibilidad.

—Te caería diez veces más odio que a mí.

—¿Y qué? No uso mis redes sociales. No me importa lo que piensen unos desconocidos de internet. Y yo no tengo ninguna reputación que mantener. No se me da bien hablar delante de las cámaras, pero lo haría con tal de que te dejaran en paz.

De nuevo, necesito toda mi fuerza de voluntad para no sonreír. Ni de coña pienso dejar que lo haga, pero es reconfortante saber que estaría dispuesta a hacer eso por mí.

—¿Y qué dirías en el vídeo, exactamente?

—No lo sé. Que eres un buen tío. Que siempre piensas en los demás más que en ti mismo. Y que me alegro de que te hayas alejado de Michelle porque no se merece ni la mitad de lo que eres.

Ahora sí sonrío. Sus cumplidos son como música para mis oídos.

—Se tomarían lo último como un ataque bastante descarado —comento fingiendo que me lo pienso de verdad, y ella se muerde el labio.

—Bueno, no soy una persona especialmente diplomática.

Me entra la risa.

—Sé que quedarse con los brazos cruzados da mucha impotencia, pero no podemos entrar en el juego —contesto con voz suave, pero más serio esta vez.

Por muchas ganas que tenga de verla hablando en un vídeo sobre lo alucinante que soy, a la larga no nos beneficiaría a ninguno de los dos. Parece saberlo, ya que no insiste. En su lugar, apoya la cabeza en mi hombro mientras sus dedos ascienden lentamente por mi muñeca. Me muero por provocarla y besarla y hacer todo lo que eso implicaría, pero ahora mismo me siento muy cómodo haciendo solo esto. Tocándola y ya está. Hablando y estando cerca de ella.

—Está bien. Pero no dejes que los comentarios de Michelle te hagan dudar de ti mismo. Es una arpía.

—Lo es —coincido con una sonrisa.

—Me resulta muy difícil no odiarla, ¿sabes? Y eso que lo he intentado.

Mi mano abandona su rodilla para descender por el lateral de su gemelo. Está ardiendo. Y mis caricias hacen que se le ponga la piel de gallina.

—¿Has intentado no odiarla? —indago.

—No quería que me cayese mal solo porque es la exnovia del chico que me gusta. Me habría sentido mal conmigo misma.

Ni siquiera ella es consciente de lo que acaba de decir.

Al menos, no hasta una milésima de segundo después, cuando abre mucho los ojos y me mira para ver si yo también me he dado cuenta. Y tanto que sí. El corazón ya me da volteretas dentro del pecho. Y, de pronto, que estemos sentados juntos y tener la mano en su rodilla me parece poco en comparación con lo que me apetece hacer.

No es que fuera un secreto. Ya sabía que le gusto. Sin embargo, nunca lo había dicho en voz alta. Hasta ahora. Podría reírme o bromear al respecto, pero prefiero guardarme sus palabras para mí mismo, encerrarlas con llave en mi memoria para que no se me olviden y, como sé que es lo que la hará sentirse más cómoda, simplemente lo dejo pasar.

—No la odias solo porque sea mi ex. Michelle es fácil de detestar.

Me mira con desconfianza y no me extraña, ya que no consigo esconder la sonrisa. Decido ir más allá y le doy vía libre a mi mano para que explore a su antojo. Ahora, en lugar de ir hacia su gemelo, continúo bajando hasta la cara interna de su muslo. Y noto perfectamente cómo se le tensa todo el cuerpo conforme mis caricias descienden.

Se aclara la garganta nerviosa. Esto sí que es un buen subidón para mi ego.

—¿No vas a decir nada sobre lo otro? —pregunta entonces.

Me sorprende que tenga intenciones de hablar del tema, pero quiero torturarla un poco más. Distraído, permito que mi mano vaya más abajo, y después simplemente que vuelva a subir.

—¿Sobre qué? —Me hago el desentendido.

—Sabes a qué me refiero.

—Cualquiera diría que estás intentando romper nuestra amistad, Maia.

—Eres tú el que lleva metiéndome mano desde que se sentó.

No puedo evitar sonreír. Mi mano va más abajo y, justo antes de rozar su ropa interior, cambio los dedos por la palma completa y aprieto.

—No te estoy metiendo mano —respondo pegando los labios a su oreja—. Estoy esperando pacientemente a que tú me pidas que lo haga.

Se le corta la respiración al tenerme tan cerca. Cierra los ojos un momento y, cuando los abre, su mirada baja hasta mi boca. Y yo sonrío. Porque no hace falta que diga nada; sé exactamente qué es lo que está pensando. Le aparto el pelo del hombro y se tensa al sentir mi aliento contra el cuello, y después poso los labios sobre la piel caliente que hay justo bajo su oreja.

Casi noto cómo se le acelera el pulso. Verla reaccionar así solo hace que quiera provocarla más y más. Me inclino sobre ella y, dejándose guiar por mí, Maia se tumba de espaldas en el sofá. Mi cuerpo sigue al suyo y me coloco encima sin dejar de besarle el cuello. Cuando meto una pierna entre las suyas para hacer presión, me clava los dedos en los brazos por instinto.

Me recreo buscándole el pulso mientras reparto besos lentos y húmedos por su garganta. Dios santo. Ahora mismo tengo tanto calor que siento que me sobra toda la ropa. Ella no ha hecho nada, pero aun así noto perfectamente la erección que se pelea con mis vaqueros. Y basta con que acaricie mi abdomen con las yemas de los dedos para que el corazón se me desboque a mí también.

Aun así, me obligo a alejarme para mirarla.

—¿Vas a besarme?

—No —responde sin romper el contacto visual.

Y estoy aquí, tan cerca que noto su aliento contra los labios, y aun así cumple con su palabra. No me besa. Y sé que no es por falta de ganas. Ha llegado un punto en el que no sé si todo esto me gusta o me lleva al límite de mi paciencia.

—¿Por qué tienes que ser tan orgullosa? —pregunto en un susurro.

—Porque tú también lo eres.

De nuevo, se me escapa la risa. Es cierto que yo también podría besarla ahora mismo, pero creo que debería hacerme un poco de rogar. No puedo ir siempre detrás de ella. Ya no es por mi orgullo ni porque esté empeñado en ganar este dichoso juego, sino porque necesito saber que también está dispuesta a renunciar a su ego por mí.

Voy a alejarme, pero entonces Maia alarga la mano y me acaricia el labio inferior con el pulgar. Y ya no puedo moverme. De hecho, ni siquiera puedo apartar mis ojos de los suyos. Es como si me hubiera quedado atrapado aquí. Sus caricias ascienden por mi sien y enreda los dedos en mis rizos para quitármelos de la frente.

—Nunca te lo había dicho —habla en voz baja, y sé perfectamente a qué se refiere.

Siento que me cuesta sostenerme encima de ella.

—No, nunca me lo habías dicho.

—Me gustas mucho, Liam. Y en realidad no pienso que seas un capullo, aunque siempre me pongas de los nervios.

No sé exactamente cómo reacciono, pero Maia sonríe al verme. Y a mí se me vienen a la cabeza todas las cosas que me gustaría decirle y que me da un miedo de cojones pronunciar. No he sentido esto por nadie. Nunca. Ser sincero sería mucho más fácil si estuviera seguro de que no va a salir corriendo en cuanto me escuche.

Pero no lo estoy, así que simplemente sonrío y le suelto un:

—¿Así que te pongo nerviosa?

—Nerviosa en el sentido de que me sacas de mis casillas. Eso no significa que me alteres.

—Pero te altero.

No intenta desmentirlo porque ambos sabemos que es verdad. No quiero dejarla ir todavía, así que meto la mano por debajo de su camiseta y le acaricio distraídamente la cintura. Maia tensa el abdomen. Es como si se quedase sin aire. Y, cuando nos miramos, el ambiente se ha vuelto tan denso como antes.

—¿Te acuerdas de lo que me hiciste en el coche? —le pregunto.

Espero ponerla aún más nerviosa, pero su voz suena tranquila.

—Te dije muchas cosas. Como que me gustaban tus manos. Y que me ponía mucho imaginarte agarrándome del cuello.

—Yo te dije que me gustaba la idea de hacerlo en la ducha.

—Y todavía no hemos hecho ninguna de las dos cosas.

Todavía.

Vale. Ahora mismo soy un hombre muy dispuesto.

—¿Te acuerdas de lo que me dijiste justo antes de salir? —sigo preguntando. Me fuerzo a mantener la compostura. No puedo seguir siendo el primero en caer. No pasa nada por ser un tipo fácil, pero, vamos, esto ya es abusar.

De nuevo, su mirada baja hasta mi boca y, cuando sube a mis ojos, sonríe como si supiera lo que se me pasa por la cabeza.

—¿Es lo que vas a decirme tú ahora? ¿Que debería haberte besado?

—Habríamos pasado directamente a la parte divertida.

—Pero, como no lo he hecho, vas a dejarme con las ganas. ¿Es eso? ¿Me estás diciendo que he perdido mi oportunidad?

Vacilo. Bueno, ese era el plan inicial, pero por alguna razón siento que no está saliendo como yo quería.

—Deja el orgullo de lado la próxima vez —respondo de todas formas, y ella lucha por contener una sonrisa. Lo siguiente que sé es que está empujándome para quitarme de encima. Obedezco sin saber cómo gestionar la situación. Maia se pone de pie.

—Está bien, yo pierdo. Me has dejado con las ganas. Avísame cuando llegue la pizza para cenar.

Vale. Esto no me parece una victoria.

—¿Te vas? —inquiero al ver que camina hacia el pasillo.

—Necesito darme una ducha fría. Estoy ardiendo. —Me mira por encima del hombro—. Sola, claro. No te preocupes. No voy a pedirte que vengas conmigo. Sé que querías vengarte y todo esto. Felicidades. Lo has hecho muy bien.

Abro y cierro la boca aturdido, y a ella se le escapa una sonrisa en cuanto termina de hablar. Imagino que mi cara de pasmado tiene mucho que ver. Sin mirarme, se recoge el pelo en una coleta y se quita la camiseta, y de pronto la estoy viendo alejarse por el pasillo solo con esos pantalones cortos y un sujetador de encaje negro que no voy a poder quitarme de la cabeza.

Voy a la cocina y me sirvo un vaso de agua fría.

Después me lo pienso mejor y me lavo la cara también.

Creo que los dos empezaremos a ganar cuando asuma que no puedo competir contra esta chica.

—¿A qué hora dices que llegarás mañana?

Uso los auriculares inalámbricos para hablar por teléfono y tener las manos libres mientras guardo la compra en el coche. Tal y como le dije a Maia, ahora me cuesta no mantener la cabeza ocupada; cuando no estoy pensando en YouTube, me esfuerzo por ser un adulto responsable y funcional, lo que implica ir al supermercado, poner lavadoras y limpiar la casa una vez a la semana como mínimo. Vivir en la mansión de Londres, con personal que cocinara y limpiara en mi lugar, era bastante más sencillo, pero creo que esto me está haciendo madurar.

No soy el mismo imbécil que se despertó en el coche de una desconocida a cuatrocientos kilómetros de su casa, eso está claro.

—Cojo el tren a las ocho —me explica Evan al otro lado de la línea—. Seguramente llegaré muerto de hambre, así que espero que me cocines algo rico.

—Te compraré un comedero para perros.

—Solo si me buscas también una camita a juego.

Me río entre dientes y cierro el maletero. Se fue hace solo un par de semanas, pero, joder, lo echo de menos. Hablar por teléfono no es igual. Es una suerte que vaya a aprovechar que tiene unos días libres en la universidad para venir de visita. En primer lugar, porque viene, claro, y vamos a poder pasar tiempo juntos y todas esas cursiladas.

Y, como tendrá que quedarse en el cuarto de invitados, a cierta chica borde le va a tocar dormir en mi habitación.

Todo ventajas.

—¿Necesitas que coja algo de tu casa antes de ir?

—Depende. ¿Vas a traerme cosas «esenciales» como la última vez? —le reprocho mientras llevo el carrito de vuelta al supermercado.

—Me pediste que te llevara lo más importante y fue lo que hice.

—Me refería a mi ropa, Evan, no a mis tres placas de YouTube.

Ni tampoco a las figuritas de acción que ahora decoran mi estantería, y ni siquiera a la torre, la pantalla y todos los complementos de mi ordenador. Tiene suerte de que los vecinos lo conozcan y de que Adam y mi madre no estuvieran cuando fue a recogerlos. Cualquiera habría pensado que me estaba robando.

—Las placas *son* esenciales. Necesitabas un subidón de ego.

—Créeme, mi ego está perfectamente.

—Dile eso a quien no te conozca como yo.

Y así es como consigue cerrarme la boca. Evan es quizá la única persona del mundo que sabe que no tengo tanta confianza en mí mismo como quiero hacer creer a los demás.

—Entonces, ¿no necesitas que te lleve nada? —insiste.

Suspiro y rebusco las llaves del coche en mis bolsillos.

—No hace falta. Me pasaré yo mismo para recoger mis cosas.

—Genial. Me muero de ganas de ver cómo Adam te da una paliza.

—Me he independizado, Evan, y tendrá que aceptarlo tarde o temprano. —Por fin encuentro las llaves, abro el coche y me acomodo en el asiento del conductor—. Además, no me queda otra. Necesito mi ropa.

—Bueno, siempre puedes llevarte a Maia y que lo asuste con su mal genio.

—No te metas con ella —le advierto, tal y como hago con Maia cada vez que hablamos sobre él. Cada vez me parece más imposible que empiecen a llevarse bien.

—¿Crees que podríamos convencer a Michelle de ir también? Sería gracioso ver cómo se pelean.

Se me escapa una sonrisa. Mi chica le saltaría a la yugular.

Maia. Maia le saltaría a la yugular.

—Voy a coger el coche. Tengo que dejarte. —De pronto, me siento incómodo conmigo mismo. Por suerte, Evan no lo nota.

—Nos vemos mañana, trozo de mierda.

—Que te jodan.

Lo último que escucho antes de colgar es su risa. Me quito los auriculares, pongo las manos sobre el volante y suelto el aire que retenía en los pulmones. Mi chica. Ya. No me sentiría tan patético si al menos fuera verdad.

Arranco el motor y conduzco directo a mi apartamento. Es temprano y necesito despejarme, así que subo las bolsas, me cambio de ropa y unos minutos después ya estoy de vuelta en la calle. La música vuelve a sonar por mis auriculares cuando me pongo a calentar. Salir a correr me ayuda a mantener la cabeza ocupada; me concentro tanto en lo cansado que estoy que no puedo pensar en nada más. Y es lo que me hace falta ahora mismo.

Está nublado y hace frío, y tras correr unos kilómetros el sudor helado se me adhiere a la espalda. Aminoro el ritmo y comienzo a trotar mientras intento controlar el aire que entra y sale de mis pulmones. Debería hacer esto más a menudo. Estoy perdiendo condición física.

Y no me la puedo quitar de la cabeza.

«Me gustas mucho, Liam. Y en realidad no pienso que seas un capullo.»

«Eres una buena persona.»

«Siempre piensas en los demás más que en ti mismo. Me alegro de que te hayas alejado de Michelle porque no se merece ni la mitad de lo que eres.»

No me gusta ser el que ha caído primero.

Se hace tarde, de manera que hago un par de estiramientos y me preparo para volver a casa, pero entonces mi mirada recae sobre un pequeño establecimiento al otro lado de la calle en el que nunca antes me había fijado. La fachada está recubierta de ladrillos y el escaparate está lleno de pósteres de bandas de música antiguas. Es una tienda de discos.

Tras mirar el reloj, decido que me da tiempo a echarle una ojeada. Las campanillas de la puerta tintinean cuando la empujo para entrar. La tienda está desierta, lo que hace que el interior me resulte aún más impactante. Hay estanterías y cajones repletos de discos de vinilo de todos los cantantes conocidos que he escuchado alguna vez.

Wonderwall, de Oasis, suena como música ambiental. Como siempre que entro en una de estas tiendas, recorro las estanterías en busca de mi banda favorita. No tardo en encontrar la edición en vinilo del primer álbum de 3 A. M. Sonrío. Seguro que pronto tendrán una repisa entera para ellos. Y pensar que los conocí cuando todavía no eran ni famosos.

—Son buenos, ¿eh? Puedo hacerte un descuento si decides llevarte alguno más.

Me giro para ver a un hombre de unos cincuenta años saliendo de la trastienda. Tiene barba y una ligera cojera en la pierna izquierda. En su camiseta se lee «Brandom House», así que doy por hecho que es el dependiente.

—Ojalá, pero ni siquiera tengo tocadiscos.

Chasquea la lengua mientras camina hacia mí.

—Una lástima. Hace que la música suene todavía mejor. —Me mira con curiosidad y señala el disco—. ¿Desde cuándo los conoces?

—Desde hace años. Es mi banda favorita.

«Y la de Maia también.»

—No me extraña. —Coge otro ejemplar para admirarlo—. Cuando mi hermano me habló sobre ellos, creí que no iban a llegar a ninguna parte. Se ve que me han dado una buena patada en la boca.

—Eso lo ha dicho usted, no yo —aclaro alzando las manos, y él esboza una media sonrisa—. Pero es evidente que su hermano tiene buen ojo para el talento.

—Bill tiene un bar en Newcastle. Alex, el cantante, se pasó años trabajando allí. Ahora van de vez en cuando para dar conciertos y el local se pone a rebosar. Mi hermano ha decorado una pared entera con sus logros. —Suelta una risa espirada, negando con la cabeza—. Creía en esos chicos más que ellos mismos.

Sonrío. Llevo mucho tiempo siguiendo a 3 A. M., aunque siempre he sido más fan de su música que de sus vidas personales y por eso no tenía ni idea de la historia que tienen detrás. Es bonito, supongo. Lo de tener a alguien que confíe tanto en ti. No puedo evitar preguntarme cómo habría sido tener a un adulto que me apoyara cuando comencé con mi sueño de triunfar en YouTube.

Quizá no me habría perdido con tanta facilidad.

—Su tienda es una pasada —comento para cambiar de tema.

Suspira y deja los discos en su sitio.

—Decir eso e irte sin comprar nada no es muy amable de tu parte.

No puedo evitar reírme. Bueno, tiene un punto.

—Prometo volver cuando tenga un tocadiscos.

Le resta importancia con un gesto, dándome a entender que no era más que una broma. Mientras tanto, yo sigo admirando las estanterías. Cuando encuentro otro nombre que me suena, sonrío y saco el disco para verlo.

—*The Neighbourhood* —dice—. Tienes buen gusto, chico.

—Gracias. Es mi banda musical de la semana.

Enarca las cejas y coge el mechero para encenderse un cigarrillo. No sé hasta qué punto es adecuado que fume aquí dentro, pero es su tienda y yo no soy nadie para llevarle la contraria.

—¿De qué va eso?

—Escojo una banda nueva todas las semanas y escucho sus canciones para descubrir música. Así es como he conocido a muchos de mis artistas favoritos.

Expulsa el humo mientras me mira fijamente, como considerándolo.

—No está mal —tercia, y me apunta con el cigarrillo—. Puede que lo ponga en práctica. Recomendaré una banda nueva cada semana. Tienes mente de emprendedor, chico.

—La idea no es mía. Se le ocurrió a una... amiga. —Sigo recorriendo las estanterías—. Le encanta la música. Incluso más que a mí. De hecho, seguramente alucinaría si viniera.

A lo mejor podría traerla. En realidad, creo que lo voy a hacer. Maia necesita despejarse y salir de casa para algo que no sea ir al trabajo, y visitar una tienda de discos me parece una muy buena opción. Además, apuesto a que se emocionará mucho cuando le diga que este hombre es el hermano del dueño del bar en el que debutó el cantante de 3 A. M.

Hasta que, tras una calada a su cigarro, dice:

—Y esa amiga tuya... ¿no estará buscando un trabajo, por casualidad?

Me vuelvo hacia él como un alma poseída por el diablo.

—¿Tiene una vacante?

—Necesito a alguien que me ayude con la tienda. Me basta con que sea bueno de cara al público y tenga buen gusto musical. Y, según me cuentas, tu amiga ya tiene lo segundo. Y tú también. —Se apoya contra la barra mirándome—. No es un trabajo muy glamuroso y solo podría contratar a uno de los dos, pero, si alguno está interesado, llámame. Puedo entrevistaros esta misma tarde.

—Sí —contesto a toda prisa, y después sacudo la cabeza y me obligo a utilizar la razón—. Quiero decir..., yo no estoy buscando trabajo, pero estoy seguro de que a Maia le gustará la idea. Se lo comentaré. Gracias.

Apaga el cigarrillo y me tiende una tarjeta.

—Aquí tienes mi número. Escríbeme si al final decide venir. Será mejor que vuelvas antes de que se ponga a llover.

Señala al exterior, donde el cielo se ha llenado de nubes. Me guardo la tarjeta en el bolsillo y él me lanza una última mirada antes de regresar a la trastienda. Echo un vistazo al local. No es el mejor trabajo del mundo, vale, pero tampoco tiene ni punto de comparación con ese bar asqueroso. Y este hombre no parece ser un cabrón como su jefe. A Maia le encantará.

Cuando salgo a la calle, aprovecho que todavía no está lloviendo para sacarle una foto a la fachada. Y después pongo la ubicación exacta y la subo a Instagram. Sé el poder que tengo en las redes sociales. Qué menos que utilizarlo para apoyar los negocios de la gente buena.

25

LA LUZ AL FINAL DEL TÚNEL

Maia

—Estoy nerviosa.

—Lo sé —responde Lisa al otro lado de la línea—. Pero estoy segura de que saldrá bien.

Trago saliva y vuelvo a mirar el reloj. Me quedan solo quince minutos para conocer al que podría convertirse en mi nuevo jefe. Si no meto la pata hasta el fondo, claro. Estoy a una sola calle de distancia del local. En realidad, está bastante cerca del apartamento de Liam, por lo que me habría bastado con salir con unos cinco minutos de antelación, pero necesitaba desesperadamente irme de allí. Liam llevaba dándome consejos desde que llegué del trabajo. Creo que estaba incluso más nervioso que yo. Y me estaba estresando.

De hecho, lo he bloqueado en WhatsApp para que no pueda enviarme más mensajes.

No soy la persona más amable del mundo, vale, pero seguro que ya está acostumbrado.

—Lisa, no tengo nada bueno que ofrecer.

Y basta con ver mi currículum para darse cuenta. Antes ni siquiera tenía uno, Liam me ayudó a hacerlo anoche. Y es penoso. Estudios: los básicos, acabé el instituto a duras penas. No sé nada de idiomas. ¿Experiencia? Bueno, trabajo en el bar de Charles desde hace ocho meses, pero no sé hasta qué punto puedo considerarlo «oficial» si el muy gilipollas no me ha hecho un contrato todavía.

Esto no va a funcionar. Y Liam y Lisa están tan convencidos de que sí que me da pánico decepcionarlos.

—Tampoco tienes nada que perder —dice ella—. Si no te contrata, seguirás trabajando en el bar como si nada. Las cosas pueden ir a mejor o seguir igual. Así que ve e inténtalo. Y veremos qué sale.

—No sé cómo dar una buena impresión —me sincero frustrada.

—Vale. Primer paso: ¿cómo vas vestida?

Echo un vistazo a mis vaqueros y a la camisa blanca que he escogido.

—Decente. Liam me dijo que le gustaba.

—Te diría eso incluso aunque llevases una bolsa de basura —respondo, e imagino que sonríe—. Es una tienda de discos, ¿no? Sabes mucho sobre música. Impresiónalo.

Aprieto los labios. Bueno, eso sí que puedo hacerlo. O al menos lo puedo intentar.

—No tengo nada que perder —repito para autoconvencerme.

—Exacto. Ojalá te contraten. Aunque será una mierda tener que lidiar con Derek por mi cuenta.

Se me escapa una sonrisa. Es una forma muy curiosa de decirme que va a echarme de menos.

—No voy a dejar de trabajar en el bar. Ni aunque me contraten aquí. Puedo compaginar los dos trabajos durante una temporada. Me gustaría ahorrar para la universidad y...

Cierro la boca antes de irme por las ramas. Prefiero no hacerme ilusiones. Creo que Lisa lo sabe y, si estuviéramos cara a cara, estoy segura de que sonreiría con tristeza.

—Antes ha venido tu madre a preguntar por ti —dice, y se me tensa todo el cuerpo.

No sé nada de ella desde el funeral. Y han pasado dos semanas.

—¿Iba sola? —es lo primero que pregunto. Soy una hija terrible.

—No. Había un hombre esperándola fuera, en el coche.

Claro. Steve. No ha cambiado nada.

No sé por qué me sorprende.

—¿Te dijo qué quería?

—No, pero no parecía... sobria —contesta. Parece que le cuesta mucho pronunciar estas palabras—. Creo que la muerte de Deneb la ha afectado mucho.

Pues claro que sí, pero a mí también y no me paso el día emborrachándome para huir del dolor. Al contrario. Yo intento seguir adelante, aunque me cueste y a veces piense que no voy a ser capaz. Sin embargo, mi madre ya se ha rendido. Y no es nada nuevo. Lo hizo el día del accidente.

No saldrá del agujero a menos que se lo proponga.

—Gracias por contármelo —le digo a Lisa.

—No las des. Le sugerí que la próxima vez te avisara por teléfono antes de venir. Creí que te quedarías mucho más tranquila.

Siento un torrente de alivio. Creo que debería decirle más a menudo lo mucho que aprecio que sea tan buena amiga.

—Sí. Gracias otra vez. —Miro la hora en el reloj—. Tengo que dejarte. No quiero llegar tarde a la entrevista.

—Olvídate de los nervios, ¿entendido? Estoy segura de que... —No obstante, se calla cuando su teléfono vibra contra nuestras orejas—. Liam acaba de escribirme para que te desee suerte de su parte. Y también para que te diga que... Espera un momento, ¿lo has bloqueado?

—Me estaba poniendo nerviosa —argumento en mi defensa.

—¿Y así es como pretendes ligar con él?

—Cállate de una vez.

—Supernova. Guau. ¿Ese es tu apodo? Qué cursi.

—Adiós, Lisa.

—En el fondo eres una romanticona, ¿eh?

—Que te jodan.

Me muerdo el labio para no sonreír y cuelgo oyendo su risa de fondo. A continuación, me guardo el móvil en el bolsillo y tomo aire para armarme de valentía. Muy bien. Puedo con esto.

Diez minutos después, empujo la puerta del Brandom House, el local que Liam encontró por casualidad y que podría convertirse en mi próximo puesto de trabajo. Me dijo que me encantaría y no tardo en entender por qué. Un solo vistazo a los pósteres de las paredes y a los discos de vinilo que llenan las estanterías basta para que un torrente de emoción se me instale en el pecho. Mierda, solo llevo unos minutos aquí y ya estoy enamorada de este sitio.

Necesito conseguir el trabajo. Sea como sea.

—¿Qué banda le recomendarías a un cliente si te dijera que Coldplay es una de sus favoritas?

Me vuelvo para ver a un hombre cincuentón saliendo de la trastienda. Liam no me dijo su nombre, pero, a juzgar por el logo de su camiseta, es el dueño del local.

Me aclaro la garganta e intento mantener mis nervios a raya:

—Imagine Dragons, sin duda. Aunque se me ocurren muchas más.

—¿Por ejemplo?

—¿One Republic? ¿Bastille? Hacen ese tipo de música que fácilmente podría gustarle a todo el mundo.

—Estoy de acuerdo. —Se apoya de brazos cruzados contra el mostrador sin dejar de mirarme—. ¿The Neighbourhood?

—¿Paramore? —sugiero.

—Nada mal. ¿Qué opinas de la música ambiente?

Wonderwall, de Oasis. Es la misma canción que sonaba ayer cuando vino Liam. Me lo comentó como un detalle sin importancia, pero a mí sí me parece relevante. La han puesto, como mínimo, dos veces en dos días. Y no hay ningún corte característico de los que hacen en la radio, así que es evidente que la música la escoge él.

Es una lista de reproducción. Y hacerlas es uno de mis talentos.

—Me gusta —respondo—. De hecho, la tengo en muchas de mis *playlists*.

Pone cara de interés. Bingo.

—¿Las ordenas? —me pregunta.

—Por género y estado de ánimo. Y también por estaciones del año. Y tengo una con todas mis bandas de la semana.

Espero que sienta curiosidad por esto último, pero se limita a sonreír. Saca un cigarrillo y lo enciende antes de llevárselo a los labios.

—Maia, ¿verdad? —Al verme asentir, añade—: Soy Clark. Y creo que sabes de lo que hablas.

—Me encanta la música. No podría vivir sin ella.

—Ya. —Me mira de arriba abajo—. ¿Tienes experiencia?

—Ocho meses trabajando de cara al público. Soy buena en la atención al cliente. Y también muy persuasiva.

—¿Lo puedes demostrar?

—Lo verá usted mismo cuando consiga que me contrate.

No sé de dónde saco la confianza para decírselo. Temo que se moleste y me eche a patadas de la tienda, pero lo que hace en su lugar es esbozar una sonrisa divertida. Oímos las campanillas de la puerta a nuestras espaldas. Una mujer acaba de entrar en el local con su hijo, que no tendrá más de quince años.

—No es a mí a quien tienes que convencer, sino a ellos —replica, y los señala con disimulo—. Adelante, chica. Enséñame lo que sabes hacer.

Bien. Cojo aire y fuerzo una de mis mejores sonrisas antes de dirigirme hacia mis nuevos clientes.

Esa noche, cuando forcejeo con la cerradura del apartamento de Liam para entrar, me pesan los músculos de puro agotamiento. Ha sido una jornada muy intensa. Sin embargo, creo que he tenido suerte; el adolescente que Clark me adjudicó como primer cliente era tan fan de 3 A. M. como yo y no me costó convencerle de comprar uno de sus discos. Después fui a echarme flores delante de mi —quizá— futuro jefe y me he pasado ayudándolo el resto de la tarde. A la hora de cerrar me dijo que me llamaría para comunicarme su decisión, así que solo me queda tener esperanzas.

Cierro la puerta. Fuera ha oscurecido y todas las luces están apagadas, excepto la de la cocina. Liam sale de allí al oírme llegar. Puede que estuviera haciendo la cena; últimamente él siempre se encarga de cocinar y, aunque jamás lo admitiré en voz alta, no se le da nada mal.

—Eh —me saluda con una media sonrisa—. ¿Cómo ha ido?

—Todavía no lo sé. Se supone que...

Me callo cuando mi móvil se pone a sonar. Me lo saco del bolsillo a toda prisa y el corazón me da un vuelco cuando leo el nombre que se ilumina en la pantalla.

—Es Clark —susurro tragando saliva.

Liam abre mucho los ojos.

—¿Y a qué coño esperas? ¡Responde!

—Pero ¿y si me dice que no me va a contratar? ¿Y si...?

—Maia —me interrumpe con brusquedad.

Mierda, vale, esto es absurdo. Cojo aire y, tras lanzarle una última mirada nerviosa, descuelgo y me llevo el teléfono a la oreja. Mientras tanto, él me mira desde la otra punta del pasillo, muy atento a mi reacción.

La conversación solo dura unos minutos. Y, cuando termina, tengo los ojos llenos de lágrimas.

Liam suspira y camina hacia mí con lentitud.

—Mierda, lo siento mucho. Pensaba que...

—Me han dado el trabajo.

Silencio.

—¿De verdad? —pregunta para asegurarse.

—Sí. —Y se me escapa un sollozo.

Me acerco y dejo que me envuelva entre sus brazos. No siento euforia ni adrenalina ni ganas de chillar de la alegría. Solo calma. Con un segundo trabajo, podré ahorrar lo suficiente para ir a la universidad. Requerirá tiempo y esfuerzo, pero, después de estas semanas caóticas, es un alivio empezar a ver una luz al final del túnel. Por fin siento que puedo tener un futuro. Que no está todo perdido. Que la vida me está dando una oportunidad.

—No llores —susurra contra mi cuello—. Es una buena noticia, ¿no?

Verlo dudar hace que me ría entre lágrimas. Me alejo de él y asiento mientras me las seco con el brazo. Creo que me he dejado llevar por las emociones. Es algo que antes no me pasaba tan a menudo.

—Empiezo el lunes —le explico con la voz temblorosa—. Clark cree que soy perfecta para el puesto y... y quiere que me incorpore lo antes posible.

Al escucharme, Liam sonríe. Y me doy cuenta de cómo me mira; de ese brillo en sus ojos azules.

—Estoy muy orgulloso de ti.

Juraría que el estómago se me pone del revés.

Sacudo la cabeza.

—No lo habría conseguido sin tu ayuda.

—Eso no es verdad. A mí solo me ofrecieron la entrevista.

Eres tú la que ha ido allí y le ha demostrado a ese hombre lo alucinante que eres.

Nos miramos a los ojos. Él sigue sonriendo. Y, conforme el silencio se abre paso entre nosotros, yo pienso en todas las razones por las que debería darle las gracias. Lo de esta tarde es solo el principio.

Pienso en aquella noche, cuando vino a recogerme sin que le importara que hubiéramos discutido. En que ha aguantado mi silencio y mis evasivas durante casi dos semanas sin presionarme y sin hacerme sentir que debía fingir que estaba mejor. En todas las veces que me llevó al hospital para visitar a mi hermana y en cómo me escuchaba con atención cuando le hablaba sobre ella. En ese día en el cementerio, cuando entrelazó su mano con la mía para evitar que me hiciera daño. En que me llama supernova. Porque cree que tengo cosas buenas. Y muchas veces las menciona, como si supiera que necesito escucharlas en voz alta porque yo no soy capaz de verlas.

Ha sido un apoyo fundamental para mí desde que todo empezó a torcerse. Se quedó conmigo cuando creí que todo el mundo me abandonaría. A pesar de todo, él sigue aquí. Y estoy cansada de alejarme y de fingir que no estoy mucho mejor cuando se encuentra cerca.

Lo que hay entre nosotros me tiene muerta de miedo.

Pero ¿qué más da?

Me he enfrentado a cosas mucho peores.

—Tú ganas.

Mi voz rompe el silencio que se había instaurado entre nosotros. Me invade la desesperación.

—Tú ganas —repito—. Me rindo, Liam. Tú ganas. Tú ganas.

Y de pronto lo estoy besando.

Se nos va muy rápido de las manos. Es suave e inocente al principio, y no busco provocarlo ni que sea uno de esos besos que te dejan sin respiración. Pero solo el contacto ya hace que me tiemble todo el cuerpo y que las emociones que se me arremolinan en el estómago amenacen con superarme. Me alejo lo justo para respirar jadeando, y es él quien tira de mí para que nuestras bocas se encuentren en un beso mucho más intenso. Y, ahora sí, siento la adrenalina, la necesidad, la urgencia.

Mierda, cuánto había echado esto de menos.

Lo agarro del cuello y de la nuca, y lo atraigo hacia mí para darle la respuesta que está buscando. Deslizo mi lengua encima de la suya y de su garganta brota un sonido ronco que juraría que siento en todas partes. El beso es hambriento, arrollador. Sus manos me agarran el abrigo y dejo que me lo quite a tirones y que lo lance al suelo. Ni siquiera sé dónde aterriza. Tampoco me importa. Me hace retroceder hasta que mi espalda choca contra la puerta y empuja sus caderas contra las mías.

El cerebro se me parte en dos. Emito un quejido, pero no es de gusto.

—Estás haciendo que me clave el pomo, gilipollas.

Reacciona enseguida y tira de mí para apartarme y abrir la puerta.

—En este tipo de situaciones tú tienes que pensar por los dos.

Me hace gracia, pero entonces veo el brillo oscuro en sus ojos y sus labios hinchados tras los besos, y la risa se me atasca en la garganta.

—¿Tenemos la casa para nosotros y me traes a tu cuarto?

Me mira de arriba abajo, con la respiración agotada. Y sonríe.

—¿Qué te voy a decir? Soy un tío muy sentimental.

Empuja la puerta por encima de mi hombro para invitarme a entrar. Obedezco, pero sin girarme; camino de espaldas y me desabotono la camisa lentamente sin perderlo de vista. También me deshago de los zapatos. Mientras tanto, Liam se saca el móvil del bolsillo y lo deja sobre la cómoda. Su mirada se posa sobre la camiseta de tirantes que me he dejado puesta. Y sé muy bien lo que está pensando. Porque yo tengo lo mismo en la cabeza. Nos miramos hasta que la tensión se vuelve insoportable.

Y por fin comienza a acercarse.

—Perdedora —se burla en voz baja.

—De vez en cuando. Pero no pasa nada, ¿no?

La expectación me provoca un tirón en el estómago. Se detiene frente a mí y baja la mirada hasta mi boca. Y entonces me pone una mano en el cuello y vuelve a besarme. No es brusco, pero sí muy intenso. Me hace retroceder hasta que mis piernas chocan contra la cama y yo lo agarro de la camisa para arrastrarlo conmigo. Lo empujo para que se siente primero y me coloco a horcajadas sobre su regazo.

Él me pone una mano en la parte baja de la espalda para atraerme más hacia sí. Gimo en su boca al notar la presión de su cuerpo contra el mío. Necesito tocarlo, así que le quito desesperadamente los botones de la camisa. No se la quito, pero por fin tengo sus hombros, sus brazos, su abdomen marcado, todo a mi disposición. Dejo que mi boca descienda por su cuello y me recreo buscándole el pulso mientras mis manos acarician sus pectorales.

Entretanto, las suyas se cuelan bajo mi camiseta y dejan un rastro abrasador sobre mi estómago.

—Tendría que haberte ayudado a buscar trabajo mucho antes —susurra contra mi boca.

De nuevo, mi risa se convierte en un suspiro cuando me echa la cabeza hacia atrás y ahora es él quien me besa el cuello. Reparte besos húmedos y lentos por mi garganta, y yo clavo las uñas en sus hombros por instinto. Después me lo pienso mejor y las enredo en su pelo para tirar de sus rizos suaves. Estoy tan acalorada que colaboro con ganas cuando intenta deshacerse de mi camiseta.

Se aleja para mirarme y emite un quejido de gusto.

—Dios. Gracias. Llevas este sujetador.

Es el mismo sujetador negro de encaje que tenía puesto anoche cuando lo dejé con las ganas en el salón. Me entra la risa al verlo tan encantado.

—Te conformas con muy poco, ¿sabes?

—Contigo. Y no me parece conformarse. Más bien, creo que es aspirar bastante alto. —Me hunde las manos en las caderas y sus ojos azules encuentran los míos—. Dime que vamos a dejarnos de jueguecitos y que vas a besarme siempre que quieras.

—El otro día te invité a venir a la ducha conmigo. Y no quisiste.

—Me dijiste que ibas a ducharte *sola.*

—Sí. Pero era una indirecta.

—A mí me pareció una forma bastante directa de rechazarme.

—Porque nunca te enteras de nada.

—¿Vas a besarme siempre que te apetezca o no?

—Depende. ¿Vas a hacerlo tú?

Esboza una de esas sonrisas asquerosamente arrebatadoras.

—Si me das vía libre, te aseguro que sí.

—Tienes vía libre.

—Genial. Yo para ti soy siempre un hombre dispuesto.

—Siempre eres un hombre dispuesto. Para todo el mundo.

—No es verdad. Es contigo. —Utiliza la mano en mi cadera para hacer que me acerque más a su cuerpo—. Tú respiras y yo gimo internamente.

Me pilla tan desprevenida que me cuesta no reírme.

—Júrame que no acabas de decir eso.

—Bueno, no es solo cuando respiras —aclara—. Digamos que es cuando respiras y tu boca está cerca. O tu cara. O tu cuerpo. ¿Ahora mismo? —Me mira de arriba abajo—. Estoy gimiendo internamente. Muy fuerte, además.

Y ya no puedo controlar la risa. Liam sonríe, visiblemente orgulloso de sí mismo. Espero que me bese, pero no lo hace, solo se queda mirándome en silencio. Y lo que siento entonces es muy diferente de lo que he sentido antes con otras personas. He conseguido un buen trabajo, estoy a solas con el chico que me gusta y no tengo ninguna razón para seguir poniéndome obstáculos.

—¿Qué? —susurra al notar que sonrío.

~~«Creo que me estoy acordando de lo que se siente al ser feliz.»~~

—Nada —respondo en su lugar, sin borrar la sonrisa.

Debe malinterpretar mi silencio, ya que su mirada baja hasta mi boca y traga saliva.

—Maia —murmura.

—¿Sí?

—¿Vamos a la ducha?

Me recorre un escalofrío de la cabeza a los pies.

—¿Dónde ha quedado tu lado sentimental?

—Puedo ser sentimental bajo el agua.

Sonríe y, antes de que me dé tiempo a reaccionar, se levanta aún teniéndome encima. Acaba cargándome sobre un hombro como si fuera una muñeca, y yo chillo y lo insulto de todas las formas posibles. Creo que me dejará en la puerta del baño, pero sigue avanzando hacia la bañera, sin darle ni la más mínima importancia al hecho de que todavía estamos completamente vestidos. Me doy cuenta de cuáles son sus intenciones cuando ya es demasiado tarde.

Se pelea conmigo para meterme dentro y, con la ducha apuntándome directamente a la cabeza, enciende el agua fría a máxima potencia.

Suelto una exclamación de sorpresa y tiro de él para obligarlo a entrar conmigo. El corazón me late a toda velocidad y apenas me queda aire en los pulmones. A Liam le recorre un escalofrío al entrar en contacto con el agua, pero no se queja ni una sola vez. Me acorrala contra la pared y se inclina para regular la temperatura. Está tan cerca que no puedo respirar.

Cuando el agua templada comienza a caer sobre nosotros, se aleja para mirarme a la cara. Él también tiene la respiración entrecortada y en sus ojos veo el deseo que intenta reprimir. Los vaqueros mojados se me pegan a las piernas y, aun así, solo pienso en las ganas que tengo de besarlo. Y de que se acerque más.

—Será como besarse bajo la lluvia, ¿eh?

Siento su aliento contra los labios. Su tono deja entrever un claro: «¿Ves, Maia? Te dije que soy un tío megasentimental».

Elevo las cejas divertida.

—Habría sido más inteligente quitarnos la ropa primero.

—Pero es mucho más divertido hacerlo ahora.

Sonríe como si supiera el efecto que sus palabras han tenido en mí. Después se inclina y nuestras bocas se encuentran en un beso que me deja sin fuerzas y sin respiración. Ya no hay tiempo para delicadezas. Me acorrala contra la pared y yo bajo las manos hasta sus caderas para que se acerque todavía más. Me recreo notando el tacto suave y resbaladizo de su piel bajo mis dedos.

Liam está muy bueno. Antes pensaba que él lo sabía y que actuaba en consecuencia, pero en realidad no siempre tiene esa confianza en sí mismo. Solo finge que sí. Y lo hace tan bien que ha conseguido que todo el mundo crea que es un capullo egocéntrico. Me di cuenta de que era mentira porque anoche, cuando le dije que me gustaba, se le iluminaron los ojos. Y ahora parece realmente orgulloso de sí mismo al verme acariciar sus músculos tan ensimismada.

—Me gustas mucho —repito, por si acaso.

No me importa subirle el ego un poco más.

Liam sonríe sobre mi boca.

—Lo sé. Soy un tío con mucha suerte.

Por fin le quito la camisa y la lanzo por encima de la mampara. Él se desabrocha el cinturón. Lo miro con la respiración agitada y una oleada de calor me sacude el cuerpo cuando me fijo en el suyo. El agua cae sobre sus rizos oscuros y desciende sobre sus hombros anchos y su abdomen hasta perderse en el interior de sus pantalones. Pero no por mucho tiempo.

Se los quita con alegría y los tira fuera para que no molesten. Luego, me mira de arriba abajo.

—Tu turno —me insta al ver que no me muevo.

Mis manos obedecen y desabrochan el botón de mis vaqueros. Me los bajo sin miramientos, aunque él no me pierda de vista. No es lo mismo desnudarse en la cama entre besos que aquí, cuando solo nos estamos mirando en silencio. Y, cuando me quedo solo en ropa interior, estoy nerviosa y acalorada. Pero no siento ni una pizca de miedo o de vergüenza. Sobre todo si me mira así.

—No has terminado —añade señalándome con la cabeza.

—Pues ven y hazlo tú.

Liam sonríe. Y, de nuevo, su boca envuelve la mía en un beso urgente y me agarra de las caderas para empujarme contra él. Jadeo al sentir su cuerpo contra el mío. Después me echa la cabeza hacia atrás y sus labios me exploran el cuello. Me agarro a sus brazos para no caerme. Una de sus manos asciende lentamente por mis costillas y se cuela en mi espalda para alcanzar el broche de mi sujetador. Se deshace de él en un abrir y cerrar de ojos.

—Tú primero —susurra cuando intento tocarlo también—. Déjame a mí.

Su voz grave y áspera me provoca un escalofrío. Asiento, sin habla, y enredo las manos en su pelo mientras sus besos recorren mi clavícula. Emito un quejido bajito cuando envuelve mis pechos con las manos y arqueo la espalda por instinto, ansiando más. Juraría que lo noto sonreír contra mi piel antes de sustituirlas por su boca. Despierta en mí un cosquilleo tan intenso que se me nubla la mente.

Sin embargo, no tarda en seguir bajando, dejando un camino de besos por mi vientre que hacen que me arda la piel. Mientras tanto, sus manos me acarician los muslos sin prisa, tomándose las cosas con calma. Lo conozco, sé que quiere provocarme y eso va a acabar conmigo. Me da un beso en la parte baja del ombligo y se me tensa todo el cuerpo. Cierro las piernas por instinto, y no sé si estoy relajada o frustrada cuando me doy cuenta de que solo quería quitarme la ropa interior.

Espero que haga algo más, pero se incorpora para mirarme. Y el muy capullo se ríe entre dientes cuando nota que estoy casi sin aire.

—Alguien tenía muchas ganas de que pasara esto —canturrea burlón.

Si no me gustara tanto, le borraría esa sonrisa de un puñetazo.

En su lugar, gimo en voz baja cuando por fin lleva la mano adonde quiero. Siento el corazón latiéndome en los oídos, en el pecho, en la garganta, en todas partes. Sobre todo cuando roza ese punto sensible. Echo la cabeza hacia atrás y cierro los ojos. Le clavo las uñas en los hombros sin darme cuenta. Liam se aparta un momento para susurrar:

—¿Puedo probar una cosa?

Agradezco que pregunte, aunque ahora mismo no sea capaz de conectar más de dos neuronas para responder.

—Solo si no va a dolerme.

Ante todo el instinto de supervivencia.

Él sonríe.

—No va a dolerte, pero pararé si no te gusta.

Asiento conforme, ya que me parece un buen trato. Ni siquiera sé cómo soy capaz de mantenerme en pie. Se aleja un poco de mí, aunque no mueve la mano de mi cadera, y yo me recreo mirándole el cuerpo desnudo. Trago saliva. Vale. No reacciono hasta que el agua deja de caer.

Ha cogido la regadera de la ducha y ahora regula la temperatura.

—¿Mucha presión? —pregunta, como si de verdad creyera que yo estoy en condiciones de formular una respuesta.

Abro y cierro la boca como una imbécil.

Al notarlo, sonríe mucho más.

—¿No decías que ya lo habías hecho en la ducha?

Pues claro que sí. Una vez. Con Derek. Y fingí haber tenido un orgasmo para marcharme y que me dejara en paz. No es comparable.

Además, lo hicimos *en* la ducha. No *con* la ducha.

—¿Probamos o no? —insiste ante mi silencio.

Asiento efusivamente.

—No sé cómo te lo voy a compensar —musito con la voz ahogada.

Comienza a reírse. Pero yo estoy preocupada de verdad. Mierda, ¿cuál es el equivalente a esto para un tío? ¿Qué voy a hacer después?

—No pienses en eso ahora —susurra volviéndose a acercar.

Trago saliva. Cuando apunta con la alcachofa al lateral de mi estómago, estoy tan tensa que no me puedo mover. Liam se da cuenta y me besa para ayudarme a dejar la mente en blanco. Funciona bastante bien. Desliza la lengua sobre la mía para profundizar el beso y emito un quejido contra sus labios. Me distraigo con sus caricias hasta que me agarra de la cadera y mete una pierna entre las mías para separarlas. Y, en cuanto noto la presión del agua, juro que me flaquean las rodillas.

Es una sensación diferente a las que he tenido antes. Nunca lo había probado. Ni siquiera estando sola. Siento el impulso de apartarme, pero me mantiene sujeta contra la pared, quieta y pegada a su cuerpo. Me pone una mano en el cuello para atraerme hacia sí y besarme con más intensidad, mientras, sin dejar de prestar atención a mis reacciones, aumenta y disminuye la presión para controlar la montaña rusa de sensaciones que me va a explotar en el estómago. Ni siquiera sé cómo describirlo. Es... es...

De repente, baja al mínimo la temperatura. El frío helado contrasta con el calor que emana mi piel y el final me llega de forma violenta y por sorpresa. Una corriente eléctrica me recorre el cuerpo entero, clavo las uñas en su espalda y Liam me acalla el quejido ronco que brota de mi garganta besándome con más fuerza.

Madre mía.

Madre. Mía.

Me aparto de él jadeando. Me cuesta respirar. Ha sido tan

intenso que me siento débil y sin fuerzas. Por suerte, Liam sigue sosteniéndome con su cuerpo. También me besa el cuello, pero no de la misma forma brusca y pasional de antes. Son besos cortos y suaves, incluso tiernos, que hacen que el estómago se me contraiga por un motivo muy diferente al de hace un momento. Dejo caer la frente sobre su hombro rendida.

—Liam —susurro sin mirarlo.

—Mmm —murmura él contra mi piel.

—No somos amigos, ¿vale?

Puedo notar cómo le tiemblan los hombros cuando se ríe.

—No, no lo somos.

Apaga el agua y nos quedamos en silencio. Nuestros cuerpos están mojados y resbaladizos y, aun así, no siento ni una pizca de frío.

Me aparta el pelo húmedo de la frente.

—¿Qué tal? —pregunta sin ningún rastro de burla en su voz.

—Me ha gustado. Mucho. Ha sido...

No encuentro palabras para describirlo. Vuelvo a gemir exageradamente y él se echa a reír.

—No tienes ni idea de lo guapa que estás ahora mismo.

Imagino que estoy despeinada y acalorada, y aun así tiene esa forma de mirarme, como si nunca hubiera visto a alguien que le gustase tanto. Y esta vez sí me lo creo. Siento de nuevo ese aluvión de felicidad golpeándome el pecho. Sonrío y recorro su mandíbula marcada con los dedos. Después sigo bajando hasta llegar a los músculos de su abdomen, que se tensan bajo mi toque.

—¿Me dejas devolverte el favor? —inquiero mirándolo a los ojos.

Alza las manos para darme libertad.

—Por favor. Maxi-Liam está a tu servicio.

Me entra la risa.

—Había olvidado lo del nombrecito.

—Te pone muchísimo. Admítelo.

—No me pone el nombre. Me pones tú.

Y me pone la idea de lo que acaba de hacer y de que disfrute tanto haciéndome disfrutar a mí. Hace que me entren ganas de hacer lo mismo con él. Dejo que mi mente fantasee en busca de ideas mientras mis dedos trazan círculos descendentes sobre su torso. Cuando rozo el borde de sus calzoncillos, Liam traga saliva. Con fuerza.

No me da tiempo a hacer nada más.

Porque justo entonces llaman al timbre.

Liam da un respingo y abre los ojos como platos.

—Oh, mierda —dice rápidamente—. Mierda, mierda, mierda.

Se aleja y sale de la ducha a toda velocidad. Yo estoy tan conmocionada que tardo unos segundos en reaccionar.

—¿Se puede saber quién es? —demando mientras él se ata una toalla en torno a la cintura.

—Evan. Te conté que venía, ¿no?

Tiene que ser una broma.

—Sí, pero no... no...

—Debería ir a abrir la puerta antes de que la eche abajo. Por cierto, se queda en la habitación de invitados.

—¡Pero yo duermo en la habitación de invitados!

—Bueno, a partir de esta noche duermes en la mía.

Mi primer impulso es abrir la boca para replicar, pero entonces me lo pienso mejor. Eso implica dormir en su cama. Con él. Y sin Evan.

—Vale, pero tengo que recoger mis cosas —accedo finalmente.

—Genial. Este es el plan: yo salgo ahí a distraerlo y tú te vistes y coges lo necesario para dormir estos días. Y todos felices.

—Sería más feliz si nos hubiera dejado terminar.

Salgo de la bañera de mal humor y Liam me sujeta del brazo para ayudarme a no perder el equilibrio. Cuando me roza las cicatrices, se me tensa todo el cuerpo, pero él no se da cuenta. Está demasiado ocupado cogiendo una toalla para envolvérmela alrededor del cuerpo.

—Podría haber sido peor —murmura divertido—. Podría haber llegado antes y tendría que haberte dejado con las ganas.

—Pero yo te he dejado con las ganas a ti.

—Vamos, Maia, como si fuera la primera vez.

Vale, no lo es, pero esta sí que me siento mal.

—¿No puede quedarse en un hotel?

—Es mi mejor amigo.

—¿En un hotel muy caro? —sugiero, por si acaso.

Liam niega con la cabeza, aunque intenta contener la sonrisa.

—No. De todas formas, es culpa tuya. Podrías haberte abalanzado sobre mí hace una semana, pero has decidido esperar hasta hoy, que él venía.

—Uno: no me he abalanzado sobre ti. Dos: aunque lo hubiera hecho, tú habrías estado muy conforme. Y tres: que te jodan.

Se echa a reír y me agarra de los codos para que me acerque más. Nuestras bocas se encuentran en un beso que me deja sin aire. Es como si el estómago se me pusiera del revés. Otra vez. Y creo que Liam siente lo mismo, ya que, cuando se aparta, tiene la mirada oscurecida y la voz ronca.

—Estoy seguro de que me compensarás —dice.

Es ese tono de esperanza en su voz lo que me hace ceder.

—Te compensaré.

La promesa implícita le hace sonreír. Asiente y me besa una vez más antes de dejarme sola en el baño.

26

JUSTO ELLA

Liam

—Evan.

—Cállate.

—Evan —insisto.

—No me dejas concentrarme.

—¿Se puede saber qué estamos haciendo?

—¿Tú qué crees? —Señala la pantalla cabreado—. Aprender francés.

Hago una mueca y clavo la mirada en el televisor. Llevamos casi una hora y media viendo una película francesa de la que no estoy entendiendo nada. Entre el documental del otro día y esto, empiezo a plantearme si Evan no se muere de aburrimiento ahora que no estoy en Londres para sacarlo de casa.

—¿Y para qué quieres saber francés?

—He hecho un amigo por internet. Logan. Es canadiense —me explica—. Y habla francés, claro.

Frunzo los labios para reprimir una sonrisa.

—Evan —vuelvo a repetir.

—¿Qué?

—También hablan inglés en Canadá.

Me mira con el ceño fruncido.

—¿Me estaba tomando el pelo? —replica incrédulo, y luego solo se encoge de hombros—. Bueno, creo que alguien va a convertirse en mi mejor amigo de internet. Después de ti, claro.

Vuelve a mirar la película y yo suspiro. Qué raro es.

—¿Podemos quitarla ya?

—No, tío. Están a punto de enrollarse.

En la pantalla, una señora de unos treinta y tantos años intenta seducir a un chaval mucho más joven que ella.

—Pensaba que era su hijo —comento confundido. Creo que me estoy perdiendo.

—Cállate. Salir con Maia te ha perturbado.

Le doy un empujón, molesto, y él esboza una sonrisa burlona antes de seguir pendiente del filme. Parece enganchado, así que lo dejo a sus anchas. Miro el reloj con disimulo. En realidad no estoy saliendo con Maia, pero sí tengo muchas ganas de verla. No debería tardar mucho en volver del trabajo. Estamos a sábado, los domingos libra en el bar y no empezará a currar en la tienda hasta el lunes, por lo que vamos a tener todo el fin de semana para nosotros.

Y para Evan, claro.

—¿No has pensado en aprender algún idioma? —pregunta al cabo de un rato.

Arrugo la frente.

—Podría planteármelo ahora que tengo tiempo libre.

—Exacto. Así tendrás algo en lo que pensar y te rayarás menos con las cifras.

Sonrío. Es un cabrón la mayor parte del tiempo, pero también es mi mejor amigo. Y una de las únicas personas que realmente se preocupan por mí.

Anoche, después de que llegara de pronto y nos interrumpiera, me senté con él en el salón para ponernos al día. Maia no tardó en avisarnos de que se iba a dormir porque al día siguiente tenía que madrugar. Así fue como acabamos echando unas partidas a un videojuego que Evan ha recibido para probar. Me preguntó si podía emitirlas desde su canal y, para mi sorpresa, no dudé en decir que sí. No hubo tanta gente como de costumbre, ya que era muy tarde, y tuvimos que tener cuidado de no hacer ruido, pero no recuerdo habérmelo pasado tan bien en mucho tiempo.

—¿Sugerencias? —inquiero volviendo a lo de los idiomas.

—Italiano. A las chicas les gusta.

—Guay. —Me parece un buen argumento, así que lo apunto en mi lista mental de cosas que hacer a corto plazo.

—Con «chicas» no me refería a tu chica —aclara—. Maia se reiría en tu cara si le soltaras una frasecita en otro idioma.

Me encojo de hombros. Probablemente sí, pero a mí me encanta hacerla reír, así creo que nos coordinamos bastante bien.

Oímos que forcejean con la cerradura. Reacciono enseguida y le doy una patada a Evan para echarlo del sofá. Él se levanta de mala gana y se deja caer en el que hay justo al lado refunfuñando.

—¿Le has dado las llaves? Masoquista.

Le saco el dedo de en medio justo antes de que Maia entre en el apartamento.

Verla me provoca un torrente de nervios. Anoche no me fui a la cama hasta las tres de la mañana y, cuando entré en mi habitación, vi que ya estaba dormida y no quise despertarla. Tampoco me parecía bien abrazarla sin su consentimiento, así que me acosté a su lado, pero sin tocarla. Y esta mañana, cuando he abierto los ojos, ya se había ido a trabajar, lo que no nos ha dejado la oportunidad de hablar después de..., bueno, de lo de la ducha. Situación en la que me lucí, por cierto. Y eso que no tenía nada de experiencia en el sector acuático.

A maxi-Liam no le pareció tan divertido.

El caso es que no sé qué hay entre nosotros ahora. Con Maia todo es muy raro. Y no tengo ni idea de cómo espera que me comporte con ella.

Aun así, cuando entra en el salón quitándose el abrigo, de pronto solo tengo ojos para ella. Lleva la camiseta con el nombre del bar y esos vaqueros ajustados que me hacen apreciar la vida mucho más. ¿Voy a poder tomarme la libertad de mirarle el culo cuando quiera después de lo de ayer? Mierda, espero que sí.

No digo nada y ella se descuelga el bolso sin mirarnos.

—Hola, Liam. Hola, gilipollas.

Se deja caer a mi lado en el sofá, lo que provoca que el corazón se me ponga del revés. No me lo esperaba en absoluto y ahora está tan cerca que nuestras piernas se rozan. De hecho, se ha sentado prácticamente encima de mí. Miro a Evan con cara de no saber qué coño está pasando.

Y él me lanza una mirada que grita: «Tío, aprovecha el bug».

—¿Qué tal el trabajo? —le pregunto. Me atrevo a pasarle un brazo sobre los hombros, como si fuera lo más normal del mundo.

Ella no solo no se aparta, sino que se acerca todavía más a mí. Desde el otro sofá, a Evan le falta poco para ponerse a aplaudir.

—Bastante bien. Charles no ha venido hoy, Derek pasa de nosotras y es divertido estar con Lisa.

Al escuchar su nombre, Evan se muestra repentinamente interesado en la conversación.

—¿Es divertido estar con Lisa? —repite.

Maia suspira cansada y tuerce el cuello para mirarme.

—¿Cuánto decías que iba a quedarse?

—El tiempo que quiera, Malena. Soy su mejor amigo. Encabezo su lista de prioridades. Te jodes.

Ella pone los ojos en blanco.

—Podríamos hacerte dormir en el sofá.

—O yo podría convencer a Liam de que te hiciera dormir en el pasillo.

—Liam no va a hacerme dormir en el pasillo.

De pronto, los dos se callan y se vuelven hacia mí.

—No voy a hacerla dormir en el pasillo —me rindo ante lo evidente.

Maia sonríe satisfecha. Evan entorna los ojos. Y sé que va a vengarse.

—¿Sabes, Malena? Tu chico quería conquistarte con frasecitas en italiano.

Se me tensa el cuerpo entero. Aunque no me importa que bromee sobre que estamos juntos, la cosa cambia si ella está delante. Es tan huidiza que prefiero ir despacio. Espero que le suelte a Evan que no soy «su chico», pero solo me mira y pregunta:

—¿Sabes italiano?

—Aún no. Pero voy a aprender.

—Genial. Yo sé un poco. No lo suficiente como para ponerlo en el currículum —añade antes de que diga nada—, pero me defiendo en algunos sectores.

—¿En cuáles?

—Peleas e insultos.

Se me escapa una sonrisa. ¿Por qué no me sorprende?

Voy a contestar, pero me callo al verla mirando mis manos tan ensimismada. Son grandes en comparación con las suyas. Y tengo los dedos largos y los nudillos ásperos. Recuerdo que una vez me dijo que le gustaban. Cruza las piernas inquieta. Empiezo a preguntarme qué estará pasando por esa cabeza, sobre todo cuando sube su mirada hasta la mía y el silencio y la tensión se adueñan del ambiente.

Evan se aclara la garganta.

—Maia, ¿sabes a qué hora acaba el turno de Lisa?

Ella da un respingo y se apresura a apartar la mirada, como si acabara de darse de bruces contra la realidad.

—Dentro de dos horas. ¿Por qué? —contesta muy rápido, sin darle importancia a la pregunta, y evitando a toda costa mantener contacto visual conmigo.

Mi amigo sonríe y se levanta de un salto.

—Genial. Voy a pasarme a saludar.

Frunzo el ceño, pero entonces nuestras miradas se cruzan y lo entiendo todo. Oh, joder. No le debo una. Le debo la vida.

Aunque Maia abre la boca para replicar, cambia de opinión en el último momento. Evan me lanza una última mirada antes de encerrarse en la habitación de invitados para cambiarse, supongo. Y nos quedamos a solas. Más o menos. Sigo teniendo un brazo sobre sus hombros y estamos tan cerca que todo nuestro cuerpo está en contacto. Me preocupa que la conversación no fluya, que las cosas se vuelvan incómodas. Hasta que ella se mueve y hace lo último que me esperaba.

Se sienta a horcajadas sobre mi regazo.

Creo que estoy soñando. O muerto y en el paraíso.

—¿Quieres saber una cosa? —murmura acercándose a mi rostro.

Trago saliva y mis ojos se clavan en su boca. Lo único en lo que puedo pensar ahora mismo es en su cuerpo sobre el mío.

—Dispara —contesto.

—Llevo pensando en ti desde lo de anoche.

Solo con eso consigue que mi corazón rebote. Maia es una persona cerrada, pero, cuando se abre, se muestra así. Y cada minuto invertido en conocerla merece la pena.

—Yo también llevo pensando en ti todo el día —confieso poniéndole las manos en la cintura—. Así que estamos en paz.

—¿En mí o en las ganas que tienes de liarte conmigo?

—En ambas. No son excluyentes.

Sonríe. Luego agacha la cabeza para besarme y yo emito un quejido de gusto y sorpresa, y le pongo una mano en la espalda para atraerla hacia mí. El mero roce de nuestros cuerpos ya me provoca una sacudida de placer. No es un beso inocente, sino intenso; su lengua se enreda en la mía y me muerde ligeramente el labio inferior, a lo que respondo clavándole los dedos en la cintura.

Solo al escuchar ruido en la habitación contigua recuerdo que no estamos solos. Necesito toda mi fuerza de voluntad para alejarme. Mi mirada recae en sus labios enrojecidos e hinchados por el beso.

—¿Así que lo de anoche te gustó? —Meto una mano por dentro de su camiseta y Maia se estremece cuando le acaricio el lateral del estómago.

—No me creo que no se lo hubieras hecho a nadie antes —admite, sin darme la respuesta que busco.

Reprimo una sonrisa. Me lo tomaré como un cumplido.

—Llevaba mucho tiempo queriendo hacértelo a ti.

—¿Fantaseas conmigo en la ducha?

—Ojalá fuera *solo* en la ducha.

Ella se ríe. Bajo las manos a sus muslos y los aprieto sobre los vaqueros cuando vuelve a pegar su boca a la mía. Dios santo. Besa tan bien que podría hacer esto durante horas. Estoy tan concentrado en el beso, en Maia, que se me olvida todo lo demás.

—Liam —susurra, y noto su sonrisa contra la mía.

—Mmm —respondo.

—Solo nos hemos besado dos veces.

Necesito un momento para entenderlo. Sigue encima de mí y, al parecer, nota perfectamente las ganas que tiene maxi-Liam de hacer una salida triunfal.

—A mí no me metas. Yo soy un romántico. Él protesta porque lo tienes desatendido.

—¿Desatendido? —cuestiona divertida.

—Me dejas con las ganas cada vez que nos enrollamos, Maia. ¿Qué esperabas?

—Lo de ayer fue culpa de Evan, no mía.

—¿Y lo del otro día?

—Tuya. Por no pillar las indirectas.

—También me lo hiciste en el coche.

—Vale, tienes razón. —Mira hacia abajo y le entra la risa—. Justicia para Liam. Lo pillo.

Me encanta esta chica. Y me encanta escucharla reír. Es... auténtica. Conozco de primera mano el mundo de la fama y de la hipocresía, donde todos intentan caerte bien y no puedes darle a nadie la espalda sin esperar que te clave un puñal. Pero Maia no miente. No exagera. No dice cumplidos que no piensa de verdad. Por eso cada palabra suya se siente tan real.

Es una de las cosas que más me gustan de ella. Estoy a punto de decírselo, pero Evan sale de su habitación justo a tiempo para evitar que cometa la mayor cagada del siglo.

Maia reacciona enseguida, aunque no se aparta de mi regazo; solo echa las piernas a un lado, quedando sentada encima de mí. Aprovecho la posición para volver a meterle la mano bajo la camiseta y acariciarle la espalda. No puedo evitar sonreír al notar que se le tensan los músculos. No dejo de mirarla hasta que Evan entra en el salón.

—Me largo. —Pero entonces nos ve así y junta las cejas—. Pestañea dos veces si te tiene amenazado de muerte y llamaré a la policía.

Maia se vuelve hacia mí.

—Me encantaría poder empujarlo por la escalera.

—¿Sabes, Malena? Tus amenazas son cada vez menos originales.

—Que te jodan.

—En realidad, Evan tenía algo que decirte —intervengo antes de que vaya a más.

Va a dejarnos a solas durante unas horas y eso significa que estoy en deuda con él. Y, además de un tío decente y sentimental, soy un hombre de palabra.

La chica le sonríe exageradamente.

—¿Vas a pedirme perdón por ser un cabrón conmigo?

—Ni de coña. Liam, ¿se puede saber qué...? —Nuestras miradas conectan y parece acordarse de pronto—. Oh, te refieres a eso.

Atrae la atención de Maia, que acaba de darse cuenta de que hablamos en serio. Alterna la mirada entre los dos.

—¿Qué pasa? —pregunta con recelo.

—Los padres de Evan tienen una casa en el lago cerca de aquí. El sitio es alucinante. Y quiere invitarnos a pasar un fin de semana allí.

—¿Y yo estoy incluida en el plan? —cuestiona incrédula.

—Claro. Tú. Y Lisa —añade él apretando los labios.

—Queremos que le preguntes si le apetece venir —aclaro—. Nos lo pasaremos bien. Y será una buena forma de desconectar.

Cuando Evan me lo propuso, lo único que pensó mi lado egoísta fue que Maia y yo pasaríamos unos días juntos lejos de aquí. Y que por fin la haría salir de casa para algo que no fuera ir a trabajar. Sin embargo, la idea me gusta en términos generales también. Lisa y Evan llevan hablando unas semanas, hay posibilidades de que ocurra algo entre ellos y el lago es la excusa perfecta para que pasen más tiempo a solas y vean qué surge. Todos ganamos.

—Está bien —accede Maia tras mirarme de reojo para asegurarse de que estoy de acuerdo—. Pero me gustaría que Lisa tuviera su propia habitación. O que la compartiera conmigo, a las muy malas. No quiero que se sienta incómoda.

—Me parece lógico —la apoyo.

Evan asiente. No hay ni rastro de burla en su rostro.

—A mí también. Lo último que quiero es hacer sentir incómoda a tu amiga. De verdad.

Pocas veces lo he escuchado hablar con tanta seriedad. Eso parece tranquilizar a Maia, que relaja los hombros.

—Vale. Pues hablaré con ella.

—Genial. —Evan recupera su sonrisa habitual y señala la puerta—. Debería irme antes de que cierren el bar. Intentad no mataros mientras no estoy.

—Esperaré a que llegues para asesinar a alguien —contesta ella.

Él se lleva una mano al pecho halagado.

—No te metas tanto conmigo, cariño. Liam va a ponerse celoso.

Le saca el dedo de en medio y Evan sonríe antes de marcharse. Cuando nos quedamos a solas, Maia suspira y vuelve a sentarse de cara a mí. Hunde las rodillas en el sofá y yo le coloco las manos en la cintura. Ya me conozco sus expresiones, así que estoy casi completamente seguro cuando digo:

—Te cae bien.

Hace una mueca, como si no soportara pensarlo.

—Solo porque es tu mejor amigo. Y porque se preocupa mucho por ti. Pero díselo y os cortaré los huevos a los dos.

No es la respuesta que esperaba, pero me conformo. Sube la mano para acariciarme la mandíbula y sus dedos rozan la barba incipiente que tengo desde hace un par de días.

—¿De verdad te apetece? —inquiere llevando sus ojos a los míos.

—¿Lo del lago? Sí. Mucho. —No parece convencida, por lo que me fuerzo a seguir hablando—. Si te preocupa Lisa, puedes decirle que invite a alguna amiga para que se sienta más cómoda. A Evan no le importará.

Asiente, pero su mirada carece de emoción. Por fin entiendo que no está agobiada por Lisa, sino por sí misma.

—El sitio te va a encantar —continúo. Sé que no suele hacer estas cosas y quiero darle seguridad—. No está muy lejos. Solo a unos cincuenta minutos en coche. Iremos de excursión, nos reiremos, beberemos alcohol... Es el plan perfecto. —Agacho la cabeza para mirarla a los ojos—. Puedo conducir yo si te quedas más tranquila.

No sé cuál de todos mis argumentos ha funcionado, pero, cuando sonríe, parece mucho más relajada.

—Está bien. Me gusta todo menos lo de la excursión.

—¿Seguro? —la reto de broma—. Imagínatelo. Yo, llevándote a conocer lugares insólitos, sin camiseta, sudando bajo el sol. Olor a hombre.

Pronuncio la última frase con dramatismo, como si me pareciera absolutamente arrebatador, y así es como consigo hacerla reír otra vez.

—Dios, sí, ¿cómo has sabido que era mi fantasía erótica?

Tuerzo los labios en una media sonrisa.

—Porque cada vez te conozco mejor.

Pretendía seguir con la broma, pero Maia también sonríe y me observa en silencio, con sus ojos oscuros sobre los míos. Está tan cerca que puedo apreciar cada detalle de su rostro, y así es incluso más guapa. No sé qué significa esa mirada, pero me pone el estómago del revés.

—¿Qué? —susurro cuando la tensión se vuelve insoportable.

—Estamos solos por fin —responde justo antes de volver a presionar sus labios contra los míos.

Esta vez es incluso mejor que la anterior. Reacciono enseguida y le envuelvo la cintura con un brazo. Su pecho choca contra el mío, suelta un quejido de sorpresa y aprovecho que entreabre los labios para deslizar la lengua en su boca. Me agarra de las mejillas y me corresponde con la misma ansia. El beso es ardiente, intenso. Y hace que mi corazón se convierta en una bomba de relojería. Podría explotar en cualquier momento y, aun así, no quiero parar. No puedo parar.

Creo que mentí ese día en mi coche. A medias. Me pone la idea de hacerlo en diferentes sitios; sin embargo, no me gustaría que esto fuera a más sin que estemos en mi habitación. Sería demasiado... impersonal. De forma que hago fuerza con las piernas para levantarme con ella encima. Maia se ríe y me rodea las caderas con las piernas para no caerse, pero la tengo bien sujeta. Al empezar a andar, medio tambaleándome, siento su sonrisa contra los labios y casi se me olvida cómo poner un pie delante del otro.

—Sentimental —murmura burlona cuando la llevo a mi cuarto.

Cierro de un portazo. Su cuerpo se escurre contra el mío cuando la dejo en el suelo. Me enreda los brazos en el cuello y yo me inclino para seguir besándola. La empujo hasta la cama y Maia se aleja lo suficiente para quitarse la camiseta por la cabeza.

Un tío decente habría seguido mirándola a los ojos.

Yo miro bastante más abajo.

Es... impresionante. Y ahora mismo no me imagino mirando a nadie como la estoy mirando a ella. Tiene la respiración agitada, al igual que yo, y su pecho sube y baja a toda velocidad. Mis ojos recorren sus curvas y aterrizan en el sujetador de encaje de color blanco. Después subo a su rostro, a esos labios hinchados y a su mirada oscurecida. Y vuelvo a mirar el sujetador.

De repente, tengo la boca seca.

—No lo había visto antes.

—Lo reservo para ocasiones especiales —responde sonriendo.

Este es uno de los mejores días de mi vida.

Sin dejar de mirarme, retrocede hasta que sus pantorrillas chocan contra el borde de la cama. Me sonríe, desafiándome a ir junto a ella, y no la hago esperar. Estampo mis labios contra los suyos y Maia me devuelve el beso con ansia, tentándome, provocándome. Su espalda aterriza sobre el colchón y me coloco sobre ella, sosteniéndome con un brazo para no aplastarla. Cuando encajo una pierna entre las suyas, siento cómo se retuerce debajo de mí buscando más contacto.

Necesito tocarla y besarla por todas partes. Hunde las manos en mi pelo cuando comienzo a besarle el cuello. Su piel está suave y caliente bajo mis labios. Deslizo una mano hasta su cadera y la empujo contra mí, y esta vez soy yo el que suelta un gemido ronco que parte de lo más profundo de mi garganta.

—Liam... —susurra, imagino que al sentir lo que me está provocando. La acallo con un beso, pero me pone las manos en el pecho para alejarme—. Liam —insiste.

Me aparto un poco jadeando.

—Muévete —ordena entonces.

—¿Qué? ¿Por qué?

Ahora no solo estoy confundido, también asustado.

—Porque te toca a ti. Justicia para Liam.

Abro y cierro la boca aturdido. Y después hago lo que me pide y me dejo caer a su lado. Maia solo tarda un instante en sentarse encima de mí.

Rectifico: este es el mejor día de mi vida.

—¿Qué te apetece? —pregunta. Mete las manos dentro de mi camiseta para acariciarme los abdominales y se me tensan todos los músculos.

Trago saliva. Con fuerza.

—Lo que quieras. Estoy a tu disposición. Completamente.

Sonríe. Y después nuestras bocas se unen en un beso que manda una sacudida directa a mi erección. Duele. Y lucha en vano por liberarse de la presión tortuosa de mis vaqueros. Ansiando algo de alivio, agarro a Maia del culo y vuelvo a apretarla contra mí, juntando nuestros cuerpos. Ella jadea y tira de mi camiseta para quitármela. Sus manos vuelan a mi piel desnuda. Explora mis brazos, mis hombros, mi pecho, y sigue bajando hasta rascar con las uñas la parte baja de mi abdomen. Tengo los músculos tan rígidos que me cuesta moverme.

Su boca abandona la mía para perderse en mi cuello. Deja un camino de besos húmedos y suaves que me provocan escalofríos. Necesito tocarla, de forma que permito que mi mano ascienda por su columna hasta alcanzar el broche de su sujetador. Maia suspira cuando me deshago de él y siente el frío contra la piel, que pronto es sustituido por el calor de mis manos.

¿Esto? Como he dicho antes, estoy soñando o en el paraíso.

Rozo un pezón con el pulgar y se le entrecorta la respiración.

—No puedo concentrarme si haces eso —se agita contra mi hombro.

Sonrío y hago lo mismo con el otro.

—No tienes que concentrarte.

—Quiero que tú también disfrutes.

Me empuja para hacer que me tumbe en la cama y llevo las manos a su espalda para arrastrarla conmigo. Me parece bien que tome el control, pero tenerla así de cerca y no tocarla es una tortura. Me besa antes de que pueda replicar y su mano desciende por mi abdomen hasta que se topa con mi cinturón. Necesita las dos para desabrocharlo. Y entonces soy yo el que pierde por completo la capacidad de pensar.

Cuando mete la mano bajo mi ropa interior y la agarra, un aluvión de placer me sacude el cuerpo. Dios santo.

—¿Es más grande de lo que recordabas?

Maia se ríe. Ignoro si de verdad le ha hecho gracia o si es solo porque apenas puedo hablar.

Vuelve a pegar sus labios a los míos.

—Tú y tus preciados cuatro centímetros, ¿eh?

¿¡Cuatro?! Ni de coña.

Voy a replicar, pero entonces la saca del pantalón y lo que sale de mi boca es un jadeo. Sonriendo, vuelve a besarme, y de pronto empieza a mover la mano y juro que veo las estrellas. Su boca baja hasta mi mandíbula y después hasta mi cuello. Cuando continúa descendiendo, la miro y trago saliva. Es la escena más sensual que he visto en toda mi vida. Sus besos me recorren el abdomen y, cuando me doy cuenta de sus intenciones, el cerebro se me parte en dos.

Por suerte, gana la parte más racional.

Como esa boca me toque, la diversión va a acabarse muy pronto.

—Cambio de planes. Ven.

Maxi-Liam me llama cabrón en todos los idiomas.

Maia frunce el ceño.

—¿Qué?

—Es una ocasión especial, ¿no? Pues déjalo y ven aquí.

Enarca las cejas, pero viene de nuevo hacia mi rostro. Rozo su mejilla con mis dedos ásperos y la atraigo para besarla otra vez. Pero ahora el contacto es más íntimo, más lento, más profundo. Me deshago de los pantalones y los calzoncillos, vuelvo a colocarme encima de ella y acaricio su cuerpo con la mano hasta que llego a sus vaqueros. Maia se arquea para ayudarme a quitárselos. Me llevo también la ropa interior y me aparto lo suficiente para poder mirarla.

Y, ahora sí, es la imagen más erótica que he visto nunca.

Me queda claro al mirarla a la cara y verla sonreír.

—Vas por ahí proclamando ser un capullo...

—Soy un capullo —respondo bajando la cabeza para mirarla—. La mayoría de las veces, al menos.

—Un capullo no haría todo lo que has hecho tú por mí.

—Negarme a que me hagas una mamada no me hace menos capullo, Maia. Sí más imbécil, sí más masoquista, pero no menos capullo.

Vuelve a reírse. Me hace sentir como si algo me explotara en el pecho.

—Sé por qué me has hecho parar.

Es evidente, y aun así digo:

—Llevo mucho tiempo queriendo hacer esto.

Sonríe. Y su mirada baja de mis ojos a mis labios.

—Hazlo, entonces.

Es lo único que necesito para proceder. Me inclino para abrir el cajón de la mesilla y sacar un preservativo. Los he comprado esta mañana porque, además de sentimental, decente y un hombre de palabra, soy un tío precavido. Cuando vuelvo con Maia y los ve, aprieta los labios para reprimir una carcajada. No sé muy bien cómo tomármelo.

—Yo también he comprado condones —me explica—. Me he pasado después del trabajo.

La miro con sorna.

—¿Talla? —la pico.

—XS. ¿Te vendrán grandes?

—Enormes. Y, sobre lo de antes, ¿cuatro centímetros? Mierda, ojalá. Me ves con buenos ojos.

Y, de pronto, se ríe otra vez. Así de fácil. Dios, creo que voy a volverme adicto a hacer esto.

Vuelvo a besarla y Maia me enreda las manos en el cuello para corresponderme con ganas. Cuando siente mis dedos danzando en la parte baja de su abdomen, se le corta la respiración. Bajo un poco más y la toco en ese punto que la hace gemir bajito. Nunca pensé que llegaría a gustarme tanto que una chica hiciera tan poco ruido, pero con Maia es como si todo fuera muy privado. Muy íntimo. Como si solo quisiera que la escuchara yo. Froto con la palma completa, torturándola.

Y me detengo justo antes de que su cuerpo empiece a vibrar.

—Que te jodan —me espeta casi sin aire.

Me entra la risa.

Después, me obligo a respirar con lentitud y abro el envoltorio. Espero que no se dé cuenta de que me tiemblan las manos. Mierda, estoy nervioso. Apoyo un codo junto a su cabeza para sostenerme, me coloco sobre ella y ejerzo una ligera presión en sus muslos para separárselos. Tengo que esforzarme en mantener el control.

—Si quieres que paremos en cualquier momento...

—Me sé el discurso —me interrumpe con sus ojos sobre los míos—. Y estoy segura. De verdad.

Sin embargo, yo no puedo quitarme algo de la cabeza.

—Maia —la llamo, y su mirada ansiosa e inquisitiva se clava sobre la mía.

Estoy a punto de decirle eso que llevo callándome tanto tiempo, pero cambio de opinión en el último momento.

Las palabras se me atascan en la garganta.

No puedo.

¿Y si...?

No puedo.

Así que no digo nada. Y lo que hago en su lugar es moverme despacio, y Maia deja de respirar cuando me siente dentro de ella. Durante unos segundos, lo único que hacemos es mirarnos mientras respiramos agitadamente. Y después me acaricia la mandíbula y me atrae hacia sí para que nuestras bocas se unan en un beso dulce, incluso tierno, y por fin empiezo a mover las caderas de una forma lenta, tortuosa, lo que hace que un quejido tembloroso escape de sus labios. Busco su pierna a tientas, entiende lo que busco y me rodea las caderas, haciendo que el ángulo cambie y el contacto sea mucho más profundo.

Gimo contra su boca. Me estoy conteniendo tanto que me duelen todos los músculos.

—Me vas a matar —jadeo sin aire.

—Tú me vas a matar a mí.

Escucharla hablar así, tan desesperada, me hace sonreír. Intenta volver a besarme y me echo hacia atrás, provocándola. Pero acabo cediendo cuando me pega a su cuerpo ansiando más. Sus labios se enganchan a los míos y empezamos a movernos en sintonía. Juro que es como tocar el cielo, como tenerlo justo aquí, a milímetros de las manos. Se agarra a mí con firmeza clavándome los dedos en la espalda, y yo me deleito con cada suspiro entrecortado que sale de su boca.

Cuando por fin toco ese punto profundo dentro de ella, mi nombre escapa de sus labios en un quejido, cierra los ojos y arquea la espalda mientras su cuerpo vibra bajo el mío. Mis movimientos se vuelven torpes y rápidos, y, tras unos segundos, noto una corriente eléctrica que me recorre el cuerpo entero. Mi corazón frena en seco y se pone a latir otra vez. Y siento una oleada de placer tan intensa que me desplomo encima de ella jadeando.

Luego solo quedan el silencio y nuestras respiraciones agitadas.

Entierro la nariz en su cuello y me impregno de su olor mientras mis latidos vuelven a la normalidad. Al cabo de unos instantes, Maia mueve el brazo y me acaricia la columna vertebral, rozándome solo con las yemas de los dedos. Ascienden despacio por mi espalda desnuda y sudorosa, y me provocan escalofríos.

—¿Te estoy aplastando? —murmuro contra su piel.

Me parece notar cómo niega con la cabeza.

Sin embargo, soy un tío enorme en comparación con ella, así que hago uso de mis últimas fuerzas para dejarme caer a su lado. Necesito un momento para poner mi cabeza en orden. Supongo que lo más adecuado sería preguntarle si le ha gustado, si quiere que probemos algo la próxima vez, o qué sé yo, ese tipo de chorradas comunicativas, pero ni siquiera me da tiempo a abrir la boca.

Maia me mira, me sonríe y hace lo peor que podría haber hecho.

Se aparta de mí y se levanta de la cama sin decir nada.

Me siento como si acabara de pisotearme el puto corazón.

Mantengo la boca cerrada y, una vez que ella se ha encerrado en el baño, me levanto para tirar el condón, como si no me importara en absoluto. Pero entonces echo un vistazo a la cama, veo las sábanas revueltas y siento un tirón en el estómago. Mierda, ¿esto es lo que quiere de mí? ¿Sexo y ya está? Porque, en ese caso, lo más adecuado sería vestirme y salir de esta habitación cuanto antes. Fingir que no ha significado nada.

Pero no puedo hacer eso.

De manera que renuncio a mi orgullo y vuelvo a dejarme caer en la cama, por si acaso. Por si se está dejando llevar por sus inseguridades y solo necesita que sea yo el que tome la iniciativa. Clavo la mirada en el techo.

A continuación, la llevo hasta maxi-Liam, que está ahí abajo disfrutando alegremente de su existencia.

—Por fin, ¿eh?

Si tuviera manos, ahora chocaríamos puños.

Hacemos un buen equipo.

—¿Con quién hablas?

Maia sale del baño y cierra la puerta con cuidado. Está completamente desnuda, y no sé qué haría un tío decente en estos casos, pero yo no me resisto a darle un repaso.

—No tienes ni idea de lo guapa que eres.

Sonríe y viene a meterse en la cama conmigo.

Canto victoria interiormente. Menos mal.

Se tumba a mi lado con la cabeza sobre mi pecho. La rodeo con un brazo para reducir aún más la distancia entre nosotros.

Es tan natural que casi parece que llevemos haciéndolo toda la vida.

—¿Cuánto crees que tardará Evan en volver? —inquiere girándose para mirarme a los ojos.

Apoya la barbilla sobre mí y yo le aparto el pelo sudoroso de la frente.

—Un par de horas. ¿Por qué?

Amplía su sonrisa.

—Suficiente para una segunda ronda.

Enarco las cejas. Pero bueno.

—Sé que me tienes ganas, pero disimula, mujer.

—Que te jodan.

Me río entre dientes y deslizo los dedos por la curva de su cintura. Mientras tanto, ella no deja de mirarme. Parece que le esté dando vueltas a algo. Al cabo de unos segundos, entorna los ojos.

—¿Sabes que soy una experta en fingir orgasmos?

A maxi-Liam le da un infarto.

Y yo casi me atraganto con mi propia saliva.

—¿Crees que es lo mejor que le puedes decir a un tío después de acostarte con él?

—No me refiero a que lo haya hecho contigo —aclara, por suerte—. ¿Qué? ¿Sería un golpe muy duro para tu ego?

—Sí. Me jodería que creyeras que tienes que fingir en lugar de simplemente hablarlo conmigo.

No es la primera chica con la que he estado. Tengo experiencia, pero eso no significa que crea que todo será perfecto desde el minuto uno. Cada persona es un mundo. Y lo mejor del sexo llega cuando conoces bien a tu pareja y ambos sabéis de lo que disfruta el otro. Puede que me burle mucho de las «chorradas comunicativas», pero en realidad me parecen importantes. Y esenciales a la hora de acostarse con alguien.

Maia y yo hemos hablado sobre lo que nos gusta, pero no en profundidad. Todavía nos queda mucho por descubrir. Si ha sido tan alucinante ahora, no quiero ni imaginarme cómo será cuando nos conozcamos mejor.

—¿Crees que los orgasmos que he tenido contigo se pueden fingir? —Y, solo con esa pregunta, vuelve a ganarse toda mi atención.

—Dímelo tú, Maia. ¿Se pueden?

—¿Lo de anoche? No. Y ¿lo de hace un momento? Menos aún. —Sigue mirándome a los ojos—. Me ha gustado. Mucho.

—A mí también —contesto en voz baja, y los dos sonreímos al mismo tiempo.

Enredo las manos en su pelo para echárselo hacia atrás. Ella estira el brazo sobre mi abdomen y todo mi cuerpo entra en tensión, pero no es solo por el contacto, sino porque, al bajar la vista, las veo. Las cicatrices. Aparto la mirada y finjo que no están ahí, como hago siempre. En momentos como este, cuando parece tan cómoda conmigo, casi dudo que recuerde que las tiene.

No hay ninguna nueva desde hace mucho, así que, dentro de lo que cabe, estoy tranquilo. Esperaré hasta que se sienta preparada y sea ella la que decida sacar el tema.

—¿Por qué dices que eres buena fingiendo? ¿Lo hacías con Derek? —le pregunto para romper el silencio.

—Muy a menudo. Era diferente a ti.

—Menos hábil, por lo que veo.

—Más egoísta —me corrige—. Es uno de esos tíos que piensan que todo debe girar en torno a su pene.

Vacilo. Cuando una chica habla despectivamente sobre «esos tíos», lo único que espera uno es no formar parte del grupo.

—Bueno, siempre que me acuesto con alguien, maxi-Liam está bastante involucrado —admito de todas formas.

—Pero no es lo mismo. A ti te gusta hacer disfrutar a la otra persona. Derek solo pensaba en sí mismo. Nada más. No sé en qué estaba pensando cuando me lie con él.

En eso estamos de acuerdo. Maia es un diez y ese tío es un cuatro, como mucho, y nunca se merecerá a una chica como ella. Menos aún después de lo mal que la trató.

—Me contó lo que te hizo la noche del accidente —le digo—. Sé que no quiso ir a buscarte.

Se tensa y traga saliva visiblemente incómoda.

—Sois diferentes —repite.

—Cualquier persona decente habría hecho lo mismo que yo. Derek es un cabrón. Ojalá nunca te hubieras cruzado con una persona así.

Clava sus ojos en los míos sorprendida por la intensidad de mis palabras, y finalmente acaba desviando la mirada.

—No estábamos saliendo. Solo nos acostábamos de vez en cuando. Nada serio. Por eso no quiso venir. —Frunce el ceño, como molesta consigo misma—. Pero a mí no me vale como excusa, porque yo no habría dudado en ayudarlo si hubiera sido al revés.

—Porque tú sí eres una buena persona.

Quiero repetírselo para que nunca se lo vuelva a cuestionar. Maia vuelve a mirarme a los ojos y, de nuevo, encuentro en ellos esa mirada que no sé descifrar.

Ignora mi comentario y alarga el brazo para acariciarme la mandíbula.

—¿Con cuántas chicas has estado tú?

—¿Estás animándome a fardar de mis conquistas?

—¿Han sido muchas?

—No —me sincero al notar que lo pregunta en serio—. Pasaba bastante desapercibido antes de entrar en YouTube. Habré estado con... cuatro, no, cinco. Pero ninguna fue una relación seria. —Evito a toda costa mencionar a Michelle—. ¿Y tú?

—Derek fue el último. Y solo hubo una chica antes que él. Se llamaba Alice. Tampoco he tenido relaciones serias.

Ninguno menciona qué es exactamente lo que hay entre nosotros.

—No lo sabía —comento distraídamente.

—¿Que soy bisexual? Bueno, no me lo habías preguntado.

—¿Qué pasó? Con Alice.

¿Por qué siento tanta curiosidad? No soy un tío inseguro, ni tampoco celoso, pero me tranquilizaba saber que Derek era su único «ex» y que Maia no tiene intenciones de volver con él. Ahora aparece una nueva persona en el tablero.

—Se mudó a Canadá con sus padres. Hablábamos de vez en cuando antes del accidente, pero perdimos el contacto. De todos modos, solo teníamos dieciséis años. He cambiado mucho. —Entrelaza su mano con la mía, sin darle mucha importancia al gesto—. Ella me dio mi primer beso. Mi primera vez fue con Derek, aunque hubiera preferido que fuera con otra persona.

—Con Alice —asumo, y odio el sabor amargo que tengo en la boca.

Maia niega con la cabeza.

—No.

Me da un vuelco el corazón. Y aunque se supone que soy el abierto, el extravertido, el directo, el que no le teme a nada y suelta las cosas sin pensárselo dos veces, de pronto me cuesta mucho encontrar las palabras adecuadas. Porque, joder, yo también soy nuevo en estas cosas.

Y también estoy acojonado.

Por suerte, Maia nos libra de esa tortura llamada «hablar de sentimientos» preguntando:

—¿Cómo fue tu primer beso?

Me aclaro la garganta. Tengo la boca seca.

—Fue con una compañera del instituto. Se llamaba Ashley y era dos años mayor que yo. Estaba tan nervioso que me temblaban las manos. Y estoy seguro de que fue una mierda. Nunca volvió a llamarme.

Maia reprime una sonrisa. Creo que va a burlarse de mis desgracias amorosas, pero solo dice:

—No te imagino poniéndote nervioso por una chica.

«Hasta hace un par de meses, yo tampoco.»

Me encojo de hombros. Y, de nuevo, nos invade el silencio. La conversación me está poniendo muy tenso, así que decido cambiar de tema.

—Enséñame cómo finges esos orgasmos.

El ambiente se enfría bruscamente. Maia intenta no reírse.

—No puedo fingirlos sin contexto. Necesito estar inspirada.

—Inspirada, ¿eh? —Esbozo una sonrisa canalla y hago fuerza con los brazos para sentarla en mi regazo, ofreciéndome una vista privilegiada de su cuerpo. Le planto las manos en la cintura y ella apoya las suyas sobre mi pecho. Acerca su rostro al mío—. ¿Suficiente inspiración? —murmuro contra su boca.

Niega con la cabeza y vuelvo a besarla despacio, con tranquilidad, tomándome el tiempo de disfrutar de ella. Mi mano baja por su columna vertebral y la empujo para pegarla más a mí.

Emite un quejido y me aparto con una sonrisa.

—¿Es lo mejor que tienes?

—No puedo fingir si lo haces tan bien.

¿Mi ego ahora mismo? Por los cielos. Gracias.

Riéndome, la hago caer de espaldas sobre la cama y me coloco sobre ella para seguir besándola. Podría hacer esto durante todo el día. Estar con Maia es tan fácil que a veces me pregunto cómo he podido pasar tanto tiempo sin ella. Es curioso, ¿no? Cómo alguien puede llegar a tu vida en el momento más inesperado y hacerte ver el mundo de otra forma.

—Si quisiera fingir un orgasmo contigo, lo primero que haría sería decir tu nombre —murmura sobre mis labios—. Os encanta.

Tiene razón. Me encanta.

Pero ahora voy a desconfiar de ella cada vez que lo haga.

—Y después gemiría muy fuerte. Y pondría los ojos así —continúa, poniéndolos en blanco.

Me aguanto la risa.

—Es penoso. Te doy un seis.

—¿Un seis?

—Te faltan los halagos. Ya sabes: «Liam, eres el mejor tío del universo. Me pones cachondísima». Y variantes.

—Liam, eres el mejor tío del mundo —recita con mucho sentimiento—. ¿Y tus cuatro centímetros? Dios, me ponen cachondí...

Atrapo sus labios entre los míos y su risa muere en el beso cuando comienzo a hacerle cosquillas. Chilla contra mi boca mientras se retuerce debajo de mí, y yo sonrío tanto que me duelen las mejillas. Cuando por fin la dejo respirar, me envuelve el cuello con los brazos para atraerme hacia sí. Seguimos besándonos durante un rato, sin prisa, disfrutando de la cercanía del otro. Y es muy fácil olvidarse de todo lo demás. Durante un rato, Adam y esos millones de suscriptores que esperan ansiosos que vuelva a internet desaparecen. Y solo existe ella.

Unos minutos después, está tumbada a mi lado, con la cabeza sobre la almohada, mirándome. Me recorre la sien con las yemas de los dedos y yo vuelvo a sonreír.

—Liam —me llama en voz baja.

Muevo el cuello para besarle la muñeca. Ella traga saliva, como si estuviera costándole mucho encontrar las palabras adecuadas.

—Sobre lo de antes, lo de que no eres un capullo, sabes por qué lo digo, ¿verdad? Eres un buen tío. Y estoy muy agradecida de todo lo que has hecho por mí. De verdad. Gracias. Por ser así.

Hay personas que pueden llenarte de cumplidos y no hacerte sentir nada. En el lado opuesto está Maia, que es capaz de hacer que mi corazón rebote solo con unas cuantas palabras.

—No necesito que me des las gracias.

—Pero quiero dártelas.

—Me gustas mucho. Lo sabes.

Ella sonríe.

—Sí, lo sé.

Y lo que pasa luego es muy raro. Nos miramos en silencio mientras todo lo que no me atrevo a decir me arde en la garganta. En realidad, no tiene ni idea de lo que escondo. De lo que he intentado transmitir. Sé muy bien qué es esto. Sé cómo me siento. Incluso podría ponerle nombre. O atreverme a decírselo, si no me diera tanto miedo que echara a correr nada más escucharlo.

Me he sentido atraído por varias chicas a lo largo de mi vida. Y no he sentido esta descoordinación en el pecho con ninguna. Ni tampoco ese aluvión de felicidad que me invade cada vez que escucho a Maia reír. Nunca he estado tan orgulloso de alguien como lo estoy de ella. Es fuerte, perseverante, sincera. Divertida. Y creo que me ha hecho cambiar para bien y que he aprendido mucho a su lado. Y que ahora soy mejor persona.

Y no quiero que eso se acabe todavía.

Mierda, quiero...

Interrumpe mis pensamientos cuando sonríe y aparta la mirada. Entonces, se acurruca contra mí, con la cabeza sobre mi pecho. Y el corazón me salta con fuerza y es como si me estuviera diciendo: «Tío, lo has encontrado, lo que buscabas está justo aquí».

Y es verdad. Es justo esto. Es justo ella.

Lo único que pienso cuando le rodeo la cintura con un brazo es que ni siquiera puedo decírselo.

Y que, de ahora en adelante, cada vez estaré más jodido.

27

BRILLAS

Maia

Mi primera semana compaginando dos empleos es agotadora. Trabajo por la mañana en el bar y solo tengo tres horas de margen para correr de vuelta al apartamento de Liam, comer y cambiarme el uniforme antes de que empiece mi turno en la tienda de música. Sin embargo, trabajar con Clark es como un soplo de aire fresco. Limpio y ordeno las estanterías, elaboro las *playlists* que suenan en el local y, por supuesto, también atiendo a los clientes. Y, aunque los primeros días sí que está bastante pendiente de mí, a finales de semana ya he conseguido ganarme su confianza y que vuelva a la trastienda de vez en cuando para darme más libertad, lo que me hace sentir tremendamente orgullosa de mí misma.

El lunes le hablo a Lisa sobre la casa del lago y, para mi sorpresa, la idea le gusta incluso más que a mí. Sobre todo cuando le digo que puede traer a alguna amiga más. Quedamos en irnos el sábado por la tarde, dormir allí y volver el domingo al anochecer, aprovechando que ella se ha pedido el día libre. Se pasa toda la semana haciendo planes y yo dejo que comparta su emoción conmigo porque, bueno, para eso están las amigas.

De forma que la mañana del sábado salgo temprano de trabajar y me subo a mi coche para volver a Mánchester. Dejé de utilizarlo cuando Liam se mudó a mi casa y empezó a llevarme al hospital todos los días. No obstante, estoy intentando acostumbrarme a conducir otra vez. Me gusta la idea de poder moverme a mi antojo sin depender de nadie. Arranco el motor, me abrocho el cinturón y bajo el volumen de la música para no saturarme. Salgo del pueblo golpeando distraídamente el volante al ritmo de la canción.

Y ni siquiera pienso en que ya me he acostumbrado a no tomar el desvío que me llevaría al hospital.

Necesito comprar varias cosas, así que paso por el supermercado antes de volver al apartamento de Liam. Media hora después, el ascensor me deja en la tercera planta de su edificio. Tengo mi propia llave, lo que quizá me parecería excesivo si se tratase de cualquier otro chico, pero con él no me hace sentir tensa en absoluto. Dejo las bolsas en el recibidor, me quito el abrigo y vuelvo a cogerlas para llevarlas a la cocina.

Liam está de espaldas a la puerta, concentrado en los fogones. Va descalzo y lleva unos pantalones de chándal y una camiseta holgada. Me mira por encima del hombro, con los rizos mojados cayéndole sobre la frente y esa sonrisa. Y entonces siento un puñado de mariposas en el estómago a las que me gustaría exterminar con veneno para bichos.

—Eh —me saluda despreocupado.

—¿Vas a encargarte tú de cocinar? ¿Quién está tomando las decisiones aquí y por qué nos castiga?

Pone los ojos en blanco y vuelve a darme la espalda.

Riéndome, dejo las bolsas sobre la mesa antes de acercarme a él. Al rodearle el brazo con la mano, siento la dureza de su bíceps bajo mis dedos. Me inclino para echar un vistazo. Está preparando carne en salsa y tiene una pinta estupenda.

—Huele bien —reconozco. Aunque me meta mucho con él, la verdad es que no se le da nada mal.

Liam enarca las cejas, baja el fuego al mínimo y se seca las manos con un trapo. Después me las pone en la cintura para atraerme hacia sí.

—¿Eso ha sido un... cumplido? —formula haciéndose el sorprendido—. ¿Quién eres tú y qué has hecho con la Maia que yo conozco?

—Esa Maia está a punto de darte una patada en los huevos.

Sonríe encantado con mi repentino mal humor.

—Esa es mi chica. —Y posa sus labios contra los míos.

Esta vez sí que siento las mariposas. Multiplicadas. Me encanta llegar a casa y que esto sea lo primero que haga al verme. Esta última semana con él ha sido sensacional. Nos besamos cuando nos apetece, dormimos juntos y seguimos bromeando y peleándonos como siempre. Nunca pensé que me gustaría tanto tener algo como esto, pero he decidido seguir el consejo de Lisa y dejarme llevar.

Ojalá hubiéramos tenido mucho más tiempo a solas.

—¿Dónde está Evan? —susurro. Estoy harta de que nos interrumpa constantemente.

—Preparando la casa del lago. No volverá hasta esta noche.

Cada vez que nos deja solos, me cae un poco menos mal.

Liam se echa hacia atrás sonriendo, y me aparta el pelo de la frente. Es tan alto que tengo que flexionar el cuello para mirarlo. Me acaricia la sien con el pulgar.

—Pareces cansada —observa en voz baja.

—Tú también —respondo, aunque me imagino a qué se debe.

—El directo de ayer se alargó más de lo que pensábamos.

Mi instinto sobreprotector casi me hace decirle que debería dormir más, pero consigo mantenerlo a raya.

—Es buena señal, ¿no?

—Fue una pasada, Maia. Probamos un videojuego nuevo desde el canal de Evan y se conectó muchísima gente. Y luego le di un susto de la hostia y pegó un grito que se oyó por todo el edificio. Pobres los que estuvieran viéndonos con auriculares. —Sonríe al recordarlo, pero su buen humor se desvanece enseguida—. ¿Te despertamos? No lo habría hecho si hubiera sabido que tendría una reacción tan exagerada.

—No —respondo—, no me enteré de nada.

Ahora duermo en su cuarto, que es el que está más lejos del salón, y rara vez los he oído aunque siempre me vaya a dormir antes que ellos. Últimamente caigo rendida en cuanto pongo la cabeza sobre la almohada. Solo me despierta después, cuando entra en la habitación a las dos o tres de la mañana para tumbarse a mi lado, y no me quejo en absoluto. Me gusta escuchar cómo se deshace de la camiseta y suspira antes de abrazarme. Y siempre me desea las buenas noches en voz baja, pese a que dudo que sepa que en realidad no estoy dormida.

Además, lo veo mucho más animado desde que Evan viene a

Mánchester a menudo y lo ha impulsado a volver a internet. Siempre he visto el mundo de los videojuegos, YouTube y las redes sociales en general como algo muy frío, pero a Liam le aporta muchas cosas buenas. Se nota que es lo que le apasiona. Y podría pasarme horas escuchándolo hablar sobre ello sin cansarme. De hecho, he visto varios de sus vídeos. Por curiosidad. Y de vez en cuando me conecto a alguno de sus directos. Él no lo sabe, claro, pero me interesa el tema mucho más de lo que cree.

—¿Seguro? —insiste, ajeno a lo que pasa por mi mente—. Si alguna vez te molestamos, quiero que me avises. No me importa cortar antes el directo.

—Está bien. —Le sonrío y le paso las manos por los brazos, recreándome al sentir su piel contra la mía—. Me alegro de que hayas vuelto a las redes. Me gusta verte tan feliz.

A veces me siento tan cómoda con él que me dan arranques de sinceridad. Al escucharme, Liam esboza una sonrisa que me pone el estómago del revés. Se acerca hasta que sus labios vuelven a estar sobre los míos.

—Hay muchas cosas que me hacen feliz.

De pronto, estoy tan nerviosa que me entran incluso ganas de vomitar.

En lugar de besarme, Liam agacha la cabeza y presiona la boca contra mi mandíbula. Me aparta el pelo del hombro para repartir besos por mi cuello. Cierro los ojos y me agarro a sus brazos por instinto mientras el corazón me late desbocado dentro del pecho.

—¿Sabes cuáles son? —susurra en mi oído.

~~«No quiero. No las digas. Por favor, no las digas.»~~

—¿Que Evan nos interrumpa cada vez que la cosa se pone interesante? —bromeo para rebajar la tensión.

—Me hace feliz que Evan esté aquí, aunque nos interrumpa de vez en cuando —comienza, alejándose para mirarme a los ojos. Me pone un mechón de pelo tras la oreja—. Me hace feliz tener mi propio apartamento y haber dejado atrás todo lo que me hacía daño. Y que vosotros dos finjáis que os odiáis aunque en el fondo os caigáis bien mutuamente. Me hace feliz que vayas a venir con nosotros al lago y que poco a poco vayas abriéndote a los demás. —Baja las manos hasta mi cintura—. ¿Ahora mismo?

La vida que estoy empezando a tener me hace tremendamente feliz.

—Me sorprende que no hayas dicho nada sobre liarte conmigo.

La conversación es tan intensa que me hace sentir incómoda. Liam parece notarlo, ya que se encoge de hombros y sonríe.

—Tu maravilloso culo también me hace muy feliz. De hecho, me da las fuerzas que necesito para levantarme cada mañana.

—Que te jodan.

Suelta una risa leve y me besa otra vez. Le envuelvo el cuello con los brazos porque, aunque me ponga de los nervios y haga comentarios absurdos cada dos minutos, la verdad es que me gusta muchísimo. Sus manos recorren mi espalda en sentido descendente y no puedo evitar sonreír cuando me agarra el culo.

—Esas manos... —me quejo contra su boca.

—Deberías darme las gracias. Le doy a maxi-Maia la atención que se merece.

Oh, por el amor de Dios.

Me aparto de él automáticamente.

—No voy a pasar por ahí.

Se ríe antes de tirar de mi brazo para volver a presionar sus labios contra los míos. Le pongo las manos en el pecho antes de que el beso llegue a más.

—Suéltame —le exijo de broma.

—Dame una buena razón.

—Necesito ducharme.

Se aleja para mirarme con cara de duda.

—¿Es otra de tus indirectas? Porque entonces sí que se me va a quemar la comida.

Me entra la risa.

—No lo es. Estoy cansada.

Asiente sonriendo, y me rodea el cuello con un brazo para atraerme hacia sí y darme un beso en la frente.

—Deberías plantearte lo de los dos trabajos.

—Solo es la primera semana —respondo cuando me suelta—. Estaré bien.

En realidad, sé que las siguientes serán igual de agotadoras, pero prefiero mentir y que deje de preocuparse. Venimos de mundos muy distintos; mientras que él no ha tenido complicaciones a la hora de alquilar un apartamento, yo necesito como mínimo dos trabajos si quiero ahorrar para la universidad. El sueldo del bar se me va en el alquiler de mi casa y en la comida que compro para vivir aquí. Evidentemente, Liam no me deja pagarle nada por quedarme, así que intento compensarlo de otra forma. Soy demasiado orgullosa como para dejar que me mantenga.

La única forma de poder ahorrar con un solo trabajo sería dejar mi casa y mudarme a una más pequeña y barata. Sin embargo, no me veo preparada para tomar esa decisión todavía. Menos aún cuando llevo más de tres semanas sin hablar con mi madre.

—Te avisaré cuando la comida esté lista. Puedes dormir un rato después si te apetece. Evan tardará en volver.

Le dedico una sonrisa. Es mucho mejor tío de lo que cree.

—Genial.

Lo beso por última vez antes de coger una de las bolsas y salir de la cocina.

Una vez en su dormitorio, cierro la puerta y saco los productos de aseo que he comprado. Normalmente utilizaría el baño común, pero Liam me dijo que podía usar el suyo para darle más intimidad a Evan y la idea me pareció perfecta. Cojo el champú y el acondicionador, saco algunas cuchillas del paquete y dejo el resto sobre la cama. Es posible que quieran bañarse en el lago y no tengo tanta seguridad en mí misma como para ir sin depilar.

Lo dejo todo en el baño, junto a los cientos de productos que Liam acumula en la ducha. No he conocido a nadie que compre tantas cosas extrañas para cuidarse el pelo. Ojalá yo también tuviera rizos y pudiera usarlos. Cierro la puerta, pongo música en el móvil y me desvisto frente al espejo. Siento la necesidad constante de apartar la mirada, pero no lo hago.

Pese a que todavía estoy demasiado delgada, al menos ya no tengo esa palidez que me hacía parecer enferma y creo que he engordado uno o dos kilos. Y me siento relativamente bien con mi cuerpo, cosa que hace un mes me habría parecido inviable. Me pongo un mechón de pelo tras la oreja y me giro disimuladamente para mirarme el culo.

Me muerdo el labio para reprimir una sonrisa. Maxi-Maia.

Es un apodo horrible, pero tiene parte de razón.

Me meto en la ducha y tarareo distraídamente mientras me enjabono el pelo y el cuerpo. Después me aplico una mascarilla, apago el agua y me depilo con cuidado para no cortarme sin querer. Aunque lo de esta noche me daba un poco de miedo al principio, Liam y Lisa me ayudaron a cambiar de opinión y ahora me hace ilusión. Tengo ganas de pasármelo bien y desconectar. Creo que es lo mínimo que me merezco.

Una vez que me he enjuagado la mascarilla, me envuelvo el cuerpo en una toalla y hago lo mismo con el pelo, y también recojo las cuchillas porque sería de mal gusto dejarlas usadas en la ducha. El baño está inundado en vapor. Me siento en el retrete para cepillarme el pelo y, cuando termino, alargo el brazo para tirar las cuchillas a la basura.

Y, entonces, veo las cicatrices.

Y todo mi cuerpo entra en tensión.

¿Cómo voy a quedarme en bañador delante de mis amigos y dejar que las vean?

Estoy empezando a notar una presión molesta en el pecho cuando, de pronto, aporrean la puerta con tanta fuerza que doy un respingo.

—¡¿Maia?! —vocifera Liam—. ¡Abre la puerta!

Me levanto a toda prisa, agarrando la toalla que me envuelve el cuerpo, y quito el pestillo. Liam abre de forma tan brusca que tengo que apartarme para que no me dé sin querer.

—¿Qué has hecho? —pregunta acercándose muy rápido.

—¿Qué?

—¿Qué has hecho? —repite con ansiedad.

—Nada, yo no...

No entiendo a lo que se refiere hasta que me agarra los brazos para mirarlos.

Se me cae el alma a los pies.

La música sigue sonando, pero ya no la escucho. Solo oigo los potentes latidos de mi corazón. Liam mira mis cicatrices y después las cuchillas que no he usado y que siguen sobre el lavabo, y me suelta a toda prisa, como si mi piel estuviera ardiendo.

—Yo... lo siento —balbucea retrocediendo a tientas—. Las he

visto encima de la cama y no..., mierda, no sé en qué estaba pensando. No debería haber entrado así y...

Verlo tan nervioso y consternado me rompe el corazón. De repente me siento muy expuesta, con las cicatrices a plena vista. Y me entran ganas de gritarle que se vaya y de volver a encerrarme en mí misma, como me pasa siempre.

Lo que hago en su lugar es acercarme y envolverlo entre mis brazos.

Liam tarda unos segundos en reaccionar, pero acaba abrazándome de vuelta y estrechándome contra sí. Noto su respiración agitada en la oreja. Acabo de salir de la ducha y estoy empapándole la ropa, pero no le importa en absoluto. Sigo tan conmocionada que no consigo formular palabra. Mientras tanto, él tiembla entre mis brazos, y las emociones que se me arremolinan en el pecho son tan potentes que me entran ganas de llorar.

—No quiero que te pase nada —murmura contra mi hombro.

—Estoy bien —le aseguro alejándome para mirarlo—. Solo estaba depilándome. Para el lago. Nada más. —Recojo un poco la toalla para mostrarle la pierna—. ¿Ves? Tengo la piel suave.

Intento bromear para rebajar la tensión, pero esta vez no es capaz de seguirme el rollo. Traga saliva y asiente, todavía sin mirarme a los ojos.

—Lo siento mucho —repite—. Me he dejado llevar por... Lo último que quería era hacerte sentir incómoda y...

—Está bien —lo interrumpo—. No pasa nada.

Sin embargo, en el momento en el que nuestras miradas se cruzan me doy cuenta de que no es así. Me parte el corazón que haya creído que sería capaz de volver a hacerme daño. Pero me he cerrado en banda cada vez que ha intentado hablar del tema. Y cuando estamos juntos siempre evita tocarme los brazos, como si pensara que así me sentiré más cómoda, aunque yo preferiría que actuara con normalidad.

—Deja que me cambie y hablamos —digo en voz baja empujándolo con cuidado para sacarlo del baño.

Se apresura a sacudir la cabeza.

—No quiero obligarte a tener esta conversación.

—Pero quiero hacerlo —insisto.

Me mira con desconfianza. Termina asintiendo y dejándome sola.

Una vez que la puerta está cerrada, me apoyo contra ella y cierro los ojos para concentrarme en respirar. El corazón me late a toda velocidad. He dejado mi ropa fuera, por lo que procuro tranquilizarme antes de salir. Liam está sentado en la cama con la cara hundida entre las manos. Alza la mirada al verme, pero no dice nada; solo vuelve a clavar la vista en el suelo.

Aprovecho que no me observa para cambiarme. Me pongo la ropa interior y una de sus camisetas, que es la que siempre utilizo para dormir. Por mucho que intento retrasar el momento, pronto he terminado y me giro para enfrentarme a una conversación que tenemos pendiente desde hace mucho. No es que me sienta presionada. Y no es que no quiera contárselo.

Pero me da pánico mostrarme vulnerable ante los demás.

Cuando me siento a su lado, Liam se tensa por completo y se desliza disimuladamente hasta la otra punta del colchón.

—¿A qué viene esto? —No puedo evitar sonar dolida. Su rechazo me ha sentado como una patada en el estómago.

—Quiero darte espacio para que no te sientas incómoda.

—No necesito espacio —replico negando con la cabeza.

~~«Cerca de ti me siento segura.»~~

Tuerce el cuello para mirarme. Decido tomar la iniciativa, vuelvo a acercarme a él y alargo la mano para tocarle el brazo. Vuelve a ponerse rígido. Temo que sea todo culpa mía y de mi pasado, de mi frialdad, que ya no me vea como antes.

—Seguro que piensas que soy un insensible. —Cuando habla, todas mis inseguridades pasan a un segundo plano—. La última vez que lo mencioné fue mientras discutíamos y no podría haber elegido un momento peor. Y ahora estaba intentando darte tiempo para que tú eligieras cuándo hablar sobre ello, pero de pronto he hecho esto y..., Maia, lo siento mucho, de verdad. Sé que ha sido muy fuerte.

—No creo que seas un insensible —rebato, ya que me parece lo más absurdo que ha dicho nunca, pero Liam no me deja hablar.

—No sé por qué he reaccionado así y..., mierda, en realidad sí que lo sé. Me importas mucho. Lo sabes. Y al ver las cuchillas te he imaginado así y... —traga saliva— ya no he sido consciente de mis actos. Pero eso no lo justifica. Lo siento.

Vuelvo a negar con la cabeza y entrelazo mi mano con la suya.

—Deja de pedir perdón. No pasa nada.

Ojalá se me dieran bien las palabras; es evidente que se siente mal consigo mismo y me encantaría poder hacer algo al respecto. No necesito que se disculpe. Si yo hubiera estado en su lugar, seguramente habría reaccionado mucho peor. No puedo ni imaginármelo haciéndose lo que yo me hice a mí misma. Entiendo que esté preocupado. Yo también lo estaría.

Durante los siguientes minutos no digo nada más; solo agarro su mano, flexiono las rodillas y la sujeto entre las mías mientras el silencio se abre paso entre nosotros. Liam por fin se atreve a reaccionar y me acaricia delicadamente el dorso con el pulgar, buscando relajarme. Y lo consigue, porque lo hace siempre, incluso en los momentos más difíciles. Cumple su promesa y espera en silencio hasta que estoy lista.

—Solo lo hice una vez —pronuncio al cabo de un rato. De nuevo, siento cómo se le tensan los hombros, pero no me interrumpe—. Fue una semana después del accidente. Mi madre llegó a casa tambaleándose de madrugada y yo... no supe cómo reaccionar. Verla en ese estado me dejó en *shock*. Aunque suene muy mal, creo que ahora ya estoy acostumbrada. Pero esa noche fue muy impactante. Vomitó en el salón y tuve que limpiarlo después de llevarla a su cuarto. Luego volví al mío y me quedé dormida. Sin llorar. Creo que todavía no lo había asimilado. Al menos hasta que la casera se pasó a la mañana siguiente para exigirnos que pagáramos porque íbamos con un mes de retraso.

Miro a Liam, que aprieta la mandíbula como si no soportara pensar que he pasado por algo así. En su rostro no queda rastro de su sonrisa o de esa expresión burlona y despreocupada que tiene siempre que está conmigo.

—Me contaste que despidieron a tu madre del trabajo —comenta al ver que me quedo callada.

—Le pregunté dónde estaba el dinero, pero no supo decírmelo. Porque no lo teníamos. Así que tuve que suplicarle a Nancy que nos diera unos días de margen. Mi madre no estaba en condiciones de pensar en cómo pagaríamos y... de pronto me vi sola, Liam. Estábamos a punto de perder la casa, tenía un montón de exámenes en el instituto y no quería que mi hermana se quedara abandonada todas las tardes en el hospital. Yo era... era una niña, ¿vale? Puede que solo haya pasado un año, pero la Maia de ese entonces era tan... inocente. Ni siquiera había cumplido los dieciocho. Al cabo de unos días era mi cumpleaños. La situación me superó, no veía la salida y una noche... lo hice.

Me atraganto con las palabras. Es la primera vez que cuento esta historia en voz alta, y recordarla es como si me hubieran clavado un puñal y lo retorcieran sin piedad.

—Me encerré en el cuarto de baño y lo hice —repito, y de pronto tengo que luchar contra el nudo que se me hace en la garganta—. Me sentía fatal y pensé que me ayudaría, pero no... no... no lo hizo. Me arrepentí en cuanto vi la sangre. Y, cuando comprendí lo que había hecho, me sentí tan mal que vomité. Me pasé toda la noche llorando. A la mañana siguiente me levanté temprano, me cubrí las ojeras con maquillaje y salí a buscar trabajo.

Me derrumbé. Y caí más hondo que nunca. Pero conseguí levantarme, como hago siempre, y seguí adelante porque no me quedaban más opciones. No tenía a nadie a mi lado, así que empecé a contar solo conmigo misma. Y me convertí en una persona fría y hermética que pone barreras a cualquiera que intenta acercarse. Todavía pago las consecuencias. Porque el miedo sigue aquí.

Me quedo callada y me vuelvo hacia Liam. Cuando nuestras miradas se encuentran, veo la tristeza y el dolor en la suya. Y también la rabia, la impotencia, todo lo que no se atreve a decir con palabras; los miedos y las preguntas que no pronuncia. Le suelto la mano con disimulo.

—Solo fue una vez —repito mientras me seco las lágrimas—. Cuando mencionaste las cicatrices esa noche... sé que reaccioné mal. Y sé que me puse a la defensiva y que te ataqué sin motivos. Pero me daba tanta... vergüenza pensar que las habías visto. Me siento patética cada vez que pienso en lo que hice.

—No eres patética —replica. Vuelve a alargar la mano para tocar la mía.

—Tomé una decisión estúpida. Y peligrosa.

—Pero eso no te hace patética. —Me aprieta los dedos y me mira con firmeza—. La próxima vez que sientas el impulso de hacer algo así, quiero que me llames. A cualquier hora, en cualquier situación, no me importa cómo estén las cosas entre nosotros. Y, si no es a mí, quiero que acudas a cualquier otra persona que se preocupe por ti. Sé que piensas que estás sola contra el mundo, Maia, pero no lo estás. Y no lo estarás nunca.

Pestañeo para huir de las lágrimas.

—Ya lo sé —contesto con la voz ahogada.

—Ojalá nos hubiéramos conocido antes.

Lo que siento entonces es tan... difícil de digerir. Sabe que los últimos meses de mi vida han sido un caos y, aun así, desearía haber estado ahí para apoyarme. Incluso en mis peores momentos, Liam se ha quedado. Y me han abandonado muchas veces. Tantas que empecé a pensar que no podía confiar en nadie. Después del accidente perdí a mi madre y a mis amigas, que me dieron de lado. Derek se portó como un capullo. He estado tan sola que la idea de dejar entrar a alguien es simplemente... aterradora.

Pero me siento mucho mejor después de hablar con él, como si acabara de quitarme un peso enorme de encima.

—Lo que más me ha impactado antes, cuando has entrado así en el baño, ha sido que creyeras que podía volver a hacerlo —admito—. No he vuelto a planteármelo. Ni una sola vez. No sé cómo explicarlo, solo... no lo pienso. Ni siquiera cuando murió mi hermana. Fue un error que no voy a repetir.

Lo miro a los ojos para demostrarle que hablo en serio. Las cicatrices me acompañarán durante mucho tiempo, pero no pienso dar pasos hacia atrás. Hay pocas cosas en mi vida que puedo controlar. Esta es una de ellas. Y pienso mantenerla a raya.

Liam asiente con lentitud y me estremezco cuando me roza los nudillos con las yemas de los dedos.

—Siento mucho que tuvieras que pasar por eso, Maia.

Se me forma un nudo en la garganta.

—Lo descubrí a través de las redes sociales. Encontré una página en la que te enseñaban cómo hacerlo. Subían fotos y lo... lo romantizaban. Como te he dicho, solo era una niña. No tenía ni idea de los peligros que hay en internet.

—¿Por eso no utilizas tus redes sociales? —pregunta con cuidado.

—Me generan rechazo desde esa noche.

—Creía que era ilegal subir ese tipo de contenido a internet.

—Y lo es —coincido—, pero las autoridades no encuentran ese tipo de páginas. Solo llegas hasta ellas si eres el público que están buscando. Y tienen muchos seguidores, la mayoría jóvenes. Se me revuelve el estómago cada vez que lo pienso. —Le suelto la mano para pasármelas por la cara, frustrada—. Ojalá pudiera hacer algo al respecto.

Tampoco había hablado en voz alta sobre este tema. Y, además de dolor, siento rabia e impotencia. Nos quedamos en silencio. Miro a Liam de reojo. Parece concentrado, como si estuviera dándole vueltas al tema.

Pasados unos segundos, dice:

—¿Y si pudieras?

Me vuelvo automáticamente hacia él.

—¿Qué?

—¿Y si pudiéramos? —rectifica.

—¿A qué te refieres? —pregunto con desconfianza.

—Me siguen doce millones de personas en YouTube. ¿Y si pudiera utilizar mi influencia para algo bueno? —continúa, mirándome a los ojos—. Como para lanzar una campaña de concienciación y ayudar a la gente.

Abro y cierro la boca aturdida. Siento tantas emociones de golpe que no sé cómo reaccionar.

—Piénsalo —añade—. Podríamos colaborar con psicólogos especializados en el tema y grabar una especie de... documental en forma de spot publicitario. Y difundirlo a tope en las redes sociales. Si no podemos evitar que esas páginas existan, lanzaremos una contracampaña mucho más potente.

—Llegaríamos a muchísima gente —reflexiono para mí misma, y Liam asiente cuando alzo la mirada hacia él.

—No sé cuántos seguidores tendrán, pero, vamos, ambos sabemos que es imposible que sean más famosas que yo.

La emoción me golpea de pronto. Porque lo veo real y al alcance de nuestras manos. Me levanto de un salto dejándome llevar por un impulso.

—Y también serviría para limpiar tu imagen —menciono.

Tuerce el gesto y niega con la cabeza.

—Sabes que no lo hago con esa intención.

—Sí, pero a todos les gustará verte comprometido con ese tipo de cosas. Podemos matar dos pájaros de un tiro. —Suelto el aire de mis pulmones emocionada. Y después me obligo a controlar mi entusiasmo y lo miro con cautela—. ¿De verdad lo harías?

Asiente mirándome fijamente.

—Si tú estás dentro, yo también me apunto.

—Estoy dentro —le confirmo enseguida—. Mierda, Liam, claro que estoy dentro. No sé cómo darte las gracias.

No me lo pienso más y vuelvo a abrazarlo. Liam me estrecha contra sí y casi siento su sonrisa contra mi hombro. Los sentimientos me estallan en el pecho, de pronto y sin darme tiempo para acostumbrarme a ellos. No soy una persona sensible, pero de repente me entran ganas de echarme a llorar.

—Esto es muy importante para mí —susurro contra su cuello.

Él sonríe y, cuando me aparto, me recoge un mechón de pelo detrás de la oreja.

—Lo sé. Por eso tengo tantas ganas de hacerlo.

Le doy un empujón.

—Deja de ser tan bueno conmigo. Se supone que eres un capullo. Métete en el papel.

—Bueno, vale. Pues me importa una mierda lo que sea importante para ti. Y solo lo hago para limpiar mi imagen y volverme todavía más famoso.

No puedo dejar de sonreír.

—Capullo egocéntrico.

~~«Me da mucho miedo lo que me haces sentir.»~~

Vuelvo a rodearle el cuello con los brazos para atraerlo hacia mí. Él baja sus manos hasta mis caderas. De repente, siento tanta felicidad que el corazón me revolotea dentro del pecho. Es un sentimiento ensordecedor. Le enredo los dedos en el pelo y echo su cabeza hacia delante para besarlo. Liam esboza una sonrisa que se desvanece cuando me roza las muñecas.

—Nunca sé qué...

—Prefiero que finjas que no están —le interrumpo. Sería peor que se forzara a no tocarme los brazos nunca.

Él asiente y tira de mí para que me siente sobre su regazo. Hundo las rodillas en el colchón, a ambos lados de su cuerpo. Me aparta el pelo de la cara con los dedos.

—¿Sabes una cosa? —susurra.

Le acaricio el brazo distraídamente.

—Sorpréndeme.

—Sigo creyendo que eres muy fuerte.

De pronto, mis músculos se ponen rígidos.

—Sé qué es lo que vas a decirme —me adelanto.

—Has superado cosas que yo no sé si sería capaz de afrontar solo —continúa—. Pero no pasa nada por pedir ayuda cuando la necesitas.

—Y no te refieres solo a pedírosla a Lisa y a ti, ¿verdad?

Niega con cautela.

—Creo que te vendría bien ir al psicólogo. Sé que estás mucho mejor que hace unas semanas y me siento muy orgulloso de ti, pero tienes que cuidar de ti misma y este es el primer paso. —Me acaricia la sien con el pulgar—. Y sé que lo harás. Porque, además de fuerte, también eres muy valiente.

Trago saliva. Quiero sonreír, pero no me sale del todo.

—¿Voy a ir al psicólogo porque soy valiente?

—Hace falta mucho valor para ponerse como prioridad y pedir ayuda. Prométeme que al menos lo pensarás.

Asiento despacio. A diferencia de la última vez que tocó el tema, ahora no me siento atacada; sé que lo dice porque le importo y quiere lo mejor para mí. Además, lo conozco lo suficiente como para sacar mis propias conclusiones.

Enredo el dedo índice en uno de sus rizos con delicadeza.

—Tú también has ido, ¿verdad?

—Tuve una época difícil hace unos años. Me despertaba con dolores de pecho muy fuertes y sentía mucho malestar en general. Estuve yendo a terapia una temporada. El psicólogo me dijo que tenía un cuadro de ansiedad a causa del duelo.

—¿Así que no fue por YouTube?

Niega con la cabeza.

—Fue a raíz del abandono de mi padre.

—Eras muy pequeño —menciono, ya que recuerdo vagamente que me lo contó hace tiempo.

—Tenía doce años, sí. No he vuelto a saber nada de él.

—¿Y nunca te has preguntado...?

—¿Dónde está? No —responde con firmeza—. Unos años después mi madre conoció a Adam, se casaron y se convirtió en mi padrastro además de su agente. Yo me apoyé en Evan, sobre todo, y en el resto de mis amigos. Nunca he estado muy unido a mi familia.

Es algo que nos hace diferentes. Antes de la muerte de mi padre, mi familia lo era todo para mí. Y ahora solo queda una sombra de lo que solíamos ser.

—No sabía que lo conocías desde hace tanto —comento distraídamente, recorriéndole la mandíbula con los dedos—. A Evan.

—Somos amigos desde siempre. No tengo recuerdos de mi infancia en los que él no esté.

Me muerdo el labio para esconder una sonrisa.

—Imbéciles unidos desde el principio de los tiempos, ¿eh?

—Desde el colegio. Y porque no coincidimos antes. Podríamos haber chocado puños nada más nacer si nos hubieran puesto en la misma cuna.

De pronto, los recuerdos me asuelan y siento una oleada de tristeza.

—Me recordáis a mi hermana y a mí. Era mi mejor amiga. —Trago saliva y me concentro en su camiseta para no mirarle a los ojos—. Encontré una caja con ahorros en su armario. Los usé para pagar el alquiler y me prometí que se los devolvería antes de que se despertara, pero supongo que ya no hace falta, ¿no?

Termino de hablar con un nudo en la garganta. Un sabor amargo se me adueña del paladar, y el ambiente se vuelve tenso.

—Maia —dice él en voz baja.

—¿Te importa si comemos temprano? —pregunto levantándome de su regazo como si nada—. Me gustaría dormir un poco antes de irnos al lago.

Ha sido un cambio de tema brusco, pero no me apetece hablar sobre Deneb ahora mismo. De hecho, he evitado pensar en ella y en mamá durante la última semana y media. Todavía no me he atrevido a poner un pie en el cementerio y no sé cuándo estaré preparada para afrontar la realidad.

Liam lleva sus ojos a los míos preocupado.

—Está bien —contesta con suavidad—. Como quieras.

Pero, por mucho que lo intento, no puedo sacármelo de la cabeza.

—Te prometo que pensaré lo del psicólogo. Quiero ponerme como prioridad y esforzarme por ser una persona mejor. Le prometí a mi hermana que empezaría a brillar y... quiero hacerlo.

Él esboza una media sonrisa y me aparta el pelo de la mejilla.

—Llevas brillando mucho tiempo, Maia. Con una luz más tenue en los malos momentos y mucho más potente en los buenos, pero brillando, al fin y al cabo.

Cuando se hace de noche, cogemos las maletas y salimos del apartamento para reunirnos con los demás en la puerta del edificio. He dormido lo suficiente para estar descansada y ahora tengo incluso ganas de socializar, lo que es un hecho insólito tratándose de mí. Y también me muero por llegar al lago y ver lo que tienen planeado.

Evan y Lisa ya están allí cuando bajamos, pero no han venido solos. Mientras Liam va directamente a saludar a su amigo, yo arrastro mi maleta hasta Lisa, que está acompañada de Hazel, la chica a la que conocí en la fiesta, y de una pelirroja a la que no he visto nunca.

—Alucina. Las he conseguido con descuento. —Antes de que pueda decir nada, escucho la voz de Evan a mi espalda.

Me vuelvo para verlo con unas gafas acuáticas que le cubren la nariz y la mayor parte de la cara. Enarco las cejas y él esboza una sonrisa amplia mientras da varias brazadas imitando a los nadadores.

—Si eres amable conmigo, Maia, a lo mejor te las prest...

Coge una profunda bocanada de aire medio asfixiado, y Liam estalla en carcajadas mientras le da golpes bruscos en la espalda.

Me vuelvo hacia Lisa automáticamente.

—¿Me puedes explicar por qué te gusta?

Ella sonríe y sube un hombro.

—Ha comprado unas iguales para tu chico.

Y, cuando me giro, él también se las está probando.

Muy bien. Me rindo.

—Me alegro de volver a verte, Maia. —Hazel me dedica una de sus bonitas sonrisas, y yo no tardo en imitarla. Hace un gesto hacia la pelirroja—. Ella es Ashley, mi prima. Ha venido de visita y quería presentárosla.

—Es un placer —le digo a ella intentando ser amable.

Es muy diferente a Hazel, con esa piel pálida y el rostro recubierto de pecas. También parece varios años más joven que nosotras. Y no aparta la mirada de los chicos.

—No me creo que vayamos a pasar el finde con ellos —jadea agarrándose del brazo de Lisa.

Enarco las cejas y mi amiga pone los ojos en blanco divertida.

—Ashley es muy fan de Liam —me explica—. Ve sus vídeos de vez en cuando y eso.

—¿De vez en cuando? —se indigna Ashley—. No me pierdo ninguno. Son buenísimos. Siempre me hace reír y..., oh, Dios mío, vienen hacia aquí.

Parece estar a punto de ponerse a hiperventilar. Miro a Lisa con una sonrisa burlona y ella se encoge de hombros. Cuando los chicos se detienen junto a nosotras, ya se han quitado las gafas, por suerte. Pero Evan lleva unas bermudas fucsias con flamencos que deben de verse a tres kilómetros de distancia.

—¿Preparadas para partir, señoritas? —pregunta sonriente.

—Maia, Evan y yo iremos en mi coche con las maletas —nos explica Liam—. Y Lisa irá en el suyo con Hazel y... —Sonríe al mirar a Ashley extrañado—. No nos conocemos, ¿verdad? Soy Liam.

Le tiende la mano con educación, pero ella niega con efusividad.

—Ya sé quién eres —pronuncia atropelladamente.

Liam me lanza una mirada rápida, como si necesitara asegurarse de que no es el único que lo ha escuchado.

—Veo todos tus vídeos —añade ella—. Cuando Hazel me dijo que iba a conocerte..., Dios, casi me da algo. No sabes lo importante que eres para mí. Tus vídeos me han salvado muchas veces y... eres superdivertido y... buenísimo con los videojuegos.

A mí también me gustan y he apuntado muchas de tus jugadas para probarlas.

—¿Como cuáles? —pregunta Liam con curiosidad. De pronto, parece superinteresado en la conversación.

—La que usaste en el último vídeo que subiste con Max fue una pasada. No me extraña que ganarais la partida. Y el susto que le diste a Evan en el directo de anoche... Dios, no podía parar de reírme.

—Fue una pasada —coincide Liam sonriendo también.

Yo intento hacer lo mismo, pero siento una punzada en el pecho.

Porque, aunque estoy al tanto de sus directos, no vi el de anoche.

Y no tengo ni idea de cuáles son esas «jugadas magistrales» de las que están hablando.

—No se encuentran muchos creadores de contenido como tú —prosigue Ashley—. Se nota que te apasiona lo que haces y..., joder, no sabes la suerte que tenemos de que estés en internet. Gracias por todo. De verdad. No dejes que nadie te haga dudar de lo mucho que ayudas a la gente porque eres... alucinante y... ¿Estoy siendo muy intensa? Mierda, lo siento mucho, es que te admiro mucho y...

Liam niega con una sonrisa.

—No eres intensa. No te preocupes.

—Podrás hablar con él todo lo que quieras en el lago —aclara Hazel empujándola con cuidado para hacerla andar—. Pero más vale que nos vayamos antes de que se haga de noche.

Lisa suelta una risita y las tres se montan en su coche. Evan las sigue para ayudarlas a meter algunas bolsas en el maletero. Me quedo a solas con Liam, que ve alejarse a la chica con una sonrisa.

—Hacía mucho que no me cruzaba con ninguna suscriptora —me comenta, y es evidente que está encantado con la situación—. Menuda forma de subirme el ego, ¿eh?

Yo me obligo a sonreír también.

Pero no dejo de preguntarme si alguna vez habré conseguido que se sienta así de bien consigo mismo.

28

LA NOCHE QUE NUNCA EXISTIÓ

Maia

Una vez que cargamos las maletas, por fin emprendemos el camino hacia el lago. Los primeros treinta minutos de trayecto son caóticos. Le he «robado» a Evan el asiento del copiloto, de forma que ha tenido que resignarse a ir detrás, y ahora no deja de meter la cabeza entre nosotros para darle indicaciones a Liam, que va conduciendo, y soltarme esos comentarios mordaces que van a acabar con mi paciencia.

—Tu gusto musical da asco —comenta después de que conecte el móvil a la radio del coche para poner una de mis *playlists.*

—Tu personalidad también y no te lo digo por respeto.

—¿No podéis pasaros dos minutos sin discutir? —se queja Liam.

—Le has dejado el asiento del copiloto, tío —le recrimina Evan dándole un golpe en el hombro—. Eso rompe todos los códigos de lealtad entre mejores amigos.

Me vuelvo a mirarlo con los ojos entornados.

—¿Nunca te han dicho que eres muy dramático?

—Más te vale ser amable conmigo, Malena, porque vas a *mi* casa y yo sí que puedo hacerte dormir en el pasillo.

—No vas a hacerla dormir en el pasillo —interviene Liam.

Evan pone mala cara y yo sonrío satisfecha, aunque ignoro a su amigo cuando me mira de reojo. Sigo sin quitarme de la cabeza lo fuera de lugar que me he sentido antes con Ashley.

—¿Con quién comparto habitación, por cierto? —le pregunto a Evan, e intento ser «amable» para que dejemos de discutir.

—Con Lisa —contesta él.

Quiero replicar, pero mantengo la boca cerrada porque sería demasiado descarado.

—¿Cómo que con Lisa? —salta Liam automáticamente.

—Solo hay tres habitaciones, así que ellas van juntas, tú vas conmigo y Hazel va con su prima. Aunque estoy abierto a modificaciones según cómo se desarrollen los acontecimientos. —Le echa un vistazo al GPS en su móvil—. Tienes que tomar la siguiente salida a la izquierda —le indica a Liam.

Él agarra el volante con ambas manos y echa un vistazo a los indicadores del coche.

—Vamos a tener que parar. Estamos casi sin gasolina.

Evan se vuelve hacia mí.

—Enhorabuena —me suelta el muy gilipollas.

—¡¿Qué culpa tengo yo de que no haya gasolina?!

—¡El copiloto tiene que encargarse de ese tipo de cosas!

Abro la boca para seguir discutiendo, pero Liam parece harto de nosotros, así que me quedo callada, solo por él, y me giro hacia delante para no ver la sonrisa victoriosa que me dedica Evan al ver que no replico.

Le envío un mensaje a Hazel para avisarla de que nos desviaremos en la próxima área de servicio y compruebo por el espejo retrovisor que nos siguen cuando Liam gira a la derecha. Aparca frente a la gasolinera y se baja del coche para buscar al encargado. No pienso quedarme a solas con Evan, así que decido ir con él. Con el rabillo del ojo veo que Lisa y las demás también han salido del vehículo, imagino que para estirar las piernas.

—Pago yo —le digo a Liam, una vez que hemos repostado, rebuscando dinero en mis bolsillos.

Él le da su tarjeta al encargado antes de que pueda sacarlo.

—Resérvatelo para invitarme a cenar.

Resoplo y lo empujo para sacarlo de la tienda.

Las chicas están esperando fuera apoyadas sobre el coche de Lisa. Ashley saluda tímidamente a Liam con la mano y él le devuelve la sonrisa, y yo trago saliva mientras lo sigo hacia nuestro coche. Solo que, en lugar de volver a sentarme como copiloto, voy con él hasta el asiento del conductor. Liam se sienta, mete las llaves en el contacto y frunce el ceño al verme parada a su lado.

—¿Me dejas conducir? —pregunto antes de que pueda echarme atrás.

—¿Quieres conducir? —replica enseguida sorprendido.

—Quiero acostumbrarme a salir a la carretera y sé que tú no vas a dejar que nos pase nada. —Frunzo los labios mientras me agarro a la parte superior del vehículo—. ¿Y bien? ¿Puedo?

—Claro, sí. Como quieras. Sí. —Sale del coche y me sujeta la puerta para que entre—. Pero tienes que cuidarlo bien. Es mi segunda posesión más preciada.

Sonrío y me acomodo frente al volante.

—Déjame adivinar, ¿la primera es maxi-Liam?

—Pues claro que no. —Se inclina para encender el motor y contengo la respiración al sentirlo tan cerca—. Es mi sonrisa, Maia. Me asustas con tus perversiones.

Me sonríe una vez más antes de cerrar la puerta.

Mientras rodea el vehículo para sentarse como copiloto, yo tomo aire y pongo las manos en el volante para familiarizarme. Liam tiene las piernas mucho más largas que yo, así que ajusto el asiento para llegar bien a los pedales. Y también reviso los espejos, por si acaso. Es un coche bastante más moderno que el mío y además es automático, pero con suerte no tardaré en pillarle el tranquillo.

De todas formas, me tranquiliza que Liam venga conmigo. Se sienta a mi lado y los dos nos abrochamos los cinturones. Evan parece a punto de soltar uno de sus comentarios, pero se calla al ver la mirada de advertencia que le dedica su mejor amigo.

—¿Cuánto falta para llegar? —pregunto intentando relajarme.

—No más de veinte minutos —responde Evan con cautela. Vale. Puedo con esto.

—Avísame si quieres que paremos en cualquier momento —me advierte Liam.

Me limito a asentir antes de poner el coche en marcha.

Los primeros minutos son los más complicados. Casi me equivoco al salir del área de servicio y cojo la carretera que no es, pero Liam es paciente conmigo y mantiene a Evan a raya cada vez que intenta hacer algún comentario. Y, por muchas ganas que me entran de parar y mandarlo todo a paseo, me mantengo fiel a mi orgullo y aguanto. Cuando quiero darme cuenta, lo peor ya ha pasado y la tensión comienza a desaparecer.

Liam coge mi móvil y vuelve a poner la música, pero a un volumen muy bajo para no desconcentrarme. Sonrío al verlo mover levemente la cabeza al ritmo de mis canciones favoritas. Durante los siguientes veinte minutos, tarareo distraída mientras sigo las indicaciones que me dan entre los dos. Nos desviamos en un camino que atraviesa el bosque y nos detenemos frente a una casa de madera bastante acogedora.

Apago el motor y me muerdo el labio al mirar el exterior.

—Lo has hecho —me felicita Liam sonriendo. Me da un apretón cariñoso en la rodilla antes de bajarse.

Cuando Evan nos contó que tenía una casa en el lago, no imaginé que estaría en plena orilla. Ha anochecido y las luces del coche de Lisa iluminan la superficie del agua, que comienza justo en la zona izquierda de la casa. Evan sube rápidamente al porche y enciende la luz para que no nos quedemos a oscuras cuando ella apaga el motor. Estamos perdidos en medio de la nada, rodeados de naturaleza, y lo único que se oyen son los grillos y el murmullo del leve oleaje.

Subo la vista al cielo. Seguro que se verían miles de estrellas si apagáramos todas las luces.

—Te dije que te gustaría —menciona Liam a mi lado.

—Mola un montón.

Pienso en comentarle lo de las estrellas, pero al final decido no hacerlo. No nos van ese tipo de cosas.

—Liam, ¿me ayudas con esto? —habla Ashley a nuestras espaldas.

Hazel y Lisa ya han entrado con Evan en la casa, pero ella sigue intentando, sin éxito, sacar su maleta del coche. Siento una punzada en el pecho y me recrimino a mí misma que es absurdo sentir celos. Liam me lanza una mirada rápida, como si no supiera lo que hacer.

—Está bien —me apresuro a aclarar—. Será mejor que la ayudes. Yo puedo sola con las mías.

Me giro para abrir el maletero sin dejarle decir nada más. Hemos traído bastantes bolsas y me costará llevarlas por mi cuenta, pero soy demasiado orgullosa como para dejar ver que no puedo valerme por mí misma. Las saco a duras penas del maletero mientras Ashley parlotea sin parar. Dice algo que hace gracia a Liam y de pronto los dos se están riendo. Trago saliva y rodeo el vehículo por el otro lado para entrar en la casa sin esperarlos.

La puerta principal da al salón, que tiene un par de sofás, varios armarios rústicos y una televisión antigua. A la izquierda está la cocina y a la derecha se abre un pasillo con cuatro puertas, que imagino que serán el baño y las tres habitaciones. Al fondo hay otra más que parece dar paso a una especie de porche trasero.

—La habitación del medio es para Ashley y Hazel —nos explica Evan, una vez que suelto las bolsas a su lado—. La de la izquierda es nuestra y la de la derecha es para Maia y Lisa. Tiene una cama de matrimonio. Espero que no os importe, chicas.

Miro a Lisa, que hace un movimiento sugerente con las cejas.

—No nos importa, ¿verdad?

—Por supuesto que no —contesto, y me río antes de coger las bolsas de nuevo y seguirla hasta allí.

Es un dormitorio minúsculo, pero tiene vistas al lago. Lisa salta sobre el colchón mientras cierro la puerta. Se vuelven a oír las voces de Liam y Ashley en el pasillo. Me hacen sentir incómoda. Paso el dedo sobre la superficie de la cómoda distraída. Tratándose de Evan, me sorprende que no esté llena de polvo.

—Seguro que ha limpiado la habitación entera solo para darte una buena impresión —le digo a Lisa.

—Bueno, misión cumplida. Me encanta este sitio.

Sonrío y dejo mi bolsa sobre la otra cama.

—Qué rápido caes —la pico de broma.

Lisa, evidentemente, decide contraatacar.

—Al menos yo no llevo tres semanas viviendo en su casa.

—Esto va sobre ti, no sobre mí.

—Pero si tienes incluso la llave.

—Pues claro. Somos buenos amigos.

—Pásame las instrucciones para conseguir un amigo igual, por favor.

Le saco el dedo de en medio y ella suelta una risita mientras sube su bolsa a la cama.

—Por cierto, necesito que me ayudes en una cosa. Quiero que juguemos a Yo Nunca después de cenar. Tengo un plan. Y no funcionará si no jugamos. Así que necesito que digas que te apetece mucho cuando lo sugiera y todo eso.

—Claro —accedo enseguida—. Está hecho.

Ella me dedica una sonrisa.

—Genial. —Dicho esto, camina hacia mí y tira de mi brazo para levantarme—. Ahora será mejor que salgamos antes de que Ashley se desmaye.

—No te metas con ella. Admira mucho a Liam. Yo estaría igual si conociera a Alex o a Finn de 3 A. M.

—O a Blake —añade ella asintiendo con rotundidad.

—Dios, sí. No sé cómo he podido olvidar a Blake.

Salimos de la habitación entre risas. Los demás ya están fuera admirando las vistas del porche trasero. Me quedo alucinada al ver cómo las luces de la casa se reflejan en el lago y, de nuevo, subo la mirada hacia las estrellas. Proponen cenar aquí fuera, lo que no podría parecerme una idea mejor.

Nos repartimos las tareas rápidamente. Evan se encargará de buscar más sillas y Liam se ofrece a poner la mesa. Evidentemente, a Ashley solo le hacen falta dos segundos para proclamarse su ayudante. Parecen pasárselo bien juntos, así que voy con Lisa y Hazel a la cocina. Odio sentirme tan fuera de lugar cuando ella está presente.

Hemos comprado pizzas sin saber que no habría horno ni microondas. Mientras yo critico a Evan y a toda su estirpe, Hazel es bastante más resolutiva y sugiere hacerlas en la sartén. Es una medida desesperada, pero no nos queda otra opción. Mantenemos una conversación informal mientras cocinamos, riéndonos y poniéndonos al día. Y me siento... bien. Antes también tenía mi propio grupo de amigas, pero este es incluso mejor. Sé que Lisa no me abandonaría como hicieron ellas.

—¿Así que Ashley no es de por aquí? —comento distraída mientras Hazel pasa la tercera pizza de la sartén al plato.

—Ha venido desde Newcastle para pasar unos días. Alucinó cuando le conté que Liam también estaría.

Me obligo a seguir como si nada. Ya.

—Como siga así, le subirá tanto el ego que acabará siendo insoportable —comenta Evan, que acaba de entrar en la cocina.

Me tenso por completo al ver que Liam viene detrás de él. Le palmea los hombros sonriendo.

—Bueno, no viene mal una ración de simpatía después de tantos insultos, ¿eh?

No me queda claro si es por el odio que recibe o por mí hasta que Evan dice:

—Venga ya, ¿por eso la has dejado conducir? Porque yo también puedo insultarte más a menudo si eso hace que me prestes tu coche.

Liam pone los ojos en blanco, pero sonríe, y Hazel y Lisa sueltan una risita. Y sé que no tienen mala intención y que ninguno de ellos busca hacerme daño, ni siquiera Evan, pero de pronto me siento un poco... humillada.

Cojo dos de las pizzas que ya están servidas y me dirijo rápidamente a la puerta. Cuando paso por su lado sin decir nada, Liam deja de sonreír.

—¿Qué pasa? —pregunta en voz baja.

—Nada —respondo deprisa—. Solo voy a llevar esto.

No dejo que añada nada más; cruzo el pasillo y salgo a la terraza para dejar los platos sobre la mesa. Ashley está fuera también, colocando los vasos y los cubiertos. Me obligo a sonreír al verla porque, en realidad, no puedo culparla por cómo me siento. No debería sentirme tan incómoda en su presencia.

—Es un sitio bonito, ¿verdad? —Rompo el silencio.

Lo que menos me apetece ahora mismo es volver dentro con los demás. Ashley asiente y mira la distribución de las sillas.

—¿Dónde crees que se sentará Liam?

Dios. Es que me lo pone muy difícil.

—Ni idea —contesto tan amable como puedo, y después vuelvo a girarme para entrar porque también necesito alejarme de ella.

Odio con todas mis fuerzas sentirme así.

Sobre todo porque Liam y yo ni siquiera estamos saliendo. Nos hemos enrollado unas cuantas veces, vale, y es evidente que hay algo entre nosotros..., pero no es una relación seria. Ni por asomo. Esas cosas no me van. Y, a juzgar por lo que me contó el otro día, a él tampoco. Asunto resuelto. De hecho, me parece perfecto estar justo como estamos. No quiero nada más. Me gusta más la idea de ser amigos que se besan y hacen..., bueno, todo lo que nosotros hacemos.

Pero creo que se merece conocer a otras personas.

Porque no soy ni la mitad de buena que alguien como Ashley.

Cuando vuelvo a la cocina, siento cierta irritación al escuchar la voz de la pelirroja a mi espalda. Al parecer, me ha seguido, y solo tarda unos segundos en ponerse a hablar con Evan y con Liam. Los ignoro y cojo un trapo para secar la encimera, que se ha mojado cuando han lavado las sartenes. Necesito desesperadamente mantenerme ocupada.

—¿Qué haces? —Es Liam.

—Limpiar. ¿No lo ves?

Espero que mi tono le moleste, pero sonríe, como si le hubiera hecho gracia. Conociéndolo, seguro que así es.

—Solo lo decía porque la comida se va a enfriar.

—No voy a tardar —respondo intentando ser más amable esta vez—. Ve yendo con los demás.

Cuando lo miro de reojo, veo que tiene el ceño fruncido. Parece que quiera añadir algo más, pero finalmente asiente y sale de la cocina dejándome a solas con Ashley, otra vez.

—No voy a dejar que te quedes aquí sola —me advierte ella con dulzura. Me agarra del brazo y yo lanzo el trapo sobre la encimera y la sigo porque no me queda más remedio.

Los chicos ya están sentados fuera, en la terraza. Liam se vuelve al oírnos llegar y nos dedica una sonrisa. Ha guardado un sitio a su lado, pero no sé para quién de las dos es, así que, aunque llego primero, decido asegurarme y rodeo la mesa para sentarme con Lisa. Él frunce el ceño. Y Ashley se sienta a su lado, justo enfrente de mí.

Me paso toda la cena intentando no mirarlos, lo que es bastante difícil, porque Liam no aparta sus ojos de mí.

«No está mal una ración de simpatía después de tantos insultos.»

¿De verdad soy una persona tan horrible?

Por suerte, es difícil no tener tema de conversación cuando Evan y Lisa están en la misma mesa. Hablan por los codos, lo que hace que yo pueda guardar silencio y pasar desapercibida. Una vez que terminamos de comer, recogemos la mesa e insisto en lavar los platos. Acceden tras varios intentos y por fin salen de la cocina, dejándome a solas con mis pensamientos.

Y los odio. Con todas mis fuerzas.

Apoyo las manos sobre la encimera, cierro los ojos y tomo una bocanada de aire. Me están entrando incluso ganas de llorar. Y desde el salón se oyen sus risas, lo que hace que todo sea peor. Dios santo, soy patética. Y débil, fría, cortante, borde. ¿Cómo voy a gustarle a la gente si no hago más que huir de todo el mundo? Es imposible que...

Alguien entra en la cocina y me seco las lágrimas a toda prisa.

—Eh —me saluda Liam. Se acerca para abrazarme por detrás y el cuerpo se me tensa involuntariamente.

Llevo las manos a las suyas para deshacerme de su agarre.

—Déjalo. No estoy de humor.

Rehúyo su mirada a toda costa e intento rodearlo para salir de la cocina. Sin embargo, me detiene apoyando las manos sobre la encimera, a ambos lados de mi cuerpo.

—¿Se puede saber qué te pasa? —pregunta con seriedad.

—Nada. Solo estoy cansada. ¿Puedo irme ya?

—¿Por eso llevas ignorándome toda la noche?

—¿Tanto te molesta no ser siempre el centro de atención?

Me arrepiento enseguida del comentario, ya que Liam tensa la mandíbula y veo que le ha dolido.

—No quiero discutir contigo —dice esforzándose por mantener la calma.

—Pues deja que me vaya.

—No hasta que me digas por qué te has enfadado tanto conmigo. Creía que estábamos bien.

Suena tan dolido que siento una punzada de culpabilidad.

—No estoy enfadada contigo.

—¿Entonces?

—Entonces, ¿qué?

—¿Por qué te comportas así?

—Porque es lo que hago siempre, ¿no? Es como soy. Y a ti nunca te había molestado.

La voz casi se me rompe al final. Su expresión cambia y, de pronto, carece de cualquier rastro de molestia o enfado. Niega despacio.

—No entiendo qué pasa. —Suena dolido, como si quisiera hacerme sentir mejor y no supiera cómo.

Me aclaro la garganta y me seco las lágrimas a toda prisa.

—Nada. Es una tontería.

—No es una tontería si te hace sentir mal. —Se agacha para que sus ojos conecten con los míos—. Habla conmigo —me pide.

Y, entonces sí, ya no lo aguanto más.

—Es que no lo entiendo —estallo—. No entiendo cómo puedo gustarte más que ella. Ashley es dulce y simpática y te hace sentir bien contigo mismo, y yo soy tan fría y... cortante —continúo. Las palabras se me atascan en la garganta—. Intento abrirme con los demás, pero me resulta muy difícil. Y no dejo de pensar en que cualquiera en tu lugar preferiría a una chica como ella antes que a alguien tan... tan...

—¿Tan qué? —me interrumpe de repente.

Ahora parece molesto, como si no soportara oírme hablar así de mal sobre mí misma.

—¿Tan qué, Maia? —insiste cuando me quedo callada.

~~«Tan rota. Tan tóxica. Tan destructiva.»~~

No soy capaz de expresar en voz alta el odio que siento por mí misma.

—Sabes a lo que me refiero —contesto en voz baja.

Me cruzo de brazos para sentirme más protegida. Mientras tanto, Liam me analiza con la mirada. Odio que me conozca tan bien. Es como si viera a través de mí. Me hace sentir expuesta.

—¿Sabes dónde está Ashley ahora mismo? —Su mirada no abandona la mía—. En el salón con los demás. Y ves dónde estoy yo, ¿verdad?

Aunque sé por dónde van los tiros, respondo:

—Aquí conmigo.

—¿Quién duerme en mi cama todas las noches?

—Liam...

—Dilo —insiste, sin dejar de mirarme.

—Yo —contesto finalmente.

Él asiente con lentitud.

—No sé qué más decirte para que dejes de sentirte así.

—Déjalo, ¿vale? No es culpa tuya.

—Pero tampoco de Ashley —añade con firmeza—. No le he seguido el rollo en ningún momento. Y estoy seguro de que cree que tú y yo solo somos amigos. O menos que eso, ya que llevas toda la noche tratándome como si te cayera mal.

Trago saliva y me hundo contra la encimera, avergonzada.

—Eso no es verdad.

—Maia, antes te he guardado un sitio a mi lado y te has ido a la otra punta de la mesa.

—Pensaba que se lo estabas guardando a ella —me defiendo.

—Claro, porque tiene mucho más sentido que lo reserve para alguien a quien acabo de conocer que para ti, ¿no? —Aprieto los labios y evito mirarlo porque, mierda, tiene toda la razón—. Y ¿lo de las bolsas? Pesaban el triple que tú. Podría haberos ayudado a las dos si no fueras tan testaruda.

—No quería que pensaras que estaba celosa —admito, aunque es una tontería porque, bueno, es evidente que lo estoy.

Espero que se ría o haga bromas al respecto, o que me pique, como ese día, cuando insinuó que tenía celos de Michelle, pero se limita a esbozar una sonrisa de medio lado.

—Bueno, no pretendo que me montes una escena de celos, pero tampoco me lances a los brazos de otra chica a la mínima de cambio, mujer.

Su tono despreocupado le resta seriedad al asunto y hace que me sienta mucho menos tensa. Casi sonrío. Liam sigue con las manos en la encimera, manteniéndome apresada con su cuerpo, pero a una distancia prudente.

—¿Sabes lo que habría hecho yo en tu lugar? —continúa—. Me habría sentado a tu lado para que ese tío viera que estás conmigo y lo tuviera en cuenta. Pero tú das un paso atrás y te apartas del camino como si creyeras que voy a preferir a cualquier otra persona antes que a ti. Y eso tiene que cambiar.

Ha dado justo en el clavo. Ha sido tan directo que no se me ocurre nada que decir. Al notarlo, decide suavizar el tono.

—Llevas evitándome desde que salimos del coche —añade—. Y eso no es justo para mí. He venido para estar contigo.

—No lo he hecho para hacerte daño —aclaro. Odiaría que tuviera esa concepción de mí—. No estaba intentando castigarte y... y tampoco estoy enfadada contigo. Ni con Ashley. Pero os veía tan bien juntos que no quería entrometerme y... lo siento mucho si te ha hecho sentir mal. No era mi intención. Te lo prometo.

—¿Entrometerte? —rebate—. Por si todavía no te has dado cuenta, no soy tan cabrón como para tontear con una chica estando contigo.

—Lo sé —contesto—. Y no es que desconfíe de ti en ese sentido —prosigo, ya que creo que hemos quedado en que no vemos a otras personas, aunque ninguno lo haya dicho directamente—. Pero creo que te mereces estar con alguien que te haga sentir bien y..., no sé, Ashley me encaja con esa definición mucho mejor que yo.

—Así que estabas apartándote del camino para que dejarte me resultara más sencillo. ¿Es eso?

Vacilo. Duele mucho más escucharlo en voz alta.

—Supongo que sí.

—Ya hemos tenido esta conversación antes. Yo decido con quién quiero estar. Y, si quisiera estar con alguien como Ashley, lo estaría. Pero estoy contigo.

—Porque quieres estar con alguien como yo —termino por él.

Liam tuerce los labios en una sonrisa.

—Contigo, en concreto. Pero sí, parece que por fin nos vamos entendiendo.

«¿Por qué?», me gustaría preguntarle. Me costaría mucho menos creérmelo si me lo explicara. Sin embargo, no quiero que piense que necesito palabras bonitas, así que no lo menciono.

—¿Y qué pasa con lo de que viene bien recibir una ración de simpatía después de tantos insultos? —pregunto en su lugar.

—Solo era una broma, pero no la habría hecho si hubiera sabido que te afectaría. En realidad, no la pienso volver a hacer.

Me apresuro a negar con la cabeza.

—Normalmente no me molestaría, pero...

—Ha sido un día raro, lo sé —me interrumpe con delicadeza—. La próxima vez que te sientas así prueba a decírmelo directamente. Seguro que alguna solución encontramos.

Alarga la mano para apartarme el pelo de la mejilla. Estaba tan desesperada por poner distancia entre nosotros que llevo un buen rato pegándome a la encimera, clavándome el mármol en los riñones. Me permito relajarme por fin y mi cuerpo entra en contacto con el suyo. Es tan alto en comparación conmigo que tengo que flexionar el cuello para mirarlo.

Sus ojos azules conectan con los míos.

—Necesito que dejes de buscar excusas para huir de mí —susurra.

—No quiero que me hagas daño.

—No voy a hacerte daño.

Pero no sé si me lo creo de verdad, así que no digo nada más.

Pasados unos segundos, Liam esboza una sonrisa burlona.

—Parezco maduro cuando hablo así, ¿eh?

El ambiente se enfría repentinamente. Ahora yo también sonrío.

—Desde luego, esto se te da muy bien.

—Soy un tío superdecente.

—Tienes tus momentos.

Entonces, me besa y es como si todo volviera a estar bien. Y de pronto me encuentro enfadada conmigo misma por haber estado a punto de renunciar a esto. En cuanto me toca, todas mis dudas desaparecen. Recuerdo la conversación de antes, la campaña que quiere lanzar conmigo por redes sociales y todo lo que se preocupa por mí, y me molesta darme cuenta de lo bien que me hace sentir.

Y de lo aliviada que me siento cuando hablo sobre lo que me preocupa en lugar de guardármelo siempre para mí.

Liam vuelve a sonreír y recorre mis brazos para entrelazar sus manos con las mías. De repente, oímos que alguien entra en la cocina.

—Chicos, quería saber si...

Me aparto de un salto y se me cae el alma a los pies al ver el rostro pálido de Ashley. Intento decir algo, pero ella ya está disculpándose y saliendo de la cocina a toda prisa. Liam y yo nos miramos sorprendidos. Y no siento alivio ni mucho menos orgullo por lo que acaba de pasar.

—Mierda —mascullo antes de ir tras ella.

La encuentro alejándose por el pasillo. Al oírme llegar, se gira hacia mí nerviosa. Parece que se muera de ganas de meter la cabeza bajo tierra.

—Lo siento mucho —balbucea—. No tenía ni idea de que vosotros... Si lo hubiera sabido, no...

—Está bien —la interrumpo acercándome.

—Hazel me dijo que podríamos ser amigas y te he hecho pensar que quiero robarte a tu novio y no... no...

—No pasa nada —insisto—. Y todavía podemos ser amigas, si tú quieres.

Vale, sí. Puede que Liam no sea «mi novio» exactamente.

Pero tampoco le debo explicaciones.

Ashley me mira sorprendida, como si no esperase en absoluto que fuera a reaccionar así. Se apresura a asentir con la cabeza. Acto seguido, señala la terraza a su espalda.

—Debería volver con los demás.

Le dedico una sonrisa amable.

—Sí, como quieras.

Mira algo detrás de mí y, al girarme, veo a Liam saliendo de la cocina. Ashley abre los ojos de par en par y prácticamente corre de vuelta al exterior, dejándonos a solas en el pasillo. Me siento incluso mal por ella. No me gustaría que se sintiera incómoda con nosotros durante el resto del fin de semana.

—¿Vamos? —sugiere Liam.

Asiento con una sonrisa.

Cuando salimos, Evan ha encendido unas luces amarillentas que cuelgan del techo para dar ambiente. Está charlando con Lisa sobre algo que le arrebata una o dos sonrisas, pero, en cuanto nos ve, ella se levanta de un salto de la tumbona.

—Maia, íbamos a jugar a Yo Nunca. ¿Me ayudas con las bebidas?

Camina hacia mí y me agarra del brazo para arrastrarme con ella antes de que pueda contestar.

—Que conste que me parece una idea buenísima —recalco de todas formas. Y estoy completamente de acuerdo con ella en que deberíamos jugar.

A continuación, la sigo al salón bajo la mirada atónita de los demás.

Soy la mejor amiga del mundo.

—Busca vasos para los chupitos. Evan me ha dicho que están en ese armario —me indica soltándome el brazo por fin.

Obedezco y lo abro para sacarlos mientras ella lee los nombres de las botellas que hay en la parte inferior.

—Gracias por seguirme el rollo —dice mientras coge un par de ellas—. Eres genial.

—No las des. Espero que tu plan funcione.

—Funcionará. Y esto es el primer paso. —Mueve la botella frente a mis narices—. Te sorprendería la de cosas que consigo estando borracha.

—No necesitas alcohol para conseguir algo con Evan. Está colado por ti. —Y he perdido la cuenta de las veces que Liam se ha burlado de él por eso.

—Claro que no. Pero va a ser divertido. —Entrelaza su brazo con el mío—. Relájate, ¿vale? Nos lo vamos a pasar bien.

En la azotea, los chicos han distribuido varias tumbonas en círculo para que podamos jugar. Aun así, Liam ha preferido sentarse en el suelo, junto a la barandilla del lago. Ignoro las advertencias que me manda mi cerebro y voy a sentarme a su lado. Él me recibe con una sonrisa y hace que me acomode entre sus piernas, con mi espalda contra su pecho. El corazón me da un vuelco porque no estoy acostumbrada a dar muestras de afecto en público, pero nadie nos presta atención.

Solo Lisa mira un momento hacia nosotros y sonríe al vernos así. Me entran ganas de apartarme y de volver a meterme en el papel de chica fría sin sentimientos, pero estar cerca de él me gusta lo suficiente como para no hacerlo.

Es más, le agarro la mano que cuelga sobre mi hombro para entrelazarla con la mía.

—Todos sabemos cómo se juega —comienza Lisa, acomodándose junto a Evan en la tumbona—. Un vaso para cada uno. Si eres culpable, bebes. Y así hasta que nos aburramos.

Nos miramos unos a otros y empezamos a pasarnos los vasos y las botellas para llenarlos. Miro la mano de Liam mientras él sirve los nuestros. No soy especialmente fan del alcohol, pero puede que esta noche prometa, después de todo.

—Vale, empiezo con una fácil —propone Lisa al ver que nadie más toma la iniciativa—: Yo nunca he estado borracho.

Se oyen risas y, como imaginaba, todo el mundo, excepto yo, se bebe su primer chupito. Reprimo una sonrisa cuando Liam comienza a toser.

—¿Desde cuándo no bebes? —me burlo.

Se inclina para volver a llenar su vaso.

—Desde que acabé borracho en la otra punta del país.

Ahora sí que no puedo contener la risa. Eso atrae la atención de Evan, que señala mi vaso.

—¿No vas a jugar?

—Y estoy jugando. Pero voy ganando por ahora.

Se oye un coro de «¡uhhh!» que hace que me muerda el labio para no sonreír.

—Vale, pues me toca —interviene Liam. Me giro para mirarlo—. Yo nunca he provocado a alguien solo para dejarlo con las ganas.

Capullo.

Sin apartar sus ojos de los míos, levanta su vaso antes de bebérselo de un trago. Hago lo mismo y necesito toda mi fuerza de voluntad para no hacer una mueca cuando siento el alcohol pasando por mi garganta.

—Tu turno —me anima.

Ni siquiera me fijo en si los demás han bebido o no. Solo puedo mirarlo a él.

—Yo nunca me he declarado en un audio de WhatsApp.

Un rayo de diversión cruza su mirada. Vuelve a llenar el vaso y se lo lleva a la boca. Cuando se relame los labios, me obligo a mirar a los demás porque necesito desesperadamente pensar en otra cosa.

Lisa enarca las cejas en dirección a Evan.

—¿Qué? Pleno siglo XXI. Podría haber sido peor —se defiende él, que al parecer también acaba de beber—. Me toca: yo nunca he besado a nadie que esté en esta habitación.

Liam y yo bebemos.

Lisa y Hazel también.

A Evan casi se le salen los ojos de las órbitas.

—Solo fue una vez. —Lisa le resta importancia, aunque parece satisfecha al verlo tan asombrado. Nos mira a todos, como planteándose qué decir después—. Vale, cambio la pregunta: yo nunca he *querido* besar a alguien que esté en esta habitación.

Todos bebemos, incluidos Evan y ella. También Ashley.

—Yo nunca he querido volver con mi ex —dice, como si supiera que la estoy mirando.

Hazel y ella beben. Yo alejo el vaso dramáticamente.

—Yo tampoco querría volver con tu ex —se burla Liam en mi oído.

Sentir sus labios contra la oreja hace que de repente note la boca seca. Se acerca más y cierro los ojos para huir de todas las sensaciones que me provoca. No los abro hasta que me planta la botella en las manos.

—Yo nunca he fingido un orgasmo —dice con una sonrisa.

Todas las chicas bebemos, lo que me parece bastante triste.

—¿Estás intentando emborracharme? —le pregunto.

—Intento hacerte perder. Pero ya estás acostumbrada, ¿no?

Evidentemente, se refiere al jueguecito que teníamos, en el que acabé cediendo yo.

—Yo nunca me he despertado borracho en el coche de una desconocida. —Y le tiendo la botella.

Da un trago y hace una mueca al notar el alcohol.

—Tengo otra para Liam —aporta Evan—. Yo nunca he dejado mi coche en medio de un descampado para que alguna pareja pueda utilizarlo como nidito de amor.

Él pone los ojos en blanco y vuelve a beber.

—¿Hiciste eso? —cuestiona Ashley un tanto sorprendida—. Creo que se me está cayendo un ídolo.

Hazel sonríe y yo suelto una risita. Al vernos unidos en su contra, lo único que hace Liam es gruñir.

Lisa coge la botella y se vuelve hacia Evan.

—Yo nunca he ocultado que me gusta nadie. —Y bebe.

Acto seguido, se la tiende a él, que también bebe.

La botella va pasando por cada uno de nosotros. Cuando llega a nuestras manos, Liam llena nuestros vasos antes de beberse el suyo de un trago. Rechazo el mío con un gesto. He perdido la cuenta de los que me he bebido ya y no me gustaría acabar la noche vomitando.

—Guárdame el secreto —bromeo, ya que no quiero que los demás se enteren y estropearles el juego.

Él aprovecha que nadie nos mira para beberse el mío también.

—Puedo sacrificarme por ti —se ofrece, y sonrío.

Pero entonces Hazel vuelve a alzar la voz para decir:

—Yo nunca he estado enamorada.

Se hace el silencio. Solo beben dos personas. Una es ella. Y la otra es Liam.

Se me revuelve el estómago al pensar en Michelle.

Seguimos jugando hasta que nos cansamos y Evan se pone de pie, tambaleándose, para poner música en su altavoz. Hazel y Ashley se levantan para bailar y, cuando quiero darme cuenta, han arrastrado a Lisa también. Ella viene a por mí e, indiscutiblemente, yo me llevo a Liam conmigo. Nos pasamos las siguientes horas riéndonos y bailando como si todo lo demás ya no importase. No recuerdo cuándo fue la última vez que me divertí tanto.

Aunque no suelo beber, la resistencia al alcohol me viene por genética, así que, un rato después, me doy cuenta de que soy, con diferencia, la que mejor está de todos mis amigos. El ambiente se ha relajado bastante. Ashley y Hazel se han ido a dormir y Lisa y Evan están en el salón sentados juntos en uno de los sofás, tan pegados que parece que vayan a lanzarse a por el otro en cualquier momento.

Salgo a la terraza con una sonrisa para dejarlos solos y me detengo junto a Liam, que lleva un buen rato tumbado bocarriba en el suelo, viendo la vida pasar.

Él señala el cielo con las dos manos.

—Hay un montón —me dice arrastrando las palabras.

Me río y miro las estrellas antes de sentarme a su lado. En realidad no se ve ninguna por la contaminación lumínica de la casa, pero supongo que le está echando imaginación.

—Has bebido mucho.

—Sí. Túmbate conmigo. —Tira de mí para hacerme caer encima de él. Obedezco, con cuidado de no hacerle daño, y apoyo la barbilla sobre su pecho. Liam me pone una mano en la espalda—. ¿Por qué no... piensas? No las vas a ver si te pones así.

—¿Quieres que te baje la borrachera de un puñetazo?

—¿Qué vas a hacer? ¿Tirarme al lago? —Hace una pausa y esboza una sonrisa tonta—. Te mueres de ganas de verme mojado y sin ropa, ¿eh?

—El Liam borracho es un calenturiento.

—El sobrio también, pero sabe disimular mejor.

—Será mejor que te lleve a la cama.

Él abre los ojos de par en par.

—Por favor. Adonde tú quieras.

Intenta ponerse de pie por sí mismo, pero se marea y está a punto de caerse de culo sobre la tarima de la terraza. Suspiro, me levanto y lo ayudo a estabilizarse. Si no me gustara tanto, ahora mismo lo estaría insultando en todos los idiomas posibles. En cambio, la escena me hace bastante gracia. Y me parece incluso... tierna y todo eso.

Me doy mucho asco a mí misma.

No quiero que pierda el equilibrio y se haga daño, de forma que me paso su brazo sobre los hombros para sostenerlo. Y después comienzo a caminar lentamente hacia el salón.

—Como se te ocurra vomitarme encima, te juro que voy a hacer que te lo tragues —le advierto con amabilidad.

Él asiente superfeliz y conforme. Silba cuando entramos y ve a Lisa y Evan tan acaramelados.

—Es como una escena porno —comenta encantado.

Le chisto rápidamente para que se calle y no nos oigan.

—Silencio. Vamos a tu habitación.

—Pídeme una cita primero, ¿no?

Voy a acabar matándolo esta noche.

Sigue con sus comentarios mientras cruzamos el pasillo y, durante unos instantes, casi me planteo soltarlo para que se dé de bruces contra el suelo. Sin embargo, decido ser buena persona. Me gusta su nariz. Es bonita. Y no quiero que se la estropee.

Cuando por fin llegamos a su cuarto, enciendo la luz y cierro la puerta. Es más grande que el que compartimos Lisa y yo, y, en lugar de una cama de matrimonio, tiene dos individuales, aunque de un tamaño considerable. Voy directamente hasta la que está junto a la ventana y aparto su bolsa de viaje para sentarlo sobre el colchón.

—Estás en deuda conmigo —gruño apartando las sábanas—. Para siempre.

Freno en seco cuando tira de la manga de mi camiseta.

—Ven aquí.

Ni siquiera es capaz de pronunciar bien, pero solo necesita mirarme para que el corazón se me detenga. Me agarra del brazo y hace que me siente a horcajadas sobre su regazo. Utiliza la otra mano para ponerla en la parte baja de mi espalda y pegarme más a él. Trago saliva al notar el calor de su cuerpo contra el mío.

Dios santo. Esto va a ser muy difícil.

Le pongo las manos en los hombros antes de que haga nada más.

—No voy a acostarme contigo si estás borracho.

Sale del trance de pronto y frunce tanto el ceño que la frente se le llena de arrugas.

—¿Y eso por qué? —se queja inmediatamente.

—¿Tú lo harías si fuera al revés?

Él abre y cierra la boca aturdido. Acaba sacudiendo la cabeza.

—Es diferente.

—¿Por qué? ¿La cosa cambia porque soy una chica o cómo va esto?

Frunzo las cejas animándolo a contestar. Liam vuelve a sacudir la cabeza lamentándose.

—No me hagas preguntas trampa en momentos así.

Me cuesta mucho no sonreír.

—Dime por qué es diferente.

—Porque yo no estoy borracho —contesta—. Evidentemente —añade, como si fuera eso lo que ha pensado desde el principio.

—Pero si has bebido el triple que yo.

—Tengo mucha resistencia. —Flexiona el brazo para enseñarme los músculos—. ¿Ves? Fuerte como una roca.

No me creo que este tío me guste tanto.

—No vas a hacerme cambiar de opinión, Liam.

—Pero si lo estás deseando.

—Claro que sí —coincido para torturarlo un poco más. Me acomodo mejor encima de él—. Pero tú sigues estando borracho, así que nos vamos a quedar con las ganas.

Resopla superindignado.

—Mujer cruel.

Me entra la risa.

—No seas dramático.

Sin embargo, mi sonrisa se desvanece cuando me roza la mejilla con los dedos. De repente, noto la boca seca, pero no es por su tacto ni por lo cerca que está. Es por cómo me mira; eso es lo que hace que las emociones se arrasen en mi pecho como un torbellino.

—Eres muy guapa, ¿sabes? —dice en voz baja.

Reprimo una sonrisa.

—Gracias —respondo, y él vuelve a fruncir el ceño, como si necesitara explicarse y no fuera capaz.

—Tú no lo ves, pero eres... tantas... cosas.

—Soy muchas cosas, sí.

—Muchísimas —coincide—. Y nunca había conocido a nadie que sea... tanto, ¿entiendes?

—Entiendo.

Solo espero que todas esas «cosas» no sean malas.

Liam deja caer la frente contra mi hombro, rendido.

—Haces que no decírtelo sea muy difícil.

Trago saliva. Acto seguido, se aleja y me acaricia la cara con la mano. Es tan grande que me envuelve toda la mejilla. Me roza el pómulo con la yema rasposa del pulgar. Cuando sus ojos azules conectan con los míos y se inclina hacia mí, necesito toda mi fuerza de voluntad para retroceder antes de que nuestros labios se encuentren.

—Solo un beso —me ruega con la voz ronca.

Asiento por instinto.

No puedo seguir negándome.

—O dos —añade, y me muerdo el labio para no sonreír.

—Liam...

—¿Tres?

—Cuando estés sobrio te daré todos los que quieras.

Seguramente ahora también, pero evito decírselo.

Sin despegar su mirada de la mía, se acerca hasta que nuestras bocas se rozan. Y me besa, pero no es como otras veces. No busca provocarme ni que lleguemos a nada más. Es lento, inocente, y va cargado de cariño, y no sé ni cómo describir lo que me hace sentir. Después se aparta y se recuesta en la cama, tirando de mí para llevarme consigo.

Dejo que me rodee la cintura con un brazo y nos tumbamos juntos con las cabezas sobre la almohada. Aunque la cama es de una plaza, cabemos bien estando tan pegados. Y solo planeo quedarme hasta que se duerma. Se supone que esta es la habitación de Evan y no quiero dejarle el marrón a Lisa si al final no surge nada entre ellos.

Cuando miro a Liam, se le ve cansado, pero aun así me parece dolorosamente atractivo, con esa mandíbula marcada y los rizos revueltos. Mete una mano por dentro de mi camiseta para acariciarme la columna.

—Estoy triste —me suelta de pronto.

Sonrío. Pienso burlarme de él por esta noche durante el resto de mi vida.

—¿Por qué estás triste? —inquiero siguiéndole el rollo.

—Se suponía que yo iba a cuidar de ti cuando estuvieras borracha, no al revés.

El corazón me revolotea dentro del pecho. Me acerco más, hasta que nuestros rostros están casi pegados.

—No pasa nada. Podemos cuidar el uno del otro.

Al escucharme, esboza una sonrisa que le ocupa toda la cara.

—No me dices estas cosas cuando estoy sobrio.

—Porque entonces sí te acordarías.

—Cuéntame más —me pide bajando la voz.

—¿Qué quieres saber?

—Dime qué es lo que más te gusta de mí.

—Me transmites mucha paz —confieso, tras considerarlo un momento—. Siempre sabes lo que decir cuando no me siento bien y es como si fueras el único que me entiende. Siempre he creído que soy una persona difícil, pero tú me haces sentir que es fácil estar conmigo. Y que no tengo que esforzarme por ser alguien que no soy.

Es la primera vez que me atrevo a pronunciar estas palabras en voz alta. A abrirme así con alguien. Y, con lo mucho que me ha costado, durante un instante casi deseo que Liam sí las recuerde mañana.

—¿Y te seguiría gustando tanto si fuera una lombriz?

No sé qué reacción esperaba de alguien que se ha bebido media botella él solito.

—Pues claro que no —contesto.

Frunce el ceño superofendido.

—¿Es que solo te gusto por mi físico?

—Tampoco podría disfrutar de tu personalidad si fueras una lombriz.

—¿Por qué no?

—Porque las lombrices no hablan. Duérmete de una vez.

—¿Por qué siempre eres tan mala conmigo?

Me tiembla la sonrisa. Sé que no va en serio, pero me sienta como una patada en el estómago de todas formas.

—Sí, Liam —accedo finalmente—. Sí que me gustarías aun siendo una lombriz.

Su expresión cambia de manera radical y esboza una sonrisa, visiblemente satisfecho consigo mismo.

—Estás loca por mí —me asegura cerrando los ojos.

Yo me limito a acurrucarme a su lado. Sigo pensando en lo que he dicho hace un momento. Liam me rodea con un brazo y me acaricia el pelo con la otra mano, y yo me estiro para apagar la luz. Una vez que estamos a oscuras, nos quedamos en silencio durante lo que parecen horas.

Pero ninguno de los dos se duerme.

—Maia —murmura pasados unos segundos.

Muevo la cabeza para mirarlo.

—¿Sí?

—Maia —insiste.

—¿Qué?

—Maia —vuelve a repetir, como si mi nombre le pesara en la boca.

—¿Se puede saber qué quieres?

—Si te lo digo, ¿me prometes que no me dejarás durmiendo solo?

—Lo prometo.

Silencio.

—Creo que estoy enamorado de ti.

Y, de pronto, ya no puedo respirar. Es como si el corazón se me detuviera durante un segundo y después se pusiera a latir otra vez, pero con mucha más fuerza que nunca.

—Estás volviendo a decir cosas sin sentido —susurro. Intento que no se dé cuenta de lo tensa que estoy.

De nuevo, se hace el silencio.

—Tienes razón. Estoy muy borracho.

—Y mañana no te acordarás de nada.

—Probablemente no.

Me pican los ojos de las ganas que tengo de llorar.

—Buenas noches, Liam.

Me doy la vuelta sobre el colchón para darle la espalda. Y, al igual que en aquella ocasión, cuando me llamó supernova por primera vez, él se toma unos instantes para contestar.

—Sí, buenas noches.

LO QUE NUNCA LE HE DICHO A NADIE (I)

Hay estrellas casi invisibles, tan frías que su luz apenas existe. Se las conoce como «estrellas fallidas», ya que, debido a la baja fusión de átomos en sus núcleos, no se queman con los incendios que mantienen vivas a las otras estrellas. No brillan. Porque no son más que objetos fríos. Y, como tal, con el tiempo acaban desapareciendo.

El núcleo de una estrella es como un corazón. Los corazones sufren. Y hay algunos que, después de tantas caídas, necesitan poner frío en sus heridas. Se recubren de hielo, intentando asustar con su frialdad a cualquier persona que trate de acercarse por miedo a salir heridos otra vez. El problema es que existen otros corazones, más fuertes y valientes, que son fuentes de calor. Y ningún glaciar es capaz de combatirlos.

Cuando Liam está cerca, es como si cada muro, cada barrera, cada protección que he puesto alrededor de mí misma se derritieran hasta quedar reducidos a la nada. Y las puertas quedan abiertas a él y al calor.

Un calor que ataca el núcleo de las estrellas.

Que hace que brillen.

¿Incluso las fallidas?

Y una parte de mí se muere de miedo mientras la otra solo dice: «Quémame, quémame, que arda todo, que arda todo».

29

IRREMPLAZABLE

Maia

Llevo tres semanas durmiendo a su lado.

Es lo primero que pienso cuando me despierto a la mañana siguiente y me encuentro envuelta entre sus brazos. Tenemos las piernas enredadas y, con la cabeza sobre su pecho, casi puedo escuchar los latidos de su corazón. Me he acostumbrado tanto a esto, a estar con él, que me parece algo natural, como si llevásemos haciéndolo toda la vida. O como si de verdad fuéramos a seguir haciéndolo toda la vida, pese a que no es una de las cosas que hacen dos personas que no sienten nada la una por la otra.

Necesito salir de aquí.

Me libero cuidadosamente de su agarre y, en silencio para no despertarlo, me escabullo fuera de la habitación. Los rayos de luz que se cuelan por los ventanales iluminan la estancia, pero está en completo silencio, por lo que deduzco que es muy temprano y los demás siguen dormidos. Hago una mueca al notar un pinchazo en las sienes. Por cosas como estas evito el alcohol. Me pongo a rebuscar en los armarios algo que me ayude a aliviar la resaca.

Una vez que me he tragado la aspirina, voy a la cocina y me pongo a hacer café para el desayuno. Yo no lo tomo nunca, odio el sabor, pero sé que Liam sí y me he acostumbrado a prepararlo todas las mañanas antes de irme a trabajar. Él también tiene este tipo de detalles conmigo. Y esta es la primera vez que me paro a pensar en lo que realmente significan.

—Buenos días. —Estoy terminando de calentar la cafetera cuando oigo su voz.

Me tenso. Liam entra somnoliento en la cocina. Lleva la misma ropa que anoche, solo que arrugada, y sus rizos están revueltos y apuntan en todas las direcciones. En cualquier otra ocasión me habría acercado para arreglárselos. Ahora empiezo a ser consciente de las ganas que tengo de hacerlo y es justo eso lo que me frena.

Me esfuerzo en actuar con normalidad, a pesar de que lo que dijo anoche no deja de sonar en bucle en mi cabeza.

—Buenos días, Bella Durmiente. ¿Qué tal la resaca?

—Necesito urgentemente meter los dedos en un enchufe.

Se me escapa una sonrisa. Dramático.

—Hay aspirinas en el salón. Y estoy haciendo café.

Me aparto para mostrarle la cafetera y él emite un quejido de gusto.

—Dios, gracias. Eres maravillosa.

Mi sonrisa se desvanece en cuanto sale de la cocina. Apoyo las manos sobre la encimera, cierro los ojos e intento ralentizar los latidos de mi corazón, que vuelve a dispararse cuando Liam regresa y se acerca para servirse el café. Su brazo roza el mío por accidente y doy un respingo. Debe de notarlo, ya que retrocede con disimulo. De pronto la situación es tan incómoda que me entran ganas de encerrarme en mi cuarto y no volver a salir.

—¿Has dormido bien? —pregunta para romper el silencio.

—Ajá. —Necesito una distracción, así que me pongo a fregar los vasos sucios que dejamos ayer por la noche.

—Evan quería que fuéramos al muelle de excursión. Podemos aprovechar para nadar en el lago. Parece un buen plan, ¿eh?

Claro, de no ser porque, como me quede en bañador, todos me verán las cicatrices y este pasará a ser el peor día de mi vida. Voy a decírselo, pero antes lo miro de reojo. Y entonces sus ojos azules chocan contra los míos y las palabras se me quedan atascadas en la garganta.

Desvío la mirada y busco un trapo para secarme las manos nerviosa.

—Sí, parece un buen plan —coincido finalmente.

Silencio. Sigue mirándome como si quisiera ver a través de mí y de la coraza que me mantiene a salvo.

—¿Va todo bien? —se atreve a preguntar.

—Sí, solo estoy cansada. Anoche nos acostamos muy tarde.

—Ya. —No me cree. Viene hacia mí, me agarra del codo y hace que me coloque justo frente a él, y ahora sí que es completamente imposible no mirarlo a los ojos—. ¿Estás enfadada por lo de anoche? ¿Es eso?

—¿Enfadada por qué? —replico, quizá demasiado rápido.

El pulso me martillea en los oídos. Temo que me llame cobarde, que diga que está harto de mí y de mis miedos y de mis inseguridades y que recuerda a la perfección lo mal que reaccioné cuando pronunció esas dichosas palabras que no dejan de perseguirme, pero no lo hace.

—Siento haber bebido tanto. Se me fue de las manos. Habías venido a divertirte, no a ser la niñera de nadie. Y estoy bastante seguro de que cuidaste de mí durante toda la noche.

Me quedo bloqueada durante un segundo. Tardo en procesarlo. Y mi parte racional me insta a contestar mientras la otra solo repite: «No se acuerda, no se acuerda, eso significa que no se acuerda».

—No pasa nada —acabo respondiendo, ya que parece que se siente muy culpable—. Se nos fue de las manos a todos. Incluida a mí.

~~«Cuidé de ti igual que tú siempre cuidas de mí.»~~

Destensa los hombros, aunque todavía me mira con desconfianza.

—¿Así que no estás enfadada?

—No, claro que no.

Ahora sí que se relaja.

—Genial. Después del tercer chupito lo tengo todo borroso. Creía que la había cagado.

Y yo me obligo a sonreír, pese a que siento una punzada en el pecho, directa sobre el corazón.

No se acuerda de lo que me dijo.

Empiezan a picarme los ojos, pero me clavo las uñas en las palmas y pestañeo para disimularlo. Quiero que alargue la mano y me toque como hace siempre; sin embargo, mantiene las distancias, como si él también fuera consciente de la brecha que se ha abierto entre nosotros. Y lo odio. Si es verdad que no recuerda nada, que estemos así es culpa mía.

Soy yo la que lo aleja. Una y otra vez.

Como si quisiera ayudarme a solucionarlo, Liam vuelve a sonreír.

—Digo muchas estupideces cuando voy borracho, ¿eh?

Y, de nuevo, ese nudo en la garganta que me asfixia.

—Me preguntaste si me seguirías gustando siendo una lombriz. —Intento suavizar el ambiente y funciona. Su sonrisa se vuelve real.

—Imagino que dijiste que sí.

—¿A liarme con una lombriz? No, ni de coña.

—Estamos hablando de una lombriz sexy, Maia. Es diferente.

—Que te jodan —lo insulto, como siempre, y Liam se ríe y me clava los nudillos en el estómago de broma.

Pero es raro que me toque. Hace que se me tense todo el cuerpo. Y él lo nota y retira la mano. Su sonrisa casi desaparece.

—¿Seguro que estamos bien? —insiste. Creo que conoce la respuesta tan bien como yo, pero aun así respondo:

—Sí, seguro.

Él decide mentirse a sí mismo también.

Y por fin me toca. Me roza la mejilla con los dedos y, aunque al principio quiero apartarme, no lo hago. Solo aguanto, mirándolo a los ojos, y acabo recostando la cara en su palma mientras los latidos de mi corazón vuelven a su ritmo habitual. No dejo de repetirme a mí misma que no pasa nada, que puedo fingir. Si de verdad no se acuerda de nada, puede que esto sea lo mejor para ambos; actuar como si no hubiera pasado. Así todo seguirá como antes, que es justo como debe estar.

Él mismo ha dicho que solo dijo cosas sin sentido, ¿no?

Me atrae hacia sí, pegando nuestros cuerpos, pero no me besa. En su lugar, deja caer la cabeza hacia delante y apoya la frente contra la mía. Cierra los ojos y respira. Y, mientras tanto, yo me quedo quieta apreciando cada detalle de su rostro, preguntándome cómo es posible que un tío así pronunciara esas palabras anoche refiriéndose a alguien como yo.

—Recuérdame que no vuelva a beber —me pide en voz baja.

Sonrío, aunque siento verdadera lástima por él. Debe de tener un dolor de cabeza espantoso.

—Al menos esta vez no has acabado durmiendo en el coche de nadie.

Espero que sonría también, pero se limita a abrir los ojos. Sus iris azules vuelven a chocar contra los míos.

—¿Dormimos juntos anoche?

—Sí, pero nada más —aclaro. Parece confundido, por lo que añado—: Los dos habíamos bebido mucho.

Liam asiente distraídamente.

—No estabas cuando me he despertado.

—Quería hacerte el desayuno.

Y sé que no me cree, pero no menciona nada al respecto.

—¿Así que dormiste conmigo y no pasó nada? —Cambia bruscamente el tema al adoptar de nuevo su tono bromista—. Seguro que no fue por falta de ganas.

Es raro bromear en un momento tan tenso, pero pongo todos mis esfuerzos en que funcione.

—Fuiste tú el que prácticamente me suplicó que lo besara.

—¿Seguro que no estabas soñando?

—Vete al infierno.

—Cuéntame más. —Pone las manos en la encimera y se inclina sobre mí—. Suplicando ¿cómo, exactamente?

Le sostengo la mirada. Es bastante evidente que está conteniendo la sonrisa.

—Dame una buena razón para no darte un puñetazo.

—Podemos aprovechar el tiempo para hacer otra clase de cosas.

Pero ninguno se mueve. Solo nos miramos en silencio, temiendo ser el que tome la iniciativa. La sonrisa de Liam decae conforme el nudo de mi garganta se vuelve más y más profundo. De pronto, siento que estamos a kilómetros de distancia y que toda la complicidad y la seguridad que sentíamos juntos se ha esfumado como el polvo. Es como si estuviera perdiéndolo aunque todavía no se haya ido.

—Creo que... —Me aclaro la garganta, presa de los nervios—. Creo que debería hacer más café. Para los demás.

Liam asiente despacio. En sus ojos veo esa mezcla de tristeza y decepción que me parte en pedazos.

—Sí, creo que es lo mejor.

Sin embargo, no se aparta. Y yo tampoco. Solo me agarro con

tanta fuerza a la encimera que me hago daño. Quiero dejarlo salir todo y llorar y gritarle que necesito que me prometa que lo de anoche iba en serio, porque quizá...

«Estoy enamorado de ti.»

~~«No me lo merezco, no me lo merezco, no me lo merezco.»~~

Es como ir directo hacia un agujero negro confiando en que no te arrastre.

~~«No soy suficiente, no soy suficiente, no soy suficiente.»~~

La puerta de una habitación se abre de golpe. Liam retrocede y el aire vuelve atropelladamente a mis pulmones.

—Buenos días, tortolitos —nos saluda Lisa con alegría.

Los dos nos volvemos hacia ella, pero ninguno dice nada. Bastan unos segundos de silencio para que Lisa frunza el ceño y se eche un vistazo a sí misma. Es entonces cuando yo también lo noto.

Lleva puesta la camiseta de Evan.

—No hagáis ningún comentario —nos advierte. Lisa mira a Liam antes de volverse hacia mí—. ¿Por qué sonríe como un idiota? —me pregunta señalándolo.

Él se encoge de hombros.

—Estoy orgulloso de mi amigo.

—Tu amigo no ha tenido ningún mérito.

Liam pestañea sorprendido. Pero se recompone rápidamente.

—En ese caso, estoy orgullosa de mi amiga. —Va hacia Lisa y le pasa un brazo sobre los hombros—. Bienvenida a la familia, cuñada. Tienes mi completa aprobación.

—¿Ah, sí?

—Pues claro. Igual que yo tengo la tuya.

Se zafa de su agarre de un empujón suave.

—No cantes victoria tan rápido, famosillo.

Me guiña un ojo divertida, y va a servirse una taza de café. Yo me obligo a sonreír y cojo la cafetera para preparar más. Se pasan los siguientes minutos hablando, pero yo no digo nada. De hecho, ni siquiera me atrevo a mirar a Liam.

Solo guardo silencio mientras me pregunto cuánto tardará todo esto en explotar.

Nos pasamos el resto del día actuando casi como desconocidos.

Evan, Hazel y Ashley no tardan mucho en despertarse y salimos a desayunar juntos al porche. Me siento entre Lisa y Hazel, con Liam enfrente, y nos dedicamos a lanzarnos miradas furtivas mientras los demás charlan entre risas. No participo mucho en la conversación y, para mi sorpresa, él tampoco. Se limita a sonreír y a soltar algún comentario cuando oye su nombre. Y eso me da un mal presentimiento porque Liam nunca está tan callado. Ni siquiera cuando se encuentra mal.

Tal y como creíamos, Evan propone ir al muelle después del desayuno. Nos calzamos las zapatillas, llenamos las mochilas de comida para el pícnic y nos ponemos en marcha. El sendero está rodeado de árboles frondosos y no se oyen más que nuestras pisadas y el murmullo salvaje del bosque. Lisa y Evan van delante, tan inmersos en lo suyo que parece que los demás no estemos presentes. Mis cejas se disparan cuando él le pasa una mano por la cintura para guiarla en la dirección correcta. Mucho contacto físico. Y mi amiga parece encantada. Supongo que el plan de anoche funcionó y, si ella está feliz, yo lo estoy también.

Mientras tanto, yo voy detrás con Hazel y Ashley. Hablan de algo, pero no les presto mucha atención; justo delante de nosotras, Liam anda solo y en silencio. Y no puedo dejar de mirarlo ni de preguntarme por qué de pronto nos sentimos tan incómodos en presencia del otro. Me muero por acercarme, pero lo que hago en su lugar es agarrar a las chicas del brazo y apurar el paso para dejarlo atrás.

Cuando llegamos al muelle, al que se accede mediante una plataforma de madera escondida entre los árboles, Evan extiende los brazos y nos mira con una gran sonrisa.

—Y esta, señoras y señores, es nuestra zona de baño privada. —Y, sin pensárselo dos veces, se quita la camiseta.

Las chicas se ponen a chillar y silbar exageradamente. Sonriendo, Evan se deshace de los pantalones también y le guiña un ojo a Lisa, que lo observa de brazos cruzados.

—Todo para ti —le dice señalándose el pecho.

—Espero que admitas devoluciones.

Es mi turno para sonreír. Esa es mi chica.

Evan enarca las cejas y a ella le entra la risa. Se deshace de su ropa a toda prisa, pero, antes de que pueda llegar al lago por su propio pie, él la levanta en volandas y se lanzan juntos al agua. Desaparecen bajo la superficie unos segundos. Y después Lisa emerge con el pelo mojado pegado a la frente.

—¡¿Vais a quedaros ahí parados?! —nos grita antes de volverse hacia Evan, que acaba de sacar la cabeza, y tirarse sobre él para intentar hacerle una ahogadilla.

Sus risas y chillidos irrumpen el silencio del bosque. De pronto, Hazel y Ashley también están desprendiéndose de la ropa a toda prisa. Y, cuando quiero darme cuenta, están las dos dentro del lago empapadas, riendo, jugando y organizando un complot en contra de Evan. Pasándoselo en grande.

Todos menos yo.

Yo no muevo ni un músculo.

—¿No vienes? —pregunta Liam a mi espalda.

Él también se ha deshecho de su ropa y ahora solo lleva unos vaqueros que se ajustan a sus caderas. Me está mirando, así que me obligo a asentir y comienzo a desvestirme muy despacio. Me quito las zapatillas, los calcetines y los pantalones. Sin embargo, cuando toco el dobladillo de mi camiseta y vuelvo a escuchar las risas de nuestros amigos, me doy cuenta de que no puedo.

No puedo dejar que las vean. Que sepan lo que hice.

—¿Maia? —insiste él.

Cuando nos miramos, es como si, de nuevo, fuera capaz de ver a través de mí y de las barreras que he construido. Frunce el ceño y echa un vistazo rápido a los demás antes de acercarse.

—¿Qué pasa? —inquiere en voz baja.

—Nada, déjalo. Os miraré desde aquí.

—... porque eres alucinante. Y estás buenísima. Y, si tienes alguna duda sobre eso, me voy a asegurar de sacártela de la cabeza.

Su mirada es tan intensa que parece que me atreviese. Me cuesta horrores atreverme a ser sincera con él.

—No es eso. —Y no necesito decir nada más; baja la vista hasta mis brazos y veo en su rostro cómo entiende a qué me refiero.

Siento tanta vergüenza que... que..., joder. Espero que piense que soy débil y patética, que no sé asumir las consecuencias de mis errores, que no debería atarme al pasado, no sé, pero es Liam. Y él jamás pensaría cosas tan horribles de mí. Porque su forma de verme es tan... diferente a la de los demás.

Así que no me sorprende que lo único que haga sea sonreír.

—Se me acaba de ocurrir la mejor idea del mundo.

Y empieza a caminar hacia mí. Yo retrocedo por instinto, aunque me cuesta mucho no sonreír también.

—Sea lo que sea lo que estés pensando, la respuesta es no.

—¿Vas a amenazarme? Porque hace mucho que no lo haces. Y estoy empezando a echarlo de menos.

—¿Te pone que te insulten? ¿Es eso?

Se acerca hasta que estamos solo a unos centímetros y ya no puedo rehuir su mirada. Esboza una sonrisa burlona.

—Confía en mí. Soy un experto en estas cosas.

Lo siguiente que sé es que estoy chillando bocabajo porque me lleva a cuestas sobre su hombro.

Pero será hijo de...

—¡Liam! —gruño, lo que atrae la atención de nuestros amigos, que comienzan a gritar para animarlo—. ¡No! —exclamo cuando empezamos a movernos—. ¡¿Qué te crees que estás haciendo?! ¡Liam! —insisto, y lo único que recibo a cambio es su risa.

—Si vas a amenazarme, hazlo un poco más bajo, por favor. Vamos a asustar a los demás.

Termina la frase dándome un apretón juguetón en la pierna, y de repente soy demasiado consciente del calor de sus manos sobre mi piel. Me recrimino a mí misma que me tengo que concentrar y empiezo a revolverme desesperada por liberarme.

—Vas a hacer que nos caigamos —me advierte intentando mantener el equilibrio, lo que debe de ser difícil teniéndome encima.

—Con suerte te romperás la cabeza.

Vuelve a reírse. Y yo sigo luchando sin parar, pero de pronto su risa me parece demasiado contagiosa y empieza a entremezclarse con la mía. Las voces de nuestros amigos suenan cada vez más cerca porque nos estamos aproximando al lago.

—Liam —repito, pero me cuesta mucho sonar convincente

porque no dejo de reírme—. Liam, va en serio, bájame. Por favor.

Emite un sonido de duda.

—Oigo un zumbido. Como el de una mosca.

No puedo dejar de reírme.

—Eres imbécil.

—¿Preparada? —pregunta alegremente.

—¡No! —El pánico me invade a contrarreloj.

—¡Al menos deja que se quite la camiseta! —le recrimina Lisa, aunque parece estar disfrutando de lo lindo con esto.

—A la de una, a la de dos...

—¡Liam, suéltame ahora mismo!

—... ¡a la de tres!

Echa a correr conmigo a cuestas. Chillo, me agarro a él con fuerza y cierro los ojos para no ver nada si nos caemos. Y de pronto siento el salto y el impacto contra el agua helada. El frío me penetra en los poros empapándome y enmudeciéndome. Y abro los ojos y solo veo oscuridad. Nado hacia arriba para emerger a la superficie. Me recorre un escalofrío; la camiseta mojada se me pega a la piel y es una sensación muy desagradable.

Cuando Liam sale un segundo después, echa la cabeza hacia atrás para salpicarme con los rizos. Comienza a reírse al verme la cara.

—Pareces un perro mojado y gruñón.

—Que te jodan.

Sin dejar de sonreír, nada hacia mí y mete las manos bajo el agua para tirar de las mangas de mi camiseta.

—Las enseñarás cuando estés lista. Pero no dejes que eso te impida disfrutar —dice mirándome a los ojos, y de pronto tengo un nudo en el estómago.

Podría besarlo. Ahora mismo. Aprovechando que nadie nos está mirando. En su lugar, solo digo:

—Así no se portan los capullos.

Liam sube un hombro y sonríe.

—Solo te he cogido en brazos para mirarte el culo.

Se sumerge hasta que solo sus ojos quedan a la vista. Y yo me muerdo el labio para no sonreír y me lanzo sobre él para intentar hacerle una ahogadilla. Los demás no tardan en unirse a nosotros. Nos pasamos el resto de la mañana persiguiéndonos y gastándonos bromas los unos a los otros. Y nadie se fija en mis brazos. Nadie ve las cicatrices. Y llega un momento en el que me lo estoy pasando tan bien que incluso a mí se me olvida que las tengo.

A la hora de comer, improvisamos un pícnic en el muelle y luego vuelvo sola al agua. Nado hasta que estoy lo suficientemente lejos, me quito la camiseta y me tumbo bocarriba con los brazos estirados y la prenda entre los dedos. Dejo que el sol llegue a todas las zonas de mi cuerpo que tanto he ocultado. Y me limito a respirar justo así, con la mirada clavada en el cielo despejado y la luz haciéndome entrecerrar los ojos.

A la hora de volver, tengo las mejillas quemadas por el sol y me siento como cuando era pequeña y regresaba a casa después de un día de playa intenso, cuando papá y Deneb todavía estaban aquí y tenía una familia de verdad. Ese cansancio que alivia, que sana. Y me parece bonito y triste a la vez darme cuenta de que ha sido el mejor fin de semana que he pasado en mucho tiempo.

Una vez que llegamos a la casa, empezamos a recoger. Voy con Lisa a nuestra habitación para hacer las maletas.

—¿No te deprime tener que volver al bar después de este fin de semana? —le pregunto mientras doblo una camiseta.

Suelta un suspiro exagerado.

—Sí, gracias por recordármelo, estaba deseando amargarme la existencia.

Me saca el dedo del medio y yo me río en voz baja. Las voces de Liam, Evan y las demás se oyen desde el salón. Y, aunque suene triste, me resulta incluso reconfortante. Creo que por fin vuelvo a tener mi propio grupo de amigos. Echaba de menos la sensación.

No noto el silencio hasta que alzo la vista y descubro que Lisa me observa.

—¿Qué pasa? —inquiero confundida.

—¿No vas a preguntar?

—¿A preguntar sobre qué?

—Sobre lo que ha pasado entre Evan y yo. No te interesa, ¿verdad? Iba a contártelo, pero no quiero aburrirte con mis problemas.

Pestañeo. No usa un tono brusco ni de reproche, pero me duele notar ese deje de inseguridad en su voz. Niego despacio.

—Claro que me interesa, Lisa. No me aburres con tus problemas. Soy tu amiga.

—Entonces, ¿por qué no has preguntado?

—Porque esta mañana has dicho que no hagamos comentarios y creía que preferías no hablar del tema de momento. Supuse que vendrías a contármelo cuando tuvieras ganas.

Frunce los labios. Parece avergonzada por las conclusiones que ha sacado, pero yo no quiero que se sienta así. Nos quedamos en silencio. Voy a decir algo para hacerla sentir mejor cuando admite:

—Sí que necesito hablar del tema.

Bueno, vale, es mucho más fácil cuando somos directas.

Cierro la maleta y me siento en la cama.

—Te escucho.

—Me gusta. Mucho. De verdad. Y lo de anoche..., bueno. —Sacude la cabeza para centrarse, inquieta—. El caso es que lo veo muy difícil. No creo que pueda funcionar.

—¿Por qué? —pregunto.

Aprieta los labios.

—En primer lugar, vive en la otra punta del país y...

—Solo hasta dentro de unos meses —la interrumpo—. Va a mudarse a Mánchester con Liam. Y ahora viene tanto que parece que ya viva aquí.

Mi tono amargo es evidente, pero tampoco lo voy a disimular. Que siempre esté aquí implica que Liam y yo casi no tenemos tiempo a solas, lo que no es precisamente de mi agrado.

—Pero ¿qué pasa con lo otro? —añade inquieta.

Frunzo el ceño.

—¿A qué te refieres?

—A todo el tema de... internet. —Es como si le costara hablar—. ¿No te da un poco de miedo que Liam sea tan famoso?

—Nunca me lo he planteado —reconozco, ya que es la verdad, y después lo considero—. En realidad, creo que me da igual. Que haga lo que quiera, ¿no?

—Sí —coincide—, pero eso repercute directamente sobre ti. Si la gente se entera de que estáis saliendo...

—No estamos saliendo.

—Bueno, vale, pero cuando empecéis a ir en serio...

—Eso no va a pasar. No nos van esa clase de cosas.

Enarca las cejas.

—¿Y él lo sabe?

—Pues claro que sí.

Las alza aún más.

—¿Y está de acuerdo?

—Lisa —advierto. No doy más detalles. Lo último que necesito es ponerme a dar vueltas al tema que me ha torturado toda la tarde.

—Vale, pues cambio de ejemplo: Evan y yo. Si sus seguidores se enteran de que hay algo entre nosotros habrá muchos que... me odien —concluye, sentándose a mi lado—. No soporto caerle mal a la gente, Maia. Me resulta muy frustrante. ¿Y si no les gusto?

—Puede que te estés anticipando a los acontecimientos —la reprendo con delicadeza.

—Ya lo sé, pero no lo puedo evitar.

—Eso no va a pasar, Lisa. Es imposible odiarte. Eres la clase de persona que la gente adora.

Traga saliva y alza la mirada hacia mí, no muy convencida.

—¿De verdad lo crees?

—Te lo prometo. —Sonrío para darle ánimos—. Me caes bien a mí, ¿no? Y yo odio a todo el mundo. No creo que haya nadie peor ahí fuera.

Ella también esboza una sonrisa leve.

—Me he pasado el nivel difícil.

—Exacto —coincido.

—Pero ¿y si de verdad me odian? ¿Y si deciden lanzarme odio como... como a ellos? Sabes lo tóxico que es internet.

Sí, es verdad. Y sé lo mucho que Liam ha sufrido al respecto, pero también veo la otra cara de la moneda. Lo feliz que le hace. Estoy segura de que a Evan le sucede lo mismo.

—Todo en la vida tiene su parte buena y su parte mala —contesto mirándola—. Las oportunidades, los lugares, los puestos de trabajo..., incluso las personas. Sobre todo las personas. No te fíes de nadie que vaya por ahí diciendo que es perfecto —añado dedicándole una sonrisa—. La vida consiste en tomar decisiones.

Hay que valorar si esas cosas malas merecen la pena con tal de disfrutar de las buenas. A veces es mejor dejar pasar el tren por decisión propia. Y en otras lo bueno compensa tanto que tienes que atarte al asiento con una cuerda para que no te obliguen a bajar.

Asiente lentamente sin apartar sus ojos de los míos.

—Así que tengo que pensar...

—Si salir con Evan implica más cosas buenas que malas —finalizo por ella—. Si es así, déjate llevar. Es lo que tú me dices siempre.

Choca su hombro contra el mío sonriendo.

—No utilices mis propios consejos conmigo.

—Te jodes. Son muy buenos.

—No sabía que se te daban tan bien los discursos —bromea, pero acaba sonriendo de verdad—. Gracias.

—No las des. Para eso estamos. —Nos miramos hasta que aparto la mirada, incómoda—. Y, sobre lo otro..., no he improvisado. Lo escribí en mi cuaderno.

Se sorprende.

—¿Escribes?

—A veces.

—Pero ¿de forma profesional? ¿Libros y eso?

—No. —Niego con una sonrisa—. Tengo un diario. Nadie lo ha leído nunca.

—¿Y eso por qué?

—Porque entonces mi reputación de chica mala sin sentimientos perdería credibilidad.

Sonríe. Nos quedamos en silencio mirándonos. Y, pasados unos segundos, apoya la cabeza sobre mi hombro y dice:

—Me alegro de que seamos amigas.

Siento una chispa en el pecho. Una que lo ilumina todo.

Lisa mueve el cuello para mirarme.

—¿Sabes que no tengo ninguna amiga tan buena como tú?

—¿Y Hazel? —pregunto automáticamente.

—Es diferente —replica, y frunce el ceño—. Tú y yo somos muy diferentes. Tanto que no tengo ni idea de cómo conectamos, pero lo hacemos bastante bien.

Y ahora yo también sonrío.

—Sí, es verdad.

—Maia. —Lisa sigue mirándome.

Me vuelvo hacia ella.

—Estaba intentando decirte que eres mi mejor amiga.

El corazón se me acelera. Me rebota dentro del pecho, choca y lo revoluciona todo. Nunca había pensado en lo mucho que necesitaba escuchar esas palabras. Es como una familia, ¿no? Como otra hermana mayor.

—Nunca había tenido una mejor amiga —admito.

—Bueno, ahora ya la tienes. —Me lanza una mirada incriminatoria—. ¿O es que yo no soy la tuya?

—No, por supuesto que lo eres. No tengo más amigas.

Me mira con seriedad, pero la sonrisa se me escapa y acaba contagiando a la suya también. Me pasa un brazo por los hombros para estrecharme contra ella.

—Menos mal. Pensaba pincharte las ruedas del coche como dijeras que no.

Le clavo el codo en el estómago, de broma.

—Cuidado. Tu amorcito viene con nosotros.

—Cambio de planes. Va en mi coche.

Alzo las cejas inmediatamente.

—¿Y eso?

—Esta noche se queda a dormir en mi casa.

Me vuelvo a mirarla boquiabierta.

—¡Cabrona!

—¡No me gusta perder el tiempo!

Vuelvo a empujarla y las dos comenzamos a reírnos. Un rato después, Hazel viene a meternos prisa y volvemos a ponernos con las maletas. Las llevamos entre todos a los coches. Al final, Hazel, Ashley y Evan van en el de Lisa, lo que nos deja a Liam y a mí solos en el suyo.

Una vez que estamos listos para marcharnos, llega la hora de las despedidas. Abrazo a Lisa y a Hazel y también a Ashley, y sonrío al ver que casi se pone a hiperventilar cuando Liam se compromete a seguirla de vuelta en sus redes sociales. Lo único que le regalo a Evan es un corte de mangas que, evidentemente, él me devuelve muy digno.

—Cuida a mi amiga o te doy una patada en los huevos —le advierto amablemente al pasar a su lado.

Lisa es la primera en arrancar el motor. Liam también pone su coche en marcha y los seguimos por el camino que cruza el bosque. Vamos con las ventanillas bajadas y escuchamos el ulular de los pájaros y las pisadas de los animalillos nocturnos. Las subimos cuando salimos a la autopista. Lisa nos ha dicho que tiene que parar a repostar, por lo que es probable que no separemos de aquí a Mánchester.

—¿Te encargas de la música? —propone Liam.

Siento una oleada de alivio; el silencio me estaba matando.

Cojo el móvil, lo conecto al coche vía *bluetooth* y selecciono una de mis listas de reproducción. Liam no comenta nada sobre la que he escogido, pero al momento empieza a golpear el volante distraído al ritmo de la canción. Miro por la ventanilla para mantener los ojos lejos de él. Ha sido un día raro. Para los dos. Y no sé cómo comportarme.

—No ha sido tan horrible, ¿verdad? —pregunta mirándome de soslayo—. La excursión —aclara.

—No, ha estado bastante bien. —Es lo mínimo que se merece, así que reúno toda mi valentía para añadir—: Gracias por lo que has hecho antes en el lago. No sabía cómo gestionarlo y me has ayudado mucho.

Esto de abrirme no se me da bien, pero hago lo que puedo. Liam aparta la vista de la carretera un momento para mirarme.

—No iba a dejar que te quedaras sola ahí fuera, Maia.

—Pero lo habría hecho de no ser por ti.

—Solo necesitas un empujoncito para superar tus miedos —dice—. Y, conociéndote, estoy seguro de que pronto empezarás a dártelo tú misma.

Siento un revoltijo de sensaciones en el pecho, de esas que conozco muy bien y no me atrevo a nombrar por el miedo que me dan. Pienso en Lisa y en lo que ha agradecido lo que le he dicho antes, y también en todas las cosas que he escrito en mi cuaderno sobre Liam y que nunca han visto la luz.

Y, cuando rompo el silencio, lo que digo es:

—El otro día estuve pensando en ti. Y en lo que te frustras a veces con las cifras en YouTube. —Lo miro de reojo y noto que se tensa con ligereza, pero me obligo a continuar—: Es porque sientes que tienes que ser el mejor, ¿verdad?

Si estuviera en su lugar, a mí me costaría horrores decirlo en voz alta. Pero Liam siempre se abre conmigo, de una vez y sin miedo, como a mí me gustaría hacer.

—Es difícil asumir que hay gente que hace mejor que tú lo único que tú sabes hacer.

—Pero las cifras no indican quién es mejor —rebato—. Los números cambian continuamente. Quien un día está en la cima al día siguiente puede caer hasta lo más profundo. No es duradero. Da igual quién sea el que más seguidores tiene, más visitas recibe o más comentarios genera. Lo importante no es eso, sino que no te olviden. Y eso no se consigue siendo el más famoso ni el número uno. —Lo miro directamente—. Se consigue siendo irremplazable. Y tú lo eres.

Silencio. Liam tarda unos segundos en procesarlo.

—Irremplazable —repite, como animándome a continuar.

—La gente te sigue porque les gustas tú, cómo eres, con tus bromas y tu sentido del humor. Te fuiste de las redes sociales y tus suscriptores siguieron ahí. Porque ahí fuera no hay nadie que sea capaz de sustituirte. Y eso es lo que de verdad importa. Valóralo. Y tenlo en la mente cada vez que te agobies con los números.

—¿Cómo estás tan segura? —inquiere, como si necesitara desesperadamente asegurarse de que lo pienso de verdad—. De que soy irremplazable.

—Porque te conozco muy bien. Y nunca antes me había cruzado con alguien como tú.

~~«Nunca me había abierto así con nadie.»~~

~~«Nunca había sentido esto con nadie.»~~

~~«Nunca había tenido tanto miedo.»~~

Todo lo que siempre pienso pero nunca me atrevo a decir flota entre nosotros. Liam aparta la vista de la carretera un segundo para mirarme. Y me pierdo en el momento y en lo que dijo anoche y en las ganas que tengo de que sea verdad y mentira al mismo tiempo.

Y ya no lo aguanto más.

—¿Puedes parar el coche?

Espero que se sorprenda, pero solo asiente.

—Sí, voy a parar el coche.

Toma un desvío en el siguiente camino de tierra y conduce hasta que dejamos la carretera atrás. Cuando apaga el motor, nos quedamos completamente a oscuras, alumbrados solo por la luz de la luna. Antes de que pueda decir nada, salto de mi asiento al suyo, me acomodo a horcajadas sobre su regazo y presiono mi boca contra la suya.

Liam emite un quejido de sorpresa, pero acaba poniéndome las manos en la cintura para atraerme hacia sí. Y, de pronto, todo lo que siento es ansia y necesidad. Y parece que, después de este día tan caótico, por fin volvemos a entendernos. Sin hablar. Porque no lo necesitamos. E intento convencerme de que es esto lo que quiero, lo que busco, lo único que me anima a estar con él; que no quiero nada más y que lo de anoche fue un error.

Un error que debo olvidar.

Somos esto. Nada y todo a la vez.

—Quítate la camiseta —susurro sobre su boca.

Se ríe y me ayuda a deshacerme de ella. Acaba en algún rincón del coche en el que no me fijo. Solo puedo concentrarme en él y en su pecho, en los músculos de sus brazos, de su abdomen. Bajo las manos para acariciarlo hasta que tengo que levantarlas para que él también pueda desprenderse de mi camiseta.

—Dios santo —musita al verme, y evidentemente mi ego crece a contrarreloj. Echa la cabeza hacia atrás—. ¿Estoy muerto? ¿En el cielo? ¿En el paraíso? ¿En un sueño? Pellízcame.

Me entra la risa. No lo puedo evitar.

—No exageres.

—No exagero. Dirías lo mismo si te vieras ahora mismo. —Me mira de arriba abajo—. Aunque te vería mejor con menos ropa. ¿Probamos?

Asiento con una sonrisa.

—Probamos.

Y lo beso otra vez. Su lengua se desliza sobre la mía y emite un quejido en mi boca cuando presiono mi cuerpo contra el suyo. El ambiente comienza a caldearse, hasta que de pronto siento que me arde la piel y todo lo que oigo son nuestros besos, nuestras respiraciones agitadas y los latidos potentes de mi corazón. Subo las manos hasta sus rizos y me recreo enredando los dedos en ellos. Mientras tanto, las de Liam vagan por mi espalda hasta alcanzar el broche de mi sujetador.

—¿Sabes que es superilegal montárselo en un coche? —susurra de pronto, y, más que cortarme el rollo, me hace incluso gracia.

—¿Eso significa que quieres que paremos?

—Para nada. Es un mero dato informativo. Prosigamos, por favor.

Vuelvo a reírme. Y me doy cuenta de algo. No es la primera persona con la que estoy. Primero vinieron Derek y Alice. Y, aun así, Liam es el único que es capaz de hacerme reír incluso en momentos como este.

Dios. Encontrar a alguien que haga eso es muy difícil.

Pero también supone muchísimos riesgos.

Y no sé si esta vez estoy dispuesta a dejar el tren pasar.

Así que, como todavía no me he aclarado, decido dejar de hablar. Y esta vez lo beso con más intensidad, buscando provocarlo y que lleguemos a mucho más. Vuelve a agarrarme las caderas para presionarme contra él y gimo al notar la dureza en sus pantalones. Vale, esto va muy rápido. Y me parece perfecto.

—¿Vamos a la parte de atrás? —propone jadeando.

Niego contra su boca.

—Mejor aquí.

Él asiente nerviosamente.

—Si me muero, más te vale buscar la forma de revivirme.

Me río otra vez. Y es tan natural, tan fácil, que los miedos parece que se quedan atrás. Estoy recreándome acariciándole la mandíbula marcada cuando escuchamos el teléfono.

—No contestes —le suplico.

—No es el mío. —Alarga la mano para buscar mi móvil sin dejar de besarme. Se aparta un momento para leer el nombre en la pantalla y, de pronto, todo su cuerpo se tensa—. Maia, es tu madre.

Me quedo fría de repente.

La realidad me cae encima. Me alejo de Liam lo justo para ver cómo me mira preocupado. Vuelvo la vista al móvil y, en efecto, veo su nombre brillando en la pantalla. Esta es la primera oportunidad que se me presenta de hablar con ella desde el funeral de Deneb. Ha pasado casi un mes. Y aun así mi primer impulso es ignorarla.

—No tienes que contestar si no quieres —me susurra Liam.

Odio mirarlo y ver la lástima y la tristeza en sus ojos. Pero, sobre todo, odio darme cuenta de que no tiene razón.

Sí que tengo que contestar.

Es mi madre.

No me queda nadie más.

La llamada se corta. Con el corazón disparado, me siento de lado sobre Liam, que se niega a dejarme ir, y busco el contacto para volver a llamarla. Él presiona los labios contra mi hombro mientras sus manos me acarician suavemente la cintura. Sería agradable si no tuviera un nudo en la garganta que no me deja pensar en nada más.

Mamá responde al tercer tono.

—¿Maia? —Suena desesperada y ansiosa, y de inmediato sé que algo va mal. Creo que está llorando. De repente estoy tan alterada que me cuesta seguir sentada en el coche.

—Soy yo —respondo a toda prisa—. ¿Estás bien? ¿Qué ha pasado? ¿Mamá?

—Necesito... necesito que vengas a por mí. Steve se ha ido y me ha dejado aquí y yo... no sé cómo volver a casa y...

Me cuesta incluso reaccionar. Solo oigo a medias lo que me dice porque el corazón me martillea con fuerza en los oídos. Liam me presiona la cintura.

—Dile que vamos —musita con mucha calma, ya que debe de haberla escuchado también.

Sus ojos conectan con los míos y veo que es sincero, que de verdad quiere hacerlo. Y me obligo a pensar con la cabeza fría y a asentir.

—Mándame la dirección. Voy a recogerte.

La última vez que Liam y yo nos peleamos, lo llamé llorando, casi incapaz de respirar, justo después de enterarme de la muerte de mi hermana. Cogió el coche y vino a recogerme de madrugada sin pensárselo dos veces. Porque es el tipo de persona que hace eso por los demás. Que no duda. Lo hizo por mí en su momento.

Y, como sabe lo mucho que me importa, esta vez lo hace por mi madre.

30

EL PRECIO DE SER COBARDE

Maia

Una vez que mamá nos envía su ubicación, ponemos el navegador y Liam conduce siguiendo sus indicaciones. El trayecto se me hace insoportable. Vamos en silencio, ya que he quitado la música, y me incomoda que no deje de lanzarme miradas de reojo. Además, he vuelto a abrirme la herida del pulgar. Creo que ha sido sin querer. Aun así, continúo rascándola con la uña hasta que noto una punzada de dolor, doy un respingo y Liam me mira directamente. Y entonces tengo que forzarme a contener las lágrimas y esconder la mano.

No dejo de pensar en mi madre, en Steve y en lo que tiene que haber pasado entre ellos para que me haya llamado llorando de madrugada. No puedo evitar ponerme en lo peor, y por eso, cuando por fin entramos en lo que parece un parque de caravanas, estoy tan acelerada que me bajo del coche incluso antes de que disminuya la velocidad. La puerta de una de las caravanas se abre de pronto y de ella sale una mujer. La reconozco enseguida; es mi madre, aunque ahora parezca una persona muy distinta a la que solía ser.

Freno en seco al verla. El corazón me bombea con fuerza en los oídos. Se acerca abrazándose a sí misma, como si tuviera los músculos dolidos y congelados. Y yo no me muevo. Pese a que sé que debería ir allí y consolarla, es como si mis pies estuvieran anclados al suelo.

—¿Qué ha pasado? —pregunto en voz alta.

Traga saliva y mira hacia otra parte.

—Steve se ha ido.

—¿Y te ha dejado aquí?

—Ha conocido a otra.

Pestañeo. Se me han llenado los ojos de lágrimas.

—Vamos a llevarte a casa.

Mamá asiente despacio. Todavía no se atreve a establecer contacto visual. Mientras tanto, yo sí que la miro, y verla tan destrozada y vulnerable me rompe el corazón. Liam aparece de pronto y no duda en quitarse la chaqueta para ofrecérsela.

—Tome, la ayudará a entrar en calor.

Y, de repente, ya no puedo más. Es como si el mundo temblara bajo mis pies.

—Ahora os alcanzo. —No espero una respuesta, solo los rodeo para ir directa hacia la caravana.

Noto cómo la ansiedad me revuelve las entrañas y me apretuja los pulmones, ansiando salir a destruirme. Subo a toda velocidad los escalones que conducen al interior. Al empujar la puerta, el hedor al alcohol me golpea de lleno. Las lágrimas se me acumulan en los ojos cuando enciendo la linterna del móvil para iluminar la estancia.

Este, este era su escondrijo. No es más que un vehículo mugriento con los sofás roídos y la cocina llena de platos sucios. Hay bolsas de frituras y latas de cerveza por todas partes. También veo cristales rotos, aunque por suerte mamá no presentaba señales de haber participado en una pelea. Me seco las lágrimas con el brazo y voy hasta el dormitorio. Siento un retorcijón en el estómago al ver las sábanas amarillentas y arrugadas de la cama.

—Maia. —Es Liam, que se acerca por detrás y me roza el brazo. Mi primer impulso es apartarme, pero él insiste y esta vez sí que dejo que me toque.

—Era aquí —pronuncio sin mirarlo. No dejo de temblar—. Mientras yo cuidaba de mi hermana y... y trabajaba para que saliésemos adelante, ella se escondía aquí.

Cuando me vuelvo hacia él, veo en sus ojos lo mucho que le duele verme así. Desliza la mano por mi brazo para entrelazarla con la mía.

—Vámonos a casa —me pide con delicadeza.

Dejo que me guíe al exterior. Mi madre ya está sentada en la parte trasera del coche. Liam y yo nos subimos en silencio, y ninguno emite ni una sola palabra durante el trayecto. Cuando por fin llegamos a mi casa, noto de nuevo esa puñalada en el pecho. La última vez que vine fue justo después de perder a Deneb. Ha pasado casi un mes desde entonces, pero aquí todo sigue igual, y de pronto me veo aplastada también por los recuerdos de ese día.

Necesito irme de aquí lo antes posible. Sin embargo, mi madre no sale del vehículo. Solo pregunta:

—¿No te quedas? —Y, evidentemente, se dirige a mí.

Nuestras miradas se cruzan a través del espejo retrovisor. Vuelvo a darme de bruces contra la realidad. Por mucho que lo haya intentado, no puedo seguir huyendo de mi vida eternamente.

—Sí, sí voy a quedarme.

Liam se pone rígido. Mamá fuerza una sonrisa y se inclina sobre mi asiento para mirarlo.

—Gracias por traernos, Liam —le dice antes de salir.

La veo avanzar a duras penas hacia la casa. Agradezco que nos haya dejado a solas, ya que necesito un momento para respirar. Echo la cabeza hacia atrás y cierro los ojos. Me siento como si el mundo diera vueltas. Cuando una mano se posa en mi rodilla, debo contener el impulso de apartarme.

—¿Estás segura? —cuestiona, y sé que preferiría que dijera que no y volviera con él a su apartamento, y a mí también me gustaría.

Pero no puedo dejar a mi madre.

—Tengo que quedarme con ella —me limito a contestar.

Silencio. Evito su mirada a toda costa. Tras unos instantes, aparta la mano y pone ambas sobre el volante.

—Está bien. Dime qué necesitas del piso y vendré a traértelo.

Ahora sí, me vuelvo hacia él con los ojos enrojecidos.

—¿De verdad lo harías?

Liam asiente con el ceño fruncido.

—¿Por qué? —añado.

—¿Cómo que por qué?

—Steve ha dejado a mi madre.

Capta enseguida lo que intento decir.

—Eso no significa que yo vaya a abandonarte a ti.

Sus palabras me atraviesan el pecho. Suena sincero, y no puedo evitar acordarme de lo que me dijo anoche. No voy a ser capaz de hacer esto mirándolo a los ojos, así que vuelvo la vista al frente.

—Creo que deberías irte a casa.

Silencio. Otra vez.

—¿De verdad vas a empezar con esto ahora? —Más que enfadado, suena muy dolido.

Lucho contra el nudo que tengo en la garganta.

—Solo necesito que te vayas.

—Estás alejándome de ti otra vez, Maia, joder.

—¿Y qué esperas que haga? —estallo, ahora sí, volviéndome hacia él—. Llevamos todo el día fingiendo que las cosas están bien entre nosotros cuando... cuando es evidente que no es así. Y no puedo lidiar con esto ahora mismo. Tengo que centrarme en mi madre.

Me mira incrédulo, como si esperara que me retractase. Puesto que no lo hago, se inclina sobre mí para abrir la puerta.

—Bien. Fuera del coche —ordena, y vuelve a poner las manos sobre el volante.

Un sabor amargo se me adueña del paladar.

—Liam... —No me deja continuar.

—¿No es lo que quieres? ¿Que te deje sola de una vez? Vas por ahí fingiendo que eres una tipa dura que no confía en nadie y soluciona sus problemas por su cuenta, así que lárgate y lidia tú con tus mierdas.

Aprieto los puños con tanta fuerza que me hago daño.

—No me hables así —le advierto.

—Estoy cansado de esto. Es muy difícil intentar estar contigo.

—¿Y quién te ha pedido que lo estés?

—Nadie, exacto. Y se ve que tú tampoco quieres, así que ¿para qué insistir? —Resopla harto, y vuelve a señalar la puerta con la cabeza—. Vete de una vez —añade sin mirarme.

Sin embargo, no me muevo. En su lugar, me acomodo de lado en el asiento para mirarlo directamente. Y espero a que diga algo más.

Él aprieta el volante y sus nudillos se vuelven blancos.

—Llevo todo el día detrás de ti como un imbécil —añade.

—Eso no es verdad —replico.

Liam me mira por fin. Lo que veo en sus ojos azules me provoca un tirón en el estómago.

—Maia, hace un momento te han entrado ganas de enrollarte conmigo después de ignorarme durante todo el día. Y yo he cedido porque... ¿qué coño voy a decirte? ¿Que no? Y ahora vuelves a alejarme de ti, como haces siempre. Intento seguirte el ritmo, pero, joder, me lo pones muy difícil. Parece que solo me quieres cuando te interesa. Y nadie es capaz de soportar eso, ni siquiera yo.

Suena el teléfono. Mi mirada se aparta de la suya para caer sobre su móvil. No tiene el contacto agendado, pero suspira y rechaza la llamada sin pensárselo dos veces. Mientras tanto, sus palabras se repiten en bucle en mi cabeza, como la sentencia de algo que podría estar a punto de terminarse.

No pienso antes de preguntar:

—¿Quién era?

Desvía la mirada tenso, como si le diera vergüenza.

—Había reservado mesa en un restaurante para esta noche. Seguramente llamarán para saber por qué no estamos allí.

Siento el pulso en los oídos.

—¿Ibas a llevarme a cenar? —No puedo identificar todas las emociones que me revolotean en el estómago.

—Sí, pero no necesito que me digas por qué crees que es una mala idea. Tenía pensado cancelarla antes de que tu madre llamara. No sé en qué estaba pensando.

Noto esa punzada de dolor, rabia y decepción en su voz que se me clava en el pecho como una estaca. De verdad piensa que no me habría gustado, y lo peor es que es mentira.

~~«Esa clase de cosas no me van con nadie, pero sí me van contigo, me habría encantado, me habría encantado.»~~

No soy capaz de decírselo, de forma que guardo silencio mientras la tensión aumenta hasta que parece que me voy a asfixiar. Liam sigue con las manos sobre el volante mirando al frente. Debería disculparme y decirle que sé que soy evasiva y que tengo que trabajar en ello, pero su voz se hace oír primero:

—Escuché lo que le dijiste a Lisa en vuestra habitación.

Juraría que dejo de respirar.

Sus ojos conectan entonces con los míos.

—¿De verdad no ves ningún futuro conmigo?

Y, de pronto, está aquí, completamente expuesto ante mí. No veo rastro en él de la confianza que siempre le caracteriza. En sus ojos se reflejan todas sus inseguridades: el dolor, el miedo al rechazo, a salir herido. Y aun así es capaz de abrirse por completo, cosa que yo jamás llegaré a hacer. Antes le he dicho a Lisa que lo nuestro no era nada serio y que no nos iban esa clase de cosas y...

Mierda, ¿lo ha escuchado todo?

—Es lo que acordamos, ¿no? —Me sorprende que la voz me funcione.

Él enarca las cejas entre dolido e incrédulo.

—¿Lo que acordamos?

—Dijimos que no iríamos en serio.

—No recuerdo haber tenido esa conversación contigo, Maia.

—Pero esa noche, cuando... —*cuando nos acostamos*, quiero continuar, pero no puedo decir eso. Me aclaro la garganta—. Me dijiste que habías estado con varias chicas, pero que ninguna había sido una relación seria.

—¿Qué tiene que ver eso contigo?

—Pensaba que querías lo mismo de mí.

Me siento tan incómoda que me entran ganas de salir corriendo. Empeora cuando Liam mira al frente rígido. No parece sorprendido. Más bien, es como si acabase de confirmar una sospecha que tenía desde hace mucho.

—Reservé la mesa anoche antes de hablar contigo sobre lo de Ashley. Quería hacer algo especial por ti. Un rato después, Hazel nos retó a beber si nos habíamos enamorado alguna vez. Tú ni siquiera tocaste el vaso —recita sin mirarme—. Ahí fue cuando me di cuenta de que soy gilipollas, porque yo sí que bebí.

Se me vuelven a llenar los ojos de lágrimas.

—Pensé que lo hacías por Michelle.

—¿Tanto te cuesta creer que pueda haber algo más entre nosotros?

Ahora me mira directamente. Y no sé cómo expresar lo que siento, las ganas que tengo de lanzarme a sus brazos y lo mucho que me estoy conteniendo.

—No estoy hecha para que otros me quieran, Liam.

—Sí que lo estás, pero alejas de ti a todo el que lo intenta. —Desvía la vista cansado—. Sal del coche.

Se me tensa el cuerpo entero.

—¿Qué? —articulo sorprendida.

—Sal del coche —repite—. Me voy. Esto no lleva a ninguna parte.

No necesito oír ni una palabra más.

Abro la puerta y bajo del vehículo. Concentro todos mis esfuerzos en no soltar ni una lágrima. Mentiría si dijera que no lo sabía, pero es diferente escucharlo en voz alta. Me duele y me enfada a partes iguales. Estoy yendo hacia la casa cuando se oye el estruendo de la puerta del coche al cerrarse. Liam también acaba de salir.

—¿Así que ahora eres tú la que está cabreada? —demanda detrás de mí.

—Déjame en paz.

—Es imposible tratar contigo —dice incrédulo. Y yo freno en seco—. Lo he intentado, en serio. Pero no sé qué diablos quieres de mí.

—¿Que qué quiero de ti? —estallo, y camino hacia él sin pensármelo dos veces. Le empujo el pecho con las manos—. ¿Tienes idea de lo que pasó anoche? ¡Me lo soltaste sin más! ¡Y estabas borracho! Fue la primera vez que alguien me decía algo así y yo... ni siquiera sabía si lo pensabas de verdad y...

—Maia —intenta intervenir.

No se lo permito.

—¿Cómo querías que me comportara hoy? —continúo al borde de las lágrimas—. ¡No sabía si te acordabas o no! Y todo lo que yo te dije, no... no...

—Maia, ¿qué fue lo que te dije? —insiste con seriedad.

—¿Tú qué crees?

—Mierda —murmura al darse cuenta. No puedo más, así que me giro para seguir andando. Liam corre hasta mí—. Mira, no debería habértelo dicho así, ¿vale? Llevaba callándome mucho tiempo y...

—¿Qué? —Me detengo de golpe.

Él traga saliva.

—No quería decírtelo. Me daba miedo que te alejaras.

Y, entonces, siento aún más rabia. Rabia, vergüenza y dolor.

—Lárgate de una vez. —Y vuelvo a caminar.

Liam corre de nuevo detrás de mí.

—¿Por qué estás tan enfadada? ¡Joder!

—¡Porque esto no tenía que pasar! —exploto girándome para mirarlo—. Me iba bien antes de que llegaras. Toda la gente que entra en mi vida acaba saliendo de una forma u otra, y no pienso dejar que me hagas daño. Así que sí, la has cagado. No deberías sentir nada por mí. Porque esto no es lo que yo busco.

Su expresión cambia. De pronto, me está mirando como si le acabara de apuñalar.

—Estás tan obsesionada con no salir herida que a veces no te das cuenta del daño que tú haces a los demás.

—Siempre he sido así —contesto—. Pero has estado tan cegado que no te has dado cuenta.

Me giro para seguir avanzando. No tardo en volver a oír su voz.

—¿Sabes lo que yo creo? Eres una cobarde. Sabes que tú también sientes algo por mí y te da miedo tener que hacerle frente.

Aprieto los puños, todavía de espaldas a él.

—Eso no es verdad.

—Ni siquiera fuiste capaz de responderme anoche.

—¡Porque me pillaste por sorpresa! —exclamo harta—. ¡Y porque estabas borracho, Liam, joder!

Él camina hacia mí.

—¿Así que fue solo por eso? ¿Habrías reaccionado de forma distinta en otra situación? —Me quedo mirándolo con la respiración entrecortada, y añade—: ¿Responderías si lo dijese ahora?

No contesto.

Y mi mayor miedo e ilusión se materializan juntos en su boca.

—Estoy enamorado de ti. Más de lo que nunca he estado enamorado de nadie. Y yo también estoy acojonado, pero eso no significa que vaya a seguir fingiendo que no siento nada.

Y, de repente, siento un torbellino de emociones que me destrozan y me reconstruyen al mismo tiempo. Porque Liam Harper, el chico que me entiende, me hace reír y me recuerda cada día lo fuerte que soy, dice que está enamorado de mí. Y yo debería estar dando saltos de alegría. Pero no lo hago. Porque mis miedos e inseguridades me están ganando la batalla. Aunque lo tenga aquí, diciéndomelo en voz alta, no me lo creo.

No me creo que alguien pueda sentir algo así por mí.

Y por eso no estoy preparada para darle lo que busca.

Las palabras se me atascan en la garganta. Y solo nos miramos en silencio, mientras el murmullo de las farolas y nuestras respiraciones entrecortadas danzan entre nosotros. Transcurridos unos segundos, presencio el momento exacto en el que saca sus propias conclusiones.

Es como ver cómo el corazón se le hace pedazos.

—Ya —murmura. Se aclara la garganta, tenso, y desvía la mirada.

No quería llorar, pero no puedo evitar que se me vuelvan a llenar los ojos de lágrimas.

—Lo siento —casi sollozo.

—¿No estás segura de...?

Niego con la cabeza.

—No.

Me mira. Y mi corazón se rompe aún más cuando noto que él también tiene los ojos enrojecidos.

—No me merezco esto —dice.

Y, aunque me duele, le doy la razón.

—Te mereces a alguien que no dude ni un segundo.

«Es lo que quiero para ti, alguien que te dé todo lo que yo soy incapaz de darle a nadie.»

Me siento como si me hubieran clavado una estaca en el corazón y la retorcieran sin piedad. Creo que es una ruptura. Y no se parece a ninguna de las que he tenido antes; no hay gritos ni reproches, no intentamos hacernos daño el uno al otro. No hay rabia.

Solo el dolor de dos personas que saben que no va a funcionar.

Y eso hace que sea mucho peor.

—Hay personas que simplemente no están destinadas a estar juntas —añade, y es como si me arrancara el corazón del pecho.

—También puede que sea culpa del momento, ¿no?

Alza la mirada.

—¿De verdad lo crees?

—No lo sé. Supongo que algún día lo descubriremos.

Ese «algún día» suena lejano y esto se parece cada vez más a una despedida. Quiero acercarme y abrazarlo. No soy la única que llora. Y nunca antes había visto a Liam, el chico divertido que siempre bromea para hacer sentir bien a los demás, tan destrozado. Es culpa mía, como siempre. No obstante, de solo pensar en tocarlo ahora mismo se me cierran los pulmones.

Se da la vuelta. Siento una presión en el pecho porque creo que va a irse sin decir nada más, pero entonces se gira de nuevo.

—Me tienes cariño, ¿verdad? —Me pongo rígida. Él vacila—. Quiero decir, aunque no... aunque tú no estés enamorada de mí, sí que...

—Sí —lo corto a toda prisa—. Sí, claro que sí.

~~«Dile que es importante para ti.»~~

~~«Pídele que no se vaya.»~~

~~«Dile lo que sientes.»~~

—Necesito que hagas algo por mí —continúa. Veo en sus ojos lo difícil que le está siendo—. No he pasado por esto antes y... no sé cuánto me va a costar superarlo. Lo único que tengo claro es que no puedo seguir viéndote todos los días.

El nudo en mi garganta se vuelve más insoportable. Asiento, aunque me cuesta horrores.

—Iré a recoger mis cosas de tu casa.

—¿Estarás bien?

Que, a pesar de todo, se siga preocupando aviva el ardor en mi pecho. Parece que me quema por dentro.

—Sí —contesto, e intento parecer tranquila—. Tengo a Lisa y... y creo que también a Evan.

—Y te tienes a ti —me recuerda mirándome a los ojos.

—Sí, me tengo a mí.

~~«No te vayas, no te vayas, no te vayas.»~~

Nos miramos una vez más. Mientras los recuerdos se reproducen frente a mis ojos, noto cómo las lágrimas regresan. Liam se gira y camina hacia el coche. Y yo me rodeo con los brazos para asegurarme de que no me voy a romper.

—Suerte con tus vídeos —pronuncio en voz alta, al igual que el día que nos conocimos, cuando tuvimos que despedirnos en su casa—. Capullo —añado con un nudo en la garganta.

Sus ojos vuelven a conectar con los míos y sé que también se acuerda, porque responde:

—Suerte con tu trabajo como camarera, supernova.

Suelto un hipido parecido a una risa, que no es tal porque ahora sí que no dejo de llorar. Sube al vehículo y cierra la puerta. Y yo me quedo aquí parada, en medio del césped, viendo cómo arranca y conduce hasta perderse al final de la calle.

Por encima de mí, de nosotros, todavía brillan las estrellas.

Y sé que Deneb está ahí arriba muriéndose de ganas de bajar aquí y decirme a la cara que soy una cobarde.

31

DOS CORAZONES ROTOS

Liam

Creo que es la primera vez que me rompen el corazón.

Duele como el mismísimo infierno.

Han pasado doce horas y ahora estoy aquí, en el sofá, envuelto en las sábanas que he utilizado para dormir. Vuelvo a tener ese nudo asfixiante en la garganta que me persigue desde anoche. Solía pensar que las canciones de desamor exageraban, pero ahora sé que son reales. Porque todo lo que siento es dolor. Y vacío. Un vacío horrible que se adueña de mi pecho centímetro a centímetro. Y que no se deja ningún rincón por oscurecer.

He sufrido decepciones amorosas antes; con Michelle, por ejemplo, y con otras chicas antes que ella. Sin embargo, ninguna dolió como esta, lo que me lleva a pensar que quizá por entonces aún no sabía lo que era el amor de verdad.

Maia es la primera persona de la que me he enamorado, la única que realmente me ha hecho desear que me quisieran de vuelta.

Y eso la convierte en mi primer amor no correspondido.

Por mucho que intento apartar esos pensamientos destructivos de mi mente, no lo consigo. Mierda, llevo lamentándome como un crío desde ayer. Nuestra conversación no deja de repetirse en bucle en mi cabeza. Ojalá hubiera forma de sacarme el corazón del pecho para dejar de sentirlo porque, cada vez que recuerdo lo que me dijo, es como si se retorciera. Sería mucho más fácil olvidar lo ocurrido si tuviera alcohol, pero Evan ha pasado la noche fuera, imagino que con Lisa, y no encontré ninguna botella en los armarios.

Suspiro, me armo de fuerzas y obligo a mis músculos pesados a ponerse en marcha para levantarme del sofá. Me da igual que el salón esté hecho un desastre. Voy directo a la cocina para preparar el café. Maia solía ser quien lo hacía todas las mañanas antes de irse a trabajar. Cuando le pregunté, me dijo que era porque ella también se había aficionado a él. Siempre supe que era mentira y que, en realidad, seguía odiándolo y solo lo preparaba para mí. Pensarlo me sienta como una patada en el estómago. Dejo la cafetera puesta y me dirijo a mi cuarto para cambiarme de ropa.

Solo que, al entrar, recuerdo por qué no he dormido aquí.

Ella está por todas partes.

Sus cuadernos y su portátil están sobre el escritorio, su ropa en el armario y tiene incluso un par de pendientes sobre la mesilla. No me he dado cuenta del espacio que estaba ocupando en mi vida hasta ahora. Aún me acuerdo de cuando le ofrecí pasar unas semanas aquí. Me gustaba la idea de que se sintiera tranquila, lejos de Steve, y de poder estar ahí para ella en los momentos difíciles posteriores a la muerte de su hermana. Como resultado, ahora noto su presencia en toda la habitación. Es como si todavía estuviera aquí.

Intentando ignorar la presión que siento en el pecho, abro el armario y me enfundo una camiseta limpia y unos pantalones de chándal. También me pongo las zapatillas. Necesito mantener la mente ocupada. Como sea. Cuando vuelvo al salón, cojo el móvil y me dejo caer otra vez en el sofá. Estoy borrando todas las canciones de 3 A. M. de mi lista de reproducción —no podría escucharlas sin acordarme de ella— cuando alguien forcejea con la puerta.

Me da un vuelco el corazón. Maia tiene una llave, así que lo primero que pienso es que se trata de ella.

Quienes entran en su lugar son Lisa y Evan.

Venían riéndose, pero entonces cruzan el recibidor y me ven aquí parado, y dejan de sonreír. Y yo solo miro lo que me rodea, el desastre, y trago saliva antes de decir:

—Maia y yo lo hemos dejado.

Se forma un silencio sepulcral.

—Tío —susurra Evan, transcurridos unos segundos. Deja las llaves sobre la mesa y se acerca rápidamente.

Si hay algo peor que una ruptura es la lástima. Hace que me

sienta humillado, de forma que me levanto antes de que venga a darme un abrazo. Evan pilla la indirecta y se detiene. Mira a Lisa, que se ha parado un poco más atrás.

—Lo siento mucho —dice ella. Suena dolida.

Me encojo de hombros, pese a que estoy muy tenso. Todavía tengo en mente la conversación que tuvo con Maia anoche.

—No pasa nada —miento. Estoy destrozado, pero no lo menciono.

—¿Qué ha pasado? —inquiere Evan con cuidado.

Tengo que arrancarme las palabras de la garganta:

—Sabíamos que no iba a funcionar.

—Liam... —empieza a decir Lisa, pero de pronto no lo aguanto más.

—Tiene que venir a recoger sus cosas cuanto antes —la interrumpo—. ¿Puedes avisarla?

Ella intercambia una mirada rápida con Evan, preocupada, y después asiente con la cabeza.

—Claro. Yo me encargo.

—Gracias. —No soy capaz de decir nada más.

Nos miramos durante unos instantes. Y ya no solo me siento tenso, también terriblemente incómodo. Es el momento exacto en el que decido que no puedo seguir aquí. Estas paredes me están asfixiando. Y, si Maia piensa venir, lo mejor será que me largue lo antes posible. No estoy preparado para volver a verla.

No sé cuándo lo estaré.

—Avisadme cuando se haya ido —les pido, y solo necesito coger la chaqueta y las llaves antes de salir del apartamento.

Maia

Liam no quiere verme.

Aunque ya me lo esperaba, me mata que Lisa recalque en su mensaje que se ha ido, como si creyera que así me sentiré mucho menos incómoda. Y lo peor es que así es, y que eso duele. Ahora estoy subiendo sola en el ascensor de su edificio y ni siquiera me preocupa lucir despeinada o tener las ojeras muy marcadas.

Casi no he dormido esta noche. Cuando entré en casa después

de discutir con Liam, mamá ya estaba acostada. Fue una suerte que no quisiera hablar conmigo, ya que estaba demasiado saturada como para pensar. Lo único que hice fue tumbarme bocarriba en la cama y mirar el techo. Al principio ni siquiera lloré. Pero después abrí mi cuaderno y encontré la dichosa estrella pegada en una de las hojas; esa en la que Liam escribió la definición de «supernova». Ahí mis defensas se vinieron abajo. Y lloré hasta quedarme dormida.

Ahora ya no lo hago.

Ni siquiera cuando utilizo mi llave —esa que él me dio— para abrir la puerta.

Al entrar, un torrente de tristeza se me instala en el pecho. Liam y yo habíamos creado una rutina. Solía estar en el sofá cuando yo volvía del trabajo y simplemente me sentaba ahí, a su lado, a escucharlo hablar. Sobre cualquier cosa. Es de las pocas personas que consiguen que me pase horas escuchando sin cansarme. Ahora esos momentos se han convertido en recuerdos y las únicas voces que se oyen son las de Lisa y Evan.

—No me creo que haya sido capaz de hacer algo así. —Está diciendo él. Solo tardo un instante en deducir que habla sobre mí.

Cierro la puerta con cuidado para no hacer mucho ruido.

—Era lo mejor —contesta Lisa—. Tenía que pasar tarde o temprano.

Siento una punzada en el pecho. Me quedo parada en medio del recibidor. Incluso ella sabía que lo nuestro no funcionaría y, aun así, no se atrevió a decírmelo.

—Si sabías que Maia no lo quería, podrías haberlo dicho. Liam no se merece pasarlo mal por ella. Ni por nadie.

—Nadie ha dicho que Maia no lo quiera.

—Entonces, ¿por qué lo ha hecho? Por muy amiga tuya que sea, no es la única que tiene problemas. No puede ir por ahí alejándose de todo el mundo.

—No la conoces como yo —sentencia Lisa con más seriedad esta vez—. No sabes cómo era antes de que apareciera Liam. Se ha abierto mucho. A todo el mundo. Pero es una persona desconfiada, ha sufrido mucho y todavía le cuesta entregarse a los demás. Eso no significa que no vaya a hacerlo nunca. Estoy segura de que acabará recapacitando. Solo necesita tiempo.

Evan resopla, como si estuviera cansado de excusas.

—No fue eso lo que le dijo a él.

No lo aguanto más, así que salgo ahí fuera antes de que puedan decir ni una palabra más. Golpeo la puerta abierta del salón y Lisa y Evan, que estaban sentados juntos en el sofá, alzan la mirada hacia mí.

La situación se vuelve todavía más tensa.

—Vengo a recoger mis cosas —expreso incómoda.

Me rodeo con los brazos para sentirme más protegida. Lisa no tarda en levantarse para acercarse. Veo la preocupación en sus ojos, mientras que Evan ni siquiera se molesta en mirarme. Imagino que Liam le ha contado lo que ha pasado y que ahora también encabezo su lista de enemigos.

—¿Estás bien? —me pregunta ella.

Las ganas que tengo de desahogarme me arden en el pecho, pero me obligo a asentir.

—Ajá. —Por suerte, no insiste. Agradezco que no me abrace, porque entonces sí que no podría contener las ganas de llorar y no pienso hacerlo delante de Evan.

No intercambio ni una mirada con él mientras recogemos. Entiendo que esté enfadado; yo también lo estaría si le hubiera hecho daño a Lisa y sé que Liam debe de estar destrozado por mi culpa. Prefiero no pensarlo, sin embargo, y solo me concentro en empaquetar todas mis cosas. No me gustaría olvidar algo importante y tener que regresar. Haría sentir incómodo a Liam. Lo mejor que puedo hacer por él es desaparecer, tal y como me pidió.

Dudo que sea fuerte de verdad, pero fingirlo se me da bien. Sigo sin soltar ni una lágrima cuando me subo al coche con el maletero cargado. Lisa ha insistido en venir conmigo, mientras que Evan se ha quedado arriba esperando a Liam, que no tardará en volver. Puesto que no quiero tentar a la suerte, arranco y salgo de la calle lo antes posible. Tendré que venir a Mánchester más veces por el trabajo, pero aun así esto se siente como una despedida.

El trayecto transcurre en silencio. No ponemos música. Un rato después, aparco el coche frente a la casa de Lisa.

—Gracias por traerme. —Me sonríe mientras se desabrocha el cinturón—. Hemos cogido el bus esta mañana porque mi coche estaba sin gasolina.

—No es nada. —Y yo también fuerzo una sonrisa, pero no resulta para nada creíble.

Espero que se marche y me deje sola con mis pensamientos. En su lugar, me mira y dice:

—Ya puedes ser sincera. Sé que no estás bien.

Me tenso. Claro que no estoy bien. Me siento como si me hubieran arrancado el corazón del pecho. Y eso hace que hablar sobre ello sea mucho más difícil.

Aprieto el volante y miro hacia otra parte.

—Lo superaré —respondo. No me queda otra, ¿no?

Alarga la mano para agarrar la mía.

—Lo haremos juntas —me corrige—. No tienes por qué enfrentarte sola a esto, Maia. Ni a nada. Lo sabes.

Fue lo mismo que me dijo Liam hace unos días, cuando le conté la historia de mis cicatrices. Anoche quiso apoyarme, al igual que siempre, y lo alejé de mí porque es lo que acostumbro a hacer. También lo he intentado con Lisa. Muchas veces. Me da tanto miedo que me hagan daño que me cierro en banda y no me doy cuenta de lo mucho que eso hiere a los demás.

No quiero ser mala para quienes me rodean. No se lo merecen.

—Me gustaría buscar ayuda profesional —me sincero sin mirarla. Me cuesta horrores sacarme las palabras de la boca—. Creo... creo que me vendría bien.

Ni siquiera puedo mirarla. Temo que me juzgue o que piense que es ridículo, pero se limita a apretarme la mano y dedicarme una sonrisa de ánimo.

—Mi tía es psicóloga. Tiene contactos. Puedo pedirle recomendaciones si quieres. Y que te atiendan lo antes posible.

No sabría expresar el alivio que siento.

—Muchas gracias, Lisa.

—No tienes que darlas —responde—. Es lo que hacen las amigas. Se apoyan entre sí.

Dicho y hecho, se acerca y me envuelve entre sus brazos. Es justo lo que necesitaba y, aunque tengamos poco espacio dentro del coche, me parece tan reconfortante que me resulta muy difícil contener las ganas de llorar. Ahora sí que me siento vulnerable; sin embargo, no me da ningún miedo. Solo me duele ver que ella también parece triste.

—Eres una tía genial —menciono, y me sonríe.

—Ya lo sé. —Al apartarse, me seca las lágrimas con los pulgares. Es un gesto cargado de cariño—. ¿Estás segura de que quieres irte sola a casa?

Asiento con la cabeza.

—Entro a trabajar dentro de media hora.

—Está bien. Llámame si necesitas algo. Cualquier cosa —añade lanzándome una última mirada.

Acto seguido, abre la puerta del coche. Frunzo los labios mientras me debato entre si pronunciar o no las palabras que luchan por salir de mi boca.

—Lisa —la llamo antes de que se vaya. Se vuelve hacia mí y simplemente lo suelto—: Te quiero. Mucho.

Creo que se reirá, pero sonríe.

—Y yo a ti, tía dura.

Me guiña un ojo y cierra la puerta. Yo me vuelvo hacia delante mordiéndome el labio y arranco el motor.

No he mentido a Lisa; mi turno sí que empieza dentro de media hora, pero decido pasar antes por casa para dejar mis cosas. Aparco frente a la puerta y hago varios viajes para llevar todas las cajas y maletas hasta la entrada. Una vez que el coche está cerrado, cojo la llave para entrar. A diferencia de antes, cuando mamá todavía salía con Steve, no encuentro la vivienda sumida en un silencio sepulcral, sino que se oye el leve murmullo de la televisión, lo que significa que está en casa.

Sin molestarme en saludar, cojo la maleta más grande y la arrastro por el recibidor. Ni siquiera la miro cuando paso junto al salón, pero oigo movimiento, como si acabara de levantarse del sofá. Voy directa a mi habitación y oigo su voz antes de poder cerrar la puerta.

—¿Necesitas ayuda?

—No —contesto con sequedad. Dejo la maleta en mi cuarto y me giro para seguir trayendo las demás.

Casi me doy de bruces con ella. No sé qué esperaba ver; supongo que a la mujer desaliñada a la que recogí anoche en ese parque de caravanas. Pero no. Está diferente. Se ha duchado, lleva ropa limpia y no veo en su rostro señales de que haya consumido alcohol. Sin embargo, no confío en ella. Me ha fallado siempre que lo he hecho.

—¿Estás borracha? —le pregunto sin delicadeza.

—¿Qué? —se sorprende de inmediato—. ¡Pues claro que no!

Para colmo, ahora parece indignada.

—Bien —me limito a contestar rodeándola para salir—. Me voy a trabajar.

—Maia, me gustaría hablar contigo.

—Voy a llegar tarde.

—Cariño...

Freno en seco. De pronto, ya no puedo más.

—¿Habrías vuelto? —le pregunto volviéndome hacia ella—. Si Steve no te hubiera abandonado, ¿habrías vuelto a por mí?

El corazón me late fuerte en los oídos. Esperaba que se bloquease, pero solo traga saliva y asiente.

—Por supuesto que sí. Eres mi hija.

—¿Y por qué no estuviste aquí cuando te necesitaba?

No quiero llorar, pero, mierda, me resulta casi imposible. Las emociones de anoche, las de hoy y todo lo que ha pasado con Liam se me cae encima. De golpe. Entonces, algo cambia en su mirada; es como si me viera por primera vez tal y como soy ahora, como si acabara de darse cuenta de lo mucho que he cambiado, de los sacrificios que he hecho.

Intenta acercarse a mí, pero me huelo sus intenciones. Retrocedo y me cruzo de brazos para que no me estreche contra sí.

—Sé que he metido la pata, ¿vale? —comienza, bajando la voz. No se mueve. Y en sus ojos encuentro el dolor de mi rechazo—. Me he equivocado muchas veces, Maia. Pero puedo cambiar. Quiero cambiar. Y lo haré por ti. Por nosotras.

Llevo meses queriendo escuchar estas palabras. Y ahora suena entregada y decidida, y quizá sea a raíz de todo lo vivido este año, pero de pronto soy plenamente consciente de lo mucho que he cambiado. Porque la Maia de antes sí la habría creído. Sí habría confiado en ella.

La de ahora no lo hace.

—Me lo creeré cuando lo vea. —Y, acto seguido, me giro y salgo de la habitación.

LO QUE NUNCA LE HE DICHO A NADIE (II)

Creo que en realidad no soy un agujero negro.

Ellos no dejarían ir a nadie nunca, aun sabiendo que no son buenos para esa persona. Y yo sí dejé ir a Liam. Porque sabía que no estaba preparada para estar con él.

Tampoco creo que sea una supernova, como él dice.

Dejémoslo en que soy un punto intermedio; una estrella que no destaca hasta que alguien mira al cielo con un telescopio y le apunta directamente a ella. Una estrella con sus pros y sus contras. Con más contras que pros ahora mismo. Pero una estrella, a fin de cuentas.

Y, como todas las estrellas, como todas las personas, tengo la oportunidad de mejorar.

Quiero empezar a brillar más fuerte.

32

RECUBIERTA DE HIELO

Maia

Alzo la mirada hacia el calendario.

Diez días. Han pasado diez días.

—Tienes buen gusto musical, pero me temo que espantaremos a todos los clientes como sigamos así.

Doy un respingo y me giro para encontrarme con Clark, mi jefe, que me observa con el codo apoyado sobre el mostrador. Al principio el corazón se me dispara; sin embargo, me relajo al ver la sonrisa afable que tiene en la cara. Aun así, me aclaro la garganta y me apresuro a cambiar la lista de reproducción en el portátil.

—Perdona —me disculpo, y selecciono otra más animada—. No era la que había preparado para la tienda. Estoy un poco distraída.

De inmediato me arrepiento por haber hablado de más; no creo que admitir que estás en otro mundo delante de tu jefe te haga sumar puntos, pero Clark no parece descontento, sino que se limita a enarcar las cejas. Como ya es habitual, tiene un cigarrillo encendido entre los dedos.

—¿Y eso? —se interesa recostando la cadera contra el mostrador. Se lleva el cigarro a los labios—. ¿Va todo bien?

Me encojo de hombros. No quiero mentirle, pero tampoco me parecería adecuado contarle mis problemas. Una vez que la nueva lista se hace oír por los altavoces, me alejo del ordenador.

Clark todavía me mira con curiosidad.

—¿Es por tu amigo? No viene mucho últimamente. —Me vuelvo a mirarlo y sube un hombro—. Soy observador —se justifica.

Mierda, Liam. Claro que se acuerda de Liam. Aunque solo se hayan visto un par de veces, no es alguien a quien se olvide fácilmente. Y yo estoy viviéndolo en primera persona. Han pasado diez días desde que discutimos, no he vuelto a saber nada de él y su nombre sigue dando vueltas en mi cabeza. Constantemente. He llegado a la conclusión de que me voy a pasar mucho tiempo echándolo de menos.

He perdido la cuenta de las veces que he estado a punto de mandarlo todo a paseo y llamarlo.

—Es complicado —respondo sin dar más detalles. Me agacho junto al mostrador para coger un trapo con el que limpiar el polvo.

Clark asiente pensativo.

—¿A eso vienen las canciones sobre los corazones rotos?

Me muerdo el labio un tanto avergonzada.

—¿De verdad soy tan evidente?

—Y persistente. He visto a un par de clientes llorando.

—Lo siento mucho, Clark.

Niega para restarle importancia. Su sonrisa ha regresado.

—No pasa nada. —Da otra calada a su cigarrillo—. Es parte del camino, ¿sabes? Que te rompan el corazón.

—Eso no significa que no duela.

No quiero seguir hablando de esto. Y no me gusta ese tono paternal porque, aunque sus intenciones sean buenas, me recuerda demasiado a papá. No necesito más razones para deprimirme. Sigo limpiando el mostrador. Transcurridos unos segundos, suspira.

—¿Es verdad que tienes dos trabajos? —inquiere. Ignoro cómo lo ha descubierto, pero asiento con la cabeza—. ¿Y no es agotador? Ir corriendo de un sitio a otro, tener que cambiar de uniforme...

—Necesito los dos para ahorrar para la universidad —contesto, e intento que no se dé cuenta de lo tensa que estoy.

Una vez que he terminado, doblo el trapo en dos y cojo el producto de limpieza. Voy a rodearlo para salir del mostrador y empezar con la limpieza de las estanterías cuando, tomándome por sorpresa, dice:

—Me gustaría ofrecerte un empleo a tiempo completo. Tenemos muchos clientes nuevos desde que tu amigo nos hizo publicidad y necesito a alguien que se encargue de la tienda por las mañanas. Has demostrado ser buena para el puesto, así que, si lo quieres, es tuyo. Avísame cuando hayas tomado una decisión. —Utiliza su cigarrillo para señalarnos al portátil y a mí—. Pero nada de canciones tristes.

Dicho esto, vuelve a la trastienda mientras yo todavía asimilo la magnitud de sus palabras.

No sé cómo esperaba que fuera este lugar, pero tengo claro que no así.

Tras seguir las indicaciones de Lisa, he acabado aquí llamando a la puerta del apartamento 3.º A. Me recibe una chica joven, mucho más de lo que imaginaba. Doy por hecho que trabaja como becaria y que se encarga del mostrador, ya que me conduce hasta allí.

—Maia, ¿verdad? —Habla con la mirada fija en el ordenador. El pelo rubio le cae en ondas sobre los hombros—. Soy Eleonor y estoy aquí para lo que necesites. De momento, puedes irte a la sala de espera. Te llamaremos enseguida.

Eleonor, vale. Procuro quedarme con el nombre.

Siento un retorcijón en el estómago al escucharla, pero la sigo hasta la sala de espera. Hay varios sofás de un color verde oscuro distribuidos por la estancia. Me acomodo en el más cercano. Mi primer impulso es volver a rascarme el pulgar y arrancarme el padrastro, pero me contengo. La herida se ha curado porque llevo una semana sin hacerlo y no pienso recaer. Me distraigo mirando las paredes, pintadas de un blanco crudo, de las que cuelgan distintos cuadros.

Me sorprende que sea tan... acogedor. En mi cabeza era peor: más impersonal, más frío. Sin embargo, si no estuviera tan nerviosa por haber venido sola, me sentiría muy cómoda aquí. Mantengo la esperanza de sentirme así solo la primera vez. Voy a entrar ahí y a pasar la parte difícil. Y luego todo será más sencillo, para mí y para todos.

Justo enfrente hay un diploma en el que se lee «Doctora Hastings, psicóloga».

Ojalá Liam hubiera venido.

Aunque ya no hablemos, estoy segura de que se alegraría de saber que he seguido su consejo. Si estuviera aquí, probablemente me soltaría uno de sus discursos y me diría que soy fuerte y valiente y todas esas cosas que solía repetirme a menudo para que dejase de dudar de mí misma. Es ahora, viéndolo con perspectiva, cuando me he dado cuenta de lo mucho que se preocupaba por cambiar esa concepción tan horrible que tengo de mí. Y también de la suerte que tenía de que estuviera ahí para apoyarme. Siempre.

Es difícil encontrar a alguien que te mire de esa forma. Que te aprecie tanto. Que te haga sentir tantas cosas.

—¿Maia? —Eleonor abre la puerta y me levanto de un salto. Sonríe, como si hubiera notado que estoy nerviosa—. Ven conmigo. Ya está lista para verte.

Me guía por un pasillo estrecho hasta la habitación del fondo. Nada más entrar, veo un ventanal amplio por el que entra mucha luz. Hay estanterías con libros, varias macetas con flores y dos sofás enfrentados en el centro. Sentada en uno de ellos está una mujer. Se levanta para recibirme. Me vuelvo hacia Eleonor, que me guiña un ojo.

—Seguro que va bien —me asegura.

Acto seguido, me sonríe una vez más y cierra la puerta.

Me trago los nervios y me vuelvo hacia la doctora. Es bastante más mayor, pero aun así su sonrisa me transmite tranquilidad.

—Encantada de conocerte, Maia —me saluda—. Soy la doctora Hastings, pero puedes llamarme Anna. Como prefieras.

Asiento. Aunque estoy nerviosa, pensé que sería mucho peor.

—Gracias, Anna —respondo, y amplía la sonrisa.

—¿Por qué no te sientas? —sugiere al ver que no me muevo.

Me acomodo en uno de los sillones y ella hace lo mismo justo en el de enfrente. Cruzo las piernas mientras la veo abrir un cuaderno. Cierro los ojos y tomo aire para relajarme.

Y por fin pregunta:

—¿Qué es lo que te ha traído aquí?

Cuando salgo de la consulta, ya ha anochecido. Y, al mirar al cielo, casi puedo imaginarme a mi hermana siguiéndome desde ahí arriba y diciendo: «Brillas, Maia. De ahora en adelante y para siempre, brillas».

No he hablado con mamá esta última semana. No más de lo necesario. Su ruptura con Steve la ha dejado hecha polvo, lo que me parece curioso, porque eso significa que las dos tenemos el corazón roto al mismo tiempo. Y quizá por eso nos limitamos a fingir que la otra no existe. Cada una sus propios problemas con los que lidiar.

Sin embargo, cuando llego a casa esa noche, no me la encuentro tumbada en el sofá como todos los días. En su lugar, está sentada en la mesa del comedor esperándome. La televisión está apagada y en la casa reina el silencio. Frunzo el ceño. Mi desconfianza se dispara cuando veo un par de maletas en el pasillo.

—¿Puedes sentarte? —me pide antes de que pueda abrir la boca. Suena cansada y, sobre todo, profundamente triste—. Me gustaría hablar contigo.

Mi instinto me anima a encerrarme en mi cuarto y huir de esta conversación, pero acabo tomando asiento frente a ella. Me apretujo las manos bajo la mesa inquieta. Mamá hace lo mismo y siento una punzada al darme cuenta de que heredé el gesto de ella. No recuerdo cuándo fue la última vez que nos sentamos a hablar. Y eso es muy triste. Porque es mi madre.

—Steve no va a volver —inicia.

Me tenso, pero de todas formas me las ingenio para decir:

—Lo siento mucho, mamá.

Para mi sorpresa, niega con la cabeza.

—Es lo mejor para ambas. No era un buen hombre. —Trago saliva. No me sale decir nada más—. Conoció a una mujer en la costa. La otra noche, cuando te llamé, acababa de descubrir que llevaba semanas engañándome. Se ha largado con ella. Y eso significa que se ha terminado, Maia. Es definitivo. No vamos a verlo nunca más.

Me apresuro a asentir. Cuando quiero darme cuenta, se me han llenado los ojos de lágrimas. Después de pasarme tantos meses alerta por su culpa, por fin se acabó. Puede quedarse en el pasado. Y yo puedo seguir adelante.

—Sé que no he sido una madre ejemplar últimamente —continúa—. No estuve cuando me necesitabas. Y no pretendo ponerte excusas, pero me parecías tan... capaz de hacerlo todo por ti misma. Cuando tu hermana tuvo el accidente, dejaste de ser una niña para convertirte en una adulta. Y de pronto sentí que no me necesitabas y que, además, era una carga para ti.

Me tenso. Para no querer ponerme excusas, suena como una.

—Me convertí en una adulta porque tú no estabas ahí —respondo con sequedad.

Asiente y veo el dolor en su mirada.

—Lo sé. Y me arrepiento de haberte dejado sola. —Es como si le costara mucho hablar—. Cuando conocí a Steve, yo... me enamoré de verdad, Maia. Pero entonces os presenté y vi cómo te miraba y... no me gustó nada. Quizá no me creas, pero lo hablé con él muchas veces. En privado. Siempre me decía que eran imaginaciones mías. Y nunca cambió. Cuando te vi con ese chico, Liam, pensé... pensé que estarías bien. Tal vez incluso mejor que con nosotros. Así que cogí mis cosas y me fui.

—Esa noche me dijiste que creías que Liam era violento —replico, ya que aún recuerdo cómo tuve que echarlo de casa porque Steve venía de camino.

Mamá asiente con lentitud.

—Cuando te llamé, Steve estaba conmigo en el coche. Intenté evitar posibles conflictos. No podía decirte la verdad por si... —Se aclara la garganta avergonzada— por si él se enfadaba conmigo y decidía dejarme por alguien mejor o más... joven.

No tardo en sacar conclusiones. No la justifico de ninguna manera, pero darme cuenta de lo que ocurría me rompe el corazón.

—Eso no era amor, mamá.

Pestañea con los ojos llorosos.

—Lo era para mí —responde con la voz ahogada.

—El amor no manipula. No te obliga a ser quien no eres ni anula tu opinión. No te hace dudar de ti misma. —La miro a los ojos dolida—. Sé que echas de menos a papá, pero no te conformes con alguien que no le llega ni a la suela de los zapatos.

Se seca las lágrimas y asiente sin mirarme. Mientras tanto, yo pienso en lo que es el amor de verdad. No te hace tener miedo.

Al contrario; hace que incluso los más cobardes quieran arriesgarse. Y que los corazones fríos entren en calor.

—Voy a ingresar en un centro de desintoxicación. —Sus palabras llegan de pronto y me detienen el corazón.

Vuelve a acelerarse cuando me giro para mirarla.

—Hablé con mi médico de cabecera y, después de pasarme una semana llamando, hemos encontrado una plaza libre —recita mirándome fijamente—. Me voy esta noche, Maia. Ya está decidido.

Ahora sí, no puedo evitar que los ojos se me llenen de lágrimas.

—¿Durante cuánto tiempo?

—Tres meses como mínimo. Verán cómo evoluciono.

—¿Y cómo lo pagaremos? Yo no... no tengo...

—Pediré un préstamo. Y lo devolveré a plazos cuando vuelva y encuentre trabajo. —Alarga la mano y, por primera vez en mucho tiempo, dejo que me toque—. Tienes que empezar a librar tus propias batallas, cariño. Deja que yo me ocupe de las mías.

Asiento, aunque todo me parece demasiado lejano como para creérmelo de verdad. Y ahora no puedo dejar de llorar.

—¿Y qué pasará con la casa? —continúo, y lo que llevo temiendo mucho tiempo se materializa en sus palabras:

—Es demasiado grande para las dos. El alquiler es muy caro. Y a ninguna nos cae bien Nancy. —Vuelve a apretarme la mano—. Buscaremos otra casa donde vivir. Cuando salga de la clínica, podemos ir adonde tú quieras. Mánchester. Londres. La costa. O incluso Europa. Italia. ¿Te gusta Italia?

—¿Y qué pasa con papá y Deneb?

—Ellos no viven en esta casa, sino aquí dentro —contesta señalándome el pecho, el corazón—. Y ahí arriba.

—¿En las estrellas? —pregunto con la voz aguda.

Asiente con la cabeza.

—En las estrellas.

Es lo único que necesito para que desaparezca el rencor. Me levanto y dejo que me envuelva entre sus brazos. Y así, con la nariz enterrada en su cuello, dejo ir todo lo que he contenido las últimas semanas. Y me derrumbo, aunque lleve mucho tiempo luchando por mantenerme en pie. Mamá me acaricia el pelo con delicadeza mientras chista suavemente.

—¿Me dejarán hablar contigo? —susurro contra ella.

—¿Querrás hablar conmigo? —Me duele que suene tan sorprendida.

—Claro que sí.

Se aleja con una sonrisa triste. Aparto la mirada, aunque nuestros ojos vuelven a encontrarse cuando me seca las lágrimas con los pulgares.

—Podrás llamarme siempre que quieras.

Asiento con un nudo en la garganta.

—Siento todo lo que te dije la noche que...

—No pasa nada —me interrumpe, y me abraza otra vez.

Ella también tiene los ojos enrojecidos. Me da un beso en la cabeza y, cuando se aparta, pestañea y se abanica con los ojos para no llorar. Me abrazo a mí misma para no romperme.

Nos miramos en silencio unos segundos hasta que, de pronto, un claxon suena fuera, en la calle.

—Son ellos —dice mi madre sonriendo con tristeza.

Me saltan todas las alarmas.

—¿Ya? —me sobresalto.

Asiente con tristeza.

—Quiero irme antes de poder cambiar de opinión.

Empiezo a llorar otra vez.

—No quiero que te vayas.

Ella niega con delicadeza.

—Vas a estar bien, Maia. Te lo prometo. —Sonríe y me vuelve a secar las lágrimas—. Cuida mucho de ti, ¿vale? Y dale las gracias a Liam de mi parte. Estuvo ahí para ti cuando yo te fallé.

Oírlo es como si me retorcieran el corazón. Me da un beso en la frente y coge sus maletas. La acompaño hasta la puerta, rodeándome con los brazos, pero no salgo. Porque no soy capaz. Saluda a la conductora, firma unos papeles y me dedica una última sonrisa antes de subirse a la camioneta.

Unos minutos después, desaparece al fondo de la calle, mientras las estrellas siguen brillando ahí arriba.

Quiero creer que dos de ellas son Deneb y papá.

Y otras dos nosotras.

—Gracias por quedarte —le digo a Lisa, que vacía su mochila sobre mi cama.

Se vuelve a mirarme con una sonrisa.

—No las des. Me encantan las fiestas de pijamas.

Acabo sonriendo también. Me dejo caer bocarriba sobre el colchón. Después de que se fuera mamá, la casa me parecía tan silenciosa que he tenido que llamar a Lisa para que viniera a dormir conmigo. Me alegro de que haya aceptado. Con ella no me siento sola. Y, además, me costará mucho menos mantener a raya todos los pensamientos dolorosos que me revuelven la cabeza.

Antes le he contado cómo me ha ido con Anna, mi psicóloga. No le he dado muchos detalles, pero ir me ha venido bien. Creo. No hemos avanzado mucho de momento; me ha explicado que la terapia no hace milagros y que, en realidad, te proporciona herramientas para que tú misma te ayudes. Y me ha mandado deberes. Ahora tengo que ir con un cuaderno a todas partes, lo que no me resultará difícil, ya que llevo haciéndolo toda la vida.

—¿Así que Clark te ha ofrecido un empleo a tiempo completo? —inquiere, siguiendo con la conversación de hace un momento.

Asiento con la mirada clavada en las estrellas del techo.

—Creo que voy a dejar mi puesto en el bar.

—Yo también —confiesa. Me vuelvo a mirarla sorprendida, y suelta una risita—. He encontrado trabajo en una academia de baile. Ganaré un poco menos, pero es lo que me apasiona.

Esta vez mi sonrisa es completamente real.

—Lo harás genial —le aseguro.

—Aunque ya no trabajemos juntas, seguiremos siendo mejores amigas, ¿entendido?

—Por favor —suplico. No sé qué haría sin ella.

Sonríe superorgullosa de sí misma.

—Así me gusta.

Dejamos que nos envuelva el silencio. Son las once pasadas y estamos en mi cuarto, en pijama. Hemos cenado hace un rato, pero aún no tengo sueño. Mi mente hace demasiado ruido.

—Parece que todo vuelve a estar en orden —reflexiono en voz alta, y trago saliva—, pero, aun así...

No soy capaz de continuar. Por suerte, no hace falta. Lisa me conoce demasiado bien.

—Maia. —Gira el cuello para mirarme.

—Estoy bien —miento automáticamente.

Ella niega con la cabeza.

—¿Por qué rompiste con Liam?

—Porque no sentía nada por él. —Suelto la excusa de memoria, ya que es lo que he hecho, sin excepción, cada vez que alguien me lo ha preguntado.

Solo que, a diferencia de los demás, esta vez Lisa no se conforma.

—Dime la verdad —me pide mirándome a los ojos.

Trago saliva. Ya no tiene sentido intentar mentirle.

—Porque me daba miedo lo que sentía por él.

Vuelve a mirar al techo. No parece sorprendida, lo que no me extraña en absoluto.

—Eres muy injusta contigo misma, ¿sabes?

—Hice lo mejor para ambos —intento convencerme—. Ahora mismo no soy buena para él y...

—Deja de ponerte excusas —me interrumpe—. Liam no necesita que lo alejes cada vez que tienes un problema. Y lo mejor para ti no es aislarte, sino trabajar en ti misma, tal y como estás haciendo, para estar cada día mejor. Dices que quieres que sea feliz, pero él quiere estar contigo y tú no dejas de ponerle obstáculos. No me extraña que se haya cansado. Por mucho que te quiera, todos tenemos un límite.

Pese a que es muy dura conmigo, y aunque quizá me duele, no me enfado con ella. Tiene razón.

—Necesitaba escucharlo —confieso—. Lo que me dijo me ayudó a entender cómo se sentía. Creo que necesitaba que fuera sincero conmigo. Para abrir los ojos.

No había pensado hasta entonces en lo difícil y frustrante que debía de ser mi actitud para Liam. Si él lo estuviera pasando mal y no me dejara apoyarlo, me volvería loca. Nuestro primer instinto es proteger a las personas que nos importan. El problema llega cuando, para hacerlo, tienes que luchar contra esa persona también.

—No hace nada mal, ¿eh? —comenta Lisa sonriendo—. Debe de ser muy difícil estar enfadada con él.

Aunque no quiero, a mí también se me escapa una sonrisa.

—Es un capullo.

—No lo es.

—Sí lo es —replico—. Y es tan... fácil hablar con él, Lisa. Es decir, también es fácil hablar contigo, pero tú eres mi amiga y yo... nunca me había sentido así con nadie. Es buena persona. Siempre insiste en que no lo necesito. No me dice «Maia, eres fuerte gracias a mí», sino «Maia, eres fuerte por ti misma, y yo solo te estoy ayudando a verlo». Y también es interesante. Dios, me cuesta mucho encontrar a la gente interesante, ¿sabes? Pero a él podría escucharlo hablar durante horas. Sin cansarme. Te lo prometo.

Me estoy yendo por las ramas; sin embargo, esta vez no me obligo a parar. Estoy cansada de guardarme todos estos pensamientos para mí. Cuando tuerzo el cuello hacia ella, Lisa me sigue mirando.

—¿Y se lo has dicho?

«Ojalá.»

«Si lo hubiera hecho, ahora estaría aquí.»

—No soy capaz —contesto.

Frunce el ceño.

—¿A qué te refieres?

—Cuando estamos juntos y me dice algo bonito, me digo a mí misma: «Vamos, Maia, devuélvele el cumplido, tienes muchas cosas que decir, díselo, díselo». Pero me bloqueo. Es como si no me salieran las palabras. Y entonces pasamos a hablar de otra cosa y ya he perdido la oportunidad.

—¿Así que te lo guardas todo para ti?

—Sí —contesto asintiendo. Sin embargo, enseguida rectifico—: No. —Y no quiero confesarlo, pero ya no me queda otra alternativa—. A veces lo escribo.

Al mirarla, encuentro la confusión en sus ojos. Me estiro para coger mi cuaderno de la mesilla.

—Lo escribo —repito mostrándoselo—. Si no puedo expresar algo en voz alta, lo hago por escrito. Por eso me lo llevo a todas partes. Me ayuda a desahogarme. He escrito sobre mi hermana, sobre mi madre y también sobre Liam. Muchísimo. Pero él no lo sabe.

Seguramente, si fuera consciente, no dudaría ni un segundo de lo que siento por él. Sí soy sincera cuando escribo. No puedo guardarme nada dentro. Ni siquiera lo que más me asusta.

Lisa mira el cuaderno, que sigue cerrado, y después lleva sus ojos hasta los míos. Su rostro está cargado de comprensión.

—Sabes que te quiero, ¿verdad? —comienza, y de inmediato sé por dónde va la conversación.

—Vas a decirme que he sido injusta con él.

Asiente con cuidado.

—No puedes pensar ese tipo de cosas y dejar que crea que no sientes nada. No se merece que le mientas.

Mierda, tiene razón, pero aun así es difícil. Vuelvo a mirar al techo. Durante estas últimas semanas se han caído varias estrellas, pero la mayoría siguen ahí. Son las mismas que veía la Maia de hace unos años, la que todavía no sabía lo que era tener miedo.

—¿Qué crees que te diría ella? —pregunta Lisa—. Tu hermana.

Y, evidentemente, lo tengo muy claro.

—Me llamaría cobarde por alejarme de alguien que me quiere.

—Y... —insiste, queriendo animarme a continuar.

—Y que quiere estar conmigo —continúo—. Aunque yo no lo entienda, y aunque sea complicada, Liam quiere estar conmigo.

Lo echo de menos. A él y a su risa, a la forma que tiene de hacer sentir bien siempre a todo el mundo. Echo de menos su voz. Incluso mirarlo, aunque sea en silencio, desde la otra punta del salón. Echo de menos dormir con él. Y los viajes en coche. Y las insinuaciones constantes. Y sus bromas absurdas, esas que siempre finjo que me molestan pero que consiguen animarme hasta en los peores momentos. Y, sobre todo, creo que echo de menos la persona que soy con él.

No me he abierto así con nadie. No he confiado así en nadie. Hace que me dé cuenta de que soy fuerte y valiente y que puedo enfrentarme a todo. También a esto.

También puedo arriesgarme con esto.

—Tengo que hablar con él.

Me vuelvo hacia Lisa esperando que me diga que no es una buena idea, pero asiente con la cabeza.

—Sí. Tienes que ser sincera. —Alarga la mano para volver a coger el cuaderno—. Y también tienes que enseñarle esto.

LO QUE NUNCA LE HE DICHO A NADIE (III)

Solía creer que las experiencias me habían matado el corazón. Y que lo habían convertido en una piedra robusta, incapaz de sentir nada.

Ahora sé que no es verdad y que solo estaba recubierto de hielo.

Puede que sea el momento de dejar que se derrita.

¿Y si ya no me da miedo arder?

33

—

EL PRINCIPIO DEL FIN

Maia

A diferencia de mí, Lisa sí trabaja los domingos en el bar, de forma que a la mañana siguiente nos levantamos temprano y me ofrezco a llevarla en coche hasta su casa. Se despide tras desearme buena suerte y su mirada me recuerda lo que ambas sabemos que tengo que hacer. Solo de pensarlo me envuelven los nervios, así que, cuando vuelvo al coche, me tomo un segundo para mentalizarme. Y después me armo de fuerzas y arranco el motor.

Los treinta minutos de trayecto se me hacen eternos. Procuro no distraerme mientras conduzco, pero tengo la cabeza en otra parte. No dejo de pensar en lo mucho que dolería que Liam me dijera que no quiere volver a verme. O que está mucho mejor sin mí. O a saber. Siempre tiendo a ponerme en lo peor y, cuando aparco en las traseras de su edificio, tengo el estómago tan revuelto que me entran incluso ganas de vomitar.

Mierda, no sé lo que voy a decirle.

No puedo entrar ahí y quedarme en blanco.

Apago el motor y, como la música siempre me ayuda a tranquilizarme, utilizo el móvil para entrar en Spotify. Selecciono casi sin pensar el último álbum de 3 A. M., e *Insomnio,* la primera canción de ellos que Liam me recomendó, inunda el coche con sus acordes. Echo la cabeza hacia atrás y cierro los ojos. Vale, puedo con esto. Claro que puedo con esto. Es un chico. Que me gusta. Parece un miedo muy absurdo si lo pintas así. Me he enfrentado a cosas peores.

Saco el cuaderno de mi bolso y escribo:

LO QUE NUNCA LE HE DICHO A NADIE (IV)

Esto va a ser más difícil de lo que pensaba.

1. *Hago creer a todo el mundo que no me importa nada porque es mi forma de protegerme.*
2. *En realidad, las cosas sí me importan (mucho) y solo me da miedo que me hagan daño otra vez.*
3. *Creo que ese miedo me impide hacer cosas que me harían muy feliz.*
4. *Me gusta la risa de Liam.*
5. *No sé cómo decirle lo mucho que valoro todo lo que ha hecho por mí.*
6. *Me llama «supernova», pero yo creo que esa definición encaja mejor con él.*
7. *Es una de las mejores personas que he conocido.*
8. *Sé que tiene un futuro brillante por delante.*
9. *Quiero (ojalá me deje) formar parte de ese futuro.*

Guardo de nuevo el cuaderno, cojo el bolso y salgo del coche.

Dado que estamos a mediados de primavera, ha comenzado a refrescar. Me refugio en el calor de mi chaqueta de cuero y camino hacia el edificio. De primeras voy casi tranquila, sobre todo después de escribir, pero los nervios me asaltan cuando subo al ascensor. Y, cuando me paro delante de la puerta de su apartamento, el pulso me va tan desenfrenado que temo que el corazón se me podría salir del pecho en cualquier momento.

Cojo aire antes de llamar a la puerta.

«Puedo hacerlo, puedo hacerlo, puedo hacerlo.»

Se oye el cerrojo, el corazón me da un vuelco y me pongo las manos tras la espalda, inquieta, para disimular. Espero encontrarme con un Liam despeinado y confundido, pero otra persona abre la puerta en su lugar.

Tiene que ser una broma.

—¿Qué haces aquí? —le espeto a Evan.

—¿Qué haces TÚ aquí? —contrataca automáticamente.

Se cruza de brazos bloqueando la entrada con su cuerpo. Lo que me faltaba.

—He venido a hablar con Liam.

He vivido en esta casa más tiempo que él, así que me tomo la libertad de rodearlo para entrar sin pedir permiso. Ni de coña voy a dejar que me impida ver a Liam. Evan me sigue a regañadientes hasta el salón.

—Llegas tarde —habla detrás de mí—. Se fue esta mañana.

Lo ignoro y echo un vistazo a las habitaciones por si acaso. Evan suspira y espera con impaciencia hasta que termino de asegurarme de que dice la verdad.

Me vuelvo hacia él con los brazos cruzados.

—¿Dónde está?

—En Londres.

Juraría que se me detiene el corazón.

Al ver mi expresión de pánico, Evan resopla y se deja caer en el sofá con desinterés.

—No para siempre. Solo ha ido a recoger sus cosas. No le apetecía mucho estar por aquí después de que le pisotearas el corazón. —Saca el móvil para revisar sus mensajes, como si la conversación le trajese sin cuidado—. De todas formas, ¿a qué has venido? ¿No habíais roto definitivamente y todo eso?

Pese a que nunca nos hemos llevado especialmente bien, esta vez siento su tono cortante como una puñalada.

—Tú también estás cabreado conmigo —me adelanto.

—¿Qué harías tú si yo le rompiera el corazón a Lisa?

—Te mataría —respondo sin dudarlo.

Asiente como diciendo: «Ahí tienes la respuesta».

—A mí tampoco me gusta que hagan daño a mis amigos —responde con sequedad—. Menos aún a Liam. No se lo merece. No cuando se ha pasado meses moviendo cielo y tierra por ti.

—Mierda, ya lo sé. —Me invade una oleada de culpabilidad. Me siento a su lado y me cubro la cara con las manos—. Mira, sé que la he cagado, ¿vale? Pero te preocupas mucho por Liam. Y yo también. Se fue de mi casa pensando que no sentía nada por él y como mínimo se merece saber que no es verdad. Necesito arreglarlo, Evan.

—¿Y cómo piensas hacer eso?

—Voy a hablar con él.

—Claro. Hablar. Buena idea. Porque se te da muy bien ser abierta con tus sentimientos y todas esas mierdas.

—Que te jodan —le espeto.

—No he dicho nada que no sea verdad.

Me quedo mirándolo a la espera de que se retracte; dado que no lo hace, resoplo frustrada y saco mi cuaderno del bolso de mal humor. Odio tener que enseñarle esto, pero lo haré si de ese modo lo convenzo de que me eche una mano. Lo abro por la última página y, aunque me muero de ganas de lanzárselo a la nariz, me limito a mostrárselo cabreada, pero de manera pacífica.

—Es una lista —explico al verlo tan confundido—. Abrirme a los demás me cuesta mucho, pero Liam se merece que sea sincera con él, así que he apuntado todo lo que quiero decirle para no bloquearme si me pongo nerviosa. Necesito verlo lo antes posible. ¿Vas a ayudarme o no?

Veo la sorpresa y la aprobación en sus ojos, y, a pesar de que me hace sentir un tanto avergonzada, me obligo a sostenerle la mirada hasta que caigo en un detalle en el que no me había fijado; hay un par de maletas llenas y cerradas al fondo del pasillo. Evan nota que me he dado cuenta, suspira y saca su móvil.

—Cogeré un tren a Londres dentro de un par de horas —dice—. Con suerte, todavía estaremos a tiempo de comprar un billete para ti.

Me apresuro a asentir con la cabeza. Siento un alivio inmenso. Mierda, vale. Son casi tres horas de ida. Más otras tres si la cosa no sale bien y tengo que volver a casa esta noche. Pero no me importa. Lo que le he dicho a Evan es verdad. Necesito hablar con Liam hoy porque, si me espero a mañana, es probable que los miedos vuelvan y me eche atrás.

—Gracias —respondo con sinceridad.

Espero que deje de portarse como un capullo, pero imagino que es mucho pedir.

—Te cogeré un asiento en otro vagón.

—Vete al infierno.

Sin embargo, tenemos que trabajar en equipo, así que dejo mi orgullo a un lado y me acerco a él para ayudarle a buscar el billete.

Michelle
¿Qué coño le has contado a Max?

Londres ya no es mi casa.

Me he dado cuenta esta mañana, cuando he aparcado junto a los muros de dos metros que rodean la mansión y no he sentido absolutamente nada. Solo indiferencia, lo que es muy distinto al vacío que lleva torturándome la última semana, pero duele, de todas formas. La persona que se fue de aquí hace meses no se parece en nada a la que está ahora tumbada en la cama de su antigua habitación.

Venía preparado para enfrentarme a mi madre y a Adam nada más entrar, pero no estaban en casa. No es que me sorprenda. No he seguido la carrera de mamá últimamente, pero seguro que su mundo ahí fuera no ha cambiado. Sigue siendo Gabriela Harper, la diseñadora de éxito. Mientras no afecte a su reputación, que yo esté aquí o no le trae sin cuidado. Mi parte racional me insta a largarme cuanto antes y, sin embargo, sigo aquí mirando el techo de mi cuarto, como cuando era pequeño y me quedaba despierto esperando a que volvieran a casa.

Fuera es de noche y no se ven las estrellas.

La habitación está prácticamente vacía, ya que antes he llevado todas mis cosas al coche; la ropa que me faltaba, los videojuegos e incluso las fotos que guardo de cuando era niño. La mayoría son con Evan, pero también hay otras con mamá y Adam. Y algunas con Max. Nos conocemos desde pequeños, pero nunca hemos estado muy unidos y nuestra relación empeoró cuando me peleé con Michelle y él decidió ponerse de su parte.

No obstante, eso no significa que no seamos amigos.

El otro día decidí ser sincero con él. Y parece que ha tenido consecuencias, ya que Michelle me ha escrito cabreada hace como media hora. Ni siquiera le voy a contestar. No le debo explicaciones. Me dijo que estaba enamorada de mí mientras salía con él y, dado que ella no ha querido contárselo, yo lo he hecho en su lugar.

Los amigos no se apuñalan por la espalda.

Voy a mandarle un mensaje a Max para preguntarle cómo está cuando, de pronto, oigo un portazo. Me levanto, salgo del cuarto, bajo la escalera y me encuentro a las dos personas que acaban de entrar. Veo a mamá primero, vestida con uno de sus trajes floreados, y a Adam detrás, embutido en un esmoquin.

De primeras, ni siquiera recaen en mi presencia.

—Hola, mamá —hablo en voz alta.

Alza la mirada con sorpresa. Espero hallar algo más en sus ojos; emoción después de tantos meses sin vernos, cariño, nostalgia. Pero solo hay perplejidad.

—Liam —murmura dejando su bolso en el sofá. Le lanza una mirada a Adam, que no aparta sus ojos de mí—. ¿Por qué no has avisado de que venías? ¿Cuándo has llegado?

—Esta mañana —contesto tenso.

Sigo observando a Adam, que, tras unos segundos más de contacto visual, emite una risa aspirada, irónica, y niega con la cabeza.

—Se acabó la aventura, ¿eh? —Su tono es casi de gozo, como si se creyera mejor que yo—. ¿En qué problema te has metido esta vez?

Me pongo aún más rígido. Odio que me hable como si todavía fuera el niño ingenuo que acababa de empezar en YouTube. Está seguro de que lo necesito, y eso no es verdad. No lo ha sido nunca.

—Solo he venido a recoger mis cosas —respondo con sequedad.

He cambiado de opinión; ya no quiero oír ni una palabra más. Termino de bajar la escalera y me dirijo a la puerta.

—¿Qué? ¿Por qué? —se sorprende mi madre.

—Porque me largo.

No espero a ver su reacción. Planeo salir por esa puerta e irme por donde he venido, pero Adam me frena al estamparme una mano en el pecho.

—¿Qué coño estás haciendo? —me espeta entre dientes.

—Adam, suéltame.

—No vas a irte sin que hablemos.

—No tengo nada que hablar contigo. No eres mi padre.

De pronto, estoy aún más cabreado. Y harto. De todo. Ya no

puedo más. Después de la semana de mierda que he tenido, discutir con Adam y mi madre va a llevarme al límite. Intento armarme de paciencia y actuar con racionalidad.

—Estoy cansado de esto —les digo firme pero sin brusquedad—. Vosotros por vuestro lado y yo por el mío. Es lo mejor.

Mamá traga saliva. Creo que mis palabras le han dolido, aunque es difícil saberlo, ya que nunca ha existido un «nosotros» como tal. En cambio, Adam solo resopla y se agarra el puente de la nariz, como si estuviera arrastrándolo al borde de su paciencia.

—Por si todavía no te has dado cuenta, eso no funciona así. En lo que respecta a tu imagen, no...

—¡Me importa una mierda mi imagen! —lo interrumpo con frustración—. Dejé YouTube casi de forma definitiva ¿y tú sigues creyendo que eso es lo único que me importa? ¡Me da igual, Adam, joder! ¡Déjame en paz de una puta vez!

—¿También te da igual que afecte a quienes te rodean? —ataca creyendo que será mi punto débil—. ¿Es eso? ¿Quieres cargarte la reputación de tu madre como hiciste con la de Michelle?

Más vale que sea una broma.

—Michelle se buscó sus problemas sola.

—Las redes sociales eran su sustento económico, Liam. Muchas de las marcas con las que trabajaba se largaron cuando se filtró que no estabais juntos de verdad y tú, en lugar de desmentirlo, decidiste montar un drama. —De repente, oímos el motor de un coche en la calle—. De todas formas, va a contártelo ella misma. Con suerte así abrirás los ojos de una vez.

En el exterior, escucho el portazo que da alguien al bajarse del vehículo. Ato cabos a toda velocidad y miro a Adam como si acabara de clavarme un puñal por la espalda, que así es.

—La avisé en cuanto vi tu coche fuera —prosigue.

Antes de que pueda replicar, ella llama a la puerta.

Maia

Al final sí compro un billete en otro vagón; no por decisión propia, sino porque no queda ninguno más libre y no podía arriesgarme a esperar hasta mañana. El trayecto se me hace eterno.

Supongo que en el fondo esperaba que Evan viniera conmigo, ya que así, al menos, me podría haber distraído discutiendo en vez de pasarme todo el camino torturándome en silencio. Aunque pruebo a escuchar música, no funciona, y al final acabo sacando el cuaderno y reescribiendo la lista una y otra vez.

Añado varios puntos más en los que menciono cosas que nunca he sido capaz de decirle, como que en realidad sí me gusta la idea de ir a cenar con él, aunque sea algo que no haría con nadie más, y que hay canciones que escucho y parecen que llevan su nombre. Y también otros detalles más concretos, que, aunque de primeras me suenen absurdos, tienen su encanto, supongo, cuando los vives junto a la persona adecuada.

10. *Quiero tumbarme con Liam a ver las estrellas.*

Evan me espera en el andén cuando llegamos. Lo sigo fuera de la estación agarrando mi bolso con fuerza. No dejo de revisar si llevo el cuaderno porque me da seguridad, a pesar de que me envuelvan los nervios cada vez que pienso que tendré que enseñárselo a Liam. No sé si estoy lista para que alguien lea cosas tan privadas, ni siquiera él.

Pedimos un taxi hasta su casa, que está situada en una lujosa urbanización a las afueras. Me siento tan fuera de lugar como cuando vine por primera vez; mire adonde mire, solo veo coches costosos y casas enormes. Este no es mi sitio. Y, ahora que lo conozco mejor, sé que tampoco es el de Liam. Supongo que por eso estaba tan desesperado por salir de aquí.

—Es aquí. —La voz de Evan suena lejana cuando estacionamos delante de la propiedad de los Harper.

Cuando bajo del coche, noto las extremidades pesadas. Los muros son realmente imponentes, pero la puerta exterior está abierta, lo que deja aún menos barreras entre Liam y yo. Veo varios vehículos aparcados en la propiedad. Y entre ellos está el suyo.

—Llegó la hora, ¿eh? —añade Evan, que también ha salido del coche, y se recuesta en la puerta del asiento de atrás.

Asiento tras llenarme los pulmones de aire.

—Será fácil —digo, más para mí que para él.

—¿Cuál es el plan?

—Intentar decírselo todo antes de que me interrumpa.

Me vuelvo a mirarlo y veo que sonríe.

—Se quedará tan pasmado al verte que no podrá ni hablar.

—Juego con el factor sorpresa.

—Exacto.

Nos quedamos en silencio. Debería ir cuanto antes, pero mis pies parecen anclados al suelo.

—Maia —pronuncia al cabo de unos segundos. Vacila, como si intentara escoger las palabras adecuadas—. Liam me contó que parte de la discusión vino a raíz de que tú..., bueno, no eres capaz de creerte del todo lo que él siente por ti.

El estómago se me pone del revés. Entiendo que Liam se lo haya contado, ya que es su mejor amigo; sin embargo, eso no evita que ahora me sienta tremendamente expuesta.

—Sí que me lo creo —miento de forma automática.

Evan niega con lentitud. Su mirada se llena de sinceridad.

—Mira, no sé si servirá de algo, pero conozco a Liam desde que éramos críos. Y ya te lo dije una vez: no lo he escuchado hablar de nadie como habla de ti. No es solo que le gustes, creo que va más allá. No sé cómo explicarlo. Al llevar la vista atrás, me he dado cuenta de que ya no se parece en nada a la persona que era hace un par de meses. Ahora es más feliz. Y creo que tú has tenido un papel importante en ese proceso.

—Hasta que he metido la pata, ¿no?

Intento bromear para ocultar el nudo que tengo en la garganta. En lugar de aprovechar la oportunidad para meterse conmigo, Evan se limita a encogerse de hombros.

—Todos nos equivocamos de vez en cuando. A mí me ha pasado muchas veces. Lo importante es aprender de esos errores. —Se mete las manos en los bolsillos—. No sé qué es lo que te da tanto miedo, pero, si necesitas espacio, tiempo o..., no sé, creo que podrías decírselo. Liam lo entenderá. Es un poco masoquista, así que mejor si metes algún insulto de por medio, pero tú ya me entiendes.

Y, de pronto, estoy sonriendo. Ese rencor fingido que hay entre nosotros ha desaparecido y solo quedan dos personas que se preocupan mucho por Liam y que podrían incluso ser amigos.

—Gracias —le digo sincera. Vuelve a encogerse de hombros y yo señalo la puerta—. Debería ir cuanto antes. Deséame suerte.

—No la necesitas. —Ya me estoy girando cuando vuelvo a oírlo hablar—. Prueba con «gilipollas». O con «capullo». Nunca fallan.

Vuelvo a sonreír.

—Gracias por el consejo.

—En el fondo eres un pastelito de azúcar, ¿eh?

—Que te jodan.

—Tú tampoco me caes nada mal, supernova.

Le saco el dedo de en medio. Evan vuelve a montarse en el coche riéndose entre dientes. Cuando quiero darme cuenta, me ha dejado sola subiendo los escalones del porche y ya no hay vuelta atrás. Meto la mano en el bolso para buscar el cuaderno, ansiando tocar algo que me dé seguridad. Y me mentalizo de que estoy a punto de soltar todo lo que he callado durante meses.

Después, toco el timbre.

Pero no es Liam quien me abre la puerta.

Es Michelle.

34

HASTA QUE NO QUEDEN ESTRELLAS

Maia

—¿Qué haces tú aquí? —Su voz se hace oír por encima del pulso en mis oídos.

Michelle clava sus ojos fríos en mí y me analiza con desdén. En cualquier otra ocasión habría saltado, pero ahora estoy demasiado sorprendida como para reaccionar. Tengo el corazón desbocado. Y no termino de asimilar que esté aquí, en casa de Liam. Aunque mi lado racional trata de buscar una explicación coherente, el inseguro comienza a sacar sus propias conclusiones.

Todo empeora cuando se oye otra voz a su espalda.

—¿Maia? —Y, solo con eso, mi corazón late, si cabe, todavía más fuerte. Liam aparece por detrás de ella.

También se queda paralizado al verme.

Michelle pone los ojos en blanco.

—Lo que nos faltaba —resopla irónica antes de girarse y volver al interior.

Me clavo las uñas en las palmas con nerviosismo. Liam y yo nos hemos quedado a solas, pero ninguno se atreve a romper el silencio. Solo nos miramos, y en sus ojos veo todas las dudas y emociones que deben de estar envolviéndole. Me aclaro la garganta y me obligo a ser valiente de una vez.

—He venido a hablar contigo —digo en voz alta.

—No llegas en el mejor momento del mundo.

—¿Qué hace aquí Michelle?

—Adam la ha llamado. Sin consultarme.

Por fin comprendo por qué parece tan afectado. No es solo debido a lo que ocurrió entre nosotros; acaban de tenderle una emboscada. Imagino lo difícil que ha tenido que ser para él enfrentarse a Adam y a su madre. Y ahora Michelle se ha sumado en su contra. Da igual cómo esté la situación entre los dos, no importa lo que haya venido a decirle. Lo primero es lo primero.

No voy a dejar que se enfrente solo a todo esto.

—Somos dos contra tres —menciono, y después lo rodeo para entrar en la vivienda.

No me giro para comprobar si me sigue. Sé que lo hace, ya que no tardo en oírle cerrar la puerta a nuestras espaldas. Voy directa a la cocina, de donde provienen las voces. Y, al entrar, las miradas de los presentes se clavan en mí. Todas de golpe.

Nunca me había sentido tan intimidada.

No dejo que se den cuenta.

—¿Y tú eres? —La voz pertenece al hombre del fondo, que debe de rondar los cincuenta años. Me habla con desprecio, como si no me viera digna de pisar esta cocina. Se me tensa todo el cuerpo, pero, por suerte, Liam no tarda en llegar a mi lado.

—Maia —me presenta, aunque no se atreve a decir nada más.

Así que lo hago en su lugar.

—Soy su novia.

Además del hombre, que supongo que será Adam, su padrastro, y de Michelle, hay otra mujer en la sala. Tiene el pelo más claro que Liam, pero no me pasa desapercibido que comparte muchos rasgos con él; debe de ser su madre, Gabriela. Y me mira con la misma cara de sorpresa que seguramente tendrá su hijo. Solo espero que él sepa disimularlo mejor.

Michelle alterna la mirada entre los dos. Se ha sentado en uno de los taburetes de la barra.

—¿Otra más? —cuestiona con malicia.

—Esta vez la relación sí es de verdad —contesto yo.

Pone los ojos en blanco y se vuelve hacia Adam, esperando que intervenga y se posicione en mi contra. Trato de mentalizarme de todos los golpes que están a punto de llegar.

—¿A esto te has dedicado mientras no estabas aquí? —cuestiona el hombre dirigiéndose a Liam.

—¿Qué más te da, Adam? Es mi vida.

—Al menos dime que no dejaste YouTube por su culpa.

—No —responde él—. Maia fue la que me animó a volver.

La certeza se queda flotando en el ambiente. Me vuelvo a mirarlo y sus ojos se encuentran con los míos durante un segundo. Trago saliva, retrocedo y me sitúo todavía más cerca de él. Acaba de confirmarme que estamos juntos en esto.

—Podría ser positivo para su imagen —reflexiona Gabriela al cabo de unos instantes—. Que salga con una fan hará que sus seguidores lo vean humilde. Y accesible.

Adam parece considerarlo, pero Liam sacude la cabeza.

—No salgo con Maia para mejorar mi imagen —contesta con sequedad.

—Pero tiene razón —me atrevo a decir. Me giro hacia él y, esta vez, es como si su mirada me enterrara bajo tierra—. No... no sales conmigo por esa razón, pero aun así podría beneficiarte, ¿no?

—Nadie sabe lo que hay entre nosotros, Maia.

«Porque no hay nada. Porque te lo cargaste todo.»

—Pero podrían saberlo. En un futuro. —No me paro a ver cómo reacciona; me dirijo a Adam con el corazón latiéndome en los oídos—. De todas formas, Liam no me necesita para mejorar su imagen. Ni para crecer. No necesita a nadie. Tampoco a Michelle.

—Se cargó todo lo que había construido —replica ella poniéndose en pie—. ¿Tienes idea de lo mucho que me costará volver al punto en el que estaba antes?

—Viendo lo mucho que te has lucrado con la polémica, dudo que tengas razones para quejarte —menciona él.

Michelle se vuelve a mirarlo con fuego en los ojos.

—¿Crees que me dejaste opciones?

Me sitúo entre ambos por instinto.

—Creo que deberías hablarle con otro tono —intervengo.

Sus ojos se posan enfurecidos sobre los míos. Sé que debería tener cuidado, ya que, ahora que conoce mi verdadero nombre, podría contarle a Adam que fui yo quien filtró a la prensa la noticia de su relación falsa, pero no me dejo intimidar.

—Hice lo que tenía que hacer —continúa ella, a la vez que lo mira por encima de mi hombro—. Puede que parte del público se pusiera de mi lado, pero, mierda, Liam, ¿y las marcas? ¿Y el resto de la comunidad? Todos me dieron de lado. Por tu culpa. Me humillaste delante de miles de personas. Perdóname por haber buscado otra forma de seguir adelante.

Temo que sus reproches surtan efecto, pero Liam sigue mirándola con frialdad.

—¿Grabar cinco vídeos contra mí fue lo único que se te ocurrió?

—Volvería a hacerlo si se me presentara la oportunidad.

—Por eso ya no somos amigos.

Si hubieran ido dirigidas a mí, esas palabras me habrían destrozado. Sin embargo, Michelle no parece afectada, lo que me hace pensar que quizá no apreciaba tanto su amistad con Liam como quería hacerle creer. Cada vez que recuerdo que él se pasó meses detrás de ella se me revuelve el estómago. Merece algo mucho mejor.

—Esto no va a funcionar —les dice a Adam y a Gabriela—. No le importa lo que le digamos. Está empeñado en jodernos a todos. Incluso ha hablado con Max para que rompa conmigo.

—Max ha roto contigo porque me dijiste que estabas enamorada de mí cuando todavía salías con él.

Michelle lo mira como si acabara de clavarle una puñalada. Acto seguido, se gira hacia Adam.

—Avísame cuando sepas hacer tu trabajo.

Sale de la cocina hecha una furia. Gabriela se pasa las manos por la cara frustrada. Adam solo suspira.

—¿De qué está hablando? —pregunta Liam.

—Planeábamos haceros volver. Su agente y yo creímos que sería lo mejor para ambos.

Me basta con intercambiar una mirada con Liam para notar lo molesto e incrédulo que se siente. Me surge la necesidad de intervenir, pero sé que todo lo que le diga a Adam será inútil, así que no me lo pienso dos veces y salgo de la cocina. Encuentro a Michelle cogiendo sus bolsas del sofá.

—No pierdas el tiempo —habla sin mirarme—. Si tanto lo quieres, es todo para ti. Más te vale tener paciencia.

Oírla hablar de Liam con ese tono despectivo me saca de mis casillas. No obstante, intento mantener la calma; sé que, a la larga, que me pelee ahora con ella no lo beneficiará.

—No vengo a discutir contigo —digo cuando la veo dirigirse a la puerta—. Solo a decirte que deberías dejar de subir ese tipo de vídeos.

—No me digas lo que tengo que hacer. No conoces el mundillo.

—No, pero sé que Liam es bastante más conocido que tú. Y que posicionarte en su contra te ha traído más odio que apoyo. Puede que hayas ganado seguidores con la polémica, pero, vamos, ambas sabemos que no son de calidad. Y que se largarán en cuanto vuelvas al contenido que realmente te gusta.

—Pero dan dinero —contesta.

Aunque intenta disimularlo, noto que mis palabras le han afectado.

Eso me da ánimos para continuar. Camino hacia ella.

—Liam me contó que querías ser diseñadora.

—No seas amable conmigo. Sé que no me soportas.

—No tendría problemas contigo si no te hubieras portado tan mal con Liam —menciono.

Le sostengo la mirada hasta que, finalmente, harta de mí y de mi insistencia, resopla.

—Sí, quiero ser diseñadora, ¿y qué?

—¿Gabriela es un ejemplo para ti? Porque ella no creció a base de polémicas en internet.

—Mis cifras caerán en cuanto deje de mencionar a Liam en todos mis vídeos.

En su voz advierto lo mucho que le asusta que eso ocurra. Supongo que, en ese sentido, ambos son más parecidos de lo que creen; los dos temen no ser suficiente. Y por eso siguen esforzándose incluso cuando ya no pueden más.

La diferencia es que Liam no brilla hundiendo a otros.

—Lo mejor que podéis hacer es centraros en crear el contenido que os apasiona. Y quizá, de aquí a un tiempo, podáis volver a seguiros en redes sociales. Así la gente sabrá que al menos quedasteis como amigos. Sé que Liam está cansado del odio. Y quiero creer que tú también.

—Lo estoy —coincide. Hace una pausa durante la que me mira con desconfianza—. No le diré nada a Adam. Sobre lo que hiciste —añade entonces, y yo trato de no inmutarme, aunque el corazón se me haya puesto del revés—. Pero eso no significa que me caigas bien.

—Descuida. Tú tampoco me caes bien a mí.

Y eso que me he esforzado a fondo en empatizar con ella, pero nada justifica lo mal que ha tratado a Liam. Además, él es importante para mí y no puedo evitar tomarme los ataques de Michelle como algo personal. Tras intercambiar una última mirada conmigo, sale de la vivienda cerrando la puerta a su espalda. Y yo cojo aire, me armo de valentía y vuelvo a la cocina.

El ambiente sigue igual de tenso. Liam alza la mirada al oírme llegar. Me aclaro la garganta con nerviosismo.

—Michelle dejará de subir ese tipo de vídeos —los informo. No me lo ha confirmado, pero sospecho que la he convencido y que solo se negaba a admitir que tengo razón. Creo que acabamos de firmar una especie de tregua.

—Un problema menos con el que lidiar —suspira Adam.

Liam deja de mirarme para volverse hacia él.

—Quiero que mamá y tú dejéis de meteros en lo que hago en internet —dice—. Voy a subir lo que me apetezca cuando me apetezca. Dejaré de mencionar a mamá y yo mismo gestionaré mi imagen. Estoy cansado de seguir indicaciones.

Parece que Gabriela quiera comentar algo al respecto, pero Adam es más rápido. Sus cejas se disparan.

—Puedes buscarte la ruina por tu cuenta, si lo prefieres.

—Le va bastante mejor desde que se alejó de vosotros —expreso, ganándome la atención de todos los presentes—. Las cifras no mienten, ¿no? Y son mejores desde que Liam hace lo que le gusta.

Una vez me dijo que la gente disfrutaba viendo a otras personas hacer lo que les apasiona. He podido comprobarlo con él. Sus estadísticas son mucho más positivas que las que tenía antes de dejar YouTube y romper públicamente con Michelle. Lo sé porque las he revisado. Y porque, antes de que nos separásemos, rara vez me perdía uno de sus directos. Solía conectarme por las noches cuando me iba a la cama, aunque solo fuera unos minutos.

Liam no lo sabe. Nunca me ha parecido relevante decírselo. Pero, mierda, claro que me importa su mundo. Más de lo que cree.

—¿No hay forma de hacerte cambiar de opinión? —pregunta su madre desde el fondo. No suena enfadada, solo triste y cansada de la situación.

Él niega con firmeza.

—No.

Se miran. Y, por instinto, yo retrocedo hasta que vuelvo a su lado, y ahora sí que me permito pensar en su brazo rozando el mío y en el revoltijo de emociones que llevo ignorando desde que lo vi.

—Está bien —decide Adam finalmente—. Haz lo que quieras. Pero avísanos si vuelves a verte en una situación que no sepas gestionar. No queremos más escándalos.

Liam está tenso, pero se obliga a asentir con la cabeza. Adam se quita las gafas y se masajea las sienes estresado. Supongo que se toma esto como una derrota. Yo, en cambio, no podría estar más feliz por Liam. Por fin podrá hacer lo que quiera sin tener a Adam encima. Y, dentro de lo que cabe, no han acabado en malos términos.

—¿Vendrás más a menudo? —interviene entonces Gabriela—. Hay varios eventos este mes a los que me gustaría que...

—Estaré ocupado con la universidad —la interrumpe antes de volverse hacia mí—. Vamos, Maia.

Abandona la cocina sin decir nada más. Yo echo un último vistazo a Adam y a su madre antes de seguirlo. Cuando salimos al exterior, las luces de las farolas se reflejan en un cielo en el que apenas se ven estrellas. Cierro la puerta a nuestras espaldas y después me rodeo con los brazos, tensa. Ahora que estamos a solas, no podemos seguir retrasando la conversación que tenemos pendiente. Y de pronto vuelvo a estar tan nerviosa que se me olvida absolutamente todo lo que he escrito en esa dichosa lista.

Sin embargo, él no deja de caminar. En su lugar, me mira por encima del hombro y dice:

—Será mejor que no hablemos hasta que estemos en el coche.

Vamos juntos hasta el vehículo, yo me acomodo de copiloto y él frente al volante. Y, sin molestarse en romper el silencio, arranca el motor y conduce hasta que salimos de la urbanización. Son casi diez minutos durante los que no se oye absolutamente nada, ya que tampoco hemos puesto música. La tensión me está matando. Me preocupa pensar en todo lo que tengo que decirle y en cómo reaccionará al escucharlo.

Cuando alcanzo mi límite, me giro hacia él y me preparo para hablar por fin. Justo en ese momento, toma un desvío y aparca el coche en un camino de tierra.

—¿Estación de tren o de autobuses? —pregunta sin mirarme.

Mi pulso se dispara.

—¿Qué?

—¿Cómo vas a volver a casa?

Sigue evitando el contacto visual. Se me encoge el corazón.

—No voy a irme sin que hayamos hablado.

—Bueno, yo creo que no tenemos nada de lo que hablar. —Aprieta el volante con las dos manos. Entonces, me doy cuenta de que está completamente tenso—. Dime de una vez adónde quieres que te lleve.

Entiendo que esté enfadado, pero eso no significa que su frialdad no me resulte dolorosa. Es como si estuviera clavándome de nuevo esa estaca en el pecho y retorciéndola. Me cuesta horrores encontrar las palabras adecuadas. Porque no las hay.

—Lo de esa noche no...

—Estás siendo injusta conmigo. Otra vez —me interrumpe y, esta vez sí, se vuelve a mirarme—. No puedes romperme el corazón y después decirle a mi familia que estamos saliendo. Me pasé mucho tiempo escuchando a Michelle mentir diciendo que me quería. No voy a volver a pasar por eso.

Acto seguido, abandona el vehículo como si no soportara seguir compartiendo el mismo espacio conmigo. La última vez que nos vimos en esta situación me dejé llevar por los miedos y tomé decisiones que nos hicieron daño a los dos. Ahora no dudo en seguirlo con mi cuaderno en las manos. Hemos aparcado en medio de la nada, a unos metros de la autopista, y lo único que nos ilumina son las luces del coche en marcha. Liam se ha apoyado contra el capó. Sigue sin mirarme, pero noto que se tensa cuando me coloco a su lado.

—¿A qué has venido? —vuelve a preguntar, aunque ya lo sabe.

Siento una oleada de alivio al notar que parece dispuesto a escucharme.

—Quería que hablásemos sobre la otra noche.

—Si vienes a darme más razones para no estar conmigo, prefiero no escucharlas.

—No estuvo bien —continúo, ignorando su comentario. Frunzo los labios y le muestro el cuaderno—. Te he traído esto. Aquí está toda la verdad.

Me aparto del capó y me coloco frente a él para ofrecérselo. Liam no hace ademanes de cogerlo.

—Escribo todo lo que no soy capaz de decir en voz alta —le explico tragando saliva—. He... he hecho una lista. Con todo lo que necesito decirte. Y me gustaría que la leyeras.

—¿Por qué?

Y yo dejo de lado todo mi orgullo para contestar:

—Porque solo me estás mirando y ya siento que me va a explotar el corazón.

En cuanto me escucha, y al verme tan nerviosa, su máscara de frialdad se desvanece. Su expresión se vuelve más suave. Eso me hace cambiar de idea en el último momento. No puedo dejar que lo lea. Sería tomar la salida fácil. Y Liam se merece que me arriesgue.

Alza las cejas al ver que vuelvo a rodear el cuaderno con un brazo.

—Creo que prefiero decírtelo directamente.

Noto un cambio en sus ojos. Sospecho que le gusta la idea. Vuelve a apoyarse contra el capó con las manos en los bolsillos.

—¿A qué vienen los nervios? ¿Vas a decirme que has matado a alguien? ¿Te van a arrestar? ¿O es que has encontrado a otro tío durmiendo en tu coche que me ha quitado el puesto?

—¿Puedes tomarte esto en serio?

—Me lo tomo en serio. Solo intento relajarte. —Al escucharlo, trago saliva y llevo mis ojos a los suyos. Liam me sostiene la mirada—. No tienes por qué estar tan nerviosa. No pasa nada.

Si tenía alguna duda sobre lo que estaba a punto de hacer, se disipa justo en ese instante; cuando intenta hacerme entrar en confianza y darme seguridad, pese a todo lo que ha pasado entre nosotros. Y usa ese tono suave, como si tuviera muchas ganas de escucharme y temiera que en cualquier momento me echara atrás. Me aferro al cuaderno con más fuerza.

—Seguro que estás disfrutando con esto —menciono.

—¿Por tener a Maia, la chica dura sin sentimientos, nerviosa por algo que tiene que decirme? Quizá. Un poco. No te voy a mentir, sí.

Y, entonces, me sonríe. Es la primera vez que veo su sonrisa desde la otra noche. Le resta seriedad al asunto y me hace recordar que en el fondo seguimos siendo solo nosotros. Y eso me da fuerzas para lo que hago a continuación.

—En realidad ya no me pongo nerviosa contigo. Sí me pasaba antes, pero empezamos a conocernos mejor y llegó un momento en el que, al verte, en vez de sentir esos revoltijos en el estómago, sentía solo... calma. Y la seguridad de que puedo ser yo misma y expresarme sin... sin tener miedo. Y hace poco me di cuenta de lo que eso significa. —Trago saliva. Me resulta muy difícil escoger las palabras adecuadas—. El otro día mi madre me habló sobre lo que había entre Steve y ella. Yo le dije que eso no era amor.

Cuando pronuncio esa última palabra, el ambiente se vuelve más denso. Se llena de emociones. Sus ojos azules se encuentran con los míos y, como si supiera que necesito un poco más de ayuda, inquiere:

—¿Por qué?

—Porque el amor no te hace dudar de ti misma. No te obliga a ser alguien que no eres. No es solo sentir mariposas, sino que esos nervios den paso a la calma. Es querer lo mejor para la otra persona. Desear verla triunfando y logrando sus objetivos. Siendo libre. Es escucharla hablar durante horas sin cansarte. Preocuparte por sus intereses. Disfrutar de pasar tiempo a solas, sin hacer nada, en silencio. Es que incluso las cosas más simples adquieran sentido, como una sonrisa. O como una estrella con una inscripción. O como tumbarse a ver el cielo de noche. Es saber que estás completa por ti misma, que no necesitas a nadie y que, aun así, quieres estar a su lado. El amor es pensar en la otra persona cada vez que te ocurre algo bueno. Querer contárselo. Es ser consciente de los riesgos y, aun así, entregarse con los ojos cerrados. Y es que haya canciones que, da igual cuándo las escuche, siempre me recordarán a ti. —El corazón me late a toda velocidad. Vuelvo a clavar mis ojos en los suyos—. Liam, no tengo ni idea de lo que es el amor. Creo que nunca antes lo había sentido. Lo único que tengo claro es que, cada vez que pienso en él, eres tú quien se me viene a la cabeza.

Siempre he creído que hay dos tipos de miedos en el mundo. Por un lado, están los necesarios, esos que nos mantienen a salvo, y, por otro, los que nos retienen en nuestra zona de confort y nos impiden llevar a cabo cosas que nos harían felices. He vivido dominada por este último casi toda mi vida. No tengo muy claro en qué categoría encajaría el miedo a enamorarse, pero justo en ese momento me doy cuenta de que ya no me importa. Voy a seguir enfrentándome a él de todas formas. Porque, al decir lo que siento en voz alta, es como si me quitara un peso enorme de los hombros.

Como si todo estuviera por fin en el lugar que corresponde.

Durante los primeros instantes estoy eufórica. Creo que él no dudará en decirme que siente lo mismo, que todo es correspondido. Que también piensa en el amor cuando me ve. No lo sé. Pero mis palabras se quedan flotando entre nosotros y, después, se hace el silencio. Liam no dice nada. Solo se limita a mirarme, llevándose todas mis ilusiones consigo.

Ahí es cuando me doy cuenta de la enorme brecha que se ha abierto entre nosotros.

Y de que, a diferencia de lo que he pensado siempre, no soy la única que tiene miedo. Porque él se ha abierto a mí muchas veces. Y yo le he fallado en la mayoría.

—Necesito que me prometas que es verdad —me suplica.

Me rompe el corazón notar la desconfianza en su voz.

—Es verdad —respondo a toda prisa—. Es verdad, te lo prometo. Estoy enamorada de ti. Claro que es verdad.

No me lo pienso más, dejo el cuaderno sobre el capó y me acerco para envolverlo entre mis brazos.

Escondo la nariz en su hombro y pestañeo para huir de las lágrimas, que luchan desesperadas por salir a manifestarse. Temía que no me correspondiera, pero Liam solo tarda un momento en reaccionar y abrazarme también. El calor de su cuerpo, su olor, su cercanía vuelven a mí. Nunca pensé que echaría de menos cosas tan simples.

Parece que le cueste arrancarse las palabras de la garganta.

—Estaba seguro de que tú no...

—Estoy enamorada de ti —repito.

Ahora que lo he soltado por fin, decirlo es fácil, incluso liberador. Quiero hacerlo las veces suficientes para acabar con todas sus dudas.

—¿Por qué no me lo dijiste?

—Porque tenías razón. Tenía miedo. —Me aparto ligeramente para mirarlo—. Sé que te he hecho daño. Y también sé que tengo actitudes que no son... correctas. Pero estoy trabajando en ello. Quiero ser mejor persona. Y sanar. He empezado a ir a terapia y estoy esforzándome por... por abrirme a los demás. Lo he hecho con Lisa. Y también contigo. Sobre todo contigo. Eres la persona con la que quiero estar.

Sus ojos siguen sobre los míos. Veo cómo las emociones se contradicen en su mirada. Quiere creerme, pero se contiene.

—¿De verdad crees que puede funcionar? —pregunta, como si necesitara desesperadamente estar seguro.

Asiento con firmeza.

—Estoy convencida.

—No puedo seguir tirando yo solo del carro.

—A partir de ahora tiraremos los dos.

Vacila. Y, de nuevo, todas las partes racionales e irracionales de mí se mueren por que me diga que él también lo siente. Que confía en que esto va a salir bien. Que quiere arriesgarse conmigo.

—Esta semana ha sido difícil para mí —comienza.

Su tono de dolor y de duda me destroza.

—Ya lo sé. —Sigo luchando contra las lágrimas.

—No sé si lo mejor sería que...

—No pasa nada —lo interrumpo—. No he venido a pedirte que vuelvas conmigo, ¿vale? Sé que sería injusto. Solo quería decirte la verdad. Porque es lo que te mereces. Quiero lo mejor para ti, Liam. Y, si crees que eso implica estar lejos de mí, lo entenderé.

Vuelve a hacerse el silencio. Solo que, esta vez, solo tarda unos segundos en sacudir la cabeza y murmurar:

—Joder.

Y, de pronto, está abrazándome de nuevo. Dejo que me estreche contra sí mientras mi corazón late con fuerza. Lo que le he dicho es cierto; aunque me duela, lo dejaría ir si me lo pidiera. Quiero ser buena para él, y el primer paso es dejarle tomar sus decisiones. Me he alejado muchas veces con la excusa de que se merece algo mejor. Pero es Liam quien tiene que decidirlo. No yo.

—¿Esto significa que sí quieres volver conmigo? —pregunto contra su hombro, con un nudo en la garganta.

Se aparta para mirarme. Tengo los ojos llorosos y, en cuanto lo nota, sonríe con tristeza y me seca las lágrimas con los pulgares.

—Primero necesito que dejes de llorar —dice en voz baja—. A este paso, voy a acabar llorando yo también y eso estropearía mi reputación de capullo monumental.

No tengo fuerzas para sonreír. En su lugar, asiento y yo también me las seco con el brazo. Liam sigue mirándome a los ojos. Sus caricias descienden por mi mejilla.

—Lágrimas fuera —contesto también en un susurro.

—Lo siguiente es una pregunta importante. —Me tenso al escucharlo. Él hace una pausa y, finalmente, sonríe—. ¿Vas a ser la sentimental de la relación a partir de ahora? Porque el tema de los insultos me gustaba bastante más.

La emoción me estalla en el pecho. Le doy un empujón.

—Que te jodan.

Se echa a reír. Después, me rodea con un brazo para atraerme hacia sí y me da un beso en la cabeza. Yo me trago el nudo que tengo en la garganta y cierro los ojos para seguir huyendo de las lágrimas. Respiro profundamente mientras mi corazón vuelve a su ritmo habitual. Y, entre sus brazos, no dejo de repetirme que estamos bien. Que he sido sincera. Que ya lo sabe todo. Que volvemos a estar bien.

—También me gusta el apodo de bizcochito —menciona con tono de broma.

—Capullo —susurro yo contra su hombro.

Vuelve a reírse. Cuando nuestros ojos se encuentran, su sonrisa se vuelve más sincera. Me acaricia la mejilla con el pulgar rasposo y yo recuesto la cara en su palma. Y, mientras tanto, utiliza la otra mano para apartarme el pelo del hombro. Sus movimientos son suaves, pero es como si no pudiera, ni quisiera, dejar de tocarme.

—Quiero besarte —susurra—. ¿Puedo?

Asiento sin romper el contacto visual.

—Por favor.

Sin embargo, no lo hace. Solo se acerca hasta que su aliento se mezcla con el mío y me reta a dar el primer paso. Noto su sonrisa en los labios cuando obedezco y presiono mi boca contra la suya.

Y, de golpe, todas mis barreras caen. El calor entra en un corazón que lo recibe con los brazos abiertos. Al principio el contacto es suave, pero no tarda en cargarse de nostalgia, de urgencia, y entonces Liam se inclina sobre mí para besarme con más intensidad. Retrocedemos hasta que mis piernas chocan contra el capó. Necesito tocarlo, así que acaricio su barba incipiente con las manos y continúo subiendo para hundirlas en sus rizos. Había echado mucho de menos esto.

Y, a juzgar por lo poco que tarda en volver a unir nuestros labios cuando nos quedamos sin aire, él también.

—Creo que sigue siendo superilegal esto de montárselo en un coche —susurro contra su boca. Lo agarro del cuello de la camisa para mantenerlo cerca.

—No nos lo estamos montando. Es solo un beso inocente.

Me entra la risa.

—Ya.

El corazón me va a toda velocidad, pero ya no es mala señal. No es por los nervios, sino por la emoción del momento. Se aleja un poco y yo le enredo los brazos en el cuello. Nos miramos. Y sonreímos a la vez. Dios santo. Necesito tomarme un segundo para recuperar el aire y concentrarme en lo que tengo que decir.

—He preparado algo para ti.

Se muestra gratamente sorprendido.

—¿Algo como qué?

—La otra noche, cuando me dijiste que pensabas llevarme a cenar, no fui capaz de decirte que la idea me habría encantado. Sí me atrae hacer esas cosas si es contigo, Liam. Llevo un tiempo dándole vueltas a algo que me apetece mucho. —Destrozo completamente la magia del momento al añadir—: Pero no tenemos que hacerlo si no quieres. Y, como se te ocurra reírte, voy a darte una patada en los huevos.

Liam sonríe aún más.

—No voy a reírme —me asegura, consciente de lo mucho que me cuesta atreverme a hacer estas cosas—. ¿Adónde vas a llevarme?

—Es una sorpresa. Primero tenemos que volver a Mánchester. Y después tendrías que seguir mis indicaciones.

Asiente sin dejar de mirarme.

—¿Conduzco y te encargas de la música?

Ahora yo también sonrío.

—Perfecto.

Me besa una vez más antes de rodearme para subir al vehículo. Hago lo mismo y, tras arrancar el motor, alarga la mano para ponérmela en la rodilla. Me da un vuelco el corazón, pero, en vez de apartarme, llevo mis dedos a los suyos y acaricio sus nudillos distraídamente. Intento actuar con normalidad, pero me cuesta un poco, y Liam se da cuenta y sonríe al mirarme de reojo. No suelo hacer estas cosas, pero creo que podría acostumbrarme.

—Quién iba a decirme que en el fondo eres una sentimental —comenta para picarme.

—Cállate de una vez.

Durante el trayecto, me siento muy cómoda. No hay silencios tensos ni momentos en los que desearía no haber abierto la boca. Nos dedicamos a ponernos al día. Le hablo sobre mamá y la clínica de desintoxicación, sobre mi nuevo trabajo a tiempo completo en la tienda y sobre mi primera sesión con la psicóloga. Y vuelvo a sentir ese calor en el pecho cuando veo en sus ojos lo orgulloso que está de mí. Por su parte, me cuenta qué ha estado haciendo estos días y cómo van las cosas con YouTube. Se burla de mí durante un rato cuando le confieso que he visto la mayoría de sus vídeos. Y yo lo mando a la mierda varias veces.

Es casi medianoche cuando llegamos a Mánchester y ponemos el navegador hacia nuestro destino. Imagino que Liam reconoce la dirección, pero no comenta nada al respecto. Un rato más tarde, estamos atravesando el bosque que rodea la casa del lago. Fuera las estrellas brillan. Esta noche no hay luna.

—Evan me dijo que tenías llaves —digo una vez que aparcamos.

Él apaga el motor.

—¿Lo habéis planeado juntos?

—Situaciones desesperadas requieren colaboraciones desesperadas.

Le sonrío antes de salir del vehículo. No tarda en seguirme. Subimos juntos la escalera del porche y utiliza las llaves que guardaba en la guantera para abrir la puerta. Dentro hace frío, ya que la casa lleva vacía desde la última vez que nosotros vinimos. Me adelanto para entrar la primera.

—No enciendas las luces. —Entrelazo mi mano con la suya para conducirlo a la parte de atrás.

A diferencia de la mía, su piel está templada. Usamos las linternas de los móviles para avanzar sin chocarnos contra los muebles. Salimos a la terraza, donde solo se oye la brisa suave que se mece sobre el lago. Hay un par de tumbonas. Voy a coger una para acercarla a la otra, pero Liam tira de mí para que nos pongamos en la misma.

—Aquí no cabemos los dos —me quejo.

—A mí me parece que sí.

—Liam, estoy prácticamente encima de ti.

—Lo dices como si fuera un inconveniente.

Me muerdo el labio para no sonreír. Veo que ya ha tomado una decisión, así que procuro ponerme cómoda. Como soy pequeña en comparación con él, más o menos cabemos, aunque apretados, los dos. Apoyo la cabeza en su hombro y él me rodea con un brazo. Después, apagamos las linternas. Sobre nosotros se ilumina un manto de estrellas. Lejanas. Cuerpos fríos o calientes. Algunas fallidas. Y otras que aprenden cada día a ser la mejor versión de sí mismas.

El silencio se abre paso entre nosotros, llevándose consigo todos los nervios que me torturaban hace unas horas. Y aquí, en medio de ninguna parte, tumbados mientras miramos el cielo y escuchamos el murmullo del agua llegando a la orilla, vuelvo a sentir esa paz de la que le he hablado antes. Deneb y yo solíamos hacer esto tan a menudo que adopté la tradición como algo nuestro. Hacerlo con Liam me parece igual de especial.

—Es mejor que mi plan de ir a cenar —comenta en voz baja, como si temiera estropear el momento.

—Yo creo que lo mejor es que podemos hacer las dos cosas.

Imagino que sonríe. Seguimos mirando hacia arriba, donde los astros brillan a miles de kilómetros de distancia.

—Conoces muchas leyendas, ¿verdad? Sobre las estrellas.

Asiento. Noto el calor de su cuerpo envolviendo el mío, refugiándome del frío nocturno.

—Esa es la estrella polar —señalo la más brillante—. La uso de referencia para encontrar a las demás. Si miras a la izquierda, está la constelación de Casiopea. Y, más allá, Andrómeda. De pequeña era mi favorita. Mi hermana me contaba las leyendas todas las noches.

—¿Qué dice? —Alarga la mano para entrelazarla con la mía.

—Cuenta la leyenda que Casiopea, la reina de Egipto, se creía superior a las ninfas marinas. Eso enfadó a Neptuno, que envió un monstruo a su país. La única forma de aplacar su ira era sacrificar a Andrómeda, la princesa, así que la ataron a una roca en la playa y la obligaron a cumplir con un castigo que no le pertenecía. Cuando ella pensaba que estaba todo perdido, se oyó el ruido del viento y Perseo, un semidiós montado en un caballo alado, fue a rescatarla. —Hago una pausa—. Estuve mucho tiempo sintiéndome identificada como Andrómeda.

—Eso me convertiría en Perseo, ¿no? Me gusta la idea de ser un semidiós.

—Más bien, tú serías la roca del castigo.

—Era broma. La semidiosa eres tú. Te has rescatado a ti misma cada vez que lo has necesitado.

La forma que tiene de referirse a mí es tan... abrumadora. En su voz percibo el cariño, el respeto que siente hacia mí. Giro la cabeza para mirarlo. Eso implica dejar de ver las estrellas, pero no me importa. Lo observo en silencio, recreándome en cada detalle de su rostro; en el lunar que tiene en la parte lateral del cuello y en los remolinos que se forman en su flequillo. Y también en sus ojos azules que, transcurridos unos segundos, se clavan en mí.

—Estás mirándome así otra vez —susurra. Por el tono, no deja de preguntarse a qué viene.

—Nunca he sabido qué es lo que ves en mí.

—Maia —me advierte, temiendo que vuelva a menospreciarme.

—No es eso. Solo quiero saberlo. Para grabármelo en la cabeza.

Para olvidar las dudas. Para entregarme. Para dejar de tenerle tanto miedo a confiar.

Parece saberlo, ya que vuelve la vista hacia las estrellas y dice:

—Cuando te conocí, estaba muy descontento con mi vida. Me dedicaba a algo que no me hacía feliz, tenía que lidiar con Michelle y con Adam, y sentía que me había perdido a mí mismo. Por eso recurrí al alcohol la noche que me colé en tu coche. Estaba harto de todo lo que implicaba ser yo. —Sigo mirándolo. Es como si le costara elegir las palabras correctas—. Fuiste la única que se atrevió a ser sincera conmigo. De no haber sido por ti, creo que nunca me habría dado cuenta de que tenía que coger las riendas de mi vida y empezar a hacer lo que yo quisiera. También me ayudaste a darme cuenta de que mis problemas sí eran importantes. Después empecé a conocerte mejor... y me di cuenta de que había muchas cosas que me gustaban de ti. Y que estaba sintiendo cosas que no había experimentado nunca. No lo sé, Maia. Solo tengo claro que no sería el mismo si no te hubieras cruzado en mi vida.

Escucharlo es reconfortante. Y también aterrador. La diferencia es que, esta vez, hay muchas emociones que vibran por encima del miedo. Este ha quedado relegado a un segundo plano porque yo misma lo he enviado allí, al fondo. Y solo me centro en lo positivo, en esa visión que Liam tiene de mí. En que no hay nadie que me mire como lo hace él.

—Cuando estoy contigo, todo parece tan... real —prosigue, como si no pudiera seguir callándoselo—. Me he pasado la vida rodeado de gente que me quería por interés. Me han hecho cientos de cumplidos que no eran reales. Pero tú me conociste cuando mi reputación era una mierda y no tenías ni idea de mi vida en internet. Siempre me hiciste sentir que te gustaba siendo yo, el Liam de detrás de las cámaras. Muchas veces, con el tema de la fama y de YouTube, me daba la sensación de estar viviendo en una ilusión. Eso no me pasa contigo. Tú me haces sentir despierto. Es difícil de explicar.

Trago saliva. Vuelvo a tener ese nudo en la garganta.

—¿Incluso aunque sea una persona fría?

—No digas eso. No eres fría, solo reservada. A mí me gusta tu forma de ser.

—¿De verdad?

—Solo hay que tomarse el tiempo de conocerte. No te abres a nadie en quien no confías. Pero, una vez que uno empieza a verte brillar..., entonces ya no puede apartar la vista.

No sé cómo expresar lo que siento al escucharlo. De pronto, solo estamos nosotros, perdidos en medio del bosque, y no existe nada más. Y todo lo que nunca pensé que volvería a pronunciar se materializa en mi boca, ansiando ser dicho en voz alta.

—Liam —lo llamo, cuando ya no puedo retenerlo más. Sus ojos conectan con los míos—. Sabes que te quiero, ¿verdad?

Es la primera vez que se lo digo. Creo que debería hacerlo mucho más a menudo. Tengo el corazón acelerado, pero, por suerte, su respuesta no se hace esperar.

—Yo también te quiero a ti. —Oírlo me provoca un revoloteo en el pecho. Vuelve a mirar el cielo—. Tanto que me iría contigo a cualquier parte.

—¿A las estrellas? —sugiero siguiendo su mirada.

—No. Mucho más arriba.

—Hasta que ya no se vean.

—Hasta que no quede ninguna.

Los recuerdos me llenan de nostalgia y, aun así, consigo sonreír.

—Hasta que nos quedemos sin estrellas. Vale. Me gusta.

—Suena bien para el título de un libro.

Nuestras miradas se cruzan y me anima a responder a la indirecta. Sacudo la cabeza riéndome.

—No voy a escribir un libro.

—¿Por qué no? Se te da bien. Y a la gente le encantaría. Sobre todo si yo soy el protagonista.

—Probablemente morirías en el capítulo cinco.

—No seas cruel. Déjame vivo al menos hasta el diez.

—Me pasaría toda la novela amenazándote para mantener a los lectores en tensión. Seguramente me odiarían.

—Pero sería solo para asustarlos, ¿no?

—Eso depende de cómo te portes.

Suelta una risa aspirada. Sonrío. Justo entonces, nos azota

una ráfaga de aire helado y me pego más a él por instinto. Al darse cuenta, Liam utiliza el brazo sobre mis hombros para estrecharme contra sí y que me refugie en su calor corporal. Hace frío esta noche, pero no me movería por nada del mundo.

—Podemos ir dentro si quieres —sugiere en voz baja.

Me apresuro a negar con la cabeza.

—Estoy bien aquí.

No lo veo, pero, conociéndolo, seguro que se le habrá escapado una sonrisa. Volvemos a quedarnos en silencio, mirando las estrellas. Junto a Andrómeda, un poco más arriba, se encuentra Deneb. Y en alguna parte se verán también las Pléyades, donde está Maia, la estrella que brilla seiscientas veces más que el sol.

—¿Cómo lo terminarías? —inquiere al cabo de unos minutos, regresando a la conversación de antes—. Esta vez de verdad.

Trago saliva. Aunque sea difícil, lo tengo muy claro.

—Después de pasarse todo el libro negándoselo a sí misma, Maia por fin se ha atrevido a admitir lo que siente. Liam se merecía escucharlo, así que ha cogido un tren a Londres y se ha presentado en su casa sin avisar para decirle que está enamorada de él. Y que es la persona con la que quiere estar. —Vacilo. Tengo el corazón acelerado—. Pero, aunque le gustaría que todo fuera así de sencillo, en el fondo sabe que no lo es.

Noto que se tensa debajo de mí. Entiendo que no es la respuesta que esperaba y, sinceramente, yo tampoco. Hace un minuto ni siquiera me lo planteaba. Pero ahora lo pienso y parece lo correcto.

—Maia necesita trabajar en sí misma —continúo—. Hay heridas que, aunque haya pasado mucho tiempo, todavía no han cicatrizado y le impiden entregarse y confiar. Lo más fácil sería no decírselo para poder estar con él directamente, pero de verdad quiere que las cosas vayan bien entre los dos. Y para eso primero necesita sanar. Así que, si tuviera que terminar el libro de alguna forma, creo que sería así.

—Pidiéndole tiempo —se adelanta, y yo asiento.

En realidad, me encantaría poder saltarnos este paso y lanzarnos a la parte bonita, en la que vuelvo a su apartamento, estamos juntos todos los días y todo va sobre ruedas. Pero no puedo hacer eso sin arriesgarme a volver a lastimarle. Y no quiero que eso ocurra. Aprecio tanto a Liam que necesito hacer las cosas bien.

—Es una decisión muy difícil —insisto, con el corazón a mil—. Pero sabe..., creo que ambos saben que no es el momento.

Las palabras me pesan en la boca. Por fin me atrevo a girar el cuello para mirarlo. Cuando sus ojos se encuentran con los míos, no veo rastro de enfado en ellos. Solo un poco de tristeza.

—¿De verdad es lo que quieres?

—Necesito sanar por mi cuenta, Liam. Eso no significa que no quiera volver a verte. O que no me muera por estar contigo. Pero quiero que esto funcione y para eso tengo que tomar el camino difícil. Así que, si estás dispuesto..., me gustaría que fuéramos despacio. Para hacer las cosas bien y con calma.

Puede que pedírselo sea injusto por mi parte. No lo sé. Lo único que tengo claro es que no puedo sumergirme de lleno en una relación con todos los miedos y las inseguridades que llevo a cuestas. No sería bueno para ninguno de los dos. Solo espero que tenga presente que esto no implica que no lo quiera, al contrario; lo quiero tanto que necesito asegurarme de que, cuando empecemos de cero, sea con unos pilares sanos y fuertes.

—¿Así lo acabarías? —pregunta.

—Después Liam debería contestar.

—Sabes bien lo que diría él —responde, reacomodándose para mirar de nuevo las estrellas—. La esperaría, Maia. Sin dudarlo ni un segundo, el tiempo que haga falta y por el bien de ambos, él la esperaría.

CARTAS PARA DENEB (III)

Papá solía decir que las personas que mueren suben al cielo y se convierten en estrellas. Supongo que es una forma de asegurarnos de que siempre estarán con nosotros, aunque ya no podamos verlas. Ambas teníamos la conversación presente esa noche de verano cuando salimos a tumbarnos al porche.

Recuerdo que miré al cielo y te dije:

—Aún no hemos elegido una para papá.

Señalaste la más brillante sobre nuestras cabezas.

—¿Esa? —pregunté.

—Es la estrella polar. Siempre está hacia el norte, así que suele utilizarse para marcar el rumbo. Si alguna vez sientes que te has perdido, mira al cielo. Papá estará ahí para recordarte de dónde vienes. Y quizá también adónde te diriges.

Volví a mirar hacia arriba en silencio. Al cabo de unos instantes, mi voz se hizo oír de nuevo entre la oscuridad:

—¿Crees que el universo se enfadará con nosotras por cogerle prestada una estrella?

—¿Para papá? No. —Sacudiste la cabeza—. El cielo está lleno de personas buenas como él. Todas se convierten en estrellas.

—Por eso brillan —concluí yo.

—Sí, por eso brillan.

Los años me han hecho cambiar de idea. No quiero que papá sea la estrella polar; eso implicaría que esté lejos de ti y de mí, a miles de años luz en la galaxia. Así que, en su lugar, me imagino que forma parte de una constelación. De Cygnus, donde se encuentra la estrella que lleva tu nombre. O de las Pléyades. Y que no soy la única que brilla seiscientas veces más que el sol.

Ahora brillamos juntos. Mil veces más.

EPÍLOGO

—

Maia. Un año y medio después

Mañana es mi cumpleaños.

Mis zapatillas desgastadas esquivan los charcos de barro del camino. Estamos a mediados de agosto, pero, aunque hace calor, el clima es húmedo y llevamos unos días con tormentas. A partir de esta noche se verán las Perseidas, así que guardo esperanzas de que el cielo se despeje. Ahora está anocheciendo, el sol ya se ha escondido tras el horizonte y pronto las farolas, ocultas entre los árboles, iluminarán las calles del cementerio.

Cuando llego a mi destino, me quito los auriculares y, agradeciendo que haya techo y el suelo esté seco, dejo el bolso y me siento con las piernas cruzadas.

—Hola, Deneb —digo en voz alta. Vengo tanto últimamente que ya se ha vuelto una costumbre.

Me abrazo las rodillas con la mirada clavada en la tumba. Sé que no le habría gustado que comprara flores para que se marchitaran, así que arranqué algunas estrellas del techo de nuestra antigua habitación e improvisé un ramillete. Ahora es la única persona del cementerio que tiene estrellas en lugar de flores.

—Siento no haber podido venir antes esta semana. Dentro de poco empiezo la universidad y tengo algunas gestiones que hacer —comienzo a decir abriendo el bolso para guardar los auriculares—. Además, el otro día fue una locura. ¿Te acuerdas de Will, el nuevo novio de mamá? Pues vino a cenar a casa para conocerme. Ella dice que no tienen nada serio aún, pero yo lo veo con bastantes expectativas. Y sé que va a sonarte raro viniendo de mí, pero me gusta. Es majo y la trata muy bien. No se parece a papá, claro. Pero ya contaba con ello. Nadie se parece a papá.

Ahora también lo visito a él a menudo. Me pasé los meses posteriores a la muerte de mi hermana sin atreverme a venir, hasta que comprendí que, en realidad, hacerlo me ayudaría. A veces solo me siento aquí en silencio. Y otras me atrevo a hablarles con la esperanza de que, estén donde estén, y aunque yo solo susurre, ellos me escuchen.

No me gusta que sus tumbas estén tan separadas. Sin embargo, sé que es algo que solo ocurre aquí abajo y que allí, en el cielo, en las estrellas, están el uno al lado del otro. Juntos, como antes de marcharse.

—Es profesor de gimnasia en un instituto. Y le encanta el baloncesto. Se lo conté a Liam y se ha pasado los últimos dos días buscando información en internet para poder hacerse el intelectual cuando se conozcan. Creo que también lo hace para tener una excusa con la que hablar conmigo más a menudo. Me echa de menos cuando se va de viaje. —Me muerdo el labio para contener una sonrisa, pero veo que es imposible, así que acabo rindiéndome a lo evidente—. Bueno, vale, puede que yo también lo eche de menos a él. Pero si se entera lo negaré rotundamente.

Sus cifras en YouTube se han disparado durante el último año y ahora demandan su presencia en un montón de eventos con fans. Ha tenido un mes tranquilo, pero la semana pasada volvió a irse y tardará tres o cuatro días más en volver, lo que significa que no podremos estar juntos en mi cumpleaños.

La idea no me entusiasma, la verdad, pero no es culpa suya. Además, me ha llegado el rumor de que tiene varias cosas planeadas.

Algo relacionado con un concierto. De mi banda favorita.

Se supone que aún no lo sé, pero mi jefe le ayudó a pillar las entradas y es un poco bocazas.

—Las cosas van bien aquí abajo —continúo. Se lo repito constantemente para que no lo olvide—. Mamá está contenta con su trabajo. Y, desde que vivimos en el nuevo apartamento, ahorramos bastante dinero. Yo compagino la universidad con mis turnos en la tienda de música. Y con Liam todo va sobre ruedas. Tiene un humor penoso, vale, y sus bromas me sacan de quicio, pero no me imagino estando con ninguna otra persona. Hace poco lanzamos la campaña de concienciación sobre la que te hablé. Se volcó con ella. Y la gente la está compartiendo mucho. Si lo conocieras, te caería muy bien. Estoy segura de que es el tipo de chico que querrías para mí.

Mi móvil tintinea con la llegada de un mensaje.

Es como si supiera cuándo estoy hablando sobre él.

También he recibido varios de Lisa; hemos quedado mañana para ir a pasar el fin de semana a la casa del lago. Evan ya habrá llegado para entonces. Además de nosotros, viene Max, otro de sus amigos, con su novia Nickie. A él también le he declarado odio eterno. Se une a Evan para meterse con Liam y, aunque sea de broma, eso me pone automáticamente en su contra. La única persona que puede meterse con mi novio en mi presencia soy yo misma.

Respondo a los mensajes de Lisa y después paso directamente a los suyos.

LIAM
¿Por qué Evan acaba de decirme que te has teñido el pelo?

Sonrío. Ha tardado en enterarse más de lo que pensaba.

MAIA
Porque me he teñido el pelo.

LIAM
¿Y él se ha enterado antes que yo?

MAIA
Se lo habrá contado Lisa. He estado con ella esta mañana.
No te he avisado porque quería ver tu reacción en directo cuando volvieras el sábado.

LIAM
Iré preparando mis dotes de actuación
por si no me gusta.
No quiero herir tus sentimientos.

MAIA
Que te jodan.

Me muerdo el labio. Estoy convencida de que, al otro lado de la pantalla, él sonríe.

LIAM
¿Estás en casa?
Va, pásame una foto.
Bueno, espera, voy a por las gafas de sol.
Seguro que vas a deslumbrarme con tu
belleza.

MAIA
¿Sabes lo que sí voy a hacer?
Bloquearte.

LIAM
Mujer del demonio.
¿Me pasas la foto o qué?

MAIA
No. Tendrás que esperar al sábado.
O volver antes, claro.

No hay ninguna posibilidad de que eso ocurra, ya que no depende de él, sino de la organización del evento, pero no pierdo nada por intentarlo. Liam tarda unos segundos en contestar. Escribe, borra, y finalmente insiste:

LIAM
Pero ¿estás en casa?

MAIA
He ido al cementerio. ¿Por qué?

Me envía una foto.

Al descargarla, lo primero que veo es su sonrisa. Es de noche y las luces amarillentas de las farolas le sombrean el rostro. Me fijo en sus rizos revueltos y en la expresión burlona que transmiten sus ojos azules. Y después veo lo que hay detrás y me salta el corazón. Busco su número para llamarlo tan rápido que casi se me cae el móvil.

—Dime que no me estás tomando el pelo —le suplico en cuanto descuelga.

—Mis dotes de actuación son admirables, ¿eh?

—¿Estás en mi casa? ¿Ahora?

—Llevo diez minutos en la puerta. Esperaba que vinieras a recibirme, pero me has arruinado la sorpresa. —Estoy demasiado conmocionada para reaccionar. Seguro que él sonríe—. He adelantado el vuelo. Solo nos quedaba el cierre del evento y mis amigos pueden cubrirme. No iba a perderme tu cumpleaños.

Me cubro la boca con una mano porque, aunque no haya nadie cerca, siento la necesidad de ocultar mi sonrisa. La emoción que siento no me cabe en el pecho. Me muerdo el labio.

—¿Te pasas a recogerme? —sugiero.

—¿El rencuentro será mejor cuanto menos tarde?

Y yo sonrío todavía más.

—Te espero dentro de diez minutos.

—Solo necesito cinco.

Dicho esto, cuelga la llamada.

Me vuelvo de nuevo hacia la tumba y escondo la cara entre las rodillas sin dejar de sonreír. Mierda, vale, esto sí que me hace ilusión. Me muero de ganas de verlo. Y, aunque suene tonto, porque ya debería conocer a Liam, no me lo esperaba en absoluto. Pero que sea así conmigo me demuestra lo que le he dicho antes a Deneb; seguramente a ella le caería muy bien.

—El amor es un asco —le digo mientras trato de ocultar mi sonrisa.

Y, después, solo guardo silencio. Me gusta pararme a pensar en que, después de una mala época y con mucho trabajo, por fin he recuperado la ilusión. Y no solo con Liam. También con Clark, cuando escuchamos juntos nueva música para ponerla en la tienda, o con mamá. Con Lisa y Evan. E incluso conmigo misma. Vuelvo a sentir emoción por hacer cosas cotidianas. Y no hay nada que se compare con eso.

Sé que Anna, mi psicóloga, ha tenido mucho que ver. Ella siempre dice que el mérito es mío, que he sido yo la que ha sido capaz de seguir adelante. Creo que la sesión de la semana que viene será una de las últimas. Liam se ha ofrecido a llevarme. Y sé que, al igual que yo, se siente muy orgulloso de cómo han cambiado las cosas.

Su vida también ha dado un giro importante. Ahora no vive solo, sino con Evan, y compagina YouTube con las clases en la universidad. Está estudiando Comunicación Audiovisual. Yo curso Periodismo, así que estamos en la misma facultad. Eso, sumado a que mi madre y yo nos hemos mudado a Mánchester, nos facilita vernos todos los días. He recuperado mi buena relación con ella, aunque Liam sigue trabajando en la suya con sus padres. Gabriela no ha cambiado. Y Adam tampoco. Liam no va mucho a visitarlos. Y, cuando lo hace, siempre me pide que lo acompañe. Y yo lo hago sin dudar porque quiero estar ahí cuando me necesite, igual que hace él.

Con todo esto en la mente, vuelvo a mirar la tumba de Deneb. Escrito con caligrafía en cursiva, junto a su nombre y las fechas, pone: «Cada vez que pierda el rumbo, miraré arriba, a las estrellas, para que me guíes».

—Hace un tiempo te dije que estaba deseando empezar a vivir —digo en voz alta. Recordarlo hace que se me forme un nudo en la garganta, pero me las apaño para sonreír—. Creo que por fin estoy haciéndolo, Deneb. Os echo de menos. No te imaginas cuánto. Pero eso no significa que no sea feliz. He mejorado y madurado mucho. Y quiero seguir haciéndolo.

Una de las estrellas del ramillete se cae al suelo. Alargo la mano para cogerla. Al girarla, encuentro la inscripción de Liam, esa en la que define «supernova». Vuelvo a ponerla en su sitio. Y después me echo el bolso al hombro y comienzo a levantarme.

—Voy a seguir brillando, como me dijiste. —Sigo mirándola—. Te lo prometo, ¿vale?

Eso me sirve como despedida. Durante el camino hacia la salida, los árboles aúllan por el viento. Y en el cielo, despejado después de varios días de tormenta, se ven las estrellas. Pienso en lo que le he prometido. Y en que es completamente verdad. Pienso seguir intentándolo, cueste lo que cueste.

Hasta que ya no me queden oportunidades.

O, como habría dicho ella, hasta que ya no me queden estrellas.

CAPÍTULO EXTRA

Liam

—Es imposible que mi nombre no esté en esa lista.

El segurata frunce el ceño en un gesto de incredulidad. Y diría que también de impaciencia. Está cansado de mí, pero no pienso rendirme hasta que nos deje pasar y, desgraciadamente, no parece muy por la labor. No lo entiendo. Clark me aseguró que Bill, su hermano, había hablado con el vocalista de 3 A. M. para conseguirnos entradas en primera fila. Y, sin embargo, nuestros nombres no están.

Sería más sencillo si no hubiera tanto alboroto. El concierto está a punto de empezar y, mire adonde mire, solo veo a fans con pancartas y camisetas de la banda deseando entrar para ver a sus ídolos sobre el escenario. Quedan aproximadamente unos treinta minutos para que la música comience a sonar en el estadio de Wembley. He arrastrado a Maia desde Mánchester solo para esto. Trescientos cincuenta kilómetros en carretera. El día de su cumpleaños. No puedo arruinárselo así.

—Liam Harper —repito. Insto con la mirada al segurata para que vuelva a buscarnos en la lista. No es el único que está harto; a mi lado, Maia también pone los ojos en blanco—. Ella es Maia, Maia Allen. Nuestros nombres deberían estar juntos. Es mi...

—Estoy cansada de esto, —la oigo decir a ella—. Estamos perdiendo el tiempo.

Perfecto. Alerta: cumpleañera enfadada.

Sin dignarse añadir nada más, me rodea para volver a la fila de la puerta principal. Maldigo entre dientes y señalo al guardia con aire acusador.

—Ahora mismo vuelvo.

—Piérdete —gruñe él.

Una chica pelirroja aprovecha que he despejado el camino para decirle su nombre y, solo con eso, consigue que la deje pasar. Desde luego, el mundo tiene sus favoritos. La ignoro y echo a correr detrás de mi novia antes de que le dé tiempo a coger un tren de vuelta a Mánchester y me deje aquí plantado. Mierda, anda muy rápido para tener las piernas tan cortas. Sobre todo cuando está cabreada.

—Maia. —No se detiene, así que me veo obligado a acelerar el paso. Me interpongo en su camino antes de que se sumerja en la ola de gente—. Lo siento mucho. Se suponía que estaba todo cerrado. Entiendo que estés enfadada y...

—No estoy enfadada —me corta—. No contigo, al menos.

Me cuesta ocultar mi sorpresa.

—¿Ah, no?

—¡No! Estoy cabreada con el de seguridad. Estaba poniéndome muy nerviosa. No tenía ningún derecho a hablarte mal. Sabía que, como no me fuera, iba a acabar cantándole las cuarenta. Y entonces sí que no habríamos podido entrar.

Vale, eso tiene más sentido. También me ayuda a relajarme. La miro y me las arreglo para sonreír.

—Tú y tu vena diplomática, ¿eh?

—Tiene suerte de no haberme hecho perder la paciencia. —Se cruza de brazos y mira lo que nos rodea; no se ven más que fans chillando de emoción por el concierto—. Bueno, ¿qué hacemos?

Propongo que busquemos otra entrada por si acaso tienen nuestros nombres en otra lista. Veinte minutos después, hemos rodeado el estadio y seguimos sin encontrar un acceso. El concierto está a punto de empezar; la mayoría de los fans ya han entrado y dentro pronto se oirán las voces de Alex y del resto de los miembros de la banda. Y nosotros seguimos aquí fuera. Parece que los dos sabemos que está todo perdido, ya que decidimos alejarnos de la multitud y bajar al pequeño camino de tierra con árboles que hay junto al estadio.

Aquí hay menos ruido y podemos hablar con tranquilidad. Me vuelvo hacia Maia con las manos en los bolsillos. Está guapísima esta noche, con ese vestido ajustado negro, las medias de rejilla y sus botas militares. A veces la miro y pienso: «Joder, esta chica está conmigo», y después me río imaginándome cómo reaccionaría si se lo dijera.

—Creo que, a menos que intentemos trepar para colarnos...

—Adiós al concierto —termina por mí.

Asiento en respuesta. Menudo fracaso.

Suspira y se sienta en un bordillo. Entiendo que esté cansada. Ayer fue un día muy intenso. Cogí un vuelo antes de tiempo para darle una sorpresa y esa misma noche estuve ayudándola a hacer las maletas. Hoy hemos salido de Mánchester temprano y llevamos todo el día haciendo turismo. Puesto que he vivido en Londres durante casi toda mi vida, he podido enseñarle mis rincones favoritos de la ciudad, aunque distan de ser los que visita todo el mundo. Por desgracia, el tiempo no ha colaborado; lleva lloviendo un par de días y el clima aún es húmedo.

Me siento a su lado en silencio.

—Siento haber arruinado tu cumpleaños —digo al cabo de un rato.

Me siento culpable de verdad. Sin embargo, Maia sacude la cabeza al escucharme, como si le pareciera absurdo.

—No has arruinado mi cumpleaños. Lo del concierto ha sido una putada, pero el resto del día me ha gustado mucho.

—Te he arrastrado sin rumbo por la ciudad mientras llovía, y después nos hemos peleado sin éxito contra un guardia de seguridad. Y ahora estamos sentados en medio de ninguna parte mientras se me congela el culo. —Me recoloco la gorra frustrado—. Y además tengo que llevar esta cosa para que no se nos echen encima. No le veo ningún atractivo, la verdad.

Se vuelve hacia mí y, contra todo pronóstico, se ríe. Tiene los brazos estirados sobre las rodillas. Ayer se hizo algo nuevo en el pelo; se ha decolorado las puntas y vuelve a llevarlo corto a la altura de los hombros. Aluciné cuando la vi. Me gusta mucho. Es un gran cambio, pero, de alguna forma, lo siento muy ella.

—Bueno, yo lo veo de la siguiente manera —comienza, trayéndome de vuelta a la realidad—: he hecho un viaje de cuatro horas por carretera con mi novio mientras escuchábamos nuestras canciones favoritas. Después he descubierto lugares de Londres que ningún turista se molesta en visitar. Y todo ha sido contigo. ¿Qué más puedo pedir?

—Pero el concierto...

—No será el último que harán este año. Podemos volver para el siguiente. Y lo que ha pasado no ha sido culpa tuya. Mi cumpleaños ha sido perfecto, Liam.

La miro con desconfianza.

—¿Seguro que no lo dices solo para no hacerme sentir mal?

—¿Crees que soy ese tipo de persona?

No puedo evitar sonreír. Desde luego que no.

—Estás volviéndote una sentimental.

—Capullo —bromea chocando su hombro contra el mío.

—¿Cómo has podido sobrevivir una semana sin mí?

—Ni siquiera te he echado de menos.

—Mentirosa.

Enarco las cejas, animándola a llevarme la contraria, pero se limita a desviar la mirada mientras esconde una sonrisa. Yo sí que no puedo ocultar la mía. Llevamos saliendo ocho meses aproximadamente. Y con eso me refiero a que ninguno tiene claro cuándo empezamos de forma oficial. Sobrellevar los primeros meses dándole «su espacio» fue difícil, pero era lo mejor para ambos y, en realidad, creo que yo también necesitaba un tiempo para centrarme en mí mismo antes de involucrarme en una relación. Además, los dos estuvimos completamente de acuerdo en que no íbamos a ver a otras personas.

Cuando terminó ese período, comenzamos a retomar el contacto. De vez en cuando se quedaba a dormir en mi casa. O yo en la suya. Volvía a recogerla del trabajo, comíamos juntos después de clase e incluso organizó una cena con su madre para volver a presentarnos, esta vez de manera más «oficial». Llegó un momento en el que vernos casi todos los días empezó a ser lo normal. Cuando quise darme cuenta, estaba refiriéndome a ella como «mi novia», y viceversa.

El resto ya es historia.

El único paso que no he dado aún es el de presentársela a mis seguidores. Tampoco es que la oculte; si alguien me pide una foto por la calle y Maia está conmigo, suele ofrecerse a hacérnosla. Y tampoco tengo especial cuidado cuando estamos juntos en público. La gente sabe que estoy saliendo con alguien. De hecho, su voz ha aparecido en algunos de mis vídeos, e incluso creo haber comentado algo sobre ella en directo. Y algún día, cuando los dos creamos que es el momento, le pediré que se plante frente a la cámara conmigo.

De momento, nos va bien así. Además, conociéndola, lo primero que haría sería contarles a mis suscriptores cómo nos conocimos, y ya me veo entrando en tendencias por su culpa.

—¿En qué piensas? —pregunta al notar que la observo.

Sacudo la cabeza con una sonrisa para restarle importancia.

De pronto, el público estalla en aplausos dentro del estadio. Maia y yo miramos hacia nuestras espaldas; el techo está al descubierto y por arriba se ven las luces de los focos reflejándose en el cielo nocturno. Se oye la voz del vocalista gritando algo que no logro entender y, después, el solo de guitarra que da paso a *Todo lo que nunca te dije*. Sentimos la emoción incluso desde aquí fuera.

Es arriesgado comenzar el concierto con una canción lenta, pero supongo que hay bandas que pueden permitírselo.

—Es una de mis favoritas —comenta Maia en voz alta.

No me lo pienso dos veces. Me levanto y le tiendo la mano.

—Vamos.

—¿Qué? ¿Adónde?

—A disfrutar del concierto.

—¿Aquí?

Asiento y la ayudo a ponerse de pie. Le pongo las manos en la cintura para atraerla hacia mí y Maia se muerde el labio, tratando de no sonreír, cuando las suyas quedan aplastadas contra mi pecho. Estoy seguro de que puede notar los latidos de mi corazón, que, aunque se haya acostumbrado a ella, a tenerla cerca todos los días, todavía se acelera con este tipo de cosas.

—No me creo que esto esté pasando. —Le entra la risa cuando empezamos a mecernos de un lado al otro siguiendo el ritmo de la música.

—Seguro que es el mejor cumpleaños de tu vida.

—Depende. ¿Vas a enseñarme alguno de tus pasos estrella?

—Puede. Y entonces tendrás más razones para creer que soy el mejor tío del mundo.

Pone los ojos en blanco. Yo sonrío y me inclino para presionar los labios contra la curva lateral del cuello. Maia suelta el aire pesadamente. Seguimos moviéndonos, aunque ninguno de los dos le presta demasiada atención a la música. Sube las manos para enredarlas en mis rizos. Y yo me alejo lo justo para mirarla. Se deshace de mi gorra en un abrir y cerrar de ojos.

—Ya no necesitas esto —murmura quitándome también las gafas de sol. Son poco prácticas ahora que es de noche, pero me ayudan a mantenerme en el anonimato.

Si la dejo hacerlo es solo porque estamos a solas y es difícil que alguien nos vea entre la oscuridad. Mostrarme en público con grandes multitudes sería una locura. Mis cifras se han duplicado este último año, por lo que cada vez me resulta más difícil llevar una vida normal. Maia lo acepta. Y no tiene inconvenientes con ello.

Aun así, no me resisto a picarla:

—Estás deseando que alguien me reconozca, ¿eh?

—Me gusta la idea de que me vean con un famoso.

—Buscafamas.

—Y cazafortunas —añade sin dejar de sonreír—. No olvidemos que también eres rico.

Mi risa muere en su boca cuando se acerca para besarme. El contacto es fugaz, pero enseguida necesito más, y de pronto estoy tirando de su cuerpo para reducir al mínimo la distancia entre nosotros. El beso se vuelve más intenso y no tardo en sentir que sonríe contra mis labios. Me encanta esta chica. Con todas sus facetas. Y estoy seguro de que podría hacer esto durante toda la noche sin cansarme.

—¿Qué planes teníamos para después? —susurra.

Me quedo cerca, con mi frente contra la suya.

—Reservé mesa en un restaurante para cenar.

—¿Te apetece que antes demos un paseo?

—Claro.

—Y después iremos al hotel.

—Podemos ver una película.

—O fingir que vemos una película.

No puedo evitar reírme.

—Es tu cumpleaños, así que tú decides.

Sonríe conforme, y yo no me resisto a volver a besarla. Minutos después, cuando recibo un mensaje de Clark que dice que han solucionado el error y nuestros nombres por fin están en las listas, echamos a correr juntos hacia el estadio. Y, mientras oímos de fondo una de nuestras canciones favoritas y corremos hacia las gradas, no dejo de pensar en que esto no sería igual si Maia no estuviera. Las cosas con ella siempre son mejores. Incluso las que parecen más simples.

Nunca había sentido esto con nadie, así que supongo que antes tampoco tenía ni idea de lo que era el amor. Y ahora por fin lo he descubierto.

NOTA DE AUTORA

Me gustaría mandar un mensaje a todas las personas que lean este libro. No estáis solos. No lo estaréis nunca. Si alguna vez os sentís superados por la situación, no dudéis en acudir a vuestros familiares, a vuestros amigos; a las personas de vuestro entorno que os quieren y se preocupan por vuestro bienestar. Buscad ayuda profesional si creéis que será lo mejor para vosotros. Y, sobre todo, recordad que priorizar nuestra salud mental no nos hace débiles. Al contrario. Nos vuelve fuertes y valientes.

Cuida mucho de ti.

AGRADECIMIENTOS

Me gusta pensar que son las historias las que me eligen a mí y no al revés. *Hasta que nos quedemos sin estrellas* surgió una noche de agosto en 2019 mientras veía las Perseidas con mi familia en la playa. Desde entonces, Maia y Liam han estado dando vueltas en mi cabeza, animándome a hablarle al mundo sobre ellos.

Quería aclarar que me he tomado ciertas libertades con las localizaciones; no son errores, sino decisiones propias que tomé por el bien de la trama. Quería contar su historia de la mejor forma posible.

Me gustaría empezar dando las gracias a mis lectores, que, como digo siempre, son los pilares de todo. Gracias por haberme animado a escribir esta historia cuando solo era una idea a la que me refería con el nombre de «Proyecto estrella». Recibisteis a Liam y a Maia con ilusión incluso antes de conocerlos. Y, después, vivisteis con ellos su historia, emocionándoos, riendo y llorando a la par. Gracias por darme la confianza suficiente para lanzarme a este proyecto. Por acoger mis historias con tanto cariño. Y por hacer que, cuando hablo con vosotros, me sienta como si estuviera con mis amigos de toda la vida.

A mi familia, que me ha apoyado siempre. En especial a mis padres, mis dos estrellas polares. Gracias por ayudarme a recuperar el rumbo siempre que me veo perdida. Y por vuestros consejos, por emocionaros por mis logros, por todas las horas que hemos hecho en carretera para las firmas. Me siento muy afortunada de poder vivir este sueño con vosotros.

A mi hermana Laura, gracias por compartir conmigo tu pasión por la música y prestármela para Maia.

A mi tío Miguel y a mi tía Charo, gracias por nuestras llamadas largas de buenas noticias, por haber creído en mí siempre y por lo querida que me hacéis sentir. Y por lo generosos que sois. Y a mi tía Mercedes, que me disipó de golpe todas las dudas que alguna vez tuve sobre esta historia. Contigo siempre puedo hablar de cualquier cosa y sentirme entendida. Gracias a los tres y a mis tíos Mario, Mar, Francis y Francisco por todo el apoyo.

A mis abuelos, en especial a mi abuela Vale, que, cuando la llamé para contarle que iba a publicar con Planeta, me dijo: «Cariño, me están dando escalofríos, te lo prometo, escalofríos». Y a mi tío Luis, mi abuela Noli y mi tía Carmen, las estrellas que me faltan. Sé que os alegráis mucho por mí desde ahí arriba.

A Mónica, que ha vivido este proceso conmigo desde sus inicios y está ahí mientras escribo, cuando lloro, cuando me emociono, cuando tengo dudas o cuando necesito desesperadamente hablar sobre la historia con alguien. También a Lucía, Clara y Blanca, mis mejores amigas, y a todas las personas buenas que he conocido este año.

A mis amigas y compañeras escritoras de dentro y de fuera de Wattpad. Es un placer poder emocionarnos compartiendo noticias y vernos juntas en librerías.

A Maritere y a Toni, mi lectora cero por excelencia y la dueña de la librería que fue mi refugio cuando era pequeña. A todos los libreros de Almendralejo por volcarse siempre conmigo. Y a Pablo y Ana, de mi antiguo instituto, porque también me han apoyado siempre.

Y, por último, a Editorial Planeta, que creyó en esta historia y en mí. Gracias a Lola, mi editora, por su trato cercano, su ilusión y su interés, y por todo el tiempo que nos ha dedicado a Liam, a Maia y a mí. Gracias también al resto del equipo. Les habéis dado a mis personajes un hogar.

Gracias a todos por hacerme sentir todos los días que estoy cumpliendo un sueño.